Markolf Hoffmann
Flammenbucht

Zu diesem Buch

Die Welt Gharax erzittert weiter unter dem Ansturm der echsenartigen Goldéi, die Stadt um Stadt vernichten und die magischen Quellen besetzen, welche das Land speisen. Ein Bündnis der letzten freien Bastionen droht zu scheitern, denn Intrigen und Glaubenskriege schwächen die Reiche. Der Kaiser Sithars wird ermordet, und der rebellische Hohepriester Nhordukael setzt Thax, die Hauptstadt, in Brand. Zur gleichen Zeit gerät der Zauberlehrling Laghanos in die Fänge einer geheimnisvollen Sekte, die sich seine besonderen Talente zu Nutzen machen will: Eine metallene Maske, die ihm von den Goldéi aufgezwungen wurde und seitdem sein Äußeres verunstaltet, ermöglicht es Laghanos, die magischen Quellen zu durchschreiten und unmittelbar in die Sphäre einzugreifen. Schon droht der Kampf um die Herrschaft über die Magie zu eskalieren…

Markolf Hoffmann, 1975 geboren, studierte Geschichte und Literaturwissenschaft, engagiert sich in Kurzfilmprojekten und schreibt phantastische Romane und Erzählungen. Sein furioser Zyklus »Das Zeitalter der Wandlung« machte ihn zum neuen Shooting-Star der deutschen Fantasy. Markolf Hoffmann lebt in Berlin. Weiteres zum Autor: www.nebelriss.de

Markolf Hoffmann

FLAMMENBUCHT

DAS ZEITALTER DER WANDLUNG 2

Piper München Zürich

Von Markolf Hoffmann liegen in der Serie Piper vor:
Nebelriss. Das Zeitalter der Wandlung 1 (8535)
Flammenbucht. Das Zeitalter der Wandlung 2 (8536)

Originalausgabe
November 2004

Umschlagkonzept: Büro Hamburg
Umschlaggestaltung: Nele Schütz Design, München
Umschlagabbildung: Mark G. Harrison via Agentur Schlück GmbH
Karten: Hjördis Hoffmann
Gesamtherstellung: Clausen & Bosse, Leck
Printed in Germany ISBN 3-492-28536-8

www.piper.de

INHALT

PERSONENVERZEICHNIS

Die Fürsten Sithars

Uliman Thayrin, Kaiser von Sithar, Fürst von Thax, der Sohn Akendors
Binhipar Nihirdi, Fürst von Palidon
Scorutar Suant, Fürst von Swaaing
Arkon Fhonsa, Fürst von Thoka
Perjan Lomis, Fürst von Morthyl
Baniter Geneder, Fürst von Ganata
Hamalov Lomis, Fürst von Varona, Bruder von Perjan
Ascolar Suant, Fürst von Vodtiva, ein Vetter Scorutars
Vildor Thim, Fürst von Palgura
Stanthimor Imer, Fürst von Aroc

Die Familie Geneder

Jundala Geneder, Fürst Baniters Gemahlin
Hjele Geneder, seine Mutter
Sinsala Geneder, älteste Tochter des Fürstenpaares
Banja Geneder, zweite Tochter des Fürstenpaares
Marisa Geneder, jüngste Tochter des Fürstenpaares

Die Reisenden aus Troublinien

Rumos Rokariac, ein Zauberer der Bathaquar
Ashnada, seine Leibwächterin
Aelarian Trurac, Großmerkant, Angehöriger des Gildenrates
Cornbrunn, sein Leibdiener
Coron Narac, das ›Salzmaul‹, Kapitän eines troublinischen Handelsschiffs
Carputon, ein Geisterwesen
Grimm und *Knauf*, zwei Kieselfresser, Tiere aus den troublinischen Mooren

Das Heilige Spektakel

Laghanos, ein ehemaliger Zauberschüler aus Larambroge
Darsayn, der Haubenträger
Benris, ein Unbeschlagener, ein Vertrauter Darsayns und früheres Mitglied der Calindor-Loge
Tyra, eine Mondjüngerin
Sadris, ein Mondjünger

Die gespaltene Kirche des Tathril

Nhordukael, der Auserkorene, Hoherpriester der Aufständischen

Bars Balicor, Hoherpriester der Restkirche, einstiger Erzprior von Thax, Verbündeter der Bathaquar

Alplaudo Carxives, der Kurator von Vara, ein Anhänger Nhordukaels

Drun, der Anführer der Weißstirne

Die Goldéi

Aquazzan, der ›Wegführer‹, erster Scaduif

Quazzusdon, zweiter Scaduif

Sazeeme, dritter Scaduif

Die Arphater

Königin Inthara, Herrscherin über Arphat, Tochter des Sonnengottes

Sai'Kanee, Priesterin des Todesgottes Kubeth, eine Mondjüngerin

Tene-Usfar, Logenmeister der Calindor-Loge

Ejo, Schechim der Anub-Ejan-Sekte, auch ›der Große Ejo‹ genannt

Der Hof in Thax

Tundia Suant, Gemahlin des Barons von Condul, Schwester Scorutars, einstige Verlobte Akendors

Timur Imer, ein Sohn Fürst Stanthimors und dessen zeitweiliger Vertreter im Thronrat

Calaa Suant, Gattin Fürst Ascolars und dessen zeitweilige Vertreterin im Thronrat

Stun Lomis, ein Sohn Fürst Perjans und dessen Vertreter im Thronrat

Die Bewohner der Stadt Vara

Sinustre Cascodi, Betreiberin der Halle der Bittersüßen Stunden, eine ehemalige Kurtisane

Sardresh von Narva, der ›Schwärmer‹, Baumeister aus der Regierungszeit Kaiser Akrins

Die Bewohner der Insel Morthyl

Perjan Lomis, der Fürst von Morthyl

Die Käppnerin, eine Krämerin aus Galbar Arc

Cyrmor, ein Silberschmuggler aus Galbar Arc

Stolling, Wirt der *Roten Kordel* in Rhagis

Parzer, ein Fischer aus Rhagis

Mäulchen, eine Fischerin aus Rhagis

Schnappes, ein Krabbensammler aus Rhagis

Ungeld, ein Netzknüpfer aus Rhagis

Lynis, Stollings Gemahlin

Hynerc, ein Schnapsbrenner aus Rhagis

Die Besetzer der Insel Fareghi

Eldrom von Crusco, der Baron von Surgissa, selbsternannter ›König des Silbermeers‹

Inja, Eldroms Gemahlin

Duane, ehemalige Aufständische aus dem Rochenland und frühere Geliebte Baron Eldroms

Weitere lebende und verstorbene Persönlichkeiten

Tarnac der Grausame, König von Gyr

König Eshandrom, Herrscher von Kathyga, Verbündeter der Goldéi

Akendor Thayrin, der Vater Ulimans, einstiger Kaiser von Sithar und Fürst von Thax

Ceyla Illiandrin, einstige Geliebte Akendors, in Thax ermordet

Syllana Thayrin, einstige Gattin Akendors, Tochter eines Goldschmieds in Thax ermordet

Suena Suant, die Tochter der Baronin Tundia, in Thax von Akendor Thayrin ermordet

Norgon Geneder, Baniters Großvater, der ›Verräter‹, einstiger Fürst von Varona

Gadon Geneder, Baniters verstorbener Vater, Norgons Sohn, einstiger Fürst von Varona

Kaiser Torsunt, früherer Kaiser des Reiches, der Vater Akendors, der Großvater Ulimans

Kaiser Akrin, früherer Kaiser des Reiches, der Vater Torsunts

Mestor Ulba, Siegelmeister des Kaisers, hingerichtet in Arphat

Lyndolin Sintiguren, Dichterin und Astrologin, in Praa zurückgeblieben

Sadouter Suant, ein Neffe Scorutars, in Praa gefangengenommen

An'Chaki, eine Dienerin im Norfes-Tempel zu Praa, Gespielin Baniters, in Praa vergiftet

Talomar Indris, Adeliger aus Bolmar, enger Vertrauter von Jundala Geneder

Merduk und *Gahelin*, zwei ganatische Ritter

Magro Fargh, Hoherpriester, einstiges Oberhaupt der Kirche, ermordet von Nhordukael

Malcoran, der ehemalige Logenmeister der Malkuda, gefallen in Oors Caundis

Charog, Großmeister der Universität von Larambroge, von den Goldéi in Larambroge getötet

Sorturo, ehemaliger Lehrmeister des Laghanos und Wortführer der Malkuda in Larambroge

Cercinor der Unbeugsame, ein kathygischer Rebell

Historische und legendäre Persönlichkeiten

Durta Slargin, der Bezwinger der Quellen, bekannt als ›Weltenwanderer‹ und ›Sternengänger‹

Mondschlund, der ›Blender‹, legendärer Zauberer und einstiger Gefährte Durta Slargins

Kahida, legendäre Zauberin auf der Insel Tyran

Varyn der Seefahrer, Entdecker der Insel Morthyl, Erbauer des Leuchtturms auf Fareghi

Bathos, Priester der Tathrilya, Gründer der Bathaquar

König Apetha, legendärer Gründer Arphats

Lysron, einstiger Kurator der Tathril-Kirche aus Vara

Jenos Agur, einstiger Hoherpriester der Tathril-Kirche, von der Bathaquar ermordet

Einige auf Gharax verehrte Götter

Tathril, alleiniger Gott der Tathrilya-Loge, verehrt in Sithar und Troublinien

Agihor, oberster Gott der Arphater, Gott der Sonne und des Regens

Kubeth, einer der Todesgötter von Arphat

Balah-Sej, arphatischer Gott des Gesetzes

Candra, Meergott, oberster Gott der Gyraner

Bilmephal
Atrevo
Nordmeer
Siccelda
Straße von Tyran
CANDACAR
KATHYGA
ARPHAT
AROC
Suuls Hauch
Tyran
Stirging
PALIDON
PALGURA
Troublinische See
Loana
GYR
THAX
VARONA
GANATA
Letha
SWAAING
TROUBLINIEN
Tula
Scar
Phatal
Strega
Suan
KAISERREICH SITHAR
THOKA
Vrynn
Fareghi
Throdot
VODTIVA
Thatra
Pendekowin
Silbermeer
MORTHYL
Phaly
1
2
3
4
5
6
7
8
9
10
11
12
13
14
15
16
17
18
19
20
21
22
23
24
25
26
27
28
29
30
31
32
33
34
35
36
37
38

LEGENDE

Königreich Gyr
1 – Nagyra
2 – Gharjas, *Hauptstadt*

Königreich Candacar
3 – Kyrion, *Hauptstadt*

Königreich Arphat
4 – Praa, *Hauptstadt*
5 – Harsas
6 – Pryatt Parr – Golganor (Grenze Arphat / Palidon)
7 – Adep-Epta

Königreich Kathyga
8 – Larambroge, *Hauptstadt*
9 – Ghasren
10 – Crusco
11 – Tarosage

Rochenland (Teil von Kathyga)
12 – Surgissa
13 – Der Steinkreis von Ilmora
14 – Oors Caundis (Logenburg der Malkuda)

Kaiserreich Sithar
15 – Nandar (Palidon)
16 – Ronamot (Palidon)
17 – Jacosta (Palidon)
18 – Condul (Palgura)
19 – Persys (Palgura)
20 – Thax (Thax), *Hauptstadt*
21 – Movimar (Thax)
22 – Narva (Thax)
23 – Amos, der Brennende Berg (Thax)
24 – Blanvart (Thax)
25 – Travid (Thax)
26 – Mehnic (Varona)
27 – Vara (Varona)
28 – Gehani (Ganata)
29 – Bolmar (Ganata)
30 – Serys (Thoka)
31 – Galbar Arc (Morthyl)
32 – Miras Arc (Morthyl)
33 – Venetor (Vodtiva)
34 – Sawaar (Swaaing)

Troublinien
35 – Taruba, *Hauptstadt*
36 – Oublin
37 – Torquiat
38 – Iarac

FAREGHI
Nejip
Varynna
LORRE
REGHI
TANIS
NJURSKLIPP
SOLEIGH
SIMUR
GalbarArc
Rhagis
Silbermeer
MORTHYL
Trimi
Bosjip
Orjis
Morthang
MirasArc

PROLOG

Ist jede Stadt, von Menschenhand errichtet, dem Untergang geweiht? Kündigt sich, wenn Stein auf Stein geschichtet und Balken auf Balken gezimmert wird, bereits die Stunde an, in der dieses Bauwerk sein gewaltsames Ende findet, in der ein Feuersturm die Mauern zermürbt und zum Einsturz bringt? Ist der Wunsch nach ewiger Beständigkeit, den die Gründer einer Stadt mit ihrer Errichtung verknüpfen, nichts als ein Trugbild, da alles, was geschaffen wird, vergehen muß?

In Arphat, so erzählt man sich, wurden einst sechs prächtige Städte errichtet – damals, in der Alten Zeit, als die Quellen noch alles Leben auf Gharax bestimmten. Sie übertrafen an Größe und Schönheit sämtliche Siedlungen, die vor und nach ihnen gebaut wurden: Nes'Fara, die Stadt der Phantasten; Yuthir, die Stadt des Wissens; Udan'Andor, die Stadt der Entsagung; Mandras, die Stadt des Rausches; Dalal'Sarmanch, die Stadt der Sieben Türme; und Harsas, die Stadt des Schwefels. Die Legenden berichten noch heute vom aufregenden Leben in diesen Bastionen, von unermeßlichen Schätzen und mächtigen Herrschern, und zeugen vom Staunen jener, denen es vergönnt war, diese Wunder mit eigenen Augen erblickt zu haben.

Fünf dieser Städte wurden in der Alten Zeit zerstört. Sie wurden von Feuern vernichtet, von Feinden verwüstet; und stets waren es die Bewohner selbst, die das Unglück über ihre Heimat heraufbeschworen hatten. Die Häuser fielen zurück in den Staub, aus dem sie gekommen waren; nichts blieb zurück als Lehm und totes Gestein.

Gelegentlich, wenn ein Kind in den Trümmern spielt, entdeckt es Tonscherben, deren verzierte Ränder vom Niedergang der alten Städte künden. Dann eröffnet sich uns für einen Augenblick die Geschichte einer Zeit, in der nichts ewig sein konnte, da die Menschen zu unstet waren und ihre Mißgunst zu groß, um solche Schönheit zu bewahren.

Allein Harsas, die Stadt des Schwefels, überdauerte die Wirren der Alten Zeit. Sie blieb bestehen an der Küste des Nordmeers, wo ihre Gründer sie errichtet hatten. Noch viele Jahrtausende lang besangen die Dichter ihre Türme und Paläste, priesen ihren Ruhm und ihre Schönheit. Niemand zweifelte daran, daß diese eine Stadt ewig bestehen würde.

Doch den Keim der Vernichtung trug auch sie in sich. So wie die anderen fünf Städte zerfielen, mußte auch Harsas zerfallen.

Das Schicksal, das unerbittliche, holt sich seinen Lohn.

Stille herrschte in den Straßen von Harsas, als der Tag sich zu Ende neigte, als die Sonne tiefer und tiefer sank und das Meer jenseits der Klippen in rotgoldenes Licht tauchte. Das Wasser brandete sanft gegen die Felsen, und doch wirkte es unruhig, bewegt, belebt. In ihm kochten tausend und abertausend Bläschen; sie schäumten an die Wasseroberfläche und zerplatzten dort mit einem Fauchen. Dann stieg gelber Dampf empor, der die Luft mit einem fauligen Hauch durchsetzte.

Viele Menschen kamen nach Harsas, um die Schwefelquellen zu besuchen. Sie badeten in dem schäumenden Wasser, strichen sich die Glieder mit Küstenschlick ein, saßen auf den Felsen und atmeten die Dämpfe, denen eine heilende Wirkung zugeschrieben wurde. Kranke, Müde und Erschöpfte reisten nach Harsas, getrieben von der Hoffnung, ihre Beschwerden lindern zu können; selbst aus fernen Ländern strömten sie herbei.

Das Geld der Besucher hatte die Stadt reich werden lassen. Selbst in den ärmeren Stadtvierteln waren die Straßen befestigt, und überall waren Häuser zu sehen, deren Fassaden aufwendige Fresken zierten. Harsas, du Stadt der tausend Gesichter, du Stadt der Glücklichen und Zufriedenen…

Im Osten der Stadt fiel der felsige Boden flach zur Küste ab. Hier hatten die Mönche des Balah-Sej, denen die Verwaltung der Stadt oblag, Stufen in die Felsblöcke schlagen lassen. Vom frühen Morgen bis spät in die Nacht saßen die Menschen auf den Treppen. Es herrschte andächtiges Schweigen, nicht allein, weil die Dämpfe benommen machten, sondern weil dieser Ort heilig war, den Göttern des Meeres und der Lüfte geweiht. Mönche verschiedener Orden wachten über die Schwefelquellen, und täglich wurde den Göttern ein Opfer dargebracht, um die heilende Kraft der Dämpfe zu erhalten.

In diesen Tagen jedoch war das Schweigen durchsetzt von Angst. Dunkle Kunde hatte Harsas erreicht; Kunde von den Verlusten, die Arphats Heer an der Grenze zum benachbarten Königreich Kathyga erlitten hatte. Denn Arphat befand sich seit kurzer Zeit im Krieg; es warf sich einem Feind entgegen, der bereits die Königreiche Gyr und Candacar zu Fall gebracht hatte. Fremdartige Wesen waren mit ihren Schiffen von unbekannten Ufern aufgebrochen, um die Welt unter ihre Herrschaft zu zwingen. Man nannte sie die Goldéi, ›die Rotgeschuppten‹: echsenähnliche Kreaturen, blutrünstig und bar jeder menschlichen Regung. Gerüchte über ihre Grausamkeit machten die Runde; daß sie jene, die sich nicht unterwarfen, mit ihren Klauen zerrissen; daß sie über geheimnisvolle Kräfte verfügten, denen selbst die Zauberer der Logen nichts entgegenzusetzen wußten. Nachdem sich das benachbarte Kathyga ihnen unterworfen hatte, setzten die Goldéi nun zum Sturm gegen das Sonnenreich an. Die Angehörigen der Kriegerorden waren gen Westen gezogen, um Arphat gegen die Echsen zu verteidigen, und so weinte in Harsas bereits manche Familie um den gefallenen Sohn, die gefallene Tochter.

Königin Inthara aber, die Herrscherin Arphats und Nachfahrin des Sonnengottes Agihor, war in den Süden gereist, um Frieden mit Sithar zu schließen, jenem mächtigen Kaiserreich, das in erbitterter Feindschaft zu Arphat stand. Viele Menschen deuteten es als schlechtes Omen, daß die Königin das Land verlassen hatte. Wer sollte Arphat vor dem Zorn der Götter bewahren, wenn sie, die göttliches Blut in sich trug, fern der Heimat war? Intharas Entschluß, Frieden mit den Sitharern zu schließen, hatte viele verunsichert; zu tief saß der Haß auf die Südländer, die sich vor dreihundertfünfzig Jahren vom Sonnenreich losgesagt hatten. Doch wagte niemand offenen Widerspruch. Die Königin handelte stets im Einklang mit dem göttlichen Willen; wer dies anzweifelte, mußte mit einer harten Bestrafung rechnen.

Auf einer der Treppenstufen kauerte eine alte Frau, gehüllt in ein fleckiges Tuch. Die Zeit hatte tiefe Falten in ihr Gesicht gezeichnet, und ihre Augen waren im Lauf der Jahre blind geworden. Als junges Mädchen hatte sie auf den Treppen Gebäck an die Menschen verkauft, doch nun war sie zu alt für diese Tätigkeit. Statt dessen hockte sie tagein, tagaus auf den Stufen und unterhielt die Anwesenden mit ihren Geschichten. Viel hatte sie zu erzählen, Legenden aus alter Zeit; Geschichten von der Entstehung Arphats, als der große König Apetha die verfeindeten Städte geeint und die Welt mit seinen Heeren in Angst und Schrecken versetzt hatte; Geschichten von den launischen Geistern des Wassers, die einst das Nordmeer beherrscht hatten und von jenem Zauberer besänftigt worden waren, den man hierzulande Durtha Slargo nannte und der in anderen Ländern den Namen Durta Slargin trug.

Auch heute war die alte Geschichtenerzählerin wieder umringt von zahlreichen Menschen: Männer, deren olivfarbene Gesichter im Licht der untergehenden Sonne schimmerten; Frauen, auf deren Schößen Kinder saßen und mit ihren dunklen Zöpfen spielten; Mönche in wallenden Gewändern, die sich nach ihrem Abendgebet auf den Treppen niedergelassen hatten; Reisende aus fernen Ländern, hier die schrägstehenden Augen eines Candacarers, dort das rote Haar eines Troubliniers oder der weißblonde Schopf einer Gyranerin. Alle Augen hingen an den Lippen der alten Frau.

»Erzähl uns von den Goldéi«, bat einer von ihnen. »Erzähl uns, woher sie kommen und warum sie über Gharax herfallen.«

Die Alte winkte mürrisch ab. »Darüber weiß ich nichts. Ich kenne keine Legenden, die von diesen Wesen handeln. Doch ich kann euch von Durtha Slargo erzählen, von dem Tag, an dem er unsere Stadt von dem Fluch der Götter erlöste.«

Die Menschen rückten dichter an sie heran.

»Als Durtha Slargo vor vielen tausend Jahren nach Harsas kam«, begann die alte Frau und wies auf das Wasser, »führten die Bewohner der Stadt ihn zu dieser felsigen Bucht; denn hier lebte ein Ungeheuer, eine Seeschlange, die sich am Meeresgrund verborgen hielt.« Gebannt lauschten die Zuhörer ihren Worten. »Das Untier kam nur selten an die Wasseroberfläche, doch dann war seine Gier groß. Ohne Vorwarnung tauchte es auf, und sein giftiger Hauch legte sich über die Stadt. Wer ihn einatmete, sank tot zu Boden. Die Schlange aber ergriff die Leichen und schleifte sie ins Meer. Dann war das Wasser viele Tage lang blutrot.«

Die Blicke der Menschen wanderten zum Wasser zurück, wo noch immer die Schwefelblasen aufstiegen. Sie schillerten im rötlichen Sonnenlicht, und für einen Moment schien tatsächlich Blut auf den Wellen zu tanzen, emporgespült aus der Tiefe der Bucht.

»Durtha Slargo sagte den Einwohnern von Harsas seine Hilfe zu«, fuhr die Frau fort. Sie zeigte auf einen dunklen Punkt, der inmitten der aufsteigenden Dämpfe zu erkennen war; eine steinige Insel vor der Küste, die durch eine Brücke mit dem Festland verbunden war. »Er ließ sich in einem Boot zum Gelben Felsen hinüberbringen, und er befahl den Menschen, ihn dort allein zu lassen und das Wasser zu meiden, denn er fürchtete den Zorn des Untiers. So verließen die Menschen Harsas für sieben Tage. Durtha Slargo aber verharrte auf dem Gelben Felsen, mit nichts weiter bewaffnet als seinem Wanderstab und dem unerschütterlichen Willen, das Ungeheuer zu besiegen.« Sie senkte die Stimme, so daß die Zuhörer sich vorbeugen mußten, um ihre Worte zu verstehen. »Vier Tage und vier Nächte lang wartete Durtha Slargo auf die Schlange; er schlief nicht und aß nicht und ruhte nicht. Dann aber, am fünften Tag, wurde die Wasseroberfläche von einem gewaltigen Strudel aufgewühlt, und aus der Tiefe der Bucht erhob sich das Ungetüm, hoch wie ein Fels, eine riesige Schlange mit gelben Schuppen und messerscharfen Reißzähnen!«

Das Brodeln des Wassers wurde stärker. Fontänen aus Dampf zischten empor. Der faulige Geruch in der Luft wurde mit einemmal so stark, daß einige Anwesende husten mußten.

»So focht Durtha Slargo mit dem Untier von Harsas«, wisperte die Frau, »drei Tage und drei Nächte lang. Das Gebrüll der Schlange war in ganz Arphat zu hören, und das Nordmeer tobte, als wollte es selbst an dem Kampf teilnehmen. Am Morgen des achten Tages gellte schließlich ein Todesschrei durch die Bucht von Harsas. Durtha Slargo hatte der Schlange mit seinem Stab den Kopf zertrümmert.« Ihre Worte gingen fast unter im Zischen der zerplatzenden Blasen. »So sank ihr Leib zurück in das Wasser. Da liegt er noch immer und verwest auf dem Meeresgrund. Ihm entsteigt jener Dampf, den ihr dort seht und einatmet und der allein durch die Macht Durtha Slargos seines Giftes beraubt wurde.« Sie rieb sich die alten Hände, sichtlich zufrieden über die Furcht ihrer Zuhörer. »So verdankt Harsas jenem Zauberer, den die Götter nach Arphat sandten, seinen Reichtum. Bis zum heutigen Tag zehren wir von Durtha Slargos mutiger Tat und sind ihm, dem Bezwinger der Quellen, zu ewigem Dank verpflichtet.«

Sie hielt inne, denn Lärm drang aus der Stadt an ihr Ohr. Auf der Straße, die sich oberhalb der Treppen erstreckte, war ein Trupp bewaffneter Mönche erschienen. Ihre goldbestickten Überwürfe wiesen sie als Bena-Kubith aus, als Krieger des Todesgottes Kubeth. Nur selten waren Bena-Kubith in der Stadt zu sehen; sie hielten sich meist im verborgenen, wachten über die Grabanlagen und überführten gelegentlich die Leichname hochgestellter Priester in die Hauptstadt Praa. Diesmal schienen sie aus einem anderen Grund nach Harsas gekommen zu sein, denn sie waren schwer gerüstet, trugen Lederhelme, Schilde, schwarz glänzende Speere. An ihrer Spitze schritt eine Kubeth-Priesterin, das Gesicht mit goldener Schminke verziert. Sie führte die Mönche auf der Straße gen Norden, wo sich in schwefligen Schwaden der Gelbe Felsen verbarg.

Unruhe erfaßte die Menschen auf den Treppen. Das Erscheinen der Mönche konnte nichts Gutes verheißen. Die Krieger des Todesgottes schwärmten nur bei großen Volksunruhen aus, denn sie galten als Wächter der öffentlichen Ordnung. Zahlreiche Aufstände hatten sie niedergeschlagen, und manch aufmüpfiger Orden war von ihnen in die Schranken gewiesen worden.

Die Menschen beobachteten, wie die Bena-Kubith die Brücke zum Gelben Felsen überquerten. Bald waren sie im Schwefeldunst verschwunden. Im selben Augenblick drang ein Brodeln vom Wasser her; eine riesige, giftig schillernde Blase war aus der Tiefe aufgestiegen und trieb auf der Wasseroberfläche. In ihrem Inneren schäumte der Dampf wie in einem Kessel.

»Es heißt, daß die Schlange eines Tages wieder zum Leben erwachen wird«, hörten die Leute die alte Frau raunen. »Wenn der Nebel kommt, der Nebel… dann wird sie ihr Haupt aus dem Wasser erheben, und ihr tödlicher Atem wird sich erneut über Harsas legen und alles Leben vernichten. Hütet euch vor dem Nebel, ich sage es euch.«

Entsetzt starrten die Menschen auf das Meer, wo die Blase nun zerfiel, zerplatzte und gelben Dampf ausspie, der heiß und schwer und faul zum Himmel aufstieg.

Folgendes wird vom Fall der Stadt Nes'Fara berichtet:

Nes'Fara, die man auch die Stadt der Phantasten nannte, zeichnete sich durch die Begeisterung ihrer Bewohner für wahre und unwahre Geschichten aus. Überall in der Stadt, auf den Gassen und Marktplätzen, in den Tavernen und Badhäusern, ergötzte man sich an der Kunst der Märchenerzähler, die nach Nes'Fara strömten. Abenteuerliche Begebenheiten wurden der Menge berichtet, uralte Lieder zum besten gegeben und köstliche Schnurren erzählt. Die Gier der Menschen nach immer neuen Geschichten war kaum zu stillen. Wer etwas Spannendes zu erzählen wußte, konnte mit fürstlicher Entlohnung rechnen; in zwölf Schulen wurde die Dichtkunst gelehrt, und Sänger waren in der Stadt hoch angesehen. Der König von Nes'Fara beschäftigte in seinem Palast über hundert Barden weiblichen Geschlechts, die ihn unterhielten und ihm, wie man im Volk behauptete, zugleich als Kurtisanen dienten. Aber vielleicht war auch dies nur eine Geschichte, erdacht von einem frivolen Poeten, der die Phantasie seiner Zuhörer anregen wollte.

Die Sucht nach Geschichten trieb mit der Zeit seltsame Blüten. Da in der Stadt ununterbrochen Märchen erzählt wurden, wußte bald niemand mehr zwischen Wahrheit und Dichtung zu unterscheiden. Tatsächliche Begebenheiten wurden für ebenso wahr gehalten wie erfundene, und die Helden einer Geschichte erschienen den Bürgern von Nes'Fara kaum weniger wirklich als ihre eigenen Bekannten. Wer durch die Straßen der Stadt schlenderte und den Gesprächen der Menschen lauschte, vermochte nicht zu sagen, ob sie sich über Tatsächliches oder Erdichtetes unterhielten oder nur gemeinsam an einer neuen Erzählung sponnen. Manch einer verwechselte seine Bekannten mit den Helden der eigenen Geschichten, und die Märchenerzähler waren von ihren Zuhörern kaum zu unterscheiden.

Als eines Tages die Kunde umherging, daß eine feindlich gesinnte Stadt aus den Bergen ein Heer nach Nes'Fara entsandt hatte, wurde dies von den Bürgern für eine weitere spannende Geschichte gehalten; niemand wußte, ob es tatsächlich eine solche Stadt außerhalb der Mauern von Nes'Fara gab oder dies nur einer alten und wahrscheinlich unwahren Legende entsprungen war. Viele hielten sogar die Berge, in denen diese feindliche Stadt liegen sollte, für eine Erfindung; andere waren der Überzeugung, jenes Heer, vor dem gewarnt wurde, hätte Nes'Fara bereits vor langer Zeit heimgesucht, und die Kunde ihres Heranrückens sei nur die Erinnerung an eine vergessene Schlacht.

So kam es, daß Nes'Fara ohne Gegenwehr an den Feind fiel, als dieser die Stadtmauern erreichte. Nes'Fara wurde von den Truppen überrannt und bis auf den letzten Stein geschleift, seine Bewohner erschlagen, die Überlebenden verschleppt. Nichts blieb von der Stadt zurück als die traurige Geschichte ihrer Vernichtung, die so gründlich gewesen war, daß sich später nicht mit Sicherheit sagen ließ, ob es Nes'Fara überhaupt je gegeben hat oder auch sie nur eine Legende ist, die man sich am Lagerfeuer erzählt.

So fiel Nes'Fara, die Stadt der Phantasten, als erste der sechs großen Städte.

Seltsame Klänge wanderten über den Gelben Felsen; Gesänge, die von keiner menschlichen Stimme herrührten, Melodien, die keinem Instrument entlockt wurden. Sie wehten über den Felsen wie ein sanfter Wind, doch sonst herrschte Stille. Kein Laut drang an diesen Ort aus der Welt jenseits der Brücke, nicht das Rauschen des Meeres, nicht der pfeifende Atem des Windes. Ruhe umgab den Felsen, den man auch die Schale der Träumer nannte, denn er wies eine nach innen gewölbte Oberfläche auf. Das schwefelgelbe Gestein war glatt geschliffen; Lichter spiegelten sich auf der Innenseite der Schale und erfüllten sie mit geheimnisvollem Glanz.

Inmitten der Schale, gleichsam an ihrem tiefsten Punkt, ruhte ein Schrein. Er war aus Silber gefertigt, funkelte im Licht der roten Kerzen, die ihn umgaben. Über ihm waberte eine Dampfsäule, ebenso schwefelgelb wie die Schwaden der Bucht von Harsas, doch geordneter, ruhiger. Sie verlor sich erst in beträchtlicher Höhe über dem Schrein und verschmolz dort mit den Dämpfen, die den Gelben Felsen umhüllten.

Unweit des Schreins kniete ein kahlköpfiger Greis. Er trug ein ärmelloses Hemd; an den Armen und Beinen glänzten zahlreiche Silberringe. Sein Gesicht, eulenartig aufgrund der großen Augen und der verhärmten Mundpartie, war mit Schriftzeichen bemalt, den Schutzrunen der Calindor-Loge; denn der Greis war kein Geringerer als Tene-Usfar, Großmeister der Loge. Sein Blick war auf den Schrein gerichtet, die Hände aber hatte er erhoben. Sie schienen nach etwas zu tasten, etwas Unsichtbarem, das der Wahrnehmung der übrigen Zauberer – es waren zehn an der Zahl – verborgen blieb. Nur dem Großmeister war es vergönnt, das Herz der Quelle zu erblicken.

Seit Urzeiten wachte die Calindor-Loge über die Quelle, die einst von dem Zauberer Durtha Slargo bezwungen worden war. Er hatte die Schale der Träumer seinen Schülern anvertraut, den Gründern der Loge, damit diese den Norden Arphats vor den Gewalten der Sphäre beschützen konnten. In früheren Zeiten hatte die Calindor dank der Quelle großen Einfluß im Norden gewonnen. Doch die Streitigkeiten mit den anderen Logen sowie der Aufstieg des arphatischen Reiches hatte die Calindor in die Bedeutungslosigkeit absinken lassen. Noch immer geboten die Calindori über zahlreiche Quellen, doch sie waren kaum mehr als Erfüllungsgehilfen des arphatischen Königshauses. Tag und Nacht wurden sie von den Mönchsorden überwacht, und jeder Wunsch der Königin war ihnen Befehl.

Tene-Usfar ließ die Arme sinken. Klirrend schlugen die silbernen Ringe gegeneinander und sangen das Lied der Magie, die diesen Ort umfing. Langsam erhob sich der Logenmeister und wandte sich den übrigen Zauberern zu.

»Ihr habt es gesehen! Die Quelle ist milde gestimmt; nichts verzerrt ihre Ströme. Die Sphäre wird standhalten.«

Tene-Usfars Stimme drückte Entschlossenheit aus. »Es wurden viele Unwahrheiten in den vergangenen Wochen verbreitet. Sie haben unsere Gemeinschaft entzweit, haben die Angst jener geschürt, die schon immer vom Kleinmut beseelt waren. Seit die Goldéi in unsere Welt gekommen sind, erzittert die Menschheit vor der schrecklichen Macht dieser Wesen; die einen wollen sich ihnen kampflos ergeben, die anderen vor ihnen fliehen. Unsere Königin aber hat sich ihnen entgegengestellt, und ebenso entschlossen werden auch wir sie bekämpfen.« Er wies auf die Dampfsäule inmitten der Schale der Träumer. »Die Sphäre hat sich verändert. Die Echsen haben viele Quellen in ihre Gewalt gebracht, doch diesen Eroberungen ging stets die Unentschlossenheit ihrer Gegner voraus. Die Solcata und Malkuda haben ihnen leichtfertig den Sieg geschenkt. Wir hingegen werden kämpfen! Die Sphäre ist auf unserer Seite.«

»Ihr seid ein geschickter Redner, Tene-Usfar«, unterbrach ihn eine energische Stimme. »Doch glaubt Ihr tatsächlich den eigenen Worten? Könnt Ihr die Augen so fest vor der Wahrheit verschließen, daß Ihr Euch von den eigenen Lügen irreführen laßt?«

Tene-Usfar wirbelte herum. Über die Brücke, die zum Festland hinüberführte, hatte eine Gruppe speerbewaffneter Mönche den Gelben Felsen betreten; etwa dreißig Bena-Kubith mit goldbestickten Umhängen. An ihrer Spitze schritt eine Priesterin; dürr ihre Gestalt, der Gang kämpferisch. Sie war mittleren Alters, ihr dunkles Haar war von silbrigen Fäden durchzogen. Das goldgeschminkte Gesicht wies sie als höchste Geweihte des Todesgottes aus.

»Wahrheit und Lüge sind in diesen Zeiten schwer auseinanderzuhalten«, fuhr die Priesterin fort, »und die Calindor war stets begabt darin, die Grenzen zwischen beiden zu verwischen.« Sie bedeutete den Bena-Kubith, sich auf der Felseninsel zu verteilen. Mit gesenkten Speeren trieben sie die Zauberer unweit der Brücke zusammen. Allein der Großmeister verharrte inmitten der Schale der Träumer.

»Ihr geht zu weit, Sai'Kanee«, sagte er mit fester Stimme,

sichtlich bemüht, keine Furcht zu zeigen. »Auch wenn Ihr die höchste Geweihte des Kubeth seid, habt Ihr nicht das Recht, dieses Ritual zu stören. Unsere Loge steht unter dem Schutz der Königin. Sie selbst befahl mir, nach Harsas zu gehen und die Sphäre gegen die Goldéi zu verteidigen.«

»Königin Inthara hat es sich anders überlegt«, erwiderte die Priesterin. Ihre Gesichtszüge wirkten wie eingefroren unter der goldenen Schminke. »Ihr habt der Gottgleichen zu viele Versprechungen gemacht, die Ihr nicht halten konntet. Sie traut Eurer Loge nicht mehr zu, den Verfall der Sphäre aufzuhalten.«

Tene-Usfar funkelte sie an. »Dann habt Ihr sie aufgehetzt, Sai'Kanee! Inthara hat meinen Rat stets hochgeschätzt; sie weiß, daß nur die Calindor ein Vordringen der Echsen verhindern kann.«

Sai'Kanee musterte den Zauberer abschätzig. »Euren vollmundigen Worten sind keine Taten gefolgt. Seit der Krieg gegen die Goldéi begann, wird die Sphäre über Arphat schwächer; all Eure Zauber, die unser Heer im Osten unterstützen sollten, haben kläglich versagt.«

»Was wißt Ihr schon von der Sphäre, Weib!« Tene-Usfar wischte sich den Schweiß von der Stirn, und die aufgemalten Schutzrunen zerronnen unter seiner Hand. »Die Macht der Echsen ist groß, doch unsere Verteidigung steht. Bisher konnten wir sämtliche Angriffe auf die Sphäre abwehren.«

Sai'Kanee schien unbeeindruckt. »Das ist eine Lüge, und Ihr wißt es. Die Calindor ist der Magie der Goldéi nicht gewachsen.« Sie hob die Stimme, damit auch die übrigen Zauberer ihre Worte verstehen konnten. »In diesem Augenblick nähern sich ihre Schiffe der Bucht von Harsas. Sie haben den Bann des Nordmeers gebrochen, der unsere Gewässer vor ihrem Eindringen schützen sollte.«

»Unsinn!« fauchte Tene-Usfar. »Niemand kann diesen Zauber bezwingen. Die Schale der Träumer hält den Bann aufrecht.«

»Seid Ihr so blind, alter Mann? Wollt Ihr nicht sehen, was Ihr im Innersten längst ahnt?« Sie wies auf die Dampfsäule.

»Niemand kennt die Schale der Träumer besser als Ihr. Seht in ihr Herz! Befragt sie, und Ihr werdet begreifen, wie vergeblich Eure Rituale waren.«

Verunsichert wandte sich Tene-Usfar der Quelle zu. Schloß die Augen. Atmete tief durch. Schmeckte den schwefligen Hauch auf der Zunge. Spürte ihn auf der Haut, spürte ihn in seine Poren dringen; und all dies war ihm vertraut, seit vielen Jahrzehnten schon, seit er über die Schale der Träumer gebot. Sein Körper schien in der Sphäre aufzugehen, sich aufzulösen in den Schwaden der Quelle, stark und doch bezwungen, wild und doch gezähmt, ihm zu Willen, ihm untertan; nichts trübte diese Einheit, nichts...

Dann aber erkannte er die Täuschung. Sah den Riß, den die Eindringlinge in die Sphäre geschlagen hatten, sah den Schleier, in dessen Schutz sie sich verbargen. Sah, wie die Quelle sich aufbäumte, längst bereit, ihre Ketten zu sprengen, die Hülle zu zerfetzen, die ihr von den Zauberern aufgezwungen worden war. Spürte die unbändige Kraft, mit der sie sich den Eindringlingen entgegenwarf – nicht um sie zu zerstören, sondern um sie zu begrüßen.

Er sah.

ER SAH!

Tene-Usfar taumelte. »Die Schiffe...ja, nun erkenne ich sie!« Seine Stimme klang heiser. »Golden ihr Bug und golden die Segel... sie kommen! Sie kommen!« Mit flackernden Augen starrte er die Kubeth-Priesterin an. »Aber wie ist das möglich?«

»Die Goldéi sind Meister der Tarnung«, antwortete Sai'Kanee. »Doch sie können nur dort siegreich sein, wo die Angst bereits den Verstand besiegt hat. Ihr habt Euch an die überkommenen Traditionen Eurer Loge geklammert, obwohl Ihr wußtet, wie sehr sich die Sphäre verändert hat. Dachtet Ihr tatsächlich, Ihr könntet in einer Zeit des Wandels an überholten Ritualen festhalten, dem Feind mit schartig gewordenen Waffen entgegentreten?«

Zorn erfaßte den Zauberer. »Wollt Ihr mir unterstellen, ich hätte unser Land offenen Auges ins Verderben rennen lassen? Ich tat alles, um Arphat zu verteidigen! Tag für Tag kämpfte ich darum, die Sphäre vor den Echsen zu schützen...«

»...und Tag für Tag schwand Eure Macht«, erwiderte Sai'Kanee. »Nun ist sie gänzlich dahin. Die Sphäre ist Euch fremd geworden, alter Mann!«

»Schweigt von der Sphäre! Ihr habt sie nie gesehen, nicht ihre Wunder, nicht ihre Schrecken. Ihr könnt nicht ermessen, was sie für unser Leben bedeutet.« Für einen Moment hielt Tene-Usfar inne. »Aber woher wußtet Ihr von den Veränderungen der Sphäre? Wie konntet Ihr wissen, daß die Goldéi den Bann des Nordmeers überwunden haben?«

Das Gesicht der Priesterin blieb unbeweglich.

Ein Geräusch schreckte Tene-Usfar auf. Er fuhr herum, starrte zum Mittelpunkt der Schale der Träumer. Die Dampfsäule über dem Schrein hatte sich blutig verfärbt; nun begann sie zu zerfasern, zu verwehen. Unruhig flackerten die Kerzen am Grund der Schale, als wollten sie dem Treiben Einhalt gebieten. Doch der rote Dunst sank auf sie nieder, erstickte die Flammen.

Tene-Usfar erbleichte. »Die Quelle...sie bricht aus ihren Grenzen!« Entsetzt blickte er die Priesterin an. »Ich muß sie in unseren Bann zwingen, sonst ist Harsas verloren! Laßt mich mit den Zauberern allein! Nur wir können sie aufhalten!«

Sai'Kanee winkte zwei Bena-Kubith-Mönche herbei. Dann deutete sie auf den Schrein, der im Dampf zu verschwinden drohte. Die Mönche legten ihre Speere beiseite, näherten sich dem Schrein.

»Was in aller Welt tut ihr da?« schrie der Großmeister auf. »Laßt mich zur Quelle! Ich muß verhindern, daß sie sich losreißt! Wenn sie die Freiheit erlangt, werden die Goldéi...«

Sai'Kanee packte ihn an der Schulter. »Der Kampf um Harsas ist verloren. Ihr habt die Stadt dem Untergang preisgegeben. Wir müssen die Quelle aufgeben.«

Wütend versuchte sich der Greis zu befreien. »Niemals! Sie gehört der Calindor! Niemand soll es wagen, uns die

Schale der Träumer fortzunehmen! Durtha Slargo hat sie uns vermacht!«

Sai'Kanees Griff blieb eisern. »Er hat Euch betrogen, alter Mann. Der Weltenwanderer hat Euch seine Macht für begrenzte Zeit verliehen; nun holt er sie sich zurück.« Sie hatte die letzten Worte voller Verachtung gesprochen. »Ich kam nicht hierher, um mit Euch zu streiten, sondern um die Reliquien in Sicherheit zu bringen. Sie haben sich lange genug in den Händen der Loge befunden. Ich werde sie an mich nehmen – auf Befehl der Königin!«

Die Bena-Kubith-Mönche hatten den Schrein erreicht. Vorsichtig knieten sie sich vor ihm zu Boden. Dann holten sie jeder ein Paar schwarzer Handschuhe unter ihren Gewändern hervor, streiften sie sich über.

»Das ist Wahnsinn!« keuchte Tene-Usfar. »Die Quelle wird diese Männer in Stücke reißen! Ihr schickt sie in den sicheren Tod.«

Der rote Dampf wirbelte auf, schlug den Bena-Kubith ins Gesicht. Sie beachteten ihn nicht, packten den Deckel des Schreins, zogen ihn zur Seite fort.

»Sie wird uns alle vernichten!« kreischte der Großmeister. »Holt Eure Männer zurück, ich beschwöre Euch!«

Vorsichtig griff einer der Mönche in das Innere des Schreins. Als er seine Hand hervorzog, umschloß sie einen länglichen, schwarzen Gegenstand. Er wirkte spröde, glich einem zerbröckelnden Kohlenstück. Der Mönch entnahm dem Schrein zwei weitere, ähnlich beschaffene Gebilde und reichte sie seinem Begleiter, der sie behutsam in ein Tuch wickelte.

»Die Reliquien«, stieß Tene-Usfar hervor. »Der heilige Stab des Durtha Slargo...« Seine Finger krallten sich in den Unterarm der Priesterin. »Was versprecht Ihr Euch von diesem Diebstahl? Ihr werdet bitter dafür bezahlen!«

Sai'Kanee würdigte ihn keines Blickes. »Der Stab wird uns helfen, den Kampf um die Sphäre zu entscheiden – ein Kampf, in dem Eure Loge keine Rolle mehr spielt.« Sanft schob sie den Zauberer beiseite.

Er starrte sie an; das goldgeschminkte Gesicht, die unergründlichen Augen der Priesterin. Nun erst bemerkte er das unscheinbare Amulett an ihrem Hals: eine goldene Mondsichel.

»Ihr dient dem Blender«, entfuhr es ihm, »dem Verhüller, dem Herrn der Schatten!« Er wich vor ihr zurück. »Die alten Legenden sind wahr!«

»Manche von ihnen sind es«, gab sie zurück, »doch den meisten sollten wir Menschen nicht trauen. Sie sind Erfindungen des Weltenwanderers. Er hat im Lauf der Jahrhunderte ein Netz der Lügen gesponnen, das nur schwer zu zerreißen ist.«

Der Zauberer zitterte. »Ich werde den Raub der Reliquien nicht zulassen!«

Sai'Kanee wandte sich von ihm ab, gab den Mönchen ein Zeichen, sich zurückzuziehen. »Ihr werdet mich kaum daran hindern können, Großmeister. Ihr habt keine Macht mehr über die Quelle. Und die Goldéi nahen; bald sind sie bei Euch und werden Euch strafen für den Frevel, den Eure Loge an Ihnen beging.«

Tene-Usfar brüllte auf, wollte sich mit geballten Fäusten auf die Priesterin werfen; doch ein jähes Beben erfaßte den Gelben Felsen und brachte den Großmeister zu Fall. Die Schale der Träumer erzitterte; mit einem peitschenden Geräusch barst das Gestein. Risse jagten über die spiegelglatte Oberfläche. Blutrote Schwaden brachen aus der Mitte der Insel hervor und stürzten nieder als heißer, ätzender Brodem. Ringsum warfen sich die Zauberer der Calindor zu Boden, versuchten die Gesichter mit den Händen zu schützen; doch der Zorn der Quelle erstickte ihre Schreie.

Tene-Usfar, der Großmeister der Loge, brachte sich um einen raschen Tod. Lange noch krümmte er sich auf dem Felsen und trotzte den Mächten der Sphäre, bis sich der giftige Hauch der Quelle auch in seine Lungen fraß. Sie nahm Rache für die Jahrhunderte der Knechtschaft; und das letzte, was Tene-Usfar erblickte, bevor ihm die Schmerzen das Bewußtsein raubten, war eine Gestalt inmitten der roten

Dämpfe; ein echsenhafter Schädel, der sich aus dem Nichts schälte und ihm aus schillernden Augen beim Sterben zusah.

Folgendes wird vom Fall der Stadt Yuthir berichtet:

Die Stadt Yuthir, die man auch die Stadt des Wissens nannte, war berühmt für ihre weisen Bewohner. In ihr lebten Sterndeuter und Alchimisten, Seher und Priester, Philosophen und Zauberer. Allesamt widmeten sie sich der Erforschung der Welt. Ob die Geheimnisse der Elemente oder die höhere Rechenkunst, ob der Lauf der Gestirne oder die Beschaffenheit der Metalle – nichts blieb ihrem Wissensdurst verborgen. Das größte Gebäude der Stadt war die Bibliothek, in der die Weisen ihre Erkenntnisse für die Nachwelt aufzeichneten. Es heißt, daß dort mehr Bücher aufbewahrt wurden, als ein Mensch in seinem Leben zählen konnte; um an allen Regalen entlangzuschreiten, benötigte man mehrere Tage. Manche Bücher waren älter als die Stadt selbst, waren aus untergegangenen Städten nach Yuthir gebracht und dem Wissensschatz einverleibt worden.

Alle Bewohner Yuthirs konnten sich in sieben Sprachen verständigen, von denen die meisten heutzutage vergessen sind. Die Kinder lernten bereits früh das Lesen, und bevor sie das Erwachsenenalter erreicht hatten, beherrschten sie die Kunst der Geometrie und die Namen sämtlicher Sterne am Nachthimmel. Auf den Landkarten von Yuthir waren alle Gebiete von Gharax verzeichnet und sogar noch ein weiterer Kontinent im Südmeer, den niemand je gesehen hatte, dessen Existenz jedoch auf geheimnisvolle Weise errechnet worden war.

Das angehäufte Wissen erregte bald den Neid der benachbarten Städte. Manch fremder König entsandte seine Weisen nach Yuthir und bat darum, sie in der Bibliothek studieren zu lassen. Doch die Bewohner Yuthirs wiesen alle Anfragen zurück, denn sie fürchteten, die Fremden könnten das Wissen zu unlauteren Zwecken gebrauchen. Bald wurde der Tonfall der Gesandten schärfer; man drohte Yuthir mit Handelsnachteilen, schließlich mit Gewalt. Doch noch immer wollten die Weisen ihr Wissen nicht mit den Nachbarn teilen. Aus Angst vor einem Angriff versteckten sie Teile der Bibliothek in unterirdischen Kammern; neue Bücher wurden in Geheimschriften verfaßt, weitere Erkenntnisse nicht mehr schriftlich niedergelegt, sondern mündlich vom Lehrmeister an den Schüler weitergegeben. Doch auch dies erschien einigen der Weisen zu unsicher; sie begannen die Bücher auf Scheiterhaufen zu verbrennen und schnitten ihren Schülern die Zungen aus dem Mund, damit sie nicht versehentlich ihre Kenntnisse ausplaudern konnten. Schließlich setzten die Weisen von Yuthir die gesamte Stadt in Brand und übergaben sich selbst den Flammen, damit ihnen niemand das Wissen rauben konnte, das sie über Jahrhunderte hinweg angehäuft hatten. Yuthir geriet daraufhin in Vergessenheit, und alle Erkenntnisse aus älteren Tagen gingen der Menschheit für immer verloren.

So fiel Yuthir, die Stadt des Wissens, als zweite der sechs großen Städte.

Ein Brodeln und Fauchen erfüllte die Bucht von Harsas. Riesige Blasen schäumten aus dem Wasser empor und spieen Dampf in den Himmel. Nie zuvor hatten die Menschen von Harsas solch ein Schauspiel gesehen; doch ihr anfängliches Staunen wich bald panischer Angst. Die Schwaden sanken auf das Land nieder, raubten den Anwesenden die Sicht. Einige hielten sich die Hände vor den Mund, um nicht zu erbrechen; andere flüchteten von der Küste ins Innere der Stadt, um dort Schutz zu suchen. Jene, die bei den Treppen verblieben, starrten auf das Wasser, das von Dämonen gepeitscht schien. Der Dampf verfärbte sich rot. Auch die Mutigsten wichen nun von den Treppen zurück. Angstschreie drangen aus der Menge. Die Mönche flehten ihre

Götter an, Harsas nicht für die Sünden der Königin zu bestrafen, die Arphat in diesen Tagen im Stich gelassen hatte.

Ihre Gebete schienen erhört zu werden, denn die Schwaden lichteten sich. Nebel war von der Meerseite aufgezogen und löschte mit seiner Kühle den Schwefelgeruch. Ergriffen sanken die Menschen auf die Knie, dankten lauthals dem Meergott Candra und dem Sonnengott Agihor für ihre Gnade.

»Der Nebel ... seht ihr nicht den Nebel?«

Nur wenige vernahmen die Worte der alten Frau, die noch immer auf den Treppenstufen kauerte. Dort hatte sie während des Aufwallens der Schwefelquellen verharrt, sich von der ausbrechenden Panik nicht anstecken lassen. Nun hob sie erneut die Stimme.

»Ich habe euch gewarnt! Nebel wird aufziehen, und die Schlange von Harsas wird ihr Haupt über die Bucht erheben.« Tränen glitzerten in ihren blinden Augen. »Ich habe euch gewarnt, ihr Törichten! Flieht, solange ihr noch könnt!«

Einer der Umstehenden befahl ihr, endlich still zu sein. Niemand wollte mehr ihre Geschichten hören, sich dem Schauder ihrer Worte hingeben. Doch der Nebel hatte sich in der Tat auf unheimliche Weise verdichtet. Kühl und naß strömte er vom Meer heran und hüllte die Küste in kurzer Zeit ein.

»Die Schlange von Harsas wird uns alle verschlingen!« rief die alte Frau. »Erkennt ihr nicht die Gefahr? Spürt ihr nicht die Nähe der Schlange? Meine Augen sind vor langer Zeit erblindet, und doch scheine ich in dieser Stadt die einzige Sehende zu sein. Flieht endlich! Flieht!«

Über der Bucht von Harsas lag eine bedrohliche Stille; der Nebel schluckte sämtliche Geräusche, das Plätschern des Wassers, das Brodeln der Quellen. Verwirrt starrten die Menschen auf das Wasser, das im undurchdringlichen Weiß verborgen lag. Rötliche Schleier tanzten durch den Nebel wie aufwehende Seidentücher.

Dann bemerkten sie den Schatten. Ein dunkler Schemen

formte sich aus dem Nebel, riesenhaft, gewaltig. Die Menschen richteten die Blicke empor. Über ihren Köpfen formlose Schwärze, goldglimmender Schrecken. Ein Fauchen zerriß die Stille. Die Schlange von Harsas erhob ihr mächtiges Haupt, tauchte empor aus den nebelverhangenen Fluten… nein, es war keine Schlange, sondern der goldene Bug eines Schiffes, das in die Bucht von Harsas einlief, und das Fauchen war das Flattern seiner Segel, die wie die Köpfe eines Drachen über dem Schiffsleib thronten.

Die Goldéi hatten Harsas erreicht.

Folgendes wird vom Fall der Stadt Udan'Andor berichtet:

In der Stadt Udan'Andor, die am Rand der praatischen Wüste lag und die man die Stadt der Entsagung nannte, herrschten die Blinden über die Sehenden. In den Gründungstagen der Stadt hatte sich Udan'Andor eines scheußlichen Verbrechens schuldig gemacht und war deshalb von den Göttern verflucht worden. Um sie zu besänftigen, mußten sämtliche Bewohner Udan'Andors ein Opfer erbringen: Mit dem Erreichen des zwölften Lebensjahres wurden den Kindern beide Augen herausgeschnitten. Der Verlust ihres Augenlichtes sollte die Gunst der Götter und somit das Fortbestehen der Stadt erkaufen.

Damit das Leben in Udan'Andor funktionieren konnte, gab es eine große Anzahl von Sklaven, die nicht geblendet waren. Sie führten ihre Herrscher durch die Straßen, errichteten ihnen prächtige Bauten und erledigten einen Großteil der anfallenden Arbeit. Sie fügten sich klaglos in ihr Schicksal, denn auch sie wollten die Götter nicht durch Ungehorsam erzürnen.

Insgeheim aber beneideten die Blinden ihre sehenden Sklaven, denn sie erinnerten sich gut an ihre unbeschwerte Kindheit, an das Licht und die Farben und die Schönheit der Stadt, die sie seitdem in ewiger Dunkelheit erlebten. Aus Eifersucht sagten sie den Sklaven nach, die Häuser mit kunstvollen Bildern und Ornamenten zu verzieren, an denen nur sie sich erfreuen konnten, und Gerüchte gingen um, daß sich die Sklaven gegen die Blinden verschworen, um die Herrschaft an sich zu reißen. Neid und Furcht brachten die Blinden schließlich dazu, ihre Sklaven zu verstümmeln; sie amputierten ihnen die Zungen, damit sie keine Ränke mehr schmieden konnten, und die Finger, um sie am Zeichnen und Malen zu hindern. Schließlich zerquetschten sie ihnen die Füße, denn sie hatten berechtigte Sorge, daß die Sehenden fortlaufen und sie im Stich lassen könnten.

Da die Sklaven jedoch nun weder laufen noch sprechen noch ihre Hände gebrauchen konnten, brach bald das öffentliche Leben in Udan'Andor zusammen. Auf den Feldern verfaulte das Getreide, die Brunnen versandeten, Häuser und Straßen verfielen. Bald waren die Kornkammern leer, und die Blinden verhungerten in ihren Betten. Udan'Andor verkümmerte wie eine Pflanze, deren Wurzeln durchtrennt worden waren.

Noch heute soll es in einigen Dörfern in der Wüste einen sonderbaren Kult um einen augenlosen Götzen geben, dessen Zorn die Menschen zu besänftigen versuchen, indem sie ihren Kindern mit Erreichen des zwölften Lebensjahres die Zunge, die Finger und die Füße verstümmeln.

So fiel Udan'Andor, die Stadt der Entsagung, als dritte der sechs großen Städte.

Nebel flutete die Gassen der Stadt. Ein weißer Schleier sank auf Harsas nieder und brachte Furcht und Verderben mit sich. Schreie aus unbestimmter Richtung, gedämpfte Schritte auf dem Straßenpflaster – ein Flüchtender? Nein, nichts zu erkennen im naßkalten Sud. Aus der Ferne das Sirren eines Pfeils, Schlachtrufe, das Klirren aufeinandertreffender Klingen. Ein Kind weinte, rief nach seiner verschwundenen Mutter. Bewegte Schatten inmitten der Nebelfetzen; geduckte Gestalten, die von Haus zu Haus huschten.

Mitten auf der Straße ein klobiger Gegenstand, kaum zu erkennen im formlosen Weiß ... ein Körper, der Kopf seltsam verdreht, in einer Lache aus Blut. Menschen preßten sich an die Hauswände, versuchten vergeblich, in den Schwaden etwas zu erkennen. Dort stürzte sich ein Mann mit gezücktem Messer ins Nichts, doch sein Gebrüll erstarb, als der Nebel ihn verschluckte.

Panik griff um sich. Viele verriegelten die Türen ihrer Häuser, andere verließen Hals über Kopf ihr schützendes Heim, wankten durch die Gassen wie Betrunkene, da sie kaum die eigenen Füße auf dem Pflaster erkennen konnten. Auf den Plätzen der Stadt sammelten sich Menschenmassen; starre Finger klammerten sich im Hemd, im Rock des Nächsten fest, schoben und zerrten, während sich ringsum die Schreie mischten.

Schwankende Lichtpunkte glommen auf, die Flammen trüber Öllampen. Die Mönche des Balah-Sej, Gott des Gesetzes, durchkämmten die Straßen auf der Suche nach einem unsichtbaren Feind. Ihre Kettenrüstungen rasselten unheilvoll aneinander. In den Händen zuckten gebogene Säbel. Immer wieder blieben die Mönche stehen, riefen sich kurze Befehle zu, um dann auseinanderzugehen. Wenige kehrten aus den Schwaden zurück.

Hier und dort zerstob der Nebel für einen Augenblick. Dann war die mit Leichen übersäte Gasse zu erkennen. Helles Blut glitzerte auf den Pflastersteinen. Der entstellte Körper eines Mönches, sein Hals durchtrennt, als ob ein Beilhieb ihn getroffen hätte. Eine Frau, deren Rücken auseinanderklaffte wie der Leib eines ausgeweideten Tieres. Ein Verwundeter, der sich an einer Hausecke aufzurichten versuchte; seine Hand glitt wieder und wieder an dem glatten Gestein ab. Dann schloß sich der Nebel. Das grausige Bild erlosch.

Seltsame Stimmen durchwehten die Gassen wie in einem Traum. Die Menschen von Harsas lauschten, konnten sich nicht der Macht der zischenden Worten verschließen, »... sind bei euch, sind bei euch ... sind endlich gekommen, um Rache zu nehmen...«, fremde Stimmen voller Grausamkeit, »... Rache für den Schmerz, für das Leid... ja, rennt nur, rennt fort! Drafur wird kommen, doch ihr seid verloren, verloren...« Und messerscharfe Krallen schossen aus dem Nichts, bronzeschimmernde Klauen tasteten nach dem Hals eines Mannes, einer Frau, eines Kindes, rissen sich durch Haut und durch Fleisch, bis die Schreie ihrer Opfer erstarben und im Nebel verhallten.

Folgendes wird vom Fall der Stadt Mandras berichtet:

In der Stadt Mandras, die man auch die Stadt des Rausches nannte, schätzte man jene Pflanzen besonders hoch, die den Geist des Menschen betäuben. Sämtliche gesellschaftlichen Bräuche waren auf den Rausch ausgerichtet. Überall in der Stadt sah man die Bewohner geheimnisvolle Kräuter rauchen. In kleinen Messinggefäßen siedeten betäubende Essenzen. Auf samtenen Laken träufelten sich Männer süß duftende Öle in die Nasen. Frauen rieben sich Salben aus euphorisierenden Pilzen auf die Schläfen. Dies alles geschah mit großer Ernsthaftigkeit, denn die Menschen von Mandras verstanden den Rausch als Prozeß der Verinnerlichung, dem ein jeder in Ruhe und Abgeschiedenheit begegnen sollte. So herrschte in den Straßen eine seltsame Stille; nur selten waren Stimmen oder gar Musik zu vernehmen, und die im Rausch verhafteten Bewohner schienen nicht miteinander, sondern nebeneinanderher zu leben.

Viele Reisende, die nach Mandras kamen, zeigten sich befremdet über die Lust der Bevölkerung am Rausch. Sie lehnten es ab, die Essenzen zu sich zu nehmen; sie fürchteten, sich in der Ekstase zu verlieren. Doch die Bewohner von Mandras versuchten sie zu überzeugen, wie unbegründet diese Ängste waren, und weihten die Fremden in ihr Geheimnis ein: daß es jenseits der Wirklichkeit eine zweite Stadt gab, Myndras genannt, die sich dem menschlichen

Geist nur im Rausch erschloß. Tatsächlich fühlten sich die Berauschten als Bewohner zweier Städte: dem diesseitigen Mandras mit seinen Mauern aus Stein und dem jenseitigen Myndras, das aus ewigen Freuden bestand. Sie luden die Reisenden ein, ihnen nach Myndras zu folgen, doch nur wenige kamen der Aufforderung nach.

Eines Tages jedoch, als nach einer langen Dürreperiode wieder Reisende nach Mandras kamen, fanden sie die Stadt verwaist vor. Ein übler Gestank empfing sie an den Stadttoren. Auf den Straßen und in den Häusern lagen verweste Leichen; ihre Hände krallten sich um kupferne Becher. Offenbar hatte sich die Bevölkerung während einer letzten gemeinsamen Zeremonie mit einem Gifttrunk dem Tod übergeben. Vielleicht waren sie des Lebens in Mandras überdrüssig geworden und hatten sich endgültig nach Myndras, jener verborgenen Stadt, zurückgezogen, um dort auf ewig miteinander vereint zu sein.

So fiel Mandras, die Stadt des Rausches, als vierte der sechs großen Städte.

Längst hatte der Nebel alle Winkel von Harsas erfüllt. Auch der Tempel des Kubeth, dessen Turm sich sonst in strahlender Klarheit über der Stadt erhob, war von den Schwaden umflutet. Allein auf dem Tempelvorplatz waren sie von einer geheimnisvollen Kraft bis zur Straße zurückgedrängt worden. Einige Gestalten in goldenen Mänteln hatten sich hier versammelt; die Bena-Kubith, Krieger des Todesgottes. Auf ihren Handschuhen schimmerten eingestickte Embleme: schmale, goldene Mondsicheln.

Inmitten der Mönche stand Sai'Kanee, die erste Priesterin des Kubeth. Mit zusammengekniffenen Augen beobachtete sie, wie die Mönche ein Pferd sattelten. Immer wieder fuhr sie zusammen, wenn aus der Ferne Schreie und Kampfgeräusche an ihr Ohr drangen. Nervös trieb sie die Männer zur Eile an.

»Rasch, rasch! Bald werden sie hier sein! Sie suchen bereits nach uns!« Sai'Kanee hatte sich die goldene Farbe aus dem Gesicht gewischt; darunter waren die verhärmten Züge einer älteren Arphaterin zum Vorschein gekommen. Ihre Augen waren blaugerändert, die Wangen wirkten ausgezehrt. Unruhig trommelte sie gegen den Griff ihres umgegürteten Schwerts.

Endlich traten die Mönche zurück und halfen der Priesterin auf das Pferd. Sie griff nach den Zügeln.

»Die Reliquien!« befahl sie barsch.

Einer der Mönche reichte ihr ein schwarzumwickeltes Bündel empor. Sai'Kanee verbarg es unter dem goldenen Mantel. Dann wandte sie sich den restlichen Mönchen zu.

»Ich muß Harsas so schnell wie möglich verlassen. Wenn das Schicksal uns gnädig ist, kann ich den Echsen entkommen, bevor die Stadt fällt. Mondschlund wird mich vor ihren Zauberkräften bewahren. Ich werde mich nach Sithar durchschlagen; noch dürfte die Königin die kaiserliche Hauptstadt nicht erreicht haben.«

»Wir haben Euch das schnellste Pferd ausgesucht«, antwortete einer der Bena-Kubith. »Ihr werdet Intharas Troß gewiß einholen.«

»Das will ich hoffen. Nun aber hängt alles von euch ab. Die Echsen ringen noch um die Sphäre von Harsas. Lenkt ihre Aufmerksamkeit auf euch, bis ich die Stadtgrenze erreicht habe. Dann werden sie mich nicht mehr aufspüren können.« Sie gab ihrem Pferd die Sporen. »Denkt daran: Mondschlund verhüllt eure Macht. Doch unterschätzt die Goldéi nicht! Früher oder später werden sie euch entdecken. Dann werft die Zeichen des Meisters fort und gebt euch als einfache Mönche des Kubeth aus. Die Goldéi rächen sich an jedem Zauberer, den sie finden.«

Mit diesen Worten jagte sie ihr Pferd in den Nebel. Die Bena-Kubith blieben zurück. Schweigend hoben sie die Hände, blickten sich fest in die Augen, und die Mondsicheln ihrer Handschuhe blitzten auf als Zeichen ihres Schwurs.

Sai'Kanee aber preschte durch die Straßen. Der Nebel

wich vor ihr zurück wie ein verängstigtes Tier, wirbelte empor, als ob ein Windstoß ihn erfaßt hätte. Verzweifelte Menschen kreuzten ihren Weg, sprangen zur Seite, als sie den wilden Hufschlag vernahmen. Überall lagen Leichen, die grausame Ernte der Goldéi. Sai'Kanee trieb ihr Pferd zum schnelleren Galopp an, setzte über die leblosen Körper hinweg. Schweiß stand auf ihrer Stirn.

Die Straße machte eine Biegung zum Marktplatz. Sai'Kanee kannte den Weg gut; es war nicht mehr weit bis zum südlichen Stadttor. Verzerrte Stimmen drangen an ihr Ohr, Hilferufe; die Priesterin beachtete sie nicht. Voran, voran, nicht zögern, nicht zögern...

Doch dann – ein wütendes Fauchen in ihrem Rücken! Sai'Kanee warf den Kopf zurück. Aus dem Nebel löste sich eine Gestalt; ein tierhafter Körper, um dessen Glieder ein purpurnes Tuch flatterte. Sai'Kanee erhaschte einen Blick auf die Schuppenhaut ihres Verfolgers; sein Maul war weit aufgerissen, messerscharfe Zähne, eine hervorschnellende Zunge, glitzernde Augen, deren Farbe ständig zu wechseln schien. Mit mächtigen Sprüngen setzte der Goldéi ihr nach. Scharfe Krallen schabten auf den Pflastersteinen. In der erhobenen Klaue glänzte ein goldenes Schwert.

Sai'Kanee blickte entsetzt voraus. Das Pferd hatte den Marktplatz erreicht; er war menschenleer, die Zelte der Händler verwüstet und in Fetzen. Treppenstufen führten zum unteren Teil des Platzes herab; das Pferd nahm sie im Sprung. Hinter ihr fauchte der Goldéi. Er war dicht hinter ihr; sie konnte seine zischende Stimme vernehmen: »Bleib...bleib nur stehen...was soll deine Flucht schon bringen?...stirbst ja doch! Kannst es nicht verhindern, Zauberin!« Sie hörte das Sirren seines Schwertes; die Klinge streifte ihren Mantel, der Stoff zerriß. »Gib uns den Stab...er hat uns so lange geknechtet, muß endlich vernichtet werden! Gib uns den Stab, den du vom Felsen nahmst. Er gehört dir nicht...gehört uns, uns!«

Sie tastete nach dem Griff ihres Schwertes, zog es noch im Ritt, riß heftig an den Zügeln. Das Pferd bäumte sich auf, warf sich herum; fast schleuderte es seine Reiterin aus dem Sattel. Der Goldéi schnellte seitlich an ihr vorbei, wirbelte herum, doch zu spät: Mit einem Schrei ließ Sai'Kanee ihre Klinge herabsausen. Sie traf den Goldéi oberhalb der Brust. Schwarzes Blut spritzte empor. Brüllend ging die Echse zu Boden; ihre Schwanzspitze zuckte wie eine tödlich getroffene Schlange.

Schwer atmend sank Sai'Kanee in den Sattel nieder, ließ das Schwert in die Scheide zurückgleiten. Ihre Hand tastete nach dem Mondamulett, das um ihren Hals hing. »Ich danke dir, Meister!« flüsterte sie. »Beschütze mich in diesen Stunden; ich werde es dir nicht vergessen.«

Wie zur Antwort zerriß vor ihren Augen der Nebelschleier. Ein Korridor bildete sich in den Schwaden und ließ die abschüssige Straße zum Stadttor erkennen. Ohne zu zögern trieb Sai'Kanee ihr Pferd zum Weiterritt an. Hinter ihr stob der Nebel auf. Dann schloß er sich wieder, verschluckte sie, und das Trappeln der Pferdehufe verhallte im Dunst.

Folgendes wird vom Fall der Stadt Dalal'Sarmanch berichtet:

Die Stadt Dalal'Sarmanch, die man auch die Stadt der Sieben Türme nannte, hielt sich für unbesiegbar. Sie lag im Westen Arphats, am Ufer des fruchtbaren Flusses Nesfer, und war umgeben von kriegerischen Städten, die ihr den Reichtum neideten. Um sich vor der Gier dieser Nachbarn zu schützen, zog Dalal'Sarmanch frühzeitig eine Mauer aus Stein um den Stadtkern. Diese Mauer wurde im Lauf der Jahrhunderte mehrfach verstärkt. Jeder Stadtfürst versuchte seine Vorgänger zu übertreffen, indem er die Mauer um einige Spann erhöhte oder einen Trutzturm errichtete, von dem aus die Feinde mit Pfeilen eingedeckt werden konnten. Bald zählte die Stadt sieben Türme, und die Mauer war so hoch, daß nur zur Mittagszeit Sonnenstrahlen in die Stadt einfielen. Den Rest des Tages lag Dalal'Sarmanch in Schatten. Das Leben hinter der Mauer war trist, die Bewohner kränklich. Fremde wurden argwöhnisch beäugt; man hielt sie für Kundschafter der feindlichen Städte oder gar für Saboteure. Denn Dalal'Sarmanch fühlte sich zwar dank seiner Mauern jedem anrückenden Heer überlegen; doch um so größer war die Furcht vor einem inneren Feind, der sich in den dunklen Schatten der Stadt verbergen konnte. Eine geheime Garde wachte über sämtliche Schritte der Bewohner, und keine Woche verging, ohne daß ein vermeintlicher Verräter dem Henker übergeben wurde.

Lange verharrte Dalal'Sarmanch in diesem Zustand, jener zwiespältigen Mischung aus Hochmut gegenüber der Außenwelt und Furcht vor dem düsteren Gefängnis, das man sich selbst geschaffen hatte. Dann aber endete die Zeit der freien Städte, und vor der Mauer von Dalal'Sarmanch marschierte das gewaltige Heer des Königs Apetha auf, der sich zum Herrscher von ganz Arphat ausgerufen hatte. Er forderte die Stadt auf, sich zu unterwerfen und ihm Tribut zu entrichten. Doch von den sieben Türmen schallte hämisches Gelächter: Apetha solle besser das Weite suchen, bevor man ihm mit einem Bad aus heißem Pech Manieren beibringe. Als der König drohte, die Stadt zu belagern, hörte er nichts als Spott von den Bewohnern; er sei als Gast vor den Toren willkommen und könne gerne seine Zelte aufschlagen, doch er solle wissen, daß Dalal'Sarmanch für jede Belagerung gewappnet sei und über Vorräte für mehrere Jahrzehnte verfüge.

Apetha aber ließ sich nicht beirren. Er schloß mit seinem Heer einen Ring um die Stadt und befahl, die Bürger von Dalal'Sarmanch auszuhungern. Auch brachte er Katapulte in Stellung, um die mächtigen Mauern zu zermürben; doch diese hielten dem Beschuß stand. Die Berater des Königs sahen es mit Sorge; sie zweifelten an einem Sieg Apethas, denn auch sie hielten Dalal'Sarmanch für uneinnehmbar.

Kaum zwei Kalender verstrichen, bis sich die Stadttore von Dalal'Sarmanch öffneten und eine kleine Anzahl von

Menschen um eine Audienz bei Apetha bat. Sie wirkten verstört, ihre Gesichter waren leichenblaß, als sie berichteten, was sich in der Stadt seit Beginn der Belagerung zugetragen hatte. Die anfängliche Begeisterung, endlich einem Feind die Stirn bieten und die legendäre Unbezwingbarkeit unter Beweis stellen zu können, hatte nur wenige Tage angehalten. Dann hatte Mißtrauen um sich gegriffen; wie viele Spitzel mochte König Apetha wohl in die Stadt entsandt haben? Wie viele Angehörige der Stadtgarde, der Nachtwache und Mauerhüter mochte er bestochen haben, um Dalal'Sarmanch von innen heraus zu vernichten? Jeder Verdächtige wurde in den Kerker geschleift, sosehr er auch seine Unschuld beteuerte, und kurz darauf dem Beil überantwortet. Diese Maßnahmen führten zu immer größerem Mißtrauen; in den Straßen gingen Gerüchte umher, Apethas Heer sei längst abgezogen, und die Obrigkeit gaukele dem Volk nur vor, der Feind stehe noch vor den Toren, um ihre Schreckensherrschaft aufrechtzuerhalten. Ein Teil der Bevölkerung erhob sich, stürmte den Palast und erschlug den Stadtfürsten, von dem sie sich getäuscht sahen. Ein Volksgericht wurde einberufen, welches die Anhänger des gestürzten Herrschers zum Tode verurteilte. Doch nun witterte ein anderer Teil der Bevölkerung Verrat: Niemand anderes als Apetha habe den Aufstand inszeniert, um die Stadt in die Knie zu zwingen. Ein Bürgerkrieg entflammte; Söhne kämpften gegen ihre Väter, Brüder stießen sich gegenseitig die Säbel in den Leib, Frauen erdolchten ihre Männer im Schlaf. Die Ängste der Stadt, genährt von der freudlosen Finsternis vieler Jahrhunderte, entluden sich in einem Blutbad. Jene, die schließlich vor das Tor traten, um sich König Apetha zu unterwerfen, waren die einzigen Überlebenden des Gemetzels.

Apetha aber wies sein Heer an, Dalal'Sarmanch zu zerstören, die Mauern einzureißen und die Türme zum Einsturz zu bringen. Er fürchtete sich vor jener Stadt, die nicht zu bezwingen gewesen war und sich statt dessen selbst bezwungen hatte.

So fiel Dalal'Sarmanch, die Stadt der Sieben Türme, als fünfte der sechs großen Städte.

Ist jede Stadt, von Menschenhand errichtet, dem Untergang geweiht? Spürt jeder, der durch die Straßen wandelt, der seine Finger über die spröden Wände der Gebäude gleiten läßt, der über Brücken und Paläste staunt, tief in seinem Inneren, wie vergänglich diese Pracht ist? Ahnt er, daß jede Stadt mit dem Blut einer anderen Stadt erkauft wurde, jedes Haus mit den Trümmern eines anderen Haus, jedes neugeborene Kind mit der Erschlagung eines Greises? Weiß er, daß auch seine Stadt dem Lauf der Geschichte folgen und vergehen muß, wenn ihre Zeit gekommen ist; wenn ihre Legenden verhallen, ihr Wissen in Vergessenheit gerät, ihre Bräuche zum absurden Ritual verkümmern, ihre Sehnsüchte oder Ängste nicht mehr zu bannen sind?

Noch ehe die Nacht über Harsas hereinbrach, war auch sie bezwungen, die Stadt des Schwefels; der Widerstand der Bewohner gebrochen, die Mönchstruppen zersprengt, viele hundert Menschen von den Goldéi ermordet. Die Überlebenden wurden von den Echsen aus der Stadt gejagt. Halb wahnsinnig vor Angst, flüchteten sie gen Süden, verfolgt von der Erinnerung an den todbringenden Nebel, der sich über die Stadt gelegt hatte.

Keine menschliche Seele blieb in Harsas zurück; die Straßen leer und tot, die Häuser verwaist. In der Bucht aber lagen mehrere goldene Schiffe vor Anker, umweht von den Schwefeldämpfen, die sie mit unbändiger Kraft umtanzten. Die Quelle des Gelben Felsens war befreit, ihre Sphäre vom Einfluß der menschlichen Zauberer gereinigt. Nun geboten die Goldéi über das Nordmeer. Das stolze Harsas aber verging, wurde über Nacht zu einer neuen, namenlosen Stadt mit anderen Herrschern, anderen Bewohnern, anderen Absichten. Ein neues Buch wurde aufgeschlagen, ein neues

Zeitalter setzte ein. Dies war der Lauf der Dinge, vorherbestimmt von Mächten, die sich dem Verständnis des Menschen entzogen.

So fiel Harsas, die Stadt des Schwefels, als letzte der sechs großen Städte.

VORREDE
DES ZWEITEN BUCHES

Gharax... eine Welt, von wilden Wassern umgeben. Das Nordmeer, kalt und rauh, das unerbittlich gegen eine steile Küste schlägt. Das Ostmeer, ein eisiger Strom, der dir den Atem in der Kehle gefrieren läßt. Das Silbermeer im Süden, wild und unbeherrscht, gepeitscht von Stürmen, die ohne Vorwarnung heraufziehen und Vernichtung mit sich bringen.

Die Länder der Welt Gharax sind von wilder Schönheit. Uralte Wälder wechseln mit nebligen Steppen, schroffe Felslandschaften gehen in grimmige Wüsten über, in denen die Hitze alles Leben verglühen läßt.

Es sind die Quellen, die diese Länder prägen – Orte von großer Macht, doch ungestüm. Sie verleihen den Wäldern und Wüsten, den Meeren und Flüssen ihren Zorn. Denn sie sind unbarmherzig und grausam gegen den Menschen. Sie formen die Sphäre, die wie ein feines Netz über der Welt liegt; uns aber sind sie feindlich gesinnt – auch heute noch.

Einst war die Welt Gharax noch stärker von der Magie der Quellen durchdrungen; in der Alten Zeit, von der die Legenden künden. Die Sphäre vergiftete die Ozeane, und die Wälder waren voller Schrecken, bewohnt von Geistern und Dämonen. Die Menschen litten unter der Macht der Quellen. Rastlos zogen sie von Ort zu Ort, um in einer grausamen Natur überleben zu können.

Doch dann kam Durta Slargin, der erste Zauberer der Menschheit. Er wanderte durch die Welt und begann, die Quellen zu zähmen. Er bannte die Geister, er bezwang die Sphäre und machte sich die Quellen untertan.

Fortan waren es die Menschen, die über Gharax herrschten. Sie eroberten die Natur, die ihnen zuvor feindlich gesinnt gewesen war; sie besiedelten die Wälder und Wüsten, und ihre Schiffe überquerten die besänftigten Meere. Die Macht der Sphäre schien für immer gebrochen.

Eintausendfünfhundert Jahre sind seit Durta Slargins Tod vergangen. Noch immer herrschen die Menschen über die Quellen. Mächtige Reiche sind entstanden; Kriege werden geführt um Handelsinteressen und Nichtigkeiten; Bündnisse werden geschlossen und wieder gelöst. Die Menschheit hat vergessen, daß die Welt einst ein dunkler Bann umfing.

Doch nun stehen die Zeichen auf Sturm. Das Zeitalter der Wandlung kündigt sich an. Die Sphäre beginnt sich zu verändern. Fremdartige Wesen, die vor langer Zeit aus Gharax verdrängt wurden, kehren zurück, um die Quellen aus ihrer Knechtschaft zu befreien.

Hört ihr sie nahen? Hört ihr sie nahen?

Sie kommen!

KAPITEL 1

Spiegel

Sie umlauerten sich. Ihre Augen schillerten im Sonnenlicht, die seidigen Felle glänzten, die buschigen Schwänze waren senkrecht in die Höhe gerichtet. Mit geduckten Häuptern umkreisten sie sich; ihre Krallen scharrten auf der Tischplatte. Das leichte Schwanken des Tisches schienen sie kaum wahrzunehmen. Denn der Tisch stand auf den Planken eines Schiffs, und dieses Schiff suchte sich seinen Weg durch das Silbermeer, dessen Oberfläche im Licht der Sonne funkelte.

Das größere Tier blieb unvermittelt stehen. Es bog den Kopf zurück und öffnete die Schnauze, um eine Reihe spitzer Zähne zu entblößen. Dann machte es einen jähen Satz und stürzte sich fauchend auf den Gegner. Im selben Moment schoß auch das zweite Tier nach vorn. Mit einem Tatzenhieb schlug es den Kopf des Angreifers zur Seite. Seine Krallen gruben sich in das Fell des Feindes, und beide Tiere krachten auf die Tischplatte, wo sie sich augenblicklich ineinander verbissen. Als ein Knäuel aus Fell und wütendem Knurren rollten sie übereinander, so daß der Tisch erbebte.

»Da siehst du es, Cornbrunn«, spottete eine Stimme. »Knauf war wieder einmal zu langsam. Lahm wie eine alte Kröte.«

»Zu langsam?« empörte sich eine zweite Stimme. »Langsam sind höchstens Eure trüben Augen, Großmerkant! Habt Ihr nicht die Eleganz dieses Sprungs gesehen? Euer stinkendes Fellbündel war vollauf überrascht, als Knauf es umwarf wie einen nassen Sack!«

»Du bist hier der einzige, der stinkt, Cornbrunn«, giftete die erste Stimme. »Grimm hat den Angriff tapfer abgewehrt! Wie er Knaufs Attacke unterlief und ihm die Tatze in das häßliche Maul rammte – welche List und Gewitztheit! Seine Flinkheit ist größer als deine mißratene Nase.«

Er erntete ein hämisches Lachen. »Flink nennt Ihr diese Mißgeburt, dessen Fell so fleckig ist wie Euer Bettuch nach einer einsamen Nacht? Da, seht genau hin – Knauf hat sich längst befreit. Seht, wie er Grimm den Schwanz um den Hals schlingt! Er wird ihn erdrosseln! Seine Kraft gleicht der einer Würgeschlange.«

Wütend blickte der Großmerkant auf den Holztisch. Es gefiel ihm nicht, was er dort sah. Der Kampf der beiden Kieselfresser schien zu seinen Ungunsten auszugehen. Grimm, sein Stolz, sein Augapfel – er drohte gegen Cornbrunns scheußliche Kreatur zu verlieren! Cornbrunn, dieser elende Wicht! Sicher hatte er seinem Kieselfresser heimlich Zimtschnaps eingeflößt, um die Angriffslust des Tieres zu steigern. Cornbrunn, dieser erbärmliche Betrüger! Rasch zog der Großmerkant eine Kordel aus dem Ärmel seines Gewandes und hielt das Ende zwischen die fauchenden Tiere. Augenblicklich ließen die Kieselfresser voneinander ab und sanken erschöpft auf die Tischplatte.

Mit einem Grinsen lehnte sich Cornbrunn zurück. Sein langes rotes Haar schimmerte in der Sonne. »Ich sehe, Ihr gebt Euch geschlagen, Großmerkant. Ein weiser Entschluß. Noch einen Augenblick, und Knauf hätte Euren verweichlichten Kieselfresser zerquetscht wie eine Nuß!«

»Unsinn!« polterte der Großmerkant und raufte sich den rötlichen Bart. »Ich wollte dein Tier schonen, bevor es von Grimms messerscharfen Klauen zerfleischt wird. Sieh es dir doch an! Da liegt es, räudig, schweißnaß, ohne jede Kraft, wie ein Häuflein Kot in der Mittagssonne! Es wird verrekken, noch bevor der Tag sich zu Ende neigt!«

Vorsichtig griff Cornbrunn nach Knauf und setzte das Tier auf seine Handfläche. Der Kieselfresser hob die Schnauze, schnaubte erleichtert und schmiegte sich in die Hand seines

Herrn. Cornbrunn betrachtete ihn zärtlich. »Ihr redet wirr. Ich werde noch den Tag erleben, an dem Knauf auf Euer Grab pinkelt.«

Der Großmerkant schwieg. Er streckte die Hand aus, um Grimm zu streicheln. »Wenn ich sterbe, wird es viele geben, die auf mein Grab pinkeln.«

»Werdet nicht albern, Aelarian!« rief Cornbrunn. »Tränen der Trauer wird man auf Euer Grab vergießen. Ganz Troublinien wird Euren Tod beweinen – der, so Tathril gnädig ist, noch in weiter Ferne liegt.«

»Tathril!« zischte der Großmerkant. »Ich kann diesen Namen nicht mehr hören!« Er blinzelte in die Sonne, die über ihren Köpfen stand. Es war ein wundervoller Tag, kühl zwar, doch wehte nur ein leichter Wind, und das Schiff glitt ruhig durch das Wasser. »Ich habe in den vergangenen Jahren oft genug den Namen dieses Gottes gehört, heuchlerisch dahingemurmelt von den Angehörigen des Gildenrates. Wer sich früher, in den Zeiten vor dem Siebten Gildenkongreß, zu Tathril bekannte, galt als Person mit Prinzipen, als unbestechlicher Spießer, vielleicht auch als Dummkopf. Heute hingegen ist der Name Tathril ein Hinweis auf moralische Verkommenheit, auf Hinterlist und Skrupellosigkeit.«

»Hört, hört«, spottete Cornbrunn. »Das klingt beinahe nach einer Kritik an der Religionspolitik des Gildenrates.«

»Der Gildenrat war nie ein Hort der Frömmigkeit«, schnaubte der Großmerkant. »Jene, die heute in Taruba so fleißig zu Tathril beten und ihre Geldsäcklein der Priesterschaft öffnen, sind dieselben, die einst für die Aufrüstung der Piratenflotte und des Gildenheeres stimmten – gewinnsüchtige Kriegstreiber, getrieben von Raffgier. Das sind die Gläubigen der neuen Zeit!«

»Vorsicht, Großmerkant«, warnte Cornbrunn. »Wegen solcher Ansichten hat Euch der Gildenrat einst aus Taruba verbannt. Eine milde Strafe, wenn ich mir diese Bemerkung erlauben darf. Wäre ich ein Mitglied des Rates, hätte ich Euch längst zum Schweigen gebracht.«

Der Großmerkant lachte auf. »Wie gut, daß du nur ein einfacher Leibdiener bist, und ein unfähiger noch dazu. Oft weiß ich nicht, was mich mehr verzweifeln läßt: deine Unverschämtheit oder deine Dummheit.«

»Meine größte Dummheit ist es, in Euren Diensten zu bleiben«, gab Cornbrunn zurück, »in den Diensten eines Mannes, der sich auf eine Reise begibt, die bestenfalls in einem Kerker enden wird – und dies auf Bitten seiner einstigen Gegner, die ihn aus dem Gildenrat drängten. Immer wieder frage ich mich, warum ich einem Mann folge, der sich wie ein hirnloses Schaf erst entmachten und demütigen und dann von seinen Feinden auf Todesfahrt senden läßt, ohne dagegen aufzubegehren.«

»Was verstehst du schon davon! Hätte ich mich geweigert, wäre ich vielleicht nicht mehr am Leben – und du, Cornbrunn, lägest im Hafen von Taruba in Ketten und müßtest Krautfässer vom Schiff ans Ufer schleppen.«

»Lieber schleppte ich alle Krautfässer dieser Welt, als eine weitere Nacht in der Schlafkammer Eurem Schnarchen ausgesetzt zu sein«, seufzte Cornbrunn. »Bald werde ich so taub sein, daß ich Euer jämmerliches Gewäsch nicht mehr hören kann, selbst wenn ich es wollte.«

Der Großmerkant grinste. Er steckte den Kieselfresser in die Tasche seines Gewandes und reichte die rechte Hand über den Tisch. Cornbrunn ergriff sie, und beide tauschten einen langen Händedruck. Ihre Finger griffen ineinander, und sie schwiegen, während sie sich anblickten.

Sie glichen einander auf verblüffende Weise. Beide waren von großer Statur, hatten hellblaue Augen und leuchtendrotes Haar. Cornbrunn, der um die dreißig Jahre alt sein mochte, hatte es mit einem Lederband zu einem Zopf zusammengebunden. Sein Gesicht war lang und kantig, geprägt von einer kühnen Nase. Sein Herr hingegen, der Großmerkant Aelarian Trurac, besaß ein rundliches, verschmitztes Gesicht mit unzähligen Lachfalten, die sich um Mund- und Augenwinkel kräuselten. Er hatte den roten Bart und das Haupthaar auf eine Fingerlänge gestutzt. Über der linken Schläfe trug er eine goldene Spange, die ihn als Angehörigen der Großgilde Troubliniens auswies. Aelarian war zehn Jahre älter als Cornbrunn, doch seine Statur verriet, daß er seinem Leibdiener an Stärke und Schnelligkeit ebenbürtig war.

»Ihr solltet auf Euch achtgeben«, bat Cornbrunn, während er Aelarians Hand umklammert hielt. »Ihr wißt ebenso wie ich um die Gefährlichkeit des Mannes, den wir in Vara an Bord genommen haben. Der Priester ist Euch nicht wohlgesonnen.«

»Du meinst das graubärtige Großväterchen?« höhnte Aelarian Trurac. »Den närrischen Prediger? Das lange Elend?«

»Stellt Euch nicht dümmer als Ihr seid«, rief Cornbrunn und zog seine Hand zurück. »Ihr selbst wart es, der den Gildenrat einst vor ihm warnte. Hätte man damals auf dem Siebten Gildenkongreß auf Euch gehört und diesen Priester des Landes verwiesen, wäre Troublinien einiges erspart geblieben.«

Großmerkant Aelarian schüttelte den Kopf. »Die Zeit war reif für einen Schurken. Die Gildenräte hatten ihn seit Jahrzehnten herbeigesehnt, blind in ihrer Gier, die ihnen das Leben als Vasallen des sitharischen Kaisers unmöglich erscheinen ließ. Die Räte haben sich bereitwillig von diesem Priester verführen lassen. Nein, Cornbrunn; nicht er ist schuld an unserem Schicksal. Es ist die Gier unseres Volkes, unser ewiger Wunsch, am Elend der Welt mit zu verdienen. Troublinien, das Reich der gerissenen Kaufleute, die aus jeder Not als Sieger hervorgehen; Troublinien, das seinen Gewinn auf Kosten der Unterlegenen einstreicht – es hat sich bereitwillig an die Kirche des Tathril verkauft, seit diese unter neuer Führung zur Macht strebt.« Aelarian erhob sich. »Mich kann der Priester nicht täuschen. Ich habe ihm bereits im Gildenrat erfolgreich die Stirn geboten. Sollte er Streit mit mir suchen, wird er eine weitere Niederlage einstecken.«

Cornbrunn zuckte mit den Schultern. Er blickte an Aelarian vorbei über das Deck. »Nun, wir werden sehen. Denn dort kommt es bereits, das bedauernswerte Opfer Eurer scharfen Zunge. Ich sehe, er zittert schon vor Angst.«

Verärgert gebot der Großmerkant seinem Diener zu schweigen und wandte sich dem Neuankömmling zu. Es handelte sich um einen alten, hageren Mann, gekleidet in ein Leinengewand, das ebenso schmutzig war wie sein faltiges Gesicht. Der Mund des Alten war schmal, die Lippen blaß und spröde. Sein grauer Bart war kurz geschoren, doch ungepflegt. Besonders auffallend war die Körpergröße des Mannes; Aelarian schätzte ihn auf sechseinhalb Fuß.

Mit düsterer Miene blieb der Alte vor den beiden Troubliniern stehen. Aelarian breitete die Arme aus. »Mein alter Freund! Wie schön, daß Ihr Euch zu uns gesellt!« Besorgt wies er auf das Leinengewand des Mannes. »Seid Ihr nicht ein wenig zu leicht gekleidet für diesen Tag? Zwar lacht uns die Sonne vom Himmel, doch es ist hier auf hoher See recht frisch. In Eurem Alter muß man achtgeben, sich nicht die Knochen zu verkühlen.«

Der Alte blickte ihn unfreundlich an. »Euch sollte die eigene Gesundheit mehr am Herzen liegen, Aelarian Trurac. Ich sehe sie in großer Gefahr dank Eures losen Mundwerks.«

Der Großmerkant schenkte ihm ein Lächeln. »Seid Ihr schlecht gelaunt, Rumos? Oder hattet Ihr wieder eine schlaflose Nacht? Die Seeleute munkeln, daß Ihr in den Nächten in Eurer Kammer auf und ab schreitet, ohne Schlaf zu finden. Man nennt Euch bereits den ›rastlosen Wanderer‹.«

Der Alte winkte mürrisch ab. »Was kümmert mich das Geschwätz der Mannschaft! Der Schlaf ist das Vergnügen der Schwachen und Faulen.« Er musterte Aelarian ungehalten. »Ich kann nicht behaupten, daß es mich sonderlich erfreut hat, Euch in Vara an Bord dieses Schiffes anzutreffen. Ich hatte gehofft, der Gildenrat werde mich nie wieder mit Eurer Gegenwart belästigen. Hatte man Euch nicht nach Iarac verbannt, damit Ihr die Leitung der dortigen Handelsakademie übernehmt?«

Bevor Aelarian antworten konnte, mischte sich Cornbrunn ein, der noch immer am Tisch saß und seinen Kieselfresser streichelte. »In der Tat, die Gilde sandte den Großmerkanten nach Iarac. Doch die Studenten der Akademie waren nach wenigen Wochen seines Gefasels derart überdrüssig, daß sie den Gildenrat anflehten, sie von ihrem Lehrmeister zu befreien. Der Rat hatte Mitleid, holte Aelarian zurück nach Taruba und setzte ihn anschließend auf die Planken dieses Schiffes, damit die Fische und Quallen des Silbermeeres seinen Reden lauschen können.«

Der Großmerkant warf seinem Diener einen strafenden Blick zu. »Bislang lauscht meinen Worten nur eine einzige Qualle, und deren weiches Hirn ist nicht in der Lage, sie auch nur im Ansatz zu begreifen.« Er wandte sich wieder dem Priester zu. »Ich bin gestraft mit einem vorlauten Diener, und selbst Ihr, ehrwürdiger Rumos Rokariac, bringt mir keinerlei Achtung entgegen. Welch schweres Los muß ich erleiden!«

Der Alte knirschte hörbar mit den Zähnen. »Treibt keine Späße mit mir, sonst werdet Ihr es bereuen. Verratet mir endlich, was den Gildenrat dazu bewogen hat, mir Eure Gegenwart zuzumuten!«

Aelarian trat an die Bordwand und starrte gedankenverloren auf das Wasser. »Der Gildenrat ist Euch seit Jahren ein treuer Freund, Rumos. Er hat Euch freie Hand gelassen bei der Umformung der troublinischen Tathril-Kirche. Doch seit der Kirchenspaltung ist man in Taruba mißtrauisch geworden. Die Geschichten über das Wunder von Thax haben auch unser Land erreicht, und Ihr wißt, wie leicht sich das Volk durch solche Erzählungen aufwühlen läßt. Der Rat befahl mir, Euch auf der geheimnisvollen Reise durch das Silbermeer zu begleiten, um sicherzugehen, daß Ihr tatsächlich zum Wohle Troubliniens handelt. Um es kurz zu machen: Ich soll Euch im Auge behalten, mein Bester, auch wenn Euch das nicht schmecken mag.«

Rumos Rokariac starrte ihn wütend an. »Und für diese Aufgabe wählte der Gildenrat ausgerechnet Euch aus, Aelarian? Warum? Wegen Eurer kümmerlichen magischen Fähigkeiten?« Er rückte näher an den Großmerkanten heran. »Glaubt Ihr tatsächlich, Euer Halbwissen reiche aus, um meine Macht zu begreifen? Sie stammt von Tathril, dem

Gott der neuen Zeit, den zu verehren Ihr Euch weigert. Ihr betet statt dessen zu Euren lachhaften Ahnengeistern – ein gefährlicher Irrglaube, der in Troublinien seit langem verboten ist!«

»Glaubt nicht den fadenscheinigen Gerüchten«, verteidigte Cornbrunn seinen Herrn. »Warum sollte Aelarian Trurac seine Ahnen verehren? Sie zeichneten sich allesamt durch eine tragische Schwachsinnigkeit aus, wie sich an ihrem Urenkel erkennen läßt.«

»Bringt Euren geschwätzigen Diener zum Schweigen«, fauchte Rumos, »sonst werde ich ihm das Maul stopfen!«

»Selten folgte ich Eurem Befehl mit solcher Freude«, erwiderte Aelarian und wandte sich Cornbrunn zu. »Du hörst es, Cornbrunn! Deine Schandreden beleidigen den gutmütigen Priester.«

Rumos Rokariac ballte die Fäuste. »Ihr sollt meine Gutmütigkeit kennenlernen. Sobald wir festes Land erreicht haben, werde ich Euch und Euren Diener von Bord jagen!«

»Ihr seid undankbar«, erwiderte Aelarian. »Habe ich Euch nicht in Vara freundlich an Bord empfangen? Es war kein Zuckerschlecken, mit den kaiserlichen Hafenwächtern über unsere Abreise zu verhandeln. Troublinische Handelsschiffe sind in Vara nicht mehr willkommen, seit unsere Freibeuter allzu gierig die sitharischen Schiffe ausnehmen.«

Rumos musterte ihn kalt. »Man hätte nicht gewagt, dieses Schiff aufzuhalten. Ich habe mächtige Freunde in Thax.«

»Tatsächlich?« Der Großmerkant lächelte. »Hoffentlich reichen Eure Freundschaftsbande bis ins Silbermeer. Wie Ihr wißt, haben sich die Machtverhältnisse in diesen Gewässern ein wenig verschoben. Die Insel Fareghi wurde von einem Heer besetzt, dessen Anführer sich zum König des Silbermeeres ausgerufen hat. Man sagt, er stehe mit den Echsen im Bund, die Gyr, Candacar und Kathyga besetzt haben.«

Rumos verzog abschätzig die Mundwinkel. »Ich habe von diesem Mann gehört – Eldrom von Crusco, ein kathygischer Baron zweifelhaften Rufs.«

»Mit der Besetzung Fareghis droht der Handel im Silbermeer zusammenzubrechen«, fuhr Aelarian fort, »und somit das gesamte Machtgefüge Sithars. Die kaiserliche Flotte liegt in Swaaing vor Anker und ist offenbar weder willens noch fähig, gen Fareghi auszulaufen. Statt dessen wappnet sich Perjan Lomis, der Fürst von Morthyl, für einen Alleingang gegen den selbsternannten König.« Aelarian lächelte Rumos spöttisch an. »Es wird in dieser stürmischen Zeit nicht einfach sein, das Silbermeer zu überqueren.«

»Stürmische Zeit ist ein gut gewählter Ausdruck«, ergänzte Cornbrunn. »Der Frühling naht, und mit ihm die großen Stürme, die alljährlich über das Silbermeer toben. Der neue Herrscher von Fareghi aber denkt nicht daran, die magischen Lichter des Leuchtturms zu entzünden, die den Schiffen einen Weg über das Wasser weisen.«

»Tathril wird uns den Weg über das Wasser weisen«, erwiderte Rumos kalt. »Er will, daß ich gen Westen segle!«

»Dann weist er Euch einen eigenartigen Weg«, spottete Aelarian. »Wir fahren nun schon seit einer halben Woche gen Süden. Bald werden wir die Insel Vrynn hinter uns lassen und Morthyl ansteuern. Ein ziemlicher Umweg, findet Ihr nicht?«

»Die direkte Passage über Swaaing ist uns verschlossen, seit der Leuchtturm erloschen ist«, stieß Rumos hervor. »Der einzige sichere Weg führt über Vrynn, Thaira und Morthyl; dort wird sich zeigen, wie wir unsere Reise fortsetzen können.« Er wandte sich von dem Großmerkanten ab. »Ich bin enttäuscht darüber, daß der Gildenrat ausgerechnet Euch als Spitzel auf mich angesetzt hat, Aelarian. Ich habe dem Rat stets Vertrauen entgegengebracht; auf diese Weise dankt man es mir! Nun, ich bin der Gilde keine Rechenschaft schuldig. Ich rate Euch, bei der nächsten Landung dieses Schiffes von Bord zu gehen. Denn eher stoße ich Euch eigenhändig von Deck, als daß Ihr mir in die Quere kommt.«

Mit diesen Worten zog sich der Priester zurück. Aelarian und Cornbrunn blickten ihm grinsend nach. Kaum war Rumos unter Deck verschwunden, brachen sie in Gelächter aus.

»Habt Ihr sein Gesicht gesehen«, prustete Cornbrunn, »als Ihr ihn einen gutmütigen Priester nanntet? Für einen Moment dachte ich, er will Euch an die Gurgel gehen!«

»Kaum weniger dämlich glotzte er, als du von meinen Ahnen zu sprachest«, rief Aelarian erheitert. »Nebenbei, eine dreiste Unverschämtheit, für die ich dich eigenhändig von Deck stoßen sollte, um einen guten Bekannten zu zitieren.«

»Eure Ahnen haben sich in der Tat keinen Gefallen getan, ihre Linie bis zum letzten Sproß fortzusetzen«, sagte Cornbrunn. »Doch was Rumos Rokariac betrifft, so solltet Ihr seine Warnung ernst nehmen. Unser graubärtiges Großväterchen versteht keinen Spaß.«

»Weil er ein noch größerer Hohlkopf ist als du«, antwortete der Großmerkant. »Glaubt er tatsächlich, mich mit leeren Drohungen vom Schiff vertreiben zu können? Und glaubt er, daß der Gildenrat mich grundlos an seine Seite stellt?« Grinsend beobachtete er, wie sein Leibdiener die Augenbrauen hochzog. »Rumos wird bald begreifen, daß er auf mich angewiesen ist.«

»Ihr sprecht in Rätseln, Großmerkant«, gab Cornbrunn zurück. »Gibt es etwas, das Ihr mir verschwiegen habt – abgesehen von dem Techtelmechtel mit jenem blonden Schiffsknaben in Vara, der sich anschließend dem ganzen Hafen mit seiner Geschichte anvertraute?«

Aelarians Lächeln fiel in sich zusammen. Stumm starrte er auf das offene Meer hinaus. Cornbrunn beobachtete ihn voller Häme. Doch als er den Blicken seines Herrn folgte, mußte er erkennen, daß es keineswegs seine letzte Bemerkung gewesen war, die Aelarian zum Schweigen gebracht hatte.

In westlicher Richtung waren mehrere Segel am Horizont aufgetaucht. Auch die Mannschaft hatte sie erspäht. Rufe schallten über Bord, Schritte polterten auf den Planken. Eine Traube von Seeleuten sammelte sich an der Reling, und schließlich eilte der Kapitän des Schiffs herbei: Coron Narac, genannt ›das Salzmaul‹, der Angehörige einer ehrwürdigen Seefahrerdynastie aus Oublin. Sein Körper war gebeugt, die

Arme dürr, der kahle Kopf mit Sommersprossen übersät. Nur selten sah man eine Regung in Corons Gesicht, und seine blauen Augen starrten stets in unergründliche Ferne. Doch hinter der harmlosen Fassade dieses Gesichts verbarg sich ein wacher Geist. Niemand vermochte so rasch wie Coron eine verworrene Lage zu überblicken und die richtige Entscheidung zu treffen. In zahlreichen Krisen hatte sich sein Verstand bewährt, und so hatte er das Wohlwollen der Großgilde erworben.

Aelarian Trurac beobachtete, wie sich der Kapitän neben die Seeleute stellte und auf das Wasser blickte. Geduldig wartete der Großmerkant, bis Coron seine Augen von den fernen Schiffen abgewandt hatte.

»Nun, Kapitän«, fragte Aelarian, »was nähert sich dort am Horizont – Freund oder Feind?«

»Schwer zu sagen.« Coron Naracs Mundwinkel wirkten verkniffen, doch dies ließ keinen Rückschluß auf seine Gedanken zu. Tatsächlich hatte ihm eben dieser Gesichtsausdruck seinen Spottnamen eingetragen. »Wir sind zu weit entfernt, um die Farben der Segel zu erkennen. Der Größe nach könnte es sich um sitharische Karacken handeln.«

»Kriegsschiffe also«, folgerte der Großmerkant. »Ich zähle sechs Schiffe – ein ungewöhnlich großer Verband, wo die kaiserliche Flotte doch in Swaaing vor Anker liegt.«

Coron nickte. »Vermutlich sind es die Schiffe eines Fürsten. Das Fürstentum Thoka verfügt über sechs Karacken, und Morthyl nennt ein knappes Dutzend dieser Schiffe sein Eigen. In den letzten Kalendern habe ich oft morthylische Karacken das östliche Silbermeer durchstreifen sehen, meist auf Piratenjagd. Ein solches Aufgebot ist allerdings ungewöhnlich.« Er blickte Aelarian aus trüben Augen an. »Vieles hat sich verändert im Silbermeer. Der Fall des Leuchtturms ist eine Katastrophe für Sithar, und letztlich auch für Troublinien. Wenn die Frühjahrsstürme beginnen und der Herrscher von Fareghi sich weigert, das Licht des Leuchtturms zu entzünden, wird der Seehandel zum Erliegen kommen.«

»Eldrom von Crusco wird sich das Entzünden der Flamme

teuer bezahlen lassen«, sagte Aelarian. »Die Besetzung der Insel war ein kluger Zug. Ob dieser selbsternannte König sie allerdings halten kann, wage ich zu bezweifeln. Das Kaiserreich wird sich den Leuchtturm rasch zurückholen.«

»Was hat es mit der Magie dieses Turms eigentlich auf sich?« hakte sich Cornbrunn in das Gespräch ein. »Ist es wahr, daß ohne den Leuchtturm eine Überquerung des Silbermeers unmöglich ist?«

Kapitän Coron nickte. »Das Silbermeer ist ein tückischer Ozean. Manches Schiff ist schon Opfer der gefährlichen Winde geworden, und das Wasser ist uns Seefahrern nicht wohlgesonnen. Oft zerreißen mächtige Strudel die zuvor ruhige Wasseroberfläche und ziehen ein Schiff in die Tiefe; plötzliche Seebeben erschüttern den Meeresgrund und werfen haushohe Wellen auf. In tieferen Gewässern lauern die Silberfänger, deren Kiefer jeden Schiffsrumpf wie eine Nuß zerknacken.« Er hob den linken Arm und zeigte einen Reif, den er unterhalb des Handgelenks trug; ein Armband aus gehämmertem Silber, auf dem das Zeichen einer Flamme prangte. »Vor all diesen Gefahren schützt uns die Macht des Leuchtturms, den der Seefahrer Varyn vor über zweitausend Jahren auf Fareghi errichtete. Er war der erste Mensch, der das Silbermeer überquerte und die bösen Geister des Wassers bezwang. Seit der Erbauung des Leuchtturms brennen die Feuer auf Fareghi und bewahren die Seefahrer vor dem Fluch des Meeres – solange sie geweihtes Silber mit dem Zeichen Varyns bei sich tragen.« Er fuhr mit der rechten Hand über den Armreif. »Dies ist ein Turmbinder – ein Erbstück meiner Familie. Schon meine Vorfahren nutzten dieses Kleinod, um die Magie des Leuchtturms anzurufen. Wer es trägt, kann die Feuer von Fareghi erblicken, ganz gleich, an welcher Stelle er sich im Silbermeer befindet, ob vor der Küste von Thoka oder in der Wasserstraße vor Strega. Überall wird ihn das Licht des Turms beschützen; es wird ihn warnen, wenn ein Sturm aufzieht und andere Gefahren drohen. Ohne einen Turmbinder hingegen ist man den Gewalten des Silbermeers hilflos ausgeliefert.«

»Bedauerlicherweise sind die Turmbinder rar gesät«, fügte Aelarian Trurac hinzu. »Sie wurden einst von einer geheimnisvollen Bruderschaft gefertigt, die den Leuchtturm hütete. Sie nannten sich die Erben Varyns. Nur sie vermochten es, die Turmbinder zu schmieden, und im Lauf der Jahrhunderte verkauften sie die Armbänder an die Seeleute von Gyr, Candacar und Troublinien und machten kein schlechtes Geschäft dabei. Als die Gyraner die Inseln des Silbermeeres an sich rissen, vertrieben sie die Bruderschaft von Fareghi. Doch dabei ging auch das Wissen um die Herstellung der Armbänder verloren – und jene, die erhalten blieben, gelten als ungemein wertvoll.«

Corons Mundwinkel zuckten, was vermutlich Zustimmung bedeutete. »In Troublinien regeln strenge Gesetze, an wen ein Turmbinder vererbt oder weitergegeben werden darf.« Er ließ den Arm sinken. »Doch seit der Eroberung Fareghis sind die Turmbinder wertlos geworden. Die Feuer von Fareghi sind erloschen und werden so schnell nicht wieder aufleuchten.« Es war nicht zu erkennen, ob Coron seine Worte im Zorn sprach oder ob sie Ratlosigkeit ausdrücken sollten. Seine Miene war wie immer unverändert.

Cornbrunn spielte nachdenklich mit dem Ende seines roten Zopfes. »Ich frage mich, wie unser hochgeschätzter Rumos ernsthaft glauben kann, unter diesen Bedingungen das Silbermeer zu überqueren. Weiß er denn nichts von der Macht des Leuchtturms?«

»Unser hochgeschätzter Rumos weiß mehr über den Leuchtturm als du über die Hafenbordelle von Taruba«, widersprach Aelarian Trurac, »und dies zählt bekanntermaßen zu deinen vorzüglichsten Wissensgebieten. Rumos hat viele Jahre im Silbermeer gelebt – auf Morthyl, wenn mich meine Erinnerung nicht täuscht.«

»Und wenn mich meine Erinnerung nicht täuscht, will er das Silbermeer um jeden Preis überqueren«, rief Cornbrunn. »Rumos wird uns alle in den Tod reißen – es sei denn, er verzweifelt zuvor an Eurer Gegenwart und wirft Euch im nächsten Hafen vom Schiff.«

»Verschone mich mit deinem Gefasel«, knurrte der Großmerkant und richtete die Augen wieder auf das Meer, um die fernen Schiffe zu beobachten. Sie hatten inzwischen einen östlichen Kurs eingeschlagen und waren an dem troublinischen Segler vorbeigezogen.

»Sie versuchen uns auszuweichen«, stellte Aelarian fest.

Coron Naracs Mundwinkel sanken noch ein wenig tiefer. »Kann sein. Vielleicht wollen sie den Hafen von Vara ansteuern.«

»Dann sind es tatsächlich sitharische Karacken«, folgerte Aelarian. »Könnt Ihr die Segel noch immer nicht erkennen?«

Coron schüttelte den Kopf. »Nein, die Entfernung ist zu groß. Doch vielleicht ist es von Vorteil, ihnen nicht allzu nahe zu kommen. Die Sitharer sind auf uns Troublinier zur Zeit nicht sonderlich gut zu sprechen.«

Aelarian strich sich mit der Hand über die goldene Spange, die er im Haar trug. »Ein Schiff, das unter dem Schutz der Großgilde fährt, wird nicht so schnell Opfer eines Angriffs. Macht Euch keine Sorgen, Coron. Bald werden wir Morthyl erreichen – und dort, fürchte ich, ein Weilchen bleiben müssen... Es sei denn, Eldrom von Crusco entfacht uns zu Ehren ein neues Feuer im Leuchtturm.«

Lächelnd griff er in die Tasche seines Gewandes und kraulte den Kieselfresser, der längst in einen wohligen Schlummer gesunken war. Seine linke Hand hingegen legte er auf Cornbrunns Schulter und blickte auf das Meer, um das Spiel der Wellen zu betrachten.

Der Spiegel, der an der Holzwand der Kabine hing, war aus zerbeultem Zinn. Seine schartige Oberfläche war an einigen Stellen schwarz angelaufen und wies silbrige Adern auf. Trotz dieser Makel, trotz der zahlreichen Brüche und blinden Stellen konnte die Frau, die vor dem Spiegel stand, das Abbild ihres Gesichts gut erkennen: Die blasse, beinahe weiße Haut, die hohen Wangenknochen, den schmalen, scharfgeschnittenen Mund. Es war ein anziehendes, wenn auch strenges Gesicht, geprägt von tiefschwarzen Augen, die einen eindrucksvollen Kontrast zur hellen Hautfarbe bildeten.

Nachdenklich betrachtete die Frau ihr Spiegelbild. »Sechsunddreißig Jahre«, murmelte sie. »Sechsunddreißig bist du schon. Du wirst alt, Ashnada, und du siehst auch alt aus – alt und müde.« Sie wandte den Kopf zur Seite. Das offene Haar fiel über ihre linke Gesichtshälfte; langes, weißblondes Haar, dicht und fest; sie hatte es sorgfältig gekämmt. »Eine alte, müde, verbrauchte Frau bist du!«

Das harte Selbsturteil entsprach nicht ganz der Wahrheit. Tatsächlich sah man Ashnada ihr Alter kaum an; ein nüchterner Betrachter hätte sie wohl auf Ende Zwanzig geschätzt, denn ihr Körper war schlank, ihr Gesicht ebenmäßig. Doch es war nicht zu leugnen, daß ihre Gesichtszüge verbraucht wirkten; nur war es nicht das Alter, das diese Spuren hinterlassen hatte.

Es sind meine Augen, meine schrecklichen Augen... Ashnada zwang sich dazu, den Blick des Spiegelbilds zu erwidern. Sie fürchtete sich manchmal selbst vor dem Funkeln ihrer schwarzen Augen; jeder Versuch, es zu unterdrücken, mißriet zu einem grotesken Mienenspiel. *Als ich dich zum ersten Mal sah, entdeckte ich in deinen Augen ein Funkeln,* hörte sie in sich eine Stimme, deren Tonfall sie erschaudern ließ, *ein Funkeln, das mir deine bedingungslose Treue verriet.* Angewidert wich sie dem Blick ihres Spiegelbilds aus, und die heisere Stimme in ihrem Kopf lachte voller Hohn, mischte sich mit anderen Lauten – dem Sirren eines Schwertes, dem Weinen eines Kindes, dem Geräusch einer Klinge, die sich in menschliche Körper schnitt. Das Gelächter in Ashnadas Kopf wurde lauter und schriller, und sie erkannte ihre eigene, verzerrte Stimme.

Morthyl... ich kehre zurück!

Wieder hob Ashnada den Kopf, um sich zu betrachten. Ihr Gesicht wirkte blasser als zuvor. Die Sprenkel und Sprünge der Spiegeloberfläche durchdrangen ihr Bild, als wären Stirn und Wangen mit Blut besudelt.

»Ich wußte nicht, wie eitel du bist, Ashnada!«

Sie fuhr zusammen. Trotz ihres hervorragenden Gehörs hatte sie nicht bemerkt, daß Rumos Rokariac die Schiffskabine betreten hatte. Die Gabe, in einen Raum zu gelangen, ohne sich durch Schritte oder das Klappen der Tür zu verraten, hatte er schon oft unter Beweis gestellt. Diesmal war Ashnada entschlossen, ihm den Triumph nicht zu gönnen. Unbeeindruckt blieb sie vor dem Spiegel stehen, ohne sich umzusehen.

Rumos Rokariac schritt langsam näher. »Eitelkeit verdirbt den Charakter einer Frau und verzerrt ihre natürliche Schönheit. Wenn diese Frau zudem eine mehrfache Mörderin ist, sollte der Blick in den Spiegel sie mehr erschrecken als zufriedenstellen.« Er stand nun hinter Ashnada; sie konnte sein graubärtiges Gesicht im Spiegel erkennen.

»Woher bezieht Ihr Euer Wissen über Frauen, Rumos?« erwiderte sie ungerührt. »Es dürfte Jahrzehnte her sein, daß Ihr einer Frau beigewohnt habt, falls Ihr jemals dazu in der Lage wart.«

»Mäßige deinen Tonfall, Weib!« Rumos trat einen weiteren Schritt näher. Sein altes Gesicht schimmerte im einfallenden Tageslicht wie eine wächserne Maske. »Ich habe mit dir zu reden. Bald werden wir Morthyl erreichen, die erste Station unserer Reise; ein Ort, der uns beiden wohlbekannt ist.«

»Ihr erzählt mir nichts Neues«, sagte Ashnada. »Verratet mir lieber, wie lange Ihr auf der Insel bleiben wollt. Ich möchte sie so schnell wie möglich hinter mir lassen.« Sie griff nach dem Kamm, den sie in eine Tasche ihres Gewandes gesteckt hatte, und fuhr fort, ihre Haare zu kämmen.

»Du kehrst wohl ungern an deinen ehemaligen Wirkungsort zurück«, stellte Rumos fest. »Dabei hast du doch auf Morthyl deinem früheren Herrn wertvolle Dienste geleistet – König Tarnac von Gyr, den man auch Tarnac den Grausamen nennt.« Er beobachtete zufrieden, wie Ashnada bei der Nennung des Namens zusammenzuckte. »Für eine einstige ›Gnadenlose‹ bist du erstaunlich schreckhaft! Was würde König Tarnac wohl sagen, wenn er eines seiner fähigsten

Geschöpfe in diesem Zustand erblickte – den Kopf voller Schuldgefühle, das Herz voller Haß?«

Ashnadas Augen verdüsterten sich. »Tarnac ahnt nicht einmal, daß ich noch lebe. Er denkt, ich sei auf Morthyl hingerichtet worden, so wie meine Gefährten, die er an die Sitharer verriet.« Mit wachsendem Zorn kämmte sie sich den weißblonden Schopf. Einige Haare verfingen sich zwischen den Zinken des Kamms, wurden von der Wucht ihrer Bewegungen ausgerissen.

»Er wird von deinem Überleben schon noch erfahren«, versprach Rumos. »Bis dahin muß ich mich darauf verlassen können, daß du dich von deinen Rachegelüsten nicht mitreißen läßt. Morthyl wird Erinnerungen in dir wachrufen, Ashnada. Wenn du nicht achtgibst, verlierst du dich darin.« Seine Augen waren auf ihr umherwirbelndes Haar gerichtet. »Auch ich war einst voller Haß; ich haßte den Mann, der mich verraten hatte – den Feigling Bars Balicor, der mich erdolchen wollte, obwohl ich ihm den Weg zur Macht eröffnet hatte. Ich half ihm, seine kümmerlichen magischen Fähigkeiten zu entfalten, half ihm, innerhalb der Kirche aufzusteigen; er aber verriet mich, als ich seinen Plänen im Weg stand. Doch habe ich mich zu einem Racheakt hinreißen lassen, als ich Bars Balicor in Thax wiedertraf? Nein – ich habe mir seine Angst vor meiner Rache zunutze gemacht. Als neuer Hoherpriester Sithars leistet er mir inzwischen gute Dienste. Oft sind einstige Feinde nützliche Werkzeuge. Verstehst du, was ich dir sagen will?«

Sie verstand nicht und wollte nicht verstehen. »Ihr habt mir ein Versprechen gegeben, Rumos. Nur deshalb bin ich Euch gefolgt. Mit Eurer Hilfe will ich Tarnac von Gyr heimzahlen, was er mir antat. Nur sein Tod kann mir Frieden bringen.«

Rumos schürzte abfällig die Lippen. Dann, mit einer plötzlichen Bewegung, packte er Ashnadas Haare und riß ihren Kopf zurück; er krachte gegen seine knöchrige Schulter. Verzweifelt versuchte sie, den Priester abzuwehren, doch der Griff seiner Hand war eisern. »Wenn es das ist, was du willst, solltest du dich zusammenreißen«, fauchte er ihr ins Ohr. »Ich muß mir auf Morthyl deines Schwertarms sicher sein! Den Weg nach Tyran kann ich nur mit Gewalt erzwingen, und dazu brauche ich dich! Ich kann nicht dulden, daß du auf eigene Faust deine Rachepläne verfolgst.« Er löste seine Hand aus ihrem Haar und stieß sie von sich.

Ashnada taumelte nach vorn und schlug mit dem Gesicht gegen den Zinnspiegel, der sich daraufhin von der Wand löste und zu Boden fiel. Für einen Moment wurde ihr schwarz vor Augen. Dann hatte sie sich wieder gefangen, schnellte zu dem Priester herum.

Rumos stand abwartend vor ihr, die Hand erhoben. Sein Greisengesicht ließ keine Regung erkennen.

Mit stolzer Ruhe strich sich Ashnada die zerzausten Haare aus dem Gesicht. »Ihr werdet mich nie wieder auf diese Weise anfassen.« Ihre Stimme klang beherrscht, doch ihre Augen funkelten, so daß Rumos zurückwich. »Wenn Ihr es nochmals wagt, werde ich Euch töten.«

Rumos stieß ein Lachen aus, doch es klang unsicher. »Hast du vergessen, daß du mir nichts anhaben kannst?« Zwischen den Fingern des Priesters war ein rötliches Glimmen zu erkennen, das jedoch verlosch, als er die Hand sinken ließ. »Du bist klug genug, es kein zweites Mal zu versuchen, mich niederzustrecken!«

Ja, dachte Ashnada, *denn das zweite Mal wird es kein Versuch mehr sein. Noch weiß ich nicht, wie sich dein Zauber brechen läßt, doch ich werde es herausfinden.* Wortlos starrte sie den Zauberer an, bis dieser sich abwandte.

»Schluß mit den Spielchen, Ashnada. Ich habe bereits genug Ärger auf diesem Schiff.« Er strich sich das schmutzige Leinengewand glatt. »Der troublinische Gildenrat traut mir nicht mehr und hat mir einen alten Widersacher als Begleitung aufgenötigt.«

»Ihr meint Aelarian Trurac«, erwiderte Ashnada, »den Großmerkanten.«

Rumos nickte. »Aelarian ist ein Angehöriger der Großgilde, wenn auch ohne großen Einfluß. Er hat sich aus der hohen Politik des Rates meist herausgehalten und gilt als unverbesserlicher Abenteurer und Hohnredner, der es vorzieht, durch Troublinien zu reisen und die Entscheidungen des Gildenrates zu verspotten. Er verkehrt mit allerlei zwielichtigen Gestalten – mit Gegnern der Tathril-Kirche, mit Fechtkünstlern, Barden und Kurtisanen. Dennoch wagte es dieser Tagedieb, auf dem Siebten Gildenkongreß gegen mich die Stimme zu erheben, als ich der Kirche größeren Einfluß in Troublinien verschaffen wollte. Hätte ich nicht bereits mehrere Gildenräte auf meiner Seite gewußt, wären seine Worte auf fruchtbaren Boden gefallen.«

»Zählt Ihr ihn deshalb zu Euren Feinden?« fragte Ashnada.

Rumos schüttelte den Kopf. »Nein, unsere Feindschaft ist älter. Wir teilen einige Geheimnisse. Auf jeden Fall paßt mir seine Anwesenheit auf diesem Schiff nicht.«

Ashnada musterte den Bathaquari kühl. »Wollt Ihr, daß ich ihn für Euch beseitige?«

»Nein«, sagte Rumos mit Nachdruck. »Ich habe es nicht nötig, meine Gegner mit der Klinge aus dem Weg zu räumen. Solche Verzweiflungstaten überlasse ich intriganten Dummköpfen wie Bars Balicor.« Er schritt langsam zur Tür. »Ich werde Aelarian auf andere Weise loswerden, und zwar endgültig. Doch zuvor muß ich wissen, was er im Schilde führt. Aelarian hätte sich niemals vom Gildenrat zur dieser Reise bewegen lassen, wenn er nicht eigene Ziele verfolgte.« Schon wollte der Priester die Schiffskabine verlassen. Doch dann kam ihm ein weiterer Gedanke. »Was dich betrifft, Ashnada, so solltest du ein wenig an deinem Äußeren arbeiten. Ich möchte nicht, daß du auf Morthyl durch dein eitles Gehabe auffällst.«

»Soll ich mich wie Ihr in dreckige Lumpen hüllen?« spottete Ashnada.

Rumos blickte sie tadelnd an. »Für den Anfang genügt es, wenn du dir ein Messer nimmst und den Kopf scherst. Dein weißblondes Haar könnte Aufsehen erregen; es ist die Haarfarbe der gyranischen Besatzer, denen die Morthyler selbst so viele Jahrhunderte nach Ende des Südkrieges noch immer Haß entgegenbringen. Es wäre gefährlich, wenn man dich als eine Gyranerin erkennen würde – oder gar als jene Frau, die vor zehn Jahren mordend durch die Dörfer zog.« Er wandte sich wieder zur Tür. »Schneide dir die Haare also besser ab, Ashnada. Sie passen ohnehin nicht zu deinem Gesicht.«

Mit diesen Worten verließ der Zauberer die Kabine. Angewidert starrte Ashnada ihm nach. Dann packte sie das Ende ihres blonden Schopfes und betrachtete die Haarspitzen. Dort, wo die Hand des Priesters sie berührt hatte, waren die Haare schwarz verfärbt, als hätte eine offene Flamme sie verbrannt.

Übelkeit stieg in ihr auf. Sie tastete nach dem Griff des Messers, das sie am Gürtel trug. Spürte das weiche Haar durch ihre Finger gleiten. Das Herz wollte ihr zerspringen, als sie das Messer anhob, als die Klinge sich dem Haaransatz näherte. Ihre Füße stießen gegen den Zinnspiegel, der vor ihr auf dem Boden lag. Wütend trat sie ihn fort. Mit einem Scheppern schlug er gegen die Holzwand der Kabine.

Dort blieb er liegen, zerbeult, zerschunden. Blondes Haar fiel in Büscheln auf ihn herab; langes, weißblondes Haar, das die reflektierende Oberfläche bald vollständig bedeckte.

KAPITEL 2

Stürme

Langsam, beinahe bedächtig fuhr die Hand über den Stein. Es war eine alte Hand, die Finger gekrümmt, die Haut mit Falten und Flecken übersät, und sie zitterte, während sie über den Stein strich und die Vertiefungen und Rillen ertastete, die in die Oberfläche gemeißelt waren. »Welch Frevel«, murmelte eine heisere Stimme, »welch abscheulicher Frevel!« Die Hand hielt inne und verharrte über den Schriftzeichen. »Gräber werden zu Orten der Götzenverehrung, feierliches Gedenken weicht sündhafter Vergottung. Welch ein Wahn!« Wieder strich die Hand über den schwarzen Stein; die Fingerkuppen glitten über ein eingeritztes Zeichen: ein Kreis, bestehend aus zehn Gliedern, ähnlich einer Kette. Unter dem Kreis standen zehn Namen. SUANT lautete einer davon, ein zweiter NIHIRDI, ein dritter GENEDER. Im Inneren des Kreises war in ein Spruch eingemeißelt: GEBOREN IN VARA, ERMORDET IN PERSYS, BEGRABEN IM BERG VON CARMAND. »Welch ein Wahn«, wiederholte die Stimme, »der euch zu Helden machte, eure Söhne zu Rebellen und eure Enkel zu Fürsten eines Reiches, das an den Sünden ihrer Nachkommen zugrunde geht.«

Der Stein stand auf der Spitze eines Hügels. Dunkles Gras bedeckte die Hänge; die steife Brise, die seit Tagen von Osten her wehte, hatte die Halme geglättet und an den Boden geheftet. Nur der Stein von Carmand durchbrach diesen grünen Teppich; das Mahnmal für jene zehn Kaufleute, die vor über vierhundertfünfzig Jahren den Südbund gegründet hatten und deshalb von den Königreichen des Nordens ermordet worden waren.

Die Hand glitt ein letztes Mal über die Oberfläche des Steins. Dann ballte sie sich zur Faust. Ein Mann richtete sich auf. Greisenhaft war sein Gesicht, zottig das Haar, das um Stirn und Wangen flatterte.

»Ihr wißt, was Tathril über den Tod spricht«, donnerte seine Stimme. »Wessen Zeit gekommen ist, der soll von uns gehen; und wer begraben ist, soll ruhen. Dennoch pilgern jedes Jahr, am dritten Tag des ersten Kalenders, die Fürsten Sithars zum Berg von Carmand. Sie stellen sich nebeneinander im Kreis auf – dort, wo ihr nun steht, meine Brüder! – und gedenken der Toten, die im Berg von Carmand begraben liegen. Sie legen die silbernen Ketten ab, die sie um den Hals tragen, und flehen ihre Vorfahren an, ihnen mit Rat und Tat zur Seite zu stehen.« Die geballte Faust des Alten fuhr gen Himmel. »Ihr wißt, daß Tathril die Verehrung der Ahnen verabscheut, daß er sie als Frevel gegen den wahren Glauben ansieht und daß jene, die sich diesem Frevel hingeben, ihre Seele verwirkt haben.«

Zustimmende Rufe erschallten aus den Reihen seiner Begleiter. Es waren wohl zwanzig Männer, die sich auf dem Berg von Carmand eingefunden hatten. Sie waren um die vierzig Jahre alt, trugen ungepflegte Bärte und ebenso ungepflegte Büßerkutten, die um ihre Leiber schlotterten. In den Händen hielten sie Hacken, die sie sich auf einem nahe gelegenen Landgut ausgeborgt hatten. Ihre Augen hingen an den Lippen des Vorredners.

»All das wißt ihr, meine Brüder; und ebenso wißt ihr, daß die Kirche des Tathril es stillschweigend duldet, wie sich dieses gottlose Schauspiel Jahr für Jahr wiederholt. Doch damit ist es nun vorbei! Das Zeitalter der Wandlung hat begonnen! Endlich hütet ein wahrer Hoherpriester die Quelle des Brennenden Berges.«

»Nhordukael«, brüllten die Bärtigen und schwenkten ihre Hacken. »Der Auserkorene!«

»Ja, meine Brüder«, fuhr der Greis fort, »das Zeitalter der Wandlung hat begonnen. Die Welt erzittert unter dem Ansturm der Goldéi, die nichts anderes sind als Tathrils

Richter. Auch nach Thax werden sie kommen! Sie werden die Frevler stürzen und die Tempel und Paläste bis auf den letzten Stein schleifen. Wir aber, die wahren Gläubigen, die dem Auserkorenen folgen, haben nichts zu befürchten. Nhordukael wird uns vor ihrem Zorn beschützen!«

»Nhordukael«, schrien die bärtigen Männer. »Der Auserkorene wird uns beschützen!«

Anklagend wies der Greis auf den schwarzen Stein. »Geboren in Vara, ermordet in Persys, begraben im Berg von Carmand«, zitierte er die Inschrift. »Wessen Zeit gekommen ist, der soll von uns gehen, und wer begraben ist, soll ruhen! Zerschmettert den Götzenstein!«

Er setzte einen Schritt zurück. Zufrieden beobachtete er, wie seine Gefährten vorausstürzten. Eiserne Hacken hoben sich in die Luft, gingen nieder, trafen klirrend auf die schwarze Oberfläche des Mahnmals, wieder und wieder, und der Greis wandte sich ab, um das Gesicht vor den umherfliegenden Steinsplittern zu schützen

Sein Blick wanderte zu der gepflasterten Straße hinab, die sich zwischen den umliegenden Hügeln hindurchschlängelte und dabei auch am Berg von Carmand vorbeiführte. Es war der Weg der Pracht. Er stammte aus der Zeit der arphatischen Besetzung; auf ihm waren Arphats Kriegsherren in den Süden geritten, um die Völker von Thax, Varona und Thoka unter die Knute des Sonnenthrons zu zwingen. Nicht ohne Grund war der Weg auch unter einem zweiten Namen bekannt: Im Süden nannte man ihn die Straße des Geronnenen Blutes, da an jedem Pflasterstein das Blut eines sitharischen Sklaven klebte.

Heute, dreihundertfünfzig Jahre nach Ende der Knechtherrschaft, ritt erneut ein Heer auf der Straße des Geronnenen Blutes. Diesmal kam es nicht von Norden, sondern von Süden, und die Reiter trugen nicht die farbenfrohen Gewänder der Arphater, sondern schwere eiserne Helme. Kriegskeulen baumelten an den Schurzen ihrer Rüstungen, und der vorderste Reiter trug ein Banner, das im Wind flatterte: ein weißer, gischtumspülter Felsen auf schwarzem Grund.

Entsetzt fuhr der Greis zu seinen Gefährten herum. »Die Ritter der Klippen!« Seine Stimme bebte. »Tathril sei uns gnädig!«

Erschrocken ließen die Männer ihre Hacken sinken und starrten auf den nahenden Troß. Als sie das Banner erkannten, brach Panik unter ihnen aus. Einige versuchten zu fliehen, warfen die Waffen fort und stürmten den Hang hinab in der Hoffnung, den Reitern entkommen zu können. Andere hoben die Hacken wieder empor, stellten sich den Angreifern entgegen, die nun ihre Pferde den Hügel hinauftrieben.

»Habt keine Angst, meine Brüder«, hörten sie die Stimme des Greises. Er hatte sich neben den Stein von Carmand gekauert. Seine Hände lagen auf der zersplitterten Oberfläche. »Der Auserkorene wird uns vor ihren Schwertern beschützen! Sie können nicht siegen! SIE KÖNNEN NICHT SIEGEN!«

Er sollte sich irren. Als die Reiter die Spitze des Hügels erreichten, als die nietenbewehrten Kriegskeulen auf die ungeschützten Köpfe der Männer niedergingen, als Pferdehufe die Fliehenden zu Fall brachten und ihnen die Glieder zermalmten, blieb göttlicher Beistand aus. Denn der Auserkorene, dessen Hilfe sie erfleht hatten, weilte fern von Carmand, während auch an diesem Tag wieder Hunderte für ihn in den Tod gingen – in Thax und in Thoka, auf Vodtiva und auf Aroc. In den Städten und Dörfern, auf entlegenen Pfaden und auf offenem Feld: überall in Sithar tobte der Kampf, der in Nhordukaels Namen geführt wurde; ein Sturm, der längst jeden Winkel des Kaiserreiches erfaßt hatte.

Dunkler Rauch stieg vom Brennenden Berg auf. Funken glimmten darin, wirbelten umher und verloschen in den trägen Schwaden, die sich zum Himmel erhoben.

Nhordukaels Finger schmerzten. Das scharfkantige Geröll, zwischen dem er emporgeklettert war, hatte ihm die

Handflächen aufgerissen. Je höher er stieg, desto wärmer wurde das Gestein, und die Felsen wiesen seltsame Verformungen auf. Wie oft mochte der Brennende Berg sie geschmolzen, wie oft der kühle Ostwind sie gehärtet haben?

Nhordukael hielt inne und blickte zur Spitze des Vulkans empor. Er hatte sich dem Kraterrand bis auf zehn Schritt genähert. Die Steine rings um ihn schwärzten seine Priesterkutte. Die heiße Luft war von Schwefelgestank erfüllt. Ascheflocken lösten sich aus der aufsteigenden Rauchsäule und taumelten wie benommene Schmetterlinge zu Boden.

Nhordukael war ein zwanzigjähriger Mann mit hellblondem Haar, das er schulterlang trug. Er war von schmächtiger Gestalt; seine Schultern schmal, der Rücken ein wenig gekrümmt. Sein längliches Gesicht war von Narben gezeichnet – Spuren einer harten und entbehrungsvollen Kindheit, die er als Waise in der Obhut der Tathril-Kirche verbracht hatte, als Leibnovize des einstigen Hohenpriesters Magro Fargh. Aus seinen eisgrauen Augen sprach eine Furchtlosigkeit, die sich auch auf den Rest seiner kantigen Gesichtszüge übertrug, eine Furchtlosigkeit gegenüber der Welt, die ihm viele Jahre nur ein Ort der Unterdrückung gewesen war.

Langsam drehte sich der junge Priester um. Unter ihm lösten sich Steinchen und rollten den Hang abwärts, bis sie vor den Füßen der Menschen zu liegen kamen, die sich am Brennenden Berg versammelt hatten. Zweitausend Männer und Frauen; die meisten trugen weiße Stirnbänder. Es waren die Weißstirne, Nhordukaels treuste Anhänger, die ihn seit dem Wunder von Thax als Auserkorenen Tathrils verehrten. In den Händen hielten sie einfache Messer und Dolche. Doch auch schwergerüstete Krieger waren in der Menge auszumachen: Tempelritter aus Thax, Schwertkämpfer des kaiserlichen Heeres, Lanzenträger aus Palgura und Varona. Sie alle hatten die Waffen gezückt und blickten zu Nhordukael auf, manche in Ehrfurcht, andere eher abwartend oder sogar mißtrauisch.

Vor allem den letzteren, den Zweiflern, galt das Ritual, das Nhordukael an diesem Nachmittag vollziehen wollte. Er wußte, daß längst nicht alle, die sich dort unten versammelt hatten, die Verzückung der Weißstirne teilten. Viele Krieger waren nur dem Ruf ihrer Lehnsherren gefolgt, den Baronen von Blanvart und Travid, die sich aufgrund eigennütziger Erwägungen auf seine Seite geschlagen hatten. Andere waren bloße Mitläufer, hofften auf Ruhm und Ehre oder auf eine Möglichkeit, mit Plünderungen ihren Reichtum mehren zu können. Wieder andere mochten aus Neugier zum Brennenden Berg gekommen sein, um den Auserkorenen zu erblicken, der das Land vor den Goldéi bewahren sollte. Denn war dieser junge Priester nicht am Tag der Ernte mit glühender Bronze übergossen worden, ohne von der Glut versengt worden zu sein? Hatte dieser Priester nicht ein Untier zu Fall gebracht, vermutlich eines jener echsenhaften Wesen, die Gyr und Candacar verwüstet hatten?

Das Wunder am Tag der Ernte hatte Nhordukael über Nacht zur Hoffnung des verängstigten Volkes werden lassen. Nachdem er von der Priesterschaft des Brennenden Berges zum neuen Hohenpriester ernannt worden war, hatten sich überall in Sithar die Menschen zu ihm bekannt. Dennoch wußte Nhordukael, daß seine Anhängerschaft nicht ewig wachsen würde. Seit der Klippenorden die Weißstirne aus Thax vertrieben hatte, waren erste Zweifel an der Macht des ›Auserkorenen‹ laut geworden. Schon verblaßte die Erinnerung an das Wunder von Thax; schon gierte die Herde nach einem neuen Zeichen, einem endgültigen Beweis für Tathrils Wohlwollen. Und Nhordukael war bereit, diesen Beweis zu erbringen.

Zur Vorbereitung des Rituals hatte er mehrere Tage in den Hallen unter dem Vulkan verbracht. Dort, in der Nähe der Heiligen Schicht, hatte er sich Stunden um Stunden dem Wirken der Sphäre hingegeben. Die Quelle hatte ihm beigestanden; bereitwillig hatte sie ihm ihre Macht geschenkt. Dies war außergewöhnlich, denn die Quelle von Amos galt als besonders heimtückisch. Viele Priester hatten ihr Leben gelassen, weil es ihnen nicht gelungen war, sie zu bändigen. Zu Nhordukael jedoch hatte die Quelle rasch Zutrauen gefaßt; sie gehorchte ihm und schenkte ihm ihre Magie ohne Widerwillen. Vielleicht spürte sie, daß Nhordukael gegen jenen ankämpfte, der sie einst bezwungen hatte: Durta Slargin, den größten Zauberer der Vorzeit, der die Quellen gebändigt und den Menschen die Magie geschenkt hatte. Überall auf Gharax verehrte man ihn als Gründer der magischen Logen, die seit seinem Tod die Quellen hüteten. Auch die Kirche des Tathril berief sich auf ihn; er war ihr Begründer, ihr Prophet, der den Völkern des Südens den Glauben an den mächtigen Gott Tathril verkündet hatte.

Die Kirche des Tathril, höhnte Nhordukael in Gedanken. *Unter ihrem Deckmantel hat Durta Slargin die Welt unter sein Joch gezwungen.*

Seit ihm Durta Slargins Geist unter dem Brennenden Berg erschienen war, wußte Nhordukael, wer hinter den seltsamen Ereignissen steckte, die ihn in das Amt des Hohenpriesters katapultiert hatten. Das Wunder von Thax ging auf Durta Slargin selbst zurück. Er hatte den jungen Priester vor der glühenden Bronze gerettet, weil er ihn brauchte. Mit Hilfe des Hohenpriesters Magro Fargh hatte der legendäre Zauberer versucht, sich Nhordukaels Körpers zu bemächtigen; und als dies gescheitert war, hatte er ihn umgarnt, um ihn auf seine Seite zu ziehen. Doch vergeblich; Nhordukael hatte den Einflüsterungen getrotzt und Durta Slargin vertrieben.

Allzu groß kann deine Macht nicht sein, wenn du so sehr auf mich angewiesen bist, dachte Nhordukael triumphierend. *Du magst den Tod besiegt haben, doch offenbar fehlt dir ein menschlicher Körper, um deine Pläne in die Tat umsetzen zu können. Du verrietest mir, daß du die Welt ein zweites Mal formen willst und dazu die Hilfe zweier ›Auserkorener‹ benötigst. Noch kenne ich nicht deinen gesamten Plan, doch ich werde ihn herausfinden, und dann wirst du meiner Rache nicht entgehen.*

Entschlossen blickte Nhordukael zur wartenden Menschenmenge herab. Dann richtete er die Handflächen gen Himmel, schloß die Augen und gab sich den Strömen der Sphäre hin. Er griff nach der Inneren Schicht, in der sich die

Fäden des vorbereiteten Zaubers spannten. Gleißend wanden sie sich um seine Finger, und die Quelle antwortete seinem Ruf mit einem Grollen.

Nhordukael spürte unter sich die Erde beben. Rings um ihn löste sich Geröll vom Hang, polterte abwärts. Eine Glutfontäne spritzte aus dem Krater des Brennenden Berges; gleißende, zischende Lava. Als feuriger Regen prasselte sie auf Nhordukael herab; doch sie verletzte ihn nicht, sondern perlte von seiner Haut und seiner Kutte wie Wasser.

Der Auserkorene öffnete die Augen. »Erhebt eure Waffen!« schleuderte er seinen Anhängern entgegen, die zu ihm aufstarrten. »Habt keine Angst vor der Glut! Erhebt eure Waffen!«

Zögernd streckten die Menschen ihre Messer und Dolche, Schwerter und Lanzen empor. Ungläubig sahen sie, wie ein dunkelroter Glanz die Klingen erfaßte; ein Feuer, das aus dem Inneren des Metalls hervorzubrechen schien.

Das Grollen des Vulkans wurde lauter, unheilvoller. Der Auserkorene stand mit ausgebreiteten Armen in dem herabstürzenden Glutregen. Seine Stimme glich einem Sturm. »Von nun an sollen diese Waffen gesegnet sein, so wie auch ihr gesegnet seid durch die Treue, die ihr mir entgegenbringt! Die nächste Schlacht um Thax wird uns den Sieg bringen und unseren Feinden den Tod. Der Silberne Kreis wird fallen, und der falsche Hohepriester Bars Balicor wird der Macht des Feuers weichen. Denn Thax wird brennen! Thax wird brennen!«

Hell glühten die Klingen seiner Anhänger auf, und ebenso glühten ihre Augen, entfacht vom Bann seiner Worte. Nun gab es keine Zweifler mehr unter ihnen. Sie würden Nhordukael bedingungslos folgen, sich für ihn in die Schlacht und in den Tod stürzen – und damit, ohne es zu wollen, den Untergang der Kirche bewirken, den der Auserkorene beschlossen hatte.

Der Himmel über dem palidonischen Hochland war an diesem Tag düster. Schwarze Wolken trieben über die Reiter hinweg; das an manchen Stellen durchbrechende Sonnenlicht färbte ihre Ränder blutrot. Die Luft war drückend, als hätte die Welt für einen Moment den Atem angehalten.

»Noch vier Stunden bis Thax, Fürst Baniter«, rief einer der Reiter dem Anführer zu, der an der Spitze des zehnköpfigen Trupps ritt. »Wir werden es nicht mehr schaffen vor dem Sturm!«

Baniter Geneder, Fürst von Ganata und Mitglied des Silbernen Kreises, blickte zum Himmel auf. »Du hast recht, Gahelin. Wir sollten Schutz suchen. Die Frühjahrsgewitter im Hochland sollte man nicht unterschätzen.«

»Es gibt in der Nähe ein Gasthaus«, gab sein Leibritter zurück, »unweit des Bergs von Carmand. Dort werden wir Unterschlupf finden.«

... und einen weiteren Tag verlieren, dachte Baniter grimmig. Vor zwanzig Tagen war er mit seinen Begleitern aus der arphatischen Hauptstadt Praa aufgebrochen, doch seine Rückreise nach Thax hatte längere Zeit in Anspruch genommen als geplant. Zudem waren sie in Palidon – kurz nach der Überquerung der Schlucht Golganor – in ein Scharmützel zwischen kaiserlichen Soldaten und aufständischen Palidoniern geraten. *Im Hochland brodelt es wie in einem siedenden Kessel. Höchste Zeit für mich, nach Thax zurückzukehren und die Wogen zu glätten!*

Die angespannte Lage im Kaiserreich bereitete Baniter große Sorgen. Von den Rittern der Schlucht hatte er erfahren, was seine Frau Jundala in ihren Briefen bereits angedeutet hatte: In Sithar tobte ein Bürgerkrieg! Die Kirche des Tathril hatte sich zum zweiten Mal in ihrer Geschichte gespalten, und der selbsternannte Hohepriester Nhordukael, der unter fragwürdigen Umständen in sein Amt gekommen war, erkannte die Herrschaft des Silbernen Kreises nicht an. Sogar in Palidon, wo der strenge Fürst Binhipar Nihirdi regierte, war es zu Zusammenstößen mit Nhordukaels Anhängern gekommen. In den Fürstentümern Thax und Palgura scharten sich immer mehr Aufsässige hinter dem Priester, und auch von den Inseln Scar und Vodtiva hörte man nichts Gutes.

Dieser Aufstand muß so schnell wie möglich beendet werden, bevor Königin Inthara die Hauptstadt erreicht. Denn sollte sie Zeugin dieser Kämpfe werden, könnte sie den Vertrag mit Sithar rasch wieder lösen, und mein gesamter Plan wäre zum Scheitern verurteilt.

Baniter Geneder war ein schlanker Mann von fünfunddreißig Jahren. Schon früh hatte er den ganatischen Fürstentitel von seinem Vater geerbt. Das hohe Amt hatte seine Gesichtszüge geprägt; der meist von einem spöttischen Lächeln umspielte Mund und der aufmerksame Blick seiner grünen Augen wiesen auf Baniters unerschütterlichen Willen hin, die Macht seines Hauses gegen alle Widerstände zu verteidigen. Das braune Haar, das sich an der Stirn bereits lichtete, hatte er kurzgeschoren; gelegentlich, wenn er ins Grübeln geriet, strich er sich mit der Hand über die kurzen Stoppeln, als wollte er dort seinen Gedanken nachspüren.

Der Weg der Pracht, auf dem der Fürst und seine Begleiter ritten, führte zur Ebene von Carmand herab. Eine Hügelkette erhob sich aus dem Geröll; grasbewachsene Höhen, die einen reizvollen Gegensatz zu dieser Steinlandschaft bildeten. Die Straße schlängelte sich zwischen ihnen hindurch; und dort, wo sie einen Knick machte und südlich nach Thax abbog, lag der Berg von Carmand, auf dessen Spitze ein schwarzer Stein an die Gründer des Südbundes erinnerte.

Rings um den Stein hatte sich ein Reiterheer versammelt. Schwarze Pferde, schwarze Rüstungen; sie glänzten im Licht der sturmgetränkten Sonne. Auch am Fuß des Hügels warteten Reiter und versperrten den Weg der Pracht.

Baniter fuhr sich verärgert über den Kopf. »Klippenritter!« knurrte er. »Und ich hatte gehofft, mir dieses Pack endgültig vom Hals geschafft zu haben.« Die Ritter der Klippen, die ihn nach Arphat begleitet hatten, waren auf seinen Befehl in Praa zurückgeblieben. Baniters Bedürfnis nach ihrer Gesellschaft war denkbar gering, seit sie ihn in Praa in ernste Schwierigkeiten gebracht hatten.

Langsam ritten er und seine Begleiter den Klippenrittern entgegen. Als sie sich bis auf etwa fünfzig Schritt genähert hatten, löste sich ein Reiter aus den Reihen der Klippenritter. Sein Pferd war grau, nicht schwarz, und statt einer Rüstung trug er einen blauen Mantel. Der Kopf war mit einem Tuch verschleiert.

Baniter bedeutete seinen Begleitern zu warten und ritt auf die Gestalt zu. Er hatte das Pferd sofort erkannt und ebenso den Mantel des Reiters.

Als sich ihre Pferde auf halber Strecke trafen, stiegen beide rasch von den Satteln herab. Stumm standen sie sich gegenüber. Dann schlug der blaugewandete Reiter das Tuch zurück, mit dem er sich vor der Kälte geschützt hatte. Das blonde Haar einer Frau kam zum Vorschein – dunkelblonde, schulterlange Locken, die der Wind umspielte. Ihre Augen waren groß und von kräftigem Blau.

»Jundala«, sagte Baniter mit zärtlicher Stimme. Er betrachtete ihr Gesicht; das spitze Kinn, die geröteten Wangen, die Lippen, auf denen ein nicht zu deutendes Lächeln lag. »Jundala«, wiederholte er ihren Namen und hob seine Hand, um ihr durchs Haar zu fahren; doch er zögerte, ließ den Arm wieder sinken.

»Baniter«, erwiderte sie. Ihr Lächeln wurde sanft. »Mein Geliebter…«

Wieder näherte sich seine Hand Jundalas Kopf. Er spürte, wie eine ihrer Locken vom Wind aufgeworfen wurde und gegen seine Handfläche strich. Diesen Moment, diesen wunderbaren Moment – er wollte ihn nicht verstreichen lassen, und so ließ er die Hand in der Luft verharren und drohte, im Blau ihrer Augen zu versinken.

»Ich habe dich so sehr vermißt«, sagte Jundala leise.

»Und ich habe jeden Tag an dich gedacht«, stieß er hervor, »jeden Tag, jede Stunde.« Dann zog er sie mit einem Ruck an sich. Sie umschlang seine Schultern, ihre Stirn prallte gegen seine Nase, er spürte ihre Locken über seinen Hals und seine Lippen streichen, er roch ihren süßen Duft, und dann fanden sich ihre Münder. Engumschlungen standen sie auf dem

Weg der Pracht, während sich über ihnen die Wolkendecke schloß und die Sonne gänzlich verdunkelte.

Als sie wieder voneinander abließen, atmeten beide schneller. Baniter hielt ihre Hände in den seinen. »Es ist gut, endlich wieder bei dir zu sein. Ich weiß nicht, wie lange ich es noch ohne dich ausgehalten hätte!« Während er diese Worte aussprach, spürte Baniter erst, wie sehr er seine Frau vermißt hatte; und die starken Gefühle, die ihre Nähe in ihm auslöste, überraschten ihn selbst. Er gab ihr einen sanften Kuß. »Wie geht es dir? Und wie geht es meinen drei Kätzchen?«

Jundala lächelte. »Sie waren sehr tapfer, als ich sie in Gehani zurückließ. Nur Marisa hat ein bißchen geweint, als ich nach Thax aufbrach; sie hat immer wieder gefragt, ob ich wirklich wiederkomme, so als zweifelte sie daran. Als ich sie zum Abschied auf den Arm nahm, wollte sie mich kaum loslassen.«

Baniter lächelte. »Sie ist nun einmal erst fünf Jahre alt.«

»Sechs Jahre inzwischen«, erinnerte Jundala ihn. »Ich habe sie in die Obhut deines Onkels gegeben; er kümmert sich rührend um sie. Was Banja betrifft – sie war wie immer sehr vernünftig. Sie hat mir zwei Briefe geschrieben und mir versichert, wie gut sie ohne uns zurechtkommt; sie schrieb, ich solle mir keine Sorgen machen, sie sei schließlich schon ein großes Mädchen.«

»Das ist sie ja auch«, lachte Baniter. Seine mittlere Tochter war inzwischen neun Jahre alt, ein aufgewecktes Kind, das mit seinem sonnigen Gemüt den ganzen Hof von Gehani erfreute. »Und wie geht es meiner Großen? Wie geht es Sinsala?«

Jundala zuckte mit den Schultern. »Nun, du kennst sie. Sinsala hat sich keine Gefühlsregung anmerken lassen, als ich ihr sagte, daß ich nach Thax gehen müsse und sie an meiner Stelle die Familie zu vertreten habe. Sie macht es übrigens hervorragend. Ein Kämmerer schrieb mir, daß Sinsala bei einer Audienz eine Gruppe reisender Kaufleute mit ihrer Klugheit beeindruckt habe, daß sie gewissenhaft die Korrespondenz mit den Baronien pflege und sogar die Berichte der Zollritter nachprüfe.« Stolz blickte Jundala ihren Gemahl an. »Sie verhält sich schon mit vierzehn Jahren wie eine echte Fürstin.«

»Eines Tages wird sie es sein«, gab Baniter zurück, »und um ein Haar wäre sie es jetzt schon.« Er ließ ihre Hände los. »Ich war dicht davor, in Arphat mein Leben zu verlieren! Es gab einen Mordanschlag auf die Königin, ausgeführt von einem Mitglied unserer Gesandtschaft. Fast wäre ich dafür zur Verantwortung gezogen worden.«

»Du hast es in deinem letzten Brief angedeutet«, erwiderte Jundala. »Wer war der Attentäter?«

»Mestor Ulba«, antwortete Baniter, »der Siegelmeister. Zunächst glaubte ich, er habe im Auftrag des ›Gespanns‹ gehandelt, doch die Tat war seinem eigenen wirren Hirn entsprungen.« Mit Schaudern dachte er an Mestor Ulbas grausamen Tod. Die Arphater hatten ihn in den Blassen Sand von As'Farkal hinabgestoßen. Nie würde Baniter die Schreie vergessen, mit denen der Siegelmeister aus dem Leben geschieden war.

»Es hätte mich nicht gewundert, wenn Scorutar und Binhipar auch bei dieser Niederträchtigkeit die Finger mit im Spiel gehabt hätten«, sagte Jundala. »Wie du siehst, haben sie keine Skrupel mehr, ihre Ziele mit Gewalt durchzusetzen.« Sie deutete auf die Klippenritter, die hinter ihr warteten.

Baniter hob die Augenbrauen. »Die Ritter der Schwarzen und der Weißen Klippen... ich zähle an die fünfzig von ihnen. Gehe ich recht in der Annahme, daß dieser stolze Trupp mir zu Ehren den Weg der Pracht blockiert?«

Jundala nickte. »Binhipar hat ihn ausgesandt, um dich vor Thax abzufangen. Er will dich von der Stadt fernhalten. Mich ließ er mitreiten, damit du aus meinem Munde erfährst, wer in Thax das Sagen hat.« In ihren Augen war Furcht zu erkennen. »Die Klippenritter sind in die Stadt eingerückt, Baniter! Sie haben den Volksaufstand niedergeschlagen und anschließend den Palast besetzt. Die Stadtgarde wurde aufgelöst, und der Kaiser...« Sie stockte.

Baniter packte ihren Arm. »Was ist mit Akendor geschehen?«

»Sie haben ihn gefangengenommen, nachdem er im Thronsaal die Nichte des Fürsten von Swaaing ermordet hat. Akendor hat das Mädchen in seinen Armen erstickt.« Jundala senkte den Blick. »Das arme Kind war erst vier Jahre alt, jünger noch als Marisa ... und ich war dabei, Baniter, ich war dabei, als Akendor ihm das Genick brach!«

Er ließ ihren Arm los. Schweigend blickte er sie an.

Als Jundala aufsah, schimmerten Tränen in ihren Augen. »Du weißt, warum er es tat. Akendor wollte sich rächen für den Mord an seiner Geliebten – für den Mord an Ceyla Illiandrin.«

»Reiß dich zusammen«, befahl Baniter. »Wir tragen keine Schuld daran!«

Jundala schüttelte den Kopf. »Du warst nicht dabei, Baniter. Du hast nicht gesehen, wie Akendor das Kind emporriß, wie er seine Arme um den kleinen Körper schlang, wie er ...« Ihr versagte die Stimme. »Mir war es, als hätte er Marisa erstickt.«

Baniters Augen blitzten auf. »Ich will nichts davon hören!«

»Ich habe dich davor gewarnt, daß aus Mord immer nur neuer Mord entsteht«, sagte Jundala verbittert. »Doch du wolltest nicht auf mich hören, du wolltest nicht ...«

»Was ist mit Akendor geschehen?« unterbrach Baniter sie grob.

Jundala atmete tief durch. »Sie haben ihn in den Kerker gesperrt. Seitdem gibt es keine Nachricht über sein Schicksal, und der Silberne Kreis schweigt. Vielleicht haben Scorutar und Binhipar den Kaiser aus der Stadt bringen lassen, oder er ist nicht mehr am Leben.«

Baniter stieß einen Fluch aus. »Dann ist mein gesamter Plan zunichte! Ich habe der arphatischen Königin Akendors Hand versprochen. Nur so kann das Bündnis mit Arphat aufrechterhalten werden!«

»Ich habe getan, was in meiner Macht stand«, beteuerte

Jundala. »Ich habe all deine Befehle ausgeführt, die du mir in deinen Briefen übermittelt hast. Und doch sind wir gescheitert.«

Der Fürst schüttelte den Kopf. »Nein, noch nicht... die Lage ist nur komplizierter geworden. Der Kaiser ist verschwunden, die Kirche gespalten, der Leuchtturm von Fareghi in der Hand eines Wahnsinnigen, und die Goldéi nähern sich stetig unseren Grenzen. Es wird Zeit, die Dinge in Sithar wieder in Ordnung zu bringen.« Sein Blick fiel auf die Klippenritter. »Wo finde ich Binhipar? Ich muß ihn sprechen!«

Jundala wies zum Berg von Carmand. »Er ist dort oben, beim schwarzen Stein.« Sie streifte die Kette ab, die sie um den Hals trug. Auf der silbernen Plakette, die an ihrem Ende baumelte, war das Wappen des ganatischen Fürstentums zu erkennen, der zum Sprung ansetzende Luchs. »Nimm sie wieder an dich, Baniter. Ich hoffe, sie bringt uns mehr Glück als bisher.«

Baniters Finger schlossen sich um das silberne Schmuckstück. *Diese Ketten haben stets nur Unheil gebracht. Wie kommt es, daß wir Fürsten Sithars sie dennoch mit solchem Ehrgeiz verteidigen?* Er streifte sich die Kette um den Hals, ohne seine Frau anzusehen. »Du hast recht, Jundala – aus Mord entsteht immer nur neuer Mord. Doch meine Familie hat nicht damit begonnen!«

»Aber wer wird es beenden?« fragte Jundala. »Eines Tages wird dieser Fluch auch uns erreichen. Eines Tages werden wir für unsere Tat bezahlen müssen.«

Wortlos schritt Baniter an ihr vorbei. Seine Augen waren auf den Berg von Carmand gerichtet. Oben, an der Spitze, erblickte er das Mahnmal für die Gründer des Südbundes. Klippenritter umringten den schwarzen Stein; sie waren von ihren Pferden abgestiegen. Ihre Rüstungen glänzten im Zwielicht.

Der Wind war stärker geworden; es kostete Baniter einige Mühe, den Hügel zu erklimmen. Schon von weitem bemerkte er die leblosen Körper, die von den Rittern zur

Spitze des Hügels geschleift worden waren. Es waren um die zwanzig Leichen; bärtige Männer mit zerlumpten Kutten, die von den Klippenrittern erschlagen worden waren. Blut sickerte durch den groben Leinenstoff und wurde vom Gras des Hügels aufgesogen.

Die Klippenritter wichen zur Seite, als Baniter sich dem Stein von Carmand näherte. Vor dem Mahnmal kniete ein Mann. Er hatte Baniter den Rücken zugewandt. Lange schwarze Haare quollen über den Kragen seines Ledermantels. Seine Hände lagen flach auf der Oberfläche des Steins, die – wie Baniter bemerkte – vollständig zersplittert war.

Baniter verschränkte die Arme vor der Brust. »Welch angenehme Überraschung! Binhipar Nihirdi, der Fürst von Palidon. Wer hätte gedacht, daß wir uns in freier Wildbahn über den Weg laufen?«

Langsam erhob sich der Angesprochene und wandte sich nach Baniter um. Er war von eindrucksvoller Gestalt; breite Schultern, kräftige Arme, ein grimmiges Gesicht mit einer kantigen Nase. Zwei stechende Augen musterten Baniter. Sein Bart, der zu zwei langen Zöpfen geflochten war, wehte unruhig im Wind. »Baniter Geneder... Ihr seid also tatsächlich zurückgekehrt.« Es klang wie ein Vorwurf.

»Ich sehe, Ihr könnt Eure Freude kaum in Zaum halten«, erwiderte Baniter. »Es ist eine Ehre, daß Ihr mich persönlich in Thax willkommen heißt. Doch war es nötig, für diesen unbedeutenden Anlaß die Klippenritter aus dem fernen Nandar herbeizurufen, die sich doch eigentlich dem Küstenschutz widmen sollten?«

Binhipar biß sich wütend auf die Lippen. »Ich mußte die Ritter nach Thax holen. Während Ihr Euch in Praa herumgetrieben habt, wurde das palidonische Hochland von aufständischen Fanatikern verwüstet. Wir mußten dagegen vorgehen.«

Baniter warf einen Seitenblick auf die Leichen. »Wer waren diese bärtigen Kerle?«

»Eine Horde Wandermönche, die plündernd durch Thax zog und mehrere Heiligtümer der Kirche zerstörte. Sie haben es sogar gewagt, den Heiligen Stein zu schänden!« Binhipar wies auf das zersplitterte Mahnmal. »Wären wir nicht rechzeitig des Weges gekommen, hätten sie die Gräber unserer Ahnen verwüstet.«

Im Berg von Carmand waren die zehn Gründer des Südbundes bestattet: Suant und Nihirdi, Lomis und Geneder, Aldra und Turr, Thim und Thayrin, Imer und Fhonsa. Sie hatten sich vor mehr als vierhundert Jahren gegen die Königreiche des Nordens zusammengeschlossen – zehn Kaufleute aus Vara, die sich der Ausbeutung des Südens durch die Candacarer, Gyraner und Arphater entgegengestellt hatten. Sie hatten einzelne Siedlungen von den Tyrannen freigekauft; hier ein Landgut, dort ein Dorf oder eine Straße. Bald hatten sie ein Netz engmaschiger Handelsbeziehungen zwischen den freigekauften Besitzungen geschaffen und diese bis ins Silbermeer ausgeweitet. Sie hatten ein Schutzheer rekrutiert, an ihrem Heimatort Vara eine Handelsakademie gegründet und in der Küstenstadt Persys ein prächtiges Bundeshaus errichtet. Dies alles war mit großer Behutsamkeit geschehen, so daß die Königreiche des Nordens zu spät bemerkt hatten, welche Gefahr sich im Süden zusammenbraute. Bereits zwölf Jahre nach Gründung des Bundes waren die zehn Kaufleute zu großer Macht gelangt und wurden vom Volk als Vorboten einer besseren Zukunft verehrt.

Doch der rasche Erfolg hatte sie übermütig werden lassen. Als sie eines Tages wieder im Saal ihres Bundeshauses zu Persys zusammengetroffen waren, hatte sich kurz nach Anbruch der Dunkelheit ein Mördertrupp auf geheimen Wegen in den Saal geschlichen: Candacarische Meuchler mit vermummten Gesichtern, die in den Händen Lederschlingen trugen. In wenigen Augenblicken hatten sie ihre Opfer umzingelt und ihnen die Schlingen um den Hals gelegt. So waren die zehn Gründer des Südbundes grausam erwürgt worden – ermordet von den Königreichen des Nordens, die das Ende des Südbundes beschlossen hatten.

Doch der Plan der Tyrannen war nicht aufgegangen. Die

Söhne und Töchter der Ermordeten hatten das Werk ihrer Väter fortgesetzt, und diese waren zu Märtyrern erklärt und im palidonischen Hochland bestattet worden. Als hundert Jahre später das Kaiserreich Sithar gegründet worden war, hatte man ihnen auf dem Berg von Carmand ein Mahnmal errichtet. *Geboren in Vara, ermordet in Persys, begraben im Berg von Carmand* – diese Worte waren in die Oberfläche des schwarzen Steins eingemeißelt. Viele Jahrhunderte lang hatte der Schriftzug an das ›Saalfest zu Persys‹ gemahnt.

Nun hat die Zerstörungswut der Wandermönche die Worte für immer ausgelöscht, fuhr es Baniter durch den Kopf. *Doch diese Eiferer haben für ihren Frevel teuer bezahlt. Binhipar hat keinen einzigen von ihnen am Leben gelassen!*

»Seit vielen Jahren komme ich zu dem Stein«, unterbrach Binhipar die Gedankengänge des ganatischen Fürsten. »Vor jeder Sitzung des Thronrats reite ich nach Carmand, um das Grab meines Ahnen Nihirdi aufzusuchen. Ich hoffe, er wird mir verzeihen, daß ich der Schändung seiner Ruhestätte nicht früher Einhalt gebieten konnte.«

Hört, hört – der gute Binhipar ist ein Anhänger des Ahnenkultes! Bei der Gründung Sithars war die im Volk weit verbreitete Ahnenverehrung auf Druck der Tathril-Kirche verboten worden. Im verborgenen freilich hatten viele Familien den Kult weitergepflegt, offenbar auch die Nihirdi. *Das sollte ich im Hinterkopf behalten,* nahm sich Baniter vor. Es ließe sich womöglich eines Tages gegen Binhipar verwenden.

Er wies spöttisch auf den schwarzen Stein. »Dann war es wohl Nihirdi selbst, der Euch den Ratschlag gab, die Ritter der Klippen nach Thax zu holen, obwohl dies gegen die Gesetze des Kaiserreiches verstößt?«

»Nur auf diese Weise ließ sich die Hauptstadt befrieden.« Binhipar fuhr sich über die Enden seines geflochtenen Bartes. »Ich will ehrlich sein, Baniter – ich hatte nicht damit gerechnet, daß Ihr lebend aus Arphat zurückkehrt. Doch da Ihr nun einmal hier seid, möchte ich Euch warnen. Ich werde nicht zulassen, daß Ihr den Silbernen Kreis ein zweites Mal spaltet!« Er gab den Klippenrittern ein Zeichen, und diese schlossen einen Kreis um die beiden Fürsten. »Kehrt mit Eurer Frau nach Ganata zurück! Verkriecht Euch in Gehani und dankt dem Schicksal, daß ich Euch nicht auf andere Weise für Euer Ränkespiel im Thronrat strafe.«

Baniters Augen wurden schmal. »Ihr verkennt die Lage, Binhipar. Es ist mir in Praa gelungen, ein Bündnis mit den Arphatern zu schließen. Königin Inthara befindet sich auf dem Weg nach Thax, und ein Heer von eintausend arphatischen Kriegern begleitet sie. Ich habe den Rittern der Schlucht Anweisung gegeben, sie über den Nebelriß zu lassen. In diesem Augenblick dürften die Arphater wohl gerade Euer Fürstentum durchqueren.« Zufrieden beobachtete er, wie sich in Binhipars Gesicht eine Mischung aus Wut und Bestürzung abzeichnete. »Es waren recht schwierige Verhandlungen. Ein Anführer der Goldéi befand sich in Praa und versuchte, die Königin als Bündnispartner zu gewinnen. Ich mußte Inthara große Zugeständnisse machen, um sie auf die Seite Sithars zu ziehen.« Er hielt kurz inne, um die Wirkung seiner Worte zu steigern. »Ich habe ihr die Hand des Kaisers versprochen.«

Binhipar sperrte ungläubig den Mund auf. »Ihr habt was?«

»Ganz richtig – Inthara wird mit Akendor den Ehebund schließen.« Lächelnd fuhr sich Baniter über den kurzgeschorenen Kopf. »Nur so können die Wunden heilen, die durch die zahlreichen Kriege zwischen unseren Völkern entstanden sind. Nur so konnte ich Inthara davon überzeugen, gegen die Goldéi in die Schlacht zu ziehen und mit Sithar Frieden zu schließen.«

Binhipars Gesicht verfärbte sich rot. »Seid Ihr des Wahnsinns? Eine Heirat zwischen dem Kaiser und dieser arphatischen Buhle? Wie könnt Ihr es wagen…«

»Inthara hat dem Bündnis bereits zugestimmt«, fuhr Baniter fort. »Arphats Heer wird den Goldéi entgegentreten. Mir hingegen trug die Königin auf, nach Thax zu reiten und die Vorbereitungen für eine baldige Hochzeit zu treffen.« Er blickte sich spöttisch nach den Klippenrittern um. »Nun liegt es an Euch, Binhipar. Verbannt mich aus Thax, schickt mich zurück nach Gehani – doch dann werdet Ihr es sein, der Inthara zu erklären hat, warum das gerade geschlossene Bündnis hinfällig geworden und eine Heirat mit Akendor unmöglich ist. Die Königin ist keine leichte Verhandlungspartnerin, und da sie ein Heer von über tausend Kriegern mit sich führt, sind unangenehme Überraschungen nicht ausgeschlossen … vor allem, wenn sie erfährt, daß ihr kaiserlicher Gemahl spurlos verschwunden ist.«

Binhipars Augen sprühten vor Zorn. »Woher wißt Ihr davon?«

»Das, Fürst Binhipar, ist jetzt bedeutungslos«, erwiderte Baniter kühl, »ebenso bedeutungslos wie die Frage, was Ihr mit dem Kaiser angestellt habt, als er Euch unbequem wurde. Es ist wohl nicht damit zu rechnen, daß er wieder auftaucht, nicht wahr?«

Binhipar zögerte. Dann schüttelte er langsam den Kopf.

Sie haben ihn tatsächlich umgebracht! Ein Frösteln erfaßte Baniter. *Wer hätte gedacht, daß Binhipar die Hand an den Sohn seines Freundes Torsunt legen würde … Es sind wirklich grausame Zeiten, in denen wir leben!*

»Dann wird es wohl demnächst ein prunkvolles Begräbnis in Thax geben«, sagte Baniter. Er blickte Binhipar herausfordernd an. »Wie dem auch sei – ich habe Inthara die Hand des Kaisers versprochen. Und da Akendor seinen ehelichen Pflichten nicht mehr nachkommen kann, muß nun eben sein Sohn an den Altar treten.«

Binhipar schien seinen Ohren nicht zu trauen. »Ihr meint Uliman? Der Junge ist gerade einmal zwölf Jahre alt!«

»Hervorragend«, erwiderte Baniter. »Dann wird er sich leicht zu einer Hochzeit überreden lassen. Ihr habt ihn doch hoffentlich aus Troublinien herbeiholen lassen!«

Binhipar nickte. »Uliman befindet sich in der Stadt. Doch er ist in den Händen der Tathrilya. Bars Balicor, der neue Hohepriester der Kirche, hat sich des Prinzen bemächtigt. Er benutzt ihn als Faustpfand, damit der Thronrat ihn gegen seinen Kontrahenten Nhordukael unterstützt.«

Baniter stöhnte auf. *Das hat gerade noch gefehlt! Nun will also auch die Kirche ihren Anteil an der Macht.* Er kannte Bars Balicor, den vormaligen Erzprior von Thax, nur flüchtig, doch er wußte um dessen Verschlagenheit. »Und wann gedenkt er Uliman dem Silbernen Kreis zu übergeben?«

Binhipar starrte finster zu Boden. »Bars Balicor möchte warten, bis sich die Wogen des Aufstands geglättet haben. Noch sind Nhordukaels Anhänger nicht besiegt. Sie haben sich am Berg Amos versammelt. Es ist zu befürchten, daß sie einen zweiten Angriff auf die Hauptstadt wagen.«

»Wollt Ihr etwa gemächlich warten, bis sie kommen?« rief Baniter. »Ihr hättet längst handeln müssen! Der Silberne Kreis muß den Kaiser für tot erklären und Uliman auf den Thron setzen. Das wird das Volk beruhigen; es wird dem neuen Herrscher zujubeln und sich von Nhordukael abwenden. Wenn dann noch verkündet wird, daß der Kaiser die Königin von Arphat zu seiner Gemahlin nehmen will...«

»Niemals!« tobte Binhipar. »Diese Heirat wird niemals stattfinden!«

Baniter zuckte mit den Schultern. »Dann wird das Bündnis mit Arphat zerbrechen, und in wenigen Wochen werden die Goldéi in Sithar einfallen.« Er musterte den Fürsten von Palidon. »Seht es doch ein, Binhipar – es gibt kein Zurück mehr!«

Binhipar ballte die Fäuste. »Ihr hattet kein Recht dazu, Inthara diese Ehe zu versprechen!«

»Ebensowenig wie Ihr das Recht dazu hattet, die Klippenritter nach Thax zu holen«, gab Baniter zurück. »Wir alle tun das, was wir für Sithars Rettung als richtig erachten, nicht wahr?«

Über ihnen zerriß ein Donnerschlag die Stille, die auf dem Hügel eingekehrt war. Der Wind hatte sich schlagartig gelegt; doch nun kündete ein Grollen, der rollende Nachhall des Donners, von dem Sturm, der sich über dem Hochland zusammengebraut hatte und bald losbrechen würde.

Binhipar Nihirdi, Fürst von Palidon, wandte sich dem Mahnmal zu, das die Wandermönche geschändet hatten.

»Ihr habt Euren Plan schlau eingefädelt, Baniter Geneder, und Euch wieder einmal unentbehrlich gemacht. Ich hätte es wissen müssen!« Seine Stimme klang verbittert. »Vor vielen Jahren schon warnte mich mein Ahne vor Euch. Nihirdi der Standhafte sprach zu mir, hier am Berg von Carmand, und beschwor mich, niemals den Luchs zur Macht gelangen zu lassen. Denn der Luchs, so wisperte Nihirdi mir ins Ohr, werde Sithar einst den Untergang bereiten.«

Wer hätte gedacht, daß der Ahnenkult Binhipars Verstand so sehr benebelt hat! Belustigt beobachtete Baniter den palidonischen Fürsten, der sich wieder zu dem Stein herabkniete und mit der rechten Hand über die zerstörte Oberfläche strich.

»Seit dem Verrat Eures Großvaters weiß ich, daß die Familie Geneder das Reich in den Abgrund reißen will«, fuhr Binhipar fort. »Zu gern würde ich meinen Rittern den Befehl geben, Euch an Ort und Stelle mit dem Schwert niederzustrecken, doch ich erkenne, daß es sinnlos wäre. Denn nach Euch käme nur ein neuer Luchs, der Euer Werk fortsetzte. Nein, nicht Euch gilt es zu bekämpfen, sondern den, der Euch lenkt und der schon Euren Großvater lenkte.«

»Wagt es nicht, von ihm zu sprechen!« fuhr Baniter in plötzlichem Zorn auf. »Er hat für seine Tat bezahlt! Laßt ihm seinen Frieden!«

»Ihr werdet nicht siegen, Baniter«, stieß Binhipar hervor, »nicht solange ich lebe. Merkt Euch meine Worte! Der Luchs von Ganata wird sich niemals über Sithar erheben, solange meine Augen geöffnet sind!« Schweigend ließ er die Hand über den schwarzen Stein gleiten, während sich Baniter von ihm abwandte.

Wir werden sehen, wer sich über wen erhebt! Und deinen Augen, Binhipar, wird noch mancher Sprung entgehen, zu dem der Luchs von Ganata ansetzt!

KAPITEL 3

Drähte

In der eisernen Schale loderte ein Feuer. Gelbe Flammen wanden sich über dem brennenden Öl. Ihr Wabern glich einem geisterhaften Tanz. Ab und zu lösten sich Funken, flogen als rotglimmende Lichter auf, um dann mit einem Knistern zu verglühen.

Es war das einzige Geräusch in der verlassenen Höhle; nicht einmal ein Luftzug störte die Stille. Die Höhle verharrte im andächtigen Schweigen, im zeitlosen Schlummer.

Auf einem Sockel in der Mitte der Höhle ruhte die Schale mit dem brennenden Öl. Das Feuer tauchte die Felswände in schummriges Licht und schuf zwischen den Rissen und Felsvorsprüngen ein bizarres Spiel der Schatten. Dazwischen blitzten Fäden aus Licht auf: feine Silberdrähte, die den Flammenschein reflektierten. Wie ein Spinnenetz durchzogen sie die Höhle; mal liefen sie nebeneinander her, mal kreuzten sie sich oder spannten sich von Wand zu Wand. Über ihnen verlor sich die Höhle in steilen Felskaminen, die in Finsternis lagen. Das Licht der Flammen konnte sie nicht erreichen, und so vermochte niemand zu ermessen, bis in welche Höhen sie sich erstreckten.

Noch ruhte die Höhle, war versunken in ihren selbstvergessenen Schlaf. Dann aber begann einer der Drähte, die sich über der Schale spannten, zu vibrieren. Kurz, ganz kurz nur war ein Summen zu hören, ein leiser Ton, der jedoch rasch wieder verhallte.

Aus den Schatten der Höhlendecke löste sich das Ende eines Seils. Es wurde langsam und sehr vorsichtig herabgelassen. Behutsam bahnte es sich einen Weg an den Drähten vorbei, um dicht über dem Boden zu verharren. Kurz darauf ließ sich eine Gestalt an dem Seil herab; ein Mann, gewandet in eine Kutte, deren Kapuze zurückgeschlagen war. Vorsichtig kletterte er abwärts. Seine Augen waren auf den obersten Silberdraht gerichtet; denn dieser hatte erneut zu vibrieren begonnen. Sein Summen klang deutlicher als zuvor, und ein zweiter Draht in der Nähe antwortete seinem Lied.

Als sich der Mann auf der Höhe des Drahtes befand, streckte er die Hand nach dem singenden Draht aus. Er trug einen Handschuh aus schwarzem Samt, in den mit goldenen Fäden ein Emblem eingenäht war – eine Mondsichel. Kaum hatte er den Silberdraht berührt, brach der Ton ab; und auch der zweite Draht kam zur Ruhe, als wäre er erschrocken über das Verstummen seines Nachbarn.

Vorsichtig zog der Mann die Hand zurück und sah sich in der Höhle um. Sie hatte zwei Ausgänge: zur Linken eine eiserne Tür, in die seltsame Runen eingeritzt waren, zur Rechten ein rundes Tor, das in den Steinboden eingelassen war. Zwei Eisenbolzen verschlossen es.

Der Mann setzte seinen Abstieg fort. Lautlos kam er auf dem Boden der Höhle auf. Richtete sich auf, lauschte. Nichts war zu hören. Er hatte keinen weiteren Draht aufgeschreckt. Dennoch spürte der Mann, daß die Höhle aus ihrem Schlummer erwacht war. Sie war mißtrauisch geworden, sie lauerte und suchte nach Bestätigung für den Argwohn, den der Gesang der Drähte geweckt hatte.

Der Mann schlug die Kutte zurück. Ein goldener Stab blitzte am Gürtel auf. Während er ihn hervorzog, blieben seine Augen auf die Schale gerichtet, in der das Öl brannte. Vorsichtig näherte er sich ihr. Er setzte seine Schritte nahezu geräuschlos; geschickt wich er den Drähten aus, die ihm den Weg versperrten. Als er vor der Schale stand, streckte er die Hand aus und hielt den goldenen Stab in die Flammen. Der Stab fing an zu glühen; Funken sprühten auf, spritzten zum Steinboden hinab, wo sie als Lichtpunkte weiterglommen.

Er wandte den Kopf und blickte auf das Tor, das in den Boden eingelassen war. Es war nur noch wenige Schritte von ihm entfernt. Wieder setzte er sich in Bewegung, den goldenen Stab vorausgerichtet.

Über ihm begann ein Draht zu singen, zaghaft, leise. Wie beiläufig streckte der Mann die Hand empor, erstickte den Klang mit einer Berührung des Samthandschuhs. Doch als er die Hand zurückziehen wollte, streifte der Ärmel seiner Kutte den feinen Draht.

Ein schriller Ton gellte durch die Höhle. Sofort versetzte er die übrigen Silberdrähte in Schwingung. Das Mißtrauen der Höhle löste sich in einem vieltönigen Klang, der dem rauschenden Spiel einer Harfe glich.

Der Mann fuhr zusammen, rannte los, nahm in wenigen Sätzen den verbleibenden Weg zum Tor, sprang auf die aufragenden Eisenbolzen, richtete den glühenden Stab auf das Tor. Funken stoben herab.

»Du hast dem Weltenschmied lange genug gedient«, stieß er hervor. »Nun erlöse ich dich von diesem Fluch!«

Um ihn das wüste Tosen der Silberdrähte; und ein weiteres Geräusch: das Knirschen eines Schlüssels, der sich in einem Schloß wand. Jemand war dabei, die eiserne Tür im hinteren Teil der Höhle zu öffnen! Panisch zeichnete der Eindringling das Symbol einer Sichel über das Tor.

»Ich verschließe dich«, schrie er, »ich verschließe dich in Mondschlunds Namen! Niemand soll dich mehr öffnen, niemand mehr deine Kraft benutzen!«

Der Mißklang der Drähte war ohrenbetäubend, hallte schmerzhaft in seinem Schädel. Der Mann taumelte, stürzte auf das Tor herab, das von glühenden Funken bedeckt war.

»Ich verschließe dich«, wiederholte er, »in Mondschlunds Namen. Verstumme endlich... VERSTUMME!«

Dann wurde sein Kopf zur Seite gerissen. Ein Wurfmesser hatte ihn zwischen Nacken und Schulter getroffen. Blut benetzte die Kutte, tropfte auf das eiserne Tor. Zitternd tastete der Sterbende nach der Wunde; seine Hand, kraftlos nun, versuchte vergeblich, das Messer herauszuziehen, doch der Handschuh glitt an der Klinge ab. Blut tränkte das goldene Mondemblem, färbte es schwarz.

»Und Mondschlund … schweigt …«, wisperte der Mann.

Dann bohrte sich ein weiteres Messer in seine Kehle, zerschnitt seine Worte. Der goldene Stab entglitt seinen Fingern und verglühte. Über ihm kehrte wieder Ruhe in der Höhle ein; ihr Zorn war gemildert. Der Eindringling war besiegt, und das Tor zur Ewigen Glut konnte weiterschlummern bis zu dem Tag, an dem sich die Prophezeiung des Heiligen Spektakels erfüllen würde.

Darsayn schlug den Schleier zurück, der von der Decke herabhing. Der sanfte Stoff floh vor seiner Hand, und Darsayn durchschritt den aufwärtsführenden Gang, Schleier um Schleier beiseite schlagend. Unruhig umwehten die Tücher sein Haupt.

Darsayn war ein älterer Mann; sein Haar schlohweiß, das Gesicht wie aus gelbem Wachs gefertigt. Die Augen waren von wäßriger Färbung, wirkten entzündet. Er trug ein einfaches Leinenhemd und auf dem Kopf eine Haube, die aus Flicken zusammengesteckt war. Sie war das Zeichen seiner Macht, denn er war der Haubenträger, Darsayn der Erhabene, das Oberhaupt des Ordens vom Heiligen Spektakel.

Bald hatte er das Ende des Ganges erreicht. Hinter dem letzten Schleier erkannte er ein Bett, das an der Felsenwand aufgestellt war. Es wurde von mehreren Fackeln beleuchtet, die in eisernen Ringen an der Wand steckten. Auf dem Bett saß ein Junge in einem Nachtgewand, ungefähr zwölf Jahre alt. Das ungeschnittene kastanienbraune Haar fiel bis auf seine Schultern herab. Sein Gesicht war nicht zu erkennen; es verschwand unter einer Maske, einem wirren Geflecht goldener Stäbe, hauchdünner Plättchen und scharfer Sporne, die auf komplizierte Weise miteinander verbunden waren. Manche Teile waren in Bewegung, zuckten und wanden sich wie geschlüpfte Insekten; ein faszinierender und zugleich schrecklicher Anblick.

Der Haubenträger schlug den letzten Schleier beiseite.

»Ich grüße dich, Laghanos.« Er verneigte sich vor dem Kind. »Wie ich sehe, bist du erwacht. Vor einigen Stunden war ich schon einmal bei dir, doch ich fand dich in einem tiefen Schlaf und wagte nicht, dich aufzuwecken.«

Laghanos blickte zu dem alten Mann auf. Seine braunen Augen, die zwischen den Dornen der Maske zu erkennen waren, wirkten müde. »Habe ich geschlafen?«

»Das hast du, und dein Schlaf wirkte friedlich. Du hattest keine Alpträume in dieser Nacht, nicht wahr?«

Laghanos schüttelte den Kopf.

Darsayn setzte sich zu ihm auf das Bett. Er ergriff das Handgelenk des Jungen, fühlte den Schlag des Herzens, legte die Hand auf Laghanos' Stirn. Schließlich strich er ihm über das Haar. »Ja, es geht dir besser, viel besser. Du hast kein Fieber mehr, und die Entzündung in deinem Hals ist ausgeheilt. Unsere Bemühungen haben sich gelohnt!« Er rückte sich die Flickenhaube zurecht. »Du bist nun schon seit zehn Tagen in den Kammern des Heiligen Spektakels. Die Nachricht von deiner Ankunft hat sich unter den Angehörigen des Ordens verbreitet, unter Beschlagenen wie Unbeschlagenen. Sie alle sehnen den Tag herbei, an dem sie dich kennenlernen, an dem du das Krankenbett verläßt und jene begrüßt, die zeit ihres Lebens auf dich gewartet haben.«

Laghanos gab keine Antwort. Darsayns Worte erschienen ihm wirr, waren erfüllt von Andeutungen, die er nicht verstand und nicht verstehen wollte. Für ihn, der seit Tagen auf diesem Bett gelegen hatte, vom Fieber geschüttelt und von seltsamen Träumen heimgesucht, zählte nur eins: Er trug noch immer die Maske, die ihm die Goldéi angelegt hatten – die Maske Drafurs, die den Untergang von Oors Caundis heraufbeschworen hatte.

Dank ihr kannst du die Sphäre durchschreiten, doch sie fesselt dich an uns. Du wirst immer einer der unseren sein.

So hatte Aquazzan zu ihm gesprochen, der Rotgeschuppte, der Wegführer der Goldéi; und Laghanos hatte lange Zeit nicht wahrhaben wollen, daß er selbst es gewesen war, der die Echsen nach Oors Caundis geführt und damit dem Inneren Zirkel der Malkuda den Tod beschert hatte.

Wirst immer einer der unseren sein...

Nun war er hier, in den Kammern des Heiligen Spektakels, tief unter dem Rochen; einem Ort, von dem er nie zuvor gehört hatte. Noch wußte Laghanos nichts über den Orden des Heiligen Spektakels; er hatte bislang nur wenige Mitglieder zu Gesicht bekommen. Sie behandelten ihn zuvorkommend, wie einen Vertrauten, der nach langer Abwesenheit zurückgekehrt war. Dennoch machten sie ihm angst; sie schienen der Welt entrückt, und er wußte nicht, was sie von ihm wollten.

Darsayn griff nach der Öllampe, die er neben dem Bett abgestellt hatte. »Da deine Heilung so gut vorangeschritten ist, wird es Zeit, dich in die Geheimnisse des Spektakels einzuweisen. Ich werde dir die verborgenen Kammern unter dem Rochen zeigen, dich mit den Beschlagenen und Unbeschlagenen bekanntmachen und dann auf den Weltengang vorbereiten.« Er bedeutete Laghanos aufzustehen.

Ein Beben erfaßte die Maske des Jungen. »Wenn Ihr glaubt, ich werde Euch folgen wie ein törichtes Kind, dann täuscht Ihr Euch.« Laghanos wies auf die Maske. »Ich habe die Träne des Nordens besiegt und die Quelle von Oors Caundis gebändigt; ich habe zweimal die Welt der Goldéi betreten und mit dem Rotgeschuppten gesprochen. Er legte mir Drafurs Maske an; dank ihr kann ich die Quellen durchschreiten.« Er sprang von dem Bettenlager auf. »Nehmt Euch in Acht, Darsayn! Wenn ich es will, kann ich mit einem Wink meiner Hand die Goldéi in diese Kammern führen! Dann wird es eurem Orden ebenso ergehen wie der Malkuda!«

Ein Lächeln stahl sich in Darsayns Gesicht. »Wir fürchten die Goldéi nicht, mein Junge. Der Weltenschmied hat uns ihr Kommen längst angekündigt. Sie sind keine Feinde des Spektakels. Und auch deine Magie fürchten wir nicht; hier unten ist sie wirkungslos.«

Der Haubenträger hatte recht. Die Quelle von Oors Caundis besaß keine Macht über diese Höhlen. Doch Laghanos spürte das Wirken einer anderen Kraft. Sie war anders beschaffen als die magischen Ströme, die er kannte. Ihr fehlten die Leidenschaft und der rasende Zorn einer Quelle, doch dies machte sie um so beängstigender. Noch wußte Laghanos nichts über die Sphäre dieses Ortes, und so hütete er sich, nach ihr zu greifen. Dennoch fühlte er eine seltsame Verbundenheit zu dieser Magie. Die Maske Drafurs schien ihr entgegenzustreben; die feinen Drähte und Speichen bewegten sich im Einklang mit ihr.

»Es ist die Macht des Spektakels, die diesen Hallen innewohnt«, erklärte Darsayn, »geschaffen vom Weltenschmied, der uns alle formen wird. Du wirst es bald begreifen, Laghanos, sobald wir dich in die Geheimnisse des Spektakels eingeweiht haben.«

Schritte waren zu hören. Die Schleier wurden von einem Luftzug in Wallung gebracht, ballten sich zusammen, flatterten beiseite. Ein Mann mit kahlrasiertem Haupt kam durch den Gang auf sie zugeschritten. Laghanos erkannte ihn sogleich; es war Benris. Er und Darsayn waren die ersten Mitglieder des Spektakels gewesen, die er gesehen hatte, als er nach seinem Sturz in die Quelle erwacht war. Benris war von großer Gestalt; der muskulöse Oberkörper war entblößt und zeigte mehrere Narben. Sein kantiges Gesicht zierten mehrere feine Tuschestriche.

»Benris«, begrüßte Darsayn den Ankömmling. »Hatte ich nicht darum gebeten, mit dem Wandelbaren alleingelassen zu werden?«

Der Kahlköpfige blieb vor dem letzten Schleier stehen. Seine massige Gestalt war deutlich hinter dem wehenden Stoff zu erkennen. »Ich muß dich sprechen, Darsayn. Es ist etwas geschehen.« Sein Blick schweifte zu Laghanos hinüber.

»Dann sprich!« befahl Darsayn. »Es muß sich um eine bedeutende Angelegenheit handeln, wenn du dafür meine Unterredung mit Laghanos unterbrichst.«

Benris zögerte. »Was ich zu sagen habe, ist nicht für die Ohren des Wandelbaren bestimmt.«

Laghanos starrte den kahlköpfigen Mann feindselig an. »Wenn das, was Ihr Darsayn zu sagen habt, mich betrifft, will ich es hören! Ich lasse nicht zu, daß Ihr mich gefangenhaltet und mir verschweigt, was um mich herum geschieht!« Ein gefährliches Surren drang zwischen den Speichen der Maske hervor.

Darsayn legte ihm beschwichtigend die Hand auf den Arm. »Wir haben vor dir nichts zu verbergen, Laghanos.« Er wandte sich Benris zu. »Der Wandelbare soll hören, was du zu sagen hast.«

Benris zuckte mit den Schultern. »Meine Worte könnten ihn ängstigen. Doch wenn dies dein Wunsch ist...« Er schlug den Schleier beiseite, trat auf den Haubenträger zu und streckte ihm einen Stoffetzen entgegen, den er hinter dem Rücken verborgen hatte. Es war ein blutdurchtränkter Samthandschuh. »Ein Jünger des Mondes hat versucht, das Tor der Tiefe zu versiegeln. Es gelang ihm, in die Ruhende Kammer einzudringen, und hätten die Wächter ihn nicht im letzten Moment zur Strecke gebracht, wäre das Undenkbare geschehen!«

Darsayn betrachtete den Handschuh. Seine Finger strichen über das verkrustete Symbol, das in den Samt gestickt war. »Ein Jünger des Mondes... Wie in aller Welt konnte das passieren?«

»Er drang durch einen geheimen Schacht in der Höhlendecke ein«, berichtete Benris. »Wie er dabei alle Schutzvorrichtungen narren konnte, ist mir ein Rätsel. Nie zuvor vermochten die Verräter so weit zu den heiligen Orten des Spektakels vorzudringen. Ich sage dir, dort draußen geht etwas vor, Darsayn! Die Jünger sind unruhig geworden; sie haben von der Ankunft des Wandelbaren gehört und fürchten nun, daß die Prophezeiung sich erfüllt.«

»Wer sind die Jünger des Mondes?« fragte Laghanos.

Darsayn blickte zu dem Jungen herab. »Es sind Abtrünnige, die sich vom Weltenschmied abgewandt haben. Sie dienen dem Blender, dem Herrn der Schatten. Unbemerkt leben sie unter uns, teilen mit uns das Brot, arbeiten an unserer

Seite; und doch trachten sie danach, das Heilige Spektakel zu zerstören.« Er reichte Benris den Handschuh zurück. »Hast du herausgefunden, wer der Eindringling war?«

Benris nickte. »Ein Unbeschlagener aus dem Dritten Zweig. Er arbeitete in der großen Schmiede als Zinngießer. Niemand ahnte, daß er dem Pfad des Mondes folgt.«

»Die Verräter sind überall«, rief der Haubenträger erbost. »Doch sie werden die Wiederkehr des Weltenschmieds nicht verhindern!« Er blickte den Jungen an. »Ich muß dich warnen, Laghanos. Unsere Feinde könnten versuchen, dich zu entführen oder dir Schaden zuzufügen. Sie wissen, daß du eingetroffen bist, und fürchten deine Macht. Trau keinem, der deine Wege kreuzt! Die Jünger des Mondes sind voller Tücke; sie schrecken vor nichts zurück, um an ihr Ziel zu gelangen.«

Ich traue längst keinem mehr, dachte Laghanos. *Zu oft wurde ich betrogen; von dem Rotgeschuppten, von der Malkuda, von Malcoran.* Er spürte, wie die Maske sein Gesicht zusammenzog, wie sie an seinen Wangen, seiner Stirn zerrte. *Und dir traue ich am wenigsten, Darsayn – dir und deinem seltsamen Orden.*

Der Haubenträger tastete nach seiner Hand. »Komm«, wisperte er, »komm mit mir! Du sollst die Geheimnisse des Spektakels kennenlernen! Du sollst die Kammern sehen, die für dich geschaffen wurden – für deine Wandlung, für den Weltengang.«

Er zog Laghanos mit sich. Widerstrebend folgte der Junge, den Blick zu Boden gerichtet. Ein Wort drängte sich in seine Gedanken. *Drafur*, so wisperte es in seinem Schädel, *Drafur*... und er wußte, daß er bald erfahren würde, was dieser Name bedeutete, der ihn seit seiner Gefangenschaft bei den Goldéi verfolgte.

KAPITEL 4

Treppen

Mit einem Schnaufen stellte die Käppnerin den Krug ab, aus dem sie soeben einen Schluck Kräutersirup genommen hatte. Genußvoll leckte sie sich die klebrige Süße von den Zähnen. Dabei stellte sie fest, daß sich zwischen ihren unteren Backenzähnen etwas verfangen hatte. Verärgert versuchte sie, mit Daumen- und Zeigefinger den ungebetenen Gast zu fassen. Nach einer Weile des Herumstocherns förderte sie ein Reiskorn zutage – wohl ein Überbleibsel des gestrigen Eintopfs. Nachdenklich rollte die Käppnerin den feuchten Klumpen zwischen den Fingerkuppen hin und her und schnipste ihn auf die Straße, wo sich sogleich eine aufmerksame Möwe auf den Leckerbissen stürzte.

»Darf ich kurz stören?«

Die Käppnerin hob den Kopf. Sie entdeckte am Ende des hölzernen Standes, hinter dem sie kauerte, einen wohl vierzigjährigen bärtigen Mann mit einem rundlichen Gesicht. Sein rotes Haar glänzte im Sonnenlicht, und von gleicher Farbe war das Gewand, das er trug. Es handelte sich offenkundig um einen troublinischen Kaufmann.

Mißmutig rümpfte die Käppnerin die Nase. Der Fremde hatte aus einem der Körbe, die auf dem Tisch standen, eine dunkelblaue Kappe hervorgeklaubt, mit der er nun vor ihrem Gesicht herumwedelte. »Dieser Hut – wieviel kostet er, junge Dame?«

Die Käppnerin schnappte entrüstet nach Luft. Sie war eine wohl sechzigjährige Frau, auch wenn ihr Alter aufgrund des wettergegerbten Gesichtes schwer zu schätzen war. Sie saß auf einer Bank hinter dem Marktstand, eingehüllt in eine braune Decke, unter der sich ihre ausladenden Hüften wölbten; denn die Käppnerin war über die Jahre träge geworden und erhob sich nur ungern von ihrer Holzbank, auf der sie tagein, tagaus ihre Waren feilbot.

Der Fremde strich über den glatten Stoff der Kappe. »Eine hervorragende Arbeit. Habt Ihr diesen Hut selbst gefertigt?«

Die Käppnerin verkroch sich noch tiefer unter ihre Decke, ohne den Fremden aus den Augen zu lassen. »Das«, nuschelte sie, »ist kein Hut!«

Der Troublinier blickte sie verdutzt an. »Das ist kein Hut?«

»Nein«, erwiderte die Käppnerin, »ist es nicht. Es ist eine Arca. Eine Fischerhaube.«

Aelarian Trurac, Großmerkant des Gildenrates von Troublinien, betrachtete die Kappe voller Interesse. »Natürlich, wie dumm von mir! Ich habe bereits von dieser traditionellen Kopfbedeckung der Morthyler gehört. Daß sie so kleidsam ist, hätte ich allerdings nicht für möglich gehalten.« Er strahlte die Käppnerin an. »Was meint Ihr, ob mir diese Arca wohl steht?«

»Ich verkaufe nicht«, nuschelte die Käppnerin. Ihr zerfurchtes Gesicht verriet keine Regung.

»Was soll das heißen, Ihr verkauft nicht?« rief Aelarian. »Ist dies ein seltenes Einzelstück? Ein persönliches Andenken?«

»Nein«, erwiderte die Käppnerin. »Ich verkaufe nicht an Euch.«

»Auch nicht, wenn ich einen guten Preis biete?« Aelarian nestelte einen Geldbeutel aus der Tasche seines Gewandes hervor, in dem mehrere Münzen verheißungsvoll klimperten.

»Ich verkaufe nicht an Euch«, wiederholte die Frau störrisch. »Noch nie habe ich eine Arca an Fremde weitergegeben.« Sie kratzte sich ungeduldig am Kinn, auf dem einige Haare sprossen.

»Hört, hört, eine Frau mit Prinzipien«, lobte Aelarian. Er steckte das Geldsäcklein zurück in die Tasche. »Offenbar haltet Ihr wenig von Reisenden, die nach Galbar Arc kommen, um die Schönheit der Morthyler Frauen zu bewundern.«

Die Käppnerin gab keine Antwort. Mißtrauisch starrte sie auf die Tasche des Großmerkanten. Für einen Moment, so schien es ihr, hatte sich der rote Stoff bewegt. Und sie hatte sich nicht getäuscht! Ein zottiges Tier schnellte aus der Tasche, hakte sich mit scharfen Krallen am Gewand fest und huschte zum Kragen seines Herrn empor.

»Dabei müßtet Ihr Fremde gewohnt sein«, säuselte der Großmerkant. »Ihr sitzt schließlich an einer Stelle, von der aus sich der gesamte Hafen von Galbar Arc überblicken läßt.« Er wandte den Kopf und wies auf die Treppe, die zu den Stegen hinabführte. »Welch herrliche Aussicht! Ihr könnt die weißgestrichenen Handelskontore sehen; die Straße vor dem Ankerplatz, auf der sich die Seeleute tummeln; die Mauern, die das Hafenbecken umfassen... und all die Schiffe! Dort erkenne ich auf den Segeln den Krebs, das Wahrzeichen Morthyls; das müssen die Karacken Eures Fürsten Perjan Lomis sein. Welch eindrucksvolle Kriegsschiffe! Denen wird kein Pirat zu nahe kommen.« Das garstige Tier war unterdessen am Arm des Großmerkanten herabgeklettert und kauerte nun auf dessen Handgelenk, wo es sich mit den Pfoten die dunkle Schnauze putzte. »Seht Ihr das große Segelschiff am Ankerplatz, dessen Bug von der Hafentaverne verdeckt wird? Dies, schöne Dame, ist das Schiff, auf dem ich nach Morthyl gekommen bin – ein Schiff der Großgilde von Troublinien, der ich die Ehre habe anzugehören.« Er kraulte zärtlich den Kopf des Pelztieres, das behaglich zu schnurren begann. »Doch was rede ich! Ihr habt sicher genügend troublinische Schiffe in Eurem Leben gesehen. Schließlich könnt Ihr von hier aus jedes Schiff erspähen, das im Hafen von Galbar Arc anlegt. Ihr könnt beobachten, welche Waren ein- oder ausgeladen werden, und jeder Ankömmling muß an Eurem Hutstand vorbei, denn dies ist die einzige Treppe, die zu den oberen Stadtvierteln führt.«

Die Käppnerin blinzelte erstaunt mit den Augen, als das

Tier mit einem Satz von der Hand des Troubliniers auf den Tisch sprang. Neugierig schnüffelte es an den Hauben und Kappen.

»Nehmt Eure Ratte vom Tisch«, zeterte die Käppnerin. »Sie wird meine Ware bekoten!«

Aelarian Trurac strich sich amüsiert über den Bart. »Aber das ist keine Ratte, ebensowenig wie eine Arca ein Hut ist. Dieses possierliche Wesen ist ein Kieselfresser, ein Tier aus den troublinischen Mooren. Sein Name ist Grimm.« Er machte ein schnalzendes Geräusch. Grimm ließ augenblicklich von der Ware der Käppnerin ab und blickte zu seinem Herrn auf.

»Wie immer es auch heißt, es hat zwischen meinen Hauben nichts verloren!« keifte die Frau.

»Ich habe ihn lustige Kunststücke gelehrt«, verteidigte der Großmerkant seinen Schützling. Er streckte den Zeigefinger aus und ließ ihn über dem Kieselfresser kreisen. Grimm hob die dünnen Vorderpfoten, stellte sich auf die Hinterbeine und machte einen Purzelbaum. Drei-, viermal wiederholte er den kühnen Sprung, bis er ausglitt und um ein Haar vom Tisch gekullert wäre. Doch er konnte sich im letzten Moment an der Tischkante festklammern. Schnaufend blinzelte er zu seinem Herrn auf.

Der strenge Blick der Käppnerin hatte sich während Grimms eindrucksvoller Darbietung mehr und mehr gemildert. Nun konnte sie sich ein Schmunzeln nicht mehr verkneifen. »Lustiges Bürschlein«, gab sie zu. »Es würde meiner Enkelin gefallen.«

»Ich bin für eine Weile in der Stadt«, verriet Aelarian. »Falls Ihr wollt, werde ich Eurer Enkelin alle Possen vorführen, die ich Grimm beigebracht habe.« Er nahm den Kieselfresser behutsam zurück auf die Hand. »Sagt mir, wie lange verkauft Ihr schon Eure Waren an dieser Stelle?«

»Seit vierzig Jahren«, brummte die Käppnerin versöhnlich, »und davor führte meine Muhme den Stand. Es ist ein guter Platz, ja, das ist wahr. Das Meer ist hübsch anzusehen, wenn die Sonne darauf scheint; und fällt Regen, ist es mir auch recht. Da drüben kann man an guten Tagen bis nach Thaira hinüberblicken. Und dort« – sie wies westwärts – »sieht man den Leuchtturm. Wenn es Nacht wird, zaubert er die schönsten Farben auf das Wasser.«

Aelarian wandte den Kopf in die gewiesene Richtung. Er erkannte eine Inselkette, die sich von Morthyls Nordküste bis zum Horizont erstreckte: Riffe und Klippen, hoch aufragende Eilande, zerklüftete und zerschmetterte Felsen. Die letzte und größte Insel war nur als Punkt am Horizont zu erkennen – die Insel Fareghi, auf deren Felsen der Seefahrer Varyn seinen mythischen Leuchtturm errichtet hatte.

»Ist es wahr, daß die Lichter des Turms erloschen sind, seit die Insel besetzt wurde?« fragte Aelarian.

Die Käppnerin schüttelte den Kopf. »Nein, sie brennen noch; nicht so häufig wie früher, doch sie brennen. Aber die Farbe hat sich verändert.« Sie schürzte die wulstigen Lippen. »Vierzig Jahre lang habe ich die Feuer beobachtet. Mal flackerten sie rot, mal blau, mal gelb – ich habe dem Farbenspiel stets gern zugesehen. Nun aber brennt im Turm ein anderes Licht, weiß und grell und kalt. Wenn man zu lange die Augen darauf richtet, fangen sie an zu tränen. Glaubt mir, der Turm hätte niemals in die Hände der Eindringlinge fallen dürfen.«

Aelarian konnte seine Neugier kaum zurückhalten. »Ich hörte, daß Euer Fürst Perjan Lomis plant, die Insel zurückzuerobern.«

»Ja, es wird eine Schlacht geben«, bestätigte die Käppnerin. »Ihr seht ja selbst die Kriegsschiffe im Hafen, und oben in der Burg versammelt der Fürst die Krieger Morthyls. Auch mein Sohn ist zu den Waffen gerufen worden. Er soll mitkämpfen, wenn das Heer nach Fareghi übersetzt.« Sie wackelte traurig mit dem Kopf. »Eine böse Schlacht wird das geben. Aber der Leuchtturm ist gegen uns. Kein Schiff kann nach Fareghi gelangen, wenn der Turm es nicht will. Die Klippen«, sie wies auf das Wasser hinaus, »kein Mensch hat sie je gezählt. Das Meer ist gefährlich, und der Turm ist gegen uns!«

»Glaubt Ihr, daß Morthyls Flotte untergehen wird?« fragte Aelarian vorsichtig.

Die Frau zuckte mit den Schultern. »Ich weiß es nicht. Doch ich habe Angst um meinen Sohn und um Morthyls Zukunft. Es wird viel von den Echsen erzählt, die Gyr und Candacar erobert haben. Man sagt, daß sie auch nach Morthyl kommen werden.« Sie tupfte sich den Schweiß von der Stirn. »Schreckliche Zeiten sind das, schreckliche Zeiten. Viele haben in den letzten Wochen ihr Leben gelassen. Zwei Schiffe liefen vor Galbar Arc auf Grund; das Meer hat sie zertrümmert. Die Leichen der Seeleute wurden an die Küste geschwemmt, in einem Netz aus fauligem Seetang. Ihre Gesichter waren nicht mehr zu erkennen, von der Kraft der Wellen zerschmettert.«

»Dann wagt es wohl niemand mehr, das Silbermeer zu befahren, solange Fareghi besetzt ist«, mutmaßte Aelarian.

»Niemand, der noch einen Funken Verstand besitzt«, schnaubte die Käppnerin. »Niemand außer den Männern aus Rhagis!«

Aelarian blickte sie aufmerksam an. »Rhagis ... ist dies nicht ein Dorf ganz in der Nähe?«

»Ein Fischerdorf«, bestätigte die Käppnerin, »westlich von Galbar Arc. Ungehobelte, freche Kerle leben dort. Sie sind lebensmüde! Während unsere Fischer dicht bei der Küste bleiben, fahren die Männer aus Rhagis selbst beim wildesten Sturm noch aufs Silbermeer hinaus.« Sie wischte sich den Speichel aus den Mundwinkeln. »Sie sind nur selten in der Stadt, um ihren Fisch zu verkaufen, und dann sind sie schwer zu finden; den Marktplatz dürfen sie nämlich nicht betreten, weil sie der Hafenzunft die Steuern nicht bezahlen. Neulich habe ich sie außerhalb des Hafens gesehen. Ich wollte ein paar Dunkelschollen erwerben, um meiner Enkeltochter eine Suppe zu kochen, doch die gab es nur bei den Fischern aus Rhagis. Der Preis, den sie mir nannten, war unverschämt. Das sei wegen des Turms, behaupteten sie, es sei gefährlich, aufs Silbermeer hinauszufahren und die Schollen zu fangen. Zwölf Kupfermünzen mußte ich bezahlen!« Wütend schlug sich die Käppnerin auf die fetten Schenkel. »Dabei sind diese Halunken schmutzig, haben ungepflegte Bärte und stinken nach Schnaps. Ihre Arcas sind halb zerrissen. Ich habe ihnen angeboten, neue Hauben zu nähen, doch sie lachten mich aus und sagten, daß sie auf Waren aus der Stadt verzichten können. Eingebildetes Pack! Ihre Töchter kleiden sich wie Dirnen in halb zerfetzte Fischernetze, und die Söhne versaufen das Geld in den Tavernen!«

»Das ist ja ungeheuerlich«, empörte sich der Großmerkant. »Aber sagt, wo finde ich dieses scheußliche Dorf?«

Die Frau rümpfte die Nase. »Rhagis liegt sechs Acker westlich von Galbar Arc. Ein Weg führt an der Küste entlang. Ihr könnt es nicht verfehlen. Es gibt dort eine Spelunke; sie heißt *Zur roten Kordel*. Aber kehrt besser nicht dort ein. Nichtsnutze und Saufköpfe treiben sich in der Spelunke herum und vertreiben sich die Zeit mit Schnaps und Messerstecherei.«

»Ich werde diesen Sündenpfuhl tunlichst meiden«, versprach Aelarian Trurac. »Doch nun danke ich Euch für die Auskunft. Ihr wart mir eine große Hilfe, schöne Dame.«

Die Käppnerin stieß ein zufriedenes Schnaufen aus.

»Nur eine letzte Frage sei mir vergönnt.« Aelarian hielt die Arca empor, die er noch immer in den Händen hielt, während er der Käppnerin ein bezauberndes Lächeln schenkte. »Und bitte antwortet mir nicht als die tüchtige Händlerin, die Ihr seid, sondern schlichtweg als Frau: Meint Ihr, daß diese wunderschöne Haube mir steht?«

Galbar Arc war die Stadt der Treppen. Niemand hatte sie je gezählt, die in den Fels geschlagenen Stufen, auf denen man die höher gelegenen Stadtviertel erreichen konnte. Denn Galbar Arc war auf den Vorsprüngen eines steil aufragenden Kalkfelsens errichtet worden. Schmale Straßenzüge schlängelten sich am Felsen entlang, umfaßt von niedrigen Steinmauern. Von allen Ebenen der Stadt konnte man auf den Hafen und das Wasser herabblicken, das an diesem Vormittag grau und unruhig wirkte.

In den unteren Stadtvierteln lebte das einfache Volk; Handwerker und Hafenarbeiter, Fischer und Seefahrer. Je weiter man aber die Treppen emporstieg, desto prächtiger wurden die Häuser. Hier wohnten die Kaufleute, die Besitzer der Silberminen, die Schiffseigner und Hafenkomture. Hoch oben auf der Spitze des Felsens thronte die Burg Galbar mit ihren vier Türmen, erbaut aus Kalkstein – der Sitz des Fürsten Perjan Lomis.

Unterhalb der Burg lag das Viertel der Träumer, eine Ansammlung verfallener Ruinen. Es war der älteste Teil Galbar Arcs, errichtet von den gyranischen Seeherren, die Morthyl einst beherrscht hatten. Nachdem sie im Südkrieg von der Insel vertrieben worden waren, hatten in den verwüsteten Häusern die Ärmsten der Stadt eine Bleibe gefunden: ausgemergelte Bettler, entlassene Silberschürfer aus den Minen von Bosjip, Alte, Sieche und Irre. Vor einigen Jahren hatte Fürst Perjan Lomis das verrufene Viertel räumen lassen. Die Stadtgarde sorgte dafür, daß sich niemand mehr in den heruntergekommenen Häusern niederließ.

Im Herzen des Viertels der Träumer lag ein vergessener Friedhof. Ein flechtenumrankter Steinbogen markierte den Eingang; dahinter führten Pfade in verschiedene Richtungen ab, eingeschlossen von hohen Mauern, die keinen Blick auf das Meer zuließen. Die verfallenen Mauern kündeten vom Niedergang des Friedhofs. Zwischen ihnen schlich eine Gestalt umher, ein großgewachsener Mann in einer Priesterkutte. Zielstrebig huschte er durch die engen Gassen.

Rumos Rokariac schlug die Kapuze der Kutte zurück, während er über die Geröllhaufen hinwegstieg. Sein Blick wanderte über die ihn umgebenden Mauern hinweg. Mannshohe Steinplatten waren in die Wände eingelassen; sie trugen verwitterte Schriftzeichen, alte gyranische Lettern. Auf dem Friedhof hatten die Besatzer ihre Toten bestattet. Hinter jeder Steinplatte ruhte ein Leichnam, dessen

Gesicht dem Wasser zugewandt war; denn das Meer war den Gyranern heilig.

An der kommenden Wegbiegung führte eine Treppe abwärts. Sie bestand aus wenigen Stufen, und diese waren halb zerschlagen und mit Moos überwachsen. Sie endete vor der Rückwand des Kalkfelsens. Fünf Grabplatten waren in den Felsen eingelassen; offenbar handelte es sich um die Ruhestätte einer reichen Familie.

Rumos stieg langsam die Stufen herab und stellte sich vor der mittleren Platte auf. Ihre Inschrift war im trüben Licht kaum zu entziffern.

»Ich wußte, daß ich es wiederfinde«, murmelte Rumos. Er tastete den oberen Rand der Steinplatte ab. Schließlich fanden seine Finger eine Vertiefung, zerrten an einem verborgenen Ring. Ein Knirschen ertönte. Staub löste sich von der Oberseite der Platte. Dann glitt sie mit einem schleifenden Geräusch zur Seite und gab die Sicht auf eine Höhle frei.

Rumos senkte das Haupt und trat ein. Die Höhle war leer; ihre Wände waren mit Salzkristallen überzogen. Im einfallenden Licht glitzerten schmutzige Verfärbungen unter der Salzschicht. Auf der hinteren Wand der Höhle prangte eine pechschwarze Zeichnung – die Umrisse einer menschlichen Gestalt. Ihr Kopf war nichts als ein Oval, ohne Augen, ohne Mund. Sie hatte die Hände erhoben, als wollte sie den Eindringling grüßen.

Rumos Rokariac entnahm der Tasche seines Gewandes ein Stoffbündel. Vorsichtig wickelte er einen Gegenstand aus. Es war ein graues Knochenstück. Auf der Oberseite war das Symbol einer verblühenden Rose eingebrannt.

»Der Ort, an dem alles seinen Anfang nahm«, wisperte der Zauberer. »Der Ort, an dem ich mich von meiner Schwäche befreite und die Ewige Flamme in mir erweckte.« Er starrte auf den Boden und fand dort einen dunklen Fleck, der den salzigen Untergrund färbte. »Der Ort, an dem ich verraten wurde und den Tod besiegte.«

Seine Finger umkrallten das Knochenstück. Dann sprach Rumos mit dunkler Stimme einen Vers:

»Der Rosenstock trägt keine Blüten mehr
und Mondschlund schweigt
noch herrscht der Tag
doch bald sinkt schwer die Finsternis in unsre Sinne
und hüllt in Schatten, was kein Mensch erblicken darf…«

Risse bildeten sich auf dem salzigen Gestein, zogen sich wie ein Spinnennetz über die Höhlenwände, und die pechschwarze Zeichnung erwachte zum Leben; die Konturen der aufgemalten Gestalt krümmten sich, zogen sich zusammen und dehnten sich wieder, erst langsam, dann in immer schnellerem Wechsel, gleich dem Zucken eines verwundeten Tieres, das mit den Gliedern um sich schlug. Eine Stimme schwoll an, ein Jammern aus weiter Ferne: »Wer stört mich…wer quält mich aufs neue, läßt mich nicht zur Ruhe kommen…« Es klang wie das Geheul eines geprügelten Hundes.

Rumos richtete das Knochenstück gegen die Wand. »Erkennst du mich nicht? Erkennst du nicht den, der dich aus sich erschaffen hat?«

Die Stimme wurde deutlicher und verzweifelter. »Du bist es…Rumos, mein Herr…mein Herr Rumos…ja, nun erkenne ich dich…« Die schwarzen Linien wollten nicht zur Ruhe kommen, wanden sich auf dem Gestein.

»Es wäre eigenartig, wenn du mich vergessen hättest«, höhnte Rumos. »War es nicht ich, der dich an diesen Ort fesselte? Bist du nicht ein Teil von mir, unsterblich wie ich und ewig an mich gebunden?«

»…ewig an dich«, klagte die Erscheinung, »an meinen Herrn Rumos, an Rumos, meinen Herrn…ja, ich erkenne dich…lange warst du fort, viele Jahre…« Flehend hob die Gestalt ihre dünnen Arme. »…warum nur hast du mich zurückgelassen, Herr?…warum blieb ich gefangen in diesem toten Felsen?« Ihr Jammern gellte durch die Höhle. »…war diese Nacht so schwarz, so undurchdringlich…lichtlose Träume träumte ich und sah mich tauchen in ein Meer aus Wut…gespeist aus dunkler Quelle, die der

Furcht entsprang … war meine Seele so entkräftet, schwach und ohne Mut … ach, wie ich litt und bangte …«

»Du besitzt keine Seele! Du bist nichts als mein Schatten, aus mir getrieben durch die Macht der Ewigen Flamme, die mir Unsterblichkeit brachte. Erinnerst du dich nicht an die Stunde, als ich dich formte und dir meinen Namen überließ?« Rumos trat ein Stück zurück und ließ voller Verachtung ein Wort über seine Lippen gehen. »Carputon!«

Der Schrei, den das körperlose Wesen ausstieß, war unmenschlich; rasende Verzweiflung, Hörigkeit und Wahn verzerrten seine Stimme, ließen die Höhle in einer Melodie der Schmerzen erbeben. »… mein Name, ja, mein Name … Carputon nannte mich mein Herr … war ich nicht immer treu, o Rumos? … las ich dir nicht die grausamen Wünsche von den Lippen? … deutete ich nicht den bösen Glanz in deinen Augen, den dein dunkles Herz entflammte? … war ich nicht jener Teil in dir, den du verleugnet hast und den du von dir schnittst wie einen morschen Zweig?« Die Figur streckte dem Zauberer die dürren Arme entgegen. »… Carputon war und bin ich, dein Schatten und dein Joch … geschaffen durch die Flamme, die dich verdarb … verflucht ist mein Herr Rumos, unsterblich Rumos, mein Herr …«

Der Zauberer hatte die Hände erhoben; ein dunkelrotes Glühen hatte seine Finger erfaßt. »Du spürst die Macht der Ewigen Flamme, nicht wahr, Carputon? Sie zwingt dich in meinen Dienst, damals wie heute. Ich kam zurück, weil ich deine Hilfe benötige.«

»… warum hast du mich zurückgelassen, Rumos, mein Herr«, heulte der Geist, »… warum verschwandest du in jener Nacht, hieltest mich gefangen in diesem Kerker?«

»Ich mußte fliehen, nachdem mich Bars Balicor verraten hatte«, antwortete Rumos. »Hier, in dieser Höhle, stieß mir der feige Priester einen Dolch durch die Kehle; und obwohl mich die Kraft der Flamme ins Leben zurückrief, konnte ich nicht verhindern, daß Balicor die übrigen Mitglieder der Bathaquar verhaften und ermorden ließ.« Flammen schlugen zwischen seinen Fingern linken Hand empor. »Morthyl war damit für unsere Gemeinschaft verloren, mein Plan vereitelt. Es blieb mir nichts anderes übrig, als nach Troublinien zurückzukehren, um neue Anhänger für die Bathaquar zu gewinnen. Dich mußte ich zurücklassen, Carputon, denn du bist an diese Höhle gekettet, in der ich die Ewige Flamme empfing; du kannst Morthyl nicht verlassen. Dies ist der Preis, den ich zahlen mußte, um die Kraft der Flamme zu erhalten.« Seine Stimme wurde milder. »Doch nun hat sich vieles verändert. Die Bathaquar ist zur Macht zurückgekehrt und rüstet sich für den Kampf gegen den Weltenwanderer. Die Rote Herrin wird sich aus ihrem Grab erheben, um die Menschheit vor den Einflüsterungen des Feindes zu warnen. Und auch Mondschlund lauert auf eine Gelegenheit, den Kampf um die Sphäre für sich zu entscheiden.«

»Das Zeitalter der Wandlung...«, echote Carputon. »... in Gold gegossen bricht der Stein, und goldumflossen stürzt der Narr, der sich erhob zum selbstgewählten Knecht der Macht...«

Rumos Rokariac nickte. »Die Prophezeiung beginnt sich zu erfüllen, doch selbst wir, die wahren Diener Tathrils, begreifen nur Bruchstücke des Wortlauts. Ich muß den zweiten Auserkorenen finden, Carputon – den Jungen, von dem Bathos schrieb, daß er die Rote Herrin befreien werde. Der Weltenwanderer wittert mein Vorhaben; deshalb hat er den Leuchtturm von Fareghi in seine Gewalt gebracht. Ohne die Macht des Turms kann ich Tyran nicht rechtzeitig erreichen. Dann wird der Weltenwanderer den Auserkorenen endgültig in seinen Bann schlagen, und alle Hoffnung ist dahin.« Er starrte eindringlich auf die belebte Zeichnung an der Wand. »Du wirst mir helfen, Carputon! Fremde Mächte halten den Turm besetzt. Sie wollen dem Weltenwanderer Eingang in unsere Welt gewähren.«

»... wie kann ich helfen, mein Herr Rumos«, jammerte der Geist »... ich, der so schwach ist, so unscheinbar ... gepeinigt durch die Last der Flamme und ohne jeden Mut ... ich, der dich verfluchte und vermißte, dich fürchtete und liebte… wie kann ich helfen gegen einen Feind, der so gewaltig ist?«

Der Bathaquari legte langsam seine glühende Hand auf das Gestein. Die schwarze Farbe schmolz, perlte in zähen Tropfen von dem Salz. Carputons Stimme wandelte sich zu einem Kreischen.

»Fahre aus dem Stein!« befahl Rumos. »Du bist körperlos und kannst dich ungehindert auf dieser Insel bewegen. Zwar kannst auch du nicht nach Fareghi gelangen, doch du wirst dich dem Leuchtturm annähern und das magische Licht beobachten, das er ausstrahlt, ohne von der Sphäre des Turms erfaßt zu werden. Alles, was du spürst, spüre auch ich; wir teilen die gleichen Sinne, und deine Furcht macht dich empfänglicher für die Strömungen der Sphäre; sie läßt dich manches besser erkennen, als meine Augen es vermögen. Ja, du wirst mir eine große Hilfe sein – dank deiner Unvollkommenheit, dank deiner Schwäche!«

Carputons Kreischen ebbte ab, verhallte in den Tiefen des Gesteins, während die letzten Tropfen der dunklen Farbe an der Wand herabrannen.

Langsam zog Rumos die Hand zurück. Sein Gesicht schimmerte rötlich im Widerschein der glühenden Finger. »Erbärmliches Geschöpf! Ich bedaure es nicht, dich aus meinem Herzen gerissen zu haben. Einmal noch sollst du mir zu Diensten sein, ein letztes Mal; dann sollst du für immer in den Stein fahren, damit die Flamme in mir ewig brennt.«

Über den Türmen der Burg Galbar kreisten die Möwen. Mit gierigem Kreischen stürzten sie sich durch die Lüfte und ließen sich von den Windböen treiben, die das Meer in alter Kampfeslust gegen das Land warf.

Ashnada stand auf einem Felsen nahe der Burg, das Gesicht zum Wasser gewandt. Kalt strich der Wind über ihren kurzgeschorenen Kopf. Sie versuchte sich in Erinnerung zu rufen, wie er einst ihre langen, offenen Haare um

Schultern und Wangen geweht hatte, doch dieser Gedanke machte sie traurig und wütend. Es waren nun bereits mehrere Tage verstrichen, seit sie ihren Schopf auf eine Fingerlänge gekürzt und mit dem Sud der Tarquan-Wurzel eingefärbt hatte. Der scharfe Geruch des Färbemittels stach ihr noch immer in die Nase. Ihre Haare waren nun feuerrot wie bei einer Troublinierin, auch wenn die Farbe etwas zu grell geraten war.

Stumm blickte Ashnada auf Galbar Arc hinab. Von dieser Stelle aus hatte sie eine hervorragende Sicht auf die Ebenen der Stadt, auf die verschachtelten Straßenzüge, die schmalen Häuser und kühnen Treppen. Fast schien es, als wäre Galbar Arc einst auf der Spitze des Kalkfelsens errichtet worden, eines Tages jedoch den steilen Hang abwärts gerutscht, dem Meer entgegen.

Ashnada entsann sich des Tages, als sie die Stadt zum ersten Mal gesehen hatte. Sie war jung gewesen, dreiundzwanzig Jahre alt, und zum ersten Mal fern ihrer Heimat. Staunend hatte sie von Bord ihres Schiffes auf Galbar Arc geblickt, hatte versucht, diese fremde, mit dem Kalkfelsen verschmolzene Stadt zu begreifen. Das Schiff, das sie nach Galbar Arc gebracht hatte, war unter dem Segel eines vodtivischen Handelskontors gefahren, doch die Seeleute waren allesamt getarnte Gyraner gewesen. Dreißig Igrydes befanden sich unter ihnen, geheime Krieger des gyranischen Königs. Sie waren nach Morthyl gekommen, um die Insel ins Chaos zu stürzen. Tarnac der Grausame hatte beschlossen, die kostbaren Silberminen Morthyls für das Königreich Gyr zurückzuerobern. Als Vorbereitung für den geplanten Krieg sollten die ›Gnadenlosen‹ unter Ashnadas Führung die Inselbevölkerung in Angst und Schrecken versetzen. Denn Angst war nach Ansicht des Königs das wichtigste Mittel, um ein Volk zu unterwerfen, und Schrecken die beste Waffe, es zu schwächen.

Ashnadas Blick wanderte zur Burg zurück. Ihre Kalkmauern glänzten im Licht der morgendlichen Sonne. Hinter der Burg erstreckte sich ein mit Steinen markiertes Feld, auf dem gerade ein Zeltlager errichtet wurde. Zahlreiche Männer waren damit beschäftigt, Planen zu spannen und Eisenstangen in die Grasnarbe zu bohren.

Perjan Lomis ruft sein Heer zusammen, folgerte Ashnada. *Es wird nicht mehr lange dauern, bis es nach Fareghi übersetzt, um Eldrom von Crusco zu vertreiben.*

Rumos hatte sie an diesem Morgen aufgefordert, zur Burg emporzusteigen. Ashnada sollte auskundschaften, welche militärischen Vorbereitungen die Morthyler zur Rückeroberung Fareghis trafen. Es herrschte eine eigenartige Stimmung in der Stadt, ausgelöst durch Fareghis Fall und den damit einhergehenden Zusammenbruch des Seehandels. Überall in den Straßen wurden Flüche gegen den Feind ausgespieen: gegen Eldrom von Crusco, jenen kathygischen Baron, der aus dem Nichts gekommen war und den Leuchtturm in seine Gewalt gebracht hatte. Gerüchte gingen umher, daß ein magischer Sturm den Baron und sein Heer nach Fareghi geweht habe. In einer einzigen Nacht hatten die Kathyger die Insel besetzt, die Wächter des Leuchtturms erschlagen und ihre Leichen in die Bucht von Varynna geworfen. Man wisperte, der weiße Sand der Bucht sei seitdem dunkelrot, durchtränkt von dem Blut der Ermordeten, und selbst die Fluten des Silbermeeres vermöchten es nicht mehr auszuwaschen.

Blutiger Sand ... die Handschrift der gewaltsamen Eroberung. Ashnada kannte sie nur zu gut, hatte ihre Zeichen in durchwachten Nächten oft selbst in die Finsternis gezeichnet mit bebender Hand; jener Hand, die so oft gemordet hatte, deren Finger sich noch immer im Schlaf um unsichtbare Säbel- und Dolchgriffe verkrampften, wenn die Träume sie heimsuchten. Sie träumte von den Menschen, denen sie auf einsamen Wegen die Schädel zertrümmert hatte; träumte von den Silberminen, deren Stollen sie zum Einsturz gebracht hatte, um die Bergleute zu verschütten; träumte von den Kindern morthylischer Kaufleute, die sie entführt und erdrosselt hatte, um Verzweiflung unter den Mächtigen der Insel zu säen.

Sechs Jahre lang hatten die ›Gnadenlosen‹ eine Blutspur über die Insel gezogen, ohne daß der morthylische Fürst ihrem Treiben hatte Einhalt gebieten können. Sechs Jahre lang hatten sie ihr Mordhandwerk betrieben, in der festen Überzeugung, daß Gyrs Heer die Insel bald besetzen werde. Doch das Heer war niemals gekommen. Statt dessen war ihr Versteck eines Tages von Fürst Perjans Truppen gestürmt worden. König Tarnac hatte die ›Gnadenlosen‹ geopfert, um den Frieden mit Sithar zu wahren. Perjan aber hatte sie in den Kerkern seiner Burg foltern lassen, bis zum Tag ihrer Hinrichtung. Ashnada war die einzige gewesen, die dem Strafgericht entkommen war; der Kurator Bars Balicor hatte sie befreit, hatte an ihrer Stelle eine andere Frau vor den Augen des Volks auf den Scheiterhaufen stellen lassen. Nur deshalb war Ashnada noch am Leben.

»Blut von meinem Blut, Fleisch von meinem Fleisch, beseelt von meinem Willen«, flüsterte Ashnada in den Wind; der heilige Schwur der Igrydes, mit dem König Tarnac sie einst gesegnet hatte. Sie spürte noch Tarnacs ruhige Hand auf ihrer Schulter, spürte ihn zärtlich ihren Kopf streicheln, hörte die heisere Stimme an ihrem Ohr, *meine Schwester, meine Schwester*, die Stimme des Königs, der sie verraten hatte.

Ashnada wandte den Kopf. Jenseits des Zeltlagers war das Hinterland der Insel zu erkennen; weitgestreckte Marschen, auf denen kaum mehr wuchs als Gräser und Disteln. In weiter Ferne erhob sich das Gebirge von Bosjip, wo die Silberminen der Insel lagen. Ein holpriger Weg verband die Haupstadt Galbar Arc mit dem Gebirge; die Minen ließen sich leichter vom Süden aus erreichen.

Ashnada warf einen letzten Blick auf die Burg. Dann machte sie kehrt, um zurück zur Stadt zu gelangen. Eine steile Treppe führte unterhalb der Felsnase in die Tiefe; neben den Stufen drohte ein Abgrund, der nicht einmal durch ein Seil gekennzeichnet war. Vorsichtig stieg Ashnada abwärts, den Rand der Treppe stets im Auge.

Als sie die Hälfte der Stufen passiert hatte, versperrten ihr drei Männer den Weg. Sie waren in einen heftigen Streit vertieft; schon aus einiger Entfernung vernahm Ashnada ihre erregten Stimmen, sah ihre Hände durch die Lüfte fuchteln.

»...nur beste Ware hast du uns versprochen«, hörte sie einen der Streitenden rufen, einen untersetzten Kahlkopf, »und alles, was du bringst, ist Tand! Ich habe dich gewarnt, Cyrmor. Meine Geduld ist am Ende!«

»Ja, dieses Mal lassen wir dich nicht so einfach davonkommen«, hetzte der zweite Mann, dessen Gesicht durch einen zerfressenen Schnurrbart entstellt wurde. »Heute wirst du bezahlen, mein Freund, hörst du?«

Der Angesprochene, ein schlanker Mann in einem dunklen Mantel, gab keine Antwort. Statt dessen stieß er seine Gegner von sich, doch diese packten ihn an den Handgelenken und rangen mit ihm. Ashnada nutzte den günstigen Moment, um sich an den Männern vorbeizustehlen. Sie war nicht geneigt, in den Streit verwickelt zu werden.

»Laß ihn nicht los«, hörte sie einen der Männer brüllen, »...dort, sein Arm! Halt ihn fest!... sieh nach, ob er ihn trägt – ja, ich sehe ihn! Nimm ihn dir! Streif ihn einfach ab!«

Gewänder raschelten. Stiefel knirschten auf den Stufen. Dann: ein Schrei, ein dumpfes Geräusch, als ob ein schwerer Gegenstand auf die Treppe sackte.

»Nein!« hörte sie einen der Männer aufkreischen, »bei Tathril...nein!«

Erschrocken wandte Ashnada den Kopf. Der Schlanke hatte sich aus der Umklammerung seiner Gegner befreit. In seiner Hand blitzte ein Langdolch. Blut tropfte von der Klinge. Vor ihm krümmte sich der Kerl mit dem Schnurrbart, die Hände gegen den Leib gepreßt.

»Er...hat mich...abgestochen«, würgte er hervor. Sein Blick war auf den Kahlkopf gerichtet, der entsetzt zurückwich.

Ashnada zögerte nicht länger, schnellte herum und rannte los. Hinter sich hörte sie die Schritte des Schlanken, der ihr offenbar nachsetzte, hörte seinen keuchenden Atem. Sie starrte auf ihre Füße, auf die rissigen Treppenstufen, duckte sich, als fürchtete sie, der Flüchtende könne sie packen und beiseite stoßen. Dabei geriet sie ins Straucheln. Stolperte. Für einen Moment wurde ihr schwarz vor Augen. Sie fiel. Prallte mit dem Kopf gegen eine Stufe. Rollte abwärts. Erhaschte Fetzen der ins Schleudern geratenen Umgebung, den Himmel, den Kalkfelsen, den an ihr vorbeihuschenden dunklen Mantel ihres Verfolgers, und in weiter Ferne das Meer, das Meer... Wieder prallte sie gegen eine der Stufen, ihr Kopf dröhnte, sie wollte sich festhalten, doch ihre Finger rutschten ab, und neben der Treppe der Abgrund, der sich mit rasender Geschwindigkeit näherte...

Dann aber: eine Hand packte ihren Arm; ein eiserner Griff, stählerne Finger, die sich in ihr Fleisch bohrten. Ihr Körper wurde von der Wucht des Falls mitgerissen; ihre Beine glitten über den Rand der Treppe, doch die Hand hielt sie fest, FEST... Betäubt starrte sie auf die Finger, die ihren Oberarm umklammerten, auf die dunkelblauen Adern, die sich über den Handrücken ihres Retters zogen.

Er riß sie zurück auf die Treppenstufe. Benommen blickte Ashnada zu ihm auf. Ein dunkler Mantel; schwarze Haare, die ein erhitztes Gesicht umwehten. Silberne Perlen waren in die herabfallenden Strähnen eingeflochten. Seine blauen Augen lagen tief in den Höhlen und waren von Schatten umgeben. Neben der linken Augenbraue blitzte ein durch die Haut getriebener Ring.

»Willst du... mich auch... abstechen?« keuchte Ashnada. Ihr Herz raste.

Er löste seinen Griff. »Du solltest mir dankbar sein!« Er wandte den Kopf zur Seite. Von den oberen Stufen drang das Gebrüll seines Verfolgers herab.

Ashnadas Hand krallte sich in seinem Gewand fest. »Hilf mir auf!« Sie schmeckte Blut auf den Lippen. In ihren Schläfen hämmerte ein rasender Schmerz.

Er schüttelte den Kopf, riß sich von ihr los. Sein Mantel bauschte sich auf, als er sich umwandte und die verbliebenen Stufen zur Stadt hinabraste.

Ashnada hörte hinter sich ein Schnaufen. Der Kahlköpfige

war die Treppe hinabgewankt. Er hinkte. Sein Gesicht war rot angelaufen.

»Seid Ihr wohlauf?« fragte er erregt. »Hat er Euch geschlagen?«

Sie schüttelte verwirrt den Kopf.

»Du Hundesohn! Du Verbrecher!« brüllte der Kahlkopf dem Flüchtenden hinterher. »Das wird dich den Kopf kosten, bei Tathril!«

Ashnada faßte sich an die Stirn. Blut blieb an ihren Fingern kleben.

»Ihr seid verletzt«, keuchte der Kahlköpfige. »Doch Ihr hattet großes Glück! Wenn Ihr von der Treppe gestürzt wäret, so wäret Ihr verloren gewesen.«

Ashnada nickte und versuchte sich aufzurichten. »Was ist mit Eurem Freund – lebt er noch?«

Der Kahlköpfige half ihr empor. »Ja, die Wunde reicht nicht tief. Doch er hat große Schmerzen; ich werde ihn zu einem Heiler bringen müssen.«

Der Flüchtende war inzwischen in einer der Straßen verschwunden, die sich am Fuß der Treppe verzweigten. »Wer war dieser Mann?« fragte Ashnada. »Und wie kam es zu Eurem Streit?»

»Dieser Bursche schuldet uns etwas«, schnaubte der Kahlköpfige, »und nun noch mehr! Er hat unsere Ehre verletzt! Bald wird er erfahren, was es bedeutet, gegen einen Zunftmann das Messer zu erheben!«

Ashnada bemerkte die gelbe Kordel, die den Kragen seines Leinengewandes schmückte. Der Kahlkopf war offenbar ein Angehöriger der Hafenzunft. Ashnada wußte, wie verrufen diese Männer auf ganz Morthyl waren; viele besserten ihren Lohn mit Schmuggeleien und ähnlichen Geschäften auf.

»Verzeiht, daß Ihr in diese Auseinandersetzung hineingezogen wurdet«, fuhr der Kahlkopf fort und tätschelte Ashnadas Schulter. »Falls Euch die Stadtgarde über den Vorfall befragt, so schweigt besser. Es würde uns allen nur Unannehmlichkeiten bereiten.«

Ohne ein weiteres Wort wandte er sich von ihr ab und kehrte zu seinem verletzten Gefährten zurück. Ashnada starrte ihm hinterher. Sie bedauerte es plötzlich, nicht mehr von dem Streit mitbekommen zu haben. Zu gern hätte sie erfahren, was die Zunftmänner von ihrem unbekannten Retter gewollt hatten und warum er in seiner Verzweiflung den Dolch gezückt hatte.

Ein Regentropfen traf ihre Stirn. Ashnada blickte zum Himmel. Die Wolkendecke hatte sich zu einem schmutzigen Grau verdichtet. Weitere Tropfen fielen herab, benetzten ihr Gesicht. Als sie sich über die Stirn wischte, blieben Blutspuren auf ihrem Handrücken haften.

Schon wollte sie ihren Weg zur Stadt fortsetzen, als sie zu ihren Füßen ein Funkeln bemerkte. Ashnada beugte sich zur Treppenstufe herab. Dort lag eine silberne Perle, kaum größer als die Regentropfen, die ringsum auf den Stein trafen. Ashnada nahm sie auf.

Sie muß sich aus seinem Haar gelöst haben, als er sich über mich beugte, fuhr es ihr durch den Kopf. Sie rief sich den Augenblick in Erinnerung, als sie in das Gesicht ihres Retters geblickt hatte; auch wenn sie es nur kurz gesehen hatte, konnte sie nicht leugnen, wie sehr seine herben Züge sie fasziniert hatten – und sein Entschluß, ihr zur Hilfe zu eilen, obwohl er selbst verfolgt worden war. Ein seltsames Gefühl ergriff Ashnada; die Hoffnung, den Mann, der sie vor dem Sturz in den Tod bewahrt hatte, nicht das letztemal gesehen zu haben.

Regen schlug gegen die Butzenscheiben der Hafentaverne. Es herrschte um diese Zeit wenig Betrieb in der Gaststube; nur wenige Gäste saßen an den Holztischen und beugten sich über die Teller, in denen die Wirtin eine würzige Milchsuppe serviert hatte.

Cornbrunn hob gelangweilt den Löffel zum Mund und schlürfte die Brühe hinab. Seit über einer Stunde wartete er auf den Großmerkanten. Seine Blicke wanderten von den Butzenscheiben über die speisenden Gäste zu seinem Teller zurück und verharrten schließlich auf einem pelzigen Klumpen, der auf der Tischplatte lag – Knauf, sein Kieselfresser, sein Ein und Alles, der sich von den Mühen der vergangenen Tage erholte.

Als sich die Tür der Taverne endlich öffnete und Aelarian Trurac den Raum betrat, leuchteten Cornbrunns Augen auf. Der Großmerkant war völlig durchnäßt; das Gewand klebte ihm auf der Brust, und von seinem Bart rann das Wasser in dicken Schnüren. Erschöpft steuerte er auf Cornbrunns Tisch zu.

»Da seid Ihr ja endlich, Großmerkant«, begrüßte ihn Cornbrunn. »Ich habe mir Sorgen um Euch gemacht. Fast spielte ich mit dem Gedanken, mich auf die Suche nach Euch zu begeben, aber dann dachte ich mir, daß nur ein hirnloser Trottel bei diesem Regen freiwillig vor die Tür gehen würde.«

»Daß du wasserscheu bist, sieht und riecht man«, knurrte Aelarian, während er sich am Tisch niederließ. »Du lungerst lieber im Warmen herum und schlägst dir auf meine Kosten den Wanst voll.«

»Auf Eure Kosten?« spottete Cornbrunn. »Bisher ging ich davon aus, daß die Großgilde Eure Reise finanziert.« Er betrachtete Aelarian neugierig. »Was hat es mit diesem albernen Hut auf sich, den Ihr da tragt?«

»Das ist kein Hut, sondern eine Arca«, erklärte Aelarian und nahm die klatschnasse Haube ab. »Eine traditionelle morthylische Kopfbedeckung. Ich habe sie erworben, um mich den Landessitten anzupassen. Mir wurde von zahlreichen weiblichen Personen versichert, daß sie mir hervorragend steht.«

»Einen Mann von Eurer Häßlichkeit kann nichts entstellen«, erwiderte Cornbrunn.

Die Wirtin eilte herbei und brachte Aelarian ein Wolltuch. Während sich der Großmerkant Gesicht und Hände trocken rieb, plauderte sein Leibdiener munter drauflos.

»Ihr seid nicht der einzige, der den Morgen nutzte, um die Stadt zu erkunden. Unser Kapitän, das ›Salzmaul‹, kam am Hafen mit einigen morthylischen Seefahrern ins Gespräch; er muß sie wohl von früheren Reisen her kennen. Vermutlich zieht er mit ihnen durch die Hafenkaschemmen und stößt auf die guten alten Zeiten an, als Troublinien noch Teil des Südbundes war. Und auch unseren hochgeschätzten Freund Rumos Rokariac hat es in die Stadt getrieben. Er trug ein Priestergewand, als er die Taverne verließ, und wirkte ausgesprochen nervös.«

»Wieso bist du ihm nicht nachgegangen?« tadelte Aelarian.

»Seine Leibwächterin hat es verhindert«, seufzte Cornbrunn. »Das Biest hat mich nicht aus den Augen gelassen. Später hat auch sie sich fortgestohlen, doch ich habe es nicht gewagt, ihr zu folgen. Dieses Weib hat etwas Unheimliches an sich!«

»Ich wußte gar nicht, daß du solche Angst vor Weibern hast.« Aelarian legte das Wolltuch beiseite. »Aber ich gebe dir recht; sie hat ein finsteres Wesen. Ihre Augen sind schwarz und voller Geheimnisse.«

»Ich habe in den letzten Tagen versucht, mich ein wenig mit ihr zu unterhalten«, verriet Cornbrunn. »Sie hat eine recht scharfe Zunge. Ich wollte herausfinden, woher sie kommt und warum sie in Rumos' Dienste getreten ist, doch sie ließ sich kein Sterbenswörtchen entlocken. Als ich es wagte, ihren neuen Haarschnitt zu loben, funkelte sie mich an, als wollte sie mir am liebsten das Schwert an die Kehle setzen.«

»Das kann man ihr bei einem so öligen Kompliment schwer verdenken.« Der Großmerkant ließ die Hände auf die Tischplatte sinken. »Ich frage mich, was Rumos in der Stadt getrieben hat. Er führt sicher etwas im Schilde. Daß wir auf Morthyl festsitzen, kann ihm nicht behagen; ihn drängt es nach Tyran, in den fernen Westen. Jeder Tag, den wir auf dieser Insel vergeuden, gefährdet seine Pläne.«

»Dann muß er sich wohl gedulden, bis Perjan Lomis die

Kathyger von Fareghi vertrieben hat. Erst wenn der Leuchtturm befreit ist, können wir unsere Reise fortsetzen.«

»Richtig... und deshalb wird Rumos alles daransetzen, Eldroms Sturz zu beschleunigen«, ergänzte Aelarian.

»Es klingt beinahe so, als wünschtet Ihr Rumos Erfolg«, hakte Cornbrunn nach. »Wollt Ihr mir nicht endlich verraten, welches Geheimnis Euch mit unserem graubärtigen Großväterchen verbindet?«

»Eine ganze Reihe von Geheimnissen«, antwortete Aelarian. »Und ich denke, es ist an der Zeit, dich in einige davon einzuweihen.« Er senkte die Stimme. »Du mußt wissen, daß ich in jungen Jahren Mitglied eines Zirkels war, einer Gruppe wißbegieriger Frauen und Männer, die sich der Magie zugewandt hatten. Unter uns waren Gelehrte, die in den Archiven der Gilde auf seltsame Schriften gestoßen waren, rebellische Priester, die sich den Vorschriften ihrer Kirche nicht beugen wollten, Sterndeuter und Geisterseher, die aus eigener Kraft einen Weg in die Sphäre gefunden hatten. Wir trafen uns alle zwölf Tage in einem verlassenen Gasthof in der Nähe von Taruba – dem einstigen Haus Moorbruch, das viele Jahrhunderte lang den Reisenden, die durch die Sümpfe zogen, Rast geboten hatte. Nun diente es uns als Versammlungsort; hier tauschten wir uns über die Geheimnisse der Zauberei aus, über das Wesen der Sphäre und die Macht der Quellen.«

»Wie kam es, daß die Großgilde einen solchen Zirkel duldete?« fragte Cornbrunn erstaunt.

»Die wenigen Gildenräte, die von unserem Treiben wußten, waren auf unserer Seite. Sie betrachteten uns als Gegengewicht zur Tathril-Kirche, die schon damals großen Einfluß im Rat besaß. Auch ich wurde übrigens von einem Ratsmitglied in den Zirkel eingeführt; er setzte große Hoffnungen in meinen jugendlichen Geist und hatte meine verborgenen Talente erkannt.«

»Ich kann mir schon denken, welche Talente das waren«, sagte Cornbrunn mit anzüglichem Grinsen.

Aelarian warf ihm einen tadelnden Blick zu. »Unser Zirkel

wuchs über die Jahre. Haus Moorbruch wurde zu einem Treffpunkt unabhängiger Zauberer und Freidenker. Eines Tages stieß auch ein Mann namens Rumos Carputon zu uns, ein alter Priester aus Taruba, der trotz tiefen Glaubens an seinen Gott mit der Kirche gebrochen hatte. Er wollte sich nicht länger von den Geboten der Tathrilya einzwängen lassen, und so wandte er sich an uns. Er hoffte wohl, im Haus Moorbruch neue Methoden zu erlernen, die Sphäre zu erkunden; und da uns seine innere Zerrissenheit anrührte, nahmen wir ihn in den Zirkel auf.« Ein Lächeln legte sich auf seine Lippen. »Wir machten es ihm gewiß nicht leicht. Keiner von uns war in der Magie so bewandert wie er, und sein Eifer schreckte uns ab. Rumos war bereit, bestimmte Grenzen zu überschreiten, Gebiete der Magie zu erforschen, die besser unerforscht bleiben sollten. Ich denke, daß sein hohes Alter diesen Durst nach Wissen in ihm auslöste; er wollte die Welt nicht verlassen, ohne das Geheimnis der Sphäre enträtselt zu haben. Die Erkenntnis, nach der er strebte, war ihm in all den Jahren von der Kirche vorenthalten worden – zumindest glaubte Rumos dies. Überall witterte er unsichtbare Mächte, die ihm Steine in den Weg legten, überall spürte er Ketten, die seinen Geist fesselten. Er fühlte sich von allem und jedem bedroht.« Aelarian hielt inne und lauschte dem Geräusch der Regentropfen, die gegen das Fenster schlugen. »Rumos wurde immer seltsamer. Seine Laune änderte sich von Tag zu Tag; mal gebärdete er sich als Zauberer von grenzenloser Macht, einem Durta Slargin ebenbürtig, und befremdete uns mit seiner Arroganz und Gefühlskälte. Dann wieder wirkte er vollkommen verzweifelt, bat in weinerlichem Tonfall um Verzeihung für seinen Größenwahn und gefiel sich in Selbstmitleid. Er begann damit, eine Reihe merkwürdiger Rituale im Haus Moorbruch abzuhalten, behauptete, mit Wesen jenseits der Sphäre in Verbindung zu stehen und einen Weg gefunden zu haben, den Tod zu besiegen. Wir beschlossen, ihn zur Rede zu stellen; ich erinnere mich genau an diesen Tag; es war im Herbst, und feiner Nebel lag über dem Moor. Rumos war unserer Versammlung zum wiederholten Mal ferngeblieben, doch wir fanden ihn auf dem Dachboden des Hauses; er krümmte sich in einem magischen Kreis, den er mit dunklem Ruß auf die Holzdielen gemalt hatte, Schaum stand auf seinen Lippen, und er sprach zu sich selbst in einer atemlosen Stimme. Wir schleiften ihn in den alten Schankraum hinab und befahlen ihm, Haus Moorbruch für immer zu verlassen. Als Rumos dies hörte, ging er wie ein tollwütiger Hund auf uns los, bespie und beschimpfte uns, nannte uns Kleingeister und Feiglinge, die sich weigerten, das Netz der Lügen zu durchschauen, das unsere Welt umspinne. Wir mußten ihn mit Gewalt aus dem Haus werfen. Er verschwand in den Sümpfen, doch wir hörten sein irres Kreischen noch stundenlang aus dem Nebel schallen.« Aelarian lehnte sich zurück. »Als wir am nächsten Morgen zusammentrafen, um über den Vorfall zu beraten, fanden wir Haus Moorbruch in Flammen vor. Es brannte bis auf die Grundmauern nieder. Drei Tage lang schwelte der alte Gasthof und tränkte den Nebel über dem Moor mit Rauch.« Aelarians Stimme zitterte. »Dies war das Ende unseres Zirkels. Die Gemeinschaft zerstreute sich; viele Mitglieder wandten sich von der Zauberei ab, entsetzt über die Ereignisse jener Tage. Sie glaubten, daß Rumos die Schänke in Brand gesteckt und in den Trümmern den Tod gefunden habe.«

»Ein folgenschwerer Irrtum«, fügte Cornbrunn hinzu. »Der gute Rumos ist, wie wir uns überzeugen konnten, quicklebendig.«

Aelarian nickte zustimmend. »Auf jeden Fall blieb er lange Zeit verschollen. Ich hatte ihn schon fast vergessen, und da mein Leben unerwartete Bahnen eingeschlagen hatte...«

»Ein zahmer Ausdruck für die Possen, die Ihr in Troublinien getrieben habt«, unterbrach ihn Cornbrunn grinsend.

Aelarian ließ sich nicht beirren. »...da mein Leben unerwartete Bahnen eingeschlagen hatte, erfuhr ich erst Jahre später, daß Rumos Carputon noch unter den Lebenden weilte. Er hatte sich für einige Zeit nach Morthyl abgesetzt und dort die verbotenen Schriften des Bathos studiert. Eines Tages tauchte er wieder in Troublinien auf und kehrte in den Schoß der Tathril-Kirche zurück. Seinen Namen hatte er geändert, er nannte sich jetzt Rumos Rokariac. Er wurde zunächst Tempelvorsteher in Torquiat, dann Kurator von Taruba. Kurz darauf wurde er in den Gildenrat gewählt, dem auch ich inzwischen angehörte. Hier sah ich ihn zum ersten Mal wieder. Er hatte sich auf unheimliche Weise verändert. Trotz seines Alters strotzte er nur so vor Kraft, und seine einstige Wankelmütigkeit war einer gespenstischen Entschlußkraft gewichen. Sein Auftreten im Rat war eindrucksvoll; er verstand es, den Einfluß der Kirche zu mehren und die Gildenräte auf seine Seite zu ziehen. Wer sich ihm entgegenstellte, wurde gnadenlos aus dem Weg geräumt; mit Lügen, mit Drohungen, mit unverhohlener Gewalt. Priester, die gegen Rumos das Wort erhoben, verschwanden über Nacht oder fielen seltsamen Unfällen zum Opfer, und die Gesandten der sitharischen Tathril-Kirche, deren Forderungen ihm lästig erschienen, wurden auf seinen Befehl des Landes verwiesen.»

»Und dann kam es zum Siebten Gildenkongreß«, sagte Cornbrunn, »auf dem Rumos den Rat anstiftete, aus dem Südbund auszutreten und jene Piratenflotte aufzubauen, die den Sitharern seitdem zu schaffen macht.«

Der Großmerkant nickte. »Ich war einer der wenigen, die gegen diesen Irrsinn Einspruch erhoben. Als ich im Rat eine flammende Rede gegen Rumos' Pläne hielt, trafen sich unsere Blicke, und Rumos erkannte seinen einstigen Gefährten aus dem Haus Moorbruch wieder – jenen unscheinbaren Jüngling, der inzwischen zu einem reifen Mann geworden war.«

»Kein Wunder, daß Rumos Euch erst so spät erkannte«, ließ Cornbrunn verlauten. »Die Zeit hat es nicht gut mit Euch gemeint, Großmerkant.«

»Aber ich meine es gut mit dir, wenn ich dir rate, dein Schandmaul in Zaum zu halten! Seit jener Sitzung des Gildenrates verfolgte mich Rumos' Haß. Er wußte, daß ich seine dunkle Vergangenheit kannte, und ich wußte, wie gefährlich er war. Es gelang mir, Teile des Rates gegen ihn aufzubringen, ihm den einen oder anderen Stein in den Weg zu legen. Als uns der sitharische Kaiser mit der Bitte überraschte, seinen Sohn in die Handelsakademie von Taruba aufzunehmen, erwirkte ich, daß der junge Uliman nicht von der Priesterschaft, sondern von der Großgilde erzogen wurde; ja, ich übernahm sogar selbst die undankbare Aufgabe, den verwöhnten Prinzen zwei Jahre lang zu unterrichten.«

»Ihr wart ein Lehrmeister von Uliman Thayrin?« fragte Cornbrunn verblüfft. »Das muß in der Tat eine undankbare Aufgabe gewesen sein, wenn auch nicht für Euch, sondern für das bedauernswerte Kind.«

»Es war meine größte Niederlage, als Uliman nach Abschluß dieser zwei Jahre dem Schutz der Gilde entrissen und der Kirche ausgeliefert wurde. Rumos hatte sich im Rat durchgesetzt. Fortan nahm er selbst die Erziehung des Prinzen in die Hand. Er hat den Jungen gründlich verdorben.«

Cornbrunn blickte den Großmerkanten vorwurfsvoll an. »Wir kennen uns nun schon fast zwei Jahre, Großmerkant. Warum habt Ihr mir nie erzählt, wie nahe Ihr dem Thronfolger von Sithar standet?«

Aelarian zuckte mit den Schultern. »Als ich dich kennenlernte, hatte man mich gerade aus dem Gildenrat vertrieben und Rumos einen Großteil der Macht übertragen. Ich war damals sehr verbittert und bangte um Troubliniens Zukunft. Ich wollte deine zarte Seele nicht mit diesen Dingen belasten.«

»Wie edelmütig von Euch«, sagte sein Leibdiener gerührt. »Tatsache ist, daß Ihr Eure Sorgen im Suff jeder erstbesten Schankmaid anvertraut. Nur mir enthaltet Ihr Eure Geheimnisse vor.«

»Weil du im Gegensatz zur einer Schankmaid schon nach zwei Krügen Bier so sturzbetrunken bist, daß es tollkühn wäre, dir ein Geheimnis anzuvertrauen«, höhnte Aelarian.

Cornbrunn hieb mit der Faust auf den Tisch, so daß sein

Kieselfresser erschrocken aus dem Schlaf fuhr. »Sturzbetrunken? Nach zwei Krügen Bier? Eine freche Behauptung, die ich nicht auf mir sitzenlassen kann, Großmerkant!«

Aelarian Trurac hob beschwichtigend die Hände. »Du kannst deine Trinkfestigkeit gerne unter Beweis stellen. Ich habe vor, in den kommenden Tagen ein Dorf in der Nähe aufzusuchen: den Fischerort Rhagis, der – wie mir scheint – von einem ungewöhnlichen Menschenschlag bewohnt wird. Es soll dort eine wilde Kaschemme geben, die ich gerne mit eigenen Augen sehen würde.«

»Endlich einmal ein vernünftiger Vorschlag, wie wir uns die Zeit auf Morthyl vertreiben können«, rief Cornbrunn begeistert. »Aber was sucht Ihr in Rhagis? Wenn Ihr Euch besaufen wollt, müßt Ihr Euch dazu nicht in ein Fischerdorf verkriechen. Eure Trunksucht ist kein Geheimnis.«

»Ich hoffe, in Rhagis mehr über die Insel Fareghi zu erfahren«, erklärte Aelarian und scheuchte Cornbrunns Kieselfresser beiseite, der in seine Richtung getapst war. »Diese Fischer scheinen besonders hartgesottene Seefahrer zu sein, die vor den Gefahren des Silbermeers nicht zurückschrekken. Vielleicht kennen sie einen Weg, der Macht des Leuchtturms zu trotzen.«

Cornbrunn tippte sich nachdenklich gegen das Kinn. »Das dürfte auch Rumos interessieren. Warum fragt Ihr nicht ihn, ob er Euch nach Rhagis begleiten möchte?«

Aelarian grinste. »Rumos würde sich in der *Roten Kordel* sicherlich nicht wohlfühlen. Nein, es ist besser, wenn er hier in Galbar Arc zurückbleibt und seine düsteren Pläne schmiedet – zumal ich jemanden gefunden habe, der ihn im Auge behalten wird.«

Er griff nach der durchnäßten Arca, die vor ihm auf der Tischplatte lag. Lächelnd wrang er sie aus und ergötzte sich an Cornbrunns Gesicht, in dem nichts als Unverständnis zu erkennen war.

KAPITEL 5

Münzen

Mit zusammengekniffenen Augen starrte Bars Balicor, Hoherpriester der altehrwürdigen Kirche des Tathril, auf die Reihen der Gläubigen, die sich im Hof der Tempelanlage versammelt hatten. Sein hageres Gesicht, entstellt durch mehrere dunkle Male, zeigte Spuren der Ermattung; die Augenlider und Mundwinkel hingen schlaff herab, die Haut wirkte trocken und aufgerauht. Graue Stoppeln bedeckten Kinn und Wangen und ließen Balicors Gesicht um Jahre älter erscheinen.

Wer waren die ersten gewesen, die ihn verraten hatten? Die Tempelschwestern ... sie hatten ihre Quartiere vor zwei Wochen verlassen, im Morgengrauen. Unheimlich hatten ihre weißen Gewänder im Dunst des anbrechenden Tages geschimmert, und ihre Gesänge hatten schaurig im Innenhof des Tempels widergehallt. Vergeblich hatte Bars Balicor versucht, sie zum Bleiben zu bewegen, doch alle Bitten und Drohungen waren wirkungslos gewesen. Die frommen Frauen hatten sich von ihm losgesagt; sie glaubten, der neue Hohepriester habe gegen Tathrils Gesetze verstoßen und das Wohlwollen seines Gottes verloren. Feiges Pack, treuloses Gesindel, Verräter, nichts als Verräter! Auch viele Novizen waren geflohen; hatten eines Nachts die Mauern des Tempels erklommen und das Weite gesucht. Und die Tempelritter? Von der einst so stolzen Garde waren kaum fünfzig Mann übriggeblieben. Der Rest hatte seinen heiligen Eid gebrochen und war zu Nhordukael übergelaufen – dem falschen Hohenpriester, dem dreisten Emporkömmling, dem ›Auserkorenen‹, wie der Pöbel ihn zu nennen pflegte.

Die vergangenen Wochen hatten Bars Balicor sichtlich mitgenommen. Es hatte große Anstrengungen gekostet, die zerbröckelnde Kirche zusammenzuhalten, wankelmütige Kuratoren zu bestechen, aufmüpfige Tempelherren zu ersetzen und ein Söldnerheer zur Verteidigung der Kirche anzuwerben. Inzwischen hatte sich das Chaos der ersten Tage gelegt. Es stand nun fest, welche Tempel treu geblieben und welche abtrünnig geworden waren. Doch der eigentliche Kampf um die Vorherrschaft, dies wußte Bars Balicor, stand erst noch aus.

Um die einhundert Gläubigen hatten sich zum heutigen Morgengebet im Innenhof versammelt. Die Hälfte von ihnen lebte erst seit kurzer Zeit im Tempel; Mönche aus Palgura, Varona und Ganata, die nicht dem Irrglauben an das Wunder von Thax verfallen waren. Die überwiegende Zahl der Neuankömmlinge jedoch stammte aus Troublinien. Sämtliche Tempel des Gildenreiches hatten sich auf Balicors Seite geschlagen, und die troublinischen Kaufleute hatten dem Hohenpriester großzügige Spenden zukommen lassen.

Bars Balicor kannte den Preis für diese Unterstützung. Überall im Kaiserreich rückten troublinische Priester in die höchsten Positionen der Kirche vor. Vier Kuratoren waren in den vergangenen Wochen durch Troublinier ersetzt worden, unzählige Tempelvorsteher und Weihepriester. Die troublinische Tathril-Kirche forderte ihren Anteil an der Macht, und Bars Balicor wußte, wer hinter diesen Bestrebungen stand.

»Das Zeitalter der Wandlung hat begonnen«, murmelte er vor sich hin. »Die Bathaquar kehrt zurück, und die Welt taumelt dem Abgrund entgegen, vor dem uns Durta Slargin einst bewahrte.«

Mit finsterer Miene beobachtete er den Vorbeter, der soeben die letzten Worte des Morgengebetes sprach; auch er war ein Troublinier und Anhänger jener Sekte, die den Tempel unterwandert hatte.

Die Diener der Bathaquar sind überall! Ich habe ihnen die Kirche ausgeliefert. Tathril sei meiner Seele gnädig!

Balicor wußte, daß sein Schicksal längst untrennbar mit der Bathaquar verwoben war. Vor vielen Jahren, als er ein aufstrebender Priester auf der Insel Morthyl gewesen war, hatte er sich mit der Sekte eingelassen, deren Existenz nur wenigen Personen in Sithar bekannt war. Doch nachdem er zum Kurator von Morthyl berufen worden war, waren ihm die Bathaquari rasch lästig geworden, und so hatte er sie beseitigt. Ihrem Anführer Rumos Rokariac hatte er eigenhändig ein Messer durch die Kehle gerammt, um sich seiner zu entledigen.

Doch all dies war vergeblich gewesen. Rumos hatte den Meuchelmord dank seiner magischen Künste überlebt, und die Bathaquar war nicht untergegangen, sondern hatte im verborgenen die Jahre überdauert. Nun hatten die Wirren der vergangenen Kalender die Bathaquari nach Sithar gelockt. Balicor war erneut zu ihrem Werkzeug geworden – ein Hoherpriester ihrer Gnaden, der keine Macht besaß, sich gegen ihre dunklen Künste aufzulehnen.

»Tathrils Barmherzigkeit gewährt uns einen neuen Tag«, schallte die Stimme des Vorbeters über den Platz, »uns, die wir dem wahren Hohenpriester treu geblieben sind; uns, die wir unsere Schwerter gegen den Feind des Glaubens erheben. Ein neuer Tag bricht an! Bald wird neues Blut gegen die Mauern unseres Tempels branden, und es wird das Blut der Abtrünnigen sein!«

Hohles Geschwätz!, fuhr es Bars Balicor durch den Kopf. Er wußte, daß sie einem erneuten Ansturm der Weißstirne nicht standhalten konnten. Nur das Eingreifen der Klippenritter hatte den Tempel vor dem Untergang bewahrt. Doch auf die Ritter war kein Verlaß; die Fürsten, die den Klippenorden befehligten, hatten sich nur widerwillig in den Konflikt der Kirche eingemischt. Bars Balicor hatte ihre Unterstützung erzwingen müssen.

Endlich hatte der Vorbeter seine Rede beendet. Bars Balicor schritt an seine Seite. Während die Gläubigen um ihn in andächtiges Murmeln verfielen, sprach er die Segensworte, um das Morgengebet zu beschließen. Doch er wirkte unaufmerksam, hing während der Zeremonie dunklen Gedanken nach.

Vor allem der Verlust seiner Leibwächterin ging ihm nicht aus dem Sinn. Ashnada war vor dreiundzwanzig Tagen spurlos verschwunden, kurz nachdem sie Prinz Uliman, den Sohn des Kaisers, nach Thax gebracht und in Balicors Obhut übergeben hatte. Seitdem war sie unauffindbar. Balicor hatte ganz Thax nach ihr durchkämmen lassen, hatte gar im Zorn demjenigen, der ihm den Kopf der Gyranerin brachte, einhundert Goldstücke versprochen. Doch niemand hatte sie gesehen, und Balicor war klug genug, um zu wissen, daß sie seinen Häschern längst entkommen war.

Ashnadas Verrat hatte ihn nicht wirklich überrascht, ja, insgeheim hatte er damit gerechnet. Als er das Amt des Hohenpriesters übernommen hatte, war seine Vereinbarung mit der Meuchlerin erloschen. Doch nun, da sie fort war, trieb Balicor die Angst um, Ashnada könnte eines Tages zurückkehren und sich für die Jahre zu rächen, in denen er sie in seine Dienste gezwungen hatte. Balicor hatte den Haß in ihren Augen gesehen. Niemand konnte ermessen, zu was diese Frau fähig war, deren bisheriges Leben allein aus Mord bestanden hatte. *Ich hätte sie schon vor Wochen beseitigen sollen. Sie weiß zuviel über mich, und ich werde schwerlich eine Leibwache finden, die mich vor ihrer Rache beschützen kann.*

Er richtete seine Gedanken wieder auf das Morgengebet. Die aufsteigende Sonne blendete ihn. Der Chor der Gläubigen, der die letzte Strophe der Liturgie intonierte, hallte über den Platz und rief ihm seine Machtfülle in Erinnerung. Er war ihr Hoherpriester, Tathrils oberster Diener, und diese Tatsache erfüllte ihn mit Stolz.

Als sich die Gemeinschaft der Gläubigen zerstreut hatte, rief Bars Balicor die ranghöchsten Priester in der Weihungshalle des Tempels zusammen. Sie waren allesamt Mitglieder der Bathaquar. Rumos hatte den Hohenpriester angewiesen, sie in wichtige Kirchenämter zu berufen. Einen Bathaquari hatte Balicor gar zum neuen Erzprior von Thax ernennen müssen. Obwohl sich die Priester den Anschein gaben, Bars Balicor treu zu dienen, wußte dieser nur zu gut, wessen Befehle sie tatsächlich befolgten.

Die Weihungshalle wirkte gespenstisch. Aus mehreren Schalen stieg der Rauch schwelender Zweige empor. Durch ein purpurnes Tuch unterhalb der Kuppel fiel rotes Licht in den Saal ein. Die Marmorsäule im Zentrum der Halle hatte sich durch die Raucheinwirkung verfärbt; Ruß klebte auf dem Gestein wie eine graue Haut.

»Der Auserkorene«, höhnte Bars Balicor und zupfte an der Borte seiner hohenpriesterlichen Kutte, »so nennen sie ihn! Ein unerfahrener Jüngling, kaum zwanzig Jahre alt, der erst vor wenigen Kalendern die Priesterweihe erhielt. Nun will dieser Knabe der Hohepriester der Tathril-Kirche sein – ja, mehr noch: ein von Tathril Auserkorener, ein Prophet, ein Heiliger!« Erzürnt schritt er auf und ab. »Laut den Berichten unserer Späher hat Nhordukael um die fünfzehnhundert Anhänger am Berg Amos um sich geschart, gerüstete Krieger und bewaffnetes Fußvolk. Ihr Ziel ist bekannt! Sie wollen Thax erobern, den Tempel zerstören und mich, den rechtmäßigen Hohenpriester, ermorden!«

Seine Worte schienen wenig Eindruck bei den Bathaquari zu hinterlassen. Mit gleichgültiger Miene beobachteten sie, wie Bars Balicor seine Kreise durch die Halle zog. Dies machte den Hohenpriester nur noch wütender.

»Ihr kennt die Gerüchte, die uns in den letzten Tagen erreicht haben. Angeblich hat Nhordukael die Quelle beschworen und ein uns unbekanntes Ritual abgehalten. Doch Genaues weiß niemand.«

»Nhordukael gebietet über das Auge der Glut«, erinnerte ihn einer der Bathaquari, »die Quelle des Brennenden Berges. Wenn er sie tatsächlich so gut beherrscht, wie es den Anschein hat, dann…«

»Ein Jüngling von zwanzig Jahren kann unmöglich das Auge der Glut beherrschen! Die Quelle von Amos ist unberechenbar! Jeder weitere Tag, an dem sie in Nhordukaels Händen ist, birgt große Gefahren für Thax, ja, für ganz Sithar!« Wütend wedelte Bars Balicor mit dem Ärmel seiner Kutte die Rauchschwaden beiseite, die seine Augen reizten. »Noch heute tritt im Palast der Silberne Kreis zusammen. Die Fürsten wollen darüber entscheiden, ob sie einen Teil des Heeres nach Amos entsenden. Selbstverständlich habe ich den Einfluß der Kirche geltend gemacht, damit dieser Feldzug zustande kommt. Er wird unsere letzte Gelegenheit sein, Nhordukael zu Fall zu bringen.«

In den Gesichtern der Bathaquari war keine Regung zu erkennen. Eine Priesterin, deren rotes Haar ihre troublinische Abstammung verriet, meldete sich schließlich zu Wort. »Ich muß Euch warnen, Hoherpriester. Falls Nhordukael die Macht der Quelle beschworen hat, wird er sich nicht so leicht besiegen lassen. Wir haben dem Auge der Glut wenig entgegenzusetzen. Alle Versuche, einen Teil seiner Kraft in unseren Tempel umzulenken, sind gescheitert.«

»So weit zur berüchtigten Zauberkunst der Bathaquar«, höhnte Bars Balicor. »Seit Rumos uns verlassen hat, ist der Sphärenstrom des Tempels von Tag zu Tag schwächer geworden. Bald werden wir vollkommen schutzlos sein.«

»Wir tun unser möglichstes, um die Schutzzauber des Tempels aufrechtzuerhalten«, erwiderte die Priesterin. »Doch ein Sieg gegen die Anhänger Nhordukaels ist zweifelhaft, solange...«

»... solange Nhordukael über das Auge der Glut gebietet«, ergänzte Bars Balicor grimmig. »Ja, ich bin mir dessen bewußt. Doch wie können wir ihm die Quelle entreißen?« Er starrte nachdenklich auf die Säule, auf der noch immer der Abdruck von Rumos' Hand prangte. »Schon einmal in der Geschichte hat sich die Kirche Tathrils gespalten. Damals, vor vierhundert Jahren, als die Tathrilya und die Bathaquar um die Vorherrschaft kämpften, gelang es der Bathaquar, das Auge der Glut zu erobern und den Hohenpriester Jenos Agur zu besiegen.« Er wandte sich wieder den Bathaquari zu. »Wenn eurer Sekte schon einmal dieses Kunststück gelang, warum sollte es nicht auch dieses Mal möglich sein, den Brennenden Berg einzunehmen?«

Die Bathaquari wechselten vielsagende Blicke. »Wir wissen selbst nur wenig über die Ereignisse jener Zeit«, ließ einer der Priester verlauten. »Angeblich unterwarfen die Bathaquari damals das Auge der Glut mit Hilfe einer anderen Quelle.«

»Sie beschworen das Verlies der Schriften«, ergänzte die rothaarige Priesterin, »die Quelle des Doms zu Vara. Sie ist nach dem Auge der Glut die mächtigste Quelle Sithars. Mit ihrer Kraft durchbrach die Bathaquar den magischen Schutzwall von Amos und vertrieb die Tathrilya.«

»Was diese allerdings nicht daran hinderte, eure jämmerliche Sekte hundert Jahre später mit Stumpf und Stiel auszurotten«, sagte Bars Balicor gehässig. »Wie dem auch sei – es wird Zeit, den Ruf, der eure Zauberkunst umweht, unter Beweis zu stellen. Falls wir Amos nicht mit dem Schwert einnehmen können, müssen wir eben jenes Ritual wiederholen, das damals den Sieg brachte.«

Die rothaarige Priesterin lächelte milde. »Eure Herrlichkeit vergißt, daß sich auch das Verlies der Schriften in der Hand unserer Feinde befindet. Der Kurator von Vara hat sich auf Nhordukaels Seite geschlagen. Ohne die Macht dieser Quelle läßt sich das Ritual nicht durchführen.«

»Nun, auch wir besitzen in Vara zahlreiche Anhänger. Es dürfte nicht schwierig sein, das Verlies in unsere Gewalt zu bringen.«

Die Priesterin blickte ihn zweifelnd an. »Unterschätzt Nhordukael nicht, Hoherpriester! Er wird sich den Dom zu Vara nicht ohne weiteres entwinden lassen.«

Ein weiterer Bathaquari meldete sich zu Wort. »Selbst wenn uns das Verlies der Schriften in die Hände fällt, bleibt es ungewiß, ob sich das Ritual wiederholen läßt. Es ist äußerst schwierig, mit Hilfe einer Quelle die Sphäre einer zweiten zu durchbrechen. Niemand von uns hat die Erfahrung, um ein solches Ritual auszuführen – auch Ihr nicht, Hoherpriester.« Er senkte die Stimme. »Man sagt dem Verlies der Schriften seltsame Dinge nach. Es ist ebenso mächtig wie das Auge der Glut – und ebenso gefährlich! Viele Zauberer sind in den Gewölben unter dem Dom zu Tode gekommen.«

Bars Balicor kannte die Gerüchte, die den Dom zu Vara betrafen. Er selbst hatte ihn viele Male besucht, und jedes Mal war er zutiefst beeindruckt von der Größe und Schönheit dieses Bauwerks gewesen. Das Verlies der Schriften jedoch, das sich in den Katakomben des Doms befand, hatte er nie betreten. Er hatte die mächtigen Quellen der Kirche stets gemieden. »Ich weiß um die Gefahren. Doch wenn das kaiserliche Heer den Brennenden Berg nicht einnehmen kann, bleibt uns keine andere Wahl. Thax ist ein unsicherer Ort geworden. Ich werde nicht untätig warten, bis mich Nhordukaels Weißstirne aus dem Tempel zerren.« Er wandte sich wieder der Säule zu. »Trefft alle Vorbereitungen für eine baldige Abreise nach Vara. Ich werde diese Angelegenheit selbst in die Hand nehmen.« Er machte eine herrische Geste in Richtung der Priester. »Und nun laßt mich allein! Ich habe einige Worte mit dem künftigen Kaiser Sithars zu wechseln.«

Schwarzes Tuch verhüllte die Tür der kaiserlichen Gemächer; schwarzes Tuch, durchwirkt mit Silberfäden. Auch die vier Gardisten, die neben dem Eingang Wache hielten, hatten sich in Schwarz gewandet, und ihre Gesichter waren mit Ruß geschwärzt.

Behutsam legte Jundala Geneder die Silbermünze auf das Tuch, das unter einer Säule ausgebreitet war. Es lagen bereits andere Münzen dort; der Hochadel Sithars hatte dem Kaiser die letzte Ehre erwiesen. Der Brauch stammte aus den Anfangstagen des Südbundes. Wenn ein Mitglied des Silbernen Kreises verstarb, wurden ihm von den Trauernden silberne Münzen dargebracht, aus denen später die Totenmaske gegossen wurde.

Der Tod des Kaisers war am frühen Morgen bekanntgegeben worden. Akendor Thayrin, der Fürst von Thax, der

Herrscher Sithars, war über Nacht verschieden. Die Todesursache blieb unbekannt, doch in der Dienerschaft raunte man, Akendor habe sich das Leben genommen, voller Gram über den Mord an seiner Geliebten und die blutige Tat, die er selbst im Thronrat an einem wehrlosen Kind begangen hatte.

Jundala Geneder hatte sich zu den Gerüchten nicht geäußert. Sie vermutete, daß Akendor schon vor Wochen im Kerker umgekommen war; dort hatte man ihn fortgeschlossen wie ein wildes Tier. Sein geistiger Zustand hatte eine Rückkehr auf den Thron unmöglich gemacht. Daß die Fürsten des Gespanns den letzten Schritt gewagt und Akendor getötet hatten, bestürzte Jundala. Heute noch würde der Thronrat zusammentreffen, um über den Tod des Herrschers Rat zu halten. Vermutlich würden die Fürsten Prinz Uliman, Akendors Sohn, zum Nachfolger krönen, um weitere Unruhen im Volk zu vermeiden. Nur zu gerne hätte Jundala an der Sitzung teilgenommen, doch da ihr Gemahl aus Arphat zurückgekehrt war, würde er die Stimme Ganatas im Silbernen Kreis vertreten.

Jundala strich mit den Fingerspitzen ein letztes Mal über die Münze, die sie zu Akendors Gedenken auf das Tuch gelegt hatte. Dann wandte sie den Kopf; sie hatte leise Schritte hinter sich vernommen, das Rauschen eines Gewandes. Eine Frau kniete sich zu ihrer Rechten auf den Steinboden. Ihr Gesicht war mit einem Schleier verhüllt.

»Eine Münze«, hörte sie eine bebende Stimme, »eine silberne Münze opfert Ihr dem Mörder meines Kindes.«

Es war Tundia Thim, die Schwester Fürst Scorutars. Ihr Gesicht war unter dem Schleier kaum zu erkennen. Sie trug ein Trauergewand. Die rechte Hand preßte sie in merkwürdiger Haltung an die Brust.

Jundala blickte sie überrascht an. »Baronin Tundia! Ich wußte nicht, daß Ihr noch in Thax seid. Ich nahm an, Ihr wäret nach Condul zurückgekehrt, zu Eurem Gemahl, um...« Sie suchte nach Worten.

»...um mein Kind zu Grabe zu tragen?« stieß Tundia hervor. »Nun, Ihr habt Euch geirrt, Jundala Geneder. Ich habe den Leichnam meiner Tochter nach Condul bringen lassen; dort soll er aufgebahrt bleiben, bis ich heimkehre. Ich wollte Thax nicht verlassen, solange Suenas Mörder am Leben ist.«

Jundala zog ihre Hand von der Münze zurück. »Akendors Tod muß Euch wie eine Erlösung erscheinen. Ich weiß, wie Euch zumute ist.«

»Wie könntet Ihr wissen, was ich fühle, was ich empfinde?« Tundia preßte die zusammengeballte Faust gegen ihre Brust. »Nur der Haß in mir ist größer als mein Schmerz. Das einzige Kind zu verlieren, auf diese Weise, durch die Hand dieses Verbrechers... nein, Ihr könnt es nicht wissen!« Jundala glaubte, unter dem Schleier die geröteten Augen der Baronin zu erkennen. »Vielleicht ahnt Ihr es, tief in Eurem Herzen, weil Ihr selbst eine Mutter seid, weil Ihr eine Tochter in Suenas Alter habt. Doch der Haß brennt nur in mir.«

Jundala senkte den Blick. »Akendor ist tot. Der Mord an Eurer Tochter wurde gerächt.«

Tundia stieß ein heiseres Lachen aus. »Die Fürsten eilen herbei, um Akendor silberne Münzen ins Grab zu legen.« Sie riß ihre Hand von der Brust und öffnete die Faust. Jundala sah, daß sich Tundia mit einem Messer die Handfläche zerschnitten hatte. Mit wilder Geste schleuderte Tundia die zerschundene Hand gegen das Tuch. Blut tropfte auf die blinkenden Silbermünzen herab. »Sie sagen, er sei tot, doch ich glaube ihnen nicht. Ich weiß, daß Akendor lebt! Ich spüre es!«

Jundala blickte sie entgeistert an.

»Ich habe meinen Bruder beschworen, mich zu dem Leichnam zu lassen. Ich wollte ihn sehen, den Mörder, wollte in sein Gesicht sehen und mich überzeugen, daß er tot ist, tot! Doch Scorutar wies mich ab.« Tundias Stimme bebte. »Ich kenne meinen Bruder! Ich weiß, wenn Scorutar die Wahrheit spricht und wenn er lügt. Dieses Mal war in seinem Gesicht nur Falschheit zu erkennen. Solange ich Akendors Leichnam nicht gesehen habe, werde ich an seinen Tod nicht glauben.«

Jundala stockte die Stimme. »Ihr wißt nicht, was Ihr da sagt!«

»Es ist eine Ahnung«, wisperte Tundia, »und diese Ahnung läßt mich nicht los. Ich muß mich vergewissern, daß Akendor Thayrin tot ist.« Sie packte Jundalas Arm. »Ich brauche Eure Hilfe! Wenn es jemanden in Thax gibt, der die Wahrheit über Akendors Tod herausfinden kann, so ist es Euer Gemahl, Baniter Geneder. Gegen ihn haben mein Bruder und Fürst Binhipar all die Jahre ihre Ränke gesponnen; ihn fürchten sie, ihn wollen sie mit allen Mitteln von der Macht fernhalten. Nur Fürst Baniter wird es wagen, sich ihnen entgegenzustellen.« Sie zog Jundala zu sich heran. »Ich bitte Euch als eine Frau, als eine Mutter. Findet heraus, ob Akendor tatsächlich tot ist oder ob sie ihn nur vor meinem Haß verbergen.«

Jundala machte sich sanft von ihr los. »Ihr seid verwirrt, Tundia; die Trauer hat Euch überwältigt. Kehrt nach Condul zurück und begrabt Eure Tochter. Gönnt Eurem Kind Frieden und verrennt Euch nicht in diesem Wahn.«

Tundia packte eine der blutverschmierten Münzen und hielt sie Jundala entgegen. »Ihr habt Eure Münze zu früh an diesen Ort gelegt! Ich weiß, daß Akendor lebt, und ich werde es beweisen. Wenn Ihr ein Herz habt, werdet Ihr mir helfen.« Sie ließ die Münze verächtlich fallen, so daß sie mit hellem Klang auf dem Steinboden aufschlug. »Und wenn nicht, dann soll mein Fluch Euch treffen, Euch und Eure ganze Familie!«

Tundia erhob sich. Ihr Kleid bauschte sich auf, als sie den Gang durchschritt und Jundala vor dem kaiserlichen Gemach zurückließ.

Jundala blickte ihr nach. Dann wanderten ihre Augen zurück zu den Münzen, auf denen Tundias Blut klebte.

»Aus Mord entsteht immer nur neuer Mord«, flüsterte sie. Ihre Augen füllten sich mit Tränen.

Längst waren die Feuer in den Schalen erloschen, die schwelenden Zweige verglüht. Noch hing ihr Rauch in der Weihungshalle und waberte umher wie ein Nebelstreifen. Allein die marmorne Säule erhob sich aus dem Dunst – das Heiligtum Tathrils, vor dem der Hohepriester im stillen Gebet verharrte.

Viele Jahrzehnte diente Bars Balicor nun schon der Kirche des Tathril. Als junger Mann hatte er sich auf der fernen Insel Morthyl zu einem Priester weihen lassen; eine Entscheidung, die er mehr aus Ehrgeiz denn aus Gottesfurcht getroffen hatte. All die kommenden Jahre hindurch war Balicor ein gläubiger Mensch gewesen, doch er hatte in Tathril weniger einen Gott gesehen als einen Verbündeten, der ihm während seines Aufstiegs zur Seite gestanden hatte. Erst die Ereignisse der vergangenen Kalender hatten in Balicor eine Veränderung bewirkt. Immer häufiger fand er sich nun in der Weihungshalle zum Gebet ein, brachte Tathril Opfer dar oder studierte in alten Büchern die Glaubenssätze der Kirche. Zweifel nagten an ihm – Zweifel an der Rechtmäßigkeit seines Tuns und an Tathrils Wohlwollen.

Ein Tempeldiener riß ihn aus seinen Gedanken. »Verzeiht, Hoherpriester...«

Balicor fuhr herum. »Hast du den Jungen endlich herbeigebracht?«

»Er wartet vor der Tür. Soll ich ihn hereinschicken?«

»Selbstverständlich! Und ich will nicht gestört werden, während ich mit ihm spreche.«

Eilfertig zog sich der Diener zurück, während Bars Balicor die Falten seiner Kutte glättete. Ein nervöses Zucken umspielte seine Mundwinkel, während er auf den Prinzen wartete.

Uliman war im Alter von sechs Jahren auf Weisung seines Vaters nach Troublinien entsandt worden, in die Obhut der Großgilde, die ihn zu einem Kaufmann ausbilden sollte. Es war eine umstrittene Entscheidung gewesen; zwischen Sithar und Troublinien herrschte großes Mißtrauen, seit der Gildenrat seinen Austritt aus dem Südbund verkündet hatte. Inzwischen war Uliman Thayrin zwölf Jahre alt. Die Jahre in der Fremde hatten deutliche Spuren hinterlassen; er kleidete sich wie ein Troublinier und sprach den weichen, singenden Dialekt des Gildenvolkes. Und da war noch etwas anderes an ihm...etwas Seltsames, das sich Bars Balicor nicht erklären konnte. Jede Begegnung mit dem Jungen löste in ihm ein Gefühl der Beklommenheit aus.

Grelles Licht drang vom Hof in die Weihungshalle, als sich das Tor öffnete. Der Hohepriester kniff die Augen zusammen und beobachtete die Gestalt, die in die Halle schritt – ein zwölfjähriger Knabe, das schmale Gesicht umrahmt von blonden Locken. Er trug eine troublinische Robe. An seinem Gürtel war ein silberner Zierdolch zu erkennen.

Uliman Thayrin blieb wenige Schritte vor dem Hohenpriester stehen und musterte ihn mit seinen großen braunen Augen. Hinter ihm schloß sich das Tor und ließ das blutrote Zwielicht zurückkehren.

Bars Balicor deutete eine Verneigung an. »Es gibt Stunden, in denen sich ein jeder Mensch alleingelassen fühlt«, begann er mit salbungsvoller Stimme, »Stunden der Schatten und der Trostlosigkeit. Wir kauern im Dunkeln und erleiden das Schicksal, das Tathril uns aufgebürdet hat. Kein Weg scheint aus dieser Schlucht zu führen, kein Lichtstrahl vermag sie zu erhellen. Wenn uns das Liebste genommen wird, bleibt nichts zurück als Gram; und doch ist es Tathrils Wille, der uns widerfährt und den es anzunehmen gilt.« Voller Kummer blickte er auf den Knaben. »Kaiserliche Hoheit, Euch gilt mein ganzes Mitgefühl. Daß Euer Vater so jung von uns gehen muß, so jung...und Ihr zurückbleibt als Waise und letzter Sproß der Thayrin – es zerreißt mir das Herz!« Er fuhr sich mit der Hand über die Augen, um eine nicht vorhandene Träne fortzuwischen.

Der Blick des Jungen blieb starr. »Mein Vater ist also tot«, sagte er mit heller Stimme. Die Worte klangen nüchtern.

Bars Balicor nickte. »Ja, mein gutes Kind...und wie traurig, wie bedauerlich, daß es Euch nicht vergönnt war, ihn vor seinem Dahinscheiden noch einmal zu sehen.«

Prinz Uliman löste sich von seinem Platz und schritt auf Bars Balicor zu. »Warum hast du mich nicht zu ihm gelassen, Priester? Ich bin seit mehreren Wochen in Thax, und du hast mich nicht zu ihm gelassen!«

»Die angespannte Lage ließ es nicht zu, Kaiserliche Hoheit. In der Stadt tobten Aufstände, und Euer Vater war schwer krank. Wir konnten nicht riskieren, daß der einzige Erbe des Throns in Gefahr gerät.«

Der Junge stand nun dicht vor ihm. Er war für sein Alter recht groß, reichte Balicor bis zur Brust. »Sechs Jahre lang habe ich meinen Vater nicht gesehen. Nun ist er tot.« Seine Stimme klang erschreckend ruhig. »Du hast mich nicht zu ihm gelassen, Priester. Tathril wird dich dafür bestrafen.«

Bars Balicor hob beschwichtigend die Hände. »Ich verstehe Euren Schmerz, Hoheit, doch Euer Zorn sollte jenen gelten, die Euren Vater zugrunde gerichtet haben.« Sein Blick wurde lauernd. »Der Silberne Kreis hat jahrelang am Kaiser vorbeiregiert. Die Fürsten drängten ihn in die Bedeutungslosigkeit, demütigten ihn und ließen es zu, daß er im Volk jegliche Achtung verlor. Euer Vater war nichts weiter als ihr Spielzeug.«

Uliman hatte dem Hohenpriester aufmerksam zugehört. »Ich kann mich gut an ihn erinnern. Er war ein ernster Mann und weinte viel. Er sprach oft vom Tod meiner Mutter. Ich glaube, er hatte Angst um mich. Nur deshalb gab er mich nach Troublinien fort.« Fragend blickte er den Priester an. »Wirst du mich zu seinem Begräbnis lassen?«

»Es ist zu gefährlich, Hoheit, und würde Euch zu sehr belasten. Wir werden am Tag der Bestattung gemeinsam für Euren Vater zu Tathril beten, damit seine Seele Ruhe findet.« Die wahren Beweggründe für seine Entscheidung verschwieg Balicor wohlweislich. *Der Thronrat wird dieses Kind nicht zu Gesicht bekommen, bevor er nicht meinen Forderungen zugestimmt hat.*

Uliman tastete nach Balicors Hand. Seine Finger waren eiskalt. »Bald werde ich Kaiser sein, nicht wahr? Rumos hat es mir gesagt. Er sagte mir, ich müsse nach Thax zurückkehren, um Kaiser zu werden.«

Bars Balicor lief ein Schauder über den Rücken. *Wie konnte Rumos wissen, daß Akendor sterben würde?* »Ja, Uliman… Ihr seid der rechtmäßige Thronfolger. Der Silberne Kreis wird in der heutigen Sitzung beschließen, Euch die Herrschaft Sithars zu übertragen. Seid unbesorgt; die Kirche wird Euch in dieser schwierigen Zeit zur Seite stehen.«

»Wirst du mein Berater sein, Priester?« fragte der Junge. Er zerrte an der Hand des Hohenpriesters, als wollte er ihn zum Spiel auffordern. »Rumos hat mir gesagt, du würdest mich vor den Gefahren beschützen, die in Thax auf mich warten.«

Bars Balicor runzelte die Stirn. »So, das hat Rumos gesagt?«

»Er war in den letzten zwei Jahren mein Lehrmeister. Rumos wußte, daß ich Kaiser werde, und hat mich auf meine Aufgabe vorbereitet. Nun ist es soweit. Ich werde der Herrscher sein, der die Kirche Tathrils vor dem Feind rettet.«

»Welchem Feind?« fragte Balicor und versuchte seine Finger aus der Umklammerung des Kindes zu lösen.

»Dem Weltenwanderer.« Uliman ließ Balicors Hand los und griff an seinen Gürtel, um den silbernen Dolch zu zükken. »Er will die Welt neu formen. Die Kirche des Tathril wird sich ihm entgegenstellen, wenn der Tag der Wandlung anbricht.« Sein Blick war zu entschlossen, zu reif für ein Kind, und seine Worte zu gewählt, um den eigenen Gedanken entsprungen sein zu können. »Die Prophezeiung des Bathos wird sich durch mich erfüllen.«

Er riß den Dolch empor, als wollte er einen Stich gegen einen unsichtbaren Feind führen; doch die Klinge durchschnitt nur die Luft. Ein fauchendes Geräusch drang von der Decke der Weihungshalle herab und ließ Bars Balicor zusammenzucken. Im selben Moment veränderte sich das Licht in der Halle; der rötliche Schein wich grellem Sonnenlicht.

Verwirrt blinzelte der Hohepriester zur Decke empor. In dem purpurnen Tuch, das unter der Kuppel gespannt war, klaffte ein Riß, durch den die Sonnenstrahlen ins Innere des Tempels drangen.

Was, bei Tathril, hat Rumos den Jungen noch alles gelehrt? fragte sich Bars Balicor mit Entsetzen. *Was hat er in Troublinien aus diesem unschuldigen Kind gemacht?*

»Ich mag diesen Tempel nicht«, hörte er Ulimans Stimme. »Tathril hat ihn dem Untergang geweiht. Sorge dafür, daß ich bald von hier fortkomme, Priester.« Er steckte den Dolch zurück in den Gürtel. »Wenn du mich schon nicht zum Begräbnis meines Vaters lassen willst, geh selbst zum Palast. Sage den Fürsten, daß ich bereit bin, meine Herrschaft über Sithar anzutreten. Sie sollen mich nicht mehr lange warten lassen.«

Flammen und Funken, flimmernde Hitze und loderndes Feuer … im Inneren des Brennenden Berges tobten die Urgewalten, die unbändigen Mächte der Erde. Nhordukael spürte ihr Begehren, hervorzubrechen, zu verbrennen, zu vernichten; und er teilte dieses Verlangen, wenn er an die Jahre zurückdachte, die ihm von der Kirche geraubt worden waren.

»Thax soll brennen«, flüsterte er. Seine grauen Augen waren auf den Lavasee gerichtet, der am Grund des Vulkankraters lag. Sein rötliches Glimmen erhellte die Gewölbe von Amos: die Felsvorsprünge, die aufwärtsführenden Stufen, die steinernen Thiurone. Auch Nhordukael war in das Licht der Glut getaucht; es zeichnete auf seinen Körper bizarre Flecken.

Nhordukael verbrachte viele Stunden an diesem Ort. Längst fürchtete er das Auge der Glut nicht mehr. Immer wieder öffnete er seine Sinne der Inneren Schicht, um die dort verankerten Zauber zu studieren. Wenn die Macht der Quelle seinen Geist umflutete, glaubte Nhordukael ein inneres Feuer in sich brennen zu spüren, entfacht von den geheimen Kräften des Berges.

Thax soll brennen; nichts soll zurückbleiben von dieser Stadt, in der man mich all die Jahre gefangenhielt. Das Auge der Glut gehört mir! Brennen soll der Tempel, brennen soll die ganze Stadt; Rache für die Schmerzen, die ich erleiden mußte.

Er betrachtete seine Hände. Sie hatten sich in den vergangenen Tagen verändert. Die Narben waren blasser geworden, und die Haut hatte einen dunkleren Ton angenommen. Sein ganzer Körper schien sich im Angesicht der Quelle zu wandeln, wurde unempfindlicher gegenüber der Hitze.

Nhordukael beugte sich zum Rand des Felsenbeckens herab, in dem das geschmolzene Gestein floß. Vorsichtig streckte er die Hand aus und tauchte sie in die Glut. Violette Flammen umtanzten sein Handgelenk. Kein Schmerz... nur ein Gefühl der Taubheit ergriff die Finger. Er versuchte sie zu bewegen, doch sie blieben starr. Als er die Augen schloß, spürte er im Dunkeln das Herz der Quelle pochen. Nhordukael war ihm nun ganz nah, ganz nah...

Es fehlt nur ein letzter Schritt, fuhr es ihm durch den Kopf, *ein letzter Schritt, der mich über die Grenze trägt, die meinem Geist und meinem Körper so unüberwindbar scheint. Wenn ich auch nicht weiß, was dort drüben auf mich wartet – ich muß ihn wagen!*

Ein Schwindelgefühl erfaßte seine Sinne. Nhordukael riß die Augen auf, rang nach Luft. Seine Kehle schien zu bersten. Er geriet ins Taumeln, glitt auf dem Felsboden aus, stürzte hinab in den glühenden See.

Der Moment des Eintauchens war entsetzlich. Eine Hitzewelle schloß durch seine Glieder. Nhordukael wollte schreien, doch sogleich drang flüssiges Gestein in seinen Mund und drohte ihn zu ersticken.

Der Schmerz verschwand ebenso schlagartig, wie er gekommen war, und wich einem Gefühl wohliger Wärme. Nhordukael versuchte seine Arme zu bewegen. Träge glitten sie durch die ihn umgebende Glut. Er öffnete die Augen – und sah, wie sich die Welt um ihn verändert hatte. Fort waren die Feuer, die Flammen, die Lavafluten. Nhordukael schwebte in einem endlosen, halbdunklen Raum. Das matte Licht erinnerte ihn an die trügerische Stimmung des Morgengrauens.

Nhordukael hob die Hände vor sein Gesicht. Die Finger zogen Schlieren aus kleinen Luftbläschen hinter sich her. Er schwamm in einer Art Flüssigkeit, die verdünnter Milch glich. Zaghaft schlug er mit Armen und Beinen um sich, versuchte sich zu bewegen; doch er trieb nur dahin, gelenkt von einer unsichtbaren Kraft.

Ist dies die Grenze, die ich überscheiten muß? Ist dies der Schleier, der mich von der Sphäre trennt?

Das Licht wandelte sich nun. Es schien, als hätte sich über ihm ein Tor geöffnet, durch das silbrige Strahlen einfielen. Sie tauchten die Umgebung in mondbleichen Glanz. Zugleich hörte Nhordukael eine Melodie – ein Gesang, aus weiter Ferne an sein Ohr getragen. Nie zuvor hatte er etwas so Schönes gehört; den verspielten Klängen wohnte ein Zauber inne, der sein Herz berührte. Mit offenem Mund lauschte Nhordukael der Stimme, und er vermochte nicht zu sagen, ob es ein Mensch war, der dieses bittersüße Lied für ihn sang, oder ein unbekanntes Wesen.

Unweit von ihm bildete sich ein Schleier in der milchigen Flut; er reflektierte das auftreffende Licht, verdichtete sich zu einem Bild. Nhordukael erkannte die Schemen mehrerer Gebäude; eine Siedlung, errichtet auf zwei Hügeln. Obwohl das Bild undeutlich blieb, war zu erkennen, daß es sich um die Stadt Thax handelte. Ihre größten Gebäude, der Palast und der Tempel, lagen in Trümmern, und Rauchwolken schwelten über den Ruinen.

Thax wird brennen! fuhr es ihm durch den Kopf. *Der Zorn der Quelle ist entfacht! Nichts kann die Glut mehr aufhalten.*

Für einen Moment setzte der Gesang aus. Als die Stimme erneut anhob, hatte sich das Bild vor Nhordukaels Augen verändert. Nun war eine Gestalt zu erkennen, ein Kind; es schien zu weinen, preßte die Hände vor sein Gesicht. Als es sie plötzlich fortnahm, schrak der Hohepriester zurück; das Gesicht des Kindes war entstellt, zeigte die echsenhaften Züge jenes Wesens, das Nhordukael auf dem Platz der Gießer und Schmelzer besiegt hatte.

Wieder zog sich der Schleier zusammen, formte ein neues

Bild; eine wilder Ozean, aufgewühlt von einem Sturm. Mannshohe Wellen bäumten sich auf. Schiffe kämpften sich durch die Fluten; sie standen in Flammen. Im Hintergrund war eine Bucht zu erkennen, der Strand übersät mit zerstükkelten Leichen; in der Ferne ragte ein brennender Turm empor, dessen Feuerschein die Spitzen der Wellen funkeln ließ.

Der Gesang hatte sich zu einem Klagen gewandelt. Ein Gefühl der Trauer ergriff Nhordukael. Er streckte die Hand aus. Noch bevor seine Finger das Bild berührten, zerfiel es in winzige Bläschen, und der Gesang verstummte. Statt dessen erschallte in seinem Rücken ein Gelächter. Als Nhordukael herumfuhr, erblickte er eine in Lumpen gehüllte Gestalt, die auf ihn zutrieb. Er erkannte sie sofort: das lockige Haupt, der gekräuselte Bart, die grausamen Züge des dunklen Gesichtes...

»Durta Slargin«, entfuhr es ihm. Er ballte die Fäuste, um den heranschwebenden Zauberer abzuwehren, doch dieser verharrte unweit vor ihm. In seinen Händen ruhte sein Wahrzeichen, der gewundene Stab. Seine Augen glühten im Halbdunkel.

»Du Narr«, höhnte er. »Du glaubst tatsächlich, ohne meine Hilfe die Quelle durchschreiten zu können – etwas, woran sämtliche Zauberer seit meinem Verschwinden gescheitert sind!«

Nun bemerkte Nhordukael, daß Durta Slargin gefesselt war. Eine eiserne Kette umschloß sein Fußgelenk. So sehr der Zauberer an ihr zerrte, sie hielt ihn zurück.

Mit erwachendem Mut erhob Nhordukael die Stimme. »Durta Slargin...habe ich bei unserer letzten Begegnung nicht deutlich gesagt, daß ich weder deinen Rat noch deine Hilfe benötige?«

Der Zauberer richtete wütend den Stab auf Nhordukael. »Deine frechen Worte werde ich dir schon austreiben! Bald wirst du den Irrweg erkennen, den du beschritten hast.«

»Ich wußte, daß du versuchen würdest, mich aufzuhalten«, gab Nhordukael zurück. »Doch hier, im Herzen der Quelle von Amos, besitzt du keine Macht über mich!«

»Du wiegst dich in trügerischer Sicherheit! Wenn du mich zurückweist, wirst du zum Werkzeug des Blenders werden! Die Welt muß sich wandeln, willst du das nicht einsehen?« Durta Slargin versuchte vergeblich, sich von seiner Kette loszureißen. »Ohne mich bist du hilflos, ohne mich bist du nichts! Und auch ich brauche deine Hilfe...nur du kannst mich befreien. Nur durch dich kann ich die Sphäre neu erschaffen.«

»Ich weiß, wozu du mich brauchst. Du willst deinen Geist in meinen Körper übertragen, so wie du es schon einmal mit Magro Farghs Hilfe versucht hast.«

»Nur für kurze Zeit«, beschwor ihn der Zauberer. »Du mußt mir vertrauen, Nhordukael. Ich will nichts weiter, als die Welt vor größerem Unheil bewahren und den gräßlichen Fehler, der mir unterlief, rückgängig machen.« Er hieb mit dem Stab gegen die Glieder seiner Kette.

»Welchen Fehler? Wovon sprichst du?«

»Ich bändigte die Quellen und schenkte der Menschheit die Magie. Doch zu welchem Preis, zu welchem Preis? Die Sphäre wurde zerstört und vergiftet, ihre Geschöpfe entstellt...Ich muß es wiedergutmachen, verstehst du das nicht? Ich muß das Leid lindern, das ich verursacht habe!« Drohend erhob Durta Slargin den Stab. »Du wirst mir helfen, Nhordukael, ob du willst oder nicht! Ich werde dich dazu zwingen, so wie ich auch den anderen Auserkorenen seiner Bestimmung zugeführt habe!«

Er ließ den Stab auf Nhordukael niedergehen, doch die Wucht seines Hiebes wurde von der zähen Flüssigkeit gebremst. Nhordukael fing das Ende des Stabs mit der Hand ab. Dunkelrote Flammen lösten sich von seinen Fingern, leckten in rasender Geschwindigkeit am Stab entlang und erfaßten den Zauberer. Durta Slargin stand sofort in Flammen; sein schwarzes Haar, sein Bart, seine Kleider brannten lichterloh. Pechschwarzer Rauch mischte sich mit dem milchigen Sud, und so verschwand die Gestalt des Zauberers in einem schmierigen Schleier.

Nhordukael ließ die Hand sinken. *Warum will er mich auf-*

halten? Fürchtet er, daß ich die Sphäre ohne seine Hilfe beherrschen könnte? Er starrte auf die silbrigen Strahlen, die den Raum durchschnitten. *Und kann ich es tatsächlich? Kann ich die Quellen durchschreiten, wie es Durta Slargin in den Legenden vermochte?*

Er schloß die Augen. Gluthitze peitschte durch seine Glieder. Sein Körper zog sich zusammen, glitt zurück an den Ort, von dem er gekommen war. Als er die Arme hochriß, spürte er, wie sie aus der Lava emporschnellten; und dann tauchte er aus den glühenden Fluten auf, die ihm das Tor zu einer anderen Welt eröffnet hatten.

Neun Schemel standen an der mächtigen Tafel, die sich durch den Thronsaal zog: die sogenannten ›Kaufmannsklappen‹, auf denen seit vielen Jahrhunderten die Fürsten Sithars Platz nahmen, um über die Angelegenheiten des Reiches zu beraten. Neun Schemel und ein Thron aus schwarzem Sithalit... doch der Thron war leer, und niemand hatte an der Tafel Platz genommen. Den Fürsten war die Lust zum Sitzen vergangen.

Es war ein seltsames Gefühl, nach so vielen Kalendern wieder im Thronsaal des Kaiserpalastes zu stehen. Baniter erinnerte sich gut an seinen letzten Auftritt im Rat; damals, als er gegen den Willen des ›Gespanns‹ die Gesandtschaft nach Arphat durchgesetzt hatte. Seitdem hatte sich vieles verändert. Kaiser Akendor war tot, und der Silberne Kreis trat in neuer Besetzung zusammen. Stanthimor Imer, der Herrscher über den Aroc-Archipel, hatte sich in sein Fürstentum abgesetzt, zweifellos aus Angst vor dem ›Gespann‹; und auch der vodtivische Fürst Ascolar Suant hatte Thax verlassen, um in Persys ein Schiff zu finden, das ihn nach Vodtiva bringen konnte. Zwar hatten beide Fürsten Vertreter in Thax zurückgelassen – Stanthimor seinen ältesten Sohn Timur, Ascolar seine Gemahlin Calaa –, doch diesen stand die politische Unfähigkeit deutlich ins Gesicht geschrieben.

Die schmerzlichste Lücke hatte Perjan Lomis hinterlassen. Er war nach Morthyl zurückgekehrt, um die Insel gegen die Eindringlinge aus Kathyga zu verteidigen. Zwar sollte ihn sein Sohn Stun, der auf der Handelsakademie in Vara studierte, im Rat vertreten, doch dieser hatte sich bisher nicht in Thax blicken lassen. Mit Perjan Lomis hatte auch der schärfste Widersacher des ›Gespanns‹ kampflos das Feld geräumt. Die Vorherrschaft über den Silbernen Kreis gebührte damit unbestritten Binhipar Nihirdi und Scorutar Suant, und diese ließen es sich nicht nehmen, ihre Macht zur Schau zu stellen. Zwanzig gerüstete Klippenritter hielten im Thronsaal Wache. Auf den Helmen schimmerte das Emblem ihres Ordens, ein gischtumspülter weißer Felsen auf schwarzem Grund.

Baniter musterte die übrigen Fürsten. Arkon Fhonsa, sein einstiger Verbündeter, hatte den Kopf gesenkt; er wich Baniters Blicken aus. Vildor Thim, der Fürst von Palgura, ein Mann mit groben Gesichtszügen und fliehender Stirn, trug eine zerkratzte Rüstung, ein Andenken an den Krieg gegen Kathyga, den er als Heerführer für das Kaiserreich entschieden hatte. Vermutlich wollte er durch sein Auftreten die Klippenritter beeindrucken. Hamalov Lomis, der ›Fürst‹ von Varona, ein dürrer Mann mit schütterem Haar, hatte sich am hinteren Ende der Tafel postiert, die Flügeltür des Saales im Auge. Er blickte immer wieder nervös zu Baniter hinüber.

Sie haben Angst, alle miteinander, dachte Baniter zufrieden. *Angst vor dem ›Gespann‹, Angst vor dem Klippenorden, Angst vor der Zukunft – und Angst vor mir!*

Das ›Gespann‹ stand vor dem leeren Thron. Binhipar Nihirdis finsterer Blick wanderte über die Reihen der Fürsten; er hatte die Arme vor der Brust verschränkt. Gelegentlich hörte Baniter ihn mit den Zähnen knirschen. Unweit von ihm spielte Scorutar Suant, der Fürst von Swaaing, seine vielfach erprobte Rolle als treuer Diener des Reiches, der die Einheit des Thronrats wahren wollte.

»Ich denke, wir sind uns einig«, säuselte er und strich sich durch die kastanienbraunen Locken. »Ein rasches Begräbnis, noch in den kommenden Tagen. Nur so können wir weitere Unruhen in der Bevölkerung vermeiden.«

Keiner der Fürsten widersprach. Sie hatten die Nachricht von Akendors Tod mit Erleichterung zur Kenntnis gekommen. Niemand trauerte dem Kindsmörder eine Träne nach.

»Ja, ein rasches Begräbnis«, plapperte der varonische Fürst Hamalov nach, eilfertig und einfältig wie immer. »Je eher er unter der Erde liegt, desto eher werden die häßlichen Gerüchte verstummen, die umhergehen.«

...und die besagen, daß Akendor schon vor mehr als zwanzig Tagen im Kerker verendete, ergänzte Baniter in Gedanken.

Scorutar erteilte den Worten des varonischen Fürsten mit einem Nicken seine Zustimmung. »Wir werden Akendor neben seinem Vater in der Gruft der Thayrin beisetzen. Wir werden ihm die schwarze Kaufmannsrobe anlegen und eine Totenmaske aus den ihm dargebrachten Silbermünzen gießen, so wie es Brauch ist. Zehn Klageweiber sollen in der Gruft wachen und den Tod des Kaisers beweinen. Ich habe bereits Anweisung gegeben...«

»Kein Klagegesang«, unterbrach ihn Fürst Binhipar. »Akendor soll in aller Stille begraben werden. Ein schlichtes Begräbnis ohne jeden Prunk – und dann Frieden seiner verirrten Seele.«

Binhipars Verachtung für Akendor muß groß sein, wenn er ihm, dem Sohn seines Freundes Torsunt, sogar diese Ehrerbietung verweigert. Baniter spürte, daß es an der Zeit war, das Wort zu ergreifen. »Wenn uns tatsächlich daran gelegen ist, weitere Unruhen zu vermeiden, sollte unsere Aufmerksamkeit nicht dem alten Kaiser gelten, sondern vielmehr seinem Sohn Uliman. Nichts wird das Volk mehr beruhigen als die Ausrufung eines neuen Herrschers.«

Scorutar wandte sich ihm zu. »Es freut mich, daß Ihr Euch so große Sorgen um Sithars Wohlergehen macht, Baniter. Wir sind alle Eurer Meinung! Ein rasches Begräbnis des alten und eine rasche Krönung des neuen Kaisers... die notwendigen Vorbereitungen sind längst getroffen.«

»Hervorragend!« lobte ihn Baniter. »Mir ist allerdings zu Ohren gekommen, daß sich unser künftiger Kaiser noch immer in den Händen der Tathril-Kirche befindet.«

»Die Kirche wird Prinz Uliman bald ausliefern. Allerdings stellt der Hohepriester Bedingungen...«

»Und nicht gerade maßvolle«, ergänzte Baniter. »Balicor möchte der Kirche einen Sitz im Thronrat verschaffen – zwölf Jahre, nachdem Kaiser Torsunt den Priestern dieses Privileg entzog.« Er spürte die Empörung der übrigen Fürsten. »Ihr habt diesem machthungrigen Priester gewiß eine Absage erteilt.«

»Uns blieb keine andere Wahl, als auf seine Forderungen einzugehen«, verteidigte sich Scorutar. »Andernfalls hätten wir Prinz Uliman mit Gewalt aus dem Tempel befreien müssen. Das konnten wir nicht riskieren. Uliman ist der einzige Erbe des Kaisers, der letzte Thayrin. Er darf auf keinen Fall zu Schaden kommen!«

Ja, denn dies wäre das Ende des Silbernen Kreises, das Ende Sithars. Baniter umfaßte die Fürstenkette, die um seinen Hals baumelte. »Die Kirche wird versuchen, ihren Einfluß im Rat auszubauen – eine gefährliche Entwicklung, wenn man die goldéische Bedrohung bedenkt! Kein Zauberer sollte in diesen Tagen über die Angelegenheiten des Reiches entscheiden.«

»Wir werden Bars Balicor schon in Zaum halten«, versprach Scorutar. »Sobald Uliman gekrönt ist, werden wir den Hohenpriester auf seinen Platz verweisen.«

Du hoffst wohl, den Jungen ebenso lenken zu können wie den Vater. »Nun, den Platz im Thronrat wird Balicor kaum freiwillig räumen. Wie steht es mit seiner zweiten Forderung – ein Heer nach Amos zu entsenden, um den Brennenden Berg zu befreien?«

»Dieser Feldzug ist auch in unserem Sinne«, sagte Scorutar. »Der Aufstand der Weißstirne muß endlich zerschlagen werden. Solange Nhordukael lebt, wird Sithar nicht zur Ruhe kommen.«

»Ihr seht, ich habe recht behalten«, erwiderte Baniter

selbstzufrieden. »Es war nur eine Frage der Zeit, bis sich das Volk aus Angst vor den Goldéi nach einem Retter umsieht.« Er löste sich von seinem Platz und schritt auf das ›Gespann‹ zu. »In Nhordukael fand es den ersehnten Heilsbringer, und der Silberne Kreis versäumte es, ihn rechtzeitig beiseite zu schaffen oder, besser noch, auf seine Seite zu ziehen. Wenn die Gerüchte stimmen, hat Nhordukael am Brennenden Berg zweitausend Anhänger um sich geschart, darunter zahlreiche kampferprobte Ritter, mit denen er Thax erobern will.«

»Ein lächerliches Heer aus Bauern, Halbwüchsigen und schlechtgerüsteten Söldnern«, höhnte Vildor Thim, der Fürst von Palgura und Heerführer zahlreicher Schlachten. »Wir werden sie zermalmen!«

Baniter warf dem palgurischen Herrscher einen zweifelnden Blick zu. »Bei allem Respekt vor Eurer militärischen Erfahrung, Fürst Vildor – habt Ihr vergessen, daß Nhordukael über das Auge der Glut herrscht und allen Gerüchten zufolge die Quelle des Brennenden Berges gut zu lenken weiß?«

»Ich habe keine Angst vor einem Zauberer, der kaum den Kinderschuhen entwachsen ist«, rief Vildor Thim mit hochrotem Kopf. »Wenn es mir der Silberne Kreis gestattet, werde ich eigenhändig unsere Truppen nach Amos führen und Nhordukael seiner gerechten Strafe zuführen.«

»Wir haben ein Heer von tausend erfahrenen Kriegern bereitgestellt«, ergänzte Scorutar. »Das sollte genügen, um Nhordukaels Anhängerschaft in alle Winde zu zerstreuen.«

»Unterschätzt nicht die Macht des Brennenden Berges«, warnte Baniter. »Ich bin dagegen, unser Heer in eine ungewisse Schlacht zu führen. Denkt daran, daß uns ein anderer, weitaus gefährlicherer Feind bedroht – die Goldéi, die sich jenseits der Grenzen Sithars zusammenrotten. Mir ist zu Ohren gekommen, daß sie sich aus weiten Teilen Kathygas zurückgezogen haben und für eine neue Angriffswelle rüsten. Das mit Arphat geschlossene Bündnis verschafft uns zwar Zeit, doch wir müssen stets mit einem Vorstoß der Echsen rechnen.«

Fürst Vildor nickte grimmig. »Das Heer ist sich der Bedrohung bewußt. In den vergangenen Kalendern haben wir aus allen Fürstentümern Sithars die Krieger zu den Waffen gerufen, die Ritterorden an ihre Pflicht erinnert und die Kornkammern des Heeres gefüllt. Schon jetzt lagern bei Persys mehr als zehntausend Mann und rüsten sich gegen die Goldéi.«

»Um so wichtiger ist es, unsere Kräfte nicht in einem sinnlosen Scharmützel zu verschleißen«, betonte Baniter. »Wir sollten besser in Verhandlung mit dem jungen Priester treten. Vielleicht läßt sich eine Einigung erzielen.«

»Ihr wollt mit diesem Rattenfänger verhandeln?« entfuhr es Hamalov Lomis, der seine Abneigung gegen Baniter selten in Zaum halten konnte. »Nhordukael wiegelt im gesamten Reich die Menschen gegen uns auf! Selbst das kaisertreue Vara ist nicht mehr vor den Weißstirnen sicher. Meine Bürger verlangen vom Silbernen Kreis, diesem Spuk ein Ende zu bereiten.«

Baniter konnte sich ein Grinsen nicht verkneifen. Er hatte davon gehört, daß Hamalov seit Wochen einen erbitterten Streit mit der Oberschicht von Vara ausfocht, die den Fürsten der Unfähigkeit beschuldigte. Die Bürger forderten angesichts der derzeitigen Krise ein Mitspracherecht bei den Kriegsvorbereitungen. Noch weigerte sich Hamalov, ihrem Ansinnen nachzugeben. Doch wie lange würde er dem Druck standhalten können?

»Dieser ›Spuk‹, wie Ihr ihn nennt, wird so schnell nicht vorbeigehen«, prophezeite Baniter dem varonischen Fürsten. »Ein Aufstand, der solche Ausmaße angenommen hat, läßt sich nicht von heute auf morgen zerschlagen. Der Silberne Kreis hat einen großen Fehler begangen, als er sich in den Kirchenstreit einmischte und auf Balicors Seite schlug.«

»Genug jetzt!« Fürst Binhipar ließ seine Faust auf die Tischplatte krachen. Die Zöpfe seines Bartes bebten. »Unser Heer wird nach Amos marschieren, Baniter – ob es Euch paßt oder nicht! In wenigen Tagen wird der Aufstand der

Weißstirne Geschichte sein. Und dann«, er starrte Baniter finster an, »werden wir uns den übrigen Feinden des Reiches widmen.«

Baniter lächelte ergeben. »Ich habe Euch gewarnt. Doch hört auf meinen Rat und unterschätzt diese Rebellion nicht. Verstärkt die Truppen, die Ihr nach Amos sendet, und sorgt für die Sicherheit des Prinzen. Uliman darf nicht in Thax sein, wenn eine solch gefährliche Schlacht unweit der Stadt tobt. Und was den Silbernen Kreis angeht: Auch wir Fürsten sollten das Hochland meiden, bis Nhordukael besiegt worden ist.«

Scorutar Suant nickte. »Wir werden uns nach Persys zurückziehen und die Gelegenheit nutzen, um Uliman vor dem Heer zum Kaiser zu krönen. Das wird den Mut unserer Krieger anfachen und sich rasch im gesamten Reich herumsprechen.«

Ein kluger Gedanke, dachte Baniter anerkennend. Persys war der beste Ort, um einen Kaiser auszurufen. Nur wenige Herrscher waren von der Tradition abgewichen, sich in der Stadt krönen zu lassen, die als Gründungsort des Südbundes galt. Uliman würde auf diese Weise das Vertrauen der Kaufleute und des Adels gewinnen, die an den alten Bräuchen festhielten. *Vielleicht läßt sich auf diese Weise sogar der Aufschrei mildern, der durch das Reich gellen wird, wenn wir die Heiratsabsichten unseres neuen Herrschers verkünden.*

»Wenn wir schon von hohen Festen reden, sollten wir auch die anstehende Hochzeit nicht aus den Augen verlieren«, sagte er. »Wie Ihr wißt, kam der Bündnisvertrag mit Arphat nur zustande, weil ich Königin Inthara die Hand des Kaisers zusicherte. Bedauerlicherweise kann Akendor seiner Pflicht nicht mehr nachkommen. Es wird Prinz Ulimans Aufgabe sein, Inthara zu heiraten.«

Die Fürsten schwiegen, doch in ihren Blicken war Widerwillen zu erkennen. So blieb es erneut Hamalov Lomis vorbehalten, die Stimme gegen Baniter zu erheben. »Dieser Ehebund ist eine Schande für Sithar! Wie konntet Ihr es wagen, den Arphatern ein solches Zugeständnis zu machen? Niemand hatte Euch zu einer so schwerwiegenden Entscheidung befugt!«

»Mich befugten die Umstände, die ich in Praa vorfand«, erwiderte Baniter gelassen. »Die Goldéi befanden sich in der Stadt und umwarben die Königin. Nur durch ein Eheversprechen ließ sich Inthara überzeugen, das Bündnis mit uns zu schließen und den Krieg gegen die Echsen zu eröffnen.«

Dieses Argument schien Hamalov Lomis nicht zu überzeugen. »Das Volk wird niemals eine Arphaterin an der Seite des Kaisers dulden. Überall im Reich werden sich die Menschen gegen diese Hochzeit empören. Das Fürstentum Varona wird sich an die Spitze dieser Erhebung stellen, seid Euch dessen gewiß!«

Das Fürstentum Varona wird bald wieder der Familie Geneder gehören, dachte Baniter. *Deine Tage als varonischer ›Fürst‹ sind gezählt, Hamalov!*

Hamalov Lomis wandte sich den übrigen Fürsten zu. »Ich beschwöre den Silbernen Kreis, Baniters Plänen Einhalt zu gebieten! Laßt uns die Arphater zurück in ihr Reich jagen! Laßt uns dieser Königin zeigen, daß Sithar nicht gewillt ist...«

»Eure Position ist deutlich geworden«, unterbrach ihn Scorutar Suant mit süßlicher Stimme.

Überrascht blickte sich Hamalov nach dem Fürsten von Swaaing um. »Ihr könnt diese Hochzeit unmöglich gutheißen, Scorutar!«

»Der von Fürst Baniter ausgehandelte Bündnisvertrag wird eingehalten«, wies ihn Scorutar zurecht. »Wir haben den Arphatern einen Boten entgegengesandt, der sie nach Persys geleiten wird. Dort werden wir alle Einzelheiten der Hochzeit zwischen Uliman und Inthara klären.« Er schürzte die kirschrot geschminkten Lippen. »Habt Ihr noch weitere Fragen, Fürst Hamalov?«

Der varonische Fürst wagte keinen Widerspruch. Mißmutig kehrte er an seinen Platz zurück.

Baniter konnte seine Genugtuung kaum verhehlen. *Das ›Gespann‹ fügt sich meinem Plan! Offenbar haben Binhipar und*

Scorutar erkannt, daß sie im Augenblick nichts gegen die Hochzeit ausrichten können. Die Frage ist nur, wie sie mir diese Schmach heimzahlen werden.

»Ihr seht, Baniter, der Silberne Kreis ist in den vergangenen Kalendern nicht untätig gewesen«, fuhr Scorutar fort. »Es sind alle Vorbereitungen getroffen worden, um Sithar gegen die anrückenden Goldéi zu verteidigen. Mit dem von Euch erzielten Bündnis sind unsere Grenzen gesichert.«

»Die Einberufung des Heeres war ein erster Schritt«, sagte Baniter. »Nun müssen Taten folgen, denn der Krieg hat längst begonnen. Arphats Heer hat sich nach Unterzeichnung des Vertrages den Goldéi entgegengeworfen. Inthara hofft, sie noch vor Arphats Landesgrenzen zurückschlagen zu können.«

»Das ist ihr gründlich mißlungen«, sagte Scorutar mit spitzer Stimme. »Wie uns berichtet wurde, griffen die Goldéi die nördliche Küste Arphats über See an. Die Stadt Harsas wurde an einem einzigen Tag von den Echsen eingenommen und fast vollständig zerstört. Nun haben die Arphater die besetzte Stadt eingekreist und versuchen, die Goldéi wieder zu vertreiben – bislang vergeblich.«

»Ich habe Königin Inthara Verstärkung zugesagt«, entgegnete Baniter. »Wir sollten einen Teil des Heeres über den Nebelriß schicken und den Arphatern beistehen.«

»Ihr habt der Königin eine ganze Menge versprochen, Baniter Geneder!« Scorutars Mundwinkel zuckten. »Offenbar habt Ihr Euch glänzend mit unserer Erzfeindin verstanden.«

»War es nicht Sinn und Zweck meiner Gesandtschaft, Frieden mit dieser Feindin zu schließen?« fragte Baniter lächelnd.

Scorutars bleiches Gesicht schimmerte im Licht der Öllampen wie eine Maske. »Gewiß ... doch das Ergebnis Eurer Verhandlungen hat uns alle überrascht, und ebenso die Tatsache, daß Ihr als einziges Mitglied der Gesandtschaft zurückgekehrt seid.«

»Meine Begleiter haben Arphat so sehr ins Herz geschlossen, daß sie sich entschieden haben, für immer dort zu bleiben. Die gute Lyndolin Sintiguren scheute aufgrund einer Knieverletzung den Rückweg; zudem hat sie in Praa zahlreiche Verehrer ihrer Sangeskunst gefunden, die sie an ihrem Lebensabend mit Ruhm überschütten werden. Euer Neffe Sadouter hingegen entdeckte über Nacht sein Herz für die arphatische Baukunst und stahl sich in den Gängen des königlichen Palastes umher. Er wird in den kommenden Jahren die Gelegenheit haben, auch die Kerker des Aru'Amaneth zu erkunden.« Vergnügt bemerkte Baniter das Funkeln in Scorutars Augen. »Was unseren hochgeschätzten Siegelmeister Mestor Ulba betrifft, so nahm seine Liebe zu Arphat recht eigentümliche Züge an. Sein Versuch, den vergangenen Ruhm des Sonnenreiches durch die Auslöschung der königlichen Blutlinie zu retten, stieß bei den Arphatern auf wenig Gegenliebe. Ich möchte wahrlich nicht in seiner Haut gesteckt haben, als man ihn für seine Tat bestrafte.«

Scorutar wollte auf die Hohnrede antworten, doch eine Handbewegung Binhipars brachte ihn zum Schweigen. »Jeden ereilt die Strafe, die ihm zusteht. Mestor Ulba büßte für sein Attentat mit dem Tod – so wie jeder Verräter, der Sithar ins Verderben stürzen will.« Er starrte den ganatischen Fürsten mit finsterer Miene an.

Baniter hielt seinem Blick stand. *Dieses Mal wirst du mich nicht provozieren, Binhipar. Das letzte Wort über meinen Großvater ist noch nicht gesprochen. Es wird der Tag kommen, an dem ich seine Unschuld beweise; und dann wirst du es bereuen, die Familie Geneder um Einfluß und Eigentum betrogen zu haben.*

KAPITEL 6

Wunden

»Vor vielen Jahrhunderten«, raunte der Haubenträger und strich über die steinerne Einfassung des Fensters, »stieg der Weltenschmied in die Höhlen des Rochens hinab; und er fand hier unten eine Welt, tief im Gestein, in der ein grausamer Krieg tobte.« Er rückte seine Flickenhaube zurecht. »Ein Kampf zwischen den Urgewalten, den Dämonen des Berges – Fels gegen Feuer, Erz gegen Stein. Der Rochen erzitterte unter dem Fluch einer Schlacht, die schon Jahrtausende währte und kein Ende nehmen wollte.«

Laghanos lauschte Darsayns Worten, während er sich über die Fensterbrüstung beugte und in die Höhle hinabblickte – ein Felsendom, größer als alle Höhlen, die er in Oors Caundis vorgefunden hatte. Decke und Felswände waren mit funkelnden Kristallen besetzt. Mattblaue Schatten und sonnhelle Strahlen, gleißendes Grün, Lapislazulifunken, weindunkles Flimmern und grellgelber Schein... ein Lichtfeuerwerk, das ihm den Atem raubte.

»Erst dem Weltenschmied gelang es, die streitenden Mächte zu versöhnen«, fuhr Darsayn fort. »Er bereitete dem Krieg ein Ende, und Frieden kehrte unter dem Rochen ein. Zum Dank verliehen die Dämonen ihm die Herrschaft über die fünf Metalle, in denen sich die Macht der Sphäre bricht.«

Sie standen am Fenster eines hohen Turms, der sich inmitten des Felsendoms erhob. Es war mühsam gewesen, die Wendeltreppe emporzusteigen; noch immer spürte Laghanos ein Ziehen in den Beinen. Doch nun, da er am höchstgelegenen Fenster des Turms stand und in die Höhle hinabblickte, wußte er, warum Darsayn ihn an diesen Ort gebracht hatte. Die Schönheit und Größe des Gewölbes ließen sich nur von diesem Turm aus ermessen. Nicht umsonst hieß sie die ›Erhabene Halle‹ und war Mittelpunkt des Heiligen Spektakels.

»Die fünf Metalle der Sphäre ... Gold, um sie zu durchdringen; Eisen, um sie zu bannen; Zinn und Kupfer, um sie zu lenken; Silber, um sie zu formen und zu verändern. Mit ihrer Macht wurde der Weltenschmied zum Retter der Menschheit; er wanderte durch die Welt, um die Sphäre zu bändigen, ihre Schrecken zu mildern und uns die Freiheit zu bringen.« Darsayn hielt für einen Moment inne. »Doch der Schmied wußte, wie vergänglich sein Werk war. Eines Tages, so prophezeite er seinen Schülern, würde die Sphäre sich ein zweites Mal wandeln müssen, und die Welt jenseits des Rochens würde vergehen, um einer neuen Ordnung zu weichen.«

Laghanos richtete den Blick zum Grund der Erhabenen Halle, eine ebene Schicht aus Metall, die das Farbenspiel der Kristalle reflektierte. Kreisrunde Schächte waren in den Boden eingelassen, führten senkrecht in die Tiefe. Über ihnen ragten Eisengestelle auf; an ihnen wurden Körbe herabgelassen, um Stein- und Erzbrocken emporzuziehen. Zahlreiche Männer und Frauen waren damit beschäftigt, die bis zum Rand gefüllten Körbe auf Holzkarren zu hieven.

»Die Schüler des Schmieds hörten die Warnung ihres Meisters und gründeten die Gemeinschaft des Heiligen Spektakels. Sie harrten unter dem Rochen aus, vergessen von der restlichen Welt, und bereiteten sich auf das Zeitalter der Wandlung vor. Sie schufen das Gefüge, so wie der Weltenschmied es befohlen hatte.« Darsayn bemerkte den fragenden Blick des Jungen. »Das Gefüge ... das größte Werk des Weltenschmieds. Es wird den Niedergang der Sphäre einleiten. Viele Jahrhunderte arbeitete unsere Gemeinschaft an seiner Fertigstellung; nun ist es bereit, die Welt zu formen.« Er hob die Hand und berührte vorsichtig die goldene Maske des Kindes. »Und du, Laghanos, bist ein Teil von ihm. Du bist der Sehende, der Wandelbare, dessen Ankunft uns der Weltenschmied prophezeite.«

Laghanos blickte den Haubenträger aufmerksam an. »Ihr habt mein Kommen vorhergesehen?«

Darsayn zog seine Hand zurück. »Der Weltenschmied sprach in seinen Schriften von einem Kind, das sich mit dem Gefüge vereinen wird; und er sprach von den Nebelkindern, die in die Welt einfallen und die Grenzen der Sphäre niederreißen werden. Als uns die Kunde von dem Vordringen der Goldéi erreichte, wußten wir, daß der Tag der Wandlung bevorsteht. So erwarteten wir deine Ankunft, Laghanos – und die Prophezeiung erfüllte sich!«

»Ich weiß nichts von dieser Prophezeiung, und ich traue Euch nicht. Warum hatte mir niemand in Oors Caundis von Eurer Gemeinschaft erzählt?«

»Die Zauberer der Malkuda waren damit beschäftigt, die eigene Macht zu mehren. Sie interessierten sich nicht für die tatsächliche Beschaffenheit der Sphäre. So blieb es dem Heiligen Spektakel überlassen, das Erbe des Weltenschmieds anzutreten. Auf seine Weisung hin hielten wir uns vor den Zauberern aus Oors Caundis verborgen.«

»Warum nennt Ihr Euch das Heilige Spektakel?«

»Weil die Welt nur ein Schauspiel ist«, sagte Darsayn mit Nachdruck, »und die Menschen darin nichts als tragische Figuren, die ihre Rollen spielen, welche der Weltenschmied ihnen zuwies. Nun läutet das Zeitalter der Wandlung einen neuen Akt ein! Unsere Gemeinschaft ist dazu auserkoren, dem Weltenschmied die Bühne zu bereiten, auf der er der Welt ein neues Kostüm überstreift; und diese heilige Bühne befindet sich hier, tief unter dem Rochen.«

»Welche Rolle soll ich in diesem Schauspiel übernehmen?«

»Nur du kannst uns anführen, Laghanos. Du allein kannst die Grenzen überwinden, die der Weltenschmied uns setzte. Du wirst uns zum Teil des Gefüges machen. An deiner Seite werden wir die Sphäre durchschreiten und dem Weltenschmied die Wege ebnen.«

Laghanos spürte, wie die Maske an seinem Gesicht zerrte. »Die Goldéi behaupteten, ich könnte eines Tages die Sphäre durchschreiten. Sie legten mir die Maske an, um mich vor dem Zorn der Quellen zu schützen.«

Darsayn blickte ihn nachdenklich an. »Die Kinder des Nebels ... in der Prophezeiung heißt es, daß sie der Menschheit nachfolgen. Sie haben dich auserkoren, ihr Wegbegleiter zu sein. Deshalb begannen sie damit, dich zu formen; und wir, die Diener des Spektakels, werden ihr Kunstwerk vollenden.«

Längst hatte Laghanos begriffen, daß auch der Haubenträger nicht daran dachte, ihn von der Maske zu befreien. Er wollte ihn ebenso benutzen wie zuvor die Goldéi und die Zauberer von Oors Caundis. Dieses Mal jedoch, so schwor sich Laghanos, würde er sich nicht zu einem Werkzeug machen lassen. Seine Gedanken kreisten seit Tagen um eine mögliche Flucht aus den Höhlen des Rochens. Doch dazu mußte er mehr über das Heilige Spektakel erfahren und die Absichten des seltsamen Ordens ergründen.

Er deutete durch das Fenster auf die arbeitenden Menschen. »Wer sind diese Leute? Was befördern sie dort aus der Tiefe empor?«

»Dies sind die Unbeschlagenen. Seit Gründung des Spektakels arbeiten sie an der Fertigstellung des Gefüges. Sie schürfen das Metall des Rochens, schmelzen und schmieden es, um das Gefüge weiter zu verbessern.«

»Und wer sind die Beschlagenen, von denen Ihr mir erzählt habt?«

»Sie sind die Erleuchteten«, wisperte Darsayn, ergriffen von den eigenen Worten. »Nur wenige von uns haben den letzten Schritt getan, um dem Gefüge ganz nahe zu sein. Sie sind bereits ein Teil des Gefüges – und warten auf dich, Laghanos, denn ohne dich können sie den Weg in die Sphäre nicht finden.« Er tätschelte die Schulter des Jungen. »Es ist noch zu früh, dich zu ihnen bringen. Zunächst will ich dich den Unbeschlagenen vorstellen. Sie haben ein Recht darauf, den Auserwählten kennenzulernen.«

Er bedeutete Laghanos, ihm zu folgen. Langsam stiegen sie die Wendeltreppe hinab. Laghanos blieb dicht hinter dem Haubenträger; er ließ die Hand über das Gemäuer streichen, während er die Stufen hinabstieg. *Wie alt mag dieser Ort sein? Seit wann leben diese Menschen unter dem Rochen und hängen ihrem seltsamen Glauben an?*

Als sie aus dem Tor des Turms traten, mußte Laghanos blinzeln, bis sich seine Augen wieder an das Licht gewöhnt hatten, das von der Decke hinabstürzte. Ein Beben erfaßte seine Maske. Laghanos führte es auf das schwarze Metall zurück, das den Boden der Erhabenen Halle überzog; es verzerrte die Sphärenströme. Runen waren in die glatte Oberfläche eingeritzt. Einige ähnelten den Schutzzeichen, die in der Universität von Larambroge verwendet worden waren.

Unweit des Turms schoben einige Männer einen Holzkarren voran. Er war bis zum Rand mit Erzbrocken beladen. Eine Frau begleitete den Zug, bückte sich nach den herabfallenden Klumpen, um sie in die Taschen ihres staubigen Gewandes zu stecken. Sie war Anfang Zwanzig, eine magere Frau mit länglichem Gesicht. Sie blickte auf, als sie Darsayn und Laghanos bemerkte.

Der Haubenträger winkte sie zu sich. Verunsichert näherte sich die junge Frau. Ihre hellbraunen Augen waren auf Laghanos gerichtet. Er spürte Widerwillen in ihrem Blick. Dann wandte sie sich Darsayn zu.

»Ich grüße Euch, Haubenträger. Viele von uns haben sich Sorgen um Euch gemacht, da Ihr schon seit einer ganzen Weile nicht mehr unsere Hallen besucht habt.«

»Wichtige Ereignisse hielten mich davon ab, die Arbeit des Spektakels zu beaufsichtigen.« Darsayn musterte die Frau mit seinen wäßrigen Augen. »Wer bist du? Nenne mir deinen Namen!«

»Tyra, Tochter des Byrian, aus dem Sechsten Zweig der Gezeichneten«, erwiderte die Frau, »eine Unbeschlagene seit dem neunten Lebensjahr. Ich arbeite in den Schächten der Zweiten Kammer.«

Darsayn nickte zufrieden. »Ich schätze die Angehörigen des Sechsten Zweiges sehr; sie sind bekannt für ihren Fleiß.«

Er trat an die junge Frau heran. »Zeige mir deine Prägung, Tochter des Byrian.«

Tyra schlug den Ärmel ihres Gewandes zurück. Ihr rechter Arm war vom Handgelenk bis zum Ellenbogen durch Schnitte verunstaltet; kaum verheilte Wunden, mit scharfer Klinge in die Haut geritzt. Sie bildeten ein komplexes Muster, eine Schrift aus Narben und Schorf.

Darsayn ergriff Tyras Arm und ließ die Finger über die verunstaltete Haut gleiten. »Eine wunderschöne Prägung... wie ich sehe, wurdest du schon vor Jahren gezeichnet. Du trägst bereits sämtliche Konturen, nicht wahr?« Seine Finger verharrten oberhalb des Handgelenks. »Seit wann gehörst du zu den Erwählten?«

»Seit vier Jahren.« Tyras Stimme war keine Regung zu entnehmen. »Die letzte Prägung werde ich in den kommenden Wochen erhalten. Dann bin ich bereit, ein Teil des Gefüges zu werden.«

Darsayn zog seine Hand zurück. Sein Daumen zog eine Blutspur auf ihrem Handgelenk nach. »Sie wird bald eine Beschlagene sein und dir beistehen, wenn du den Weltengang antrittst.« Er wischte die Fingerkuppen an seinem Gewand ab. »Ich beneide dich, Tyra, Tochter des Byrian! Du wirst die Ehre haben, gemeinsam mit dem Wandelbaren die Sphäre zu durchschreiten, an seiner Seite zu kämpfen und dem Weltenschmied gegenüberzutreten!«

Die junge Frau musterte Laghanos. »Ist dieses Kind der Wandelbare?«

Darsayn legte die Hand auf Laghanos' Schultern. »Ja, dies ist der Junge, dessen Kommen das Gefüge ankündigte.«

»Dann sind die Gerüchte also wahr«, sagte Tyra. Die Abneigung in ihren Augen beschämte Laghanos. »Der Wandelbare ist zu uns gekommen. Die Prophezeiung erfüllt sich.«

»Erzähle es allen weiter!« forderte Darsayn sie auf. »Alle sollen erfahren, daß der Weltengang bevorsteht.« Er nahm die Hand von Laghanos' Schulter. »Und nun geh, Tochter des Byrian. Der Wandelbare ist noch geschwächt. Er muß sich schonen.«

Die junge Frau wandte sich um und folgte dem Karren, der soeben in einem Seitengang der Erhabenen Halle verschwunden war. Ein-, zweimal blickte sie sich nach Laghanos um, und dem Jungen schien es, als ob sie ihre Schritte beschleunigte.

»Sie werden ihre Scheu vor dir bald verlieren«, tröstete ihn der Haubenträger. »Noch überwiegt ihre Angst vor dem Ungewissen, doch wenn du erst dem Gefüge gegenübertrittst, werden sie dir folgen – bis in den Tod, wenn es sein muß.«

Endlich brach Laghanos sein Schweigen. »Ihr sprecht zu mir noch immer wie zu einem Kind! Ihr habt versprochen, mir alle Geheimnisse Eures Ordens zu enthüllen, und doch haltet Ihr mich seit Tagen von den Menschen fern und verwirrt mich mit Eurem Gerede.« Er spürte die Maske Drafurs erwachen; spürte, wie sich sein Zorn auf die goldenen Pendel und Stacheln übertrug. »Ich will das ›Gefüge‹ sehen, von dem Ihr ständig redet, und auch die Beschlagenen!«

»Dazu ist es zu früh!« beharrte Darsayn, doch er wich vor der sirrenden Maske zurück. »Du mußt erst zu Kräften kommen!«

Meine Kräfte sind längst wiedererwacht, und das einzige, was dich vor mir beschützt, ist die Sphäre dieses Ortes. Die magischen Ströme des Heiligen Spektakels waren Laghanos noch immer ein Rätsel; er konnte das Herz der Quelle nicht spüren, konnte keine magischen Schichten in der Sphäre ausmachen. *Ich muß das Geheimnis dieser Magie ergründen; dann kann mich niemand mehr aufhalten – kein Haubenträger, kein Weltenschmied, kein Rotgeschuppter! Dann wird dieser Alptraum enden.*

»Ich werde dich zurück in dein Schlafgemach bringen«, sagte Darsayn mit milder Stimme. »Bald wirst du die Beschlagenen kennenlernen. Wenn du sie siehst, wirst du verstehen, daß dir das Heilige Spektakel nicht feindlich gesinnt ist.«

Er reichte Laghanos die Hand. Wortlos ergriff der Junge sie und folgte dem Haubenträger; seine Augen aber waren zu Boden gerichtet. Die gewundenen Runen auf dem Metall erinnerten ihn an die Wunden der jungen Frau, in deren Augen er erkannt hatte, was die Goldéi aus ihm gemacht hatten. *Kein Mensch bin ich mehr, sondern ein Ungeheuer; kein Kind, sondern ein Wesen der Sphäre, das zwischen den Welten gefangen ist.*

Tief im Gestein, verborgen hinter eisernen Türen, lauschte das Gefüge; lauschte den fernen Stimmen, die durch die Kammern des Heiligen Spektakels wogten, dem Raunen und Wispern seiner Diener. Das Gefüge, es lauschte, und nichts blieb ihm verborgen.

An der Decke des Ganges führte ein silberner Draht entlang, gehalten von winzigen Ösen; so fein, daß man ihn mit bloßem Auge kaum wahrnehmen konnte. Öllampen erhellten die rauhen Felswände. Die Neunte Kammer war erst vor einigen Jahren erschlossen worden, und nur wenige Angehörige des Spektakels arbeiteten in diesem gefährlichen Gebiet.

Eine Gestalt schlich durch den Gang. Es war Tyra, jene junge Frau, die der Haubenträger in der Erhabenen Halle angesprochen hatte. Vorsichtig stieg sie über Felsspalten und Gesteinsbrocken hinweg, sichtlich darauf bedacht, keinen Lärm zu verursachen. Immer wieder wanderten ihre Augen zur Decke empor und suchten den silbernen Draht, der sich über ihrem Kopf spannte.

Bald wurde der Weg abschüssig; Tyra mußte einige grob gehauene Stufen hinabsteigen. Unten öffnete sich eine schräg zulaufende Höhle. An ihrem hinteren Ende, Tyra den Rücken zugewandt, stand ein Mann. Er trug ein dunkelgraues Hemd und eine Stoffhose; die Kleidungsstücke starrten vor Schmutz. Ihm zu Füßen ruhte ein Kessel. Er war bis zur Hälfte mit einer silbrigen Flüssigkeit gefüllt. Darüber waberte weißer Rauch. Gerade tauchte der Mann seine linke Hand in den Kessel, zog sie hervor und spritzte den silbrigen Sud gegen die Felswand. Ein Summen setzte ein; es drang aus dem Felsen, und ein schwacher Glanz wanderte über das Gestein, dort, wo die Flüssigkeit es benetzt hatte.

Tyra näherte sich dem Mann auf Zehenspitzen. Ehe sie ihn erreicht hatte, schnellte er herum. Er war um die vierzig Jahre alt, trug einen schwarzen Vollbart und hatte dichtes Haar. Sein Gesicht wirkte aufgedunsen.

»Ich habe dich kommen hören, Tyra. Nicht deine Schritte, doch deinen Atem. Du kannst ihn noch immer nicht kontrollieren, obwohl ich dir beigebracht habe...«

»Es ist keine Zeit für Lehrstunden, Sadris«, unterbrach ihn die Frau. »Ich habe dich überall gesucht, und nun finde ich dich in diesem toten Gang.«

Der Mann wies auf den Kessel zu seinen Füßen. »Der Haubenträger suchte einen Freiwilligen, der die Schätze der Neunten Kammer erschließt. Da sich kein anderer fand, erklärte ich mich bereit, diese Aufgabe zu übernehmen.« Er senkte den Blick. »Ich wollte allein sein. Hier unten ist es still. Niemand stört meine Gedanken.« Er fuhr sich über den rechten Hemdsärmel, der leer und schlaff herabhing. Sein rechter Arm war verkrüppelt, fehlte ab dem Ellenbogen.

Tyra betrachtete die Felswand, die noch immer silbern glänzte. »Bist du fündig geworden?«

»Mehrere Goldadern verzweigen sich in dem Gestein, und auch ein Zinnvorkommen habe ich entdeckt. Das Metall sitzt tief im Fels. Der Berg wird es sich nur schwer entreißen lassen.« Sadris wandte sich von ihr ab, tauchte erneut die Hand in den Kessel und legte sie auf die Felswand. Das Gestein glomm unter seinen Fingern auf, und der summende Ton kehrte zurück. Zugleich begann der silberne Draht an der Höhlendecke zu singen; er antwortete dem Ruf des Rochens.

»Warum bist du hier?« fragte Sadris, ohne sich umzudrehen.

»Ich...ich habe den Jungen gesehen. Den Wandelbaren. Den Auserkorenen.«

Sadris fuhr herum, packte Tyra am Ellenbogen. Seine Lippen bebten. »Still! Sei doch still!«

Sein Blick wanderte zur Höhlendecke empor. Deutlich hob sich der Silberdraht von dem Gestein ab.

Sadris zerrte die junge Frau in einen Winkel der Höhle, der im Schatten lag. »Du hast ihn also gesehen, den Auserkorenen! Die Gerüchte sind wahr, sagst du?«

»Darsayn führte ihn durch die Erhabene Halle. Es ist ein Junge, Sadris; ein Kind, kaum älter als zwölf Jahre. Sein Gesicht...« Tyra suchte nach Worten. »Es ist gezeichnet... es ist ein Teil des Gefüges. Nie zuvor habe ich so etwas gesehen. Es ist so, wie es die alten Schriften verkünden. Die Ankunft des Wandelbaren... Was sollen wir jetzt tun, Sadris?«

Sadris schien wie gelähmt. »Ein Kind... ja, so steht es geschrieben; ein Kind wird kommen, um die Beschlagenen in den letzten Kampf zu führen.« Er streifte den rechten Hemdsärmel zurück, bis sein Armstumpf zu erkennen war. »Ich erinnere mich an den Tag meiner Beschlagung, als Darsayn mich zum Teil des Gefüges machte. Wie lange hatte ich diesem Ereignis entgegengefiebert, wie lange hatte ich darauf gewartet, das Wesen des Gefüges zu ergründen! Dann begannen die Qualen... ich habe sie erduldet, wochenlang; habe meinen Kopf auf dem Boden meiner Kammer blutig geschlagen, habe im Stillen gefleht, diese Schmerzen mögen aufhören... doch umsonst, umsonst! Das Gefüge stieß mich von sich, und der Haubenträger schlug mir die faulende Hand ab, die vergeblich nach den Strömen der Sphäre gegriffen hatte.« Er ließ den verstümmelten Arm sinken. »Damals erkannte ich, daß der Weltenschmied uns belogen hatte, als er uns zu Sklaven seiner Pläne machte. Bis zum heutigen Tag lassen wir uns von seinen Lügen blenden, die er uns in Form seiner Schriften hinterließ.«

Tyra senkte den Kopf. »Aber diese Schriften sind wahr! Der Junge, von dem sie kündeten, ist zu uns gekommen.«

»Eine Täuschung, ein abgefeimtes Spiel! Mondschlund hat uns die wahren Absichten des Weltenschmieds enthüllt!« Sadris griff in die linke Tasche seiner Hose und zog ein Tuch hervor. Als er es entfaltete, blitzte das Symbol einer Mondsichel auf, die in den schwarzen Stoff eingestickt war.

»Wir müssen verhindern, daß sich das Kind mit dem Gefüge vereint. Denn wenn dies geschieht, kann niemand es mehr aufhalten.« Er streckte Tyra das Tuch entgegen. »Einem unserer Brüder gelang es, sich in die Ruhende Kammer einzuschleichen; doch bevor er das Tor der Tiefe versiegeln konnte, wurde er von den Wächtern der Kammer getötet. Damit bleibt uns nur noch eine Möglichkeit – wir müssen den Wandelbaren selbst vernichten!«

Tyra blickte ihn erschrocken an. »Er ist noch ein Kind, Sadris, und schuldlos an seinem Schicksal!«

»Darauf können wir keine Rücksicht nehmen.« Sadris streckte ihr das Tuch entgegen »Du arbeitest seit geraumer Zeit in der Erhabenen Halle und bist somit die einzige, die in die Nähe des Jungen gelangen kann. Du wirst ihn in einem günstigen Moment beseitigen.«

Tyra erbleichte. »Die goldene Maske des Jungen wird meine Absicht erraten und sich zur Wehr setzen.«

»Du vergißt die Macht, die Mondschlund uns verlieh – die Macht der Verhüllung! Nimm das Tuch an dich; seine goldenen Fäden werden die Maske ebenso verwirren wie das Gefüge.«

Tyra warf einen Blick auf den silbernen Draht an der Höhlendecke. »Entspricht es Mondschlunds Willen, den Jungen zu töten? Vielleicht genügt es, die Maske von seinem Gesicht zu entfernen, sie zu zerstören.«

Sadris packte ihre Hand und führte sie an seinen Armstumpf. »Wenn ein Körper dem Gefüge geweiht ist, gibt es kein Zurück mehr! Nur mit Gewalt kann man das Fleisch von ihm trennen. Begreife es endlich – der Junge ist zu einem Werkzeug des Weltenschmieds geworden. Niemand kann ihn retten.«

Tyra zögerte. »Auch mich will Darsayn mit dem Gefüge vereinen. Ich soll zu einer Beschlagenen werden...«

Er hob die Hand, strich ihr unbeholfen über den Kopf. »Ich werde nicht zulassen, daß du auf gleiche Weise verstümmelt wirst wie ich. Doch dieser Junge muß sterben, Tyra; nur so können wir verhindern, daß der Weltenschmied triumphiert. Ich weiß, du bist noch unerfahren; du hast erst vor kurzem den Pfad des Mondes beschritten. Gerne würde ich einem Jünger mit größerer Erfahrung diese Aufgabe anvertrauen, aber du bist die Einzige, die Zutritt zur Erhabenen Halle hat und den Wandelbaren beseitigen kann.«

Tyra nickte. Dann nahm sie das schwarze Tuch an sich. Ihr Gesicht wirkte blasser als zuvor.

Das Gefüge aber, es lauschte; und Unruhe erfaßte sein silbernes Netz, das sich durch die Gänge des Heiligen Spektakels zog.

Laghanos riß die Augen auf. Sein Herz hämmerte; er spürte Schweiß auf seiner Stirn. Keuchend preßte er die Handflächen gegen die Schläfen. Unweit von ihm wehten die Schleier vor dem Zugang seiner Kammer, und er konnte den Luftzug hören, der durch die Gänge strich.

Er versuchte sich zu sammeln. Offenbar war er auf seinem Lager eingeschlafen, obwohl er sich vorgenommen hatte, wach zu bleiben. Nachdem Darsayn ihn in seine Kammer zurückgebracht hatte, hatte sich Laghanos auf dem Bett zusammengekauert; er hatte ruhen wollen, einen Augenblick nur, doch dann hatte der Schlaf ihn wohl übermannt.

Hatte er geträumt? Er konnte sich nicht entsinnen; doch im Augenblick des Erwachens hatte er eine vertraute Stimme gehört: den Rotgeschuppten, der seinen Namen gerufen hatte, »Laghanos, Laghanos…«

Haben die Goldéi einen Weg in die Sphäre des Heiligen Spektakels gefunden? Sucht Aquazzan nach mir, um mich ein zweites Mal zu seinem Schüler zu machen?

Ein Schüler, ja… Seit ihn die Malkuda aus den Armen seiner Mutter entrissen hatte, war Laghanos stets ein folgsamer Schüler gewesen, dem jene, die sich seine Lehrer nannten, ihren Willen aufgezwungen hatten. Sorturo, sein Meister an der Universität zu Larambroge – wie sehr hatte Laghanos ihn verehrt; er hatte ihn geliebt wie einen Vater, doch Sorturo hatte nie Zweifel daran gelassen, daß er in Laghanos vor allem den gelehrigen Zauberschüler sah, den es zu unterrichten galt. Dann, nachdem er aus Larambroge entführt worden war, hatten die Goldéi ihm die Maske Drafurs angelegt, damit er als ihr Wegführer die Sphäre durchschreiten konnte. Und auch die Zauberer von Oors Caundis hatten Laghanos benutzt, geblendet von den Möglichkeiten, die ihnen Drafurs Maske eröffnet hatte, auch wenn sie damit ihr Todesurteil unterzeichnet hatten.

Nun ist es das Heilige Spektakel, das mich formen will. Wieder soll ich ein Schüler sein, der den Anweisungen seiner Lehrer folgt. Doch diesmal will ich mich nicht so einfach beugen.

Er tastete nach der Maske. Die goldenen Sporne und Stacheln lagen ruhig auf der Haut, sanft bebte das Gestänge, mit dem die Maske in seinen Schläfen verankert war. Sie war in den vergangenen Tagen stiller geworden, hatte sich Laghanos' Willen gefügt. Inzwischen hatte er herausgefunden, wie er durch leichte Bewegungen seiner Gesichtsmuskeln die Sporne der Maske hervorschnellen und mit ihnen nach der Sphäre tasten konnte. Er ahnte, daß sich die Sphäre auf diese Weise beeinflussen ließ und daß er die Maske bald gut genug beherrschen würde, um einen Weg in die Welt der Goldéi zu finden – oder zu anderen Orten jenseits der Sphäre, von denen Sorturo ihm in manchen Lehrstunden erzählt hatte.

Noch aber war seine Macht nicht groß genug. Die Sphäre des Heiligen Spektakels war ihm weiterhin ein Rätsel. Vergeblich hatte er nach der Inneren und Äußeren Schicht gesucht, die jede Quelle umgaben. Hier aber fehlten diese magischen Hüllen. Die Sphäre des Heiligen Spektakels glich eher einem engmaschigen Netz, dessen Fäden auf seltsame Weise miteinander verknüpft waren. Wenn Laghanos nach ihnen greifen wollte, entglitten sie ihm. Dafür gab es nur eine mögliche Erklärung. Sorturo hatte ihm erzählt, daß die Zauberer der Alten Zeit die Fähigkeit besessen hatten, magische Orte mit eigenen Sphären zu erschaffen, lange bevor Durta Slargin die Quellen bezwungen hatte – Wunderwerke wie die Weinende Mauer von Siccelda oder der Leuchtturm von Fareghi. Sie hatten die Zeit überdauert, und auch wenn kein Zauberer das Geheimnis ihrer Entstehung entschlüsseln konnte, wirkte ihre Magie bis zum heutigen Tage.

Laghanos dachte an sein Gespräch mit Darsayn. *Vielleicht handelt es sich auch bei dem ›Gefüge‹ um ein solches Wunderwerk, erschaffen von dem ›Weltenschmied‹, den die Menschen verehren.*

Er setzte sich im Bett auf, die Hände vor der Brust gefaltet, die Augen geschlossen. Dann begann er zu meditieren, so wie er es von Sorturo erlernt hatte. Sein Geist tastete nach den magischen Strömen, und die Maske richtete sich auf, um ihm beizustehen. Wirre Fäden aus Sphärenkraft umgaben ihn; widerwillig wichen sie beiseite, als Laghanos nach ihnen griff. Ihr Schimmern war ihm vertraut; die Ströme waren unverkennbar durch das magische Metall Silber gebündelt worden.

Die Silberdrähte … ich habe sie überall gesehen, an den Wänden, an den Höhlendecken. Ein Netz zur Lenkung der Magie, von Menschenhand geschaffen. Doch wo führen diese Drähte hin? Wo laufen sie zusammen?

Ein Surren, ein Knistern setzte ein; die Maske zerrte an seiner Gesichtshaut. Wie Stacheln schnellten die goldenen Sporne hervor und tasteten nach den magischen Strömen, die Laghanos umfluteten.

Die Sphäre ruft nach ihr! Aber wie ist das möglich? Wie kann das Heilige Spektakel mit einer Maske verbunden sein, die ich von den Goldéi erhielt?

Er zwang die Maske zur Ruhe. Das goldene Gestänge ließ sich besänftigen; gehorsam fuhren die goldenen Sporne zurück, schmiegten sich surrend an sein Gesicht.

»Vertraue mir«, flüsterte Laghanos. »Was immer du auch sein magst, du bist nun ein Teil von mir. Wir gehören zusammen, du und ich. Uns wird nichts mehr trennen.«

Sein Gesicht lag im Halbdunkel. Schatten verbargen Mund und Nase; allein die rotgeäderten Augen waren zu erkennen, die von Wand zu Wand huschten und jeder Bewegung nachspürten.

»Das Zeitalter der Wandlung«, flüsterte der Haubenträger. »Es naht... schon kriecht der Nebel auf unsere Küsten zu. Der Wandelbare kehrt in die Hallen des Heiligen Spektakels ein.« Er legte die Stirn an die Felswand. »Bald wird der Weltenschmied entfesselt sein und die neue Zeit gestalten; und wir, seine Diener, müssen ihm zur Seite stehen.«

Langsam schob sich Darsayn durch einen Spalt in der Felswand, die Hände an das Gestein gepreßt. Sein Kopf wanderte aus den Schatten ins Licht. Müde wirkte sein Gesicht; die Wangen wie sprödes Pergament, das Haar wie zerrupfte Watte.

»Mondschlund schleicht durch unsere Gänge... hört ihr ihn? Still, still... grau sind seine Kleider, lautlos seine Schritte... wir müssen wachsam sein, damit er den Wandelbaren nicht findet.« Darsayn krallte sich an der Wand fest. Seine Fingernägel schabten über das Gestein. »Das Gefüge... ich muß es warnen. Es wird wissen, was zu tun ist, ja, gewiß.«

Er hatte sich nun ganz durch den Spalt gepreßt, der sich zu einer engen Höhle hin öffnete. In den Felswänden klafften zahlreiche Risse, aus denen ein dunkelblaues Leuchten drang. Es schuf zwischen den Felsvorsprüngen ein beunruhigendes Schattenspiel; düstere Blautöne, welche die Schrecken der Finsternis erahnen ließen.

Doch da waren noch andere Lichter – smaragdgrüne Punkte, die kurz aufblitzten und wieder erloschen. Es waren Augenpaare, giftgrün und grell. Ein Schauer lief über den Rücken des Haubenträgers.

»Fort... fort mit euch! Ich muß allein mit dem Gefüge sprechen... fort mit euch, unnützes Gelichter! Laßt mich allein... geht, geht!«

Sie gehorchten. Die grünen Augen erloschen; für einen Moment war die Höhle erfüllt mit dem Tapsen winziger Füße, dem Wuseln einer flüchtenden Schar, die in den Felsritzen verschwand. Nur einige der Wesen verharrten auf einem Felsvorsprung; zottige, handspannengroße Geschöpfe, die sich an der Steinwand festklammerten. Ihre Augen hatten sich zu Schlitzen verengt.

Darsayn richtete sich auf, so daß sein Kopf beinahe die Höhlendecke streifte. »Fort, sagte ich! Habt ihr vergessen, wer ich bin?« Er wies auf seine Flickenhaube. »Ihr müßt mir dienen – das habt ihr dem Weltenschmied geschworen, als er euch zu Wächtern des Gefüges machte!« Er machte eine herrische Geste. »Geht, geht endlich ... es ruft mich bereits ... es darf nicht länger warten!«

Die Geschöpfe gehorchten. Darsayn ließ die Hand sinken. »Sie trauen mir nicht. Zu lange leben sie schon unter dem Rochen. Die Zeit hat sie seltsam werden lassen, ja, seltsam.«

Ein Sirren lenkte seinen Blick zur Höhlendecke. Silbern blitzten die Drähte auf, die sich unterhalb des Gesteins spannten. Von allen Seiten führten sie herbei; einem Spinnennetz gleich liefen sie in der Mitte der Höhle zusammen und vereinten sich zu einem einzigen Strang, der zum Boden herabführte. Es war nicht zu erkennen, wo dieser verankert war, denn ein purpurnes Tuch deckte die Stelle ab. Der Stoff warf zahlreiche Falten, und diese waren in Bewegung, wölbten und bauschten sich auf, als wände sich ein Tier unter dem Laken.

»Ich bin ja schon bei dir«, flüsterte der Haubenträger. »Viel gibt es zu berichten und zu beraten. Alles sollst du wissen, alles!« Er kniete sich auf den Steinboden, streckte die Hand aus, zog das Tuch zur Seite. Schlagartig änderte sich das Licht in der Höhle; das dunkle Blau wich einem silbernen Glanz. Geblendet kniff Darsayn die Augen zusammen.

»Ich sehe, du bist zornig. Spät komme ich zu dir, doch mir fehlte in den vergangenen Wochen die Kraft. Unsere letzte Unterredung hat mich sehr erschöpft ... verzeih mir!«

Ein Surren und Scharren, Rasseln und Prasseln, Schaben und Knirschen setzte ein und ließ den Haubenträger verstummen. Er öffnete die Augen und starrte auf das Gefüge, das sich vor ihm erstreckte: silberne Speichen und Spangen,

Stangen und Räder, die sich umeinander drehten und wanden, zuckten und zurrten, vibrierten und gegeneinanderschlugen. Nun, da Darsayn das Tuch zur Seite gezogen hatte, entfaltete sich das Gefüge; wie dünne Arme erhoben sich glitzernde Stangen vom Boden der Höhle. Er spürte die kalten Stäbe an seinen Armen entlangstreichen, sah winzige Sporne hervorschnellen und sich in seine Haut bohren. Ein Beben ging durch seine Brust, als das Gefüge ihn zu sich zog, seinen Oberkörper sanft umklammerte. Er sah aus dem Gewirr zwei Drähte hervorschießen, ihre Enden spitz wie Nadelköpfe. Sie näherten sich seinem Gesicht, verharrten dicht vor seinen Augen.

»Ich bin bereit«, sprach Darsayn leise.

Langsam setzten sich die Drähte in Bewegung, glitten mit einem schmatzenden Geräusch in seine Augäpfel. Ein Zittern durchfuhr Darsayn, Blut rann an seinen Wangen herab, sammelte sich in den Mundwinkeln.

»Ja, ich weiß, du hast viele Fragen«, stöhnte er. »Frage mich nur ... ich bin bereit, dir auf alles eine Antwort zu geben. Du sollst jede Einzelheit über den Wandelbaren erfahren, damit du dich auf die Vereinigung einstimmen kannst! Noch ist er nicht willens, das Geschenk des Weltenschmieds zu würdigen, doch bald wird er zu dir kommen, so wie es ihm bestimmt ist.«

Ein gräßliches Geräusch ertönte, das Knirschen von Metall auf Metall, und die Nadeln bohrten sich tief in die Augen des Haubenträgers, um dort nach Antworten auf die zahllosen Fragen zu suchen, die das Gefüge beschäftigten.

KAPITEL 7

Rätsel

»Ist es noch weit, Großmerkant?«

Aelarian Trurac blieb stehen und sah sich nach seinem Begleiter um. Cornbrunn war zurückgefallen. Mit hängenden Schultern kämpfte er sich durch den Wind, der ihnen entgegenschlug. Zum wiederholten Male hatte sich das Lederband gelöst, welches seinen roten Schopf zusammenhielt, so daß die Haare sein Gesicht umwehten.

»Ich höre wohl nicht recht!« tadelte Aelarian seinen Leibdiener. »Wir sind kaum eine Stunde unterwegs. Haben dich die Kräfte schon verlassen?«

»Ich bin halb durchgefroren«, jammerte Cornbrunn, »und meine Füße tun weh.« Er wies auf seine abgewetzten Stiefel. »Wie weit ist es noch bis zu diesem elenden Fischerdorf?«

Aelarian konnte sich ein Grinsen nicht verkneifen. »Ich hatte dich gewarnt! Für einen Spaziergang an der Küste Morthyls benötigt man festes Schuhwerk und eine Kopfbedeckung, die vor dem Wind schützt. Hättest du auf mich gehört und dir eine Arca zugelegt...«

»Bleibt mir vom Leib damit«, stöhnte Cornbrunn. »Bevor ich diese Narrenkappe aufsetze, erfriere ich lieber.«

»Du brauchst wahrlich nicht die Kappe eines Narren aufzusetzen, um einer zu sein«, erwiderte Aelarian. »Und jetzt reiß dich zusammen. Wir haben die Hälfte des Wegs bereits hinter uns. Bald können wir uns in der *Roten Kordel* aufwärmen.«

Seit einer Weile schon folgten sie dem Pfad, der sich westlich von Galbar Arc an der Küste entlangschlängelte. Er führte über zerklüftetes Gestein hinweg, über ölig glänzende Schieferplatten, die aus dem Wasser aufragten, scharfkantig zerborsten unter dem Ansturm der Wellen. Immer wieder rutschten die beiden Troublinier auf dem seifigen Gestein aus, schlitterten in den Schlick aus Seetang, abgestorbenen Quallen und Muschelsplittern, der die Platten säumte. Cornbrunn, dessen Schuhe in der Tat nicht die besten waren, hatte sich längst die Knöchel wundgescheuert, und so mehrten sich seine Klagen.

Das Silbermeer zeigte an diesem Tag sein wahres Gesicht. Schmutziggraue Wellen schlugen mit tosender Wucht gegen die Felsen. Wenn sie zerschellten, wurden die Wegplatten von gurgelndem Wasser umspült, und Gischt spritzte empor wie der Geifer eines aufgebrachten Tieres.

»Wir hätten in Galbar Arc bleiben sollen«, jammerte Cornbrunn, während er über eine schrägstehende Schieferplatte balancierte. »Um diese Stunde wird in der Taverne heiße Milchsuppe gereicht, dazu kühles Bier... Wir aber klettern wie Krabbensammler durch Seetang und Möwendreck, auf der Suche nach einem nichtssagenden Kaff im Nirgendwo. Ihr scheint mich von der Häßlichkeit dieser Insel überzeugen zu wollen, Großmerkant!«

»Zugegeben, Morthyl ist nicht gerade für seine malerischen Landschaften bekannt«, antwortete Aelarian. »Doch die Insel bietet andere Vorzüge – zum Beispiel die reichen Silberminen, um die jede Menge Kriege geführt wurden. Die Gyraner haben Morthyl siebenhundert Jahre lang ausgepreßt wie eine reife Frucht, obwohl es den Einheimischen immer wieder gelang, das Joch der Fremdherrschaft abzuschütteln.« Er half Cornbrunn, einen brüchigen Stein zu übersteigen. »Auch unser Volk hat kräftig an dieser Insel verdient. Kaum hatten die Gyraner Morthyl erobert, eilten troublinische Händler mit ihren Segelschiffen herbei, um die neuen Herren mit Waffen und Wein und Weibern zu versorgen. Sie arbeiteten Hand in Hand mit den Besatzern zusammen, verschifften geschürftes Silber und morthylische Sklaven nach Gyr und schlugen einen prächtigen Gewinn dabei heraus. Morthyl ist bis heute eines der wichtigsten Handelsziele der Großgilde. Manche Kaufmannssippe aus Taruba verdankt ihren Reichtum vor allem dem Silberhandel mit der Insel.«

Mit verbissenem Gesichtsausdruck kämpfte sich Cornbrunn über die Steinplatten hinweg. »Behaupten nicht einige Familien sogar, Morthyl sei von ihren seefahrenden Ahnen im Silbermeer entdeckt worden?«

Aelarian lachte auf. »Das ist natürlich Unsinn! Die Troublinier waren zwar die ersten, die Morthyl vom Westen aus erreichten. Doch entdeckt wurde die Insel vor weit über zweitausend Jahren, zu einer Zeit, als man in Troublinien noch in den Sümpfen lebte und Moorgeister anbetete. Damals landete das Schiff des Seefahrers Varyn an Morthyls Küste. Er war ein Gyraner und zugleich der erste Mensch, der es wagte, das Silbermeer zu befahren. Er entdeckte die Inseln Vodtiva und Pendekowin, Morthyl und Fareghi, wo er seinen legendären Leuchtturm errichtete, von dem uns Kapitän Coron berichtete. Niemand weiß, woher Varyn seine Zauberkräfte nahm, um den magischen Turm zu bauen. Als er das Silbermeer erforschte, war den Menschen die Magie noch unbekannt; erst viele Jahrhunderte später sollte Durta Slargin die Quellen bändigen und die Logen gründen. Die Entstehung des Leuchtturms bleibt deshalb ein Rätsel, an dem sich die Zauberer bis heute die Zähne ausbeißen.«

»Was wurde aus diesem geheimnisvollen Seefahrer?«

»Nach der Erbauung des Leuchtturms setzte Varyn seine Reise fort und erreichte die Küste des heutigen Fürstentums Varona, das nicht ohne Grund seinen Namen trägt. Hier gründete er die Stadt Vara und lebte dort bis zu seinem Tod. Die Sitharer verleugnen bis heute, daß ihre langjährige Residenzstadt von einem Gyraner errichtet wurde. Um so inniger wird Varyn in seiner Heimat verehrt; auf ihn beriefen sich die gyranischen Seeherren, als sie Morthyl und Vodtiva versklavten. Bis heute erhebt der König von Gyr Anspruch auf das Silbermeer, weil er sich als ein Erbe Varyns betrachtet.«

»Das sind wohl eher Wunschträume eines gefallenen Despoten, der sich vor den Goldéi im Süden seines Reiches versteckt«, sagte Cornbrunn gehässig. »Tarnac von Gyr mag vieles sein – ein Tyrann, ein gewiefter Stratege, ein Nachkomme des Meergottes, doch gewiß nicht König des Silbermeeres. Dieser Titel steht wohl eher Eldrom von Crusco zu. Wer den Leuchtturm beherrscht, beherrscht auch das Meer.«

»Das ist unbestritten. Doch wie lange wird sich Eldrom auf Fareghi halten? Die Morthyler werden ihn nicht ewig auf der Insel dulden.« Aelarian verharrte auf den Schieferplatten und blickte auf das tobende Meer. »Dank der Umtriebe unseres Freundes Rumos Rokariac könnten wir rascher in diesen Konflikt hineingeraten, als uns lieb ist. Ich habe keine Ahnung, was unser graubärtiges Großväterchen im Schilde führt, doch es ist mir nicht wohl dabei.«

»Und dieses Unwohlsein verleitet Euch dazu, in abgelegenen Fischerdörfern Erkundigungen über die Insel Fareghi anzustellen«, stöhnte Cornbrunn auf. »Manchmal scheint es mir, als wäre dies alles ein Spiel zwischen Euch und Rumos, ein Wettstreit alter Kontrahenten, die stets aufs Neue ihre schartigen Klingen kreuzen.«

Aelarian nickte. »Im Gildenrat habe ich Rumos manche Niederlage bereitet, doch er hat es mit gleicher Münze zurückgezahlt. Auf sein Drängen hin wurde ich aus Taruba verbannt, und als er Uliman Thayrins Ausbildung an sich riß, wollte er damit vor allem mich demütigen und mir beweisen, wie vergeblich meine Bemühungen gewesen waren, den Prinzen zu erziehen.« Aelarians Worte klangen wehmütig. »Wenn ich dort auf das Meer blicke, erinnere ich mich an einen Moment zurück, der nun einige Jahre zurückliegt. Damals reiste ich mit Uliman durch Troublinien; der Junge war etwa neun Jahre alt. Ich wollte ihm das Leben fernab der großen Städte zeigen, das pralle Leben mit all seinen Freuden und Ausschweifungen: Dorffeste, auf denen Wein aus vollen Fässern ausgeschenkt wird, auf denen Frauen ihre Brüste beim Tanz entblößen und knackige Burschen mit ihren Liebhabern im freien Feld verschwinden…«

»Hört, hört!« unterbrach ihn Cornbrunn. »Nun verstehe ich Eure Liebe zum ländlichen Leben!«

Aelarian fuhr in schwärmerischem Tonfall fort. »Uliman sollte die fahrenden Gaukler sehen, die mit ihren Wägen durch die Lande ziehen, mit ihren Fackeln die Nächte erhellen und dabei den Töchtern und Söhnen des Bauernvolks schöne Augen machen; oder die Hurenhäuser von Torquiat, wo Jünglinge beim Kartenspiel über ihre lüsternen Väter scherzen, die sich im Nachbarraum an blutjungen Mädchen und Knaben vergehen, wo alternde Kurtisanen ihren Kunden die fragwürdigsten Genüsse versprechen, wo Lust und Begierde jene großen Tugenden als Lügen entlarven, von denen die Barden so schwärmen – Treue und Keuschheit. All dies wollte ich Uliman zeigen; er sollte verstehen, wie die Menschen leben, über die er einst herrschen wird. Denn was hatte er in Thax schon darüber erfahren? Sein Vater, Akendor Thayrin, hatte ihm nichts mit auf den Weg gegeben als Furcht vor dem Leben, und diese Furcht, so spürte ich, könnte sich jederzeit zum Haß gegen den Menschen wandeln, wenn sie ihm nicht ausgetrieben würde.« Ein trauriges Lächeln huschte über Aelarians Gesicht. »Einmal durchwanderte ich mit Uliman die Wälder westlich von Oublin – dort, wo sich sonst keine Menschenseele hinverirrt, um uns nichts als dunkle Tannen und die Felsrücken des Hohen Gebirges, die in der Abendsonne leuchteten. Ich stieg mit ihm höher und höher, bis zum Gipfel, wo der Wald sich lichtete und den Blick über das Gebirge ermöglichte. Dort lag es zu unseren Füßen: das Meer, die Troublinische See, und sie funkelte und schimmerte im Sonnenlicht. Nie habe ich größeres Entzücken gesehen als in jenem Augenblick im Gesicht dieses Knaben.« Aelarian hob die Hand vors Gesicht, um seine Augen vor der aufspritzenden Gischt zu schützen. »Ich fragte Uliman, ob ihm der Anblick gefalle. Er sagte zu mir: ›Es ist das Schönste, was ich je gesehen habe. Wenn ich erst Kaiser bin, werden meine Schiffe sämtliche Meere der Welt erobern, und ich werde den Menschen verbieten, auf das Wasser zu blicken, damit es allein mir gehört!‹ Da bückte ich mich und hob einen jener blauen Steine vom Boden auf, die man so häufig im Hohen Gebirge findet. Ich reichte ihn Uliman und sagte: ›Nimm diesen Stein. Er hat die Farbe des Meeres. Wenn du ihn hervorholst, wirst du stets an diesen Augenblick zurückdenken. Dann werden alle Meere der Welt dir gehören, ohne daß du ein Schiff aussenden oder den Menschen verbieten mußt, sich so wie du an der Schönheit der See zu erfreuen.‹ Uliman nahm den Stein voller Freude an sich, und ich spürte in diesem Augenblick eine tiefe Verbundenheit zwischen uns.«

»Ihr hattet schon immer einen Sinn für schwülstige Momente«, stichelte Cornbrunn. »Der Knabe war sicher ganz verzaubert von Euren Worten.«

Aelarian ging nicht auf die Herausforderung seines Leibdieners ein. »Zwei Jahre später, als mich der Rat bereits auf Rumos' Drängen nach Iarac verbannt hatte, sandte mir Uliman einen Brief. Im Umschlag steckte der blaue Stein, und im dazugehörigen Schreiben teilte der Prinz mir mit, daß er es fortan vorziehe, die Meere durch seine Flotte zu beherrschen und nicht durch seine Phantasie. Es war ein boshafter Brief, geschrieben von Ulimans Hand, doch es waren nicht die Worte eines elfjährigen Knaben. Rumos hatte sie ihm diktiert, und ihre Botschaft war eindeutig: er wollte mir beweisen, daß er meinen Einfluß auf Uliman in weniger als einem Jahr zertrümmert hatte.« Aelarians Stimme zitterte. »Verstehst du, Cornbrunn – er hat es geschafft, ihn in kürzester Zeit zu verderben. Ich habe immer gewußt, wie sehr Uliman sich danach sehnte, zu jemandem aufblicken zu können, der nicht so schwach wie der eigene Vater war. Deshalb wollte ich ihn zu einem Menschen erziehen, der sich von niemandem beeinflussen läßt. Rumos aber machte ihn von sich abhängig. Eines Tages wird Uliman den Thron von Sithar erklimmen; dann wird sich zeigen, was dieser Priester mit ihm angerichtet hat.«

Cornbrunn legte Aelarian die Hand auf die Schulter. »Es ist nicht Eure Schuld. Ihr habt Euer Möglichstes getan, um den Prinzen zu einem guten Herrscher zu erziehen. Nicht

Ihr habt versagt, sondern der Gildenrat, der Uliman den Einflüsterungen dieses Priesters aussetzte.«

Er umarmte Aelarian, und dieser hielt sich an ihm fest wie ein Ertrinkender. Ihre Gesichter berührten sich. Dann küßte Cornbrunn ihn. Sein Kuß war sanft und tröstend. Aelarian schmeckte das Salz des Silbermeeres auf den Lippen des anderen, und für einen Moment verstummte der Wind, als wollte er die Verbundenheit der beiden Männer nicht stören.

Nach einer Weile löste sich Cornbrunn von Aelarian. »Laßt uns weitergehen, Großmerkant, damit wir dieses verfluchte Fischerdorf endlich erreichen. Was immer Ihr dort zu finden hofft – ich für meinen Teil werde mich mit ein paar Humpen Bier und einer warmen Mahlzeit zufrieden geben. Vielleicht bin ich dann sogar in Stimmung, mir einen weiteren Schwank aus Eurem Leben anzuhören.« Er reichte dem Großmerkanten die Hand, und Aelarian ergriff sie, ließ sich von Cornbrunn über die schrägstehenden Schieferplatten führen, und ein Lächeln kehrte in sein Gesicht zurück, das für einen Moment so erschöpft gewirkt hatte.

Und wieder packten sie seinen Kopf, trümmerten ihn gegen den Steinboden. Sein Blut glitzerte auf dem Granit, dazwischen zersplitterte Zähne, Speichel, Tränen. Längst hatte er aufgehört, um Gnade zu flehen; rang nur noch nach Atem und erwartete die kommenden Schläge.

»Laßt ihn los!«

Der Befehl kam unerwartet. Die Hände, die seinen Nakken und seine Schultern gepackt hatten, lockerten sich. Der Geschundene rollte sich auf die Seite, versuchte aufzublikken, doch sogleich rann ihm Blut in die Augen. Schritte näherten sich. Über ihm ein Schatten; eine Gestalt beugte sich zu ihm herab.

»Sieh mich an!« befahl eine strenge Stimme. »Erkennst du mich?«

Der Gefangene blinzelte mehrmals. Vor ihm stand ein

älterer Mann, das Gesicht geprägt von markanten Falten, die Augen drohend wie die eines Falken. Ein weißer Backenbart verbarg die mageren Wangen. Er trug ein edles Wams; an den Fingern glänzten mehrere Ringe

»Perjan... Ihr seid Fürst Perjan«, preßte der Gefangene hervor.

Der Mann über ihm nickte. »Ja, ich bin Perjan Lomis, der Fürst von Morthyl, dein Herrscher! Und du bist mein Untertan und schuldest mir Rechenschaft für deinen Verrat.« Er sprach mit Bedacht, seine Worte waren sorgfältig gewählt. »Meine Männer haben dich lange verhört, doch noch immer habe ich nicht erfahren, was ich wissen will.«

»Aber ich habe doch alles erzählt«, wimmerte der Gefangene. »Vergebt mir, mein Fürst... ich habe alles gesagt!«

Perjan Lomis verzog keine Miene. »Uns ist bekannt, daß du von den Kathygern angeworben wurdest. Du solltest für Eldrom von Crusco Waffen und Nahrungsmittel aus den fürstlichen Kontoren entwenden. Für diese Tat erhieltest du eine Summe von vierzig Goldstücken.«

Verzweifelt zerrte der Gefangene an seinen Fesseln. »Ich bereue es, mein Fürst! Ich war töricht und nahm das Geld. Die Männer, die mich anwarben, waren Zunftleute wie ich, doch ich hatte sie nie zuvor gesehen, das schwöre ich; aber ich kann sie Euch beschreiben...«

Einer der umstehenden Wächter versetzte ihm einen Tritt in den Nacken. Sein Kopf schlug erneut auf die Steinplatte. »Das ist es nicht, was Fürst Perjan von dir wissen will! Deine Mitverschwörer wurden längst gefaßt. Deine Lügen sind zwecklos.«

»Ich werde dich nun ein letztes Mal fragen«, sagte Perjan Lomis ruhig. Er beugte sich noch tiefer zu dem Gefangenen herab. »Auf welchem Schiff solltest du die gestohlenen Waren nach Fareghi bringen? Wer sollte es steuern?«

Der Mann krümmte sich in seiner Blutlache. »Ich weiß es nicht, mein Fürst. Ich sollte das Schiff nur aus dem Hafen lenken. Dann sollte ein anderer es übernehmen, ein Mann mit einem Turmbinder.«

»Wer?« Die Stimme des Fürsten war unerbittlich. »Ich möchte Namen wissen!« Er packte den Gefangenen am blutgetränkten Kragen seines Gewandes.

»Ich weiß es nicht«, flüsterte der Gefangene. »Sie haben es mir nicht gesagt.«

Fürst Perjan schwieg. Keine Regung verzerrte sein Gesicht, doch der Griff seiner Hand wurde fester; er zerrte an dem Kragen des Gefangenen, bis dieser riß und der Gefangene röchelnd zu Boden glitt.

»Bringt ihn weg«, befahl er barsch. »Werft ihn in den tiefsten Kerker der Burg. Weg, weg mit ihm!«

Die Wächter schleiften den Gefesselten fort. Wütend wandte sich Perjan Lomis seinen Beratern zu, die dem Verhör beigewohnt hatten. »Es sieht so aus, als ob er die Wahrheit sagt. Sein Geständnis deckt sich mit den Aussagen der zwei anderen Verdächtigen. Jeder von ihnen war nur in einen Teil des Plans eingeweiht, und sie warben sich gegenseitig an, ohne einander zu kennen. Ich möchte wissen, wer dahintersteckt!«

»Das wird schwer zu ermitteln sein, mein Fürst«, meinte einer der Berater. »Die Hafenzunft ist durchsetzt von Schmugglern, die sich nur allzu bereitwillig bestechen lassen. Selbst wenn wir jeden einzelnen Zunftmann befragten, träfen wir doch nur auf eine Mauer des Schweigens.«

Perjan Lomis starrte auf den blutigen Fetzen in seiner Hand. In dem Stoff schimmerte das zerrissene Ende einer gelben Kordel. »Wir hätten schon vor Jahren gegen diese Zustände vorgehen müssen. Der Hafen ist der verwundbarste Punkt der Stadt, ja, des gesamten Fürstentums!«

»Wir werden die Kontrollen im Hafen verstärken«, versprach ein zweiter Berater. »Immerhin hat der Meister der Zunft Euch versprochen, die Verräter in den kommenden Wochen aufzuspüren.«

»Das hoffe ich für ihn, denn wenn diese Schmuggeleien nicht aufhören, wird die Zunft bluten!« Perjan Lomis wandte sich zum Fenster des großen Ratssaales, der im höchsten Stockwerk der Burg Galbar lag. Durch die Glasscheibe war das Silbermeer zu erkennen; ihre leichte Grünfärbung verlieh den Wellen und dem wolkenverhangenen Himmel ein bedrohliches Aussehen. Sie war im Fürstentum Thoka gefertigt worden, in den Glasereien von Serys, die seit jeher das klarste und härteste Glas brannten, das auf Gharax zu finden war. Zudem war die Scheibe an einigen Stellen mit einem besonderen Schliff versehen; blickte man durch sie auf das Meer, erschienen die vor Morthyl gelegenen Inseln in starker Vergrößerung. Auf diese Weise konnte man vom Ratssaal aus bis nach Fareghi sehen, das sonst kaum mehr als ein Punkt am Horizont war. Mit finsterer Miene starrte Fürst Perjan auf die ferne Insel. »Zumindest hat sich unser Verdacht bestätigt. Das kathygische Heer wird von Galbar Arc aus mit Waffen und Nahrung versorgt. Die Verräter stehlen die Waren aus unseren Lagern und bringen sie heimlich nach Fareghi.«

Der erste Berater nickte. »Der Leuchtturm leitet ihre Schiffe durch die stürmischsten Nächte. Unsere hingegen zerschellen an den Klippen, sobald sie sich der Insel nähern. Solange wir nicht nach Fareghi übersetzen können, stehen wir Eldrom machtlos gegenüber. Bislang hatten wir darauf gehofft, ihn und sein Heer aushungern zu können. Doch es wird immer wieder Abtrünnige geben, die Eldrom mit Nahrung beliefern, wenn er ihnen im Gegenzug zu einer sicheren Passage durch das Silbermeer verhilft.«

Perjan Lomis schleuderte die abgerissene Kordel zu Boden. »Ich werde nicht länger mit ansehen, wie sich dieser dahergelaufene Baron als Herrscher des Silbermeeres aufspielt! Es muß einen Weg geben, die Macht des Leuchtturms zu brechen. Habt Ihr die Tathrilya in dieser Angelegenheit um Rat gefragt?«

»Die Priester waren keine große Hilfe. Sie behaupten, die Sphäre des Leuchtturms nicht beeinflussen zu können. Es gibt allerdings einen von ihnen, der Euch schon seit Tagen zu sprechen wünscht; ein Troublinier namens Rumos Rokariac. Er führt einen Schutzbrief der Großgilde mit sich und zudem ein beglaubigtes Schreiben des neuen Hohenpriesters Bars Balicor. Er bietet Euch an, unsere Flotte unbeschadet nach Fareghi zu bringen. Vielleicht sollten wir ihn anhören; er wartet unten in der Gasthalle auf eine Audienz.«

Aus Fürst Perjans Gesicht sprach Widerwillen. »Ein Troublinier... nun, von mir aus soll er vorbringen, was er zu sagen hat. Doch er soll sich kurz fassen! Meine Zeit ist kostbar.«

Ein Saaldiener wurde angewiesen, den Priester zu holen. Perjan Lomis verharrte am Fenster, den Blick auf Fareghi gerichtet. Seine Finger tippten gegen die Scheibe, als wollte er durch das Glas nach der Insel tasten, die in greifbarer Nähe zu liegen schien und doch unerreichbar für ihn war.

Er wandte sich um, als er Schritte hinter sich vernahm. Ein auffallend großer Mann kam durch den Saal auf ihn zu. Das graue Haar und die zerknitterte Haut verrieten sein hohes Alter. Er trug die weiße Kutte der Tathril-Kirche. Sein bärtiges Gesicht wirkte unfreundlich, der Mund war ein verhärmter Strich.

Der Priester verneigte sich. »Ich grüße Euch, Fürst Perjan. Mein Name ist Rumos Rokariac, und ich bin geweihter Priester der Kirche des Tathril, die sich...«

»Eure Referenzen sind mir bekannt«, unterbrach Perjan ihn kühl. »Ich bin kein großer Freund Eures Glaubens, und ebenso wenig bin ich ein Freund Eures Landes. Die frechen Angriffe der troublinischen Freibeuter sind eine lästige Plage. Es wird der Tag kommen, an dem der Thronrat diesem Treiben ein Ende setzt.«

Der Priester schürzte den Mund, so daß der Ansatz seiner vergilbten Zähne zu sehen war. »Hat der Thronrat zur Zeit nicht andere Probleme, Fürst Perjan? Über den Vormarsch der Goldéi seid Ihr gewiß unterrichtet, und nun, da ein neuer Kaiser den Thron besteigt, wird wohl niemand in Sithar ernsthaft einen Krieg gegen Troublinien erwägen.«

Perjan Lomis nickte. »Die Nachricht von Akendors Tod hat mich vor einigen Tagen erreicht. Welch tragisches Schicksal, daß unser Kaiser schon in so jungen Jahren von uns gehen mußte.«

»Ja, äußerst tragisch«, sagte Rumos Rokariac. »Der Silberne Kreis wird Prinz Uliman zum Herrscher ernennen – wenn auch ohne Eure Stimme, denn Ihr habt es vorgezogen, nach Morthyl zurückzukehren.«

Fürst Perjan spielte ungeduldig mit den Ringen an seinen Fingern. »Ich habe Thax verlassen, um die kathygischen Eindringlinge aus meinem Fürstentum zu vertreiben. Mein Sohn Stun wird mich im Thronrat vertreten; ich habe ihm die Fürstenkette überlassen, und somit ist er befugt, für Uliman zu stimmen. Falls der troublinische Gildenrat also auf einen Zwist im Silbernen Kreis hofft, täuscht er sich.« Er hielt für einen Moment inne. »Doch genug davon, Priester! Ich habe weder Zeit noch Lust, mit einem Troublinier über die Angelegenheiten des Reiches zu diskutieren. Ihr seid gekommen, um mit mir über das besetzte Fareghi zu sprechen.«

Rumos nickte. »Der Verlust des Leuchtturms schadet auch dem troublinischen Handel. Es ist der Großgilde ein wichtiges Anliegen, Eldrom von Crusco so rasch wie möglich von der Insel zu vertreiben. In Taruba fragt man sich allerdings, wie die Kathyger überhaupt nach Fareghi gelangen konnten.«

»Nach allem, was wir wissen, war Zauberei im Spiel«, verriet Perjan. »Die Kathyger hatten keine Schiffe bei sich, als sie die Insel besetzten. Die unbekannte Magie der Goldéi muß sie nach Fareghi gebracht haben. Es ist allerdings verwunderlich, daß die Echsen die Insel nicht selbst einnahmen, sondern ihre menschlichen Verbündeten entsandten.«

»Woher wollt Ihr wissen, daß die Goldéi nicht an der Besetzung Fareghis beteiligt waren?« fragte Rumos.

Perjans Miene verdüsterte sich. »Wir haben einige Verräter gefaßt, Angehörige der Hafenzunft, die Waren nach Fareghi schmuggelten. Laut ihren Aussagen befinden sich keine Goldéi auf der Insel.«

»Der Weg durch die Sphäre ist ihnen also noch verschlossen«, murmelte Rumos. »Das ist eine gute Nachricht! Doch nun zu Euren Plänen. Ihr habt vor den Toren Eurer Burg eine eindrucksvolle Streitmacht versammelt; in der Stadt munkelt man, Ihr wolltet bald nach Fareghi übersetzen, um die Insel zurückzuerobern. Ich möchte Euch für diesen Kampf meine Hilfe anbieten. Als Priester der Tathrilya bin ich mit den Kräften der Sphäre vertraut.«

Perjan Lomis gab sich gelangweilt. »Was bringt Euch zu der Annahme, ich wäre auf Eure Dienste angewiesen? Es gibt genug fähige Zauberer auf Morthyl, die ich in den Kampf rufen kann.«

Die Augen des alten Priesters glommen auf. »Ihr wißt ebenso wie ich, daß der Macht des Leuchtturms mit herkömmlicher Magie nicht beizukommen ist. Die Sphäre des Turms gründet sich auf keine natürliche Quelle; sie wurde niemals von Durta Slargin gebändigt. Solange der Turm in Eldroms Hand ist, gewährt er Euren Schiffen keinen Schutz vor den Gewalten des Silbermeeres. Wenn Ihr Eure Flotte nach Fareghi sendet, wird sie untergehen. Die Stürme werden Eure Schiffe an den Klippen vor der Insel zertrümmern.«

»Ihr erzählt mir nichts Neues«, unterbrach der Fürst ihn. »Ich weiß wohl, wie riskant die Überfahrt nach Fareghi ist, seit die Feuer des Turms erloschen sind.«

»Oh, sie sind nicht erloschen! Gestern Nacht sah ich sie brennen. Ein weißes Licht tanzte auf den Wellenspitzen und war weithin zu beobachten.«

Perjan Lomis winkte ab. »Auch das ist mir bekannt. In den vergangenen Wochen glommen die Feuer immer wieder für einige Stunden auf, aber sie waren von unseren Seeleute nicht zu deuten.«

»Das Licht des Turms mag rätselhaft erscheinen, doch Eldrom entzündet es nicht grundlos. Er sendet seinen Gefolgsleuten mit dem Turm geheime Zeichen. Allerdings verkennt er, daß die Feuer eine Brücke zwischen unserer Welt und der Sphäre schlagen. Dies können wir mit einigem Geschick für uns nutzen. Wenn wir die Botschaft des Lichts entschlüsseln, wird Eure Flotte nach Fareghi übersetzen können.«

Perjan Lomis runzelte die Stirn. »Ihr behauptet, das Licht des Turms deuten zu können?«

»Noch nicht. Doch es wird mir gelingen, denn ich bin mit der Magie des Feuers sehr vertraut. Sobald ich das Rätsel gelöst habe, könnte ich Eure Kapitäne unterweisen, mit Hilfe ihrer Turmbinder das Licht zu fesseln und somit einen sicheren Weg nach Fareghi zu finden. Ihr verfügt doch hoffentlich über einige fähige Schiffsführer?«

Fürst Perjan nickte voller Stolz. »In meiner Handelsflotte dienen die berühmtesten Kapitäne des Silbermeeres, allesamt Angehörige alter Seefahrerdynastien, die ihre Turmbinder von den eigenen Vätern geerbt haben.«

»Wählt nur die besten unter ihnen aus«, empfahl Rumos. »Sie sollen Eure Kriegsschiffe befehligen, wenn die Zeit gekommen ist. Ich werde sie mit den Lichtern vertraut machen. Doch seid gewarnt! Selbst wenn wir das fremde Licht für uns nutzen, bleibt die Macht des Leuchtturms unberechenbar. Nicht alle Schiffe werden nach Fareghi gelangen.«

»Das müssen wir riskieren.« Perjan Lomis musterte den Priester. »Wenn Ihr tatsächlich haltet, was Ihr versprecht, ist Euch mein Dank gewiß. Ich frage mich allerdings, welchen Vorteil Ihr Euch davon erhofft.«

Rumos neigte voller Bescheidenheit das ergraute Haupt. »Ich handle allein im Sinne Troubliniens und habe selbst nur einen Wunsch: Wenn Eure Flotte nach Fareghi übersetzt, möchte ich an diesem Abenteuer teilnehmen. Ich verfüge über ein eigenes Schiff. Erlaubt mir, es mit in die Schlacht zu führen, zu Ehren meines Landes und zu Ehren der Großgilde.«

Perjan Lomis zog überrascht die Augenbrauen hoch. »Solch kämpferische Rede hört man selten aus dem Mund eines Troubliniers. Nun, wenn es Euer Wunsch ist, Euer Leben für diese Sache aufs Spiel zu setzen, werde ich Euch nicht daran hindern.« Er wandte sich von dem Priester ab. »Ich hoffe, Ihr werdet bald Erkenntnisse über die Natur des Lichts gewinnen. Wenn Ihr wollt, könnt Ihr meinen Ratssaal für Eure Studien nutzen. Von keinem Ort auf Morthyl aus läßt sich Fareghi besser beobachten.«

Rumos verneigte sich tief. »Ich danke Euch für dieses Angebot, doch um das Licht des Turms zu beobachten, darf ich mich nicht auf meine Augen verlassen. Meine Sinne reichen weiter, als Ihr ermessen könnt.«

Mit diesen Worten zog er sich zurück. Bald hatte der Schatten des Türrahmens seine große Gestalt verschluckt.

Ein ungutes Gefühl beschlich Fürst Perjan. Er fragte sich, ob es ein Fehler gewesen war, den Priester ins Vertrauen gezogen zu haben; seine Gesichtszüge hatten ihn frösteln lassen. Doch der Fürst zwang sich zur Besonnenheit; bald kreisten seine Gedanken wieder um die Insel Fareghi, die sich als undeutlicher Flecken auf der Glasscheibe des Ratssaales abzeichnete.

Rumos Rokariac schritt indessen auf einer Wendeltreppe zum Untergeschoß der Burg hinab. Dort erwartete ihn Ashnada. Sie wirkte angespannt, blickte dem Zauberer voller Ungeduld entgegen.

»Da seid Ihr ja endlich! Ich war drauf und dran, zur Taverne zurückzukehren.« Ihre Augen flackerten unruhig. »Diese Burg widert mich an!«

»Das wundert mich nicht«, gab Rumos zurück. »Immerhin hast du einst in ihrem Kerker gesessen. Wie lange hielt dich Fürst Perjan hier gefangen, bevor er dich der Kirche übergab?«

Ashnada wich seinem Blick aus. »Sechs Tage, sechs lange Tage... sie haben mich in Ketten gelegt wie ein Tier, mich geschlagen und bespuckt, mich...« Ihr versagte die Stimme.

Rumos sah sie voller Hohn an. »Zweifelst du etwa an der Gerechtigkeit dieser Strafe? Für deine blutigen Mordtaten hättest du allemal den Tod verdient, ebenso wie deine Gefährten, die Fürst Perjan aufs Rad flechten ließ. Hätte Bars Balicor dich nicht befreit, wärest du wie sie hingerichtet worden.«

»Ihr hättet mich nicht an diesen Ort bringen dürfen! All diese Erinnerungen... und Fürst Perjan – er hätte mich sehen und erkennen können! Er hat mich im Kerker einige

Male verhört.« Ashnadas Lippen bebten. »Ich erinnere mich gut an sein hochmütiges Gesicht, als seine Folterknechte mich vor ihn schleiften. Er sah es mit an, als sie mir mit den Stiefeln ins Gesicht traten; dann richtete er mir die besten Grüße von König Tarnac aus; mein Dienst auf Morthyl sei beendet.« Sie ballte die Fäuste. »Sollte ich Perjan Lomis jemals wiedersehen, wird er für diese höhnischen Worte bezahlen!«

»Willst du ihn für deine Untaten verantwortlich machen?« fragte Rumos belustigt. »Oder willst du ihn für den Verrat deines König strafen? Ich warne dich, Ashnada – halte deine Gefühle in Zaum! Laß dich nicht von deinen Erinnerungen beherrschen, sonst prügele ich sie dir eigenhändig aus dem Leib.«

Haß loderte in ihren Augen. »Wagt es nicht, mir zu drohen!«

»Und du wage es nicht, meine Pläne zu gefährden! Denke stets daran: Nur ich kann dir zur Rache an Tarnac von Gyr verhelfen. Er war schuld an deinem Untergang, nicht Perjan Lomis; er war es, der dich verriet – dein eigener König!«

Es beschämte sie, wie leicht der Priester ihre Gefühle zu lenken wußte. *Tarnac von Gyr!* fuhr es ihr durch den Kopf, *Blut von meinem Blut, Fleisch von meinem Fleisch, beseelt von meinem Willen!* Für einen Moment spielte sie mit dem Gedanken, die Treppe emporzulaufen, die Tür das Ratssaales aufzureißen und ihre Hände um den faltigen Hals von Perjan Lomis zu legen; den Fürsten zu würgen, bis seine Augen hervorquollen, bis der Tod ihrer Gefährten gerächt wäre. Doch sie wußte, daß Rumos die Wahrheit sprach; es war nicht Perjan Lomis, der diese Rachegedanken in ihr auslöste. Sein Tod konnte ihr nicht die Ruhe verschaffen, nach der sie sich sehnte. *Meine Schwester,* höhnte Tarnacs heisere Stimme in ihrem Kopf, *Blut von meinem Blut,* und sie wünschte, diese Stimme endlich zum Schweigen bringen zu können.

Rumos brachte sie schließlich zur Besinnung. »Nimm Vernunft an, Ashnada! Ich brauche dich mehr als zuvor. Du mußt eine Aufgabe für mich erledigen. Höre dich im Hafen um, unter den Zunftleuten, den Seeleuten und Hafenarbeitern. Laut Fürst Perjan gibt es einige unter ihnen, die von Eldrom bestochen wurden und regelmäßig zur Insel hinüberfahren. Finde heraus, wer diese Männer sind – doch errege kein unnötiges Aufsehen! Hast du mich verstanden?«

Sie wiederholte seinen Befehl ohne Widerspruch. Doch der Haß in ihr loderte weiter, und sie wußte nicht, wie lange sie ihn noch zu beherrschen vermochte.

Wenn man sich Zeit als eine Flüssigkeit vorstellt, die durch die Gefäße des Lebens rinnt, dann ließe sie sich auf verschiedene Weise beschreiben: als Bach, der vom Gipfel der Freuden ins Tal drängt, um dort in einen stillen See zu münden; als reißender Strom, der alles fortschwemmt, was im Weg steht; als perlenden Wein, an dem wir uns berauschen, bis unser Kelch sich leert; oder als heiße Suppe, die wir mit Bedacht hinunterschlürfen, damit sie uns um so länger wärmt und stärkt.

In der Kneipe *Zur Roten Kordel* glich die Zeit – zumindest zwischen Sonnenauf- und Sonnenuntergang – einer zähen Masse, ähnlich dem Belag auf den Holztischen, die sich in Doppelreihen durch den Schankraum zogen; ein Brei aus verschüttetem altem Fett und dem Schweiß unzähliger Hände, die sich an den Tischkanten festgekrallt hatten. So wie diese klebrige Schicht im Lauf des Nachmittags auf den Tischplatten festtrocknete und Krusten bildete, verliefen die Mittagsstunden in der *Roten Kordel*. Die im Schankraum vorherrschende Stimmung, die sich teils als Trägheit, teils als Genügsamkeit beschreiben ließ, lähmte sämtliche Bewegung. Abgestandene Rauchschwaden waberten zwischen den Fenstern hin und her und konnten sich nicht dazu entschließen, den Weg ins Freie zu finden, ebenso wenig wie die Gestalten, die ihre Köpfe auf die Tischplatten betteten und dem dumpfen Pochen in ihren Schädeln nachhorchten, die Rache der unzähligen Schnäpse, die sie in der vergangenen Nacht vernichtet hatten.

Einige der Gäste waren freilich schon putzmunter, saßen mit aufgeknöpften Hemden am Schenker, jener magischen Durchreiche zur anliegenden Küche, durch die noch vor wenigen Stunden Bierkrüge und Weinbecher, fetttriefende Zinnteller und Suppennäpfe gewandert waren. Doch ach! – die messingbeschlagene Klappe des Schenkers war herabgelassen, und dahinter war es mucksmäuschenstill. Traurig starrten die erwachten Gäste – drei waren es an der Zahl – auf das verschlossene Türchen.

»So ist das also«, murmelte der alte Schnappes und rieb sich die Knollennase, die sein wettergegerbtes Gesicht kennzeichnete. Er war Krabbensammler und aufgrund dieser mühsamen Tätigkeit Entbehrungen gewohnt. »Nun, wir sind vor der Zeit erwacht, und die Vorzeitigkeit ist ein Fluch, dem man mit Gelassenheit begegnen muß.«

»Äch ne!« wehrte sein Nebenmann ab: Parzer, ein junger Fischer von fragwürdiger Erscheinung. Sein Gesicht war derb, die schielenden Augen hatten den Glanz eines Draufgängers, und der Kinnbart glich einer rostigen Drahtbürste. »Gelassenheit ist meine Sache nicht! Damals, als der alte Stolling noch Wirt war, kriegte man schon am frühen Morgen seinen ersten Raschen vorgesetzt. Frei aufs Haus, versteht sich!« Parzer bleckte die Zähne, die im Gegensatz zu seiner Haut makellos waren: eine weiße, gerade Front, auf die er zu Recht stolz war.

»Das ist nun wirklich lange her«, ließ der dritte Mann verlauten, der Netzknüpfer Ungeld; ein dicklicher Kerl mit dem listigen Gesicht eines Eichhörnchens. Seinen Kahlkopf verbarg er unter einem Turban aus zusammengenähten Fischernetzen; darin steckte allerlei Krempel, ein goldener Angelhaken, ein verbogener Löffel und eine Flöte aus Walbein, die er gelegentlich zückte, um heitere Melodien zu pfeifen. Doch dazu war er noch zu sehr vom Raschen zerrüttet. »Es ist sogar so lange her, daß du dich eigentlich gar nicht daran erinnern kannst, Bürschlein. Als der alte Stolling starb, hast du noch in die Windeln geschissen.«

Parzer streckte ihm drohend die Faust entgegen. »Riechst du das, Ungeld, hä? Das riecht nach Ärger, klar? Mein Vater hat mich in die Kordel mitgenommen, seit ich aufrecht sitzen kann. Ich erinnere mich gut daran, wie es damals zuging, als der alte Stolling noch am Schenker stand!«

»Erinnerungen«, murmelte der Krabbensammler Schnappes und spielte mit der Muschelkette, die um seinen Hals baumelte. »Dahingegangen und verschüttet … manches kehrt zurück, anderes bleibt im tiefen Grab. Und ist nicht jeder Abend in der *Roten Kordel* der Nachhall einer Erinnerung an bessere Zeiten, an rauschhafte Nächte, an alte Kameradschaft?« Schnappes liebte es, die Alltäglichkeiten des Lebens auf höhere Ebenen zu zerren, deren Undurchsichtigkeit ihn – und eigentlich nur ihn – in wohligen Schauer versetzte. Diese Marotte wurde von den meisten Bewohnern des Dorfs geduldet; nicht aber von Ungeld.

»Erzähl keine Märchen«, schnauzte er den Krabbensammler an. »Die *Kordel* lebt von den hartverdienten Münzen, die uns der junge Stolling Nacht für Nacht aus den Taschen zieht. Alte Kameradschaft … daß ich nicht lache! Wir kommen hier zusammen, um zu saufen, nicht mehr, nicht weniger.« Er wischte sich über sein weingefärbtes Mündchen. »Jetzt allerdings wären ein paar Rasche wirklich fein, was meint ihr?«

»Könnt ihr drei nicht endlich mal die Luke halten?« keifte eine weibliche Stimme aus dem hintersten Winkel des Schankraums. »Hier gibt es Leute, die schlafen wollen!«

Ein breites Grinsen stahl sich in Parzers Gesicht. »Mäulchen, unser süßer Schatz … sie hat gestern ganz schön tief ins Glas geguckt. Acht Krüge Wein und eine Handvoll Rasche!« Schnappes und Ungeld rollten anerkennend mit den Augen. »Dann hat sie dem Sohn vom Schuster Nerdich ihre gierige Zunge in den Hals gesteckt. Ich dachte schon, der Knabe wird jämmerlich ersticken, so wie sie ihn abgeschleckt hat!«

»Ach, ein feiner Abend war das«, seufzte Schnappes, »doch er ging viel zu schnell vorbei. Vorzeitigkeit – das ist unser Fluch! Und nun ein neuer Tag, neue Mühen, neue Plagen…«

»Nichts da!« widersprach Ungeld. »Ich setze keinen Fuß vor die Tür, solange Stolling nicht ein paar Rasche ankarrt.« Er erhob sich und klopfte gegen die Klappe des Schenkers. »Heda, Wirt, hier sind durstige Gäste! Willst du dich nicht endlich dazu bequemen, uns zu bewirten, fauler Hund?«

Hinter dem Türchen blieb alles ruhig, und so hämmerte Ungeld schließlich mit der Faust gegen das Messing, bis es schepperte. Dann aber packte ihn eine unbarmherzige Hand im Nacken, und quiekend vor Schmerz sank der Netzknüpfer zu Boden.

»Das Maul sollt ihr halten, habe ich gesagt!« Vor ihm stand eine Frau, zwanzig Jahre alt, eine Fischerin mit grazilem Körper und hübschem Gesicht. Ihre Bluse war knapp geschnitten und enthüllte einen ansehnlichen schlanken Bauch. Dunkles Haar hing wirr über ihre Schultern, und ihre Augen waren glasig von der durchzechten Nacht.

»Lass ihn los, Mäulchen«, versuchte Parzer sie zu beruhigen. »Ungeld hat sich doch nur einen Spaß erlaubt.«

»Einen Spaß?« fauchte die Fischerin. Sie ließ Ungelds fleischigen Nacken los. »Ein paar Ohrfeigen habt ihr drei lärmenden Trottel verdient! Was drückt ihr euch überhaupt noch hier herum? Wolltet ihr nicht gestern Abend nach Hause gehen?«

»Äch ne«, wehrte Parzer ab und strich sich durch seinen borstigen Kinnbart. »Es war mordskalt da draußen, und geregnet hat's obendrein. Schau doch raus! Heute wird's stürmen, da kannst du Gift drauf nehmen. Ich auf jeden Fall werd mich nicht vom Fleck rühren!«

»An deine Frau denkst du wohl gar nicht«, schnauzte Mäulchen ihn an. »Die hast du wieder brav bei den Bälgern gelassen, hä?«

Parzer strahlte sie an. »Bist immer noch neidisch auf sie, was, Süße? Na, du hättest mich schon haben können, aber die junge Dame wollte sich ja zieren! Nicht mit mir, nicht mit Parzer!« Er bohrte seinen schmutzigen Zeigefinger in ihren Bauchnabel. Sie schlug die Hand beiseite.

»Davon träumst du wohl, Saufkopf! Deine Frau ist nicht zu beneiden um einen Kerl, der sich jeden Abend in der *Kordel* die Kante gibt!« Ein plötzliches Taumeln erfaßte Mäulchen, und sie ließ sich auf einen der Schemel fallen. »Nun habt ihr es geschafft«, jammerte sie und preßte die Hand gegen die Stirn. »Mir ist speiübel! Einen Raschen brauch ich jetzt, das könnte helfen!«

Die Wirksamkeit dieser Medizin war unumstritten, und so hämmerte der Netzknüpfer Ungeld erneut mit beiden Fäusten gegen das Schenkertürchen, zweifellos in Sorge um Mäulchens Wohlergehen, und riß damit nun auch die übrigen Kneipengäste aus dem Schlaf.

Die *Rote Kordel* lag außerhalb des Fischerdorfes auf einem Schieferfelsen, der sich hinter der Bucht von Rhagis erhob. Wer zu der Kneipe gelangen wollte, mußte zunächst das Dorf durchqueren; vorbei an gedrungenen Hütten, vor denen sich Fischernetze spannten, vorbei an Schiffen, die mit gerefften Segeln in der Bucht vor Anker lagen. Die Bucht selbst schnitt sich sichelförmig in die Küste ein; zwei Felsen schirmten ihre Mündung vom Wellengang ab. Das Ufer war an dieser Stelle ganz eben, eine Fläche aus Schiefergestein.

Rhagis machte auf Aelarian und Cornbrunn keinen schlechten Eindruck; es unterschied sich sehr von den ärmlichen Fischerdörfern ihrer Heimat. Dort waren die Hütten verwahrlost und die Schiffe kaum mehr als brüchige Kähne, die jeder Sturm dahinraffte. Die Häuser von Rhagis hingegen waren gepflegt und die Schiffe in der Bucht von solider Bauart und mit allerlei Schnitzereien verziert. Ganz offensichtlich verdienten die Menschen von Rhagis gut an der Fischerei und zeigten dies auch.

Die zwei Troublinier hatten einige Kinder, die ihnen im Dorf begegnet waren, nach der *Roten Kordel* gefragt, und diese hatten auf das weithin sichtbare Haus auf dem Felsen gewiesen. Der Felsen grenzte die Bucht westwärts vom Silbermeer ab; seine Wände waren zerfurcht, einige aufgebrochene Schieferplatten öffneten sich zu kleinen Höhlen. Eine steile Treppe aus Holzbohlen führte zur Taverne empor, nur durch ein einfaches Seil gesichert.

»Ich möchte nicht wissen, wie viele betrunkene Fischer sich auf dem Nachhauseweg von der *Roten Kordel* schon das Genick gebrochen haben«, sagte Cornbrunn. »Wie kommt man auf die hirnrissige Idee, auf einem solchen Felsen eine Kneipe zu errichten?«

»Du bist doch sonst ein Freund hirnrissiger Ideen«, antwortete Aelarian Trurac. »Für einen guten Rausch kämpft man sich noch die steilste Treppe empor, das wird in Rhagis nicht anders sein als sonst auf der Welt.«

Schwerfällig stapften die beiden Troublinier zur Kneipe. Die *Rote Kordel* entpuppte sich als zweistöckiges Steingebäude; es mußte sehr alt sein, die Mauern waren an vielen Stellen ausgebessert. Hinter den Fensterscheiben flackerte trübes Licht. Über dem Eingang baumelte an einem Haken das Wahrzeichen der Kaschemme: eine rote Kordel, übersät mit Salzkristallen.

Schwungvoll öffnete Aelarian die Tür und betrat den Schankraum, dicht gefolgt von Cornbrunn. Unwillkürlich hielten beide den Atem an, als ihnen die Luft aus der Spelunke entgegenschlug; eine Mischung aus Rauch, Bratenduft und dem sauren Atem vieler betrunkener Menschen. Nun entwichen die Schwaden durch die offene Tür ins Freie, und frische Meeresluft strömte in den Schankraum.

Die Troublinier blieben zunächst unbeachtet, denn inzwischen hatte der Gastwirt auf Ungelds Hämmern reagiert und war aus dem oberen Stockwerk herabgeeilt, um den Netzknüpfer gehörig zu verdreschen. Wie ein Verrückter hieb er mit einem Knüttel auf Ungeld ein, als wollte er ihm jeden Schlag gegen den Schenker einzeln vergelten. Als er den Luftzug im Nacken spürte, fuhr er zu den beiden Troubliniern herum.

»Und da kommen noch einmal zwei«, schrie er wutentbrannt. »Herzlich willkommen, hereinspaziert, die Herren! Es sind zwar erst ein paar Stunden seit Sonnenaufgang verstrichen, und was macht es schon, wenn der Schankraum noch vor Dreck starrt, geschweige denn die Küche, und was macht es schon, wenn meine Frau noch schlafend im Bett liegt... aber nein, alle Welt strömt in die *Rote Kordel,* als wäre dies hier der Fischmarkt von Galbar Arc!« Seine Augen blitzten furchterregend, was die schwarze Tusche noch verstärkte, die seine Lider, Wimpern und Augenbrauen betonte. Der Wirt Stolling, ein etwa dreißigjähriger Mann, putzte sich gern heraus, vor allem für seine hübsche Gattin, die er vor einigen Kalendern in Galbar Arc kennengelernt und vom Fleck weg geheiratet hatte. In Rhagis spottete man gelegentlich über den ›schönen Stolling‹ und seine Braut aus der Stadt, doch das kümmerte ihn wenig; er schminkte sich so auffällig wie eh und je und trug überdies Seidenhemden, die er sich eigens in Galbar Arc schneidern ließ. Sein größter Stolz aber war das zu wilden Zöpfen verzwirbelte Haar, das ihm ein verwegenes Aussehen verlieh.

»Ich hätte nicht übel Lust, euch allesamt hinauszuwerfen!« fuhr Stolling in seiner Rede fort. »Habt ihr denn kein Zuhause? Verprügeln euch eure Frauen und Männer so derbe, daß ihr euch nicht mehr zu ihnen traut? Ha, Schläge könnt ihr auch von mir bekommen, wenn euch danach zumute ist!« Er ließ den Stock ein letztes Mal auf Ungelds Hinterteil niedergehen, bis sich dieser heulend in Sicherheit brachte. Dann deutete er mit dem Knüttel auf Aelarian und Cornbrunn. »Und ihr zwei Witzfiguren – macht endlich die Tür zu, bevor der Luftzug die Scheiben zerbricht! Wer seid ihr überhaupt? Ihr seht nicht aus wie die Stadtwanzen, die sich sonst nach Rhagis verirren.«

»Das sind Troublinier, Stolling, das sieht doch ein Blinder«, warf Mäulchen ein, die am Tisch saß und den Neuankömmlingen eine Grimasse schnitt. »Rote Haare, rote Gewänder und ein gieriges Grinsen auf den Lippen – Gildengeschmeiß, ganz ohne Zweifel!«

Aelarian hatte seine erste Verwirrung überwunden und

die Tür der Schänke zugezogen. Nun versuchte er sich an einem Lächeln. »Aus Troublinien kommen wir in der Tat – aber Gildengeschmeiß? Ich muß doch sehr bitten! Die Gilde schmeißt nichts weg, was sich noch verkaufen läßt.«

Parzer kicherte auf. »Na, hier wird dich sicher niemand kaufen, Fremder. Oder möchtest du ihn dir für ein paar Kupfermünzen ins Bett holen, Mäulchen, falls dir wieder mal kalt ist?«

Die Fischerin stieß einen empörten Schrei aus und versuchte Parzer am Bart zu packen, doch der Wirt ging dazwischen.

»Schluß mit dem Geraufe! Geschmeiß seid ihr alle zusammen, keiner besser als der andere, und ich bin ein Narr, euch unter meinem Dach zu beherbergen.« Stolling wandte sich den Troubliniern zu. »Ihr kommt zu früh, Fremde. Die *Rote Kordel* öffnet erst ab Sonnenuntergang. Vorher gibt es hier nichts zu sehen und schon gar nichts zu saufen, damit das klar ist.«

»Na komm, Stolling«, ließ Ungeld verlauten, der neuen Mut gefaßt hatte. »Willst du zwei durchgefrorene Reisende abweisen? Den Ruf deiner Gastfreundschaft aufs Spiel setzen? Nicht, daß er sonderlich gut wäre – aber dennoch, es stände dir gut an, wenn du die beiden Herren zu Tisch bätest und ihnen einen kleinen Willkommenstrunk…«

»Vergiß es, Ungeld!« zischte Stolling.

»Nur einen Raschen!« bettelte der Netzknüpfer. »Ich werd ihn auch bezahlen. Dann halten wir im Gegenzug brav still, solange sich dein Frauchen noch in den Laken räkelt. Ist das kein Angebot?»

Stolling zögerte einen Moment zu lang. Schon hatte sich der alte Schnappes erhoben und winkte die Troublinier an den Tisch.

»Kommt her, Jungens, hier ist genügend Platz!« Er deutete auf zwei freie Schemel. »Für mich dann auch einen Raschen, Stolling, wenn's keine Umstände macht.«

»Ebenso!« krähte Ungeld vergnügt. Auch Parzer und Mäulchen hoben eilig die Hände, und aus dem hinteren Teil der Spelunke wankten weitere Gestalten herbei, die plötzliches Interesse an der Begrüßung der Troublinier bekundeten.

Mit grimmiger Miene trat Stolling den Rückzug an. Aelarian und Cornbrunn zogen die Mäntel aus und ließen sich am Tisch nieder, umringt von der Schar der Fischer. Derbe Gesichter, gerötet von einer durchzechten Nacht; die meisten waren in Wollhemden gekleidet; einige hatten sich flekkige Arcas übergestülpt, deren Farbe beinahe verblaßt war. Die Frauen trugen Röcke aus eng ineinander verwobenen Netzen und Blusen, die bei den älteren Damen sittsam geschlossen, bei den Mädchen keck ausgeschnitten waren.

Der Schankraum selbst war ein Fest der Geschmacksverirrung. Der Dielenboden, ebenso wurmstichig wie die Wandtäfelung, war an einigen Stellen mit einem lachsfarbenen Lack versiegelt; hier hatte eine übereifrige Hand gewirkt und war erst im letzten Moment zurückgerissen worden. Die Holztische waren speckig, die Schemel lieblos aus alten Schiffsplanken zusammengezimmert. An der Decke trudelten Öllampen und tauchten den Raum in ein fettiges Licht, das zu schwach war, um bis in die Raumecken vorzudringen; die dort herrschenden Halbschatten boten einigen nicht näher erkennbaren Gestalten Schutz vor dem vorzeitigen Erwachen. Der Wandschmuck war ein Sammelsurium der Absonderlichkeiten: ein rostiger Anker, der bis zum Scheitel in das Holz getrieben war; Muschelschalen mit widernatürlichen Verformungen; gleich daneben ein ausgestopfter Haifischkopf, dem ein Scherzbold eine Arca aufgesetzt hatte; und ein zerborstener Mast, der in gewagtem Winkel an der Wand lehnte und jederzeit einen unvorsichtigen Saufbold zu erschlagen drohte.

Doch dies alles überstrahlte die schimmernde Messingklappe des Schenkers, das Herz der *Roten Kordel,* ein Altar und Tor zur Glückseligkeit. Mit feuchten Augen starrten die Fischer auf das verschlossene Türchen und warteten auf ein Zeichen der Barmherzigkeit.

»Stolling, dieser Sohn einer glitschigen Qualle«, murmelte

Schnappes, während er die Troublinier aus trüben Augen anstarrte. »Er läßt uns zappeln wie Fische im Netz; ein durchtriebener Menschenfischer, dem es Freude macht, uns leiden zu lassen.«

Aelarian Trurac nickte verständnisvoll. »Ja, ein Wirt ist der uneingeschränkte Herrscher über sein Reich und kann den durstigen Untertanen schnell zum Tyrannen werden, wenn er die Zapfen seiner Fässer und die Korken seiner Flaschen nicht herausziehen mag.«

»Wahr gesprochen«, kicherte Ungeld und schenkte dem Troublinier sein Eichhörnchengrinsen. »Gilt dies auch für die Gastwirte eures Gildenstaates? Ich dachte immer, daß in einem Land, in dem weder König noch Fürst regieren, das Volk frei über alle Fässer und Flaschen verfügt.«

Cornbrunn beugte sich lächelnd zu ihm hinüber. »Falsch gedacht, mein Freund. Bei uns regieren ein König namens Münze und ein Fürst namens Geiz, und für jeden Trunk muß der Gilde ein saftiges Steuergeld entrichtet werden.« Er warf Aelarian einen boshaften Seitenblick zu. »Habt nicht auch Ihr damals im Rat für die Einführung dieser Steuer gestimmt, Großmerkant?«

»Ich habe auch dafür gestimmt, Schwatzhaftigkeit mit einer Steuer zu belegen«, knurrte Aelarian. »Das wäre sehr teuer für dich geworden, Cornbrunn.«

Mäulchen, die junge Fischerin, rückte näher zu Aelarian und betrachtete ihn aufmerksam. »Ihr seid ein Großmerkant? Ein Mitglied des Gildenrates?« Sie entdeckte die goldene Spange in seinem Haar. »Na so was! Ein waschechter Rotbauch, gemästet von den Schätzen, die seine Vorfahren zusammengeraubt haben.«

Parzer stieß einen Pfiff zwischen den blitzenden Zähnen hervor. »Na, wenn das kein Anlaß zum Feiern ist. Hoher Besuch kommt nach Rhagis und kehrt in die umstrittenste Spelunke des Silbermeers ein.« Er rollte mit den Augen wie ein Irrer. »Was hat dich in unser Dorf getrieben, Rotbauch? Welches schmutzige Geschäft willst du hier an Land ziehen?«

»Ein bißchen mehr Höflichkeit gegenüber unseren Gästen«, ermahnte ihn Ungeld. »Vielleicht wollen die zwei nur unser Dorf bewundern.«

Aelarian Trurac nickte. »So könnte man es sagen! Uns wurde in Galbar Arc eine Menge über die unerschrockenen Fischer aus Rhagis erzählt.«

Die Kneipenbesucher stöhnten auf, als der Name der Stadt fiel. Parzer hieb mit der flachen Hand auf den Tisch und bedachte den Großmerkanten mit einem schiefen Blick. »Äch ne! Seit wann verliert man in Galbar Arc ein gutes Wort über uns? Die hassen uns dort, weil wir der Hafenzunft kein Marktgeld zahlen und trotzdem den besten Fisch in die Stadt bringen. Da hat es schon manchen Händel mit den Zunfthaien gegeben – und manche blutige Nase.«

»Händel statt Handel«, prustete Ungeld. »Wer mit uns Streit sucht, darf sich nicht wundern, wenn die gelbe Kordel an seinem Kragen einen roten Farbton annimmt.«

»Ja, vor eurer Rauflust wurden wir gewarnt«, bestätigte der Großmerkant. »Allerdings wurde auch berichtet, in Rhagis seien die besten Fischersleute zu finden.« Sein Blick schweifte über die Gesichter der Fischer, und hier und dort glaubte er, ein Grinsen auszumachen. »Ich hörte sogar, daß ihr Leute aus Rhagis selbst im schwersten Sturm noch zur See fahrt und auch nach dem Fall des Leuchtturms nicht vor den Gefahren des Silbermeers zurückschreckt.«

Der alte Schnappes winkte ab. »Was man so alles redet in der Stadt! Das tun sie gern in Galbar Arc: reden, quatschen, quasseln, auch wenn nur Unrat dabei herauskommt. Und wißt ihr, warum? Weil in der Stadt einfach nichts hergestellt wird, weil Galbar Arc nur ein riesiger Umschlagplatz für Waren aller Art ist, die das Silbermeer in ihren Hafen spült. Und so ist es auch mit den Worten: In Galbar Arc sind sie nichts als eine Ware, die in Massen verhökert wird, selbst wenn sie von geringem Wert ist.«

Ungeld pustete entnervt die Luft aus den feisten Backen. »Ja, danke schön, Schnappes, für diesen ausgemachten Blödsinn.« Er wandte sich den Troubliniern zu. »In einem hat er recht: glaubt den Städtern kein Wort, ganz gleich, was sie über uns erzählen.«

»Aber was eure Seefahrtskünste angeht«, hakte Aelarian nach, »so wurde mir glaubhaft versichert...«

»Die Städter sind nun mal neidisch auf uns«, unterbrach ihn Parzer, »und lassen sich von jedem Gerücht narren. Dämliche Bande! Zu dumm zum Grätenzählen.« Er raufte sich den Ziegenbart. »Das kommt von der miesen Stadtluft, sag ich euch; in der verödet jedes Hirn.«

»Also, ich finde die Luft in Galbar Arc recht angenehm«, widersprach Cornbrunn, »kühl und frisch, vielleicht ein bißchen zu windig. Aber das kommt sicher von der Lage am Kalkfelsen.«

Davon wollte Parzer nichts hören. »Äch ne, Galbar Arc und sein Kalkfelsen – die alte Leier. Ein Barde hat mal über die Stadt geschrieben, sie sei aus dem Felsen geboren worden. Ich aber sage: der Felsen hat sie ausgeschissen, und so stinkt's auch in den Gassen.«

Dies blieb zunächst unwidersprochen, denn ein Scheppern setzte ein: Die Klappe des Schenkers hatte sich geöffnet – oh, gesegneter Augenblick! Freundliches Licht strömte aus der angrenzenden Küche und erhellte die Gesichter und Herzen der versammelten Schar.

Kurz darauf erschien Stollings mürrisches Gesicht im Türchen. »Hier, ihr nimmersatten Bastarde«, fauchte er und schob ein Tablett durch den Schenker, auf dem einige Tonschälchen aneinander klickerten. »Meine Frau habt ihr ohnehin aus dem Schlaf getrieben mit eurem Geschrei.«

»Dann schick sie runter und laß sie mitsaufen!« empfahl Parzer und riß das Tablett an sich. Es verschwand sogleich unter einem Gewusel gieriger Hände, die nach den Tonschälchen griffen. Der alte Schnappes brachte das Kunststück fertig, gleich mehrere Schälchen aus dem Wirrwarr herauszuklauben. Zwei davon streckte er Aelarian und Cornbrunn entgegen.

»Hier, Jungens, darf ich vorstellen: die größte Köstlichkeit der *Roten Kordel*!« Er leckte sich die spröden Lippen. »Zwei

Rasche, gebrannt aus der prallen Ähre des Strandhafers, die andernorts nicht mal als Tierfutter taugt. In Rhagis hingegen wird sie zum tollsten Gesöff veredelt, das es auf dieser Welt gibt.« Er setzte sein Schälchen an den Mund. »Und jetzt rasch hinunter damit, in einem Sturz, sonst verdunstet das Beste!«

Beherzt leerten die beiden Troublinier ihre Schälchen – und mußten tief Luft holen, denn der Schnaps brannte in ihren Kehlen, als hätten sie eine Handvoll Glasscherben verschluckt. Doch dann breitete sich in Mund und Magen warmes Wohlbefinden aus, und auf der Zunge kribbelte ein salzig-süßer Geschmack.

»Nicht schlecht!« lobte Cornbrunn mit belegter Stimme. »Ich habe schon manchen Schnaps im Leben getrunken, aber der hier ist wirklich köstlich!«

Es war den Fischern anzumerken, wie stolz diese Worte sie machten. »Ein feiner Trank, nicht wahr?« rief Ungeld. »Unser Brenner, der flinke Hynerc, versetzt ihn mit Seetang, der dem Raschen erst die rechte Würze verleiht.«

Aelarian betrachtete den Rest in seiner Schale mit plötzlichem Schaudern. »Er mischt Seetang in dieses Zeug?«

Ungeld zuckte mit den Schultern. »Nun ja, an der Südküste nehmen sie Fischöl, und im Westen gibt es einen Brenner, der seinen Sud mit Algen verfeinert, die er in einem Bottich anfaulen läßt. Schmeckt gar nicht mal übel – aber nicht zu vergleichen mit unserem Raschen!« Er blickte sich suchend in der Spelunke um. »Fragt den flinken Hynerc am besten selbst! Er wird euch bestätigen, daß er den Raschen mit der allergrößten Sorgfalt … Hynerc?«

»Nun laß ihn doch schlafen«, tönte eine Stimme aus der Schar.

In diesem Moment knallte der alte Schnappes sein Tonschälchen auf den Tisch, um die Aufmerksamkeit wieder auf sich zu lenken. »Das tat wohl! Aber wo waren wir stehengeblieben? Richtig – bei Galbar Arc, dieser Pestbeule am Nordzipfel Morthyls. Bevor die Gyraner mit ihren Schiffen kamen, war es ein dreckiges Fischerdorf, um keinen Deut besser als andere Siedlungen – weder schöner noch erhabener noch in irgendeiner Weise sehenswert. Aber dann erbauten die Gyraner ihren Hafen, und plötzlich glaubte ein jeder, es sei notwendig, nach Galbar Arc überzusiedeln; manche, um hier das Geschäft ihres Lebens zu machen, andere, um der vermeintlichen Enge des Heimatdorfes zu entkommen. Die Mutigsten, Klügsten, Schönsten und Tüchtigsten strömten nach Galbar Arc; die Stadt sog sie an wie ein Meeresstrudel – und veränderte sie für immer. Denn in einer Stadt muß das Wohl des einzelnen hinter dem Wohle aller zurücktreten; wer sich hervortut, stört die verwickelten Abläufe, die das Überleben der großen Gemeinschaft sichern. Deshalb verwandelt die Stadt die Besten in die Gewöhnlichsten, denn die Gewöhnlichsten sind in der Stadt die Besten.«

»Äch ne!« grunzte Parzer abfällig. »Und wie erklärst du dir dann, daß es heute meist umgekehrt läuft, Krabbensammler? Heute zieht es jeden Dreckschrubber aus der Stadt zurück ins Dorf. Denk etwa an Lynis, die Braut vom jungen Stolling – die war närrisch genug, ihm nach Rhagis zu folgen, als er ihr schöne Augen machte. Bei uns erhoffte sie sich freie Landluft und Abenteuer – und jetzt steht sie bei Stolling in der Küche und spült unsere besabberten Krüge.« Er stieß ein meckerndes Lachen aus und lehnte sich zum Schenker hinüber. »Stolling, du gerissener Perlentaucher, laß uns auf deine reizende Lynis anstoßen! Schick sie mit ein paar Humpen Bier herein, damit sie uns das Loblied auf Rhagis zwitschert.«

Mit Begeisterung wurde Parzers Vorschlag von den anderen Gästen aufgegriffen. Stolling, dem es zu spät in den Sinn gekommen war, das Schenkertürchen rechtzeitig wieder zu schließen, sah sich einer johlenden Meute ausgesetzt, die den Namen seiner Frau skandierte. Um die aufgeladene Stimmung nicht weiter anzuheizen, reichte er hastig einige Bierkrüge durch den Schenker und erntete dafür Hochrufe.

Derweil rückte Cornbrunn an Aelarians Seite. »Ihr hattet recht, Großmerkant – diese Kneipe ist ganz nach meinem Geschmack! Ich frage mich allerdings, ob Euch diese Leute wirklich erzählen werden, was Ihr von ihnen wissen wollt. Bisher sind sie Euren Fragen geschickt ausgewichen.«

Aelarian griff nach einem Bierkrug, der ihm von unbekannter Hand entgegengestreckt wurde. »Abwarten, Cornbrunn! Wenn sie erst genug gesoffen haben, werden sie gesprächiger. Und nun sieh zu, daß du ein Bier ergatterst, bevor dieser jähzornige Wirt es sich anders überlegt.«

Brackiges Wasser schwappte gegen die Mauern des Hafenbeckens. Ein Eimer trudelte in den Wellen, stieß mit dumpfem Laut gegen den Bug eines Schiffes. Auf einem Pfosten, der aus dem Wasser emporragte, saß ein Möwenpaar, das die Schnäbel aneinanderrieb wie bei einem erhabenen Fechtkampf. Aus den nahen Speichergebäuden drangen die Rufe der Hafenarbeiter; Fässer wurden umhergerollt, Kisten gewuchtet, Tuchballen geschnürt. Trotz dieser Geräusche wirkte das Leben im Hafen von Galbar Arc erstarrt; nur wenige Schiffe legten in diesen Tagen an oder stachen in See, denn die Zeit der großen Stürme war angebrochen – und das Licht des Leuchtturms erloschen.

Ashnada kauerte im Schatten eines verfallenen Speichergebäudes. Es war Abend geworden; das Licht der wolkenverhangenen Sonne schwand, und bald würde sich Dunkelheit über den Hafen legen. Ashnadas Gesicht war bleich, ihre roten Haare leuchteten noch greller als sonst.

Sie war schon einmal hier gewesen, vor langer Zeit; hatte sich in finsterer Nacht mit vier anderen ›Gnadenlosen‹ in die Stadt geschlichen, um im Hafen ein Schiff zu überfallen, auf dem ein reicher Kaufmann, das Oberhaupt einer ehrwürdigen Familie aus Galbar Arc, die Nacht verbrachte. Den Wachtposten am Kai hatten sie niedergestochen, den Kaufmann schlafend in seiner Koje überrascht, ihn gefesselt, geknebelt... Hörte Ashnada nicht noch manchmal, wenn sie nachts aus dem Schlaf fuhr, sein panisches Keuchen? Sah sie nicht seine weitaufgerissenen Augen, sein blutbesudeltes

Gesicht? Sie hatten ihn nicht geschlagen; die Angst hatte sein Herz so schnell rasen lassen, daß das Blut aus seinen Nasenlöchern gespritzt war. Sie hatten ihn an Deck geschleift, ihm die Kleidung vom Leib gerissen, seinen fetten Wanst aufgeschlitzt und ihn am höchsten Mast des Schiffes aufgeknüpft; dort sollte ihm am nächsten Morgen die Mannschaft finden. Angst und Schrecken, die Handschrift der ›Gnadenlosen‹, die überall zuschlagen konnten, an jedem Ort auf Morthyl... wie stolz waren sie damals gewesen, wie sehr hatten sie sich gegenseitig beglückwünscht für diesen Mord, für den ihr König sie mit der höchsten Auszeichnung belohnen würde, wenn sie nach Gyr zurückkehrten – der Berührung seiner segnenden Hände...

Ashnada wischte sich die Tränen aus dem Gesicht. *Halte deine Gefühle in Zaum*, hörte sie in Gedanken Rumos' mahnende Worte. *Laß dich nicht von deinen Erinnerungen beherrschen!* Nein, sie war nicht gekommen, um von Erinnerungen gequält zu werden, sich einem Schmerz hinzugeben, den sie nie gefühlt hatte und niemals hatte fühlen wollen. Rumos hatte ihr befohlen, im Hafen jene Verräter ausfindig zu machen, die Waren nach Fareghi schmuggelten. Diese Aufgabe würde sie erfüllen. Vielleicht half sie ihr, zu vergessen, zu vergessen...

Hinter den Speichergebäuden erhob sich das Giebeldach eines klobigen Gebäudes – der Sitz der Hafenzunft. Hier wollte Ashnada mit ihrer Suche beginnen. Wenn es auf Morthyl Verräter gab, die mit Eldrom von Crusco zusammenarbeiteten, hatten zweifellos die Zunftleute ihre Finger mit im Spiel. Vielleicht konnte Ashnada ein Gerücht aufschnappen oder einen Zunftmann bestechen, um ihm die Zunge zu lösen. Allerdings hatte ihr Rumos eingeschärft, kein Aufsehen zu erregen.

Sie näherte sich dem Zunftgebäude im Schutz der länger werdenden Schatten. Hölzerne Stege verbanden es mit dem Speicherviertel, doch auf halber Strecke war eine Eisenkette gespannt; acht Zunftmänner hielten Wache. Fieberhaft überlegte Ashnada, wie sie an ihnen vorbeikommen konnte.

Schließlich fiel ihr Blick auf das Gebälk unterhalb der Stege. Die Pfosten standen eng beisammen. In ihrem Kopf reifte ein Plan.

Sie wartete die Dunkelheit ab. Dann zog sie den Umhang aus, versteckte ihn zwischen den Salzfässern eines Schuppens und huschte zum Rand des Stegs. Behutsam schwang sie sich zu dem Gebälk herab. Die Pfosten waren glitschig; sie hatte Mühe, an den Querbalken Halt zu finden. Unter ihr plätscherte das Wasser, dessen fauliger Geruch ihr in die Nase stieg. Vorsichtig hangelte sich Ashnada unter den Stegen voran. Bald hatte sie die Stelle erreicht, wo die Zunftleute Wache hielten; hörte das Poltern ihrer Stiefel und gedämpfte Stimmen.

»... mir ist nicht wohl bei der Sache«, sagte einer von ihnen. »Habt ihr seine Hände gesehen? Sie waren entzündet, übersät von weißen Bläschen. Sah gar nicht gut aus. Aber es schien ihm wenig auszumachen, er begrüßte den Zunftmeister mit einem Handschlag und forderte ihn später zum Schaukampf mit dem Schwert auf. Hat nicht übel gekämpft, der Bursche!«

»Sein Schwert war eigenartig«, sagte ein zweiter, »eine seltsame Klinge. Es sah beinahe aus, als wäre sie einst verwendet worden, um...«

Er senkte die Stimme, so daß Ashnada den Rest des Satzes nicht verstehen konnte. Nur noch einzelne Fetzen des Gesprächs drangen zu ihr herab. »... sollten uns auf jeden Fall vorsehen... der Fürst hat die Wachen am Hafen verstärken lassen... ich will mit der ganzen Sache nichts zu tun haben... wäre auch sehr leichtsinnig, nachdem schon drei Zunftleute verhaftet wurden...«

Ashnada lauschte noch eine Weile, doch als die Stimmen immer unverständlicher wurden, kletterte sie weiter in Richtung des Zunfthauses. Das Gespräch der Männer hatte ihre Neugier geweckt. Bald hatte sie die Außenmauer des im Wasser errichteten Gebäudes erreicht. Vom Steg hallten Schritte zu ihr herab; ein weiterer Wachtposten. Sie suchte Halt zwischen den kalten Mauersteinen. Vorsichtig kletterte sie an der feuchten Wand empor, versuchte zur untersten Fensterfront zu gelangen. Kein Lichtschein war zu sehen. Sie zog sich an der Fensterbank hoch; das Fenster stand offen, das Zimmer lag im Halbdunkel, keine Menschenseele war zu erblicken. Behutsam schwang sich Ashnada in den Raum; es handelte sich um eine Schreibstube; ein Pult, ein Regal mit Schriftrollen, an den Wänden zerschlissene Seekarten. Sie öffnete die Tür am Ende des Zimmers; dahinter lag ein mit Öllampen erhellter Flur. Gemälde schmückten die Mauern, Abbildungen bedeutender Zunftmeister.

Ashnada verharrte unschlüssig. Es war gefährlich, im Gebäude umherzuschleichen; sie war lediglich mit einem Messer bewaffnet, hatte das Schwert in der Taverne zurückgelassen. Doch die Neugier überwog alle Vorsicht. Sie stahl sich zur nächsten Ecke vor. Ein zweiter Gang, der in den Kern des Gebäudes führte. Teppiche federten ihre Schritte ab. Mächtige Türen zu beiden Seiten; auf ihnen prangte das Zunftwappen, eingefaßt von gelben Kordeln.

Der Klang einer Männerstimme ließ sie zusammenzukken. »Da seid Ihr ja endlich! Ich habe auf Euch gewartet!«

Sie brauchte einen Augenblick, um zu begreifen, daß die Anrede nicht ihr gegolten hatte. Die Stimme – auffallend weich und tief – war hinter einer der Türen erklungen. Oberhalb des Zunftwappens war ein vergittertes Guckfenster in das Holz eingelassen. Vorsichtig schlich sich Ashnada näher, spähte durch das handtellergroße Loch.

»Beinahe dachte ich schon, Ihr hättet es Euch anders überlegt, Zunftmeister«, fuhr die wohlklingende Stimme fort. »Doch ich wußte, Ihr seid ein Mann voller Wagemut.«

»Nicht zu vorschnell«, erwiderte eine zweite, schnarrende Stimme, offenbar die des Zunftmeisters. »Ich habe Euch freies Geleit zugesichert, aber das soll nicht bedeuten, daß ich auf Eurer Seite stehe!«

Die weiche Stimme lachte auf. »Freies Geleit – schön und gut, aber ich weiß wohl, wie wenig Euch dieses Versprechen daran hindern würde, mich an den Fürsten auszuliefern, wenn Ihr Euch einen Vorteil davon erhofftet. Doch zum

Glück seid Ihr Euch darüber im klaren, was für Euch auf dem Spiel steht. Allein das Wissen um unsere heutige Begegnung würde Perjan Lomis genügen, um Euch einen Kopf kürzer zu machen.«

Im Zimmer war nichts zu erkennen, der Ausschnitt des Guckfensters war zu klein. Doch die Geräusche – ein leises Räuspern, das Trappeln von Stiefeln auf dem Steinboden – verrieten, daß sich mehrere Personen im Raum aufhielten. Aufmerksam lauschte Ashnada.

»Wie dem auch sei, Zunftmeister – Ihr solltet wissen, daß ich das Zunftwesen schon immer bewundert habe: diesen Mut der einfachen Bürger, sich zusammenzuschließen und gegenüber den Fürsten und Königen die eigenen Anliegen zu vertreten. So zeigen sie den Herrschenden ihre Grenzen auf, und manchmal, wenn sie ihren Einfluß geschickt zu mehren wissen, geht die Herrschaft sogar auf sie über. Hat nicht auch der Südbund sein Wirken als Vereinigung einiger Kaufleute begonnen? Oder der troublinische Gildenrat – auch er war ein Zusammenschluß einfacher Händler und Handwerker, die ihr Schicksal in die eigenen Hände nahmen. Oder denkt an die Bürgerschaften der kathygischen Städte, die sich während des Südkriegs von Candacar lossagten und einen eigenen König wählten.« Ashnada hörte Schritte; der Sprecher schien während seiner Rede umherzuschlendern. »Ich habe schon immer die Meinung vertreten, daß jene herrschen sollten, die dazu befähigt sind – sei es durch Tüchtigkeit, sei es durch die Gunst der Umstände. Warum sollte nicht auch Eure Zunft jene Bedeutung erlangen, die ihr zusteht? Hier im Hafen von Galbar Arc laufen seit jeher die Fäden zusammen, die den Handel des Silbermeeres verbinden. Doch von dem hübschen Zollgeld, das auf die umgeschlagenen Waren erhoben wird, erhält die Zunft nur einen Bruchteil; den Rest streichen Fürst und Thronrat ein.«

»Wir werden gerecht bezahlt«, widersprach der Zunftmeister. »Unter den Gyranern waren wir nichts als Sklaven; seit Morthyl dem Kaiserreich angehört, arbeiten wir für unsere eigenen Taschen.«

»Doch diese könnten praller gefüllt sein! Wenn eure Zunft selbst über Morthyl herrschte, könnte sie das gesamte Zollgeld einbehalten und verdiente darüber hinaus am Silberhandel mit. Es wäre nur gerecht – denn was wäre Morthyl ohne den Hafen und ohne die Zunft?«

Der Zunftmeister zögerte. »Seit Fareghis Fall bröckelt unser Geschäft...«

»Wenn Morthyl ein Bündnis mit uns einginge, wäre der Hafen schnell wieder Anlaufpunkt sämtlicher Schiffe«, fuhr der Fremde fort. »Jeder Kauffahrer müßte Morthyl ansteuern, und der Turm spendete sein Licht nur jenen Schiffen, die den Hafenzoll beglichen. Die Zunft könnte gar über sich hinauswachsen, könnte sämtliche Häfen von Gharax überwachen und dort im Namen des Königs von Fareghi sichere Passagen über das Silbermeer aushandeln.« Nun konnte Ashnada einen Blick auf den Sprecher erhaschen, denn er schritt an der Tür vorbei. Er hatte den Kopf von ihr abgewandt, so daß sie nur sein volles, graues Haar sehen konnte. Er trug ein Wams aus dunklem Samt und hatte eine lange Schwertscheide geschultert. Seine Hände hielt er gefaltet, doch Ashnada erkannte auf den Handrücken einige merkwürdige weiße Bläschen. »Ihr wäret ein vorzüglicher Bündnispartner für uns, Zunftmeister«, sagte er mit weicher Stimme. »Ich wäre nicht an Euch herangetreten, wenn ich nicht an die Stärke Eurer Zunft glaubte.«

»Aber ich bin an das Wort gebunden, das ich Fürst Perjan gab. Ich versprach ihm, den Schmuggel nach Fareghi zu unterbinden. Warum sollte ich ihn verraten?«

Der Fremde blieb stehen. Ashnada sah, wie er sich die entzündeten Hände rieb. »Weil Ihr daran zweifelt, daß er Fareghi zurückerobern kann – und weil Ihr wißt, daß die Hafenzunft bald bettelarm sein wird, wenn das Licht des Leuchtturms weiterhin erloschen bleibt. Deshalb habt Ihr mich heute hier empfangen und mir freies Geleit zugesichert. Nun liegt es an Euch – wählt Ihr für Eure Zunft das Absinken in die Bedeutungslosigkeit, oder wollt Ihr zu jenen gehören, die eine neue Zeit mitgestalten? Eines Tages werden die Goldéi auch Morthyls Küste erreichen. Dann wird es eine Schlacht geben, Sieger und Besiegte... zu welchen wollt Ihr gehören?« Er packte die Schwertscheide und zog ein imposantes Schwert hervor; auf dem Griff waren verschlungene Gravuren zu erkennen. »Seht diese Klinge! Sie wurde von den Bürgern einer Stadt geschmiedet, die es leid waren, von ihrem König in einen sinnlosen Krieg gehetzt zu werden; mit dieser Klinge schlugen sie dem Despoten bald darauf den Kopf ab. Nun trage ich das Schwert bei mir; es soll mich stets an den Mut jener Menschen erinnern, die sich nicht ihrem Schicksal ergaben, sondern eigene Wege beschritten.«

Der Zunftmeister schwieg. Schließlich schien er sich zu einer Entscheidung durchgerungen zu haben. »Was verlangt Ihr von der Zunft, wenn ich auf Euer Angebot eingehe?«

Endlich wandte der Mann den Kopf, und Ashnada konnte sein Gesicht erkennen; es hatte hochmütige Züge, ein grauer Vollbart umgab den breiten Mund. »Zweierlei: Wiegt den Fürsten weiterhin in Sicherheit; liefert ihm meinetwegen ein paar Schmuggler aus, damit er Euch in Frieden läßt, denn die Nahrungsvorräte für Fareghi sind für die kommende Zeit gesichert. Es gibt etwas, das wir sehr viel dringender benötigen; und ihr Zunftleute seid die einzigen, die es beschaffen können, da ihr euch im Hafenviertel gut auskennt. Bisher besitzen wir lediglich eine Handvoll dieser wertvollen Schmuckstücke...«

Ashnada fuhr von der Tür zurück. Schritte! Im Gang hallten Schritte, ganz deutlich, zudem aus der Richtung, aus der sie gekommen war. Rasch blickte sie zum anderen Ende des Flurs, doch dieser endete in einer Nische. Sie eilte zur nächstgelegenen Tür. Drückte die Klinke. Verschlossen! Der Raum daneben: verschlossen! Die Schritte kamen näher. Panisch rüttelte Ashnada an der dritten Tür. Diesmal hatte sie Glück, das Schloß sprang auf. Mit einem Satz sprang Ashnada in den Raum... keinen Moment zu früh; sie erhaschte noch den vorauseilenden Schatten eines Mannes, der um die Ecke bog. Hastig preßte sie sich neben der offenen Tür gegen die Wand. Blickte sich im Raum um. Ein prachtvoll eingerichteter Speisesaal mit langen Tafeln, kostbaren Möbeln und Gemälden, erhellt durch das vom Flur einfallende Licht. Hinter den Glasfenstern gespenstische Dunkelheit; die hölzernen Fensterrahmen knirschten unter dem Angriff des heulenden Windes, der in dieser Nacht wohl noch zum Sturm werden wollte.

Draußen eine gedämpfte Stimme: »Die Tür dort steht offen, siehst du?« Ein Wachposten; aus seinen Worten sprach Mißtrauen. Ashnada hielt den Atem an. Sie schlich sich zu einer der Tafeln, kauerte sich darunter. Die Schritte näherten sich. Ein Quietschen: Die Tür wurde weiter geöffnet.

»Ist da jemand?«

Stille.

»Komm schon«, drängte eine zweite Stimme. »Da ist nichts. Laß uns...«

»Nein, ich werde eine Öllampe holen«, beharrte der erste Wachposten.

Die Schritte entfernten sich. Ashnada kroch unter der Tischplatte hervor, schlich zum hinteren Ende des Saals, sprang zum Fenster. Sie öffnete die Verriegelung des Fensterflügels. Er wurde sogleich vom Wind erfaßt, schlug klirrend gegen die Außenmauer. Glas splitterte. Draußen das Rauschen des sturmgepeitschten Wassers. Flink schwang sich Ashnada auf die Fensterbank, suchte mit den Füßen Halt an der darunterliegenden Mauer. Der Wind heulte ihr um die Ohren; und plötzlich ballte er sich zusammen, schlug grimmig gegen ihren Rücken. Ihre Finger glitten an der regennassen Fensterbank ab, und Ashnada fiel, fiel...

Als sie ins Wasser eintauchte, wollte ihr fast das Herz stillstehen; die Kälte lähmte ihre Glieder. Verzweifelt versuchte Ashnada, an die Wasseroberfläche zu gelangen, doch der Sog riß sie in die Tiefe, schleuderte ihren Kopf hin und her, bis ihr die Sinne schwanden; sie sank hinab, hinab in die rachsüchtigen Untiefen von Morthyl. Endlich holte die Insel sie zu sich, strafte Ashnada für ihre grausamen Morde; und sie sank tiefer und tiefer, um sie herum nichts als die Urgewalt des Wassers, das Gericht über ihre Taten hielt.

Mit einsetzender Dunkelheit fielen in der *Roten Kordel* die letzten Schranken. Die Spelunke hatte sich bis in den hintersten Winkel gefüllt; überall saßen, standen und schwankten die von der Arbeit heimgekehrten Fischer; ihr Lärmen brandete durch den Schankraum wie der Wind, der von draußen gegen die Fenster schlug. Längst hatte der Wirt Stolling allen Groll gegenüber seinen Gästen fahren lassen. Lachend stand er hinter dem Schenker, teilte Krug um Krug, Becher um Becher die Gaben seines Hauses aus: trübes Bier, lauwarmen Wein und natürlich den hochgelobten Raschen. Stolling hatte es sich zur Aufgabe gemacht, den ewigen Kreislauf der Tonschalen nicht abreißen zu lassen, damit jede Kehle mit Schnaps versorgt blieb.

Mittelpunkt war an diesem Abend unbestritten der Tisch unweit des Schenkers, an dem die beiden Troublinier saßen. Hier war die Stimmung besonders ausgelassen. Der Netzknüpfer Ungeld hatte seine Flöte gezückt und gab unerhörte Melodien zum besten; seine Finger tanzten so flink über die Löcher der Flöte, daß man ihnen unmöglich folgen konnte. Der alte Schnappes stützte den Kopf mit den Händen und erzählte mit schwerer Zunge Schnurren, die keiner hören wollte. Parzer und Mäulchen hielten sich nur mit Mühe auf ihren Schemeln; gelegentlich zerrte die Fischerin mit aller Kraft an Parzers Ziegenbart, um ihn für seine fortwährenden Frechheiten zu strafen.

Auch Aelarian und Cornbrunn hatten sich einen ansehnlichen Rausch angetrunken. Der Großmerkant schwatzte mit einigen jungen Fischern, prahlte von den Abenteuern seiner Jugend, während Cornbrunn seinen Kieselfresser ein paar Kunststücke vorführen ließ. Er ließ Knauf mit erhobenen Pfoten auf der Ablage des Schenkers herumstolzieren, im Zickzack vorbei an den aufgereihten Bierkrügen. Natürlich glitt das Tierchen bald in einer Bierlache aus und fiel kopfüber in ein gefülltes Tonschälchen, so daß der Rasche nur so umherspritzte. Fauchend befreite sich Knauf und schüttelte sein Fell, sichtlich angewidert vom beißenden Schnapsgeruch.

»Euer Tier hat keine Manieren«, höhnte Mäulchen. »Geht man so mit einem Raschen um, he? Wenn das der flinke Hynerc sieht, wischt er sich mit diesem Fellbündel seinen runzligen Arsch ab!«

Cornbrunn nahm den Kieselfresser beleidigt auf die Hand zurück. »Der soll nur kommen! Knauf wird ihm mit einem Happs die Säufernase abbeißen.«

Aelarian Trurac hatte sich unterdessen auf die eigentliche Absicht seines Besuchs in der *Roten Kordel* besonnen und unternahm einen neuen Versuch, das Gespräch in diese Richtung zu lenken. »Nun mal ganz im Vertrauen«, rief er, während er die Hand auf Parzers Schulter legte. »Je länger ich euch beim Saufen zusehe, desto mehr wundere ich mich über den Ruf, der euch in Galbar Arc vorauseilt. Man rühmt euch als tüchtige Seefahrer, die im wildesten Sturm aufs Meer hinausfahren; dabei seid ihr in meinen Augen vor allem tüchtige Zecher, die dem Schnaps mehr zugetan sind als der See.«

Mäulchen stieß ein Gackern hervor. »Hört den Rotbauch an! Er will uns wohl beleidigen!« Sie fuhr Aelarian neckisch durchs Haar. »Wir steuern unsere Schiffe selbst im Suff noch besser durch den Sturm als jeder aufgeblasene Kapitän aus der Stadt, laß dir das gesagt sein!«

Parzer pflichtete ihr bei. »Mit ein paar Raschen im Blut lenkt es sich gleich dreimal so gut! Dann erst wird dein Verstand klar und der Blick aufs Wasser so scharf wie das Brennen in deiner Kehle.« Er hob die Hände, als wollte er ein unsichtbares Steuerrad herumreißen, doch sie zitterten so sehr, daß er Ungelds randvollen Bierkrug umstieß. Dieser setzte sogleich die Flöte ab und rammte sie Parzer unter die Achsel.

»Gib nicht so an, du Zwiebackfresser! Nach zwei Raschen

kannst du kaum aufrecht auf deinem Schemel sitzen, geschweige denn ein Schiff lenken.«

Parzer sprang wütend auf und wollte dem Netzknüpfer den Turban vom Kopf reißen, doch er griff daneben und fegte statt dessen einige Tonschälchen vom Schenker in die Küche. Sogleich fuhr der Wirt herum, packte den betrunkenen Fischer an beiden Ohren und hämmerte seinen Schädel gegen die Ablage, bis Parzer Hören und Sehen verging; doch Mäulchen sprang von ihrem Schemel auf, eilte dem Unglückseligen zur Hilfe; ihre Finger krallten sich in Stollings zottigem Schopf fest, und so rangen die drei miteinander, während ringsum allerlei Geschirr zu Bruch ging. In das Klirren mischten sich die schrillen Töne aus Ungelds Flöte; der Netzknüpfer versuchte die Keilerei mit einer aberwitzigen Melodie anzufachen.

»Parzer hat recht«, nuschelte unterdessen der alte Schnappes. »Ein guter Seefahrer muß ein guter Zecher sein. Ein Schiff im Sturm schwankt auch nicht anders als der Boden der *Roten Kordel,* wenn man erst zehn Rasche im Blut hat.« Er beugte sich vertraulich zu den Troubliniern hinüber. »Die größten Seefahrer waren allesamt Schluckspechte, wußtet ihr das nicht? Borlir aus Candacar – jener Mann, der zum ersten Mal vom Norden aus in die Troublinische See segelte – brachte die Hälfte seiner Reise im Suff zu. Und bestimmt habt ihr vom Bund der Südsegler gehört, dessen Steuerleute seit Jahrhunderten nach einem geheimnisvollen Kontinent im Südmeer Ausschau halten. Leider sind sie allesamt erblindet, weil sie während ihrer Zechgelage selbst vor dem billigsten Fusel nicht zurückschrecken. Wen wundert's, daß sie ihren Südkontinent noch nicht gefunden haben!« Er rieb sich die rotgeäderte Nase. »Doch der schlimmste von allen war Varyn der Seefahrer, der erste Vollblutsäufer des Silbermeeres. Als er auf Morthyl strandete, kotzte Varyn voller Demut die halbe Küste voll, und gewiß nicht, weil er seekrank war, das könnt ihr mir glauben.«

Aelarians Mundwinkel zuckten vor Erheiterung. »Seltsam – diesen Teil der Legende habe ich nie zuvor gehört.«

Schnappes hob die Stimme, damit alle sie vernehmen konnten. »Ja, ich schwöre euch: Varyn war die größte Rauschkugel, die die Welt je gesehen hat! Auf seinem Schiff kamen auf jeden Wasserschlauch zwei Fässer voll Schnaps, und er selbst mußte sich von seiner Mannschaft stets an Bord tragen lassen, so besoffen war er. Trotzdem lenkte er sein Schiff durch die heftigsten Stürme, kannte keine Furcht – zumindest nicht, solange er sternhagelvoll war. In einem der übelsten Räusche entdeckte er die Insel Fareghi und ging dort vor Anker, um auszunüchtern; anschließend war er drei Wochen lang nicht ansprechbar.«

»Und wie konnte es einem solchen Trunkenbold gelingen, ein Bauwerk wie den Leuchtturm zu errichten?« erkundigte sich Cornbrunn erheitert.

»Ein Leuchtturm? Das wäre Varyn nie in den Sinn gekommen! Als er wieder einigermaßen klaren Kopfes war, beschloß er, auf Fareghi die größte Brennerei der Welt zu erbauen, einen Turm mit riesigen Kupferkesseln, in denen Tag und Nacht der Schnaps sieden sollte. An der Spitze des Turms stellte Varyn eine Schale auf, in der eine Probe des Schnapses verbrannt wurde, damit sich jedermann von der Heftigkeit des Gesöffs überzeugen konnte. Das, meine Freunde, war der Beginn der Leuchtfeuer von Fareghi!«

»Und woraus gewann Varyn diesen Schnaps?« hakte Cornbrunn nach.

»Natürlich aus morthylischem Strandhafer«, rief Schnappes fröhlich. »Varyn war nicht nur der größte Seefahrer aller Zeiten, sondern auch der Erfinder des Raschen; und darauf laßt uns trinken!« Er drehte sich schwankend dem Schenker zu. »Drei Rasche, Stolling, du faule Galionsfigur, und zwar hurtig!«

Stolling hatte unterdessen Parzer und Mäulchen erfolgreich vom Schenker vertrieben. Noch tauschten die drei allerlei Nettigkeiten aus; der Wirt drohte, die ganze Kneipe zu räumen, während Parzer und Mäulchen ihn als jähzornigen Irren beschimpften. Doch da sich immer mehr Gäste von Stolling vernachlässigt fühlten, wurde der Streit schließlich beigelegt und die Versöhnung mit ein paar Raschen besiegelt. Auch Aelarian und Cornbrunn bekamen neue Tonschälchen in die Hand gedrückt, während sich Schnappes zu immer gewagteren Geschichten verstieg.

»Von der Bruderschaft des Leuchtturms habt ihr sicher ebenfalls schon gehört«, lallte er. »Varyns Erben ... das war eine tolle Bande, sag ich euch – einer trinkfester als der andere! Nachdem Varyn die Insel verlassen hatte, blieben seine treusten Saufgefährten zurück, um den Turm zu hüten. Sie waren meisterhaft darin, neue Brennverfahren zu entwickeln, damit der Rasche noch mehr dröhnte.« Er leerte sein Schälchen in einem Zug.

»Ich dachte immer, die Bruderschaft wäre mit der Herstellung der Turmbinder beschäftigt gewesen«, sagte Aelarian verwundert.

»Von wegen! Das einzige, was diese Kerle taten, war hemmungslos zu trinken. Jeder Abend endete mit einem Besäufnis. Herrlich muß das gewesen sein!« Schnappes preßte verträumt die Zunge gegen den Gaumen. »Als die Gyraner dann Fareghi eroberten, flohen die Saufbrüder mit einem Kessel Raschen auf hohe See, um sich schließlich...«

»Es reicht, Schnappes!« Stolling hatte mit messerscharfer Stimme die Erzählung des Krabbensammlers unterbrochen. »Du redest dich um Kopf und Kragen! Niemand hier will das hören.«

Schlagartig waren alle Gespräche rings um den Schenker verstummt, und die Fischer warfen Schnappes vorwurfsvolle Blicke zu. Unglücklich rutschte der Krabbensammler auf seinem Schemel hin und her.

»Laßt ihn nur weitererzählen«, bat Aelarian lächelnd. »Was wurde aus der Bruderschaft von Fareghi, Schnappes?«

»Keiner hat sie mehr wiedergesehen«, murmelte der Krabbensammler. »Vermutlich im Sturm verschollen.« Er hatte die Augen gesenkt. »So war's. Ich will auf der Stelle tot umfallen, wenn ich auch nur ein unwahres Wort gesagt habe.«

Kurze Stille. Dann sprang Ungeld auf, fuchtelte wild mit

seiner Flöte vor Schnappes' Gesicht herum. »Das hast du schon oft versprochen, alter Narr. Aber ich fürchte, der Tag, an dem du ins Grab wanderst und dein loses Mundwerk verfault, ist noch fern.« Er wandte sich mit gespielter Heiterkeit den Troubliniern zu. »Sei's drum – wir wollen uns den Abend nicht verdrießen lassen. Laßt uns nun feiern, feiern...«

»War einer von euch denn schon einmal auf Fareghi?« unterbrach Aelarian ihn freundlich, aber bestimmt. »Wer hat den Leuchtturm – oder sollte ich sagen: die größte Schnapsbrennerei von Gharax – mit eigenen Augen gesehen?«

Parzer baute sich schwankend vor ihm auf. Seine Augen rollten furchterregend. »Du stellst zu viele Fragen, Rotbauch! Wenn du etwas über Fareghi erfahren willst, hör dich in Galbar Arc um; dort sind die Leute schwatzhaft genug, um über Dinge zu sprechen, von denen sie keine Ahnung haben.«

»In Galbar Arc hat tatsächlich niemand eine Ahnung davon, was auf Fareghi vor sich geht«, beharrte der Großmerkant. »Aber ihr Leute aus Rhagis wißt offenbar mehr. Warum wagt ihr euch noch auf das Silbermeer hinaus, während selbst die besten Kapitäne des Südbundes den Hafen nicht mehr verlassen?«

Die Fischer gaben keine Antwort. Einige blickten betreten in ihr leeres Tonschälchen, andere tuschelten miteinander und warfen den Troubliniern feindselige Blicke zu. Schließlich erhob sich Cornbrunn. Er räusperte sich lautstark, um die Situation zu entschärfen und die Aufmerksamkeit der Kneipengäste auf sich zu lenken.

»Verzeiht dem Großmerkanten; er ist nun mal ein neugieriger Geselle. Habt ihr nicht seine riesigen, fast unanständig großen Ohren bemerkt? Im Ratsgebäude zu Taruba gibt es keine Tür, an der er sie nicht schon einmal plattgedrückt hat, ganz gleich, ob es dahinter etwas zu hören gab oder nicht.« Einige Fischer mußten unfreiwillig kichern. »Glaubt mir, Aelarian Trurac würde sich selbst belauschen, wenn er es könnte. Allerdings müßte er dazu seine eigenen törichten Geschichten ertragen, und dazu fehlt ihm die Geduld, die er mir und anderen abverlangt. Verzeiht ihm also seine Naseweisheit und gebt ihm lieber etwas zu trinken.« Er verbeugte sich linkisch in Stollings Richtung. »Wenn ich bei der Gelegenheit selbst um einen Raschen bitten dürfte, Herr Wirt…«

»Ja, mir dann auch einen, Stolling!« krakeelte einer der Fischer.

»Ebenso!«

»Eine Runde an uns!«

»Immer her damit, Stolling!«

Die Gespräche kamen ebenso schnell wieder in Gang, wie sie zuvor verebbt waren. Ungeld entlockte seiner Flöte ein neues, schräges Lied, und Mäulchen sank auf Parzers Schoß und küßte seine Hände ab, mit denen er sich an der Tischkante festhielt. Nichts schien den Menschen von Rhagis dauerhaft die Laune verdrießen zu können, und so gaben sie sich wieder jenen Ausschweifungen hin, die sie an diesem Abend in der *Roten Kordel* gesucht und gefunden hatten.

Allein Aelarian Trurac schmollte eine Weile über seinem Bierkrug, sichtlich erzürnt über Cornbrunn, der ihm so dicht vor Erreichen seines Ziels in den Rücken gefallen war. Es brauchte einiges gute Zureden seitens der Fischer – und mehrere Rasche –, bis er sich wieder zu einem Lächeln bewegen ließ. Zu mehr war er an diesem Abend nicht fähig; sein Geist sank mit jedem Schnaps tiefer ins Reich des Rausches, das sich im Schankraum der *Roten Kordel* aufgetan hatte. Bald glitt sein Bewußtsein ganz dahin und ließ alle Fragen zurück, die ihn beschäftigen – und die am nächsten Morgen um so schmerzhafter in seinem Schädel pochen würden.

Wärme – ja, das erste, was Ashnada fühlte, war Wärme, die ihren Körper durchflutete, die sie umgab und beschützte. Ihr Erwachen kein plötzliches Aufschrecken, sondern eine Wiederbelebung der Sinne. Ashnada spürte die tiefe Ermattung ihrer Glieder, spürte, wie sich ihr Brustkorb hob und senkte, auch wenn das Atmen ihr schwer fiel. Bilder schossen ihr durch den Kopf: sie entsann sich des Absturzes aus dem Fenster des Gildenhauses, als sie im Wasser versunken und von den Fluten verschlungen worden war... Das Gebrüll des Sturms, die eise Kälte, ja, sie hatte für einen Moment geglaubt, in einer Woge aus kaltem Blut zu treiben, die sie in die Tiefe riß, und sie hatte gefroren und gefroren, und in ihrem Kopf das heisere Lachen Tarnac des Grausamen – oder war es ihr eigenes böses Gelächter gewesen, so fern, so fremd, vor Jahren schon verstummt?

Endlich gelang es Ashnada, die Augen zu öffnen. Schwacher Kerzenschein, die Bretterwand einer Hütte. Ein peitschender Wind, Erbe des abflauenden Sturms, zerrte an den Holzlatten. Ashnada war auf ein Strohlager gebettet, gehüllt in mehrere Decken; neben ihr stand auf einer Truhe ein Wasserkrug. Von plötzlichem Durst gepeinigt, versuchte sie danach zu greifen, doch ihre Arme waren wie gelähmt; sie konnte sie nicht unter der Decke hervorziehen.

»Du solltest dich schonen.« Eine männliche Stimme. Ashnada wandte den Kopf, erkannte im schwachen Kerzenschein den Schemen einer Person. »Dein Körper war stark unterkühlt; du mußt erst zu Kräften kommen.«

Sie blinzelte zu ihm empor. »Wer bist du? Wie bin ich hierhergekommen?«

Ein schwarzer Mantel bauschte sich auf und kam wieder zur Ruhe, als der Mann sich zu ihr herabbeugte. Sein Gesicht trat dicht vor ihr aus den Schatten: dunkelblaue Augen, die tief in den Höhlen saßen; die linke Augenbraue mit einem silbernen Ring geschmückt; eine große Nase, kantig das mit dunklen Bartstoppeln besetzte Kinn. In seinem schwarzen Haarschopf glitzerten eingeflochtene Perlen. »Ich habe dich aus dem Hafenbecken gefischt. Mein Boot befand sich in der Nähe, als du dich aus dem Fenster stürztest.«

Er setzte den Wasserkrug an Ashnadas Lippen. Sie trank mit hastigen Zügen, ohne die Augen von ihm zu nehmen. Sie hatte ihn sogleich wiedererkannt – jenen Mann, der sie auf den Treppen nahe der Burg Galbar vor dem Sturz in die Tiefe bewahrt hatte. Er mochte um die fünfundzwanzig Jahre alt sein; seine Gesichtszüge wirkten ernst, und sein Blick hatte etwas Dunkles, Gefährliches, das Ashnada schon bei ihrem ersten Zusammentreffen beeindruckt hatte.

Er setzte den Krug von ihren Lippen ab. »Du hattest Glück; dein Körper wurde emporgespült, nachdem du bereits das Bewußtsein verloren hattest. So konnte ich dich zu mir ins Boot ziehen. In einem solchen Sturm gibt das Wasser selten zurück, was es sich genommen hat.« Er wollte sich erheben. »Ich werde dich besser schlafen lassen.«

»Bitte bleib!« Sie hustete auf. »Sag mir, wer du bist und wohin du mich gebracht hast.«

Er strich sich das Haar zurück. »Ich bin Cyrmor, und dies ist meine Hütte. Sie ist nicht sonderlich geräumig, aber für eine Nacht wird es reichen.« Forschend blickte er sie an. »Wie ist dein Name?«

Sie zögerte kurz. »Cydra ... ich heiße Cydra.« Erst im letzten Moment war ihr eingefallen, daß sie dem Fremden auf keinen Fall ihren wahren Namen nennen dürfte, denn dieser mochte dem einen oder anderen Bewohner Morthyls noch geläufig sein. »Wir sind uns schon einmal begegnet, auf den Treppen nahe der Burg.«

Er nickte. »Ein seltsamer Zufall. Galbar Arc ist keine große Stadt, doch in den verwinkelten Gassen läuft man sich selten ein zweites Mal über den Weg.«

Endlich gelang es Ashnada, sich ein Stück weit aufzurichten. Dabei bemerkte sie, daß sie nackt war. Cyrmor hatte ihr die nasse Kleidung ausgezogen, bevor er sie in die Decken gehüllt hatte. »Ich glaube nicht an Zufälle. Was hattest du bei diesem Sturm mit deinem Boot auf dem Wasser verloren?«

»Dasselbe könnte ich dich fragen«, erwiderte er. »Wer sich mitten in der Nacht aus einem Fenster des Zunfthauses ins Meer stürzt, muß lebensmüde sein – oder er hat etwas zu verbergen. Was hast du dort getrieben, Cydra?«

Sie hielt seinem bohrenden Blick stand. »Ich kann es dir

nicht sagen. Du hast mir das Leben gerettet, doch ich kenne dich nicht, weiß nicht, wer du bist und warum du…«

Er unterbrach sie barsch. »Du willst wissen, wer ich bin? Nun, wie du dir sicherlich denken kannst, bin ich ein Schmuggler. Ich handle mit Silberschmuck aus den Minen von Bosjip.« Er holte aus den Taschen seines Mantels einen Lederbeutel hervor und leerte den Inhalt auf Ashnadas Decke aus: silberne Ringe und Perlen, Halsketten, Armreife, fein ziselierte Amulette und Haarfibeln. »Meist arbeite ich allein; ich schmuggle die Ware im Auftrag der Silberschürfer an den Wächtern des Fürsten vorbei und bringe sie nach Galbar Arc. Hier verkaufe ich sie an die Männer der Hafenzunft weiter. Auf diese Weise umgehe ich das Gesetz, das alles in den Minen geschürfte Silber zum Eigentum des Fürsten erklärt.«

Ashnada zog eine Hand unter der Decke hervor; mit tauben Fingern griff sie nach einem der Ringe, wog ihn in der Hand. »Wenn dies wahr ist und du mit den Schmugglern der Hafenzunft zusammenarbeitest – warum hast du dann einen von ihnen auf der Treppe niedergestochen?«

Er klaubte den Schmuck zurück in den Beutel. »Ich schuldete diesem Mann eine Menge Geld. Er glaubte sich deshalb im Recht, mir etwas fortzunehmen – etwas, das in seinen Augen großen Wert besitzt…und was ich ihm unmöglich geben konnte.« Seine Augen verdüsterten sich. »Ich wünschte, ich hätte ihn an diesem Tag besser erwischt! Der Dolchstoß war zu tief angesetzt; ein Stück höher, und er wäre wie ein Schwein verblutet.«

Ashnada ließ den silbernen Ring sinken. »Warum erzählst du mir das alles?«

»Du hast mich gefragt«, antwortete Cyrmor, »und du wirst mich gewiß nicht verraten. Für die Ergreifung eines unbedeutenden Schmugglers zahlt der Fürst nicht mehr als ein lächerliches Handgeld.« Er ließ den Beutel unter seinem Mantel verschwinden; als er die Hand wieder hervorzog, blitzte darin ein langer Dolch, den er neben den Wasserkrug auf die Truhe legte. »Außerdem habe ich schon aus geringerem Anlaß getötet, Cydra. Du wirst mich nicht verraten – zumal ich dir zweimal das Leben gerettet habe.«

Sie nickte. »Ich danke dir dafür.« Ihr war nicht entgangen, wie behende Cyrmor den Langdolch gezogen hatte; er schien gut mit der Waffe umgehen zu können.

»Nun zu dir, Cydra – was hattest du im Zunfthaus zu suchen? Dein Sprung aus dem Fenster wirkte nicht so, als wärest du vom Zunftmeister zum Essen geladen worden und hättest dich auf dem Nachhauseweg in der Tür geirrt.«

Krampfhaft suchte Ashnada nach einer glaubhaft klingenden Erklärung. Sie entschied sich dafür, dem Schmuggler einen Teil der Wahrheit zu enthüllen. »Ich hatte mich eingeschlichen. Mir war zu Ohren gekommen, daß einige Zunftleute Waren auf die Insel Fareghi schmuggeln. Im Zunfthaus hoffte ich, etwas über dieses Geschäft in Erfahrung bringen zu können, denn ich dachte mir, der Fürst würde für eine solche Auskunft gut bezahlen.« Es war nicht ungefährlich, sich ihrem undurchsichtigen Retter anzuvertrauen, doch sie ahnte, daß Cyrmor eine halbgare Lüge durchschauen würde.

Er schien ihr zu glauben. »Dann wolltest du also die Zunft ausspionieren. Das war sehr leichtsinnig von dir. Hätte man dich erwischt, wärest du noch in derselben Nacht vom Zunftgericht zu mehreren Jahren Kerkerhaft verurteilt worden. Und dein Sprung aus dem Fenster hätte dich das Leben kosten können, wenn ich mit meinem Boot nicht in der Nähe gewesen wäre.«

Sie wollte eine Antwort geben, doch ein erneuter Hustenanfall schüttelte sie. Behutsam zog Cyrmor ihre Decke glatt. »Du solltest besser schlafen. Ich werde draußen noch das Boot sicher vertäuen, dann komme ich zurück.«

Er erhob sich, öffnete die knarrende Tür der Hütte und verschwand in der Dunkelheit. Ashnada atmete tief durch. Sie legte sich auf die Seite, schloß die Augen. Gedankenfetzen kamen ihr in den Sinn ... ihr Aufenthalt im Zunfthaus, das von ihr belauschte Gespräch zwischen dem Zunftmeister und seinem Besucher, der zweifellos ein Gefolgsmann

Baron Eldroms gewesen war. Sie versuchte sich die Worte des Fremden ins Gedächtnis zu rufen: sein Gesicht, das seltsame Schwert, das er gezückt hatte...die lange Klinge, der mit Gravuren geschmückte Griff. Wo hatte sie dieses Schwert schon einmal gesehen?

Die Erkenntnis traf sie wie ein Schlag. *Das ›Einende‹ – das kathygische Reichsschwert!* Vor vielen Jahren, als sie noch an König Tarnacs Hof gedient hatte, war der kathygische König Eshandrom nach Nagyra gekommen. Kathyga und Gyr hatten damals ihren Friedensvertrag erneuert. Eshandrom hatte das Reichsschwert mit sich geführt, denn diese Klinge war untrennbar mit der Geschichte seines Volks verknüpft, war es doch während des Befreiungskrieges gegen Candacar geschmiedet worden. Ashnada erinnerte sich genau daran, wie der Anblick des legendären Schwertes sie gebannt hatte; jenes Schwertes, von dem es hieß, es könne den Widerstand jedes Feindes brechen. Selbst Tarnac der Grausame hatte sich beeindruckt von der Klinge gezeigt, hatte Eshandrom gebeten, sie für einen Augenblick in den Händen halten zu dürfen; doch dies hatte der Kathyger bestimmt zurückgewiesen.

Aber was hatte diese Waffe hier auf Morthyl zu suchen? Sie mußte sich geirrt haben...und doch war Ashnada davon überzeugt, das Schwert wiedererkannt zu haben. Dies konnte nur eines bedeuten: Jener Fremde, den sie im Zunfthaus beobachtet hatte, war kein Geringerer als Eldrom von Crusco selbst gewesen! Er mußte das ›Einende‹ an sich gebracht haben; vielleicht hatten die Goldéi es ihm gegeben, oder er hatte es seinem König geraubt.

Eldrom befindet sich hier, auf Morthyl! Er wagt es, unter den Augen Fürst Perjans den Meister der Hafenzunft zu bestechen! Wie sicher muß er sich seines Sieges sein! Ashnada öffnete die Augen, blinzelte in das Kerzenlicht. *Rumos wird staunen, wenn ich ihm davon berichte; wenn ich ihm sage, daß mich nur eine Holztür von dem selbsternannten König des Silbermeers trennte.*

Sie zwang sich zur Ruhe. In dieser Nacht konnte sie nichts

mehr ausrichten; sie war zu erschöpft, mußte zu Kräften kommen. Doch die Gedanken ließen sich nicht beiseite schieben. So dämmerte sie dahin, halb wach, halb schlummernd, und lauschte dem Rauschen des Windes.

Nach einer Weile kehrte Cyrmor zurück; sie hörte, wie er behutsam die Tür öffnete, leise über den Holzboden schritt. Ashnada stellte sich schlafend, doch sie beobachtete den Schmuggler aus halb geöffneten Augenlidern. Er streifte Mantel und Stiefel ab, zog die zahlreichen silbernen Ringe von seinen Fingern. Bevor er sich ganz entkleidete, löschte er die Kerze, und so sah sie nur die Umrisse seines Körpers; die muskulöse Brust, die kräftigen Schultern, den straffen Bauch. Vorsichtig legte sich Cyrmor neben sie, hüllte sich in eine Decke. Sein Haar streifte ihre Nase; es war naß vom Regen, verströmte den salzigen Geruch des Meeres. Sie verspürte den Wunsch, die Hand auszustrecken, mit den Fingern über dieses nasse dunkle Haar zu streichen; doch sie wagte es nicht.

Als sie seine ruhigen Atemzüge vernahm, fand auch sie endlich Frieden und sank in einen Schlaf, der ihr seit langem keine Alpträume bescherte.

KAPITEL 8

Kulissen

Strahlender Himmel über Persys, die Luft kühl und klar; eine Brise wehte vom Meer heran und trug den Geruch von Gischt und Seetang mit sich. Sonnenstrahlen kitzelten auf Baniters Wangen. Er schloß die Augen, um ihre Wärme ganz in sich aufzunehmen. Seine linke Hand ruhte in Jundalas Schoß. Sie hatte den Kopf an seine Schulter gelehnt, und Baniter wünschte, er könnte ewig an ihrer Seite verharren und die schrecklichen Ereignisse vergessen, die Sithar in den letzten Tagen erschüttert hatten. Ein Heer war vernichtet und eine blühende Stadt zerstört worden, doch über Persys schien die Sonne … welch seltsamer Gegensatz!

Das Paar saß auf einer Sanddüne am südlichen Küstenbogen der Bucht, die Gesichter dem Meer zugewandt. Der Strand fiel flach zum Ufer ab; das Wasser, klar wie aus einer Felsquelle, strömte ruhig in die Bucht; der seicht ansteigende Meeresgrund nahm den Wellen ihre Wucht. Am gegenüberliegenden Ufer der Bucht schimmerten die Dächer der Stadt Persys im Sonnenlicht; ihre Schindeln waren aus jenem weißen Sand gebrannt, der nur an der Bucht von Persys zu finden war. Dieser Ort war berühmt für seine Schönheit, für den blütenweißen Strand und die verwinkelte Dünenlandschaft am Südufer, wo zur Sommerzeit Kinder tollten und im Herbst Liebespaare wandelten, die im Rauschen des Strandhafers ihren verwirrten Gefühlen nachlauschten.

An diesem Frühlingstag waren Jundala und Baniter allein in den Dünen. Schon seit einer Stunde blickten sie auf das Meer. Jundala hatte die Schuhe abgestreift und ihre Füße in den Sand eingegraben. Sie trug einen langen Wollrock und einen Überwurf aus dunklem Stoff. Zögernd blickte sie ihren Gemahl an und richtete schließlich das Wort an ihn.

»Es ist seltsam, Baniter ... vor einer Woche waren wir noch in Thax, sorgten uns um die Zukunft Sithars. Nun sitzen wir hier am Strand von Persys – und Thax, das Herz des palidonischen Hochlandes und Hauptstadt des Kaiserreiches, ist nicht mehr, wurde vernichtet, zerstört ...« Sie tastete nach Baniters Hand. »Ich kann es noch immer nicht fassen. Wie konnte das geschehen? Wie konnte Thax so einfach ausgelöscht werden?«

Baniter wirkte ratlos. »Noch wissen wir nichts Genaues; die Gerüchte überschlagen sich, der Silberne Kreis ist gelähmt angesichts dieser Katastrophe.« Er umklammerte Jundalas Hand, so fest er nur konnte. »Als die Fürsten Thax verließen, wähnten sie dies als Vorsichtsmaßnahme, falls der Feldzug gegen Nhordukaels Streitmacht erneut einen Volksaufstand hervorrufen würde. Doch daß die Weißstirne unser Heer schlagen und Thax überrennen würden, hätte auch ich für unmöglich gehalten.«

Ja, Thax war gefallen; die glorreiche Stadt Thax, das Zentrum des palidonischen Hochlandes. Oftmals in ihrer Geschichte hatte sie am Abgrund gestanden, war von candacarischen Kriegern verwüstet und von arphatischen Truppen geschleift worden, hatte zahlreiche Belagerungen und Erdbeben überstanden. Doch nie war Thax wirklich zerstört worden. Es hatte sich immer erholt und seine Bedeutung als Hauptstadt des Hochlandes behauptet. Würde es ihr auch diesmal gelingen, aus den Trümmern wiederaufzuerstehen? Wenn die Gerüchte stimmten, dann hatten Nhordukaels Anhänger die gesamte Stadt in Brand gesetzt. Nachdem sie das kaiserliche Heer unweit des Berges Amos vollständig aufgerieben hatten, waren sie nach Thax weitergezogen, um ihr Werk zu vollenden. Die Bevölkerung war vor den Weißstirnen geflüchtet. Thax aber stand in Flammen, und nur die fanatischen Anhänger des ›Auserkorenen‹ wachten noch über die schwelenden Mauern.

»Bald werden die Überlebenden der Schlacht nach Persys zurückkehren«, sagte Baniter leise. »Die meisten sind schwer verwundet, dem Tod näher als dem Leben. Fürst Vildor Thim soll in einem Feuersturm lebensgefährlich verletzt worden sein. Hoffentlich ist er klug genug, sich in einer geschlossenen Sänfte nach Persys tragen zu lassen; denn wenn sich im Volk herumspricht, daß selbst der höchste Feldherr des Reiches verwundet wurde, könnte das zu einer Panik führen.« Er schüttelte den Kopf. »Ich hatte von Anfang an ein ungutes Gefühl, als ich von diesem jungen Priester und seinem ›Wunder‹ hörte. Meine Vorahnungen haben sich bestätigt. Thax ist gefallen, das Hochland auf lange Zeit verloren.«

»Wird der Silberne Kreis nun darauf drängen, Nhordukael endgültig zu vernichten?«

»Der Thronrat hat sich noch nicht entschieden. Im Augenblick herrscht nichts als Sprachlosigkeit und Entsetzen unter den Fürsten. Manch einer hat treue Diener in Thax zurückgelassen, die Opfer des Feuersturms geworden sind; darüber hinaus steckte eine Menge fürstliches Geld in den Gießereien der Stadt.« Baniter ließ die Hand seiner Gattin los. »Wenn sich der erste Schrecken gelegt hat, werden die Fürsten einsehen, daß es wenig Sinn macht, Nhordukael erneut die Stirn zu bieten. Dieser Zauberer ist mit gewöhnlichen Mitteln nicht zu besiegen. Ich werde dem Silbernen Kreis vorschlagen, einen Waffenstillstand mit ihm zu schließen. Seine Macht ist auf das palidonische Hochland begrenzt; mag Nhordukael es ruhig behalten für die kommende Zeit. Das Kaiserreich sollte sich besser auf die Verteidigung seines Kernlandes konzentrieren.«

Jundala kniff die Augen zusammen. »Du willst das Hochland aufgeben? Das wird Fürst Binhipar niemals zulassen. Sein Fürstentum Palidon wäre in einem solchen Fall vom Reich abgeschnitten.«

»Er wird es nicht verhindern können. Die übrigen Fürsten stehen in dieser Frage gegen ihn. Ihnen kann nicht daran gelegen sein, das Heer in einem unsinnigen Rachefeldzug zu verschleißen. Binhipar wird sich hüten, Einspruch zu erheben, wenn er seine Stellung im Thronrat nicht gefährden will.« Baniter schöpfte eine Handvoll Sand von der Düne und ließ die Körner zwischen seinen Fingern hindurchrieseln. »Natürlich wird er versuchen, es mir heimzuzahlen, doch solange die Umstände so ungünstig sind, muß er stillhalten. In Vara werden die Karten neu gemischt; dort wird sich entscheiden, wer in Zukunft im Kaiserreich herrscht.«

»Dann wird der Silberne Kreis also nach Vara umsiedeln«, sagte Jundala mit einem Anflug von Beklommenheit in der Stimme.

»Uns bleibt keine andere Möglichkeit. Thax ist zerstört, der Silberne Kreis befindet sich auf der Flucht, die Einheit des Reiches ist bedroht. Wenn das Kaiserreich nicht auseinanderfallen soll, muß der Thronrat sich in Vara behaupten, dem Zentrum Sithars. Nur von Vara aus läßt sich das Reich in diesen Zeiten regieren.« Baniter warf die letzten Sandkörner fort. »Sicher, es wird Widerstände geben. Varas Bürgerschaft war schon immer selbstbewußt; in den vergangenen Jahren hat sie Gefallen daran gefunden, daß der Silberne Kreis in Thax weilt und die einstige Hauptstadt in Frieden läßt. Es wird den Stadtoberen nicht schmecken, wenn der Thronrat in den alten Kaiserpalast zurückkehrt. Das größte Problem ist allerdings Hamalov Lomis, der von einem Tag auf den anderen die Macht über sein Fürstentum verliert.«

»Er wird sie kaum freiwillig abgeben«, warnte Jundala.

»Hamalov wird sich zur Wehr setzen«, erwiderte Baniter, »und damit erst recht seinen Niedergang besiegeln. Bald wird er die varonische Fürstenkette abstreifen müssen – und dem rechtmäßigen Herrscher Varonas den Weg ebnen!« Der Triumph in seiner Stimme war unüberhörbar.

»Du glaubst nicht im Ernst, daß Scorutar und Binhipar das Fürstentum zurück in deine Hände geben werden«, entfuhr es Jundala.

Baniters Blick wanderte zurück auf die Weiten des Meeres. »Vielleicht nicht sofort; sie werden Hamalov stützen, solange es geht. Doch wenn ich in Vara bin, wird die Zeit für mich arbeiten. Die Menschen haben nicht vergessen, daß einst ein Geneder über die Stadt herrschte. Seit der Teilung Ganatas ist es mit Vara bergab gegangen. Für viele wird es wie ein Wink des Schicksals aussehen, wenn der wahre Erbe des Fürstentums zurückkehrt.« Ruckartig wandte er den Kopf seiner Gemahlin zu. »Lange habe ich auf diesen Moment gewartet, Jundala – auf den Tag, an dem ich die Schmach, die man meiner Familie antat, aus der Welt schaffen kann. Seit der Gründung des Kaiserreiches wurden wir von der Macht ferngehalten, obwohl wir die einflußreichste Familie Sithars waren, und schließlich unserer Besitztümer beraubt, als mein Großvater es wagte, sich gegen diese Ungerechtigkeit aufzulehnen. Mir ist es bestimmt, die Ehre der Geneder wiederherzustellen. Gnade demjenigen, der mir dabei im Wege steht!«

Baniter hatte die letzten Worte im Zorn gesprochen. Seine grünen Augen funkelten, und Jundala schreckte vor ihm zurück. Sie versuchte erneut, seine Hand zu ergreifen, doch Baniter entzog sie ihr.

»Du weißt, daß ich auf deiner Seite stehe«, beschwor Jundala ihn. »Ich glaube an dich, und ich liebe dich, und ich werde dich lieben bis ans Ende. Doch ich beschwöre dich, Baniter, setze nicht alles aufs Spiel, was wir erreicht haben. Deinem Großvater ist Unrecht geschehen, doch auch er wollte zu viel und wollte es zu schnell ... er hat großes Unheil über deine Familie gebracht.«

»Unheil?« rief Baniter. »War er es, der Unheil brachte, oder die Fürsten, die ihm in den Rücken fielen? Norgon Geneder wollte die Macht nicht für sich erringen; er wollte die Unabhängigkeit des Silbernen Kreises bewahren und den Tyrannen Torsunt Thayrin in die Schranken weisen.« Sein Blick verdüsterte sich. »Ich weiß noch zu wenig über die damaligen Ereignisse. Sobald ich in Vara bin, werde ich in Erfahrung bringen, was meinen Großvater tatsächlich dazu trieb, Torsunt die Stirn zu bieten. Ich werde seine Unschuld beweisen, Jundala. Das bin ich meiner Familie schuldig.«

»Du bist deiner Familie schuldig, sie nicht ins Verderben

zu stürzen! Willst du das Leben unserer Kinder gefährden? Binhipar Nihirdi wird uns vernichten, wenn du die Macht im Kaiserreich an dich reißt. Er wartet nur auf einen Fehltritt von dir!« Obwohl sie Baniters abweisenden Blick bemerkte, fuhr sie fort. »Und noch etwas muß ich dir sagen, Baniter. Lange habe ich nachgedacht, ob ich dich damit behelligen soll, doch nun erscheint es mir zu bedeutsam. Am Tag, als Kaiser Akendor starb, führte ich ein Gespräch mit Tundia Thim, der Schwester Scorutars...«

Baniters Lippen wurden schmal. »Willst du erneut den Kindsmord bejammern, zu dem sich Akendor hinreißen ließ? Ich habe dir gesagt, daß ich nichts davon hören will!«

Jundala war den Tränen nahe. »Tundia schwört, daß Akendor am Leben ist! Sie ist der festen Überzeugung, daß Binhipar und Scorutar ihn fälschlich für tot erklärten und insgeheim noch immer gefangen halten oder gar aus seiner Zelle entkommen ließen.«

Baniter runzelte die Stirn. »Unsinn! Ich stand am Tag des Begräbnisses an Akendors Sarg, als er in der Familiengruft der Thayrin beigesetzt wurde. Ich habe den Leichnam gesehen! Es war der Kaiser, bleich und tot, verreckt im Kerker, weil er dem ›Gespann‹ lästig geworden war. Akendor Thayrin ist tot und sein Sohn der rechtmäßige Nachfolger auf dem Kaiserthron!«

Jundala zögerte. »Tundia schien sich sehr sicher zu sein.«

Baniter winkte ab. »Sie will nicht wahrhaben, daß ihr die Möglichkeit genommen wurde, am Mörder ihres Kindes Rache zu nehmen. Denk nach, Jundala – warum hätte das ›Gespann‹ Akendor am Leben lassen sollen? Er war als Herrscher untragbar geworden. Sie haben ihn ermordet, um einen neuen, folgsameren Kaiser auf den Thron setzen zu können.« Er tastete nach seiner Fürstenkette. »Heute wird Uliman vor den Augen des Heeres gekrönt werden. Das Volk wird sehen, daß der Fall von Thax unser Reich nicht gefährden kann, daß Sithar stark genug ist, mit einem neuen Kaiser an der Spitze allen Feinden zu trotzen. Heute wird sich entscheiden, ob unser Reich auseinanderbricht oder bestehen bleibt – und mir ist es zu verdanken, wenn letzteres gelingt.«

Eine Weile blickten beide schweigend aufs Meer. Dann legte Jundala die Hand auf den Arm ihres Mannes, und Baniter wandte sich ihr zu, küßte sie, versuchte seinen Groll zu vergessen.

Nach einer Weile lockerte er seine Umarmung. »Ich muß nach Persys zurückkehren, Liebste. Vor den Feierlichkeiten soll eine Abordnung des Kaiserreiches bei der arphatischen Königin vorsprechen. Vermutlich will Inthara die angespannte Lage nutzen, um dem Thronrat weitere Zusagen abzupressen.« Die Arphater hatten Persys vor zwei Tagen erreicht und sogleich ein Zeltlager vor dem Nordtor der Stadt errichtet. Baniter hatte aus der Ferne die bunten Fahnen mit dem Sonnenzeichen im Wind flattern sehen. »Die Fürsten haben sich darauf verständigt, mich als Unterhändler zu entsenden.«

»Sprachen sich auch Binhipar und Scorutar für dich aus?« fragte Jundala ungläubig.

Baniter zuckte mit den Schultern. »Das ›Gespann‹ konnte mein Verhandlungsgeschick in Praa schlecht leugnen. Allerdings besteht Fürst Scorutar darauf, mich zu begleiten. Offenbar will er mich diesmal selbst überwachen.« Er streifte sich den Mantel über und erhob sich. »Thax ist untergegangen, doch der Kampf um die Herrschaft geht weiter. Das ›Gespann‹ wird uns auch in Vara das Leben schwermachen.«

Jundala gab keine Antwort, doch Baniter spürte ihr Unbehagen. *Sie hat sich verändert, seit sie mich im Silbernen Kreis vertreten hat. Die unschönen Ereignisse, die zu Akendors Sturz führten, haben sie verwirrt – und dies ausgerechnet jetzt, wo ich so sehr auf sie angewiesen bin.* Seit Baniter aus Arphat zurückgekehrt war, fühlte er sich seiner Frau stärker verbunden als je zuvor; die Vertrautheit zwischen ihnen war von einer größeren Innigkeit begleitet, als er es aus den früheren Jahren ihrer Ehe her kannte. Zugleich fühlte sich Baniter jedoch von ihr unverstanden; sein Ehrgeiz, den sie früher an ihm so geliebt hatte, schien sie nun zu befremden. *Ich werde ihre Zweifel zerstreuen müssen. Die Familie Geneder muß zusammenhalten! Nur gemeinsam sind wir stark genug, dem ›Gespann‹ die Stirn zu bieten!*

Er reichte ihr die Hand, zog sie zu sich hoch. Gemeinsam stiegen sie die Düne hinunter. *Doch zunächst gilt es, die arphatische Königin zu beruhigen. Nach Akendors Tod und dem Fall unserer Hauptstadt werde ich einige Wogen glätten müssen, um Intharas Vertrauen zurückzugewinnen.*

Die Pflastersteine glühten wie die Kohlen eines Lagerfeuers. Ihr dunkelrotes Schimmern erhellte die Gasse. In den Rillen war das Gestein längst geschmolzen; träge floß es dahin als ein glühender Strom. Gelegentlich stoben Funken auf, wenn ein Pflasterstein in der Hitze zerbarst.

Langsam durchschritt Nhordukael die Gasse. Er hatte seine hohepriesterliche Kutte angelegt. Dunkler Rauch stieg aus dem Stoff empor, umhüllte Nhordukaels Gestalt. Seine Füße waren entblößt. Wenn die nackten Fußsohlen das Pflaster berührten, war ein Zischen zu vernehmen, als ob Wasser auf den glühenden Steinen verdampfte.

Nhordukael ließ den Blick umherschweifen. Auf beiden Seiten der Gasse standen die Häuser von Thax in Flammen. Längst hatte das Feuer die Balken und Dachstühle verschlungen; allein die steinernen Wände schwelten noch vor sich hin, stumme Zeugen des Feuersturms, der über die Stadt hereingebrochen war. Rauch trübte den Himmel, und die Luft war voller Ruß. Jeder Atemzug ließ einen bitteren Nachgeschmack auf der Zunge zurück; und Nhordukael genoß ihn, er erschien ihm köstlicher als jeder Rosenduft.

Auch seine Begleiter bewegten sich ohne Mühen durch die brennende Stadt. Fast zweihundert Weißstirnen folgten dem Hohenpriester. Viele von ihnen waren gezeichnet von der Schlacht gegen das kaiserliche Heer, doch dies hatte ihren Eifer nicht gemildert. Stolz marschierten sie hinter

Nhordukael her, die rotschimmernden Klingen ihrer Schwerter und Dolche, Säbel und Messer vorausgerichtet. Auch sie hatten die Schuhe abgestreift, schritten mit bloßen Füßen über die glühenden Steine. Das Feuer konnte ihnen nichts anhaben; es war ihr Verbündeter.

Das Auge der Glut hat sein Versprechen gehalten, triumphierte Nhordukael. *Es wollte meine Feinde in Thax vernichten, es wollte Rache nehmen für seine Knechtschaft – und was für eine Rache!*

Thax brannte nun schon seit Tagen. Diese Stadt, in der Nhordukael sein gesamtes Leben verbracht hatte, in der er als Zögling des vormaligen Hohenpriesters Magro Fargh aufgewachsen war, der ihn aus einem Waisenheim zu sich genommen und ihm den Glauben an den unmenschlichen Gott Tathril eingetrichtert hatte, bis seine kindliche Seele zerstört worden war; diese Stadt, die Nhordukael gehaßt hatte, seit er sich entsinnen konnte – sie brannte lichterloh! Thakstel, der dunkle Palast auf dem Kaiser-Akrin-Hügel: ein Haufen schwelender Steine! Der Platz der Gießer und Schmelzer, auf dem Nhordukael am ›Tag der Ernte‹ jene unbekannte Bestie besiegt hatte: ein Flammenmeer, aus dem die Schlote der alten Schmelzerei hervorstaken wie die Masten eines sinkenden Schiffes. Thax verging im Feuer – das Ende jener Stadt, die ihm solange ein Gefängnis gewesen war.

Der Zug der Weißstirne hatte das Ende der Gasse erreicht. Der Weg öffnete sich einem größeren Platz. Im schwefligen Qualm konnte Nhordukael den Tempel des Tathril erkennen. Hinter der Außenmauer schimmerte seine weiße Kuppel. Aus den geborstenen Dachfenstern quoll Rauch.

Ein Gefühl der Erregung stieg in Nhordukael auf. Er dachte an die unzähligen Male, die er diesen Weg zurückgelegt hatte; damals, als er der Leibdiener Magro Farghs gewesen war, von Furcht gezeichnet, von Haß beseelt. Wie oft hatte er sich gewünscht, den Tempel in Flammen zu sehen; hatte in Gedanken die Todesschreie der Priester gehört, die im Feuer verendeten, hatte den brennenden Leib Magro

Farghs im Flammenschein tanzen sehen; und wie sehr hatte er sich für seine Gedanken geschämt, wie sehr hatte er gefürchtet, Tathril könne ihn für seine grausamen Wünsche bestrafen. Nun, da er wußte, daß Tathril nicht existierte, nie existiert hatte, nichts weiter war als eine Erfindung des Zauberers Durta Slargin, rief der Anblick des brennenden Tempels tiefe Befriedigung in ihm hervor. Entschlossen wandte er sich seinen Anhängern zu.

»Ihr seht, daß ich Recht behielt! Thax wird brennen, so verkündete ich euch, und der Tempel des falschen Hohenpriesters wird von Tathril vernichtet werden!« Er hörte die begeisterten Zurufe der Weißstirne. »Laßt uns die Reste dieses entweihten Hauses niederreißen! Kein Stein soll mehr auf dem anderen bleiben!«

Die Weißstirne antworteten mit einem Jubeln. Nhordukael lächelte. Er wußte, daß in wenigen Tagen nichts mehr von dem Tempel zu sehen sein würde. Seine Anhänger würden nicht eher ruhen, bis sie das Gebäude geschleift hätten, bis alles an diesem Ort zertrümmert wäre.

Jetzt erst bin ich frei, Magro Fargh... frei von dir und frei von meinen Ängsten. Ist es nicht seltsam, daß jener Glaube, zu dem du mich zwangst, das Werkzeug ist, mit dem ich deine Kirche in Stücke schlage?

Er bedeutete den Weißstirnen, ihm nicht zu folgen. Langsam näherte er sich dem in Flammen stehenden Tor des Tempels. Hell loderte das Feuer auf; ölige Flecken bildeten sich auf den im Feuer schmelzenden Scharnieren. Das ausgezehrte Holz fiel in glühenden Brocken herab. Ohne zu zögern stieg Nhordukael durch die entstandene Öffnung.

Er befand sich nun im Innenhof des Tempels. Weiß glänzten die marmornen Bodenplatten, weiß der Altarstein in der Mitte des Hofes. Noch schützte die Sphäre den heiligen Ort. Nhordukael schloß die Augen, konzentrierte sich auf die Macht der Quelle, griff nach der Inneren Schicht. Kurz darauf peitschten Flammen zwischen den Steinritzen hervor; Risse bildeten sich auf dem Altar, und ein Grollen ließ die Erde ringsum erbeben.

Nun schritt Nhordukael die Treppe zur Weihungshalle empor. Ihre Türen waren geöffnet. Rauch schlug dem Hohenpriester entgegen, als er die Halle betrat. Das Licht im Inneren war gespenstisch; an den Wänden tanzten rötliche Flammen und färbten den aufsteigenden Rauch. Durch die zersprungenen Fenster der Kuppel drangen Sonnenstrahlen ein. Im hinteren Teil der Halle war der Boden eingesackt, die Steinplatten hatten sich wie Schuppen einer Eidechse aufgerichtet. Das Heiligtum des Tempels, eine Marmorsäule in der Mitte der Halle, war seitlich fortgekippt und hatte ein Loch in die Wand gerissen. Zerborstene Mauerstücke bedeckten den Boden. Dazwischen lagen die Leichen mehrerer Priester, ihre Kutten besudelt mit Blut.

»Hier endet deine Macht, Tathril«, stieß Nhordukael hervor. Sein narbenbedecktes Gesicht glühte vor Hohn. Er beugte sich zu einem toten Priester herab, ein rothaariger, wohl vierzigjähriger Mann. Nhordukael hatte ihn nie zuvor gesehen; es mußte sich um einen jener troublinischen Priester handeln, die Bars Balicor in den letzten Kalendern geweiht hatte. Seine Hände hatte er vor dem Leib verkrümmt. Nhordukael kniete sich zu ihm herab, öffnete die starren Finger. Zu seiner Verwunderung entdeckte er ein Knochenstück in der Handinnenfläche. Nhordukael nahm es an sich und betrachtete es eingehend. Es schien sehr alt zu sein; die Kanten waren von der Berührung zahlloser Hände weichgeschliffen. An der Unterseite entdeckte Nhordukael ein Symbol. Er kniff die Augen zusammen.

»Ein Dornenstil und herabfallende Blütenblätter«, murmelte er. Er glaubte, dieses Zeichen schon einmal gesehen zu haben. Fieberhaft dachte er nach. Dann ließ er das Knochenstück erschrocken sinken.

Die verblühende Rose...das Zeichen der Bathaquar! Er entsann sich der Geschichten, die Magro Fargh ihm über das Zeitalter der Spaltung erzählt hatte. Damals war die Kirche des Tathril in zwei Lager geteilt gewesen – die Tathrilya und die Bathaquar. In der Tathrilya hatten sich jene Priester gesammelt, die den Glauben an Tathril im gesamten Volk verbreiten wollten, während die Bathaquar die Kirche als Gemeinschaft der Zauberer bewahren wollte. Die Bathaquar hatte sich im Lauf der Jahrzehnte zu einer obskuren Sekte entwickelt, die für kurze Zeit die Macht im Kaiserreich an sich gerissen hatte. Dies aber war ihr schlecht bekommen; die Fürsten Sithars hatten die Zauberer gestürzt und ihnen den Prozeß gemacht. Sämtliche Priester der Bathaquar waren in flüssigem Silber ertränkt worden. Ihre Tempel waren niedergebrannt und ihre Anhänger eingekerkert worden. So war von der Sekte nichts weiter übriggeblieben als düstere Erinnerungen – und ihre Zaubersprüche, die noch immer an den Brennenden Berg gefesselt waren. Nhordukael hatte sie im Herzen der Quelle gesehen und gespürt, welche Bosheit ihnen innewohnte. Sie hatten ihm enthüllt, wie gefährlich die Bathaquar einst gewesen war.

Langsam hob er das Knochenstück empor und betrachtete das eingeritzte Symbol. *Die Rose war das Zeichen des Bathos, des Gründers der Bathaquar; mit ihr unterzeichnete er seine Schriften. Als die Kirche ihn in den Kellern des Doms zu Vara verhungern ließ, wählten seine Anhänger das Symbol der verblühenden Rose, um auf ewig an Bathos' Tod zu erinnern. So hat es mir Magro Fargh erzählt … doch warum befindet sich das Zeichen auf diesem Knochen? Ist die Bathaquar nicht bis auf den letzten Mann ausgerottet worden?*

Ein ungutes Gefühl beschlich ihn. War es möglich, daß sein Widersacher Bars Balicor etwas mit dem Fundstück zu tun hatte? Hatte der einstige Erzprior von Thax die verschollenen Schriften des Bathos studiert und sich das Wissen der Bathaquar angeeignet? Gab es noch immer Anhänger der Bathaquar, die sich all die Jahrhunderte hindurch im verborgenen gehalten und nun mit Bars Balicor verschworen hatten?

Es ist mir zwar gelungen, diesen machthungrigen Priester aus Thax zu vertreiben, doch er wird alles daransetzen, mir das Auge der Glut wieder zu entwinden. Nachdenklich steckte er das Knochenstück ein. *Die Zeit drängt! Ich muß den Gang in die Sphäre wagen, solange das Glück auf meiner Seite ist. Der Sieg, den ich in den letzten Tagen errang, hat meinen Feinden stark zugesetzt; es wird eine Weile brauchen, bis sie ihre Kräfte bündeln und ein zweites Mal gegen mich vorgehen. Diese Zeit muß ich nutzen. Der Gang in der Sphäre... heute noch, ja, noch heute!*

Rasch kehrte er zum Ausgang der Weihungshalle zurück. Seine Schritte wurden von einem Zischen begleitet; und dort, wo seine nackten Fußsohlen den Boden berührten, begannen die Steinplatten zu glühen.

So fiel Thax, die Hauptstadt des palidonischen Hochlandes – das erste Opfer des Auserkorenen.

Zehn Tore gab es in Persys, durch die Reisende die Stadt betreten konnten. Einige von ihnen öffneten sich unscheinbaren Pfaden, die zu den Feldern oder zur Bucht führten; andere schirmten die breiten Straßen nach Vara, Thax und Condul ab. Die Straße nach Condul, die sich an der Küste entlangschlängelte, wurde vom Nordtor bewacht, einem mächtigen Gebäude aus Sandstein. Die breite Durchfahrt ließ Raum für mindestens drei Kutschen; oberhalb des Torbogens blitzten die Eisenspitzen eines Fallgitters, welches am Abend herabgelassen wurde, um die Stadt vor ungebetenen Gästen zu schützen. Darüber prangte in goldenen Lettern ein Name, denn jedes der Tore erinnerte an einen der zehn Gründer des Südbundes. Das Nordtor trug den Namen SUANT. Neben den Lettern funkelte das Emblem einer Möwe – das Wappentier der Familie Suant.

Baniter hatte sich oft gefragt, ob Möwen eigentlich eitle Tiere waren, und er hatte diese Frage stets verneint. Möwen waren sich nicht zu fein, im Küstenschlick nach Fischkadavern zu wühlen, sich mit Stadttauben um schimmelnde Brotkrumen zu balgen, in fauligen Tanghaufen ihre Nester zu errichten. Um so erstaunlicher war die Eitelkeit des derzeitigen Stammhalters der Familie Suant – des Fürsten Scorutar, Herrscher über den Swaaing-Archipel und Anführer der kaiserlichen Flotte im Silbermeer. Auch für das heutige Treffen hatte er sich herausgeputzt; sein Gesicht war geschminkt und gepudert, das kastanienbraun gefärbte Haar zu kunstvollen Locken verdreht. Zudem trug Scorutar einen Mantel aus purpurnem Stoff, und seine gewachsten Stiefel glänzten im Sonnenlicht. Er hatte sein Pferd neben dem Tor zum Stehen gebracht; mit geschlossenen Augen saß er im Sattel und ließ sich von den Sonnenstrahlen wärmen.

Baniter, der in Begleitung seiner Leibritter Merduk und Gahelin erschienen war, ritt langsam an Scorutars Seite und betrachtete den Fürsten. Scorutars Gesicht wirkte wie eine Maske; unter der Schminke waren deutlich die Falten zu erkennen, die er so sorgsam zu verbergen suchte, vor allem an den Mundwinkeln und Wangen.

Der Fürst von Swaaing schien Baniters Blick bemerkt zu haben, denn er öffnete plötzlich die Augen. »Baniter Geneder… ich fürchtete schon, Ihr würdet nicht kommen.« Er strich sich mit affektierter Geste die Locken aus dem Gesicht.

Baniter lächelte. »Ich würde Euch niemals die Bürde auferlegen, allein zu den Arphatern zu reiten. Die Eskapaden Eures Neffen Sadouter waren nicht gerade dazu geeignet, dem Namen Suant einen guten Klang in den Ohren der Königin zu verleihen.«

Scorutar hob abfällig die nachgezeichneten Augenbrauen. »Euer Spott ist unangebracht, Baniter. Ihr habt es allein mir zu verdanken, daß Ihr zu der Unterredung mit der Königin hinzugezogen werdet. Fürst Binhipar sprach sich entschieden dagegen aus. Ich mußte ihn mühsam davon überzeugen, daß Eure… Erfahrungen in Arphat unserer Sache gute Dienste leisten werden.«

Baniter bedankte sich mit einer höflichen Verneigung. Er glaubte Scorutar kein Wort; zweifellos hatte das ›Gespann‹ im Einklang entschieden, ihn zu den Arphatern mitzunehmen. Die Anwesenheit der Königin war für Scorutar und Binhipar ein Ärgernis; sie wußten nur zu gut, wie sehr sie in dieser Angelegenheit auf Baniters Unterstützung angewiesen waren.

Scorutar lockerte die Zügel. »Laßt uns keine Zeit mehr verlieren. Die Arphater lagern nahe der Stadt. Je eher diese Unterredung beendet ist, desto besser.«

Schweigend ritten sie auf der gepflasterten Straße nebeneinander her. Baniters Gefolgsleute Murdek und Gahelin folgten in gebührendem Abstand. In der Ferne war bereits das Lager der Arphater zu erkennen; die Fahne mit dem Sonnenzeichen flatterte im Wind. Ein flaues Gefühl breitete sich in Baniters Magen aus. *Nun werde ich also Königin Inthara wiedersehen – fernab vom Prunk der arphatischen Hauptstadt. Ich frage mich, welche Pläne sie verfolgt, nun, da Akendor tot ist und Arphat den Krieg gegen die Goldéi eröffnet hat.*

Auch die Krönungsfeier bereitete ihm Kopfzerbrechen. Natürlich hatte der Thronrat die arphatische Königin zu den Feierlichkeiten eingeladen – ein gefährliches Unterfangen, denn die Reaktion der Bevölkerung auf die Anwesenheit der Arphater war nicht abzuschätzen. Die Stimmung in der Stadt war gespannt; durch die Kriegsvorbereitungen waren die Brotpreise in die Höhe geschnellt, und die Kriegssteuern erzürnten das Volk. Mit dem Untergang von Thax war zudem der wichtigste Handelspartner von Persys verlorengegangen; wenn die Umstände dieser Katastrophe bekannt würden, konnte es jederzeit zu einem Aufstand kommen.

»Eigentlich müßte ich Euch dankbar sein, Baniter«, begann Scorutar unvermittelt. »Hättet Ihr den Thronrat nicht dazu gedrängt, nach Persys zu flüchten, wären auch wir ein Opfer von Nhordukaels Zorn geworden. Nur wenige Ritter, die wir in Thax zur Verteidigung zurückließen, haben den Feuersturm überlebt.« Er hielt inne. »Ja, eigentlich müßte ich dankbar sein – doch mir scheint, als käme Euch der Untergang von Thax nicht ungelegen. Nhordukael hat Euch beschert, was Ihr all die Jahre erhofftet: die Rückkehr des Silbernen Kreises nach Vara.«

»Für wie kaltherzig haltet Ihr mich?« gab Baniter zurück. »Der Tod so vieler Menschen ist für mich kein Anlaß zur Freude.«

Scorutar lächelte. »Gewiß... doch mischen sich Trauer

und Frohlocken nicht gelegentlich? Ihr habt ein weiteres Eurer Ziele erreicht: Sobald Uliman gekrönt ist, wird der Silberne Kreis gen Süden aufbrechen. In Vara kümmert sich bereits ein Heer von Zimmerleuten um die Wiederherstellung des Kaiserpalastes.«

...den Hamalov Lomis all die Jahre verkommen ließ, dachte Baniter verbittert. *Vara, tief bist du gesunken; doch nun bricht ein neuer Morgen an, und du erwachst zu neuer Größe.*

»So kehrt Ihr also in die Stadt Eurer Ahnen zurück«, fuhr Scorutar im Plauderton fort. »Wie viele Jahre ist es her, daß sich die Familie Geneder aus Vara zurückzog?«

Baniter mußte sich beherrschen, um seine aufkeimende Wut zu verbergen. »Meine Familie zog sich nicht zurück, sondern wurde aus der Stadt verbannt.«

Scorutar kicherte auf. »Oh, ich vergaß...nun, ab sofort werdet Ihr wieder öfters dort zu Gast sein. Vara hat sich stark verändert, seit wir vor zwölf Jahren die kaiserliche Residenz nach Thax verlegten. Vieles wird Euch gewiß fremd erscheinen.«

»Ich werde mich schon zurechtfinden. Viele Freunde der Familie Geneder warten auf mich, so daß ich mich rasch in der Stadt heimisch fühlen werde.«

Es war eine verdeckte Drohung, und Scorutar verstand sie nur zu gut. Doch er ließ sich nichts anmerken und fiel in sein Schweigen zurück.

Kurz darauf hatten sie das Lager der Arphater erreicht; eine Ansammlung großer Zelte, an deren Planen der Wind zerrte. Mehrere Dutzend Anub-Ejan-Mönche hielten vor dem Eingang des Lagers Wache, die Lederkappen tief ins Gesicht gezogen, die gelben Kutten um den Leib geschnürt. Mißtrauisch beobachteten sie, wie die Fürsten von den Pferden stiegen.

»Ayum Farneth an Batna Ara«, rief Baniter ihnen entgegen. »Ich bin Baniter Geneder, Fürst von Ganata. Bringt uns zu Eurer Königin.«

Leise berieten sich die Arphater; dann führten sie Baniter und seine Begleiter zum Hauptzelt im hinteren Teil des

Lagers. Auch hier wachten mehrere Anub-Ejan über die Sicherheit der Königin. Merduk und Gahelin mußten zurückbleiben, während die beiden Fürsten durch einen tuchverhangenen Eingang in das Zelt geleitet wurden.

Innen herrschte gedämpftes Licht. Auf einem Kissen in der Mitte des Zeltes hockte Königin Inthara; sie hatte den Fürsten den Rücken zugewandt. Inthara trug eine orangefarbene Robe, die sie als Priesterin des Sonnengottes Agihor auswies. Das schwarze Haar trug sie offen; es wirkte zerzaust. Ein rötlicher Schimmer umspielte die Haarspitzen.

Neben der Königin standen zwei alte Bekannte; der Große Ejo, seines Zeichens Schechim der Anub-Ejan-Sekte und alles andere als ein Freund Baniters. Mit verkniffenem Gesicht starrte er den ganatischen Fürsten an. An seinem Gürtel schimmerte ein Krummsäbel. Ihm zur Seite stand eine hagere Frau im goldbestickten Gewand: Sai'Kanee, die oberste Geweihte des Todesgottes Kubeth, eine Frau mit ernsten Gesichtszügen und geröteten Augen. Baniter hatte in Praa kein Wort mit der Priesterin gewechselt, doch sie schien zu den engeren Vertrauten der Königin zu gehören.

Ejo stieß ein verächtliches Schnauben aus, als Baniter sich näherte. »Der Luchs von Ganata... du wagst dich tatsächlich ein weiteres Mal in die Nähe unserer Herrin? Was bringst du diesmal – einen neuen Becher mit Gift? Oder ruht ein heimtückischer Dolch in deinen schmutzstarrenden Fingern?«

Baniter schenkte ihm ein Lächeln. »Ich wußte, daß Ihr Euch freuen würdet, mich wiederzusehen, Großer Ejo. Diesmal komme ich nicht allein, sondern habe einen weiteren Vertreter des Silbernen Kreises mitgebracht, dessen Finger kaum weniger schmutzig sind als die meinen: den hochgeschätzten Fürsten Scorutar Suant – oder auch die Möwe von Swaaing, wenn Euch dieser Titel lieber ist.«

In diesem Augenblick erhob sich die Königin und wandte sich ihnen zu; eine Frau von zweiundzwanzig Jahren, in deren Augen das unerschütterliche Selbstbewußtsein einer jungen Herrscherin glänzte. Inthara war eine der anmutigsten Frauen, die Baniter je erblickt hatte; ihr Körper schlank, die Gesichtszüge ebenmäßig, die Augen lebendig, der Mund breit und wohlgeformt. An der linken Wange wies die olivfarbene Haut eine weiße Narbe auf, die sich vom Mundwinkel bis zum Ohr zog und ihrem Gesicht einen besonderen Reiz verlieh.

Inthara vermied es, Baniter anzusehen. Statt dessen fixierte sie den Fürsten von Swaaing. »Scorutar Suant...ich habe schon viel von Euch gehört. Nichts davon war besonders erfreulich.«

Scorutar vollführte eine formvollendete Verneigung. »Das ist betrüblich, meine Königin, doch die meisten solcher Gerüchte trügen. Auch über Euch sind in Sithar üble Worte im Umlauf, denen ein kluger Mann jedoch keinen Glauben schenkt.«

»Wenn Ihr Euch zu den klugen Männern zählt, solltet Ihr wissen, daß die Tochter des Sonnengottes für Schmeicheleien unempfänglich ist«, sagte Inthara kühl. »Ich traue Euch nicht, Scorutar. Ihr seid weit über die Grenzen Eures Landes hinaus als Ränkeschmied bekannt. Der Silberne Kreis hätte einen vertrauenswürdigeren Unterhändler zu mir schicken sollen.« Sie wandte sich Baniter zu. Ein Lächeln legte sich auf ihre Lippen. »Nun begegnen wir uns wieder, Baniter Geneder, diesmal in Eurem Land, auf sitharischem Boden.«

»Ein Land, das rechtmäßig dem arphatischen Reich gehört«, bellte der Große Ejo, »und das uns von den Krämerfürsten gestohlen wurde!«

Inthara nickte. »Ja, es ist wahr – diese Länder waren einst arphatischer Besitz, bis der Südbund es wagte, sich gegen die Königreiche des Nordens zu erheben. Ist es Zufall oder bewußte Demütigung, Fürst Baniter, daß Ihr mich ausgerechnet in jene Stadt ruft, in der dieser Komplott seinen Anfang nahm?«

Baniter zögerte, wechselte einen kurzen Blick mit Scorutar. »Es war nicht geplant, Euch in Persys zu empfangen, Königin; doch Ihr habt sicherlich Kunde von der Katastrophe erhalten, die unser Reich heimgesucht hat. Unsere

Hauptstadt Thax ist vernichtet worden, von dem Heer eines aufständischen Priesters, der das Auge der Glut in seine Gewalt brachte. Wir versuchten, ihn in einer Schlacht zu bezwingen, doch dieser Feldzug scheiterte.«

»Ja, ich hörte davon. Euer Heer wurde von den Aufständischen niedergemetzelt.« Intharas Augen verdüsterten sich. »Als Ihr nach Praa kamt, ersuchtet Ihr mich um ein Bündnis gegen die Goldéi. Arphat hat Eurem Land die Hand zur Versöhnung gereicht und sich den Echsen entgegengeworfen. An der Grenze zu Kathyga haben wir sie aufgehalten; seitdem erreichen mich Tag für Tag Schreckensmeldungen über unsere Verluste. Im Norden meines Reiches fielen die Echsen über Harsas her, die Stadt des Schwefels, und brachten sie in ihre Gewalt.« Sie ballte die schmalen Hände. »Es ist ein hoher Blutzoll, den Arphat in diesen Tagen entrichtet. Doch wo ist Euer Heer, Baniter Geneder? Wann wird es den Weg in den Norden finden, um meinen Truppen beizustehen? Und wird es überhaupt in der Lage sein, gegen die Goldéi zu kämpfen, wenn es schon im eigenen Land ein paar dahergelaufenen Rebellen unterliegt?«

»Der Untergang von Thax ist uns selbst ein Rätsel«, warf Scorutar Suant ein. »Unser Heer lief in eine Falle. Es war üble Zauberei im Spiel.«

Inthara wirbelte zu ihm herum, so daß ihre schwarzen Haare gegen sein Gesicht klatschten. »Üble Zauberei, Scorutar Suant? Was, glaubt Ihr, wird Euch im Kampf gegen die Goldéi erwarten? Als Harsas an die Echsen fiel, war die Stadt verhangen von einem dichten Nebel, in dessen Schutz die Goldéi durch die Gassen schlichen und jeden abschlachteten, der ihre Wege kreuzte.« Sie packte Scorutar an der Schulter. »Üble Zauberei, Scorutar Suant? Habt Ihr nichts von den geheimen Kräften der Goldéi gehört, denen bereits Gyr und Candacar zum Verhängnis wurden? Von ihrer Fähigkeit, sich den Blicken der Menschen zu entziehen und aus dem Nichts aufzutauchen, um die Hälse ihrer Gegner aufzuschlitzen? Habt Ihr nichts gehört von den gräßlichen Kreaturen, die sie in goldenen Kisten mit sich tragen und auf ihre Feinde hetzen, da sie noch blutrünstiger morden als sie selbst?« In den Augen der Königin war Furcht zu erkennen. »Ich kann Euch manches berichten von übler Zauberei! Der Krieg, dem sich Arphat gestellt hat, ist kein gewöhnlicher, und ein Sieg meines Heeres ungewiß.«

»Sithar wird Euch zur Seite stehen, so wie es der Vertrag zwischen uns vorsieht«, beteuerte Scorutar.

Inthara zog die Hand von seiner Schulter zurück. »Sah dieser Vertrag nicht auch vor, Arphat und Sithar durch ein enges Band zu verknüpfen? Fürst Baniter versprach mir die Hand des Kaisers. Nur mit dieser Heirat kann ich vor meinem Volk das Bündnis mit Sithar rechtfertigen – ein Bündnis mit dem Reich unserer einstigen Sklaven, dem Reich der Abtrünnigen. Allein deshalb reiste ich in den Süden, um in Thax die Frau von Akendor Thayrin zu werden.« Sie wandte sich Baniter zu. »Nun besteht Thax nur noch aus Trümmern, und Akendor ist tot, vermutlich ein Opfer jener kümmerlichen Hofintrigen, die ihr Sitharer so schätzt.«

»Die Südländer sind wortbrüchig geworden«, fauchte Ejo und legte die Hand an den Griff seines Krummsäbels. »Feige halten sie ihr Heer im eigenen Land zurück, und Euch haben sie mit falschen Versprechungen nach Sithar gelockt. Löst dieses Bündnis, Herrin, bevor unsere Ehre weiter beschmutzt wird.«

Baniter hob beschwichtigend die Hand. »Sithar steht zu seinem Wort. Unser Heer wird in wenigen Tagen gen Norden aufbrechen, und Akendors Tod wird unsere Vereinbarung nicht belasten. Ich sicherte Euch die Hand des sitharischen Kaisers zu, und diese sollt Ihr bekommen. Heute noch wird Uliman Thayrin, Akendors Sohn, vor den Augen des Heeres zum Kaiser gekrönt. Anschließend wird der Silberne Kreis die Verlobung des Kaisers mit der Königin von Arphat verkünden.«

Inthara ließ ein Lachen ertönen, als wollte sie Baniter für einen gelungenen Scherz loben. »Ich soll Uliman Thayrin heiraten? Akendors Sohn ist ein Kind, gerade mal zwölf Jahre alt, wenn mich mein Wissen nicht täuscht.«

»Ein Kind, sicherlich, doch zugleich der Erbe des sitharischen Throns«, warf Scorutar mit süßlicher Stimme ein. »Außerdem glaube ich mich zu entsinnen, daß auch Ihr, verehrte Königin, nicht viel älter wart, als Ihr die Herrschaft antratet.«

Und das war eine dunkle Stunde für Arphat, ergänzte Baniter in Gedanken. *Inthara war vierzehn, als sie den Sonnenthron bestieg. Sie ließ ihre gesamte Familie umbringen, um sich die Herrschaft zu sichern.*

Inthara bedachte Scorutar mit einem feindseligen Blick. »Wollt Ihr die Tochter des Sonnengottes mit dem Kind eines Krämerkaisers vergleichen? Ich wurde von Geburt an von meinem Vater auf die Herrschaft vorbereitet, während dieser Knabe in Troublinien bei Trödlern und Geldschiebern in die Lehre ging.«

Auch den Großen Ejo hatte Baniters Vorschlag sichtlich empört. »Eine solche Heirat wäre eine Schande für Arphat! Die Ehe ist uns Arphatern heilig. Allein die Götter entscheiden über den heiligen Bund…«

Inthara brachte ihn mit einer unwirschen Geste zum Schweigen. »Ich trage göttliches Blut in mir und kann selbst über diese Angelegenheit entscheiden.« Sie warf Baniter einen entschlossenen Blick zu. »Das Bündnis zwischen Arphat und Sithar ist für mein Volk von großer Bedeutung; nur mit Sithars Hilfe können wir uns gegen die Goldéi verteidigen und unsere Unabhängigkeit bewahren. Allein aus diesem Grund werde ich mich dazu herablassen, den Knaben zu ehelichen. Doch diese Schmach werdet Ihr mir versüßen müssen, Baniter Geneder. Ich habe Forderungen an den Silbernen Kreis.«

Endlich kommen wir zum Wesentlichen, dachte Baniter.

Auch Fürst Scorutar schien erleichtert. »Wir werden versuchen, all Euren Wünschen nachzukommen, Königin.«

»Das höre ich gern«, antwortete Inthara. »Ich verlange, daß Euer Heer sofort in den Norden aufbricht und uns im Kampf gegen die Goldéi beisteht. Des weiteren verlange ich für mich und meine Gefolgsleute völlige Bewegungsfreiheit in der Stadt Vara, die ja neue Residenz des Kaisers werden soll.« Sie hielt kurz inne. Dann deutete sie auf die Priesterin an ihrer Seite. »Und ich verlange freien Zutritt zum Dom von Vara, sowohl für mich als auch für meine Begleiterin Sai'Kanee, die Oberste Geweihte des Gottes Kubeth. Wenn Ihr diese Forderungen erfüllt, werde ich Uliman Thayrin zum Gemahl nehmen.«

Baniter runzelte die Stirn. *Freier Zutritt zum Dom von Vara? Was, bei Tathril, hat das zu bedeuten?* Er wußte, daß der Dom nicht nur der größte Tempel der Tathril-Kirche war, sondern auch eine der mächtigsten Quellen das Kaiserreiches barg – das Verlies der Schriften, ein Ort wilder, ungestümer Magie, vor langer Zeit gebändigt von dem Zauberer Durta Slargin. *Seit wann ist Inthara an den magischen Quellen gelegen?*

Scorutar Suant wischte sich beunruhigt die Locken aus dem Gesicht. »Das wird nicht einfach sein, Königin. Der Dom zu Vara untersteht der Kirche des Tathril. Die Priester lassen sich ungern vorschreiben, wer in ihren Tempeln ein und aus geht.«

Intharas Gesicht nahm einen spöttischen Ausdruck an. »Ihr laßt Euch von Euren Priestern zu viele Vorschriften machen. Wohin dies führt, sollte Euch die Zerstörung von Thax vor Augen geführt haben.« Sie musterte die Fürsten abwechselnd. »Ich habe mehrmals den Goldéi befragt, den wir in Praa gefangennahmen – Quazzusdon, einen der Anführer der Echsen. Es war ausgesprochen mühsam, dieser Kreatur Aussagen über den goldéischen Feldzug zu entlocken, doch sie bestätigte meine Vermutung, daß die Echsen die Eroberung sämtlicher magischen Quellen planen. Von den Zauberern der Calindor weiß ich, daß sich die Sphäre mit dem Erscheinen der Goldéi verändert hat. Dies wird schreckliche Auswirkungen auf das Leben in Gharax haben. Schon jetzt wird aus den besetzten Ländern Candacar und Gyr berichtet, daß die Freisetzung der Quellen die Naturgewalten entfesselt hat. In den gyranischen Wäldern streifen Tiere umher, die seit Jahrhunderten als ausgerottet galten; Äcker, die einst den Mooren abgetrotzt wurden, verwandeln sich in tückische Sümpfe zurück; Gebirgsdörfer werden durch Erdbeben verschüttet, Küstenstädte von Flutwellen überschwemmt. Die Welt droht wieder zu jenem Ort des Schreckens zu werden, von dem die Legenden der Alten Zeit berichten.«

Baniter hatte der Königin aufmerksam zugehört. »Ich teile Eure Sorgen, Königin. Doch sollten wir die Untersuchung dieser Veränderungen nicht den Zauberern überlassen? Sie wurden von Durta Slargin in die Geheimnisse der Sphäre eingeweiht.«

Inthara verzog die Mundwinkel. »Auf die Zauberer können wir nicht zählen. Die Calindor hat versagt; in Harsas unterlag sie dem Feind und verlor die Schale der Träumer, die wichtigste Quelle Arphats, an die Goldéi. Deshalb sollten wir die Erforschung der Sphäre in umsichtigere Hände legen.«

Nun meldete sich Sai'Kanee zu Wort, die bleiche Priesterin des Kubeth. »Die Zeit der Logen ist um. Sie haben ihre Aufgabe lange Zeit erfüllt; nun müssen sie anderen Mächten weichen – Mächten, von denen ihr nichts ahnt!« Sie sprach mit einer dunklen, getragenen Stimme. Baniter schien es, als richtete sie ihre Worte direkt an ihn. »Der Dom zu Vara birgt eine der mächtigsten Quellen, die Eurem Reich geblieben sind. Sie wird uns Antwort auf unsere Fragen geben.«

Scorutar Suant räusperte sich verlegen. »Wir werden unser möglichstes tun, um Euren Wunsch zu erfüllen, Königin, doch die Spannungen innerhalb der Tathril-Kirche stellen ein Hindernis dar. Noch gebietet ein Anhänger Nhordukaels, der Kurator Alplaudo Carxives, über den Dom. Ich kann Euch nicht versprechen, ob…«

Inthara schnitt ihm das Wort ab. »Wenn der Silberne Kreis nicht auf meine Forderungen eingeht, werde ich nach Arphat zurückkehren. Ich habe lange darüber nachgedacht, ob ich meinem Land den Krieg gegen die Goldéi ersparen soll. Noch ist es nicht zu spät, mich ihnen zu ergeben. Dann wird Sithar das letzte Land sein, das ihnen Widerstand bietet.«

Baniter musterte sie anerkennend. *Sie tritt noch entschlosse-*

ner auf in Arphat. Was verheimlicht Inthara uns? Und was erhofft sie sich vom Zutritt zum Erhabenen Dom? Er warf Scorutar einen fragenden Blick zu. Der Fürst von Swaaing antwortete mit einem zögerlichen Nicken, und so hob Baniter die Stimme. »Die Kirche des Tathril wird hocherfreut sein, Euch und die Priesterin Sai'Kanee als Gäste im Dom begrüßen zu dürfen. Warum auch sollte sie der künftigen Kaiserin einen solchen Besuch verwehren?« *Aber nimm dich in acht, Inthara... die Kirche wird eine Herausforderung ihrer Macht nicht ungestraft hinnehmen.*

Inthara lächelte zufrieden. »Dann sehe ich kein Problem darin, an den heutigen Feierlichkeiten teilzunehmen. Setzt Eurem unreifen Bengel ruhig die silberne Krone auf; ich werde das Spiel mitspielen – und ihm eine gute Gemahlin sein, eine liebende Frau. Je rascher diese Ehe geschlossen wird, desto besser.«

Ihr Gesicht nahm einen verträumten Ausdruck an. Wie ein Kind strich sie sich mit beiden Händen über die Wangen, ihre Augen schweiften zum Zeltdach empor, und sie summte vor sich hin, während sie die Fürsten mit einer beiläufigen Geste entließ.

Scorutar und Baniter verneigten sich und wandten sich zum Gehen. Scorutar schlug das Tuch beiseite, das den Ausgang des Zeltes abschirmte, und schritt nach draußen. Baniter wollte ihm folgen, doch eine sanfte Berührung an seinem Handgelenk hielt ihn zurück.

»Wartet einen Augenblick, Baniter.« Inthara war ihm gefolgt. Sie stand dicht hinter ihm; der Duft exotischer Blüten umgab sie. Langsam wandte sich Baniter ihr zu. Ihm kam der Moment in den Sinn, als er zum ersten Mal in ihre Augen gesehen hatte – damals, in den geheimnisvollen Gärten des Aru'Amaneth. Schon damals hatte Intharas Blick ihn gefesselt.

»In Euren Worten schwingt ein Mißtrauen mit, das mich schmerzt«, sagte sie vorwurfsvoll. »Ich dachte, wir hätten in Praa Vertrauen zueinander gefaßt.«

Baniter zögerte. »Ich will Euch nichts vormachen, Inthara.

Die Lage, in die unsere Länder geraten sind, ist seit unserem letzten Zusammentreffen verzwickter geworden. In Vara warten jede Menge Unannehmlichkeiten auf mich – und auf Euch ebenso! Als Ulimans Gattin werdet Ihr von einem Tag auf den anderen zahlreiche Feinde haben, die Euren Einfluß fürchten, Eure Macht und Eure Schönheit.«

»Das ist mir bewußt. Doch was ist mit Euch? Seid auch Ihr mein Feind? Oder vertraut Ihr mir?«

Er wich ihrem Blick aus. *Erwartet sie tatsächlich eine Antwort auf diese Frage?*

Sie ließ sein Handgelenk los. »Ihr sollt mich nicht fürchten, Baniter, und Ihr sollt mich nicht hassen. Ich werde Euren Plänen in Vara nicht im Weg stehen, welche es auch immer sein mögen. Als ich damals in Praa jenen vergifteten Weinbecher in den Händen hielt, schenkte ich Euren Unschuldsbeteuerungen Glauben; ich wußte tief in meinem Herzen, daß Ihr mit diesem Mordanschlag nichts zu tun hattet. Nun wünsche ich mir von Euch ebensolches Vertrauen.«

»Ihr verkennt meine Position, Inthara! Ich bin im Silbernen Kreis ein Ausgestoßener; die übrigen Fürsten meiden mich und fürchten ein Erstarken meiner Familie. Sie werden in Vara jeden meiner Schritte beobachten. Es wäre unklug von Euch, als künftige Kaiserin Sithars allzu offen meine Nähe zu suchen.«

Ein Lächeln umspielte ihre Lippen. »Ich hatte nicht vor, es offen zu tun, Baniter Geneder.«

Erschrocken wandte sich Baniter von ihr ab und verließ das Zelt. Diesmal hielt sie ihn nicht zurück.

Scorutar wartete draußen, etliche Schritte vom Ausgang entfernt. Er blickte zum Himmel empor und wärmte sein Gesicht in der Sonne, wie er es schon am Nordtor getan hatte. Er ließ sich nicht anmerken, ob er das Gespräch zwischen Baniter und der Königin belauscht hatte, doch Baniter hütete sich davor, die Wachsamkeit der Möwe von Swaaing zu unterschätzen.

Und Zuversicht: vor ihm der letzte Schritt, so nah die Grenze, die es zu überqueren galt. Eine Treppe aus glühenden Steinen, eine Leiter aus brennenden Eisensprossen, ein Pfad durch beißenden Rauch...all dies sah Nhordukael in den Feuern des Brennenden Berges. Er stand vor dem Lavasee, wo die Urkräfte des Vulkans zum kochenden Chaos verquirlten; aufspritzender Funkenregen, blutroter Glanz, purpurne Flammen, die wie Geister über der Glut tanzten. Nhordukaels Augen folgten ihrem Spiel; in seinen Pupillen spiegelte sich die alles verschlingende Kraft der Quelle. Der letzte Schritt, so nah, und Zuversicht trug seine Gedanken.

Unweit des Lavasees warteten die Weißstirne auf seine Anweisungen. Nachdem Nhordukael den Tempel von Thax verlassen hatte, war er mit ihnen zum Berg Amos zurückgekehrt; der Ritt hatte nur wenige Stunden in Anspruch genommen. Nun hatte er einige der Weißstirne in die Vulkanhöhlen des Brennenden Berges mitgenommen. Zum ersten Mal in ihrem Leben kamen sie dem Herz der Quelle so nahe. Bislang hatten allein die Priester der Tathrilya dem Auge der Glut gegenübertreten können, ohne von seiner Macht vernichtet zu werden. Doch nun, da Nhordukael über den Brennenden Berg gebot, war die Quelle versöhnt mit den Menschen. Sie ließ die Weißstirne am Leben, betrachtete sie gar mit Wohlwollen, denn sie dienten dem ›Auserkorenen‹, der sie von ihren Fesseln befreit hatte.

Die Weißstirne ertrugen die Gluthitze, ohne zu klagen. Sie waren Nhordukael gefolgt, seit sie sich das weiße Tuch um die Stirn gebunden hatten; manche hatten gesehen, wie er auf dem Platz der Gießer und Schmelzer unbeschadet aus den Bronzefluten hervorgetreten war, andere hatten den ›Auserkorenen‹ zunächst allein deshalb verehrt, weil er ihnen als Symbol des Aufbegehrens gegen das Althergebrachte erschienen war, das sie an ihren Eltern und Lehrmeistern so verachteten. Doch auch sie waren bald zu fanatischen Anhängern Nhordukaels geworden, fasziniert von seinen magischen Fähigkeiten. Er hatte ihre Waffen mit dem Feuer des Brennenden Berges gesegnet, er hatte ihnen den

Sieg über das kaiserliche Heer beschert und die Stadt Thax vor ihren Augen in Flammen aufgehen lassen. Nun schützte er die Weißstirne vor dem Zorn der Quelle. Die Glut konnte ihnen nichts anhaben; sie war ihnen zur Waffe geworden.

Sie alle bewunderten Nhordukael; doch hier, im Angesicht der Quelle, erkannten sie, welch hohen Preis er für seine Macht zahlen mußte. Nhordukaels Körper hatte sich verändert, seit er die Vulkanhöhlen des Brennenden Berges betreten hatte. Feuer umspielte seine Hände und Füße, sein Haar stand in Flammen, ohne zu vergehen, unter der Haut glommen die Adern wie flüssige Bronze. Manchmal schien sich sein Körper in der hitzeflimmernden Luft aufzulösen, seine Umrisse drohten im aufwirbelnden Rauch zu verwehen.

Nhordukael hob die Stimme. »Ihr habt in den letzten Tagen eine große Stadt in Rauch aufgehen sehen; eure einstige Heimat, die Stadt eures alten Lebens, das unwiederbringlich vergangen ist. Thax war das Herz des palidonischen Hochlandes; und wir versetzten ihm den Todesstoß! Bars Balicor ist geflohen, der Silberne Kreis nach Persys vertrieben worden. Das Hochland ist nun endgültig sicher vor unseren Feinden; sie werden so schnell nicht mehr wagen, uns den Brennenden Berg fortzunehmen.« Nhordukael sprach mit schleppender Stimme, die Worte strengten ihn sichtlich an. »Meine Botschaft ist in ganz Sithar vernommen worden. Überall rufen die Menschen meinen Namen; sie erhoffen von mir die Rettung vor den Goldéi, da sie dem Reich und der Kirche nicht mehr trauen.« Er deutete auf den glühenden See. »Dort liegt unsere Rettung – in der Sphäre. In ihr liegt die Antwort auf unsere Fragen: woher die Goldéi kommen, warum sie uns bekämpfen und wie wir sie besiegen können. Ich muß dorthin gehen. Ich muß wissen, warum diese Katastrophe über uns hereingebrochen ist. Ob ich zurückkehren kann, weiß ich nicht; was in der Sphäre auf mich wartet, ist ungewiß. Doch falls ich zurückkehre, wird diese Welt eine andere sein.« Er faßte sich an den Hals, als ob ein brennender Schmerz ihn quälte. »Ihr müßt zurückbleiben und den Brennenden Berg beschützen. Wenn er an die Goldéi oder an einen anderen Feind fällt, bin ich verloren. Vergeßt das nie!« Er hob die Hand. »Drun! Komm zu mir!«

Einer der Weißstirne trat auf ihn zu: Drun, ein junger Kaufmannssohn aus Thax, der den ersten Aufstand angeführt hatte. In der Schlacht gegen das kaiserliche Heer hatte er gekämpft wie kein zweiter; Drun hatte es verstanden, seinen Säbel von der Macht des Brennenden Berges leiten zu lassen. Funken hatten von seiner Klinge gesprüht, hatten sich in das Fleisch, in die Rüstungen der angreifenden Feinde gefressen. Sein Glaube an Nhordukael hatte ihn unbesiegbar werden lassen. Nun trat er auf den Hohenpriester zu, ergriff seine Hand.

»Du darfst uns nicht verlassen«, bat er Nhordukael. »Ohne dich sind wir hilflos! Nur durch dich haben wir das kaiserliche Heer besiegt; nur an deiner Seite können wir es wagen, den Goldéi entgegenzutreten.«

»Die Quelle hat euch allen die Macht des Feuers verliehen. Nutzt sie, so wie ihr es in den vergangenen Tagen tatet.« Nhordukael senkte die Stimme, damit nur Drun ihn verstehen konnte. »Du mußt sie anführen, Drun. Verteidige das Hochland gegen alle Gefahren; niemand darf sich dem Brennenden Berges nähern. Wenn der Thronrat dir Verhandlungen anbietet, schließe Frieden, um das Hochland zu sichern Doch wenn die Fürsten erneut ein Heer entsenden, zerschlage es! Sie haben der Macht des Feuers nichts entgegenzusetzen. Und eines noch, Drun: Sende dem Kurator von Vara, Alplaudo Carxives, eine Botschaft von mir. Warne ihn vor Bars Balicor; schreibe ihm, die verblühte Rose habe neue Ranken geschlagen.«

Drun nickte tapfer. »Ich werde tun, was du von mir verlangst.« Schon wollte er zurücktreten, als ein neuer Gedanke ihn befiel. »Wenn du von uns gehst und in die Sphäre eintauchst – wirst du uns ein Zeichen senden? Werden wir dich sehen können oder deine Stimme hören? Sollen wir zu Tathril beten, damit er dich…«

Nhordukaels Augen verengten sich. »Hat Tathril je unsere

Gebete erhört? Hat Tathril uns je eine Antwort gegeben? Sein Name fesselt uns mehr, als er uns befreit; er ist eine Last, die ich zurücklassen muß, wenn ich den Weg in die Sphäre gehe!« Er richtete sich auf; die Flammen, die sein Haupt umtanzten, wurden heller, strahlender. »Wenn ihr fortan Hilfe benötigt, ruft nicht mehr Tathrils Namen! Ruft nach mir, Weißstirne; denn ich werde euch antworten! Ich bin kein Trugbild, kein Schatten, kein bloßer Name; ich bin ein Mensch wie ihr, und wir werden Seite an Seite kämpfen, wenn auch in verschiedenen Welten.«

Drun erbleichte bei diesen Worten, doch er verstand, was Nhordukael ihnen mitteilen wollte. Tathril hatte ausgedient; der Glauben, der sie so lange verbunden hatte, sollte der Zuversicht weichen, das eigene Schicksal formen zu können, anstatt sich ihm blind auszuliefern. Nhordukael würde den Kampf der Weißstirne in die Sphäre tragen, während sie für ihn den Brennenden Berg beschützten. So wie sie den Tempel von Thax in Stücke geschlagen hatten, mußten sie auch den Glauben an Tathril zerschlagen und von den Trümmern nur das behalten, was sie einte: ihre Überzeugung, die Welt ändern zu können, nicht durch die Macht eines Gottes, sondern durch die Macht des freien Willens.

Drun ließ Nhordukaels Hand los. Aus seinem Blick sprach tiefe Bewunderung, die nicht länger von Ergebenheit verklärt war.

Nhordukael aber schloß die Augen; sein Körper entspannte sich, sein Atem war ruhig, und die ihn umgebenden Flammen verschmolzen zu einem gleichmäßigen Feuer. So erklomm er die Steinmauer, die den Lavasee einfaßte. Breitete die Arme aus. Atmete den Rauch und die Magie der Quelle und ließ sich fallen in die Glut. Er versank in ihr wie ein Stein. Nur eine Garbe emporschlagender Funken verriet die Stelle, an der Nhordukael in den Sphäre eingetaucht war.

Das Bundeshaus von Persys war seit seiner Errichtung vor vierhundertfünfzig Jahren ein Schauplatz großer Dramen gewesen. Herrliche Komödien hatten sich während der Gründungszeit des Südbundes hier abgespielt: der König von Candacar, dessen Kriegszüge seit Jahren vom Geld der Gründer finanziert worden waren, hatte im Bundeshaus die Stadt Persys beim Würfelspiel an den Kaufmann Thim verloren; und ein gyranischer Gesandter hatte auf einem Bankett des Südbundes einen Kuß des jungen Gründers Suant erbeten und ihm daraufhin das im Silbermeer gelegene Swaaing-Archipel übertragen, das später zum Stützpunkt der sitharischen Flotte werden sollte.

Doch das Bundeshaus war auch der Schauplatz finsterer Tragödien gewesen: etwa des Saalfestes zu Persys, als die zehn Gründer des Bundes mit Lederschlingen erdrosselt worden waren. An diesen Schreckenstag gemahnten die hohen Fenster des Hauses: auf den Glasscheiben waren die Ermordeten abgebildet, ihre Augen weitaufgerissen, die Hände hilfesuchend emporgestreckt, die dürren Hälse von Blutstropfen umgeben. Die morbiden Bilder waren kurz nach der Gründung des Kaiserreiches entstanden; sie sollten an die ewige Feindschaft zwischen Sithar und den Königreichen des Nordens erinnern. Ihr Pathos trug zu der theatralischen Stimmung bei, die im Inneren des Gebäudes herrschte.

Es war nicht das erste Mal, daß Jundala Geneder die Sitzungen des Thronrats als Schauspiel empfand. Seit langem kannte sie die Machtspiele der Fürsten; ihr Gemahl Baniter hatte sie stets in seine Ränke eingeweiht, und als er nach Arphat gereist war, hatte sie an seiner Stelle die Intrigen gegen Binhipar Nihirdi und Scorutar Suant gesponnen. Doch sie hatte diesen Machtkampf mehr und mehr als Spektakel erlebt: eine Inszenierung, in der die Fürsten die ihnen zugewiesenen Rollen einnehmen mußten; ein Schauspiel mit Helden und Schurken, tragischen Momenten und dramatischen Wendungen.

Das Bundeshaus war die ideale Bühne für dieses Schauspiel, weitaus besser geeignet als der düstere Thronsaal zu Thax: ein symbolbehaftetes Bauwerk aus der Zeit der Gründer. Imposant der marmorgetäfelte Rundsaal mit den hohen Fenstern und den mächtigen Säulen, die im Saalboden wurzelten und zur Kuppel emporflohen – ein Ausdruck der Beständigkeit, die der Südbund für sich in Anspruch nahm.

Die Akteure des Schauspiels: die Fürsten des Reiches, allesamt in schwarzen Kaufmannsgewändern, denn dieses Kostüm gebot der mythische Ort. Hier im Bundeshaus waren sie wieder die zehn Mitglieder des Südbundes, geeint durch den Schwur, den ihre Ahnen geleistet hatten – das Joch fremder Herrschaft abzuschütteln, selbst zu herrschen oder zu vergehen. Freilich war die Besetzung leichten Variationen unterworfen; Stanthimor Imer und Perjan Lomis ließen sich aus fadenscheinigen Gründen vertreten, der aus Thax geflohene Fürst Ascolar Suant war nur deshalb anwesend, weil kein Schiff es gewagt hatte, ihn über das Silbermeer in sein Fürstentum Vodtiva zu bringen; und das bedeutendste Mitglied des Rates harrte noch auf seinen Auftritt – Uliman Thayrin, der neue Fürst von Thax und kommender Kaiser Sithars. Mochte sein Fürstentum auch in Flammen stehen, er war und blieb der rechtmäßige Erbe Akendors und würde diesem auf dem Thron nachfolgen.

Das Publikum des Schauspiels: die Akteure selbst, wenn man von den anwesenden Klippenrittern absah. Die Fürsten waren die Zuschauer der eigenen Darbietung; so war es schon immer gewesen. Vor dem Bundeshaus allerdings drängte das Volk darauf, die Inszenierung mit eigenen Augen zu sehen. Stimmengewirr, erregte Rufe, laute Gesänge; das sitharische Heer, bestehend aus fast zwölftausend Mann, hatte sich auf dem Platz vor dem Bundeshaus versammelt. Ungeduldig erwarteten sie die Krönung des jungen Kaisers. Sein Anblick, so hofften sie, würde die Furcht verjagen, die der Feldzug gegen die Goldéi ihnen bereitete; statt sich vor dem unbekannten Feind zu ängstigen, sollten ihre Herzen jubeln. In diesen Tagen, da Königreiche zu Staub zerfielen und Städte in Flammen aufgingen, mußte Hoffnung gesät werden; ein neuer Kaiser, eine neue Hauptfigur, die ihr Vertrauen in den Fortgang des Schauspiels wiederherstellte.

Der Handlungsverlauf: zunächst von großer Tragik gezeichnet. Gezeigt wurde das Schicksal eines Kriegshelden, der aus bitterer Schlacht heimgekehrt war – Fürst Vildor Thim, der Verlierer des Kampfs um Thax. Er ruhte auf einer mit Seide überzogenen Bahre, ihm zur Seite ein Heiler, der den Fürsten seit seiner Ankunft in Persys versorgte. Vildor Thim bot einen schrecklichen Anblick; er hatte großflächige Verbrennungen erlitten. Statt eines Verbandes hatte der Heiler eine dunkle Salbe aufgetragen, die das schwärende Fleisch kühlen sollte.

Es folgte ein Monolog des Verletzten. Mit matter Stimme berichtete Vildor von der verlorenen Schlacht; wie das Heer der Kaiserlichen zum Berg Amos vorgerückt war; wie überzeugt die Krieger gewesen waren, dort auf einen unterlegenen Gegner zu treffen, dem es an Kampferfahrung und Bewaffnung mangelte. Vildor hatte zunächst einen Vorstoß der berittenen Truppe befohlen; doch diese war mit der Meldung zurückgekehrt, daß Nhordukaels Streitmacht ihnen bereits entgegenzog. Bald war der Brennende Berg in der Ferne zu erkennen gewesen, gehüllt in Rauch; das Zeichen des nahenden Unglücks. Dort preschten sie schon heran, die Tempelritter aus Thax, die zu Nhordukael übergelaufen waren; ihre Schwerter glühten wie Feuer. Rasend pflügten sie eine Schneise in die Reihen der Lanzenträger; nichts konnte sie aufhalten, denn die Lanzen der Kaiserlichen begannen urplötzlich zu brennen, die Eisenspitzen schmolzen dahin, rannen in heißen Tropfen auf die Krieger herab. Dann stürmten die Weißstirne das Schlachtfeld; von ihren Säbeln und Dolchen spritzten dunkelrote Flammen, die sich durch jede Rüstung brannten. Heillose Panik ergriff die Kaiserlichen; vergeblich befahl Vildor einen geordneten Rückzug; doch alles rannte und floh vor dem Feuer, welches Nhordukael in ihre Reihen getragen hatte.

»Dann erfaßte die Glut auch mich«, stieß Vildor mit

schmerzverzerrter Stimme hervor, »ich spürte, wie meine Rüstung zu glühen begann, wie der Helm auf meinem Kopf schmolz und das Schwert in meiner Hand … meine Haut schälte sich vom Fleisch, und ich ging zu Boden, während um mich die Flammen emporschlugen.« Mit letzten Kräften richtete er sich auf. »Ein palgurischer Ritter schleifte mich aus dem Feuer und rettete mir so das Leben; doch achthundert Männer blieben auf dem Schlachtfeld zurück und wurden Opfer der Glut.« Schwer atmend sank der Fürst auf sein Lager zurück. »Welche Mächte dort auch am Werk waren – wir standen ihnen hilflos gegenüber! Nhordukaels tückische Magie hat uns besiegt. Verflucht soll er sein, und verflucht sei ich, der so viele Männer in den Tod führte!« Tränen schossen ihm in die Augen; so wand er sich auf den blutgetränkten Laken, weinte vor Schmerz und vor Scham.

In den Gesichtern der Fürsten war Entsetzen zu lesen, gelegentlich auch Mitleid. Dennoch: das Schauspiel mußte weitergehen; jeder mußte der Rolle, die ihm das Schicksal zugedacht hatte, gerecht werden.

»Eine bittere Niederlage«, klagte Fürst Scorutar. »Fast tausend Mann fielen bei Amos und in Thax sechshundert weitere, als Nhordukael in die Stadt einmarschierte.« Die dunklen Locken umwehten sein Gesicht wie ein Trauerflor. »Euch trifft keine Schuld, Fürst Vildor. Niemand konnte wissen, wie groß die Kräfte dieses Priesters geworden sind.«

Seine Rede war eine Farce. Verstohlene Blicke wanderten zum Fürsten Baniter hinüber, der an der Seite seiner Frau Jundala stand. Baniter hatte den Silbernen Kreis vor Nhordukaels Macht gewarnt, hatte die Fürsten gedrängt, Thax zu verlassen und sich vor einem Angriff der Weißstirne in Sicherheit zu bringen. Wie recht hatte er behalten! Doch Baniter kostete seinen Triumph nicht aus, er ließ Scorutar gewähren. Nur seine Augen funkelten voller Genugtuung.

Scorutar schritt langsam an den Fürsten vorbei. »Es ist entschieden: Wir müssen uns nach Vara zurückziehen. Das südliche Hochland ist verloren; gegen Nhordukaels Magie kommen wir nicht an.« Seine Stimme wurde weicher. »Doch es gibt auch Hoffnung! Ein neuer Kaiser tritt an unsere Spitze: Uliman Thayrin, der Sohn Akendors, der Enkel Torsunts. In seinem Namen werden wir unsere Kräfte bündeln!«

Er war vor Binhipar Nihirdi stehengeblieben. Der Fürst von Palidon nickte ihm grimmig zu und deutete dann auf die Türen des Bundeshauses. »Hört, Ihr Fürsten, hört die Rufe unserer Krieger! Seit dem Südkrieg hat die Welt kein solches Heer mehr gesehen. Zwölftausend Kämpfer, gerüstet und gestählt. Zwölftausend Schwerter und Lanzen, Bogen und Kriegskeulen. Unsere Feinde werden vor dieser Streitmacht erzittern!« Binhipars Brustkorb hob und senkte sich. »In zwei Tagen werden achttausend Mann nach Arphat aufbrechen und sich den Goldéi entgegenwerfen. Dann werden wir sehen, wie stark diese Echsen tatsächlich sind und wie wahr die Gerüchte, die sie umgeben. Der Rest des Heeres wird in Persys bleiben, um Palgura und das nördliche Hochland zu verteidigen, falls Nhordukael es wagen sollte, die angrenzenden Fürstentümer zu bedrohen.«

So inbrünstig Binhipars Worte vorgetragen waren, manch einer zweifelte an ihrem Wahrheitsgehalt. Hielt Binhipar nicht vor allem deshalb einen Teil des Heeres zurück, um sich die Wege zu seinem Fürstentum Palidon offenzuhalten, das nun vom restlichen Kaiserreich abgeschnitten war? Altes Mißtrauen erwachte in den Fürsten. Doch heute war nicht der Tag für Streitigkeiten. Selbst Baniter verzichtete auf ein Widerwort.

Beinahe hätte Jundala aufgelacht, hinein in die Stille, die Binhipars Worten folgte. Wie lächerlich war diese Sitzung! Dort standen die Fürsten des Thronrats und zelebrierten die Einheit des Silbernen Kreises, die längst vergangen war. Sahen sie es nicht? Spürten sie es nicht? Wenn Jundala ihre Gesichter betrachtete, erkannte sie darin die Zeichen der Zerrüttung. Der Intrigant Scorutar, der sich als Wortführer des Rates aufspielte, wirkte wie eine in die Enge getriebene Schlange, die panisch ihr Gift versprühen würde, wenn sie sich bedroht fühlte. Neben ihm Binhipar Nihirdi, seine

Augen erfüllt von grausamer Gewalt; er würde keinen Moment zögern, die im Bundeshaus verteilten Klippenritter auf die Fürsten zu hetzen, falls sie ihm gefährlich werden sollten. Der törichte Hamalov Lomis, mit verkniffener Miene darüber nachsinnend, wie er den Verlust Varonas abwenden konnte. Die übrigen Fürsten verängstigt, verunsichert – und Baniter Geneder, ihr Gemahl, weilte in Gedanken längst in Vara, um dort das Spiel um die Macht fortzusetzen. Der Silberne Kreis ... oh, Jundala wollte vor Lachen bersten, wollte ihnen allen voller Hohn ins Gesicht speien; ihre vielbeschworene Einheit war nichts als ein Possenspiel, das in abgründiger Gewalt enden mußte, über dessen Schlußakt sich ein bluttriefender Vorhang senken würde, um alles unter sich zu begraben. Jundala preßte sich die Hände vor den Mund, um nicht vor Abscheu erbrechen zu müssen.

Und das Schauspiel ging weiter: Trommelklänge erschallten zwischen den Säulen am Ende des Saals. Hier führte eine Marmortreppe zu einem unterirdischen Gang hinab, der das Bundeshaus mit Vildor Thims Fürstenpalast verband. Eine Gruppe weißgewandeter Männer schritt die Stufen hinauf: der Einzug der Priester des Tathril, an ihrer Spitze Bars Balicor, der Hohepriester, im strahlenden Gewand. Sein Gesicht war zum Fürchten, ausgezehrt von den Ereignissen, die ihn aus Thax vertrieben hatten.

Dann kam Uliman Thayrin die Treppe empor, geleitet von vier Tempelrittern: ein zwölfjähriger, blondgelockter Knabe mit wachen Augen und einer schmalen Nase, die an seinen Vaters Akendor erinnerte. Aufmerksam sah sich Uliman im Bundeshaus um; sah die bunten Glasscheiben, auf denen die Gründer ihren letzten Atemzug aushauchten; sah die Ritter und Priester, die ringsum auf die Knie fielen, sah die Fürsten, die sich ehrfürchtig vor ihm verneigten.

Uliman blieb in der Mitte des Bundeshauses stehen. Auch er trug ein schwarzes Gewand mit eingestickten Silberfäden. An seinem Hals hing die Fürstenkette von Thax.

Bars Balicor stellte sich neben den Knaben, legte seine

Hand auf die Schulter des Jungen. »Hier bringe ich ihn Euch, Ihr Fürsten des Reiches – den künftigen Kaiser Sithars. Die Kirche hat gut auf ihn achtgegeben; er schwebte zu keiner Zeit in Gefahr, selbst als die Horden des falschen Hohenpriesters Nhordukael in die heilige Stadt Thax einfielen und den Tempel in Asche legten!«

Uliman sprach kein Wort. Noch immer blickte er die Fürsten an; jeden einzelnen von ihnen betrachtete er gründlich, vor allem Binhipar Nihirdi und Scorutar Suant. Dann wandte er sich Baniter zu.

»Du also bist Baniter Geneder!« sagte er mit heller Kinderstimme.

Der Fürst von Ganata verbeugte sich tief. »Hoheit...«

»Du befandest dich in Arphat, als mein Vater starb, nicht wahr?« Uliman schob die Hand des Hohenpriesters von seiner Schulter. »Antworte mir!«

»Ich war auf der Rückreise«, sagte Baniter, »um Eurem Vater zu verkünden, daß einem Bündnis mit Arphat nichts im Wege stünde, wenn er Königin Inthara zur Frau nähme.« Er hielt kurz inne. »Kaiserliche Hoheit, man hat Euch hoffentlich bereits darüber unterrichtet, daß nun Ihr anstelle Eures verstorbenen Vaters...«

»Der Knabe weiß Bescheid«, unterbrach ihn Bars Balicor schroff. »Als sein Vormund muß ich allerdings betonen, wie sehr ich diese Verbindung mißbillige. Uliman ist zu jung für eine Ehe. Diese Arphaterin wird seiner kindlichen Moral schaden.«

Jundala mußte schmunzeln. Daß sich der Hohepriester für die moralische Entwicklung des Kaisers verantwortlich fühlte, war ein grotesker Einfall, der dem Schauspiel Farbe verlieh. Bars Balicor versprach ein unterhaltsames Mitglied des Thronrats zu werden, wenn erst das Stimmrecht der Kirche wiederhergestellt war.

Uliman hatte den Einwurf des Priesters ignoriert. Sein Blick blieb auf Baniter gerichtet. »Du warst also nicht in Thax, als mein Vater zu Tode kam.« Seine Augen schweiften zurück zu den Fenstern des Bundeshauses. »Einige Fürsten fehlen, wie ich sehe. Warum sind sie bei meiner Krönung nicht anwesend?«

»Perjan Lomis und Stanthimor Imer kehrten in ihre Fürstentümer zurück«, erläuterte Scorutar Suant hilfsbereit. »Doch sie haben rechtmäßige Vertreter entsandt, Hoheit.«

»Schickt trotzdem nach ihnen«, sagte Uliman mit Nachdruck. »Wenn ich in Vara regiere, will ich alle Fürsten um mich wissen.« Er reckte den Kopf, um größer zu erscheinen. »Und nun gebt mir die Krone. Ich habe lange genug auf sie gewartet.«

Strahlender Himmel über Persys. Die Luft kühl und klar; die Sonne frühlingshaft wie nie zuvor in diesem Jahr. Sie tauchte den Bundesplatz in goldenes Licht; das Dach des Bundeshauses glänzte darin, und ebenso die tausend und abertausend Helme der Krieger, die sich versammelt hatten, um dem Kaiser die Treue zu schwören. War diese strahlende Sonne ein Zeichen, daß Uliman Thayrin dem Reich Glück bescheren werde; daß unter seiner Herrschaft die Schatten vertrieben werden konnten, die sich über Sithar zusammengezogen hatten? Oh, welch ein Jubel hatte die Menge erfaßt; aus allen Kehlen erschallte der Name des jungen Herrschers, und alle Blicke ruhten auf dem Paar, das auf der Treppe vor dem Bundeshaus die Huldigung des Heeres entgegennahm.

Uliman Thayrin, der Kaiser, trug auf seinem Haupt die im Sonnenlicht funkelnde Krone Sithars, die Fürst Scorutar ihm im Namen des Silbernen Kreises aufgesetzt hatte. Ihr Gewicht schien dem Knaben nichts auszumachen; offen blickte er auf die jubelnden Massen, seinen Augen war weder kindliches Erstaunen noch Angst vor der ihm auferlegten Bürde anzumerken. Seine helle Haut und die blonden Locken standen im seltsamen Kontrast zu dem olivfarbenen Gesicht und dem nachtschwarzen Haar seiner künftigen Gemahlin: Inthara von Arphat, die Königin des Sonnenreiches, gewandet in ein Kleid mit langer Schleppe. Galten die

Sonnenstrahlen etwa ihr? Spendete der Sonnengott Agihor der letzten Trägerin seines Blutes den göttlichen Segen? Ihre Schönheit war atemberaubend; die Krieger des kaiserlichen Heeres blickten voller Bewunderung zu ihr auf. Aller Haß auf Arphat schien vergessen, alle Empörung über das Bündnis mit dem verfeindeten Königreich war verstummt. Sie aber lachte und winkte, bezauberte die Menge mit ihrem Lächeln und ihrer Anmut. Welch ungleiches Paar: der Kaiser so ernst, so still, und für alle sichtbar ein Kind mit unfertigen Gesichtszügen; sie hingegen in der Blüte des Lebens und sich ihrer Ausstrahlung ebenso bewußt wie der Machtfülle, die sie durch diese Ehe erlangte.

Hinter ihnen standen die Fürsten des Silbernen Kreises; auch ihnen, den Nachfahren der Gründer, galt der Jubel des Heeres. Das Bundeshaus bot ihnen eine Kulisse, die aller Welt beweisen sollte, daß der Silberne Kreis fest zusammenstand, daß nichts seine Einheit sprengen konnte. Niemand sollte an der Entschlossenheit zweifeln, mit der die Fürsten den Goldéi entgegentreten würden wie einst ihre Vorfahren den Königreichen des Nordens.

So endete das Gastspiel des Silbernen Kreises in Persys. In Vara aber wurde die Bühne für den nächsten Akt errichtet, und innerlich bereiteten sich die Fürsten längst auf diesen Auftritt vor.

KAPITEL 9

Klänge

Ein Summen, Surren, nervöses Vibrieren der silbernen Drähte… es ging etwas vor sich in den Höhlen des Heiligen Spektakels! Das Gefüge spürte es ganz deutlich, sandte seine Schwingungen durch alle Gänge, um eine Ursache für die Verzerrungen der Sphäre zu finden. Doch es war unaufmerksam, verwirrt durch die Nähe des Wandelbaren und seiner goldenen Maske, deren Macht von Stunde zu Stunde wuchs.

Schatten beherrschten die Erhabene Halle. Das vielfarbige Funkeln der Kristalle war erloschen; statt dessen drang aus den Felswänden ein unheilvolles blaues Schimmern. Es spiegelte sich auf dem Metallboden, tauchte den Turm in der Mitte der Halle in fahles Licht. Weit hatte sich das Gefüge in die stoffliche Welt vorgewagt; es suchte den Wandelbaren, sehnte sich danach, mit ihm zu verschmelzen; doch noch war es nicht soweit. Noch mußte es sich still verhalten und lauschen, lauschen…

Laghanos stand am Fuß des Turms, in unmittelbarer Nähe der zwei wichtigsten Angehörigen des Spektakels: Darsayns, des Haubenträgers, und Benris', dessen Gesicht in der Dunkelheit noch kantiger und fremder wirkte. Tuschestriche schmückten seine Wangen, und seine Brust war mit magischen Symbolen bemalt. Schutzrunen für ein nahes Ritual…

»Benris ist der einzige, der zu den Beschlagenen sprechen kann«, hatte Darsayn erklärt, als Laghanos ihn nach dessen Körperbemalung gefragt hatte. »Er war einst Mitglied der Calindor-Loge und kam aus der Oberwelt zu uns. Er kennt das Ritual, um in die Geister der Beschlagenen vorzudringen; denn als diese geformt wurden, verlernten sie die Sprache. Selbst für mich sind ihre Gedanken nicht zu entschlüsseln.«

Laghanos fragte sich, ob Benris auch seine Gedanken lesen konnte. Der muskulöse Mann flößte ihm Unbehagen ein, denn er blickte Laghanos mit demselben Mißtrauen an wie jene junge Frau, die ihm in der Erhabenen Halle begegnet war. *Sie alle fürchten mich. Seit ich die Höhlen des Heiligen Spektakels betreten habe, fragen sie sich, was mit ihnen geschehen wird, wenn ich den Weltengang antrete – und weder ich noch Darsayn können ihnen eine Antwort geben.*

Fragen, so viele Fragen... allein die Beschlagenen schienen über das Rätselhafte dieser Stunden erhaben zu sein. *Wenn du sie siehst, wirst du verstehen, daß dir das Heilige Spektakel nicht feindlich gesinnt ist* – so hatte Darsayn es ihm versprochen. Nun, da Laghanos ihnen gegenüberstand, begriff er die Worte des Haubenträgers.

Etwa zweihundert Beschlagene hatten sich in der Erhabenen Halle versammelt, um Laghanos die Ehre zu erweisen – Männer und Frauen verschiedenen Alters. Ihre in dunkle Tücher gehüllten Körper verschmolzen mit der Dunkelheit; allein ihre Gesichter schimmerten im blauen Licht. Ihre Augen waren auf Laghanos gerichtet, so als warteten sie auf seine Befehle. An ihren Gewändern fehlten die rechten Ärmel; nackt ragten ihre Arme hervor. Doch waren es tatsächlich Arme? Von den Fingerspitzen bis zum Ellenbogen war das Fleisch in ein silbernes Geflecht gebettet; zuckende Stangen und Stäbe, Federn und Rädchen, die lautlos ineinandergriffen; und die Finger endeten in Krallen, geschliffenen Sporen, so scharf, so tödlich wie...

...wie die Klauen der Goldéi! Laghanos dachte an seine Gefangenschaft bei den Echsen zurück. Sie hatten ihn der Universität von Larambroge entrissen, hatten ihm die Maske Drafurs aufgezwungen. Immer wieder sah er in seinen Träumen die Klaue des Rotgeschuppten, die sich auf sein Gesicht gelegt, sich tief in seine Schläfen gebohrt hatte.

Wie auf ein geheimes Zeichen hin erhoben die Beschlagenen ihre Hände. Mit einem scharrenden Geräusch spannten sich die Sporne an ihren Fingern, blitzten in der Dunkelheit auf. Laghanos spürte ein Beben durch seine Maske gehen; sie entfaltete sich, strebte den Beschlagenen entgegen; und hoch über ihm schwoll das Summen des Gefüges an.

»Sie grüßen dich, Laghanos«, hörte er Benris' Stimme neben sich. »Lange haben sie auf dich gewartet, haben große Qualen auf sich genommen, um dir zur Seite zu stehen. Sie sind dankbar, daß ihr Opfer nicht umsonst gewesen ist; denn du bist zu ihnen gekommen, um sie ihrer Bestimmung zuzuführen.«

Ja, Laghanos erkannte die Qual in den Augen der Beschlagenen, spürte die Erschöpfung ihrer Glieder. *Sie müssen ebenso gelitten haben wie ich, als die Goldéi mir die Maske aufsetzten. Haben sie wie ich den Schmerz überwunden? Oder leiden sie stumm, ihrer Sprache beraubt?*

»Sie haben noch immer Schmerzen«, flüsterte er. »Ich kann es spüren!«

Benris zuckte mit den Schultern. »Die meisten haben sich daran gewöhnt. Die anderen wollten das Geschenk des Spektakels nicht annehmen und haben sich ihrer Schwäche ergeben. Wir mußten ihre Beschlagung wieder entfernen.«

Drafurs Maske schlug peitschend in Benris' Richtung aus, doch Laghanos zwang sie rasch unter seinen Willen. *Ihr habt ihnen die Hände abgetrennt! Mit Gewalt habt ihr sie mit dem Gefüge vereint, mit Gewalt dem Gefüge entrissen.* Voller Trauer starrte er auf die Beschlagenen und erkannte sein eigenes, grausames Schicksal.

Der Haubenträger legte ihm die Hand auf den Rücken. »Sie wurden geformt, um dich zu begleiten, Laghanos. Als die Nebelkinder dir die Maske aufsetzten, bestimmten sie dich zu ihrem Anführer. Die Beschlagenen werden dir in die Sphäre folgen, werden dich beschützen und für dich kämpfen, wenn du sie in die Schlacht um die Sphäre führst.«

Laghanos Augen funkelten. »Ich soll um die Sphäre kämpfen? Für wen, Darsayn? Für das Heilige Spektakel? Für die Goldéi oder den Weltenschmied?«

»Für uns alle«, beschwor ihn der Haubenträger. »Die Welt muß sich wandeln, und die Sphäre mit ihr. Aber es gibt Mächte, die den Weltenschmied aufhalten wollen. Die Jünger des Mondes sind einige von ihnen; sie wollen sich der Weisheit des Schmieds nicht beugen, obwohl er die Menschheit schon einmal befreite. Und es gibt jene, die sich aus Gier von ihm abwandten, die selbst die Macht über die Sphäre erlangen wollen. Wir können sie nur besiegen, wenn du dein Schicksal annimmst und den Weltengang antrittst.«

Laghanos' Augen blieben auf die Beschlagenen gerichtet. »Ich werde darüber nachdenken, Darsayn. Doch ich brauche etwas Zeit … laßt mich eine Weile allein.«

Ohne die argwöhnischen Blicke von Benris und Darsayn zu beachten, wandte er sich dem Turm zu. Langsam stieg er die Wendeltreppe empor. *Ich darf mich nicht drängen lassen. Dort oben werde ich in Ruhe eine Entscheidung treffen; für oder gegen das Spektakel, für oder gegen diesen Wahn, dem ich ausgeliefert bin, seit die Goldéi mir Drafurs Maske anlegten.*

Jenseits des Schleiers, wo die Sphäre begann

… wo die Sphäre begann …

wo alle Lichter erloschen und der Raum zerging wie eine sich verzehrende Flamme

… verzehrende Flamme …

wo die Glut keine Macht mehr besaß, wo kein Feuer ihn wärmte, wo sein Körper nicht mehr war als eine Ahnung, etwas Vertrautes, dessen er sich erinnerte und erinnern mußte, um nicht zu vergehen

… um nicht zu vergehen …

wo sein Geist ganz auf sich gestellt war, alleingelassen, entfesselt von der Welt und ihren Gesetzmäßigkeiten, lernte Nhordukael, sich ganz auf sein Gehör zu verlassen.

Er hatte versucht, zu SEHEN, hatte seine Augen für die Wunder der Sphäre öffnen wollen. Doch als er in die Glut hinabgetaucht war, hatte sich ihm kein Raum eröffnet, kein milchiger Schleier. Sinnlos, die Augen zu öffnen, etwas zu suchen, was keine Gestalt besaß. Statt dessen kreisten seine Gedanken um jenen Gesang, den er gehört hatte, als er zum ersten Mal in die Quelle des Brennenden Berges eingedrungen war. Jene Stimme wollte er wiederfinden, ihr wollte er folgen, da sie ihm verläßlicher erschien als die Trugbilder Durta Slargins.

Nhordukael wußte nicht, wie lange er schon durch die Sphäre trieb; die Zeit ließ sich hier nur erahnen, nur wahrnehmen, wenn er sich fest auf sie konzentrierte, doch dies lenkte ihn von seiner Suche ab. Immer wieder glaubte er, die Stimme in weiter Ferne zu vernehmen, doch es gelang ihm nicht, ihr näher zu kommen.

Erst als er sich zur Ruhe zwang, sich den Strömen der Sphäre ganz hingab und von ihnen treiben ließ, schälte sich ein Klang aus der Stille, getragen von wundervoller Schwermut. Ein zweiter, höherer Ton gesellte sich dazu, tastete sich an den ersten heran, bis beide in Harmonie ineinander glitten. Sie umschmiegten sich eine Weile, wanderten dann gemeinsam in rascher Folge aufwärts und bildeten eine Melodie. Die anschwellende Lautstärke der aufsteigenden Töne verlieh ihnen eine ungeheure Kraft. Voller Urgewalt bahnte sie sich ihren Weg, wurde nochmals abgebremst, um sich ein wenig leiser zu wiederholen. Weitere Klänge setzten ein; auch in ihnen war die aufsteigende Tonfolge zu erkennen; sie vermittelten den Eindruck eines Aufkeimens, ließen die Macht der Sphäre erahnen.

Zaghaft erhob Nhordukael selbst die Stimme. Sie fügte sich in das mal aufwärts, mal abwärts strebende Motiv, mischte sich mit ihm zu einem vollendeten Gesang. Nhordukael erkannte Worte in der Melodie, Satzfetzen, die sich zu einem Sinn verdichteten.

»Errettet aus den Flammen«, sang die Stimme, so klar, daß sie ihn im Innersten berührte. »Den Einflüsterungen des Weltenwanderers widerstanden und aus eigener Kraft in die Sphäre gedrungen. Voller Mut. Voller Wißbegierde.« Die Stimme lachte auf, und ihr Lachen drang wie ein Lichtstrahl in sein Herz. »Nun suchst du nach mir. Ich fühle mich geehrt, Nhordukael.«

»Woher kennst du meinen Namen?« fragte er. »Wer bist du?«

Die Melodie rauschte um ihn wie ein goldener Strom. »Manche nennen mich den Hüter der Sphäre; andere bezeichnen mich als den Blender, den Verhüller, den Herrn der Schatten. Nur wenige haben von mir gehört, doch jene, die mich kennen, fürchten meine Macht.«

»Ich kenne keine Furcht«, antwortete Nhordukael.

Wieder formten die Töne ein Lachen. »Ja, das ist wahr... du bist meiner Stimme gefolgt, ohne zu zögern. Warum hast du ihr vertraut? Warum hast du mich hier in der Welt des Klangs gesucht?«

»Weil alle Bilder trügen«, sagte Nhordukael. »Die Erscheinungen der Sphäre haben mich oft genug getäuscht; sie sind ein Werk Durta Slargins.«

»Ja, der Weltenwanderer beherrscht die Kunst, die Menschen mit Trugbildern zu täuschen – und mit den Legenden, die er vor langer Zeit erschaffen hat. Sie sind seine Werkzeuge; durch sie kann er in die Köpfe der Menschen dringen und ihnen Träume und Eingebungen bescheren. Der Glaube an den Weltenwanderer und seine Macht ist tief in dieser Welt verwurzelt.«

»Von Kindesbeinen an wurde ich zum Glauben an den Gott Tathril erzogen«, fügte Nhordukael hinzu, »bis ich erkannte, daß dieser Gott nur eine Erfindung Durta Slargins war, um mich zum Gehorsam zu zwingen – und nicht allein mich, sondern auch die anderen Zauberer. Nur deshalb schuf er die Kirche und die Logen, um nach seinem Tod über die Quellen zu gebieten.«

»Doch wie du selbst spürst, ist seine Macht über die Sphäre begrenzt. Er konnte dich nicht daran hindern, das Auge der Glut zu durchschreiten und in die Sphäre einzudringen.« Die Stimme hatte einen fragenden Klang angenommen. »Nun suchst du nach Antworten. Du willst erfahren, warum dir dieses Schicksal aufgebürdet wurde.«

Einen Moment lang zögerte Nhordukael. Konnte er der Stimme trauen? War es nicht zu gefährlich, sich in diesem unbekannten Raum auf den Rat einer fremden Stimme zu verlassen? »Durta Slargin benötigt meinen Körper – das verriet er mir selbst. Nur deshalb verlieh er mir die Gewalt über die Quelle des Brennenden Bergs und beschützte mich, als ich am Tag der Ernte mit glühender Bronze übergossen wurde. Doch warum? Kennst du die Wahrheit?«

Vor ihm zerriß die Finsternis, und ein Lichtstrahl fiel aus der Ferne auf Nhordukaels Gesicht. Er wurde sich plötzlich seines Körpers gewahr, spürte wieder seine Arme und Beine; spürte, daß er schwebte in einer Welt jenseits der Welt. Erstaunt blinzelte er in das mondhelle Licht.

»Es ist eine lange Geschichte«, sagte die Stimme. »Sie reicht zurück in eine Zeit, als die Menschen noch nicht über die Sphäre herrschten. Sie handelt von einem uralten Zwist, von der Geburt der Magie – und von dem Weltenwanderer, den du unter dem Namen Durta Slargin kennst. Er ist sehr viel älter, als du glaubst. Er lebte schon vor fast dreitausend Jahren auf der Welt; doch damals nannte man ihn Sternengänger, und er war einer der tapfersten Menschen seiner Zeit.«

Nhordukael wandte seine Augen nicht von dem Licht ab. »Von jener Zeit berichten nur uralte Legenden – und hast du nicht selbst gesagt, ich dürfe den Legenden nicht trauen?«

»Diese Legende ist wahr«, versprach die Stimme im Einklang mit der aufwirbelnden Melodie, »denn ich habe sie selbst erlebt. Ich war zu dieser Zeit Sternengängers Gefährte und sein Freund. Mein damaliger Name war Mondschlund... doch laß mich dir die gesamte Geschichte erzählen.«

Bis zum obersten Raum des Turms reichte das Netz des Gefüges. Zwei Drähte führten an der Wand entlang, zitterten wie die Fühler eines Insekts. Angewidert starrte Laghanos auf die silbernen Fäden.

Mit dir soll ich verschmelzen; dir soll ich meinen Körper ausliefern, um in die Sphäre übertreten zu können. Er streckte die Hand aus, spürte die jähe Verwirrung des Gefüges; peitschend schlugen die Drähte gegen seine Fingerkuppen. Rasch zog er die Hand zurück. *Werde ich ein Teil von dir sein oder du ein Teil von mir? Wirst du mir deinen Willen aufzwingen, oder werde ich über dich herrschen?*

Er wandte sich dem Fenster zu, an dem er schon einmal gelehnt hatte, als Darsayn ihm die Erhabene Halle gezeigt hatte. Der Grund der Kaverne war nur undeutlich zu erkennen, verborgen in blauen Schatten. Allein die Arme der Beschlagenen funkelten im Licht. Laghanos konnte ihre Nähe spüren.

Die Maske verbindet mich mit ihnen – und auch mit den Goldéi. Ich führte die Echsen zur Quelle von Oors Caundis, und die Quelle brachte mich zum Heiligen Spektakel, damit ich den Beschlagenen begegne. All dies war vorherbestimmt, ein Teil der Prophezeiung... welchen Sinn hat es, sich dagegen aufzulehnen?

Ja, welchen Sinn hatte es, sich zu wehren? Lange hatte Laghanos mit dem Gedanken gespielt, aus den Gängen des Spektakels zu fliehen – fort von Darsayn, fort von der Beobachtung durch das Gefüge und den ängstlichen Blicken der Unbeschlagenen. Doch was würde dort draußen auf ihn warten? Drafurs Maske hatte ihn entstellt, und er war längst zu eng mit der Sphäre verbunden, um jemals Frieden finden zu können.

Wenn er jedoch blieb... wenn er Darsayns Wunsch entsprach und mit dem Gefüge verschmolz, würde er kein Gejagter mehr sein. Er würde die Macht besitzen, die Quellen zu durchschreiten – und nicht mehr allein sein! Die Beschlagenen würden ihm in der Sphäre zur Seite stehen, wenn dort tatsächlich ein Kampf seiner wartete.

Auf wessen Seite stehe ich? Wer ist mein Verbündeter? Und wer ist mein Gegner?

Wie sehr wünschte sich Laghanos in diesem Moment den Rat Sorturos, seines einstigen Lehrmeisters. Sorturo hatte ihn beschworen, vor den Goldéi zu fliehen und den Kampf gegen sie aufzunehmen; er hatte geglaubt, daß Laghanos die Echsen eines Tages ins Verderben führen würde. Aber die Maske Drafurs hatte alles verändert. Die Goldéi hatten Laghanos benutzt, ihn zu ihrem Schüler gemacht – doch war es ihm bei den Menschen besser ergangen? Warum sollte er für sie kämpfen, für eine Welt, der er nicht länger angehörte?

Ich muß in die Sphäre gehen! Drafur wartet dort auf mich, so versprach es mir der Rotgeschuppte. Ich muß endlich erfahren, wer sich hinter diesem Namen verbirgt. Vielleicht wird er mir den Weg weisen, den ich gehen muß. Und die Beschlagenen werden meine Begleiter sein, wenn ich...

Ein Geräusch ließ ihn zusammenzucken, ein unterdrücktes Atmen. Er spürte einen Hauch in seinem Nacken.

Laghanos fuhr herum. Blickte sich im Turmrund um, bis zur im Dunkeln verborgenen Wendeltreppe. Doch da war niemand! Er war allein – um ihn nur totes Gestein und die vibrierenden Drähte des Gefüges. Dennoch hatte er jemanden gehört, ganz in seiner Nähe!

Laghanos konzentrierte sich auf die Maske. Die Sporne richteten sich auf, tasteten nach der Sphäre. Sogleich spürte Laghanos die Gegenwart des Gefüges; es schien in großer Unruhe, war erfüllt von nervöser Angst. Fürchtete es sich vor Drafurs Maske? Oder witterte es eine andere Gefahr?

Laghanos preßte sich an die Wand. Hörte erneut ein leises Atmen. Dort – eine plötzliche Bewegung am Rand seines Sichtfeldes, ein Schatten! Als er die Augen darauf richtete, verschwamm die Erscheinung in der Finsternis. Tauchte dann für einen Moment wieder neben ihm auf: eine schmächtige Gestalt, gehüllt in eine Kutte. Langes braunes Haar. Laghanos' Blicke glitten von ihr ab wie Wasser von einer Fläche. Er wollte schreien, doch seine Stimme versagte. Vor ihm erschien eine Hand; sie war umhüllt von schwarzem Stoff, auf dem ein Zeichen glomm. Schmale Finger, die ein Messer umklammerten. Die Klinge näherte sich seiner Kehle. Wie gelähmt starrte Laghanos auf die Waffe, sah sie und sah sie nicht, war unfähig, vor ihr zurückzuweichen.

Die Hand zögerte.

In diesem Moment ging ein Beben durch Drafurs Maske. Zwei goldglimmende Sporne schnellten hervor, bohrten sich wie Pfeilspitzen in die Hand des Feindes. Ein Aufschrei! Blut perlte aus dem schwarzen Stoff!

Sogleich zuckte die Hand zurück – und war plötzlich fort, verschwunden im Nichts. Mit lautem Summen schlugen die Drähte des Gefüges aneinander. Benommen sank Laghanos zu Boden. Seine Augen füllten sich mit Tränen. Draußen dröhnten Schritte auf der Wendeltreppe; jemand eilte zum Turmzimmer empor. Es war Benris. Sein tuschebemaltes Gesicht war schreckensverzerrt. Hastig stürzte er sich auf den Jungen, half ihm empor.

»Laghanos! Wir fürchteten schon das Schlimmste. Das Gefüge warnte uns, daß du in Gefahr bist.« Er starrte auf die Maske, von der sich Blutstropfen lösten. »Was ist geschehen?«

Schluchzend klammerte sich Laghanos an Benris fest. »Eine Hand ... ich habe eine Hand gesehen, und ein Messer. Ich konnte mich nicht wehren, ich war wie gelähmt. Und da war ein Zeichen – eine goldene Mondsichel...«

»Die Jünger des Mondes!« fluchte Benris. »Wie in aller Welt konnten sie in deine Nähe gelangen? Das Gefüge wachte über dich, und auch die Beschlagenen hätten einen Eindringling entdecken müssen.« Er blickte Laghanos erschrocken an. »Aber warum haben sie dich verschont?«

»Die Maske beschützte mich«, flüsterte Laghanos.

»Ich ahnte, daß sie versuchen würden, dich zu töten; doch daß sie bis in die Erhabene Halle vordringen können, hätte ich nicht für möglich gehalten. Ihre Furcht vor dir muß groß sein, wenn sie dieses Wagnis eingehen.« Mißtrauisch blickte sich Benris im Turmzimmer um. »Sie können noch nicht weit sein. Irgendwo in der Nähe halten sie sich versammelt und warten auf den Bericht des Attentäters. Ich werde die Wächter des Gefüges auf sie hetzen; vielleicht können sie diese Verräter aufspüren!« Sein Blick kehrte zu Laghanos zurück. »Es war ein Fehler, dich allein zu lassen. Nun drängt die Zeit; wenn die Mondjünger erfahren, daß du noch am

Leben bist, werden sie einen zweiten Angriff wagen. Du mußt endlich den Weltengang antreten! Es ist deine Pflicht, die Beschlagenen anzuführen!«

Laghanos nickte. *Sinnlos, sich zu wehren; sinnlos, sich dagegen aufzulehnen. Ich muß meiner Bestimmung folgen, muß Drafur finden, wie der Rotgeschuppte es mir auftrug. Je länger ich warte, desto stärker werden meine Feinde. Die Maske wird mich beschützen, wenn ich in die Sphäre eintauche... wenn der Kampf beginnt.*

Und Nhordukael lauschte der Melodie, lauschte Mondschlunds Gesängen. Seine Sinne öffneten sich der Sphäre; er kleidete die Klänge in Bilder, lernte die Sphärenströme zu entwirren. Mondschlunds Worte rissen ihn mit, entführten ihn in eine längst vergangene Zeit.

»Vor dreitausend Jahren, als die Menschheit noch jung war und die Sphäre sich ungebändigt über alle Länder von Gharax erstreckte, war das Leben auf unserer Welt von großen Entbehrungen geprägt. Die Natur war beherrscht von den Wesen der Sphäre; Wasser und Winde, Wälder und Sümpfe waren den Menschen feindlich gesinnt, und so konnten sie nur an wenigen Orten von Gharax überleben. Allein im Norden gab es einige Siedlungen, die über das Nordmeer miteinander Handel trieben, doch der Süden war nahezu unbewohnt. Im fernen Westen jedoch lag die Insel Tyran; dort hatten die Menschen mehrere Dörfer gegründet, lebten vom Fischfang und Getreideanbau. In einem dieser Dörfer wurde Kahida geboren, ein Kind von reinem Herzen, das sowohl von den Menschen als auch von den Wesen der Sphäre geliebt wurde; selbst die Geister des Meeres und die grimmigen Dämonen der Winde ließen sich von ihrem fröhlichen Wesen betören. Es gelang Kahida, mit den Völkern der Sphäre Frieden zu schließen. Sie errichtete die Stadt Athyr'Tyran, und dort herrschte sie dreihundert Jahre lang über die Menschen, während sich rings um die Insel die

Sphärenströme beruhigten und sie zu einem Ort des Friedens machten. Von weither reisten die Menschen nach Tyran, um hier zu leben.«

Vor Nhordukaels Augen bildeten sich die Umrisse der Insel Tyran; er sah ihre blühende Küste, sah die zahlreichen Dörfer und schließlich die Stadt Athyr'Tyran mit ihren Türmen und Palästen – die erste Stadt der Menschheit, so schön, so freundlich. Unwillkürlich mußte er an die brennende Stadt Thax denken, die von den Weißstirnen vernichtet worden war; doch schon fuhr Mondschlund mit seiner Erzählung fort.

»Kahida erwählte schließlich zwei Schüler, die ihr bei der Besänftigung der Sphäre beistehen sollten: Mondschlund und Sternengänger. Wir waren zwei junge Fischer aus demselben Dorf, in dem Kahida geboren worden war, und Freunde seit unserer Kindheit. Kahida teilte all ihr Wissen mit uns; sie brachte uns bei, die Sphäre zu durchschreiten, und verlieh uns die Kraft der ewigen Jugend. Gemeinsam erforschten wir die Welt der Lichtwandler, schritten durch die Wälder der Raunenden, tauchten in die tosenden Fluten der Wellenkinder ein. Kahida lehrte uns, die Sphärenströme mit Hilfe der fünf magischen Metalle zu lenken. Die Geister des Erzes hatten ihr gezeigt, wie sich mittels dieser Metalle die Gefahren der Sphäre bannen ließen. Ich war besonders von dem fünften Metall angetan, dem Gold. Seine Macht war wild und ursprünglich; es ermöglichte mir, die Sphäre zu durchreisen und mich vor den dort lebenden Wesen verborgen zu halten. Sternengänger aber hatte für das Gold nur Verachtung übrig; er war mehr dem Silber zugetan, dem gefährlichsten der fünf Metalle, mit dem sich die Sphäre verändern ließ. Kahida hatte uns vor der Macht des Silbers gewarnt, doch Sternengänger schlug ihre Warnungen in den Wind. Er glaubte, die Sphäre formen zu können, um die Menschheit vor ihren Strömen zu schützen. Doch damit löste er einen Krieg mit den Völkern der Sphäre aus, die sich durch seine Rituale bedroht fühlte. Eines Tages fielen sie ohne Vorwarnung über Athyr'Tyran her, zerstörten die

Stadt bis auf die Grundmauern und mordeten wahllos. So fiel Athyr'Tyran, die erste Stadt der Menschheit, weil diese den Frieden mit der Sphäre gebrochen hatte. Chaos griff auf der Insel um sich. Kahida tat alles, um den Krieg zu beenden, doch die Sphärenwesen waren nicht zu besänftigen – zu groß war ihr Zorn über Sternengängers Rituale. So mußte Kahida zum letzten Mittel greifen: Sie verschloß die Tore der Sphäre mit Hilfe des Schwarzen Schlüssels, und der Krieg endete mit der Trennung zwischen Menschen und Sphärenwesen.«

»Was war dieser Schwarze Schlüssel?« fragte Nhordukael.

»Kahida hatte ihn im geheimen geschmiedet. Mit ihm ließen sich die Tore der Sphäre versiegeln. Damit war auch Sternengängers Plan, die Sphäre zu beherrschen, gescheitert. Wütend forderte er Kahida auf, die Tore wieder zu öffnen. Als sie sich weigerte, erschlug er sie, um in Besitz des Schwarzen Schlüssels zu gelangen. Doch Kahida hatte bereits geahnt, daß Sternengänger ein Opfer seiner Machtgier geworden war, und so hatte sie den Schlüssel in den Trümmern Athyr'Tyrans versteckt. Allein mir hatte sie anvertraut, wo er zu finden war. So richtete sich Sternengängers Aufmerksamkeit nun auf mich, seinen einstigen Freund. Er wollte mir den Schlüssel um jeden Preis entreißen. Da ich jedoch die Macht über das Gold erlangt hatte, konnte ich meine Gestalt verhüllen und mich vor ihm verborgen halten. Er verfolgte mich viele Jahre lang. Schließlich opferte ich meinen Körper und zog mich in die Sphäre zurück, um mich für immer vor Sternengänger in Sicherheit zu bringen. In der Welt der Menschen hatte ich einige Getreue zurückgelassen; sie waren von mir in der Kunst der Verhüllung unterrichtet worden. Ich wies sie an, den Schwarzen Schlüssel von der Insel Tyran fortzuschaffen. Einer meiner Schüler – der Seefahrer Varyn – brachte ihn auf einem Schiff über das Silbermeer und versteckte ihn in einem geheimen Verlies, das er an der Küste des heutigen Fürstentums Varona bauen ließ.«

»Das Verlies der Schriften«, rief Nhordukael. »Du sprichst von den Katakomben unter dem Dom zu Vara!«

»Ja, so nennt man diesen Ort heute«, sang Mondschlund. »Er diente viele Jahrhunderte lang als Versteck für den Schlüssel. Leider hatte ich Sternengänger unterschätzt. Eines Tages kam er nach Vara, drang in das Verlies der Schriften ein und brachte den Schlüssel an sich. Somit erlangte er die Macht über die Sphäre. Er wanderte durch die Welt und stieß die versiegelten Pforten auf – freilich nicht ganz, nur ein Stück weit. Er bannte die Sphärenströme in magische Quellen, die er sich gefügig machen konnte. Unter dem Namen Durta Slargin begründete er die Logen, die in seiner Nachfolge über die Sphäre herrschen sollten. Er glaubte der Menschheit damit einen großen Dienst erwiesen zu haben: die Macht der Magie war endgültig gebrochen, und die Menschen konnten sich ungehindert auf Gharax ausbreiten. Doch der Preis dafür war hoch: Während Gharax erblühte, welkten die Welten jenseits der Sphäre dahin. Die Zauberer entzogen ihnen jegliche Lebenskraft, und so wurden die Völker der Sphäre nach und nach ausgerottet.«

»Durta Slargin behauptete, ihm wäre bei der Bezwingung der Quellen ein Fehler unterlaufen«, erinnerte sich Nhordukael, »ein Fehler, den er nun wieder gutmachen möchte.«

»Vielleicht erkannte er eines Tages, welche Schuld er auf sich geladen hatte«, gab Mondschlund zu. »Ja, vielleicht versuchte er sogar, den qualvollen Tod der Sphärenvölker aufzuhalten. Doch dabei entglitt ihm die Macht über den Schlüssel. Sein Körper wurde vernichtet, sein Geist in die Sphäre geschleudert. Fortan war er ebenso wie ich in der Sphäre gefangen. Nur dank der Legenden, die sich um ihn gebildet hatten, konnte er seine Macht weiterhin ausüben – in dem er den Zauberern der Logen in ihren Träumen erschien, ihnen geheime Befehle zuflüsterte. Eine Zeitlang versuchte er, den Schlüssel wiederzufinden, doch dieser blieb verschollen, war unauffindbar. So schmiedete er einen neuen Plan: Er verschaffte sich Zutritt zu der Welt der Nebelkinder, dem einzigen Volk der Sphäre, das die Fesselung der Quellen überlebt hatte. Ich weiß nicht, wie es ihm gelang, die Nebelkinder auf seine Seite zu ziehen, ob er sich ihnen unter seinem wahren Namen offenbarte oder ihnen vorgaukelte, ihr Befreier zu sein. Er versprach, sie vor dem Untergang zu retten, und sie unterwiesen ihn in der Magie des Goldes, die er einst so geschmäht hatte. Nun wartete er auf eine Gelegenheit, die Macht über die Sphäre zurückzugewinnen. Er mußte zwei Menschen finden, deren Begabung groß genug war, um den Strömen der Sphäre standzuhalten. Ihre Körper wollte er für seine Rückkehr in die Welt der Menschen nutzen; einen, um seinen Geist zu binden, damit er den Schwarzen Schlüssel wiedererlangen konnte; den zweiten, um die Verbindung zur Sphäre aufrecht zu halten. Schließlich glaubte er, zwei geeignete Körper gefunden zu haben. Er öffnete den Nebelkindern eines der Tore – die Quelle der Insel Tyran, über die einst Kahida geherrscht hatte. Wie es ihm gelang, dieses Tor aufzustoßen, ist mir unbekannt; doch die Nebelkinder konnten nun nach Gharax eindringen und ihren Feldzug beginnen, um die übrigen Quellen zu befreien.«

»Die Goldéi«, flüsterte Nhordukael ergriffen. »Du meinst die Goldéi…»

Ein Seufzen trübte Mondschlunds Gesang. »Sie waren es, die den ersten Auserkorenen fanden – ein Kind, das ihnen neue Pfade eröffnete und ihnen ermöglichte, jene Quellen zu erobern, die ihnen verborgen geblieben waren. Du aber, Nhordukael, solltest dazu dienen, Sternengängers Geist aufzunehmen. Er hatte deine ungewöhnliche Verbindung zur Quelle des Brennenden Berges erkannt, und so wies er den Hohenpriester Magro Fargh an, deinen Körper durch ein Ritual gefügig zu machen.«

Nhordukael lachte verbittert auf. »Magro Fargh glaubte, seinen eigenen Geist auf mich übertragen zu können.«

»Sternengänger hatte ihn getäuscht – wie schon so viele Zauberer vor ihm. Tatsächlich wollte er selbst Besitz von deinem Körper ergreifen. Das Wunder von Thax war eine letzte Prüfung, die ihm zeigte, wie zäh dein Körper war. An diesem Tag wurde auch ich auf dich aufmerksam – denn du mußt wissen, daß jene Kreatur, die du auf dem Platz der Gießer und Schmelzer getötet hast, von einem meiner Anhänger nach Thax gebracht wurde. Der Einarmige, der damals zu der Menge sprach, war ein Jünger des Mondes.«

Mondschlunds Worte verschlugen Nhordukael den Atem. »Du hast dieses Wesen in die Stadt gelassen? Du hast diese Bestie auf das wehrlose Volk gehetzt?»

»Ich wollte die Menschen aufrütteln«, verteidigte sich Mondschlund. »Niemand in Sithar schien die drohende Gefahr zu erkennen. Ich fürchtete, daß Sternengänger siegen würde, wenn das Kaiserreich nicht bald seine Truppen gegen die Goldéi entsandte. Doch Sternengänger hatte meine Absicht erkannt; er nutzte die Freilassung der Kreatur, um dich zu prüfen – und mich in die Schranken zu weisen.«

Nhordukael spürte Zorn in sich aufsteigen. »Das also steckt hinter dem Wunder von Thax – das geheime Ringen zwischen zwei Zauberern, die sich seit Jahrtausenden bekriegen!« Das Licht um ihn verfärbte sich rotgolden. »Warum sollte ich dir mehr trauen als Durta Slargin? Welche Ziele verfolgst du, Mondschlund?«

Wehmütig hallte die Melodie durch den endlosen Raum. »Ich versuche ihn aufzuhalten! Sternengänger glaubt, seine Fehler ungeschehen machen zu können, indem er die Sphäre ein zweites Mal formt. Doch das Schicksal der Sphäre sollte nicht von einem einzelnen entschieden werden. Der Schwarze Schlüssel darf nicht erneut in seine Hände gelangen.«

»Wer sollte ihn deiner Meinung nach besitzen?« fragte Nhordukael lauernd. »Etwa Mondschlund, der treue Hüter der Sphäre?«

»Ich brauche ihn nicht und will ihn nicht«, beteuerte Mondschlund. »Er muß verborgen bleiben; und die Menschen sollten sich endgültig von der Magie lossagen. Sie ist eine zu gefährliche Kraft.«

»Ohne die Magie wäre unsere Welt eine andere«, sagte Nhordukael. »Die Natur wäre uns noch immer feindlich gesinnt, so wie in der Alten Zeit.«

»Nicht, wenn die Menschheit in Frieden mit der Sphäre lebte. So wie das Auge der Glut dir seine Macht freiwillig schenkt, könnte auch der Rest der Welt mit den Gewalten der Sphäre versöhnt werden. Du wirst der Mittler sein, Nhordukael; du wirst die Quellen besänftigen und die Menschen dazu bringen, ihre Macht nicht länger zu mißbrauchen.«

»Wie soll mir das gelingen?« fragte Nhordukael zweifelnd.

»Du mußt die Goldéi daran hindern, auch die übrigen Quellen zu befreien. Denn sonst wird die Sphäre so mächtig sein, daß die Menschen nicht mehr auf Gharax überleben können.«

»Ich soll mich den Echsen entgegenstellen?« stieß Nhordukael hervor. »Was ist mit dem zweiten Auserkorenen, von dem ich schon so viel gehört habe? Wird er mir dabei helfen?«

»Er ist Sternengängers Einflüsterungen erlegen«, sagte Mondschlund traurig. »Wenn er erst in die Sphäre eintaucht, wird er die Goldéi bis in die letzten Winkel von Gharax führen; keine Quelle wird mehr vor ihnen sicher sein.«

»Warum hast du ihn nicht auf deine Seite gezogen?«

»Meine Stimme kann nicht zu ihm durchdringen«, seufzte Mondschlund. »Sternengänger beherrscht nun ebenfalls die Kunst der Verhüllung; er schirmt den Auserkorenen vor mir ab. Du bist der einzige, der ihn in der Sphäre aufspüren könnte.«

»Ich werde es versuchen«, versprach Nhordukael. »Wenn er ebenso wie ich ein Opfer von Durta Slargins Ränken ist, muß ich ihm helfen, sich von seinen Einflüsterungen zu befreien.«

»Mache dir keine zu großen Hoffnungen«, warnte ihn Mondschlund. »Der Junge ist schon zu lange in Sternengängers Gewalt, um noch zwischen Wahrheit und Lüge unterscheiden zu können.«

»Dies fällt auch mir nicht leicht«, sagte Nhordukael leise. »Ich weiß nicht, ob ich dir tatsächlich trauen kann, Mondschlund. Doch ich habe mich schon vor langer Zeit entschieden, Durta Slargins Machenschaften endlich aufzudecken, den Menschen zu zeigen, welchen Trugbildern sie all die Jahrhunderte lang aufsaßen.« Entschlossen blickte er in den Lichtstrahl, der ihn umtanzte. »Eine letzte Frage beantworte mir – welche Rolle nimmt die Bathaquar in diesem Spiel ein? Warum versucht sie, die Quellen zu erobern?«

»Die Zauberer der Bathaquar haben einen Teil der Legenden um Durta Slargin durchschaut; nun wollen sie den Schwarzen Schlüssels für sich erringen und die Sphäre nach ihren eigenen Vorstellungen formen. Damit sind sie ebenso gefährlich wie Sternengänger – ja, gefährlicher noch, denn sie streben danach, die gesamte Welt unter die Herrschaft der Zauberer zu zwingen und die Quellen erneut zu knechten. Ihr Anführer ist ein skrupelloser Zauberer, dessen Macht selbst Sternengänger fürchtet.«

»Dann habe ich also mehrere Gegner«, erwiderte Nhordukael, »von denen mich einige benutzen, andere vernichten wollen. Es ist keine leichte Aufgabe, die du mir stellst!«

»Das Auge der Glut kämpft auf deiner Seite«, rief ihm Mondschlund ins Gedächtnis. »Und auch ich werde dir helfen; ich werde dich führen, dich leiten mit meinem Gesang! Du bist mächtiger, als du ahnst, Nhordukael! Nichts kann dich aufhalten, wenn du Sternengänger entgegentrittst.«

Die Melodie brach jäh ab. Die Klänge verhallten, und der ferne Lichtstrahl erlosch mit einem letzten Flackern. Stille umgab Nhordukael und ließ seinen Gedanken freien Raum.

»Nichts kann mich aufhalten«, sprach er leise in die Finsternis, »außer meinen eigenen Zweifeln.«

Seine Sinne strebten auseinander, um die Sphäre in ihrer Ganzheit zu erfassen und in einer Weise zu durchdringen, wie es nie zuvor ein Mensch gewagt hatte.

Sie hatten sich in einem abgeschiedenen Stollen zusammengefunden; zwölf Männer und Frauen in grauen Kutten. Kein Licht erhellte den Gang; sie hatten ihre Öllampen gelöscht. Nur die goldenen Mondsicheln ihrer Handschuhe schimmerten in der Dunkelheit. Kein Wort wurde gesprochen; schweigend warteten sie auf Tyras Rückkehr.

Schließlich hallten Schritte im Gang, und die Umrisse einer schmächtigen Gestalt waren zu erkennen. Es war Tyra! Die junge Frau schien in großer Furcht, preßte die rechte Hand gegen die Brust.

»Sadris!« Ihre Stimme klang erschöpft. »Wo bist du? Ich kann dich nicht erkennen... Wer sind die anderen? Wer...?«

»Sei still!« zischte ihr Sadris aus der Finsternis entgegen. »Ich habe alle Mondjünger des Spektakels zusammengerufen. Und nun sprich! Ist es dir gelungen, den Wandelbaren...«

»Er lebt!« stieß Tyra hervor. »Ich... ich konnte es nicht tun. Ich zögerte, als ich in seine Nähe kam. Er ist doch noch ein Kind, so jung... ich konnte ihn nicht töten. Und seine Maske – sie spürte meine Absicht.« Sie streckte Sadris ihre blutende Hand entgegen. »Sie hat mich verletzt, trotz des Gewebes unseres Meisters.«

Sadris stieß ein wütendes Schnauben aus. »Du hast jämmerlich versagt! Dies war unsere einzige Gelegenheit, den Jungen aufzuhalten. Nun wird Laghanos den Weltengang antreten. Dann wird Mondschlund uns nicht mehr beschützen können.«

Ein erschrockenes Flüstern ging durch die Reihen der Mondjünger. Sie drängten sich um Sadris, fuchtelten erregt mit den Händen umher, und die Mondsicheln ihrer Handschuhe schwirrten durch die Dunkelheit wie aufgescheuchte Leuchtkäfer.

»Beruhigt euch!« befahl Sadris. »Eine letzte Möglichkeit bleibt uns noch!« Seine Stimme nahm einen grausamen Tonfall an. »Komm her, Tyra! Zeige uns deine Prägungen!«

Verunsichert schritt sie auf Sadris zu, schlug den Ärmel ihres Gewandes zurück. Er packte ihren Arm. Die Narben ihrer Haut waren undeutlich im Glanz der Mondsicheln zu erkennen.

»Wann soll deine Beschlagung stattfinden, Tyra?«

Sie senkte den Blick. »Der Haubenträger wollte mich schon in den kommenden Tagen mit dem Gefüge vereinen.«

Sadris ließ ihren Arm sinken. »Das könnte unsere Rettung sein! Wenn du zu einer Beschlagenen wirst, Tyra – wenn du deine Hand opferst, um Laghanos in die Sphäre zu folgen... niemand würde in einer Beschlagenen eine Mondjüngerin vermuten. Du könntest Laghanos in der Sphäre aufhalten, ihn dort zu Fall bringen.«

»Er wird zu mächtig sein«, gab einer der Mondjünger zu bedenken. »Wenn er mit dem Gefüge vereint ist, wird er die Sphäre beherrschen!«

»Der Junge wird erst lernen müssen, die Sphärenströme zu bändigen«, widersprach Sadris. »Diese Zeit reicht aus, um ihn zu beseitigen!« Er packte Tyra an der Schulter, zog sie zu sich heran. Sie erkannte sein aufgedunsenes Gesicht, seinen Vollbart, den grausamen Glanz seiner Augen. »Du wirst deinen Fehler wiedergutmachen! Laghanos muß sterben! Wenn du ein zweites Mal versagst, sind wir verloren!«

Sie wich vor ihm zurück. »Nein, Sadris... das kannst du nicht zulassen! Du hast gesagt, daß Mondschlund mich vor der Beschlagung bewahren wird!«

»Du mußt dieses Opfer erbringen! Zwar wäre es mir lieber, wenn ein Mondjünger mit größerem Mut diese Aufgabe übernähme, doch du bist die einzige, die nicht das Mißtrauen des Haubenträgers erregen wird. Kehre zum Heiligen Spektakel zurück; sprich mit Darsayn und bitte ihn, deine Beschlagung vorzuziehen. Doch denke daran: wir werden dich im Auge behalten. Ich werde nicht zulassen, daß du nochmals versagst und uns...«

Er hielt mitten im Satz inne, starrte über Tyras Schultern in den Gang. Mehrere Augenpaare leuchteten in der Finsternis auf; giftgrün sprühte der Zorn aus ihnen. Tapsende Schritte auf dem Höhlenboden. Und ein helles, boshaftes Kichern aus zahlreichen Kehlen...

»Die Bosnickel!« stieß Sadris hervor. »Sie haben uns aufgespürt!«

Flink hoben die Mondjünger ihre Hände, versuchten sich vor der Gefahr zu schützen. Zu spät! Wurfmesser zischten durch die Luft; einige trafen klirrend gegen die Felswand, andere fanden ihr Ziel. Schreiend gingen mehrere Mondjünger zu Boden. Die Mondsicheln ihrer Handschuhe erloschen.

»Flieht!« schallte Sadris' Stimme durch den Gang. »Laßt euch nicht einfangen!«

Tyra hörte ein Wurfmesser dicht an ihrem Kopf vorbeifliegen. Sie duckte sich, umklammerte das Tuch in ihrer Hand mit festem Griff, beschwor Mondschlunds Kräfte, um ihre Gestalt zu verhüllen.

»Sie sind dir gefolgt!« Sadris stand dicht hinter ihr, spie Tyra seine Worte ins Ohr. »Dein Atem hat dich verraten!« Er versetzte ihr einen wütenden Stoß gegen die Schulter. »Du bist es nicht wert, eine Jüngerin des Mondes zu sein!«

Tyra versuchte ihn abzuwehren, doch sie bekam nur seinen nackten Armstumpf zu fassen. Angewidert schreckte sie zurück.

»Es geschieht dir nur recht, wenn du die Schmerzen der Beschlagung erleidest«, fauchte Sadris. »Sei dankbar, daß du Mondschlund dieses letzte Opfer erbringen darfst.« Er schlug mit seiner Hand das Zeichen der Mondsichel über ihrem Kopf. »Und jetzt fort mit dir! Ich werde die Wächter des Gefüges von dir ablenken! Unser Schicksal liegt von nun an in deinen Händen.«

»Der Weltengang«, rief Darsayn, und Tränen schimmerten in seinen Augen. »Wie lange hat sich das Heilige Spektakel auf diesen Tag vorbereitet – auf den Tag, an dem der Wandelbare sich mit dem Gefüge vereint! Nun kann der Kampf um die Sphäre beginnen! Bald kehrt der Weltenschmied zurück, um ein neues Zeitalter einzuläuten, und die

Menschheit wird erkennen, daß sie ihm all ihr Glück verdankt!«

Zärtlich strichen seine Hände über Laghanos' Kopf, ordneten die widerspenstigen Haare des Jungen. Laghanos nahm es kaum war; zu sehr war er gebannt von der Schönheit des Gefüges. Endlich hatte der Haubenträger ihn zu diesem Ort geführt und ihm das Geheimnis des Heiligen Spektakels eröffnet. Hier, in den verborgenen Höhlen unter dem Rochen, fand Laghanos, was er gesucht hatte.

Ja, schön war das Gefüge, schön und rätselhaft! Seine silbernen Arme ragten aus der Tiefe der Höhle empor, hießen Laghanos mit wilden Gesten willkommen, tasteten nach der Maske in seinem Gesicht. So viele Jahrhunderte hatte das Gefüge auf den Wandelbaren gewartet. Nun war er endlich erschienen!

»Es ist größer, als dein Auge ermessen kann«, verriet Darsayn ihm voller Stolz. »Diese Kammer enthüllt nur einen winzigen Teil seiner Gestalt; doch tatsächlich reicht es tiefer, bis in das Gestein – und darüber hinaus in die Sphäre selbst. Du wirst es sehen, Laghanos! Du wirst es begreifen!«

Fasziniert starrte Laghanos auf das silberne Gestänge, und ihm war, als blickte er in einen Spiegel, als entdeckte er in dem Gefüge sein eigenes Antlitz. Es schien ihm vertrauter als die wächsernen Züge Darsayns oder Benris' düstere Miene. In den Gesichtern der Menschen konnte er nichts mehr lesen. Das Gefüge aber war ihm ähnlich, unterschied sich von der Maske in seinem Gesicht nur durch die Art des Metalls, aus dem es gefertigt war.

Gold und Silber müssen verschmelzen ... wir werden eins sein, du und ich! Mein Geist wird von deinem Netz Besitz ergreifen und die Gänge des Heiligen Spektakels mit neuer Kraft erfüllen. Wir werden eins sein, und gemeinsam werden wir die Beschlagenen durch die Sphäre führen.

Langsam wandte sich der Junge um. Seine Augen blitzten unter der Maske auf, wanderten durch die Höhle. Nur Darsayn hatte ihn in diese Kammer begleitet; Benris war bei den Beschlagenen zurückgeblieben. Dennoch waren sie nicht allein in der Höhle; in den Winkeln und Felsvorsprüngen hockten die Wächter des Gefüges: jene winzigen, behaarten Wesen, die Laghanos zum ersten Mal in Oors Caundis erblickt hatte – die Bosnickel, Geister des Rochens. Sie hatten Laghanos während seines Aufenthalts bei der Malkuda beobachtet, ihn nach seinem Sturz in die Quelle vor dem Ertrinken gerettet. Hatten sie bereits damals in ihm den Wandelbaren erkannt? Ihren grünglimmenden Augen war keine Ehrfurcht zu entnehmen; ja, ihre Blicke erschienen Laghanos respektlos, als zweifelten sie an seiner Bestimmung.

»Sie werden über dich wachen, wenn dein Körper mit dem Gefüge verschmilzt«, versicherte Darsayn. »Dir kann nichts geschehen, Laghanos!«

»Sorge dich nicht um mich, Haubenträger, sondern um dich selbst«, sagte Laghanos mit fester Stimme. »Sobald ich in die Sphäre übertrete, wirst du nicht länger Herr über das Heilige Spektakel sein. Mein Geist wird über diese Höhlen gebieten – und falls du mich je belogen hast, werde ich es erkennen.«

Darsayn senkte das Haupt, und die Flickenhaube rutschte ihm tief in die Stirn. »Ich werde dein Diener sein, so wie auch die anderen Unbeschlagenen. Das Heilige Spektakel wird allein deinen Befehlen Folge leisten.«

Laghanos beachtete ihn nicht weiter und wandte sich dem Gefüge zu. Es hatte sich nun ganz entfaltet; summend erhoben sich die silbernen Stäbe und strebten ihm entgegen. Ein Zittern erfaßte Laghanos; die Maske in seinem Gesicht bewegte sich; die goldenen Rädchen und Speichen rotierten mit rasender Geschwindigkeit.

Laghanos öffnete sein Hemd und streifte es ab. Dann breitete er die Arme aus. Sofort glich sich das Gefüge seiner Körperhaltung an. Sanft trafen die Stäbe auf seine Haut; ihre Berührung war kalt, doch nicht unangenehm. Laghanos spürte, wie sich mehrere Klemmen um seine Fußgelenke legten.

Als das Gefüge ihn anhob, schien sein Körper kein

Gewicht zu haben, wurde leicht wie eine Feder. Dicht vor ihm enthüllten die Stangen ein Geflecht aus silbernen Haken. Sie spreizten sich, näherten sich der Maske, hakten sich in den goldenen Spangen fest. Laghanos schloß die Augen. Er fühlte, wie sich das Gefüge mit der Maske verband, wie es an seinem Gesicht zu zerren begann, voller Gewalt. Längst vergessene Schmerzen jagten durch seinen Körper; und rings um ihn schwoll das Summen der Silberdrähte an, als wollten sie die Schreie des Jungen nachahmen, der unter Qualen in die Sphäre übertrat.

KAPITEL 10

Donner

Der Sturm war weitergezogen; sein Donnergrollen hallte noch aus der Ferne, ein unruhiger Wind zerstob die Regentropfen zum Nieselschauer. Der Hafen von Galbar Arc lag im nächtlichen Schlummer. Die Finsternis hüllte Schiffe und Speichergebäude in einen schwarzen Mantel.

Auch in der nahe gelegenen Hafentaverne waren alle Lichter verloschen; die Gäste ruhten in ihren Zimmern. Nur einer von ihnen fand keinen Schlaf. Mit bleichem Gesicht stand Rumos Rokariac am offenen Fenster und starrte hinaus in die Dunkelheit. Seine Lippen bebten, seine heisere Stimme drang durch die Nacht.

»Das Licht – es kehrt zurück!« Mit starren Fingern klammerte sich Rumos an der Fensterbank fest. »Spürst du es, Carputon? Spürst du, wie sich der Lichtstrahl seinen Weg durch die Sphäre bahnt, so weiß, so kalt und grausam? Gleich wird er aus der Sphäre hervortreten.«

Der Wind heulte auf, strich durch das graue Haar des Zauberers. Sein Gesicht verzerrte sich, die Mundwinkel nahmen einen gequälten Ausdruck an, und seine Stimme wurde schriller, gehetzter. »Das Licht ... ich kann es sehen, Rumos, mein Herr ... die Flamme brennt hell und gleißend ... geblendet bin ich von der Macht des Turms, geblendet von dem Glanz der Sphäre ... vergehen will ich und verbrennen, gebannt vom grellen Licht ... oh, laß mich fort ... gib mich doch frei, Rumos, mein Herr!«

Er riß die Hände empor, preßte sie gegen sein Gesicht. »Schwächling!« zischte er zwischen den Fingern hindurch. »Der Turm kann dir nichts anhaben! Folge der Flamme; versuch zu erkennen, wohin der Lichtstrahl fällt und wem er gilt!«

Ein Stöhnen entwich seinem Mund; die Fingernägel ritzten seine Wangen. Blut tropfte auf die Fensterbank hinab. »Was quälst du mich, o Herr?... so unbarmherzig deine Worte, deine Stimme... weißt du nicht, welche Schmerzen ich erleide, wenn die Macht des Turms an meiner Seele zerrt? Das Licht, es geißelt mich, und folge ich dem Schein, führt er mich in die Irre...«

Wütend ballte Rumos die Fäuste, hämmerte sie auf das Fensterbrett. »Erbärmlicher Wurm!« schrie er auf. »Fürchtest du dich noch immer vor der Sphäre, so wie einst im Haus Moorbruch? Mein Zorn sollte dich mehr ängstigen! Ich kann dich jederzeit zurück in deine Höhle verbannen; ein Wort nur, und deine Freiheit wird hier und heute enden. Gehorche meinen Befehlen! Folge dem Licht! Zeige mir, was es bedeutet!«

Heulend fuhr der Wind an der Außenmauer der Taverne empor, schlug gegen die Fensterflügel. Rumos wich einen Schritt zurück, doch sein Blick blieb auf das Hafenbecken gerichtet. Für einen Moment zerriß die Dunkelheit – ein Blitz des fernen Unwetters? Nein, ein Licht fiel vom Meer aus in den Hafen ein; ein bleicher, widernatürlicher Strahl, ohne jede Wärme. Er strich über das Wasser, tanzte auf den Wellen, und diese wirkten in seinem Schein wie belebt, kräuselten sich, warfen sich umeinander, als fügte er ihnen unendliche Qualen zu.

»O Rumos, mein Herr«, rief der Zauberer mit tränenerstickter Stimme in die Nacht, »der Leuchtturm von Fareghi... er ruft nach ihnen, ruft nach den goldenen Schiffen... sein Licht führt sie herbei aus dem Reich des Nebels... und folge ich dem Schein, tauche ich selbst in jene dunklen Schwaden, die sich über Gharax wälzen... befreie mich, Herr Rumos, von der Last, dem Turm ein Knecht zu sein!«

Furcht spiegelte sich in seinen Augen, während er auf das Wasser starrte. Dann trat er vom Fenster zurück, das Gesicht vor Gram verzerrt, und aus dem Raum drang ein Wimmern, das Klagen eines Wahnsinnigen.

Das weiße Licht jedoch glitzerte noch die halbe Nacht auf dem Wasser. In seinem Glanz schimmerten die tangbesetzten Mauern des Hafenbeckens, als wären sie aus Silber gegossen. Die Gischt schäumte und geiferte wie ein Tier. Wellen zerrissen die Wasseroberfläche, und ein Körper wurde aus den Fluten emporgeschwemmt: ein Leichnam, sein Kopf zerborsten, seine Glieder zertrümmert. Das Wasser spülte ihn zu einem Holzsteg unweit der Speicherhallen; und jede neue Welle schmetterte den Schädel mit hohlem Laut gegen die Balken – ein höhnischer Klang, als wollte das Silbermeer den Toten verspotten.

Ein grauer, verregneter Tag hing über der Stadt Galbar Arc. Regentropfen tippten gegen die Butzenscheiben der Hafentaverne, als begehrten sie zögerlich Einlaß. In der Gaststube war allmählich Leben eingekehrt; die meisten Gäste waren erwacht und hatten sich zur ersten Tagesmahlzeit im Schankraum eingefunden. Wieder einmal kredenzte die Wirtin eine schmackhafte Milchsuppe; diese stieß vor allem bei den Gästen aus Troublinien auf helle Begeisterung. Sowohl Großmerkant Aelarian als auch sein Leibdiener Cornbrunn hatten bereits um Nachschlag gebeten. Während Cornbrunn sich verzückt über seinen Teller beugte, schweifte Aelarians Blick immer wieder zum Nebentisch hinüber, wo mit bleichem Gesicht Rumos Rokariac saß. Sein Suppenteller war unberührt; statt dessen nippte der Priester lustlos an einem Teekrug.

»Ihr seid nicht gerade von großem Appetit beseelt«, scherzte Aelarian nach einer Weile. »Hat Euch die Nacht so sehr auf den Magen geschlagen? Es war nicht zu überhören, daß Euer Schlaf nicht der beste war. Die ganze Zeit seid Ihr mit knarrenden Stiefeln im Zimmer auf und ab geschritten und habt Selbstgespräche geführt.«

Rumos schenkte ihm einen verächtlichen Blick. »Anstatt an meiner Tür zu lauschen, solltet Ihr besser Vorbereitung für Eure baldige Rückkehr nach Troublinien treffen. In Kürze werde ich meine Reise gen Westen fortsetzen – und zwar ohne Euch.«

Aelarian setzte eine beleidigte Miene auf. »Ihr wollt mich auf Morthyl zurücklassen? Das schmerzt mich! Bin ich Euch in den vergangenen Wochen so sehr zur Last gefallen?«

Rumos setzte geräuschvoll seinen Teekrug ab. »Glaubt Ihr, es sei mir entgangen, daß Ihr jeden meiner Schritte von ein paar dahergelaufenen Straßenkindern überwachen laßt? Diese schmutzigen Bälger verfolgen mich durch die gesamte Stadt, lauern mir in jeder Gasse auf, spähen mir bis in den letzten Winkel nach!«

Aelarian konnte ein Grinsen nicht unterdrücken. Seine treue Verbündete, die Käppnerin, leistete hervorragende Arbeit. Sie hatte ihre Enkelin und deren Spielkameraden angewiesen, Rumos im Auge zu behalten; zudem hatte sich der Sohn der Käppnerin – ein Söldner in Fürst Perjans Heer – in der Burg Galbar über den Zauberer umgehört. Dort war Rumos häufig zu Gast, um die Kapitäne der fürstlichen Handelsflotte auf ein geheimnisvolles magisches Ritual vorzubereiten. Offenbar war es dem Priester gelungen, sich bei Fürst Perjan als Berater für die Rückeroberung Fareghis anzudienen.

»Ihr seht Spukbilder, mein Bester«, behauptete Aelarian keck. »Warum stört Ihr Euch an einer Horde spielender Kinder? Freut Euch lieber, wie unbeschwert diese unschuldigen Geschöpfe in den Tag hineinleben, obwohl die Versorgungslage auf Morthyl katastrophal geworden ist. Selbst der Schiffsweg über Vrynn ist inzwischen aufgrund der Stürme unpassierbar. In einigen Dörfern wird bereits das Getreide knapp.«

»Die Schiffswege werden bald wieder befahrbar sein«, fauchte Rumos. »Eldrom von Crusco wird nicht mehr lange über Fareghi herrschen.« Er funkelte Aelarian mißtrauisch an. »Doch warum rede ich überhaupt mit Euch? Ihr wollt mich lediglich aushorchen! Der Gildenrat hat eine große Dummheit begangen, Euch als Spion auf mich anzusetzen. Wenn Ihr in Taruba ankommt, richtet den Ratsherren aus, daß ich sie eines Tages für diese Anmaßung bestrafen werde!«

»Ist es nicht Strafe genug, wenn Ihr den Großmerkanten zu ihnen zurückschickt?« schaltete sich Cornbrunn in das Gespräch ein. »Die Ratsherren müssen ungemein froh gewesen sein, ihn eine Weile außerhalb Troubliniens zu wissen.«

Rumos überhörte den Einwurf des Leibdieners. »Manchmal wünschte ich, Ihr würdet begreifen, welch qualvollen Weg ich gegangen bin, Aelarian! Ich bin damals nicht auf halber Strecke stehengeblieben, so wie Ihr – oder wie die anderen Mitglieder unseres Zirkels, die behaupteten, die Sphäre erforschen zu wollen. Ich habe sämtliche Grenzen überschritten; ich habe den Mut gehabt, mich selbst zu überwinden, jenen Teil in mir zu besiegen, der mich fesselte!« Ein Zittern erfaßte seine Hände; er drückte sie gegen die Tischplatte, doch das Beben wollte nicht abklingen. »Als sich damals unsere Wege trennten, wähntet Ihr mich schwach, nicht wahr? Ihr wähntet mich am Ende, gescheitert in meinem Streben nach Erkenntnis. Doch es war nur der Anfang! Heute stehe ich an einem Punkt, den Ihr kaum ermessen könnt. Ich habe begriffen, welche Macht die Sphäre uns Menschen verleiht, während Ihr Euch noch immer an die kläglichen Rituale klammert, die Ihr im Haus Moorbruch erlernt habt.«

»Seht Euch doch an, Rumos«, erwiderte Aelarian kopfschüttelnd. »Was ist aus Euch geworden? Haß und Kummer haben sich in Eure Züge gefressen, und seit Jahren findet Ihr keinen Schlaf mehr. Damals, als Ihr Euch noch Rumos Carputon nanntet…«

Rumos' Hände verkrampften sich. »Dieser Name ist Vergangenheit! Ich bin nun ein anderer; ein Mann von größerer Macht und stärkerem Willen.« Seine Augen glühten vor Bosheit. »Ich bemitleide Euch, Aelarian! Euer Mangel an Mut hat Euch daran gehindert, ein wahrer Zauberer zu werden.

Ihr habt der Magie stets Mißtrauen entgegengebracht. Deshalb habt Ihr auch unserem gemeinsamen Zögling seine Begabung vorenthalten, nicht wahr?« Er lachte auf, als er die Wut in Aelarians Gesicht bemerkte. »Uliman Thayrin besaß vorzügliche Anlagen, die nur von den richtigen Händen geschliffen werden mußten. Nach den vergeudeten Lehrjahren, die er bei Euch verbrachte, war der Knabe dankbar, als ich ihm den Pfad der Magie eröffnete. Vor allem den Zauber der Unsichtbaren Hand meisterte er in erstaunlich kurzer Zeit.«

Aelarian blickte ihn voller Abscheu an. »Ich hielt es für Wahnsinn, den zukünftigen Herrscher Sithars in dieser Kunst zu unterweisen. Doch Ihr habt freilich nicht davor zurückgeschreckt, dem Kind diese Bürde aufzulasten.«

»Ihr nennt es eine Bürde; ich nenne es seine Bestimmung.« Rumos' Finger umfaßten den Suppenteller, der vor ihm auf der Tafel stand. »Uliman wurde inzwischen zum Kaiser ernannt. Es wird sich zeigen, welche Lehrmethoden bei ihm durchschlagen – die Euren oder die meinen!« Mit energischer Geste schob er den Teller von sich fort, so daß die Milchsuppe über den Rand schwappte.

»Eßt Ihr die Suppe nicht mehr?« erkundigte sich Cornbrunn behutsam. »Es wäre schade, wenn sie ebenso verkäme wie Eure Sittlichkeit.«

Rumos blieb ihm eine Antwort schuldig, denn im nächsten Augenblick wurde die Tür der Taverne aufgerissen, und Coron Narac, auch ›das Salzmaul‹ genannt, stürzte in die Gaststube. Mit hastigen Schritten hielt der troublinische Kapitän auf seine Reisegefährten zu. Seinem mit Sommersprossen übersäten Gesicht war wie immer keine Regung zu entnehmen; dennoch spürten die Troublinier sofort, daß etwas Ernstes vorgefallen sein mußte.

»Was ist geschehen, Kapitän?« begrüßte Aelarian das ›Salzmaul‹, noch bevor dieser den Tisch erreicht hatte.

»Es hat einen Mord gegeben«, stieß Coron hervor. »Unten am Hafen! Die Stadtgarde hat soeben die Leiche aus dem Hafenbecken gefischt.«

Aelarian sah ihn betroffen an. »Weiß man bereits, wer der Tote war?«

Corons Mundwinkel zuckten. »Ein Kapitän der morthylischen Kriegsflotte. Ich kannte ihn flüchtig; seine Karacke liegt seit einigen Tagen im Hafen vor Anker. Gestern abend habe ich ihn noch lebend in einer Taverne gesehen. Die Mörder haben ihn in eine dunkle Gasse gelockt, erdolcht, seinen Turmbinder geraubt und die Leiche dann in das Hafenbekken geworfen.« Der Kapitän ließ sich am Tisch nieder; sein trüber Blick wanderte zwischen Aelarian und Rumos Rokariac hin und her. »Es ist bereits der vierte Mord innerhalb der letzten zehn Tage. Vier Kapitäne fanden in dieser Zeit den Tod; jedes Mal wurden ihre Leichen im Wasser gefunden, und jedes Mal hatten die Mörder es auf die Turmbinder abgesehen.« Er fuhr sich nervös über das silberne Armband oberhalb des linken Handgelenks.

»Das ist in der Tat seltsam«, gab Aelarian zu. »Wer raubt in diesen Tagen Turmbinder, obwohl sie seit der Besetzung Fareghis wertlos geworden sind?«

»Wertlos nur für jene, die das Licht des Leuchtturms nicht verstehen«, höhnte Rumos Rokariac am Nebentisch. »Niemand anderes als Eldrom von Crusco steckt hinter den Morden! Er möchte so viele Turmbinder wie möglich an sich bringen; und ich ahne auch, warum!« Er sprang auf. »Ich muß Euch warnen, Kapitän – auch Ihr seid in Gefahr! Tragt den Turmbinder auf keinen Fall offen mit Euch herum, und haltet Euch von den Leuten der Hafenzunft fern.«

Coron Naracs Blick blieb gleichgültig. »Diesen Schmugglern habe ich noch nie über den Weg getraut. Doch warum sollten sie etwas mit den Morden zu tun haben?«

»Weil sie von Baron Eldrom bestochen wurden! Sie sehen in ihm den künftigen Herrscher dieser Insel. In seinem Auftrag rauben sie die Turmbinder, die Eldrom für seine weiteren Pläne benötigt.« Rumos streifte sich sein Priestergewand über. »Bereitet die Mannschaft auf ein baldiges Auslaufen vor, Coron. In wenigen Tagen werden wir mit unserem Schiff nach Fareghi übersetzen und dem Spuk ein Ende bereiten!«

Von plötzlicher Hast ergriffen, eilte Rumos zum Ausgang der Taverne. Coron Narac folgte ihm widerstrebend, zweifellos verwirrt von den rätselhaften Worten des Zauberers.

»Unser graubärtiges Großväterchen scheint es ernst zu meinen«, sagte Aelarian nachdenklich, als die beiden verschwunden waren. »Ich fürchte allerdings, daß Rumos die Macht des Leuchtturms unterschätzt. Seine Überfahrt nach Fareghi wird auf dem Meeresgrund enden.«

»Uns will er ja zum Glück nicht dabeihaben«, beruhigte ihn Cornbrunn, während er Rumos' Teller vom Nachbartisch zu sich heranzog. »Wenn der Priester unbedingt sein Leben aufs Spiel setzen möchte, können wir ihn nicht daran hindern.«

»Rumos verhält sich seit einiger Zeit recht merkwürdig«, fuhr Aelarian fort. »Er wirkt nervös, führt Selbstgespräche, und sein Schlaf ist unruhig wie nie zuvor. Zudem wundert mich, wie wenig er sich für unsere Ausflüge nach Rhagis interessiert, wo er doch sonst das Mißtrauen in Person ist.«

»Er hat eben erkannt, daß unsere Besuche in der *Roten Kordel* reine Zeitverschwendung sind«, lästerte Cornbrunn. »Wie oft waren wir nun schon in dieser Spelunke und haben uns mit Stollings wüsten Gästen ins Jenseits getrunken? Siebenmal? Achtmal? Ihr habt bisher nichts aus diesen Fischern herauskitzeln können. Seht es endlich ein: Es gibt in diesem Kaff kein Geheimnis; der Erfolg dieser Fischer beruht allein auf ihrem Wagemut.«

»Nein – sie verschweigen uns etwas«, beharrte Aelarian. »Vorgestern hatte ich sie beinahe soweit. Fast hätten Parzer und Mäulchen ausgeplaudert, wie sie den Stürmen des Silbermeeres trotzen; doch dann gerieten beide in einen lächerlichen Streit, und am Ende waren sie nicht mehr fähig, meine Fragen zu beantworten. Doch immerhin vertrauen sie uns und halten uns nicht mehr für Spitzel. Glaube mir, Cornbrunn: wenn wir es geschickt anstellen, werden wir vielleicht heute noch erfahren, wie man gefahrlos nach Fareghi übersetzen kann.«

»Das behauptet Ihr, seit Ihr zum ersten Mal die Schwelle der *Roten Kordel* überschritten habt«, erinnerte ihn Cornbrunn. »Doch bislang haben uns die Fischer aus Rhagis nichts als Blödsinn erzählt.«

Der Großmerkant schüttelte den Kopf. »In diesem Blödsinn steckt manches wahre Wort. Ich weiß, daß sie ein Geheimnis hüten, und ich werde es aus ihnen herauskitzeln. Sie haben uns lange genug mit ihren Andeutungen und Halbwahrheiten genarrt.« Langsam erhob sich Aelarian. »Laß uns nach Rhagis aufbrechen. Meinen Geist dürstet es nach Antworten auf einige Fragen – und nach ein paar Raschen aus Stollings Vorräten!«

Es war nicht das erste Mal, daß Ashnada die brüchige Hütte des Silberschmugglers aufsuchte. In der vergangenen Woche hatten ihre Wege sie mehrfach in jenes heruntergekommene Viertel am Hafen geführt; immer wieder hatte sie vor Cyrmors Hütte gestanden, in der Hoffnung, ihn dort anzutreffen. Doch stets war die Tür verschlossen gewesen. Seit der Nacht, in der er Ashnada aus dem Wasser gezogen hatte, war der Schmuggler verschollen.

An diesem Nachmittag war der Himmel über Galbar Arc grau und diesig. Ein harscher Wind strich durch die verwinkelten Straßenzüge; in seinem Drängen lag die Andeutung eines neuen Sturms, der sich über dem Silbermeer zusammenbraute und die Insel noch vor dem Abend erreichen würde. Ashnada hatte sich die Kapuze ihres Mantels über den Kopf geschlagen. Frierend stand sie vor Cyrmors Hütte und preßte ihr Ohr gegen die Tür.

Sie war erstaunt, als sie hinter den morschen Brettern Geräusche vernahm. Ashnada atmete tief durch. Dann öffnete sie die Tür einen Spalt weit.

Cyrmor kniete vor seiner Truhe. Er war damit beschäftigt, einen Beutel mit silbernen Ringen zu zählen. Sein Gesicht entsprach ihrer Erinnerung; ernst, düster und kantig. Als er Ashnada bemerkte, sprang er auf. Seine Hand fuhr unter den Mantel, schloß sich um den Griff seines Langdolchs.

»Welche Überraschung! Cydra, die Geheimnisvolle!« Er nannte sie bei dem Namen, unter dem sie sich ihm vorgestellt hatte. »Spürst du noch immer im verborgenen den Umtrieben der Hafenzunft nach?«

Cyrmor lag mit seiner Vermutung richtig. In den letzten zwei Wochen hatte sie auf Rumos' Weisung hin die Hafenzunft im Auge behalten und war längst angewidert von den Machenschaften dieser Gemeinschaft. Ob Schmuggel oder Schieberei, Bestechung oder Mädchenhandel – die Männer mit den gelben Kordeln hatten bei allen schmutzigen Geschäften ihre Finger mit im Spiel. Seit Ashnada das Gespräch zwischen dem Zunftmeister und Eldrom von Crusco belauscht hatte, wußte sie, daß die Zunft selbst vor Verrat nicht zurückschreckte: hinter dem Rücken ihres Fürsten versorgte sie das Heer des selbsternannten ›Königs des Silbermeeres‹ mit Nahrung und Waffen, und auch die jüngsten Morde an den morthylischen Kapitänen gingen auf ihre Kappe.

»Ich habe mehrmals versucht, dich zu finden.« Sie schlug ihre Kapuze zurück. »Wo bist du in den letzten Wochen gewesen?«

Seine dunkelblauen Augen schienen sie zu durchbohren. »Bin ich dir Rechenschaft schuldig, wo ich meine Zeit verbringe?« Er zog seine Hand vom Dolchgriff zurück. »Ich habe Galbar Arc eine Weile lang gemieden. Die Gardisten des Fürsten sind in letzter Zeit sehr mißtrauisch, und dem Zunftgesindel wollte ich ebenfalls nicht über den Weg laufen.« Er fuhr sich über den Ring, der seine Augenbraue schmückte. »Doch nun bin ich wieder hier, wie du siehst. Was führt dich zu mir?«

Sie ging langsam auf ihn zu. »Ich habe nachgedacht, Cyrmor. Der Tag, an dem wir uns zum ersten Mal auf den Treppen nahe der Burg Galbar begegneten – er geht mir nicht aus dem Sinn. Dein Streit mit den beiden Zunftmännern …« Sie stand nun dicht vor ihm, betrachtete den Schmuggler aufmerksam. »Immer wieder habe ich mich gefragt, was sie damals von dir wollten; nun muß ich es wissen.«

Sie griff nach Cyrmors Arm. Er ließ es geschehen. Vorsichtig krempelte sie den Ärmel seines Mantels hoch. Über dem Handgelenk blitzte ein Armreif auf; das gehämmerte Silber zeigte das Symbol einer Flamme.

»Du trägst einen Turmbinder!« rief Ashnada. »Ihn forderten die Zunftleute damals von dir; sie wollten ihn zur Begleichung deiner Schulden an sich nehmen!«

Er reckte herausfordernd das Kinn. »Was geht es dich an? Habe ich dich gebeten, dich in meine Geschäfte einzumischen?«

Ashnada ließ sich nicht beirren. »Wie kommt ein einfacher Silberschmuggler an ein solches Schmuckstück? Es gibt nur wenige Turmbinder, und diese werden innerhalb der alten Seefahrerdynastien vererbt...« Ihre Stimme wurde milder. »Ich habe kein Recht, dir diese Fragen zu stellen. Doch ich bin gekommen, um dich zu warnen, Cyrmor. Die Zunftleute haben in Eldroms Auftrag mehrere Kapitäne ermordet, um an Turmbinder zu gelangen. Und sie wissen, daß auch du im Besitz eines solchen Armbandes bist.«

»Fürchtest du um mein Leben?« Er lachte auf. »Es ist lange her, daß jemand Angst um mich hatte.«

Ashnada geriet ins Stocken. »Seit ich dich sah, Cyrmor... seit du mich gerettet hast... fühle ich mich dir verbunden. Du hast dein Leben für mich aufs Spiel gesetzt, ohne mich zu kennen. Als du mich in jener Nacht aus dem Wasser zogst, ließest du mich an deiner Seite schlafen; und zum ersten Mal fand ich Frieden, seit ich Morthyls Boden betreten habe. Diese Insel läßt mir keine Ruhe; sie beschert mir düstere Träume, sucht mich mit furchtbaren Erinnerungen heim. Ich fühlte mich in den letzten Wochen verloren. Du aber hast mich neben dir schlafen lassen, ohne etwas zu fordern, ohne mir zu mißtrauen. Ich habe mich damals nicht für dein Vertrauen bedankt.«

Ihre Blicke fanden sich. Zum ersten Mal bemerkte sie eine Spur von Freundlichkeit in seinem Gesicht. Ohne zu überlegen, zog sie ihn zu sich heran. Ihre Hände glitten über seine Brust, seinen Rücken; sie spürte durch den Mantelstoff seinen muskulösen Körper.

»Setze keine falsche Hoffnung in mich, Cydra«, sagte er leise. »Mir hat keine Frau je etwas bedeutet. Ich weiß nicht, ob ich dir geben kann, was du suchst.«

Ihr Atem wurde rascher. »Ich will dich nur spüren, dich spüren und von dir festgehalten werden. Zweimal hast du mich schon gehalten; als ich in den Abgrund stürzte und als ich beinahe im Hafenbecken ertrank. Nun stürze ich wieder, und du sollst mich wieder festhalten. Willst du das tun? Mich halten?«

Er gab keine Antwort, doch Ashnada spürte, wie ihre Nähe ihn erregte, wie er ihre Umarmung erwiderte und sich gegen ihren Körper drängte; spürte seine Lippen an ihrem Ohr, in ihrem Nacken; dann seinen Kuß, hilflos, verunsichert, seine Finger, die nach ihren Brüsten tasteten. Für einen Moment glaubte Ashnada, die geschmeidige Hand König Tarnacs zu spüren, der sie für ihre Taten belohnen wollte. Doch dann begriff sie, daß dies keine Illusion war; daß diese Hand, diese Berührung, dieser Mann echt waren, und seine Begierde nicht gespielt, sondern wahrhaftig.

Draußen näherte sich der Sturm der Küste, und der Wind steigerte sich zu einem wilden Geheul, während drohende Wolken den Himmel bedeckten.

»Mal ehrlich, Stolling – mit wieviel Spülwasser hast du dieses schale Bier gestreckt?«

Angewidert schob Parzer seinen halbleeren Krug über den Schenker, wischte sich den Bierschaum aus dem Bart und gaffte den Wirt der *Roten Kordel* an. Dieser übte sich in Nachsicht; zu prächtig war der bisherige Abend verlaufen, als daß Stolling sich von einem betrunkenen Fischer die Laune verderben lassen wollte. Die Kneipe war zum Bersten voll, die Stimmung ausgelassen wie eh und je und die Trinkfreudigkeit der Gäste immens.

Auch die zwei Troublinier aus Galbar Arc hatten wieder den Weg nach Rhagis gefunden. Großmerkant Aelarian lungerte am Tisch vor dem Schenker, eingekeilt zwischen dem Netzknüpfer Ungeld und dem Krabbensammler Schnappes; die Tonschälchen, die sich vor ihnen stapelten, zeugten von der hohen Anzahl von Raschen, die sie bereits geleert hatten. Unweit von ihnen taumelte Cornbrunn durch den Schankraum, seine Hände um die Taille der Fischerin Mäulchen gelegt; er zeigte der jungen Frau die Schritte eines troublinischen Tanzes, wofür er von Parzer neidvolle Blicke kassierte. Im hinteren, notdürftig beleuchteten Teil der *Roten Kordel* wurde mehr schlecht als recht ein Spottlied über die Epoche der gyranischen Besatzung gegrölt. Draußen aber tobte der Sturm, rüttelte an den Fenstern der Kneipe wie ein ausgesperrter Stammgast.

»Stolling, du Ratte, ich rede mit dir«, lallte Parzer und bleckte seine weißen Zähne. »Dieses Bier schmeckt einfach grauenvoll! Eine Beleidigung für meinen Gaumen.«

»Wenn's dem Herrn nicht paßt, kann er woanders weitersaufen«, empfahl Stolling unwirsch, während er Weinkrüge an die zitternden Hände austeilte, die sich ihm durch das Schenkertürchen entgegenstreckten. »Niemand wird gezwungen, hier einzukehren.«

»Der Zwang entsteht in unseren Köpfen«, meldete sich der alte Schnappes zu Wort. Er hatte sich wieder einmal in einen Zustand getrunken, in dem Weisheit und Weinseligkeit eine gefährliche Kameradschaft miteinander eingingen. »Und was bezwingt uns mehr als der närrische Wunsch nach Geselligkeit? Einsamkeit könnte ein Segen sein, wenn sie nicht so unerträglich wäre.«

»Unerträglich ist vor allem dein Gefasel«, schalt ihn Ungeld und rückte den Turban auf seinem Haupt zurecht. »Gebt dem verrückten Schnappes einen Raschen, damit er uns von seinen Sinnsprüchen verschont.«

Parzer, der noch immer am Schenker lehnte, winkte belustigt ab. »Äch ne! Der Alte ist bezecht genug. Noch ein Schnaps, und er wird den Boden der *Roten Kordel* küssen.« Er leckte sich über den Unterarm, den er soeben aus einer Bierlache hervorgezogen hatte, und beäugte Aelarian Trurac.

»Was ist mit dir, Rotbauch? Dir scheint auch nicht wohl zu sein. Bist ein wenig blaß um den Zinken!«

Der Großmerkant lächelte gequält. »Zugegeben, die letzten zwei Raschen kamen etwas unvermittelt. Mein Magen ist aufgewühlt, aber mein Geist ist klar.« Er hielt sich an Ungelds breiter Schulter fest. »Dieser Schnaps ist wirklich ungewöhnlich. Er belebt meine Gedanken, aber gleichzeitig spüre ich, wie mein Körper mit jedem Schälchen mehr ermattet.«

Schnappes nickte verständnisvoll. »Ja, das ist das Geheimnis dieses Gesöffs: Es stärkt uns, indem es uns schwächt! Mit zunehmender Müdigkeit nimmt auch unsere Gleichgültigkeit zu. Am Ende erwartet uns ein Zustand der Erhabenheit, den man nur in der *Roten Kordel* erlangen kann.«

Aelarian dachte über die Worte des Krabbensammlers nach. »Aber führt diese Erhabenheit nun zu einer vollkommenen Teilnahmslosigkeit, oder weckt sie in uns den Wunsch nach größeren Taten? Ich spüre eine innere Zerrissenheit: mit jedem Raschen entrückt die Außenwelt meiner Wahrnehmung. Schon ist mir der Grund – oder vielmehr die Rechtfertigung – entglitten, warum ich meine Stunden hier vergeude. Gleichzeitig überkommt mich große Wehmut: Ich blicke zum Fenster, sehe draußen den Sturm toben und spüre, daß auch in mir etwas tobt, eine ganz ähnliche Kraft, die der Rasche nur noch anfacht. Alles scheint möglich, wenn ich nur die Gewißheit hätte, diese Kraft beherrschen zu können.« Aelarians Übelkeit war plötzlich verflogen; seine blauen Augen schimmerten, und seine Gesten wurden fahrig. »Ich frage euch: Ist dies Erhabenheit oder doch nur dumpfer Rausch? Macht uns der Schnaps tatsächlich erhaben über unsere begrenzten Möglichkeiten und unsere möglichen Begrenzungen?«

Ungeld pustete genervt die Luft aus den dicken Backen. »Ich würde sagen, auf diesen Quatsch trinken wir einen! Stolling, bring uns etwas Mildes – einen Likör oder so was, damit unser Freund hier auf süßere Gedanken kommt.«

Parzer versetzte ihm einen halbherzigen Tritt ins Gesäß.

»Halt den Rand, Ungeld!« Er starrte Aelarian aufmerksam an. »Ich weiß, was du sagen willst, Rotbauch. Der Wunsch, sich ganz und gar aufzugeben, nicht mehr an den Morgen zu denken oder an den brütenden Schädel, den wir durch den kommenden Tag schleppen werden...hier sitzen wir im Schankraum der *Roten Kordel,* unsere Adern erfüllt mit heißem Blut, unsere Zungen schwer vom Schnaps; und doch reden wir frei heraus, wie immer es uns beliebt! Ha!« Er machte einen gewagten Satz nach vorn, beugte sich über den Tisch, so daß der Großmerkant seinen bitteren Atem riechen konnte. »Ob Erhabenheit oder Rausch oder Irrsinn: mich schreckt nichts in diesem Augenblick – weder der Sturm in meinem Herzen noch der Sturm dort draußen! Wenn ich es nur will, zerre ich gleich Mäulchen aus den Armen deines Freundes und drücke ihr meine heißen Küsse auf die Lippen; oder ich reiße die Tür der *Roten Kordel* aus den Angeln und jage mit meinem Boot über das Silbermeer – ja, das will ich tun!«

Ungeld griff besorgt nach seiner Hand. »Setz dich hin, Trunkenbold! Dies ist nicht der Abend für unbedachte Abenteuer...«

»Allein das Unbedachte bringt uns vorwärts«, fiel Schnappes ihm ins Wort. »Der Verstand dient uns niemals im Jetzt, sondern nur im Davor, und Vorzeitigkeit ist ein Fluch, den es abzuschütteln gilt.«

Aelarians Augen waren auf Parzer gerichtet. »Dann schütteln wir ihn doch ab«, rief er herausfordernd. »Wie du sagst, Parzer: Kein Sturm soll uns schrecken!« Er sprang auf, vollführte einige tänzelnde Schritte um den Tisch und stürzte sich unvermittelt auf Cornbrunn und Mäulchen, die noch immer innig miteinander tanzten. Voller Leidenschaft schubste er die Fischerin zur Seite, zwinkerte Cornbrunn zu und schlang die Arme um ihn. Dann drückte er seinem mehr als überraschten Leibdiener einen wilden Kuß auf den Mund – und fuhr lachend zu Parzer herum.

»Nun bist du an der Reihe! Oder fehlt es dir an Erhabenheit?«

Der Fischer richtete sich langsam auf. Seine schielenden Augen waren glasig. »Wenn du's darauf anlegst, Rotbauch – mich schreckt kein Sturm!« Er zog sich sein Hemd zurecht, torkelte auf den Ausgang zu.

»Was in aller Welt soll das werden?« rief Mäulchen mit schneidender Stimme. »Wohin willst du, Saufkopf?«

»Zum Meer«, schnaubte Parzer. »Ich werde dem Sturm meine Ehre erweisen!«

Mehrere Gäste stießen begeisterte Rufe aus, stießen johlend auf Parzer an. Ungeld erhob sich von seinem Schemel, begann auf Parzer einzureden. Auch Mäulchen versuchte den Fischer umzustimmen.

»Sei vernünftig, Parzer! Du bist voll wie ein Gurkenfaß. Denk an deine Frau, an deine Bälger...«

Parzer stieß ein verwegenes Lachen aus. Dann riß er die Tür der *›Roten Kordel‹* auf. Brüllend brach der Wind in den Schankraum ein; Regentropfen klatschten in die Gesichter der Fischer, die Parzer umringten und ihm freudentrunken auf die Schulter klopften.

Cornbrunn wandte sich unterdessen verstohlen an Aelarian. »Danke für den Kuß, Großmerkant«, flüsterte er ihm ins Ohr. »Und jetzt verratet mir gefälligst, was hier vor sich geht!«

Aelarian schenkte ihm ein verschmitztes Lächeln. Er deutete auf Parzer, der sich mit ausgebreiteten Armen in den Regen stürzte, begleitet von einer Schar jubelnder Fischer. »Das Geheimnis von Rhagis steht vor seiner Auflösung, Cornbrunn. Wie bedauerlich, daß du dir noch immer keine Arca zugelegt hast. Du wirst wieder einmal klatschnaß werden!«

Mit diesen Worten stülpte er sich seine blaue Fischerhaube über und folgte dem lärmenden Troß.

Wieder warf er sich über sie; sein Körper so jung, so fest. Ashnada spürte seine kräftigen Arme, seine behaarte Brust, und sie zerfloß unter ihm, ja, ja, verbiß sich in seiner Schulter, sein Blut salzig, sein Atem gierig, fordernd, seine Stöße brutal, voll aufgestauter Gewalt. Sie schriiiiiiie, als Cyrmor sie auf den Bauch drehte und erneut in sie drang, ihr Kopf schlug auf das harte Lager, sie schrie und stöhnte, und in ihre Gedanken schob sich das Bild einer blutüberströmten Hand, die ein Schwert hielt, es war ihre eigene Hand, IHRE EIGENE HAND, zu ihren Füßen der zerstückelte Leichnam eines Mannes, dessen Schicksal sie längst vergessen hatte, rings um sie ihre Gefährten, die ›Gnadenlosen‹, in deren Augen Ashnada die eigene Grausamkeit erkannte, und ein Wispern aus wirren Träumen, *meine Schwester, meine Schwester, Blut von meinem Blut, Fleisch von meinem Fleisch...* Sie vergrub ihr Gesicht in die zerwühlte Leinendecke, die nach ihrem Liebhaber roch, während Cyrmor ihre Handgelenke auf das Strohlager preßte und sich in ihr gehen ließ.

Prasselnder Regen. Grelles Aufflackern eines Blitzes. Wüster Donnerschlag. Nässe drang durch die Bretterwand ins Innere der Hütte, tropfte auf ihre nackten Körper herab und mischte sich mit Schweiß und Speichel. Cyrmor hatte von ihr abgelassen; er lag nun neben Ashnada. Sein Atem raste. Sie hielt seine Hand umschlossen, und er erwiderte den Druck ihrer Finger. Sie beobachtete ihn eine Weile; das schmale Gesicht mit den düsteren Augenhöhlen, das schweißnasse Haar, in dem die silbernen Perlen wie Tautropfen glänzten.

»Bereust du es?« fragte sie leise.

Er schüttelte den Kopf. »Ich bereue nichts, Cydra. Es hat mir gut getan.« Er hob seinen Arm und betrachtete den silbernen Turmbinder. »Ich wußte, du würdest eines Tages zu mir kommen. Du wirktest einsam und verloren – so wie ich.«

Sie kuschelte sich an ihn. »Verloren, ja, das bin ich. Ich habe Taten begangen, die ich nicht vergessen kann.« Sie spürte, wie er behutsam über ihr kurzes rotes Haar strich.

»Es wird niemals enden, das weiß ich nun. Einst ließ ich mich von einem Mann, den ich wie einen Vater liebte, abrichten wie ein junger Hund; und heute folge ich dem Befehl eines Priesters, der mich ohne Skrupel opfern würde, wenn dies seinen Interessen diente. Dennoch hoffe ich, durch ihn Erlösung zu finden – Erlösung durch Rache...«

Cyrmor ließ eine Weile verstreichen, bevor er antwortete. »Ich habe mich nach dir erkundigt, Cydra. Ich weiß, daß du mit einem troublinischen Schiff nach Morthyl kamst, als Leibwache eines Tathril-Priesters. Und wie mir zu Ohren gekommen ist, hat sich dein Herr mit Fürst Perjan verbündet; er will ihm helfen, Fareghi zurückzuerobern.»

Sie blickte ihn erstaunt an. »Du hast mir hinterherspioniert! Warum?«

Er zuckte mit den Schultern. »Ich wollte erfahren, wen ich damals aus dem Wasser gezogen habe.« Er wich ihrem Blick aus. »Die Priesterschaft des Tathril ist nichts weiter als ein Haufen verlogener Zauberer. Du solltest diesem Priester nicht dienen, Cydra.«

Sie lachte auf. »Das sagt ausgerechnet ein Schmuggler, der mit der Hafenzunft von Galbar Arc zusammenarbeitet?«

Cyrmor schüttelte den Kopf. »Ich mache mit der Zunft Geschäfte, doch niemals habe ich mich zu ihrem Knecht gemacht.«

»Das ist klug von dir. Denn die Zunft ist dem Untergang geweiht. Fürst Perjan weiß von dem Schmuggelhandel mit Fareghi; und da er die Insel zurückerobern will, wird er zuvor mit der Hafenzunft abrechnen.« Sie bemerkte, wie Cyrmors Augen neugierig aufglommen. »Du mußt dich vom Hafen fernhalten. Fürst Perjan wird jeden Schmuggler, der mit der Zunft zusammengearbeitet hat, einen Kopf kürzer machen; und dein Turmbinder gefährdet dich zusätzlich. Vielleicht wird man dich verdächtigen, in die Morde an den Kapitänen verwickelt zu sein.«

»Der Turmbinder soll mich in Gefahr bringen?« Er betrachtete das silberne Armband. »Das kann ich nicht glauben. Er ist mein Glücksbringer und hat mir schon einmal das

Leben gerettet.« Cyrmor ließ den Arm sinken. »Er gehörte meinem Vater. Er war ein Kapitän, befehligte das Handelsschiff eines Kaufmanns aus Miras Arc. Oft segelte er die Strecke zwischen Morthyl und Vodtiva, und dabei nahm er stets seine Familie mit; meine Mutter, meine beiden Schwestern und mich.« Sein Blick wurde leer. »Ich war sechzehn, als ich meine Familie verlor. Unser Schiff lag im Hafen von Miras Arc vor Anker; es sollte am nächsten Tag mit einer wertvollen Fracht Silber gen Vodtiva auslaufen. Die Mannschaft verbrachte den letzten Abend in den Hafenbordellen; wir aber nächtigten an Bord. Ich hatte mit meinen Schwestern eine Kabine unter Deck bezogen. Doch mein Schlaf war unruhig; ich erhob mich aus meiner Koje, um nach meinen Eltern zu sehen, die in der Kapitänskajüte schliefen. Als ich die Treppe zum Deck emporsteigen wollte, hörte ich oben fremde Stimmen. Ich weiß nicht, warum sie mein Mißtrauen weckten, doch ich beschloß, mich still zu verhalten und hinter einer Kiste zu verstecken. Das Schiff bewegte sich; jemand hatte die Segel gehißt, steuerte das Schiff aus dem Hafen. Dann wurde die Luke aufgerissen. Zwei Männer schlichen die Treppe herab. Ihre Gesichter waren vermummt; sie trugen Messer in den Händen. Als sie zurückkehrten, tropfte Blut von den Klingen. Ich habe meine Schwestern nicht schreien gehört; sie müssen geschlafen haben, als ihre Kehlen durchschnitten wurden.« Er schloß die Augen. »Die Mörder lenkten das Schiff auf das offene Meer. Ich habe sie durch einen Spalt in der Luke beobachtet. Sie waren zu sechst; ihre Anführerin war eine junge Frau mit langem blondem Haar. Ihre Augen werde ich nie vergessen: so grausam und kalt – sie schienen keine Farbe zu besitzen. Sie wies ihre Gefährten an, meine Eltern an Deck zu schleifen; beide waren gefesselt. Die blonde Frau ließ sich ein Schwert reichen, streckte meinen Vater mit einem Hieb nieder und lachte dabei … ja, sie lachte! Meine Mutter hingegen warfen die Mörder einfach über Bord; sie wehrte sich, schrie voller Verzweiflung meinen Namen, doch ich konnte ihr nicht helfen.« Cyrmor strich vorsichtig über den Turmbinder an seinem Arm. »Als kurze Zeit später ein beißender Rauch in meine Nase drang, wußte ich, daß sie das Schiff in Brand gesetzt hatten. Dennoch verharrte ich unter Deck, voller Angst, die Mörder könnten mich hören. Doch sie waren bereits mit dem Beiboot geflohen. Das Schiff brannte lichterloh. Als ich mich an Bord wagte, loderten die Segel, und der Mast stand in Flammen. Ich kroch zur Leiche meines Vaters; sein Gesicht war nicht mehr als eine blutige Masse, sein Nase von dem Schwerthieb zertrümmert. Ich löste den Turmbinder von seinem Arm, schleppte mich zur Reling, die im Rauch kaum zu erkennen war. Dann sprang ich in die Tiefe, hinab in das eiskalte Silbermeer.« Er öffnete die Augen. »Der Turmbinder hat mich gerettet. Immer wieder zerrte er mich an die Wasseroberfläche, gelenkt von den Strahlen des Leuchtturms, bis mich ein Fischer fand, der mit seinem Boot vor der Küste kreuzte.«

Ashnada hatte seine Geschichte schweigend angehört. Sie mied Cyrmors Blick, starrte nur auf den Turmbinder an seinem Arm.

»Ein halbes Jahr später wurden die Mörder meiner Familie gefaßt: eine Bande heimtückischer Meuchler, entsandt vom gyranischen König. Sie hatten mehrere Jahre auf Morthyl ihr blutiges Handwerk getrieben. Fürst Perjan ließ sie allesamt hinrichten.»

Ashnada nickte wie benommen. »Und die blonde Anführerin? Was wurde aus ihr?« Ihre Stimme glich einem Flüstern.

»Sie wurde an die Kirche ausgeliefert. Ich habe gesehen, wie man sie später auf einem Scheiterhaufen verbrannte. Sie sah anders aus als in meiner Erinnerung, trotz der blonden Haare. Ihre Augen ... es klingt verrückt, doch als ich sie auf dem Scheiterhaufen sah, wußte ich plötzlich, daß sie die falsche Frau war! Ich hätte die wahre Mörderin wiedererkannt; ihr Anblick hatte sich wie ein glühender Stempel in mein Gedächtnis gebrannt. Deshalb durchschaute ich die Täuschung: Die Priester hatten eine Unschuldige hingerichtet und die wahre Täterin entkommen lassen, vermutlich um am gyranischen Königshof ein hohes Lösegeld einzustreichen. Ich versuchte zu beweisen, daß der damalige Kurator der Kirche – ein korrupter Priester namens Bars Balicor – hinter diesem Betrug steckte, doch Balicor wurde kurz darauf von Morthyl abberufen. Ich aber blieb zurück mit meinem Haß und meiner Verzweiflung.« Cyrmor streckte die Hand aus, streichelte liebevoll Ashnadas Schenkel. Seine Berührung ließ sie erschaudern. »Nun weißt du, warum ich ein Schmuggler geworden bin, ein Gesetzloser, und warum ich die Kirche des Tathril so verachte. Vielleicht ist es nur ein Wahn; vielleicht war jene blonde Frau, die damals hingerichtet wurde, tatsächlich die Anführerin der gyranischen Meuchler. Doch meine Überzeugung, daß die wahre Täterin dem Scheiterhaufen entkam und ich eines Tages die Gelegenheit haben werde, Rache an ihr zu nehmen, hat mich bis heute am Leben gehalten. Verstehst du das?«

Ashnada schob seine Hand fort. »Ja... ich weiß, welch innere Kraft der Wunsch nach Rache verleiht.« Sie klang müde. »Er wird dich stark machen, falls du dieser Frau eines Tages wiederbegegnest.«

Cyrmor schüttelte den Kopf. »Ich suche nicht mehr nach ihr. Diese Welt wird bald zugrunde gehen; die Goldéi werden mit ihren Schiffen das Silbermeer beherrschen, und wir Menschen werden uns ihrer Macht beugen müssen. Bis dahin will ich leben, frei von Rachegedanken.« Er packte ihre Hand. »Bleib bei mir, Cydra! Dein Körper gefällt mir, deine Hingabe, deine Schwermut. Wir gleichen uns in gewisser Weise; und wenn wir fallen, können wir uns gegenseitig festhalten!«

Sie löste sich von ihm. »Ich kann nicht bleiben«, flüsterte sie. »Ich kann es nicht!« Sie sprang auf, tastete nach ihrer Kleidung; versuchte sich zu beherrschen und ihre Furcht nicht zu zeigen.

Er beobachtete schweigend, wie sie sich ankleidete. Als sie zur Tür eilte, richtete er ein letztes Mal das Wort an sie.

»Folge diesem Priester nicht nach Fareghi, Cydra! Er wird scheitern. Ich trage meinen Turmbinder schon seit Jahren und kenne die Macht der Leuchtfeuer. Niemand kann die Magie des Turms überlisten!«

Sie wandte sich nicht nach ihm um. »Nun warnst du mich ebenso, wie ich es tat, als ich zu dir kam – obwohl du weißt, daß ich deinen Rat ebenso in den Wind schlagen werde.«

Hastig verließ sie die Hütte, lief hinaus in den strömenden Regen. Ihre Hoffnung, endlich weinen zu können, blieb unerfüllt; zu zerrissen war ihr Herz, und ihre Flucht aus Cyrmors Hütte brachte ihr keine Erlösung.

Sturmlichter glommen in der Dunkelheit; schwankende Öllampen, notdürftig auf einige Pfähle gesteckt. Auf den Schieferplatten der Bucht von Rhagis standen zähneklappernd die Bewohner des Fischerdorfes, ihre Arcas tief über die Stirn gezogen. Der Regen peitschte über ihre Köpfe hinweg, und der Wind versetzte ihnen mit unsichtbaren Fäusten grimmige Stöße.

Alle Augen waren auf einen Mann gerichtet, der ein Boot zum Wasser schleifte: Parzer, sein Gesicht von irrem Glanz erhellt, Verwegenheit in seinen Blicken. Hektisch tastete er im Inneren des Bootes nach dem Ruder, zog es hervor.

Mäulchen eilte an seine Seite. Sie half ihm, die Takelage zu entwirren, die um den Mast des Bootes schlackerte. Parzer warf ihr ein schelmisches Lächeln zu.

»Ein Tänzchen gefällig?« Er warf das Ruder fort, griff Mäulchens Hüfte, drehte mit ihr eine Runde um das Boot. Ihre Stiefel knirschten auf dem Schiefergestein. Als er sie an sich ziehen wollte, entwand sie sich ihm lachend.

»Spar dir den Abschiedskuß! Ich komme mit dir!« Mit einem Satz sprang sie in das Boot, riß ihre Arme empor; das nasse Haar klatschte um ihre Wangen.

Ein Grinsen schlich sich in Parzers Gesicht. Entschlossen bückte er sich nach dem Ruder, fuhr zu den wartenden Fischern herum. Sein Blick verharrte auf Aelarian Trurac.

»Na, Rotbauch, willst du mit mir den Sturm begrüßen?« Er streckte dem Troublinier die Hand entgegen.

Aelarian seufzte auf. Dann wandte er sich seinem Leibdiener zu, holte seinen Kieselfresser aus der Tasche. »Es ist wohl besser, wenn Grimm in deiner Obhut bleibt. Es wäre ein Jammer, wenn er im Sturm verlorenginge.«

Cornbrunn nahm das schlafende Tierchen an sich. »Ja, Knauf würde ihn sehr vermissen.« Er wies nochmals auf das Boot. »Ich muß Euch nicht darauf hinweisen, daß es eine äußerst dumme Idee ist, dort mitzufahren, Großmerkant!«

»Und ich muß dich nicht darauf hinweisen, daß ich weiß, was ich tue.« Der Großmerkant fuhr Cornbrunn zärtlich durch die roten Haare. Dann drehte er sich wieder zu Parzer um, ergriff die ausgestreckte Hand, folgte ihm ins Boot.

»Kein Sturm soll uns schrecken«, raunte der Fischer ihm ins Ohr. »Spürst du, wie der Rasche uns Mut verleiht und sämtliche Angst in uns erstickt?«

»Nun ja«, sagte Aelarian kleinlaut und starrte zum Himmel empor, wo die Dunkelheit von einem Geflecht greller Blitze zerrissen wurde. Der Rest seiner Worte ging in den darauffolgenden Donnerschlägen unter.

Stolling, der Wirt der *Roten Kordel,* trat an das Boot heran. Seine zottigen Haare standen in alle Richtungen ab, und sein Seidenhemd war so durchnäßt, daß die Brustwarzen unter dem Stoff hervorschimmerten. Er zückte ein schmales Kästchen, hielt es Parzer mißmutig entgegen. »Hier, du faule Fischgräte! Bring es uns bloß heil zurück, sonst kannst du was erleben!«

Parzer entriß ihm das Kästchen. »Spiel dich bloß nicht auf, Stolling! Ich bin schon in übleren Stürmen zur See gefahren.«

»Das Geschenk unser Vorfahren sollte nicht für bloße Spinnerei mißbraucht werden«, keifte der Wirt. »Mein Vater hätte das niemals zugelassen! Aber ich habe ein zu weiches Herz!«

Er stemmte sich gegen das Boot, drückte es ins Wasser. Sogleich wurde es von den Wellen ergriffen, schlingerte in der Flut. Parzer ließ das Ruder ins Wasser klatschen, brachte das Boot mit wenigen Schlägen wieder in die Gerade.

»Es kann losgehen«, brüllte er in den tobenden Wind. »Das Silbermeer gehört uns!«

Er winkte den wartenden Fischern zu, die sich die Arcas vom Kopf gerissen hatten und ihm zujubelten. Schon trug das Wasser sie zur Ausfahrt der Bucht. Ein ruckartiger Stoß, ein häßliches Knirschen der Planken, als das Boot einen vorstehenden Felsen rammte. Ängstlich blickte Aelarian zu Mäulchen empor, die am Mast lehnte, mit geschlossenen Augen den Wind genoß, der ihr Hemd zum Flattern brachte.

»Obacht!« hörte er Parzer aufkreischen. »Gleich wird der Sturm seine Zähne zeigen.«

Mit rasender Geschwindigkeit jagte das Boot durch die Mündung zwischen den Felsen, die der Bucht vorgelagert waren. Sogleich wurden sie vom wilden Spiel der Wellen erfaßt, die auf der offenen See tobten; und dies war ein anderes Spiel, grimmiger und gewalttätiger als in der geschützten Bucht. Wie eine Nußschale tanzte das Boot auf den Wellen; die Flut hob es empor, schmetterte es aufs Wasser zurück. Heulend fuhr der Wind nieder, die Regentropfen stachen wie Nadelspitzen in ihre Haut, und Gischt sprühte in ihre Gesichter.

»Das Segel«, rief Parzer. »Setz das Segel, Mäulchen!«

Sie antwortete mit einem Jauchzen, löste die Leinen, die das Segel gerefft hielten. Flatternd entfaltete es sich, und der Wind, begeistert über sein neues Spielzeug, fuhr in den Stoff, um ihn zu zerfetzen. Das Boot wurde umhergeschleudert. Nur mit Mühe konnte sich Aelarian an Parzers Jacke festhalten. Sein Schädel dröhnte; um ihn das Brüllen des Sturms, Parzers irres Gelächter, das enthemmte Tosen des Wassers. Er versuchte die Augen offenzuhalten. Sah die sich türmenden Wellen, die drohenden Wolken, die herabstürzenden Regenschauer; erhaschte einen Blick auf die schroffe Küste Morthyls, von der sie sich immer weiter entfernten, und sein Herz zog sich zusammen, als er begriff, wie hilflos er dem Sturm ausgeliefert war

Doch dort, in der Schwärze der Nacht: ein Lichtstrahl, weiß und kalt. Das Feuer des Leuchtturms! Aelarian richtete sich auf, starrte auf das fremdartige Licht. Aufgeregt packte er Parzers Hand, doch ein neuer Angriff der Wellen wirbelte das Boot herum, und Aelarian prallte mit dem Kopf gegen die Bootswand.

»Kein Sturm soll uns schrecken!« brüllte Parzer. Er tastete nach dem Kästchen, das er unter seiner Jacke verborgen hatte. Öffnete es. Darin lag, gebettet auf Samt, ein Armreif aus purem Gold. Das Zeichen einer Mondsichel blinkte auf der Oberseite. Rasch streifte Parzer ihn über den linken Arm. Ein fanatischer Schrei löste sich aus seiner Kehle.

Im selben Augenblick strich das Licht des Turms über sie hinweg. Geblendet schloß Aelarian die Augen. Spürte, wie sich die Wellen rings um das Boot beruhigten, wie der Wind schlagartig verstummte. Vorsichtig blinzelte er zwischen den Wimpern hindurch. Parzer hatte sich erhoben. Er stand aufrecht im Boot, den linken Arm ausgestreckt. Golden funkelte der Reif im weißen Licht. Parzer schien nach den Strahlen des Leuchtturms zu greifen; sie zerflossen in seinen Fingern wie Honig. Das Boot jedoch wurde schneller, immer schneller; es raste auf dem Wasser dahin wie ein Pfeil. Das Segel bauschte sich, ohne daß Aelarian den Wind spüren konnte, der sie vorantrieb; und obgleich der Sturm stärker wütete als zuvor, bäumten sich die Wellen nicht mehr gegen das Boot auf, sondern trugen es sicher voran...

»Ein Turmbinder aus Gold«, entfuhr es Aelarian, während er sich aufrichtete. »So also bezwingt ihr Fischer den Leuchtturm – indem ihr ihn mit dem Metall der Täuschung narrt!« Er blickte abwechselnd zwischen Mäulchen und Parzer hin und her. »Wie kam dieses Armband in euren Besitz?«

Parzer stieß ein wildes Gelächter aus. »Äch ne! Noch immer so neugierig, Rotbauch?« Er drohte ihm mit dem Zeigefinger. »Hat dein schlaues Krämerhirn nicht längst erraten, was du wissen möchtest?«

Aelarian nickte langsam. »Die Geschichte, die Schnappes uns am ersten Abend erzählte, war nicht ganz so versponnen, wie es den Anschein hatte. Jene Bruderschaft von Fareghi – Varyns Erben – war wohl doch mehr als eine Säuferbande!« Er blinzelte in das grelle Licht des Turms.

»Offenbar schmiedeten sie nicht nur silberne Turmbinder, sondern auch goldene; und diese nutzen sie für ihre Flucht, als die Gyraner Fareghi eroberten. So verwischten sie ihre Spuren.«

Parzer grinste ihm anerkennend zu. »Jeder glaubte, daß Varyns Erben in einem Sturm im Silbermeer verschollen gingen. Tatsächlich aber strandeten sie auf Morthyl, in einer gewissen Bucht – und gründeten an diesem Ort ein Dorf.«

»Später fanden sich auch ein paar morthylische Weiber ein, um die Gestrandeten über den Verlust des Leuchtturms hinwegzutrösten«, kicherte Mäulchen. »Aus war's mit der keuschen Bruderschaft – und es begann die Geschichte von Rhagis!«

Aelarian starrte sie verblüfft an. »Und dieses Geheimnis konnte Euer Dorf so viele Jahrhunderte hindurch bewahren? Der goldene Turmbinder blieb in Eurem Besitz, ohne daß die magischen Logen, die über den Turm herrschten, davon erfuhren?«

»Die Macht des Goldes täuscht selbst die weisesten Zauberer«, rief Parzer vergnügt, »und die jetzigen Eroberer Fareghis allemal! Schon Varyn lehrte seine Schüler die Kunst der Verhüllung; und sie gaben ihr Wissen an ihre Kinder weiter. Ob du's glaubst oder nicht, Rotbauch: Wir Menschen aus Rhagis sind die Nachfahren von Varyns Erben. In den Kellern der *Roten Kordel* bewahrt der faule Hund Stolling die Schriften auf, in denen die Legenden der Bruderschaft nachzulesen sind.«

»Das ist wirklich unglaublich!« Aelarian Trurac starrte auf den goldenen Turmbinder. »Nun verstehe ich eure Geheimniskrämerei. Für dieses Kleinod würde manch gierige Seele aus Galbar Arc alles geben.«

Mäulchen schritt auf ihn zu, strich ihm bedauernd über die Wange. »Deshalb werden wir dich auch kaum in die Stadt zurückkehren lassen, Süßer! Du wolltest um jeden Preis unser Rätsel lösen. Nun ist es dir gelungen – und wir müssen dich wohl oder übel bei uns behalten.«

Aelarian lächelte sie an. »So sehr ich eure Gesellschaft

schätze, ich hatte nicht vor, den Rest meines Lebens in der *Roten Kordel* zu verbringen! Doch wer weiß, vielleicht kann ich den Bewohnern von Rhagis einen Teil ihrer Legende enthüllen, den sie selbst noch nicht kennen. Denn auch ich habe meine Geheimnisse.«

Er griff in die Tasche seines Gewands und holte ein Amulett hervor. Erstaunt rissen die Fischer die Augen auf, als sie das Symbol auf der goldenen Halskette erkannten – dasselbe Zeichen, das auch den Turmbinder an Parzers Arm zierte.

Eine goldene Mondsichel. Das Zeichen Varyns. Das Zeichen Mondschlunds.

Es war seltsam, dem Spiel des Sturms durch die grüngefärbte Scheibe des Ratssaales zuzusehen: das tosende Wasser wie ein Teppich aus lebendigen Flechten, die pechschwarzen Wolken wie die wogenden Baumkronen eines Waldes; und inmitten der zerfasernden Regenschleier ein greller Riß – das Feuer des Leuchtturms, ein Lichtstrahl, der die aufgewühlte See zerteilte.

Neun Kapitäne hatten sich im Ratssaal versammelt, Männer mit verwegenen Gesichtern und wettergegerbter Haut. Seit vielen Jahren standen sie in den Diensten Fürst Perjans, und so wie sie waren auch ihre Väter und Vorväter unter morthylischer Flagge zur See gefahren. An ihren Armen glänzten die silbernen Turmbinder; die eingehämmerten Flammensymbole schimmerten im Licht der Fackeln, die den Ratssaal erhellten.

»Das Licht... könnt Ihr es sehen? Könnt Ihr es spüren?« Die Stimme von Rumos Rokariac drang aus dem hinteren Teil des Saales. Er hielt sich im Schatten einer Säule verborgen; nur die Umrisse seiner großen Gestalt waren zu erkennen. »Ja, ich lese es in Euren Gesichtern. Ihr habt gelernt, die Botschaft des Lichts zu deuten; Ihr wißt, wem sein stummer Ruf gilt!«

Die Worte brachen jäh ab, gingen in ein Keuchen über.

Rumos taumelte, hielt sich an der nahen Säule fest. »...die Goldéi, es ruft nach den Goldéi...es lockt sie herbei durch den Sturm der Sphäre...vergehen möchte ich und sterben, wenn das weiße Licht mich streift...oh, mein Herr, mein Herr Rumos, gebt mich doch frei...«

Er schrie auf, preßte die Faust an die Stirn. »Still! Ihr spürt den Ruf des Lichts...Eure Turmbinder tasten nach den Strahlen, versuchen sie zu greifen; und obwohl der Turm sie von sich stößt, erzwingen wir uns doch den Weg nach Fareghi – mit roher Gewalt!« Er riß die Faust empor. »Greift nach dem Licht! Zwingt es in Euren Bann! Wenn Eure Schiffe auslaufen – bald, bald schon –, wird der Feind versuchen, die Stürme auf Euch zu lenken. Doch Ihr werdet gegen die Fluten ankämpfen. Ihr dürft nur das Licht niemals aus den Augen lassen, müßt all Eure Sinne auf den Turm richten; dann wird er Eure Schiffe nach Fareghi führen, auch wenn sein Ruf den Echsen gilt.«

Die Kapitäne nickten, gebannt von Rumos' Worten. Ihre Turmbinder blitzten auf; für einen Moment schien grünes Feuer sie zu umspielen, und die Scheibe des Ratssaales reflektierte den Glanz: kleine Lichtpunkte huschten über das Glas, tanzten und taumelten umher wie Leuchtkäfer in einer lauen Sommernacht.

Rumos ließ die Faust sinken und wandte sich Perjan Lomis zu. Der Fürst stand hinter ihm; schweigend hatte er das Ritual mitverfolgt. »Ihr seht, mein Fürst, ich habe Euch nicht zuviel versprochen. Das Rätsel des Lichts ist gelöst! Eldrom von Crusco sendet es aus, um die Goldéi zu rufen. Bisher ist ihnen der Weg ins Silbermeer verschlossen; zwar konnten sie ihre menschlichen Verbündeten nach Fareghi bringen, doch sie müssen erst selbst einen Weg durch die Sphäre finden. Der Leuchtturm soll ihre Schiffe lenken. Doch nun habe ich Euren Kapitänen beigebracht, das Licht ebenfalls zu binden. Damit steht uns der Weg nach Fareghi offen!«

Fürst Perjan blickte den Zauberer nachdenklich an. »Es scheint tatsächlich zu funktionieren. Ich bin beeindruckt,

Priester. Nun sollten wir nicht mehr lange zögern. Ich möchte den Leuchtturm lieber heute als morgen in meiner Hand wissen.«

Rumos rückte von ihm ab, preßte sich mit dem Rücken gegen die Säule. »In ein paar Tagen«, wisperte er, »bald, bald schon…doch nichts überstürzen, mein Herr Rumos…ich sehe das Licht, und das Licht birgt Gefahr…seid gewarnt, o mein Herr, seid gewarnt!« Sein Atem ging voller Hast. »Still! Still, sage ich!« Er riß sich von der Säule los, ohne Fürst Perjan aus den Augen zu lassen. »Wir müssen abwarten, bis der Lichtschein stärker wird; dann erst können wir den Angriff wagen. Doch denkt daran: es wird eine riskante Überfahrt sein. Nicht alle Schiffe werden dem Licht bis nach Fareghi folgen können.«

Perjan Lomis strich sich nervös über den Backenbart. »Ich bin mir der Gefahren bewußt. Doch lieber opfere ich meine gesamte Flotte, anstatt tatenlos mit anzusehen, wie Eldrom weitere meiner Kapitäne aus dem Hinterhalt erledigt.«

»Die Hafenzunft hat diese Morde begangen«, verriet ihm Rumos. »Sie verschafft Eldrom die Turmbinder, die er für die Herbeirufung der Goldéi benötigt.«

Fürst Perjan starrte erbost durch die Glasscheibe auf das Meer. »Die Zunft soll es bitter bereuen, mich betrogen zu haben! Es wird ein Blutbad geben, von dem man noch lange sprechen wird! Und sobald ich im Hafen aufgeräumt habe, will ich Segel setzen lassen: Auf nach Fareghi – damit ich Eldrom von Crusco eigenhändig das Schwert durch die Brust stoßen kann!«

Rumos senkte den Blick. »Auf nach Fareghi«, murmelte er, »schon in wenigen Tagen…bald, schon bald!« und der grausame Zug, der sein Gesicht sonst prägte, wich einem Ausdruck innerer Zerrissenheit.

KAPITEL 11

Bündnisse

Der Ledertornister faßte zehn Schriftrollen; fleckiges Pergament, mit dunkelrotem Wachs versiegelt. Die Siegel zeigten ein brennendes Schiff; darunter baumelten beschriftete Plaketten. SEINER HOHEIT FÜRST BANITER GENEDER ZUR KENNTNISNAHME, war auf einer zu lesen, auf einer weiteren: DEM FÜRSTEN HAMALOV LOMIS VON VARONA ZUR PERSÖNLICHEN SICHTUNG. Zu den Empfängern zählten neben den sitharischen Fürsten auch der jüngst gekrönte Kaiser Uliman Thayrin, seine anvertraute Gemahlin Inthara von Arphat sowie Bars Balicor, der Hohepriester der Tathril-Kirche.

Der Bote hatte die Schriftrollen nahe dem Hafengebäude von Vara in Empfang genommen. Die Bedingungen waren rasch vereinbart worden: höchste Geheimhaltung und eine zügige Überbringung. Ein Beutel mit Münzen hatte den Besitzer gewechselt – und schon war der Bote in der Menschenmenge untergetaucht, die vom Hafen aus in Richtung Stadt strömte.

Voran, voran... sein Weg führte am Gorjinischen Kanal entlang. Die Straße teilte sich in zwei Trassen; auf der einen rollten Kutschen und Ochsenwagen, während die andere, höher gelegene, dem Fußvolk vorbehalten war. Dicht drängten sich Krämer und Lastenträger, Seefahrer und Hafenarbeiter; hier und dort ein Bettler, der sich an den Kleidern der Vorbeihastenden festklammerte und sie um eine Kupfermünze anflehte, oder ein streunender Hund, der zwischen den Menschenbeinen nach herabgefallenen Fischen suchte. Über dem Kanal hingen an langen Ketten Eisenkörbe, in denen Schwelfeuer loderten. Sie spendeten den zur Stadt fahrenden Kähnen Licht, denn noch lag Vara in Dunkelheit. Doch schon graute der Morgen, und der vom Hafen herwehende Dunst floh vor der aufsteigenden Sonne.

Voran, voran... der Bote bahnte sich einen Weg durch das Gewimmel, den Ledertornister fest an die Seite gepreßt. Die Straße endete auf dem Gorjinischen Markt; hier lagen die Handelskontore von Vara: Speicherhallen aus Backsteinen; Prunkbauten mit ausladenden Arkaden, unter denen die Krämer ihre Waren feilboten; Kuppelzelte mit allerlei Marktständen. Südlich des Platzes teilte sich der Kanal. Eine Treppe führte zum Anlegeplatz der Kähne hinunter. Der Bote eilte die Stufen hinab, drückte einem Kahnführer eine Münze in die Hand, schwang sich in ein Boot, griff nach der Stange, die ihm entgegengestreckt wurde. Einige Stöße genügten, dann rauschte das Boot dahin und ließ den Gorjinischen Markt hinter sich.

Die Wasserstraße, nun geschrumpft auf eine Breite von zwölf Schritt, schlängelte sich zwischen den Häusern der Weststadt hindurch. Hohe Ziegelsteingebäude; ihnen waren Holzstege vorgelagert, an denen die Boote anlegen konnten. Immer wieder öffneten sich zwischen den Häuserzeilen neue Verzweigungen des Kanals. Brücken führten über die Wasserwege hinweg, manche kaum mehr als Brettergerüste, andere Meisterwerke der Baukunst mit reich verzierten Pfeilern.

Voran, voran... wieder senkte der Bote die Stange ins Wasser, stieß das Boot vom Grund ab. Der Kanal mündete in einen von Fackeln erleuchteten Tunnel; die Wände waren mit rätselhaften Symbolen bekritzelt, die nur die Kahnleute zu lesen vermochten. Bald war am Ende des Tunnels Tageslicht zu erkennen. Wasser floß in einen See, dessen Ufer von prächtigen Gebäuden gesäumt war. Es waren die Häuser der reichen Bürger von Vara. Mit ihren verspielten Türmen und Erkern glichen sie kleinen Schlössern.

In der Mitte des Sees ruhte ein riesiger Quader, eine künstliche Insel aus Metall, die auf seltsame Weise frei von Rost war: die Eiserne Insel von Vara. Auf ihr stand Gendor, der Palast des varonischen Fürsten, ein ovaler Turm, der sich nach oben verjüngte und in einem kupferbeschlagenen Dachfirst auslief. Die schlichte Form verlieh dem Turm einen kühnen Stolz. In ihm hatte einst die Familie Geneder geherrscht, bis sie aus der Stadt verbannt worden war. Nun aber residierte Hamalov Lomis in dem Palast; die an der Turmspitze wehende Prunkfahne zeigte das Symbol seines Hauses, einen Fischotter.

In der Ferne aber, wo sich das Häusermeer auf flach ansteigenden Hügeln gen Osten weiterzog, waren die Zinnen zwei anderer markanter Gebäude zu erkennen: der Kaiserpalast und der Silberne Dom. Der Palast, ein Komplex aus mehreren Gebäuden, war auf zwei Terrassen am Hang errichtet worden; die einzelnen Gebäudeteile waren durch überdachte Treppengänge und Altanen miteinander verbunden. Eine Prachtstraße führte an blühenden Gärten vorbei zur Ringmauer des Schlosses. Die weißen Dächer des Palastes schimmerten im Licht der aufgehenden Sonne. Noch heller aber erstrahlte der Turm des Silbernen Doms, der zwischen den Häusern aufragte. Wie der gereckte Hals eines Schwans erhob er sich über der Stadt: schlank und hoch und aus weißem Stein, ein filigranes Gebilde, durch dessen Fensterbögen eine emporstrebende Wendeltreppe zu erkennen war. Sonnenstrahlen umspielten die versilberte Turmspitze.

Der Bote ließ sein Boot auf dem See treiben und blinzelte in die Morgensonne. Welch atemberaubenden Anblick bot Vara in diesen frühen Stunden! Die größte Stadt des Kaiserreiches – ja, der ganzen Welt, wie manche behaupteten – begrüßte den kommenden Tag, und ihre Schönheit schien nun, da sie erneut Hauptstadt des sitharischen Reiches geworden war, vollkommen.

Andächtig ließ der Bote die Stange zurück ins Wasser gleiten und lenkte das Boot in Richtung der Eisernen Insel. Seine Hand fuhr unter den Verschluß des Ledertornisters, und er zog jene Schriftrolle hervor, die an den Fürsten Hamalov

Lomis gerichtet war. Er trieb sich zu größerer Eile an, denn es galt, bis zum Mittag sämtliche Botschaften auszutragen, und dazu würde er auch den Palast aufsuchen müssen.

Eins mußte Baniter dem ›Gespann‹ lassen: Die Verlegung der kaiserlichen Residenz nach Vara war ein Musterbeispiel vorzüglicher Organisation gewesen. Die Übersetzung des Thronrats nach Vara; der pompöse Empfang am Hafen, wo eine Volksmenge den Kaiser bejubelt hatte; schließlich der von zweihundert Tänzerinnen angeführte Geleitzug zum Kaiserpalast. Dieser war in erstaunlich kurzer Zeit als Residenz des Thronrats hergerichtet worden: sechzehn herrschaftliche Räume standen dem Kaiser und seiner Gemahlin zur Verfügung, und auch den Fürstenfamilien waren mehrere Zimmer in der Palastanlage zugewiesen worden.

Nur zwei Tage nach der Ankunft war das kaiserliche Paar vermählt worden. Uliman Thayrin und Inthara von Arphat hatten sich im Innenhof des Palastes das Eheversprechen gegeben, in Anwesenheit des Silbernen Kreises und der Oberschicht von Vara. Aus Rücksicht auf die Arphater, die den Alten Göttern anhingen, war dabei auf jegliches religiöse Zeremoniell verzichtet worden – trotz der Proteste des Hohenpriesters, der um das Seelenheil des jungen Kaisers bangte. Doch Bars Balicor hatte sich schließlich damit begnügt, Uliman nach der Eheschließung den Segen Tathrils zu erteilen. Baniter erinnerte sich mit einem Schmunzeln daran, mit welcher Abscheu die Arphater den Worten des Hohenpriesters gelauscht hatten; Inthara und Sai'Kanee hatten sich voller Verachtung abgewandt, und der Große Ejo war vor dem Priester zurückgewichen wie vor einem Aussätzigen.

Der Trauung hatte sich ein Fest angeschlossen: Im Palast hatte der sitharische Adel bis tief in die Nacht gefeiert, auf den Straßen hatte das Volk gesungen und getanzt, angefacht von der Musik zahlloser Spielleute. Auf dem Gorjinischen

Markt war Honigbier an die Menschen ausgeschenkt worden, und so war die Stimmung in Vara ausgelassen gewesen. Nur zweimal war es zu Zusammenstößen mit einigen versprengten Weißstirnen gekommen, doch die Stadtgarde hatte die Aufständischen rasch auseinandergetrieben.

Ja, es ließ sich nicht leugnen: das ›Gespann‹ hatte in den vergangenen Wochen gute Arbeit geleistet. Kaiser und Thronrat waren in Vara herzlich aufgenommen worden; die Katastrophe um Thax schien vergessen, das Volk jubelte dem jungen Kaiser zu, und seine Eheschließung mit der arphatischen Königin hatte zu keiner größeren Ausschreitung geführt. Doch Baniter wußte nur zu gut, daß dieser reibungslose Ablauf der Festlichkeiten vor allem der Oberschicht Varas zu verdanken war. Sie hatte sämtliche Vorbereitungen des ›Gespanns‹ unterstützt und dem Thronrat keine Steine in den Weg gelegt – vorerst nicht!

Zwölf Jahre lang konnten die Großbürger von Vara tun und lassen, was sie wollten. Mit der Rückkehr des Silbernen Kreises jedoch gerät ihr Einfluß ins Wanken. Sie werden nicht tatenlos zusehen, wie Scorutar und Binhipar die Macht an sich reißen.

Baniter befand sich in einer Seitenstraße des Gorjinischen Marktes. Hier lag die Halle der Bittersüßen Stunden, ein tempelartiger Bau aus Sandstein. Einst war die Halle ein berühmtes Dampfbad gewesen, eine Stätte der Erholung und Vergnügung für die reichen Bürger von Vara. Inzwischen war der Bäderbetrieb eingestellt, doch das Haus diente der Oberschicht noch immer als Versammlungsort. Regelmäßig traf ein erlesener Zirkel von Kaufleuten und Adeligen in dem Bad zusammen, geladen von einer Dame namens Sinustre Cascodi. Sie hatte die Halle der Bittersüßen Stunden vor einigen Jahren gekauft; von wessen Geld und in wessen Auftrag, war ungewiß. Sie selbst konnte kaum über die notwendigen Mittel verfügen, denn sie entstammte der Unterschicht. Gerüchten zufolge war sie einst als Kurtisane in dem Bad beschäftigt gewesen.

Forsch schritt Baniter die Stufen zum Eingangsportal empor. Es war höchste Zeit, bei den reichen Bürgern der

Stadt vorzusprechen. Viele hatten ihm bereits in den vergangenen Tagen in überschwenglichen Schreiben mitgeteilt, wie sehr sie die Rückkehr des Oberhaupts der Familie Geneder begrüßten. Der Tonfall dieser Schreiben hatte zwischen verhaltener Freude und kaum verhüllter Begeisterung geschwankt. Zweifellos war die Tatsache, daß nun wieder ein Geneder in der Stadt leben sollte, von großer Brisanz für die Oberschicht.

Ein Diener wies dem Fürsten den Weg ins Innere des Gebäudes. Baniter durchschritt einen langen Gang; der Boden war mit rotem Teppich ausgelegt. Bald erreichte er eine Empore, die sich um die Kernhalle des Badhauses zog. Stimmen drangen zu ihm empor, verstärkt durch den Hall des großen Raumes. Als Baniter sich über die Balustrade lehnte, blickte er auf das frühere Wasserbecken des Bades hinab. Dort, wo sich einst die Reichen im Wasser geräkelt hatten, standen nun samtgepolsterte Sessel auf dem Mosaikboden des Beckengrundes. In ihnen saßen die einflußreichen Männer von Vara: Händler und Zunftleute, Geldverleiher und Schiffseigner, Stadtbarone und Gutsgrafen, allesamt schmuck gekleidet und von sichtlichem Stolz erfüllt, dieser Gesellschaft anzugehören. An einigen Teetischen gab man sich dem Brettspiel hin oder debattierte mit ernster Miene über bedeutsame Angelegenheiten. Ein Harfenspieler zupfte gepflegte Weisen, und die Dienerschaft servierte Tee in Porzellanschalen. Der Hauch des Elitären lag in der Luft – für Baniters Geschmack eine Spur zu penetrant, zu gewollt.

Seine Anwesenheit war nicht unbemerkt geblieben. Mehrere Großbürger hatten sich aus den Sesseln erhoben und verneigten sich; andere steckten die Köpfe zusammen und warfen dem Fürsten verstohlene Blicke zu. Baniter erwiderte sämtliche Grüße mit einem Nicken. Dann schritt er die Wendeltreppe hinab, die von der Empore zum Beckenrand führte.

Noch auf der letzten Treppenstufe wurde er von einer Frau abgefangen, die ihn offenbar längst erwartet hatte. Schon auf den ersten Blick fiel Baniter ihre edle Kleidung auf. Sie trug eine Hose aus dunkelblauem, silberbesticktem Stoff; die Hosenbeine warfen sich pludrig auf und waren an den Fußknöcheln mit silbernen Bündchen gerafft. Die Taille war in eine Schärpe aus nachtblauem Samt geschnürt, die sich bis zum Busen zog; darüber bauschte sich der hauchdünne Seidenstoff einer tiefausgeschnittenen Bluse, der die Schultern der Frau freiließ und in ellenbogenlangen Ärmeln endete. Ihren Hals schmückte ein enganliegendes Samtband, in dem eine weiße Feder steckte. Auch die flachen, schmal geschnittenen Schuhe waren mit Federn besetzt – ein raffiniertes Zitat, das Baniters Blicke immer wieder über ihren grazilen Körper lenkte. Faszinierend war ihr Gesicht; ein stolzes Antlitz, geprägt von einer markanten Nase und schmalen Lippen, die von einem leicht arroganten Zug umspielt wurden. Sie mochte um die vierzig Jahre alt sein, doch nur wenige Falten zeichneten ihr Gesicht. Ihre Augen waren schmal und dunkel; auf den Lidern glänzte Goldstaub. Das dunkelbraune gelockte Haar hatte sie hochgesteckt; es war größtenteils von einem um den Kopf gewickelten blauen Tuch verdeckt; allein am linken Ohr ragte eine Locke hervor.

Baniter verneigte sich. »Die Dame Sinustre Cascodi, wenn ich nicht irre! Es freut mich außerordentlich, Euch kennenzulernen, nachdem ich bereits soviel von Euch gehört habe.«

Sie lachte mit einer dunklen, rauchigen Stimme. »Und mich freut es, Euch in meinem Haus begrüßen zu dürfen, Fürst Baniter. Nur selten habe ich die Ehre, einen Angehörigen des Silbernen Kreises zu empfangen.«

»Auch ohne mich habt Ihr eine illustre Gesellschaft hier versammelt«, erwiderte Baniter. »Man sagte mir, daß jeder, der in Vara Rang und Namen habe, Euer Haus schätze.«

»Ich besitze viele gute Freunde in der gehobenen Gesellschaft«, sagte die Dame Sinustre mit blasiertem Tonfall. »Viele kennen die Halle der Bittersüßen Stunden aus früheren Tagen und genießen es, an diesem Ort zusammenzutreffen. Es gibt immer etwas zu erfahren oder zu besprechen; und was mich betrifft, so schätzt man meine Gastfreundschaft.«

Baniter nickte verständnisvoll. Insgeheim fragte er sich, wie weit die Gastfreundschaft der Dame Sinustre wohl gehen mochte – und ob es Zufall war, daß ausschließlich männliche Gäste anwesend waren.

Sinustre Cascodi schenkte ihm einen vieldeutigen Augenaufschlag, der ihren goldenen Lidschatten zur Geltung brachte. »Wer die Halle der Bittersüßen Stunden aufsucht, kann stets auf Trost hoffen, ganz gleich, ob es sich um ein geschäftliches oder persönliches Problem handelt. Er wird bei mir immer ein offenes Ohr finden; ich kann sehr gut zuhören, und dank meiner weitreichenden Bekanntschaften finde ich immer eine Lösung für entsprechende Anliegen. Ohnehin haben meine Gäste gemeinsame Interessen; diese gilt es zu bündeln und durchzusetzen. Dabei möchte ich mit meinem Haus einen kleinen Beitrag leisten.«

Wie bescheiden, dachte Baniter. Längst hatte er erkannt, daß die Dame Sinustre weit mehr war als eine elegante Empfangsdame. Auch wenn Baniter nur vermuten konnte, mit welchen Methoden sie sich das Vertrauen von Varas Oberschicht erworben hatte, war allzu deutlich, daß Sinustre Cascodi als Fürsprecherin der reichen Bürger auftrat.

»In diesen Tagen werdet Ihr gewiß vielen Eurer Gäste Trost spenden müssen«, mutmaßte Baniter. »Nun, da der Thronrat nach Vara zurückgekehrt ist, wandelt sich einiges in der Stadt – manches zum Guten, anderes zum Schlechten.«

»Das ist wahr«, seufzte Sinustre. »Zehn Jahre lang waren wir auf uns allein gestellt; der Thronrat weilte in Thax, und die Fürsten beschränkten sich darauf, die Handelskontore von Vara zu kontrollieren. Nun werden wir tagtäglich Zeugen großer Veränderungen. Unsere Stadt ist wieder der Mittelpunkt des Kaiserreiches, ein neuer Herrscher sitzt auf dem Thron, und zudem droht Krieg von allen Seiten. Dies alles kostet eine Menge Geld – welches Varas Bürgerschaft entrichten muß.«

»Der Krieg gegen die Goldéi hat seinen Preis«, gab Baniter zu. »Es müssen Opfer erbracht werden.«

»Doch dabei sollte es gerecht zugehen!« beharrte die Dame Sinustre. »Ist es gerecht, Fürst Baniter, daß Vara auf eigene Kosten fast zwei Drittel der Stadtgarde in das kaiserliche Heer eingliedern mußte? Ist es gerecht, daß nun statt dessen zweihundert Ritter des Klippenordens in die Stadt einmarschierten und ohne unsere Einwilligung sämtliche Handelshäuser und Betriebe überwachen? Wüßte ich es nicht besser, ginge ich von einem Staatsstreich aus!«

Und dies käme der Wahrheit ziemlich nahe, dachte Baniter. Das ›Gespann‹ hatte noch vor dem Fall von Thax weitere fünfhundert Klippenritter von der Nordküste abgezogen. Laut der Aussage Fürst Binhipars sollten sie jene Teile des Reiches schützen, die von den Aufständen der Weißstirne bedroht wurden; doch die Ritter waren vor allem in den Fürstentümern Thoka und Varona eingesetzt worden. Es stand außer Frage, was Binhipar mit dieser Maßnahme bezweckte: Arkon Fhonsa, der Fürst von Thoka und einstiger Mitstreiter Baniters, sollte zum Stillhalten gezwungen werden, und in Vara sollte der Klippenorden die Position des ›Gespanns‹ festigen.

»Ich verstehe Eure Beunruhigung«, antwortete Baniter. »Welche Stadt möchte tagein, tagaus eine Horde Ritter auf ihren Straßen dulden, die durch kein Gesetz gebunden sind und dem Befehl eines einzelnen Mannes unterstehen? Sicherlich hat die Bürgerschaft Varas gegen diese Ungeheuerlichkeit bei ihrem Fürsten Einspruch erhoben.«

Sinustre Cascodi verzog die Mundwinkel. »Ich bitte Euch, Fürst Baniter! Ihr wißt ebenso gut wie ich, daß jener Mann, der sich ›Fürst von Varona‹ nennt, nicht die Fähigkeit hat, unsere Interessen zu vertreten. Hamalov Lomis herrscht seit fünfundzwanzig Jahren über Varona, doch das Vertrauen der Bürgerschaft hat er niemals gewinnen können. Er ist ein Nichts, ein Niemand, ein bemitleidenswertes Spielzeug in den Händen jener, die ihn zum Fürsten erhoben.«

Die letzten Worte hatte Sinustre mit sichtbarer Erregung hervorgestoßen; ihr Gesicht war rot angelaufen, der Seidenstoff ihrer Bluse wurde durch ihre Bewegungen aufgeworfen. *Sie scheint Hamalov noch mehr zu verachten als ich,* dachte Baniter. *Oder ist ihr Zorn nur gespielt, um mich zu einer unbedachten Äußerung zu verführen?*

»Vermutlich habt Ihr recht«, sagte er. »Unter diesem Fürsten wird Vara die Klippenritter schwer wieder loswerden.«

Sie verstand den Hintersinn seiner Worte. »Hamalov Lomis sträubte sich dagegen, den Bürgern Varas ein Mitspracherecht bei den Kriegsvorbereitungen einzuräumen. Es ist nicht zuviel verlangt, wenn jene, die den Feldzug gegen die Goldéi bezahlen, über die Verwendung der Steuergelder mitbestimmen wollen! Varas Bürger unterstützen den Krieg, doch sie möchten sichergehen, daß unser Heer nicht sinnlos verschlissen wird.«

»Ein umsichtiger Fürst würde seine Bürger in die wichtigsten Entscheidungen einbeziehen«, pflichtete Baniter ihr bei. Er sah Sinustre Cascodi nun direkt in die Augen, und sie erwiderte seinen Blick.

»Varas Bürger haben die Familie Geneder niemals vergessen«, hauchte sie schließlich. »Der Tag, an dem der Thronrat Eure Eltern aus Vara verbannte, war für die Stadt ein schwarzer Tag. Ihr wart damals noch ein Kind, nicht wahr?«

Baniter gab keine Antwort.

Sie ließ ihn nicht aus den Augen. »Ich erinnere mich gut daran; ich war ein Mädchen von zwölf Jahren, als Euer Großvater Norgon Geneder sich gegen den Despoten Torsunt erhob. Es wurde damals ein großes Fest in der Stadt gefeiert, denn Euer Großvater war sehr beliebt, und die Bürger hofften, er werde sich selbst zum Kaiser erheben. Die ›Feier von Vara‹, so nannte man diesen Tag in späteren Erzählungen... Ihr müßt damals fünf Jahre alt gewesen sein.«

Ja, Baniter erinnerte sich: Es war an einem Sommertag gewesen. Seine Mutter hatte damals für ihn getanzt, im Ballsaal von Gendor, jener kreisrunden Halle mit ihren weißen Wänden; die Fenster waren geöffnet gewesen, und zwischen den Vorhängen war Wind in den Saal geströmt, hatte das Haar seiner Mutter aufgeweht; lachend hatte sie ihn umkreist, hatte Baniter an den Händen gegriffen, mit ihm getanzt, während sein Vater Gadon auf einer Laute gespielt hatte, sein Lächeln kaum zu erkennen unter dem schwarzen Bart, doch von unverhohlenem Triumph gezeichnet. Dann die starken Arme eines Mannes, der Baniter emporgehoben hatte; sein Großvater Norgon, ein älterer Mann mit buschigen Augenbrauen und einer dunklen Stimme, vor der sich Baniter stets ein wenig gefürchtet hatte; er hatte ihn zum Fenster emporgehoben, damit er auf das Wasser sehen konnte, das die Eiserne Insel umgab; staunend hatte Baniter auf die Stadt geblickt, auf das herrliche Vara, das in diesen Tagen mit unzähligen Fahnen geschmückt war, auf denen der zum Sprung ansetzende Luchs prangte. Sein Großvater hatte leise die Melodie mitgesummt, die Gadon seiner Laute entlockte, und Baniter dann ins Ohr geflüstert: *Nun wird sich alles ändern, mein Junge ... spürst du es? Diese Stadt wird vergehen und einer anderen weichen, und all unsere Träume werden in Erfüllung gehen. Endlich ist es soweit, endlich ist die Zeit gekommen...*

Baniter hatte diese Worte damals nicht verstanden, doch er hatte sie sich eingeprägt; sie waren untrennbar mit der Erinnerung an jenen Tag verschmolzen, jenem kurzen Moment des Glücks. Doch ebenso war ihm die Vertreibung seiner Familie im Gedächtnis geblieben, die wenige Tage später erfolgt war. Bewaffnete Krieger hatten über Nacht die Eiserne Insel besetzt und Baniters Eltern verhaftet; seine Mutter Hjele totenbleich und mit geröteten Augen, sein Vater Gadon, der mit heiserer Stimme auf die Ritter eingeredet hatte; und der Großvater fort, verschwunden ... als Baniter nach ihm gefragt hatte, hatte Hjele ihm ins Ohr gezischt, daß Norgon niemals mehr zurückkehren werde und Baniter seinen Namen nicht mehr in den Mund nehmen solle. Baniter hatte nicht begriffen, was um ihn herum geschah. Dann ihre plötzliche Flucht: eine mehrtägige Kutschenfahrt, er hatte auf dem Schoß seiner Mutter gesessen, und sie hatte ununterbrochen geschluchzt; sein Vater aber war in Vara festgehalten worden, und Baniter hatte Angst gehabt, er könnte ebenso verschwinden wie der Großvater. Erst nach mehreren Wochen war Gadon Geneder von dem Vorwurf freigesprochen worden, den Umsturz seines Vaters Norgon unterstützt zu haben; und so hatte er seiner Familie nach Gehani folgen dürfen, jener Stadt, in die man sie nach der ›Feier von Vara‹ verbannt hatte.

»Es ist zu lange her«, behauptete Baniter. »Ich habe vergessen, was damals geschah.« Er wich Sinustres Blick aus. »Meine Eltern haben mit mir niemals über jene Tage gesprochen; zu groß war für sie die Schmach, des halben Fürstentums beraubt worden zu sein und zudem noch im gesamten Kaiserreich als Verräter zu gelten.«

Sinustre Cascodi hob abwehrend die Hände. »Wer damals wen verriet, ist umstritten. Es gibt im Archiv der Stadt einige interessante Aufzeichnungen über die damaligen Ereignisse. Ihr solltet bei Gelegenheit einen Blick darauf werfen.«

Baniter sah sie prüfend an. *Sie weiß offenbar genau, wie sie mich ködern kann.* »Ich nehme an, Ihr könnt mir Zugang zu diesem Archiv verschaffen.«

Die Dame Sinustre schlug die Augen nieder. »Eigentlich darf nur der varonische Fürst diese Schriftstücke einsehen, obwohl Hamalov Lomis sich bisher nie dafür interessiert hat. Doch glücklicherweise zählt der Leiter des Archivs zu meinem engeren Bekanntenkreis.«

Dieser ›engere Bekanntenkreis‹ scheint mir eher ein weitverzweigtes Netz unter Varas männlichen Bewohnern zu sein. »Ich wäre Euch ausgesprochen dankbar, wenn Ihr mich an ihn weitervermitteln könntet«, sagte Baniter. »Im Gegenzug werde ich im Thronrat nachhaken, ob der Klippenorden nicht auch an einem anderen Ort seinen Aufgaben nachgehen kann.«

Sinustre wirkte zufrieden. »Varas Bürger werden einen Abzug der Klippenritter zu schätzen wissen. Wer weiß, vielleicht bitten sie vor Dankbarkeit sogar den Kaiser darum, das Fürstentum Varona zurück in Eure Hände zu legen.« Ihre Hand umspielte das Samtband an ihrem Hals, und Baniter schien diese Geste ein Ausdruck für die gefährliche Wendung zu sein, die ihr Gespräch genommen hatte. »Mehrere Bürger haben sich mir gegenüber für eine Ablösung von

Hamalov Lomis ausgesprochen. Doch wir sollten in der Öffentlichkeit nicht zu viele Worte darüber verlieren, nicht wahr?« Sie drängte sich an Baniter heran, so daß er den dezenten Rosenduft ihrer Haut riechen konnte. »Es gibt in diesem Haus einige verschwiegene Hinterzimmer. Was haltet Ihr davon, wenn wir uns dorthin zurückziehen und gemeinsam über diese Angelegenheit nachdenken?«

Baniter verneigte sich höflich. »Euer Angebot ehrt mich, doch leider habe ich heute noch eine Menge anderer Verpflichtungen. Wenn Ihr mich allerdings zum Archiv der Stadt begleiten wollt, wäre dies eine Ehre für mich – und eine Gelegenheit, unser Gespräch fortzusetzen.«

Falls Baniters Zurückweisung sie enttäuschte, konnte Sinustre Cascodi dies hervorragend verbergen. »Den Weg werdet Ihr allein finden. Das Archiv ist in einem alten Turm in der Weststadt untergebracht, in der Nähe eines stillgelegten Kanals. Richtet dem Archivar einfach meine Grüße aus; dann wird er Euch einlassen und über Euren Besuch Stillschweigen bewahren.«

Baniter bedankte sich mit einem Handkuß. Sinustres Lippen kräuselten sich zu einem Lächeln, und mit einer stolzen Drehung wandte sie sich von ihm ab, um zu ihren Gästen zurückzukehren.

Baniter beobachtete sie noch eine Weile, bis er sich von ihrem Anblick losriß und die Wendeltreppe emporstieg. *Eine äußerst gefährliche Frau ... ich sollte mich hüten, sie mir zur Feindin zu machen. Doch solange die Dame Sinustre auf meiner Seite steht, werden es Scorutar und Binhipar schwer haben, sich in Vara zu behaupten – und das eröffnet mir neue Möglichkeiten.*

Wieder und wieder huschten Jundala Geneders Augen über das Pergament, verfingen sich in den geschwungenen Federstrichen, während sie die Botschaft der Schriftrolle zu entschlüsseln versuchte.

Seit dem frühen Morgen sichtete sie Baniters Korrespondenz. Unzählige Briefe hatten ihren Gemahl in den vergangenen Tagen erreicht. Händler baten den ganatischen Fürsten um Unterstützung für mehr oder minder aussichtsreiche Geschäfte, Ritter boten ihre Dienste an oder äußerten den Wunsch, unter der ganatischen Fahne gegen die Goldéi ziehen zu dürfen, Bürger hießen den Fürsten in der Stadt willkommen oder übermittelten ihm Segenswünsche. Die Menschen von Vara setzten große Hoffnungen in Baniter Geneder, und aus vielen Briefen sprach die Erwartung, daß er den verhaßten Hamalov Lomis bald ablösen werde.

Allein diese Schriftrolle unterschied sich von den übrigen. Ein Bote hatte sie in den Mittagsstunden im Palast abgeliefert, mit der Bitte um schnellstmögliche Beantwortung. Es handelte sich um ein versiegeltes Pergament; die Wachsplakette zeigte ein brennendes Segelschiff. Es war das Zeichen des Bundes der Südsegler, eines mächtigen Seefahrtsordens; und die Botschaft war so eigenartig, daß Jundala sie mehrmals lesen mußte, um ihren Sinn zu erfassen:

Wenn die Flamme erlischt und die Wellen sich türmen
holt das tückische Meer sich die Küste zurück
der Wind wird erwachen, er droht uns mit Stürmen
doch die Suche, die Suche muß weitergehen.
Wenn das Silber uns all seine Kräfte versagt
bleibt das tobende Wasser uns feindlich gesinnt
wenn ein goldener Mast am Horizont ragt
muß die Suche, die Suche doch weitergehen.
Die Furcht ist ein Anker, sie hält uns am Grund
wenn die reißende Flut unsre Inseln verschlingt
und wenn Gharax versinkt im ewigen Schlund
muß die Suche, die Suche doch weitergehen.
Gedenkt eurer Pflichten, gedenkt der Versprechen
die ihr Fürsten des Reiches den Südseglern gabt
gedenkt eurer Ängste, gedenkt der Gefahren
und gebt uns an Hilfe, was immer ihr habt
denn die Wogen der Zeit werden Gharax verwehen
doch die Suche, die Suche muß weitergehen.

Sicherlich war Baniter nicht der einzige Fürst, der diese Botschaft erhalten hatte. Der Bund der Südsegler war bekannt dafür, seine skurrilen Bettelbriefe stets an alle Angehörigen des Thronrats zu schicken; auch Kaufleute und Barone blieben von den Bittschriften nicht verschont. Seit jeher waren die Südsegler auf Geldgeschenke der sitharischen Oberschicht angewiesen, um ihre kostspielige Flotte – ein gutes Dutzend Karacken – zu unterhalten. Mit diesen Schiffen durchkreuzten sie das südliche Silbermeer; denn sie glaubten an die Existenz eines zweiten Kontinentes südlich von Gharax. Angeblich besaßen die Südsegler eine uralte Seekarte aus Yuthir, der legendären ›Stadt des Wissens‹, die vor Jahrtausenden in der Wüste Arphats gelegen hatte und dann auf mysteriöse Weise untergegangen war. Auf dieser Karte, so besagten die Gerüchte, war der geheimnisvolle Kontinent verzeichnet. Die Suche der Südsegler dauerte nun schon viele Jahrhunderte an; tatsächlich hatten sie im Süden einige kleinere Inselketten entdeckt, weit entfernt von der thokischen Küste. Den ersehnten Kontinent hatten sie jedoch bisher nicht gefunden, und niemand in Sithar glaubte ernsthaft an einen Erfolg ihrer Suche.

Jundala hatte sogleich nach Erhalt der Schriftrolle Erkundigungen über die Südsegler eingeholt. Seit einigen Wochen lagen sechs ihrer Karacken im Hafen von Vara vor Anker. Vermutlich trafen sie Vorbereitungen für eine weitere Expedition; dies mochte auch erklären, warum sie die Fürsten des Silbernen Kreises um Geld baten. Ob ihre merkwürdigen Reime den gewünschten Erfolg bringen würden, wagte Jundala allerdings zu bezweifeln.

Nachdenklich nagte sie an ihrer Unterlippe, während sie auf die Schriftrolle starrte. Sie rief sich in Erinnerung, daß die Südsegler nicht nur Seefahrer, sondern zugleich erfahrene Krieger waren, die das Kaiserreich mehrfach gegen die Gyraner eingesetzt hatte. *Sechs Karacken, und jedes dieser Schiffe zählt eine etwa dreißigköpfige Besatzung... eine hübsche kleine Streitmacht, die sich dort im Hafen von Vara bereithält.* Sie wußte, wie sehr sich ihr Gemahl für das Gesuch interessieren würde; und da Baniter erst in den Abendstunden in den Kaiserpalast zurückkehren wollte, beschloß sie, die Südsegler selbst aufzusuchen, bevor ein anderer Fürst ihr zuvorkam. Sogleich ließ sie sich von der Dienerschaft ihren Mantel bringen und gab Anweisungen, ein Pferd für den Ausritt in die Stadt bereitzustellen.

Kurz darauf verließ Jundala die Gemächer, die der Thronrat der Familie Geneder zugewiesen hatte; drei große Räume im Ostflügel des Kaiserpalastes. Sie waren schlicht eingerichtet, geschmückt nur mit einigen Wandteppichen, doch dafür sehr gepflegt. Es war Jundala allerdings nicht entgangen, daß die Geneder als einzige Familie im Ostteil des Palastes untergebracht waren; die übrigen Fürsten hatten Räume im weitaus schöneren Südteil der Schloßanlage bezogen – eine weitere Spitze des ›Gespanns‹. Das Spiel um die Macht folgte denselben Gesetzen wie in Thax; es war nur riskanter geworden, da in Vara andere Bedingungen herrschten, die es erst zu verstehen galt. Und wie bisher würde Jundala Geneder ihren Beitrag leisten, als treue Gefährtin ihres Mannes, die ihm auf seinen gefährlichen Pfaden folgte, ganz gleich, welche Folgen dies für sie und ihre Kinder haben mochte.

Es waren düstere Gedanken, die Jundala quälten, als sie durch die Säulengänge des Palastes schritt. Jeder Schritt kostete sie große Anstrengung, und mehrmals war sie kurz davor, umzukehren, sich ihrer Rolle zu verweigern, die das Schicksal ihr aufgezwungen hatte: die Intrigen ihres Mannes mitzutragen, um das Fürstentum Varona für die Geneder zurückzuerobern. Doch sie blieb nicht stehen, schritt weiter, ihre Füße wie von einer höheren Macht gelenkt.

Bald erreichte sie den Innenhof, der zwischen dem Ostteil des Palastes und dem kaiserlichen Residenzbau lag; ein Lustgarten mit Zierbäumen, sorgfältig gestutzten Hecken und Blumenbeeten. Langsam durchschritt Jundala den Garten, das Gesicht der Sonne zugewandt, die über dem Palast erstrahlte.

Plötzlich hörte sie Stimmen. Sie drangen hinter den Hekken hervor. Verwundert blieb Jundala stehen und lauschte.

»Wir können nicht mehr warten. Jeder weitere Tag, den wir untätig bleiben, kann unser Verderben bedeuten.« Es war eine Frauenstimme, verzerrt von einem fremden Dialekt. »Ich spüre, wie die Sphäre sich immer weiter verzerrt. Ihr müßt uns endlich Zutritt zum Verlies der Schriften verschaffen, Herrin.«

Eine zweite Frau antwortete; ihre Stimme war heller, fröhlicher. »Nur Geduld. Der Thronrat hat mir zugesichert, daß ich den Dom betreten kann, wann immer es mir beliebt. Heute noch wollen die Fürsten den ansässigen Kurator zwingen, den Dom zu räumen. Er ist ein Anhänger Nhordukaels; seit Wochen verschanzt er sich im Dom und hetzt die Bevölkerung gegen die Obrigkeit auf. Doch sobald er beseitigt ist, wird uns das Verlies der Schriften offenstehen.«

»Der Kurator wird den Dom nicht einfach so aufgeben«, warnte die erste Stimme. »Die Kirche des Tathril ist gespalten; beide Lager kämpfen erbittert um die Macht der Quellen. Und auch diesem Hohenpriester ist nicht zu trauen. Bars Balicor steht mit finsteren Mächten im Bunde; zudem hat er großen Einfluss auf den Jungen.«

»Auf meinen geliebten Gemahl?« Die zweite Frau stieß ein Kichern aus. »Es scheint mir eher andersherum zu sein. Bars Balicor fürchtet sich vor Uliman, und ich kann es ihm nicht einmal verdenken. Dieses Kind ist ernst und verschlagen, ohne jede Fröhlichkeit oder Wildheit, die einen Knaben in seinem Alter auszeichnen. Ich habe seit unserer Trauung keine zehn Worte mit ihm gewechselt. Anfangs glaubte ich, er meidet meine Nähe, weil ich eine Frau bin; denn was ängstigt einen zwölfjährigen Jungen mehr als der weibliche Körper?« Sie lachte auf. »Doch es ist mehr als das. Ich kann in Uliman keine kindlichen Züge erkennen; in seinen Blicken lauert etwas Ungutes, Grausames. Glaube mir, Sai'Kanee: er ist weit mehr als ein harmloser Knabe, den das Schicksal auf den Kaiserthron gesetzt hat.«

Jundala Geneder schlich sich zur Hecke, versuchte durch das Zweigwerk die Sprecherinnen auszumachen. Sie fand schließlich eine Lücke im Geäst und erhaschte einen Blick auf die arphatische Königin. Inthara stand am Rand eines kleineren Blumenbeetes; sie trug ein weißes Kleid, das oberhalb der Knie endete. Mit ihren nackten Füßen stocherte sie gedankenverloren in der Erde herum, während sie mit ihrer Begleiterin sprach. Diese war nicht zu erkennen, doch Jundala vermutete, daß es sich um die Priesterin des Todesgottes Kubeth handelte, die stets in Intharas Nähe weilte.

»Ihr habt recht, Herrin; niemand kann wissen, welchen Einflüssen der Knabe in Troublinien ausgesetzt war. Wie bedauerlich, daß der Silberne Kreis Ulimans Vater ermordete. Akendor Thayrin wäre Euch ein gefügiger Gemahl gewesen; er wäre Eurer Schönheit rettungslos verfallen und hätte unseren Plänen nicht im Weg gestanden.«

Inthara zuckte mit den Schultern. »Um ehrlich zu sein, bin ich froh, nicht mit dem Schwächling Akendor das Bett teilen zu müssen. Uliman ist ein weitaus bequemerer Ehemann. Es werden Jahre vergehen, bis sein Interesse am Liebesspiel geweckt wird; und bis dahin ist unsere lächerliche Episode in Sithar hoffentlich beendet.«

»Ulimans Alter stellt ein Problem dar«, warnte die Priesterin Sai'Kanee. »Wie wollt Ihr dem Thronrat Euren derzeitigen Zustand erklären? Die Fürsten werden diese Täuschung erkennen und die Eheschließung als ungültig betrachten.« Sie senkte die Stimme. »Es war zu früh, Herrin, zu unbedacht – ein Fehler, den wir ungeschehen machen sollten.«

Die Königin wirbelte herum, ihr Gesicht zornverzerrt; deutlich hob sich die Narbe auf ihrer geröteten Wange ab. »Du selbst hast mir damals in Praa geraten, den Zeitpunkt zu nutzen! Du sagtest, es wäre vorherbestimmt!«

»Damals wußte ich nichts von Akendors Tod«, verteidigte sich Sai'Kanee. »Es wird nicht die letzte Gelegenheit sein, Herrin. Ihr seid noch jung, und was ihn betrifft, so wird er Euch auch ein zweites Mal nicht widerstehen.« Sie hielt kurz inne. »Ich kenne einige Kräuter, die sehr zuverlässig wirken. Es wird ganz schmerzlos sein, glaubt mir…«

»Niemals! Ich werde es bekommen, Sai'Kanee, so wie du es vorausgesagt hast – und es wird sein Kind sein!« Inthara legte ihre Hände auf den Bauch. »Wer weiß, ob er die nächsten Kalender überlebt? Dieses Reich ist dem Untergang geweiht, die Fürsten des Thronrats entzweit stetiges Mißtrauen. Eines Tages werden sie wie wilde Tiere übereinander herfallen. Wird er aus diesem Kampf unbeschadet hervorgehen? Ach, ich wünschte, es wäre so! Doch ich weiß, daß sein Leben in ständiger Gefahr ist; er hat sich zu viele Feinde gemacht.«

Von wem spricht sie? Gebannt starrte Jundala durch das Geäst der Hecke auf das Gesicht der jungen Kaiserin, die sich das schwarze Haar aus der Stirn strich.

»Ihr habt recht, Herrin«, antwortete die Kubeth-Priesterin nach kurzem Zögern. »Es wäre unvernünftig, das Schicksal auf die Probe zu stellen. Doch Ihr müßt Euren Zustand geheim halten, solange es geht – auch vor ihm! Haltet Euch von ihm fern, ich beschwöre Euch.«

Inthara schien ihr nur mit halbem Ohr zuzuhören. Noch immer preßte sie die Hände auf ihren Bauch. »Meinst du, es wird seine Augen bekommen? Sie haben mich vom ersten Augenblick an gefesselt; so leuchtend, so grün wie Smaragde. Ich träume von ihnen, Sai'Kanee, Nacht für Nacht; und ich will verdammt sein, wenn ich diesen Mann nicht bekomme, wenn ich ihn nicht ganz für mich haben kann.«

Jundala erbleichte. Wie benommen wankte sie von der Hecke zurück. Schloß die Augen. Sie hörte das Blut in ihrem Kopf rauschen.

»Seid vernünftig, Herrin!« sagte Sai'Kanee mit eindringlicher Stimme. »Wegen eines Mannes dürft Ihr nicht unseren Auftrag gefährden. Uns ist es bestimmt, den Weltenwanderer aufzuhalten, die Goldéi zurückzuschlagen. Arphat wird als mächtiges Reich aus diesem Krieg hervorgehen, und Ihr werdet über die ganze Welt gebieten – als Königin von Arphat und gleichzeitige Mutter des sitharischen Thronfolgers. Doch dazu müssen die Sitharer jenes Kind, das Ihr in Euch tragt, als Ulimans Sohn akzeptieren.«

»Du hast versprochen, daß Baniter Geneder mir gehören wird! Ich sah ihn und begehrte ihn und wollte ihn; und du hast mich in diesem Wollen bestärkt, hast mir gesagt, er sei der Mann, den die Götter für mich auserwählt haben. Nun verlangst du, daß ich mich von ihm fernhalte?«

»Wenn Ihr Euch ihm nähert, gefährdet Ihr sein Leben«, warnte Sai'Kanee, »und Eures dazu!«

»Ich trage Agihors Blut in mir; es hat mich bisher noch vor jedem Attentat bewahrt. So schnell wird niemand die Tochter des Sonnengottes beseitigen.«

Jundala Geneder hatte genug gehört. Vorsichtig zog sie sich zurück, gab acht, keinen Kieselstein des Weges aufzuwirbeln; denn falls die Arphaterinnen bemerkten, daß sie belauscht worden waren, konnte dies ihren Tod bedeuten. Mit pochendem Herzen stahl sie sich zwischen den Zierbäumen hindurch, hielt dabei nach den leuchtenden Roben der Anub-Ejan Ausschau, die sich irgendwo in der Nähe befinden mußten, um Inthara zu bewachen. Doch keiner der Leibwächter kreuzte ihren Weg. Unbehelligt erreichte Jundala eine Außentreppe, die vom Garten zum tiefergelegenen Westbau des Palastes hinabführte.

In ihrem Kopf aber überschlugen sich die Gedanken. Wieder und wieder hörte sie Intharas Stimme, hörte die Verzükkung, die Entschlossenheit ihrer Worte; *Augen, so leuchtend, so grün wie Smaragde... ich will verdammt sein, wenn ich diesen Mann nicht bekomme, wenn ich ihn nicht ganz für mich haben kann,* und in Jundalas Herz flackerten Verbitterung, Furcht und Wut im raschen Wechsel, so wie emporschlagendes Feuer, das durch nichts gelöscht werden konnte.

Seit Tagen schon lagerten die Weißstirne vor dem Portal des Silbernen Doms. Niemand wußte, ob sie aus eigenem Antrieb zusammengeströmt waren oder ob der Kurator von Vara sie zur Hilfe gerufen hatte. Sie hatten die Treppe besetzt, die zum Tempel emporführte; einige saßen in frevelhafter Weise zu Füßen der Heiligenstatuen, die neben dem Portal aufragten. Die meisten waren bewaffnet; sie hatten die Klingen ihrer Waffen in rote Farbe getunkt – eine Anspielung auf die Macht des Feuers, die Nhordukael beim Berg Amos ihren Gefährten verliehen hatte.

»Wie sehr ich dieses Pack hasse«, knurrte Bars Balicor. Er konnte sich gut daran erinnern, wie die Weißstirne den Tempel von Thax belagert hatten. Nun standen ihm die Anhänger Nhordukaels erneut gegenüber, eine wohl hundertköpfige Meute. Allerdings führte Bars Balicor einen beinahe ebenso großen Trupp Klippenritter mit sich. In Reih und Glied warteten die schwarzgerüsteten Ritter am Fuß der Treppe, die Kriegskeulen gezückt und jederzeit bereit, den Dom zu stürmen.

Der Silberne Dom zählte zu den eindrucksvollsten Gebäuden Sithars. Schon das Portal mit seinen schweren Flügeltüren war von verschwenderischer Pracht, verziert mit silbernen Fresken, die Szenen aus der Gründungszeit der Kirche zeigten. Darüber erhob sich ein sechseckiger Vorbau; seine Fensterbögen waren mit Steinmetzarbeiten versehen. Die mächtige Haupthalle des Doms war von zwei Seitenschiffen eingefaßt. Ihre Dachschindeln waren versilbert, funkelten im Sonnenlicht; und über der halbrunden Apsis ragte der schwanengleiche Turm auf, dessen Spitze sich in schwindelerregender Höhe verlor.

»Der Silberne Dom zu Vara«, wisperte Bars Balicor, während er auf das Portal starrte. Bald würde er ihm gehören, ihm allein; er, der einst ein unbedeutender Priester auf der Insel Morthyl gewesen war und nun das höchste Amt der Tathril-Kirche bekleidete, würde in den Dom einziehen, würde den Kelch des heiligen Lysron in den Händen halten und über das Verlies der Schriften gebieten, eine der mächtigsten Quellen Sithars. *Dann wird es Nhordukael an den Kragen gehen. Ich freue mich schon auf den Tag, an dem man mir den Kopf dieses Ketzers bringt.*

»Dieser Tempel gefällt mir.« Eine kindliche Stimme riß Bars Balicor aus seinen Gedanken. »Sein Dach glitzert in der Sonne, fast wie das Meer.«

Seine kaiserliche Hoheit Uliman Thayrin war an die Seite

des Hohenpriesters getreten. Der junge Kaiser hatte darauf bestanden, bei der Besetzung des Doms dabei zu sein, trotz der zu erwartenden Gefahren. Zum Schutz trug er eine Lederrüstung und einen Topfhelm, unter dem seine blondgelockten Haare fast vollständig verschwanden.

»Es ist der bedeutendste Tempel der Kirche«, belehrte Balicor den Knaben, »und doch in der Hand eines Verräters. Alplaudo Carxives, der Kurator von Vara, hat sich auf Nhordukaels Seite gestellt. Wenn wir ihm den Dom nicht abnehmen, wird Vara eines Tages ebenso in Flammen stehen wie die Stadt Eurer Vorväter.«

Das Kind sah aufmerksam zum Portal des Doms empor. »In diesem Tempel wurden einst meine Eltern getraut, nicht wahr?«

Ulimans Worte klangen nachdenklich, und Balicor glaubte, in ihnen eine gewisse Wehmut zu erkennen. »Ja, Majestät. Im Altarraum des Doms nahm Euer Vater Syllana Nejori zur Frau. Sie trug Euch damals bereits unter dem Herzen. Ganz Vara jubelte dem jungen Paar zu.«

»Außer den Fürsten.« Ulimans Blick verdüsterte sich. »Sie waren dagegen, daß mein Vater eine Frau aus der Unterschicht heiratet. Rumos hat es mir erzählt.«

Der Hohepriester schwieg verunsichert. In der Tat war der Thronrat damals entsetzt gewesen, als Akendor Thayrin die bereits geplante Vermählung mit der Adeligen Tundia Suant ausgeschlagen und statt dessen Syllana Nejori, die Tochter eines Goldschmieds, geehelicht hatte. Die Fürsten hatten dem jungen Mädchen fortan das Leben schwergemacht, sowohl in Vara als auch in Thax. Bis zu ihrem Tod war die Kaiserin ständigen Beleidigungen und Angriffen ausgesetzt gewesen, gegen die ihr Gemahl sie nur halbherzig verteidigt hatte. Und dann war es zu jenem verhängnisvollen Jagdausritt gekommen, auf dem Syllana Nejori einem Unfall zum Opfer gefallen war...

Uliman schien Balicors Gedanken erraten zu haben. »Meine Mutter starb auf einer Waldlichtung, zerrissen von einer Hundemeute, und mein Vater verendete im Kerker von Thax. Eines Tages werde ich Rache für diese beiden Morde nehmen.« Er wies zum Eingang des Tempels. »Rumos hat mir gesagt, daß der Silberne Dom eine bedeutende Quelle birgt.«

Der Hohepriester nickte eifrig. »Sie wird unserer Kirche große Macht verleihen. Doch dazu muß dieser verräterische Kurator den Dom räumen – und ich fürchte, Alplaudo Carxires wird nicht freiwillig gehen.«

Davon wollte Uliman nichts hören. »Ich werde selbst mit ihm sprechen. Er soll vor mich treten und mir in die Augen sehen. Hole ihn herbei.«

Bars Balicor verzog die Mundwinkel, doch er fügte sich Ulimans Befehl. Über einen der Weißstirne, den die Aufständischen zu ihrem Verhandlungsführer bestimmt hatten, ließ er dem Kurator den kaiserlichen Wunsch überbringen.

Es verstrich keine halbe Stunde, bis sich das Portal des Doms öffnete und Alplaudo Carxives hervortrat. Die Weißstirne begrüßten den Kurator mit einem Jubeln; bereitwillig machten sie ihm Platz, als er in Begleitung seiner Tempeldiener die Treppe hinabschritt. Auf den mittleren Stufen hielt er inne. Er war ein sechzigjähriger Priester mit einem faltenlosen Gesicht, das durch eine lange Nase und einen Schnurrbart an Konturen gewann. Abfällig blickte er zu Bars Balicor hinab.

»Sieh einer an!« rief er voller Spott. »Der Hohepriester unserer Kirche! Ich habe gehört, daß Ihr Euren Tempel in Thax verloren habt, Bars Balicor! Ein kleines Feuerchen soll ihn Euch geraubt haben.« Dröhnendes Gelächter schallte aus den Reihen der Weißstirne. »Nun steht Ihr hier in Vara vor dem Silbernen Dom und bittet um Einlaß. Wollt Ihr vor dem Kelch des heiligen Lysron niederknien und Tathril um Vergebung für Eure Sünden anflehen?«

Der Zorn verzerrte Balicors fleckiges Gesicht, als er dem Priester antwortete. »Euer Frevel reicht weiter, als ich annahm, Kurator! Wie könnt Ihr seelenruhig in Eurem Tempel verharren, während jener Irre, den Ihr den ›Auserkorenen‹ nennt, Tod und Verderben in Sithars Städte trägt?«

Empört schrien einige Weißstirne auf, doch Alplaudo Carxives beschwichtigte sie mit einer Geste. »Nhordukael brachte das Feuer über Thax, um Euch zu vernichten, Bars Balicor! Er hat erkannt, mit welch dunkler Macht Ihr Euch verbündet habt – und mich vor Euch gewarnt!« Lauernd betrachtete er den Hohenpriester. »Der Rosenstock trägt keine Blüten mehr... kennt Ihr diese Worte?«

Bars Balicor lief ein Schauer über den Rücken. Wie konnte Alplaudo Carxives von seiner Verbindung mit der Bathaquar wissen?

»Die Bathaquar ist nach Vara zurückgekehrt«, rief Alplaudo Carxives haßerfüllt, »in Gestalt eines falschen Hohenpriesters! Jene Zauberer, die Sithar einst in den Abgrund reißen wollten, die wir seit Jahrhunderten tot wähnten und die doch niemals vernichtet wurden, versuchen ein zweites Mal, den Silbernen Dom in ihre Gewalt zu bekommen. Doch das werde ich nicht zulassen! Eher werde ich das Verlies der Schriften zum Einsturz bringen, als Euch die Quelle auszuliefern, Balicor.«

Die Weißstirne waren während seiner Worte aufgesprungen und hatten ihre Waffen gezückt. Auch die Klippenritter waren unruhig geworden. Sie starrten auf Bars Balicor, der noch um Worte rang.

»Lügen!« brüllte er schließlich. »Aus Eurem Mund dringen nichts als Lügen! Ihr seid ein Verräter, Alplaudo Carxives, der mit den Feinden des Reiches gemeinsame Sache macht!« Er legte die Hand auf den Rücken des Kindes an seiner Seite. »Hier steht Euer Kaiser – Uliman Thayrin, der Sohn Akendors, der von Nhordukael aus seiner Heimatstadt vertrieben wurde. Habt Ihr ihm nichts zu sagen? Empfindet Ihr so wenig Reue über die Zerstörung von Thax?«

Alplaudo Carxives ließ sich nicht beirren. »Warum sollte ich zu einem Zögling der Bathaquar sprechen? Dieses Kind ist ein Spielzeug Eurer Sekte, und verflucht sei der Tag, an dem es den Thron bestieg.« Er breitete beide Arme aus. »Wenn Ihr den Dom betreten wollt, müßt Ihr Euch den Zugang mit Gewalt erkämpfen, Bars Balicor. Doch selbst wenn Euch dies gelingt – es wird Euch nichts nützen! Ich habe das Verlies der Schriften mit den mächtigsten Schutzzaubern der Tathrilya versiegelt. Die Bathaquar wird niemals über die Quelle von Vara gebieten.«

Wutentbrannt wollte Bars Balicor den Klippenrittern den Befehl zum Angriff erteilen, doch Uliman hielt ihn zurück. »Er spricht die Wahrheit. Die Quelle ist durch einen Bann geschützt. Spürst du es nicht, Hoherpriester?«

Es fiel Bars Balicor schwer, sich auf die Sphärenströme zu konzentrieren; doch als seine Sinne die Innere Schicht berührten, erkannte er, daß Uliman recht hatte. Die Quelle war durch einen mächtigen Zauber von der Sphäre abgeschirmt!

»Wir kommen zu spät!« fluchte er. »Diesen Bann können wir unmöglich brechen!«

Uliman schüttelte den Kopf. »Es gibt einen Weg, ihn zu umgehen. Rumos hat ihn mir gezeigt. Wenn man die äußeren Schichten einer Quelle nicht erreichen kann, muß man die Kraft ihrem Herzen entreißen.« Er zeigte dem Hohenpriester seine geschlossene Faust, öffnete langsam die Finger. In seiner Handinnenfläche lag ein vergilbtes Knochenstück, auf dem das Zeichen der Bathaquar prangte.

Balicors Herz drohte stillzustehen. *Das Ritual der Knechtschaft! Bei Tathril... Rumos hat Uliman beigebracht, das Herz der Quelle zu unterwerfen!*

Er spürte einen brennenden Schmerz in seiner Kehle. Sofort versuchte er seine Sinne von der Inneren Schicht zu lösen, doch die Sphäre begann sich bereits zu verzerren; ihre Ströme brachen auseinander wie zersplitterndes Glas. Balicor geriet ins Wanken; seine Finger krallten sich in der Schulter des Jungen fest.

Auch Alplaudo Carxives hatte die jähe Erschütterung der Sphäre gespürt. Verwirrt tastete er nach seinem dürren Hals. Sein Gesicht war rot angelaufen.

»Das ist unmöglich!« stieß er hervor. »Die Quelle... sie ist versiegelt! Niemand kann ihre Kraft verwenden, solange der Bann besteht!«

Uliman senkte den Kopf. Seine Finger schlossen sich um das Knochenstück. Dann hob er die Hand, vollführte eine rasche Geste, als wollte er dem Kurator zuwinken.

Ein peitschendes Geräusch erschallte! Von einem plötzlichen Hieb getroffen, brach Alplaudo Carxives auf der Treppe zusammen. Quer über seinem Gesicht, von der Stirn bis zur Kehle, klaffte eine Wunde: ein sauberer Schnitt, als hätte eine scharfe Klinge ihm den Schädel gespalten. Blut tränkte Alplaudos Priesterkutte; und ohne auch nur einen Schrei oder ein Stöhnen auszustoßen, verendete der Kurator auf den Stufen.

Wie gelähmt starrten die Weißstirne auf den Leichnam. Bevor sie begriffen, was geschehen war, riß Uliman ein zweites Mal die Hand empor. Mit einem Sirren zersprangen die Messer und Dolche, Säbel und Schwerter in den Händen der Weißstirne. Metallsplitter spritzten durch die Luft, bohrten sich in die ungeschützten Arme und Beine, Hälse und Gesichter. Panik griff um sich; ziellos rannten die Weißstirne die Treppe hinab, als wollten sie Schutz bei den Klippenrittern suchen; doch diese erwarteten sie mit ihren Speeren und Kriegskeulen. So mischten sich Angst- und Todesschreie und vereinten sich zu einem entsetzlichen Chor, der bis in die unteren Stadtviertel Varas zu hören war.

Bars Balicor aber hörte das Sterben der Weißstirne nicht. Seine Sinne waren noch immer auf die Sphäre gerichtet, durch die ein anderer Schrei gellte: ein Klagen, so grauenvoll, daß es dem Hohenpriester durch Mark und Bein ging; der Schmerzensruf der Quelle, die unter Ulimans Ritual erbebte; und Balicor spürte, daß sie die Qualen, die der Junge ihr in diesem Moment zufügte, niemals vergessen würde.

Das Bild, das Baniter sich im Lauf seines Lebens von Norgon Geneder gemacht hatte, war stets voller Widersprüche gewesen. In seiner Erinnerung war der berüchtigte Großvater nicht mehr als ein Schatten: ein Mann mit düsterer Miene, dessen stechende Augen von buschigen Brauen umrahmt gewesen waren, dessen Stimme ihm stets Respekt eingeflößt hatte. Vor allem aber war ihm Norgon Geneder als Verkörperung eines machtbewußten Herrschers erschienen, durchdrungen von Willensstärke, und so hatte Baniter ihn zugleich gefürchtet und bewundert.

Später, als er erfahren hatte, was zu der Vertreibung der Geneder aus Vara geführt hatte, war seine Furcht dem Entsetzen, seine Bewunderung der Abscheu gewichen. Norgons Versuch, Torsunt Thayrin zu stürzen und die Macht im Kaiserreich an sich zu reißen, hatte in einem Blutbad geendet. Bei der handstreichartigen Besetzung des Kaiserpalastes waren vierzig Menschen ums Leben gekommen, darunter drei Angehörige der kaiserlichen Familie. Norgon hatte sie kaltblütig hinrichten lassen. Der Kaiser selbst war ihm jedoch entkommen, und so war der Umsturz nach sechs Tagen gescheitert, da die Fürsten Torsunt die Treue gehalten hatten.

In den letzten Jahren hatte sich Baniters Bild von seinem Großvater ein weiteres Mal gewandelt. Immer wieder hatte er sich gefragt, was Norgon Geneder zu dem Umsturz bewogen hatte, warum er sich der Unterstützung der Fürsten so sicher gewesen war und diese ihn letztlich verraten hatten. Er spürte, daß weit mehr hinter den damaligen Ereignissen steckte als ein Machtkampf des Thronrats; daß sein Großvater nicht aus Herrschsucht zum Verräter geworden war und auch sein Scheitern einen tieferen Grund haben mußte.

Nun, da er im Archiv der Stadt Vara die Prozeßschriften studierte, die sich mit der ›Feier von Vara‹ befaßten, begann er zu verstehen, wer dieser Norgon Geneder wirklich gewesen war. Der mürrische Archivar – seine Miene hatte sich nur in jenem Moment aufgehellt, als Baniter den Namen der Dame Sinustre erwähnt hatte – war eigens in den Keller des Archivs herabgestiegen, um mehrere Folianten ans Tageslicht zu befördern: eine beeindruckende Menge an Protokollen, Briefen und sonstigen Schriftsätzen. Je mehr sich Baniter in die Aufzeichnungen vertiefte, desto deutlicher trat das Bild seines Großvaters aus der Vergangenheit hervor und schärfte sich vor seinem inneren Auge.

Er erfuhr, daß Norgon einer der beliebtesten Angehörigen des Thronrats gewesen war – von den Bürgern seines Fürstentums verehrt, von den übrigen Fürsten für seinen scharfen Verstand geachtet. Er hatte sich stets dafür eingesetzt, die Macht des Silbernen Kreises zu erhalten. Dies war unter der Herrschaft des mächtigen Kaisers Torsunt nicht einfach gewesen: Torsunt hatte im Verlauf seiner Regierungszeit die Rechte des Thronrats mehr und mehr beschnitten, und auch die Tathril-Kirche und die Großbürger Varas hatten an Einfluß verloren. In dieser Zeit war Norgon Geneder als großer Gegner des Kaisers aufgetreten; und bis auf Binhipar Nihirdi, den treuesten Freund Torsunts, hatten sich alle Fürsten im Thronrat hinter ihm geschart.

Im Jahr 324 – ein Jahr vor dem Umsturz – war der Streit eskaliert. Er hatte sich an einem Bauvorhaben entzündet, das Norgon Geneder dem Thronrat unterbreitet hatte. Der Fürst hatte um Unterstützung für einen großangelegten Umbau der Stadt Vara gebeten. Ganze Stadtviertel sollten abgerissen und in zeitgerechter Bauweise wiedererrichtet werden; die alten Kanäle sollten einem Netz unterirdischer Wassertunnel weichen, und ein weiterer Zufluss sollte die Stadt mit dem Dumer verbinden, der östlich von Vara durch das Fürstentum strömte.

Norgon wollte die Stadt rundum erneuern und somit den Handel anregen. Er hatte bereits Varas Oberschicht für seinen Plan gewonnen; dann hatte er versucht, den Thronrat zu überzeugen. Doch der Kaiser hatte sich vom ersten Tag an gegen den Plan ausgesprochen. Je mehr sich Norgon für den Umbau eingesetzt hatte, desto größer war Torsunts Ablehnung geworden. Im Thronrat hatte er Norgon als Träumer verspottet, als größenwahnsinnigen Phantasten. Schließlich hatte Torsunt das Vorhaben verbieten lassen; es sei überflüssig und zudem unbezahlbar. Als im selben Jahr ein Krieg zwischen Sithar und dem Nachbarreich Kathyga ausgebrochen war, hatte Torsunt die Bürgerschaft von Vara mit einer besonders hohen Kriegssteuer belastet, um ihr für alle Zeit die Laune an dem kostspieligen Umbau zu verderben.

Nachdenklich blickte Baniter von dem Schriftstück auf. *Ob dieser Streit der Auslöser für Norgons Entschluß war, Torsunt zu stürzen? Die Bloßstellung vor dem Thronrat muß für ihn eine große Demütigung gewesen sein. Doch allein aus verletztem Stolz hätte er nicht sein Leben aufs Spiel gesetzt – und das Leben seiner Familie.*

»Er war ein Mann von ungeheurem Mut!«

Baniter schreckte auf. Hinter einem der Regale, die sich durch das Turmzimmer des Archivs zogen, war ein älterer Mann hervorgetreten; er mußte sich dort schon eine Weile verborgen gehalten haben. Er war erschreckend mager; ein Rüschenhemd schlotterte um seinen Leib wie eine wehende Fahne. Sein Gesicht war ausgezehrt, die Wangen hohl und von weißen Stoppeln übersät, der Blick hungrig und unstet. Das schüttere Haar hatte er unter einem speckigen Lederhut verborgen. Seine Körperhaltung war gebückt, und Baniter bemerkte das leichte Zittern seines Kopfes.

»Mut. Den besaß er. Der zeichnete ihn aus. Wagemut. Und gestalterischen Mut. Mut, das Ungewöhnliche als Weg der Zukunft zu begreifen.« Langsam hinkte der Mann auf Baniter zu; er zog das linke Bein nach. »Ein außergewöhnlicher Mensch. Den schreckte nichts. Der ließ sich nicht beirren. Hatte er sich für eine Sache entschieden, focht er sie durch. Bis zum bitteren Ende. Gab er ein Versprechen, hielt er es ein. Ohne zu zögern. So war er. So war Norgon Geneder. Euer Großvater.« Er sprach abgehackt, mit langen Unterbrechungen zwischen den Sätzen; die Worte betonte er mit merkwürdiger Inbrunst.

Baniter schob den Folianten von sich und musterte den Ankömmling. »Mir war nicht bewußt, daß ich nicht der einzige Besucher des Archivs bin. Mit wem habe ich die Ehre, wenn ich fragen darf?«

Der Fremde setzte ein Lächeln auf, das von unheilbarem Wahn zeugte. »Die Ehre habe ich! Schon lange sehnte ich mich danach, Euch zu treffen. Euch! Den Fürsten von Ganata! Den Enkel Norgon Geneders!« Er streifte seinen Hut ab, hielt ihn zwischen den Händen wie eine eingefangene Taube. »Mein Name ist Sardresh. Sardresh von Narva. Sicher habt Ihr schon von mir gehört!« Der letzte Satz klang flehend, fast wie eine Bitte

Baniter starrte ihn überrascht an. »Ihr wollt mich auf den Arm nehmen! Sardresh der Schwärmer? Jener berühmte Baumeister, der den Umbau des Kaiserpalastes vornahm, der in Persys die Vergrößerung des Bundesplatzes beaufsichtigte, der...« Er hielt inne. »Aber das ist unmöglich! Ihr könnt unmöglich noch am Leben sein!«

»Aber das bin ich. Wie Ihr seht.« Sardresh nahm ungefragt an Baniters Seite Platz. Seine flackernden Augen blieben auf den Fürsten gerichtet. »Ich war Eurer Familie stets aufs engste verbunden. Die Burg Gendor. Der Stammsitz der Geneder. Mein Werk. Von mir entworfen. Von Eurem Großvater in Auftrag gegeben.« Er machte eine ärgerliche Geste, als wollte er eine Fliege verscheuchen. »Ich vergaß. Vor Eurer Zeit. Ihr wart damals noch zu jung.«

Baniter schüttelte verblüfft den Kopf. »Meine Eltern sprachen oft von Euch, doch sie wähnten Euch längst tot. Ihr seid eine Legende, Sardresh! Es ist Jahrzehnte her, daß man in Sithar von Euch gehört hat.«

Die Worte schienen seinem Gegenüber zu schmeicheln. Liebevoll legte Sardresh seinen Hut auf den Tisch, als wollte er ihn Baniter zum Geschenk machen. »Es ist still um mich geworden. Ich nehme keine Aufträge mehr an. Das Alter. Ihr versteht.«

Baniter verstand vor allem eins: Falls dieser Mann tatsächlich Sardresh von Narva war, mußte er weit über hundert Jahre alt sein. Er war unter dem Namen ›der Schwärmer‹ bekannt geworden. Seine Blütezeit hatte er während der langen Regierungszeit Kaiser Akrins erlebt; er galt als der bedeutendste Baumeister der sitharischen Geschichte, dessen gestalterischer Mut das Bild des Kaiserreiches geprägt hatte. In nahezu allen Städten Sithars waren seine Bauten zu bewundern. Auch in Vara hatte er seine Spuren hinterlassen: die Burg Gendor auf der Eisernen Insel war ebenso sein Werk wie die Handelsakademie oder das Silberkontor am Gorjinischen Markt; kühne Bauwerke, errichtet von einem unbändigen Geist, der sich stets an neuen Stilen und Konstruktionen versucht hatte. Je größer Sardreshs Ruhm geworden war, desto gewagter waren auch seine Entwürfe geworden. Er hatte Gebäude aus ungewöhnlichen Baustoffen entworfen, die Sithars Städten ein neues Gesicht verleihen sollten: Türme aus gehärtetem Kalk, Paläste aus glänzendem Stahl, Pagoden aus funkelndem Glas. Wegen dieser Vorhaben hatte Sardresh bald jegliche Protektion verspielt, die er unter Kaiser Akrin am Hof genossen hatte. Torsunt Thayrin, der nachfolgende Kaiser, hatte den Baumeister nach seiner Krönung rasch aus seinem Umkreis entfernt. Sardresh – damals bereits ein alter Mann mit zahlreichen Gebrechen – hatte sich daraufhin aus dem gesellschaftlichen Leben zurückgezogen. Schließlich war das Gerücht in Sithar umhergegangen, daß der ›Schwärmer‹ in Einsamkeit verstorben sei, verbittert über die mangelnde Anerkennung, die man ihm und seinem Lebenswerk entgegengebracht hatte.

Er sieht nicht sonderlich betagt aus, dachte Baniter, während er den Baumeister betrachtete. *Entweder habe ich es hier mit einem Schwindler zu tun, oder etwas hat Sardresh am Leben gehalten, von dem die Kirche des Tathril besser nichts erfahren sollte.*

»Wo seid Ihr in all den Jahren gewesen?« fragte er neugierig.

Sardresh hatte aus der Tasche seines Gewandes ein silbernes Döschen hervorgeholt. Mit fahrigen Bewegungen öffnete er den Deckel; eine grüne Salbe verbarg sich im Inneren.

»Ich habe Vara nie verlassen. Diese Stadt ist meine große Liebe. Das war sie schon immer. Ich hätte es nicht übers Herz gebracht fortzugehen.« Sardresh deutete auf die Schriftstücke, die vor Baniter auf dem Tisch lagen. »Nur Euer Großvater liebte Vara ebenso wie ich. Die Stadt seiner Vorväter. Sie erfüllte ihn mit Stolz. Und diesen wollte er bewahren. Um jeden Preis.« Er fuhr mit seinem Zeigefinger in das Döschen und nahm eine Spur der Salbe auf. »Er war ein Freund von mir. Und mehr als das. Mein Gönner. Mein Retter. Mein Gefährte in der Finsternis.« Vorsichtig strich sich der Baumeister die grüne Salbe auf seine ausgetrockneten Lippen, preßte sie dann aufeinander, um den Balsam zu verteilen. »Ihr gleicht ihm sehr, Baniter. Wußtet Ihr das? Eure Augen! So grün wie die seinen. Und so entschlossen. So viele Fragen in Euren Blicken.« Er kicherte, fuhr sich mit der Zunge über den glänzenden Mund.

»Vor allem stellt sich mir die Frage, ob unsere Wege sich zufällig hier im Archiv kreuzen«, erwiderte Baniter.

Sardresh verzerrte den Mund zu einem Lächeln, so daß Baniter die dunkelgrün verfärbten Zahnhälse sehen konnte. »Ihr habt recht. Ich wußte, daß Ihr hier seid. Daß Ihr kommen würdet. Eine gute Bekannte hat es mir verraten.«

Sinustre! fuhr es Baniter durch den Kopf. *Ich hätte mir denken können, daß sie diese Zusammenkunft eingefädelt hat!* »Dann kennt Ihr wohl auch die Schriftstücke über meinen Großvater, deren Lektüre mir jene gewisse Bekannte empfohlen hat.«

Das Flackern in Sardreshs Augen verstärkte sich. »Der Streit um den Umbau der Stadt Vara? Ich weiß alles darüber.« Seine Finger verkrallten sich im Leder des speckigen Hutes. »Ein mutiges Vorhaben! Ein beispielloses Vorhaben! Norgon hatte Großes im Sinn. Eine Zäsur in der Geschichte des Städtebaus. Ein Neuanfang.«

»Ich nehme an, daß der Anstoß zu diesem Plan von Euch kam«, erriet Baniter.

»So war es!« rief Sardresh und ließ den Hut fallen, als hätte Baniter ihn bei einer obszönen Handlung ertappt. »Ich unterbreitete ihm den Entwurf. Der Umbau Varas war meine Idee. Norgon war begeistert. Fasziniert geradezu!« Wieder entnahm Sardresh seinem Döschen eine Fingerspitze des Balsams und rieb ihn auf seine Lippen. »Die Möglichkeit, Vara neu zu erschaffen. Neu zu beleben. Zu verjüngen. Das Alte umzudeuten und mit neuem Geist zu erfüllen. Wir wußten beide, daß sich diese Stadt nur retten ließ, in dem man sie vollkommen neu erschuf.« Er senkte die Stimme. »Der Untergang, Baniter! Er lauert in jeder Stadt. In jedem Stein. In jeder Fuge. Alles, was der Mensch erschafft, muß vergehen. Alle Pracht. Alle Schönheit. Der Mensch zerstört stets, was er liebt. Wir dürfen uns nicht daran klammern. Wir müssen voranschreiten.« Er hob die Hand, deutete fahrig auf die Regale des Archivs. »Lest die Legenden der Alten Zeit! Lest, welch prunkvolle Städte es einst auf Gharax gab. Voller Herrlichkeit! Voller Hoffnung! Städte, in denen der Mensch seine Größe entdeckte. In denen er Weisheit erlangte. Innerlichkeit! Und Stärke! Städte, die dazu bestimmt waren, die Welt zu prägen. Städte, die Ausgangspunkt sein sollten für eine Fortentwicklung unserer Gesellschaft. Doch sie alle fielen zurück in den Staub. Neid und Mißgunst haben sie vernichtet! Dummheit und Selbstüberschätzung!« Von plötzlichem Zorn gepackt, fegte Sardresh seinen Hut vom Tisch. »Das Übel liegt im Menschen, Baniter. In den Bewohnern der Städte, die schwach sind und mutlos. Die nicht zufrieden sind mit dem, was sie schufen. Die das Werk ihrer eigenen Hände geringschätzen. Man muß sie zwingen, es zu respektieren. Sie haben die Stadt erschaffen und damit etwas Höheres. Etwas Zeitloses. Sie spüren es und fürchten sich vor der Größe ihrer Leistung. Deshalb streben sie danach, die eigene Schöpfung zu zerstören. Glaubt mir, Baniter: Der Mensch ist nicht fähig, über die Stadt zu herrschen. Er kann sie errichten, doch nicht dauerhaft bewahren. Die Stadt muß selbständig werden. Sie muß über den Menschen herrschen, um ihn vor sich selbst zu schützen.«

Baniter blickte ihn verständnislos an. »Wie sollte eine seelenlose Stadt über den Menschen herrschen?«

Sardresh schüttelte verärgert den Kopf. »Die Stadt ist beseelt! Sie gleicht einem Lebewesen. Ihre Gebäude ein Leib. Ihre Straßen die Adern. Und der Mensch der Lebensfunken, der ihr Atem einhaucht. Sie wird geboren, wächst und gedeiht wie jede Kreatur. Doch am Ende muß sie vergehen, wenn sie nicht rechzeitig der menschlichen Hand entrissen wird. Euer Großvater wußte dies. Er wollte Vara retten. Er wollte sie zu einer neuen Stadt erheben. Einer anderen Stadt. Einer Stadt, wie sie die Menschheit noch nicht gesehen hat.« Sardresh fuhr sich nervös über den grüngefärbten Mund. »Der Umbau sollte nur der Anfang sein. Ein Brückenschlag zwischen hehrer Vergangenheit und strahlender Zukunft. Er sollte Verbindungen knüpfen zu einer neuen Ära. Einer Ära der Wandlung.«

»Wie bedauerlich, daß Ihr nicht auch den Kaiser für dieses Vorhaben begeistern konntet«, sagte Baniter mit mildem Spott. »Er hatte für Eure Pläne wenig übrig.»

Verächtlich schnaubte Sardresh auf. »Torsunt war ein hirnloser Tyrann! Ein Mann ohne Vorstellungskraft. Euer Großvater hingegen war ein geborener Herrscher. Er hätte den Mut und die Möglichkeit besessen, die Welt zu verändern.«

»Die Möglichkeit?« fragte Baniter. »Wie meint Ihr das?«

Sardresh rollte mit den Augen, deren Pupillen sich stark geweitet hatten. »Ich habe ihm den Pfad eröffnet. Den Pfad seiner Bestimmung. Doch Norgon ging ihn zu rasch. Noch war die Welt nicht bereit. Und er hatte noch nicht die Gänge erforscht. Die Gänge, in denen die letzten Rätsel verborgen sind.«

Baniter versuchte, den Gedankensprüngen des Baumeisters zu folgen. »Welche Gänge? Wovon sprecht Ihr, Sardresh?»

»Die Gänge des Verlieses!« Sardresh zeigte mit flatternder Hand auf den Boden des Archivs. »Dort unten, Baniter, wartet eine Welt auf uns, von der die Bewohner dieser Stadt nichts ahnen. Eine Welt der Mysterien. Ein Welt, die sich nur demjenigen erschließt, der die Zeichen lesen kann.«

»Erschließt sie sich nicht eher demjenigen, der an Eurer merkwürdigen Salbe nippt?« Lächelnd deutete Baniter auf Sardreshs Döschen.

Der Baumeister blickte ihn tadelnd an. »Ich verstehe. Ihr haltet mich für wahnsinnig.« Er schüttelte bedauernd den Kopf. »Kennt Ihr die Geschichte der arphatischen Stadt

Mandras? Man nannte sie die Stadt des Rausches. Ihre Bewohner verschafften sich mithilfe geheimnisvoller Kräuter Zutritt zu einem anderen Reich – zu der Stadt Myndras. Ein Ort ewiger Freuden. Mandras und Myndras teilten sich denselben Platz in unserer Welt. Und doch waren sie voneinander getrennt. Nur jene, die ihre Sinne Myndras öffneten, konnten diese Stadt betreten.« Er fuhr sich mit der Zunge über die Lippen. »So ähnlich ist es auch mit unserer Stadt. Vara ist geteilt in eine diesseitige Stadt und eine verborgene. Die in der Tiefe liegt. Die nur auf verschlungenen Pfaden zu erreichen ist.«

So etwas hatte ich befürchtet. »Und Ihr zeigtet meinem Großvater den Weg dorthin«, folgerte Baniter, »mit Hilfe Eurer wundersamen Essenz…«

Sardresh sprang empört auf. »Ihr begreift nichts! Nichts!« Wütend griff er nach dem Döschen, als fürchtete er, Baniter könnte es ihm fortnehmen. »Tief unter Vara liegt eine zweite Stadt. Eine ältere Stadt. Sie wurde vor über zweitausend Jahren von einem Zauberer aus Gyr gegründet. Varyn der Seefahrer. Er kam mit seinem Schiff über das Silbermeer gefahren«

Baniter wurde ungeduldig. »Es ist nie bewiesen worden, daß Vara von dieser Legendengestalt erbaut wurde.«

»Er schuf die Verliese«, beteuerte Sardresh. »Die Kanäle. Die dunklen Gänge. Die Wunder. Die Schrecken.« Er hämmerte sich mit der Faust gegen die magere Brust. »Ich habe sie gesehen. Und Euer Großvater ebenso. Das Verlies der Schriften!«

Offenbar hat er Norgon in den Dom von Vara geführt, vermutete Baniter. *Die Katakomben des Doms sollen in der Tat viele Geheimnisse bergen. Doch warum faselt Sardresh von einer ganzen Stadt, wenn es sich allenfalls um ein größeres Höhlensystem handelt?*

»Was hat mein Großvater dort unten gesucht?« fragte er den Baumeister. »Und warum wolltet Ihr im Thronrat den Umbau der Stadt erzwingen?»

»Wir wollten das Alte ans Tageslicht holen. Die Wahrheit.

Die Macht. Die Möglichkeit. Die Freiheit, Vara zu gestalten, wie es uns beliebt. Und die Welt! Und uns selbst!« Mit geweiteten Augen wich Sardresh von Baniter zurück, bückte sich nach dem herabgefallenen Hut. »Ihr werdet es eines Tages verstehen. Wenn Ihr das Verlies gesehen habt. Wenn ich Euch dorthin führe.«

Das könnte ein interessanter Ausflug werden. »Dieses Angebot nehme ich gerne an«, sagte Baniter. »Wann soll es losgehen?«

Sardresh stieß ein meckerndes Lachen aus. »Wenn ich es für richtig halte. Doch nicht heute! Es wäre zu gefährlich. Denn auch andere bereiten sich darauf vor, die Gänge zu erkunden. Wer weiß, was in der vergessenen Stadt auf sie wartet? Wer weiß, ob sie fündig werden?« Er setzte sich den Hut auf, warf Baniter einen irren Blick zu und hinkte zu einer abwärtsführenden Treppe. »Doch es wird Ihnen an Mut fehlen. Und an Glück. Und an Wissen. Sie werden die Schriften nicht lesen können. Ihr aber, Baniter... nun, wir werden sehen! Wir werden sehen!«

Mit einem Kichern humpelte Sardresh die Treppe hinab. Baniter erwog, ihn zurückzuhalten und weiter über seinen Großvater auszuhorchen. Doch er verwarf den Gedanken rasch.

Der ›Schwärmer‹ will mich zappeln lassen. Er will meine Neugier wecken, damit ich ihn bitte, mir auch den Rest seiner rätselhaften Geschichte zu enthüllen. Aber diesen Gefallen werde ich ihm nicht erweisen.

Er wartete, bis Sardreshs Schritte verhallt waren. Dann kehrte sein Blick zu den Büchern zurück, die noch immer ausgebreitet auf dem Tisch lagen. *In welche Kreise hast du dich begeben, Norgon? Welche Ziele hast du verfolgt, als du dich mit diesem Verrückten einließest? Ich muß mit Jundala über diese Angelegenheit sprechen. Vielleicht weiß sie, wie ich dieses seltsame Treffen einordnen sollte.*

Augen, so leuchtend, so grün wie Smaragde…

Gedankenverloren starrte Jundala Geneder auf die Wellen, die gegen den Bug des Schiffes schwappten. Es lag im Hafen von Vara vor Anker; eine mächtige dreimastige Karacke von wohl zwanzig Schritt Länge. Die Fürstin lehnte an der Reling des Schiffes; ihr dunkelblondes Haar trug sie offen. Die Locken strichen um ihre Wangen, aufgeworfen vom Wind, der von der Meerseite her zum Land wehte. In ihrem Rücken hörte sie den Lärm des nahen Hafengebäudes; die hektischen Stimmen der Händler, die Pfiffe der Kahnleute, das Getrappel der Kutschenpferde. In keinem Hafen Sithars wurden tagtäglich so viele Waren um- und eingeladen; stündlich legten Schiffe aus Persys und Condul, Phaly und Throdot an, und auch wenn der Fall des Leuchtturms zu einem Rückgang des Warenverkehrs geführt hatte, war der Trubel im Hafen von Vara so groß wie eh und je.

Augen, so leuchtend, so grün wie Smaragde…ich will verdammt sein, wenn ich diesen Mann nicht bekomme, wenn ich ihn nicht ganz für mich haben kann…

Jundala konnte die Worte der Königin nicht vergessen; immer wieder hörte sie Intharas Stimme, rief sich das verzückte Gesicht der Arphaterin in Erinnerung, als sie diese Sätze ausgesprochen hatte: jenes junge, ebenmäßige Gesicht, dessen Schönheit nicht zu leugnen war, dessen Anziehungskraft sich auch Jundala kaum entziehen konnte. Sie versuchte, die Königin mit den Augen ihres Mannes zu sehen: den wohlgeformten Körper, die olivfarbene Haut, das glänzende Haar und den Mund, diesen zarten Mund…Der Gedanke, daß Baniter ihn geküßt hatte, daß er diese Lippen geküßt und diesen Körper umschlungen hatte, löste in Jundala ein Gefühl aus, das sie nie zuvor gekannt hatte; tief in ihr ein Schmerz, so fein wie ein Nadelstich. Trauer mischte sich mit Furcht und mit Wut. Ja, es war mehr als Eifersucht in ihrem Herz: das Gefühl, etwas verloren zu haben, dessen sie sich zuvor so sicher gewesen war. Seit Jundala verheiratet war, hatte sie die Affären ihres Mannes geduldet; und auch sie hatte sich gelegentlich eine harmlose Liebschaft gegönnt.

Es war nie ein Problem zwischen ihnen gewesen; sie hatten sich Freiheiten eingeräumt, und dies hatte ihr gegenseitiges Vertrauen nie belastet. Diesmal aber fühlte es sich anders an. Inthara war keine gewöhnliche Geliebte, das wußte Jundala nur zu gut; und wenn es tatsächlich stimmte, was die Königin im Palastgarten erzählt hatte, war ihre Begegnung mit Baniter nicht ohne Folgen geblieben.

Meinst du, es wird seine Augen bekommen? Sie fesselten mich vom ersten Augenblick an…

Jundala schreckte auf, als sie Schritte hörte. Ein Junge kam über das Deck des Schiffes auf sie zugelaufen. Es war der derselbe Knabe, der sie an Bord geführt hatte: ein Leichtmatrose, wohl vierzehn Jahre alt. Sein zerschlissenes graues Hemd zeigte das Zeichen eines in Flammen stehenden Schiffes.

Er verneigte sich. »Kommt bitte mit, Fürstin. Die Südsegler erwarten Euch nun!«

Sie nickte und folgte dem Knaben. Ihr Weg führte an zahlreichen Wasserfässern vorbei, die an Deck vertäut waren; die hohe Anzahl ließ Jundala vermuten, daß die Karacke schon seit Tagen zum Auslaufen bereit war. Um so erstaunlicher war es, keine Besatzungsmitglieder an Bord anzutreffen: Das Schiff schien menschenleer.

Der Matrose hielt vor einer Kajüte in der Mitte des Decks. Behutsam öffnete er die Tür und bedeutete Jundala einzutreten. Sie folgte seiner Weisung. Innen herrschte Halbdunkel; die Fenster waren mit Tüchern verhängt. An einem Tisch in der Mitte der Kabine saßen drei Gestalten, gekleidet in Seemannsjacken. Ihre Gesichter waren kaum zu erkennen, dunkelrote Stoffbinden verdeckten die Augen. Auf ihren Wangen prangten blasse Tätowierungen. Es handelte sich stets um dasselbe Motiv: ein brennendes Schiff – das Symbol des Bundes der Südsegler.

Zögernd trat Jundala Geneder vor den Tisch. »Ich grüße euch, ihr Südsegler. Es war mir ein großes Anliegen, noch heute von euch empfangen zu werden.«

Die drei Männer schwiegen. Jundala fragte sich, ob sie

durch den Stoff ihrer Augenbinden etwas erkennen konnten. Sie hatte Gerüchte gehört, daß viele der Südsegler blind seien, angeblich ein Akt ritueller Selbstverstümmelung, doch bisher hatte sie diesen Märchen keinen Glauben geschenkt. Beherzt fuhr sie mit ihrer Rede fort. »Ihr kennt meinen Namen. Ich bin Jundala Geneder, Gattin des ganatischen Fürsten und Tochter des Barons von Bolmar.« Sie zog eine Schriftrolle unter ihrem Mantel hervor. »Diese Nachricht wurde meinem Mann heute morgen von einem Boten überbracht. Ich habe mir erlaubt, sie zu öffnen.« Sie ließ einen kurzen Moment verstreichen, wartete auf eine Reaktion der Südsegler, doch diese verharrten in Schweigen. »Ihr bittet meinen Gemahl Baniter um Unterstützung – um Gold für Eure Suche nach jenem Kontinent im Süden, den Euer Bund seit vielen Jahrhunderten entdecken will.«

Leise Geräusche: ein rasselnder Atem, dann eine seltsame, zittrige Stimme, die einem Stöhnen glich. »Die Karte der Alten, die Weisen von Yuthir: die Stadt, die sich einst selbst dem Tod übergab. Doch Wissen währt ewig, und Yuthirs Geheimnis, fand einen Weg aus dem finsteren Grab.« Jundala wußte nicht, welcher der Männer zu ihr sprach; auf keinem der Gesichter konnte sie eine Lippenbewegung erkennen. »Ein magisches Eiland, im Süden verborgen; die Suche, sie führt uns aufs Wasser hinaus. Wir spüren die Küste, wir fühlen die Nähe; doch wo ist der Anker, und wer wirft ihn aus?«

Eine zweite Stimme fiel ein. »Wir baten die Fürsten, wir flehten seit Jahren; und wurden verspottet und wurden verlacht.« Keiner der Männer rührte sich; vergeblich starrte Jundala auf ihre starren, unbewegten Münder. »Wir sahen die Zeichen und warnten den Thronrat, vor dem Erstarken der feindlichen Macht.«

Jundala ließ sich ihr wachsendes Unbehagen nicht anmerken. »Der Silberne Kreis wird Euch nicht helfen. Seit dem Auftauchen der Goldéi fließt alles verfügbare Geld in die Aufrüstung des Heeres. Keiner der Fürsten wird Eure Suche bezahlen, solange der Krieg gegen die Echsen tobt.«

Wieder hallte eine Stimme durch die Kabine. »Die goldenen Schiffe, die Kinder des Nebels: sie kommen herbei aus den Winkeln der Zeit. Scharf ihre Krallen und scharf ihre Schwerter; es gibt kein Entrinnen, bald ist es soweit.« Eine weitere Stimme, drängender noch als die erste, fügte hinzu: »Die Welt steht am Abgrund, bald wird man es spüren; und endlich den Sinn unserer Suche verstehen. Denn noch gibt es Hoffnung, die Küste zu finden: Die Suche, die Suche muß weitergehen!«

Der letzte Satz war von allen drei Stimmen zugleich ausgesprochen worden. Jundalas Unbehagen verwandelte sich immer mehr in Grauen. »Ihr glaubt, daß jener verborgene Kontinent den Menschen eine Zuflucht vor den Goldéi bietet... Nun, vielleicht habt Ihr recht. Vielleicht gibt es diesen Kontinent tatsächlich, und die Menschen werden sich einst dorthin retten, wenn die Echsen über Sithar herfallen. Mir ist es gleich. Ich will ehrlich sein: Ich kam nicht hierher, um Eure Suche zu unterstützen, sondern um mir den Beistand der Südsegler zu sichern.« Sie holte einen Beutel aus der Tasche hervor, leerte ihn vor den Männern auf dem Tisch aus. Geschmeide rollte heraus: Ringe und Halsketten, Haarnadeln und Fibeln, allesamt aus edlem Metall, besetzt mit kostbaren Steinen, die selbst im trüben Licht der Kajüte noch funkelten. »Dies hier ist Schmuck im Wert von mehreren hundert Goldstücken – genug, um Eure Suche fortzusetzen! Kein anderer Fürst wird Euch ein ähnlich großzügiges Angebot unterbreiten.« Jundala verschwieg, daß es sich bei dem Geschmeide um ihre Mitgift handelte; ihr Vater, der Baron von Bolmar, hatte seiner Tochter den Schmuck anläßlich der Vermählung mit Baniter Geneder geschenkt. »Bleibt mit Euren Schiffen im Hafen; haltet Euch weiter im Hintergrund, so wie in den vergangenen Wochen. Denn eines Tages werde ich Euren Schutz benötigen. Dann erwarte ich, daß Ihr mir mit gezückten Schwertern zur Seite steht. Wenn Ihr dies schwört, könnt Ihr den Schmuck behalten und verwenden, wie immer es Euch beliebt.«

Die Südsegler schwiegen eine Weile. Es war ihnen nicht

anzumerken, ob sie Gefallen an Jundalas Angebot gefunden hatten. Schließlich setzten die seltsamen Stimmen wieder ein, voller Hast, voller Empörung. »Wir hofften auf Hilfe, auf wahres Verständnis; doch kaufen kann niemand der Südsegler Macht!«

Jundala zuckte mit den Schultern. »Wie Ihr meint. Es war töricht von mir zu glauben, Euer Bund sei auf meine armselige Hilfe angewiesen.« Sie klaubte die Schmuckstücke wieder zusammen.

In diesem Moment ging ein Zucken durch den Körper des mittleren Südseglers. Er stieß ein trockenes Husten aus. Dann schnellte seine Hand nach vorne, packte Jundalas Ellenbogen. Seine Lippen formten leise Worte. »Der Turm ist verloren, die Flamme erloschen; und wehe dem Mann, der dem Silber vertraut. Die Lügen der Vorzeit, sie wollten uns täuschen, doch sind sie auf tückischem Grunde erbaut.« Er zog Jundala zu sich heran. »Wir Südsegler konnten das Trugbild durchschauen; wir ließen uns blenden, um wirklich zu sehen. Das Licht unsrer Augen, es wollte uns hindern; doch die Suche, die Suche muß weitergehen!«

Jundala befreite sich aus seinem Griff. Ihre Lippen formten ein herablassendes Lächeln. »So nehmt Ihr also mein Angebot an?«

»Wir wollen Euch trauen, wir werden Euch helfen; wir schwören Euch Treue für einige Zeit«, wisperten die Südsegler. »Falls Euer Gemahl unsere Schwerter benötigt, so stehen wir Südsegler gerne bereit.«

Jundalas Augen verdüsterten sich. »Ihr habt mich falsch verstanden. Ihr sollt nicht meinem Mann dienen – sondern mir. Mir persönlich!«

Mit diesen Worten schob sie ihr Geschmeide den Südseglern entgegen. Zufrieden beobachtete sie, wie die Hände der drei Männer gierig nach den Schmuckstücken tasteten.

KAPITEL 12

Spuren

Blutrote Abendsonne. Flimmernde Hitze. Wüstensand wirbelte empor und stob über den Fluß Nesfer hinweg; der größte Strom Arphats, ein silbernes Band, das die praatische Wüste durchschnitt. An seinem Ufer lagerte ein Heerestroß. Blaue Waffenröcke, grünglimmende Säbel; es waren Bena-Sajif-Mönche aus dem Osten des Königreiches. Die Priesterschaft des Todesgottes Kubeth hatte sie herbeigerufen, um das Heer der Arphater im Westen zu verstärken.

Der Krieg gegen die Goldéi hatte eine furchtbare Wendung genommen. Der Versuch der Arphater, die Echsen an den Reichsgrenzen aufzuhalten, war gescheitert. Hohe Verluste wurden gemeldet: der Sajessin, der stärkste Kriegerorden Arphats, hatte zweitausend Mönche verloren, als der Feind die Heereslinie durchbrochen hatte. Auch die Bruderschaft des Balah-Sej beklagte an die tausend Gefallene. Nun drangen die Goldéi ins Landesinnere vor; die Zwingfeste von Thesma hatte sich ihnen ergeben, und aus dem Grenzgebiet flohen die Menschen gen Norden, um Schutz in den Küstenstädten zu suchen. Auch dort war die Lage angespannt: Immer häufiger wurden auf dem Nordmeer die goldenen Schiffe der Echsen gesichtet, die vom Hafen der besetzten Stadt Harsas aus in See stachen. Noch hielten sie sich von der Küste fern, doch es war abzusehen, daß sie den Krieg bald in weitere Gebiete Arphats tragen würden.

Alle Hoffnung richtete sich nun auf das Bündnis mit dem Kaiserreich Sithar. Die Nachricht von der Eheschließung zwischen Königin Inthara und dem sitharischen Kaiser hatte zunächst Empörung in der Bevölkerung hervorgerufen, doch da die Königin den göttlichen Willen verkörperte, waren die Widerworte rasch verstummt. Inzwischen hatten selbst jene, die glühenden Haß auf das Kaiserreich verspürten, die Notwendigkeit des Paktes erkannt und sehnten die Ankunft des sitharischen Heeres herbei. Gerüchten zufolge hatte bereits eine Streitmacht von achttausend Mann den Nebelriß überquert. Mit dieser Verstärkung würde es gelingen, die Goldéi von Arphats Städten fernzuhalten, und so faßten die Menschen im Königreich wieder Mut.

Seit Tagen schon zogen die Bena-Sajif-Mönche am Ufer des Nesfers entlang. Sie waren von Praa aus aufgebrochen; ihre Maultiere hatten Flöße mit Verpflegung und Rüstzeug stromaufwärts getreidelt. Nun hatte der Troß die Ebene von Sarma erreicht, wo der Nesfer vom Süden her in die Wüste drang und gen Osten abbog. Hier standen die Ruinen von Dalal'Sarmanch, der Stadt der Sieben Türme, die am Ende der Alten Zeit von König Apetha zerstört worden war. Dunkle Gesteinsbrocken zeigten, wo einst ihre Mauern gestanden hatten; zerschlagenes Geröll, überwuchert von Faulnesseln, teils im sandigen Grund versunken. Angeblich spukten des Nachts noch immer die einstigen Bewohner der Stadt in den Trümmern umher, in ewiger Furcht vor dem unsichtbaren Feind, der Dalal'Sarmanch von innen heraus vernichtet hatte.

Die Bena-Sajif hatten es nicht gewagt, ihr Lager innerhalb der Grenzen der verfluchten Stadt aufzuschlagen. Stattdessen hatten sie vor der Flußbiegung haltgemacht und ihre Zelte auf einer ufernahen Lehmbank errichtet. Die Ruinen lagen in Sichtweite; auf der anderen Seite des Flusses ragten Bruchstücke der zerstörten Mauern aus dem Sand. Als sich Dunkelheit über die Wüste senkte und die Gluthitze der nächtlichen Kälte wich, begriffen die Mönche, daß die Gerüchte um Dalal'Sarmanch keine bloße Erfindung waren. Über den fernen Trümmern waberte ein blaues Licht, und der Wind trug ein Klagen an die Ohren der Wachen, die sich um ein Lagerfeuer scharten. Mit klammen Herzen starrten sie auf die Ruinen; niemand wagte zu sprechen. Schließlich begann einer der Mönche zu singen; ein Lied, das er in den vergangenen Tagen in Praa aufgeschnappt hatte:

»Hört ihr denn nicht, überhebliche Narren
die haltlosen Heere vor Dalal'Sarmanch?
Wißt ihr denn nicht, wie entschlossen sie nahen
zu schleifen die Türme von Dalal'Sarmanch?
Goldenes Rüstzeug und klirrende Schwerter,
am Rochen geschärft und an Candacars Stahl
getaucht in das Blut der gefallenen Gegner
bald richten sie sich gegen euch! Ja, bald
umschließt der Griff der goldenen Klaue
die Türme von Dalal'Sarmanch.«

Jeder kannte diese Zeilen; die sitharische Dichterin Lyndolin Sintiguren hatte sie vor einigen Kalendern am Har'buthi-Fest in Praa vorgetragen – eine Warnung vor der goldéischen Bedrohung. Im ganzen Königreich wurde das unheimliche Lied gesungen, selbst von jenen, die sich den Echsen entgegenstellten.

»Wir sollten nicht weiterziehen«, flüsterte einer der Bena-Sajif, als der Gesang seines Mitbruders verhallt war. »Wer weiß, wie weit die Echsen bereits nach Praatien eingedrungen sind? Sie könnten uns auflauern und in eine Falle locken…«

»Was redest du da?« fuhr ihn einer der älteren Mönche an. »Sollen wir uns etwa in der Wüste verkriechen, während diese Untiere nach Praa ziehen und unsere Familien niedermetzeln? Ihr alle wißt, was in Harsas geschehen ist!«

Die anderen Bena-Sajif nickten. Ihre Augen blieben auf die Ruinenstadt geheftet. Das blaue Leuchten war schwächer geworden, und der heulende Wind setzte für einen Moment aus.

Plötzlich zerrissen Warnrufe die Stille. Sie drangen vom Ufer her. Die Männer sprangen auf, griffen nach ihren Krummsäbeln, eilten zum Wasser. Dort standen im Schilf zwei Bena-Sajif. Aufgeregt winkten sie ihre Brüder herbei.

Fackeln wurden entzündet. Eine Handvoll Mönche watete durch das modrige Wasser auf die Rufenden zu.

»Ich habe ein Plätschern im Wasser vernommen!« rief einer von ihnen erregt. »Dann sah ich eine Bewegung ... ich hielt es für einen Flußhund, zückte meinen Bogen, und ...«

Die Mönche senkten ihre Fackeln. Zwischen abgeknickten Schilfhalmen lag ein regloser Körper im Wasser. Purpurn glänzte sein Mantel. Zwei Klauen, starr emporgestreckt; sie klammerten sich um den geborstenen Schaft eines Pfeils. Dieser hatte den schuppigen Hals der Kreatur durchbohrt; schwarzes Blut drang aus der Wunde.

»Ein Goldéi«, rief einer der Mönche. »Bei allen Göttern...«

»Seid still!« befahl sein Anführer. »Wir wissen nicht, wie viele von ihnen in der Nähe sind!«

Erschrocken blickten die Bena-Sajif auf. Horchten. Das Rauschen des Flusses. Der eisige Wind, ruhig, lauernd.

»Vermutlich wollte es unser Lager auskundschaften«, wisperte der Mönch, der den Goldéi niedergeschossen hatte. »Es muß von der anderen Seite des Flusses gekommen sein. Wir sollten sofort die anderen wecken und ...«

Ein peitschendes Geräusch! Ein Zucken fuhr furch den Leib des Goldéi; sein Echsenschwanz schnellte empor, rollte sich um das Bein eines Mönches. Dieser schrie auf, versuchte seinen Säbel zu ziehen. Schon hatte der Goldéi ihn zu sich in den Schlamm gezogen; das Gesicht des Mönches war nur einen Fingerbreit von der Fratze der Kreatur entfernt. »Kehrt um ...«, ein haßerfülltes Zischeln, »werdet sterben, noch heute nacht! Sind schon auf dem Weg ... kommen zu euch ...«

Ein Säbelhieb teilte den Schädel der Echse. Sie klatschte rückwärts ins Wasser zurück. Entsetzt befreite sich der Mönch aus der Umklammerung des toten Goldéi.

»Holt die Trompeten!« schrie der Anführer. »Unserem Lager steht ein Angriff bevor!«

Vergeblich der Versuch, das Gefüge in seiner Ganzheit zu erfassen, zu erkennen, welche Größe und Schönheit ihm innewohnte; ein Verständnis nur möglich durch Selbstaufgabe: ganz mit dem Gefüge zu verschmelzen, den eigenen Körper nicht mehr als Grenze zu begreifen, die eigene Wahrnehmung zu erweitern. Laghanos wollte mehr sehen, als seine Augen erblickten, mehr hören, als seine Ohren vernahmen. Das Gefüge verlieh ihm neue Sinne; die feinen Drähte spannten sich nicht nur durch die Gänge des Heiligen Spektakels, sie reichten tief in das Gestein, gingen in verborgene Silberadern über, die den Rochen durchzogen. Laghanos konnte das mächtige Gebirge ertasten, vom bodenlosen Grund bis zu den schneebedeckten Gipfeln. Die ganze Welt lag ihm zu Füßen, und die Sphäre war ein Mantel, der seine Schultern umgab, ein Gespinst, das sich all seinen Bewegungen anpaßte.

Was war geblieben von jenem Kind, das einst Lehrling der Malkuda gewesen war? Die Zauberer hatten ihm seinen Willen genommen, die Goldéi sein Gesicht, das Spektakel seinen Körper. War Laghanos nicht längst Vergangenheit, sein Name nur noch Erinnerung an eine Zeit, als er noch Mensch gewesen war? Sein Entschluß, sich nicht mehr als Opfer fremder Mächte zu begreifen, nicht mehr der gehorsame Schüler zu sein, zu dem die Malkuda ihn erzogen hatte, half ihm, die Grenze zwischen sich und dem Gefüge zu verwischen. Nicht er war ein Teil des Gefüges, sondern das Gefüge ein Teil von ihm: es half ihm, die Sphäre auf eine Weise zu erschließen, die er zuvor nicht für denkbar gehalten hatte.

Nun, da ihn nichts mehr am Durchdringen der Sphäre hinderte, beschloß Laghanos, in die Welt der Goldéi zurückzukehren. Die Maske hatte ihn zweimal an diesen Ort geführt; auch dieses Mal eröffnete sie ihm den Weg. Wieder schälte sich sein Körper aus dem Nichts; wieder strich glühender Wind über seine Haut, erstreckte sich über ihm rubinrote Himmelsglut, spürte er unter seinen Füßen jenen zähen Schlamm und roch den Hauch der Verwesung. Doch dieses Mal konnten ihm die Schrecken nichts anhaben. Sein Körper war Hülle für etwas Größeres, Älteres, und das Gefüge schützte ihn vor allen Gefahren. Seine Sinne aber weiteten sich; wie die Drähte des Gefüges woben sie ein Netz durch den fremden Raum und lauschten den Schwingungen der vergehenden Welt.

Nun erst erkannte Laghanos die wahre Natur der Magie: die Sphäre ein hauchdünner Schleier, der die Welt der Goldéi von der Welt der Menschen trennte; ihre magischen Ströme genährt von der Kraft, die diesen Ort einst am Leben gehalten hatte. Noch lag eine Ahnung vergangener Schönheit in der Luft; Laghanos glaubte den kühlen Nebel zu schmecken, der durch die endlosen Weiten gekrochen war, das kristallklare Wasser zu spüren, das vor langer Zeit den Grund dieser Welt bedeckt hatte ... all dies vernichtet durch die Gier der Zauberer! Der Rotgeschuppte hatte die Wahrheit gesprochen: nicht Mordlust hatte die Goldéi nach Gharax geführt. Die Zerstörung ihrer Welt hatte sie gezwungen, den Krieg gegen die Menschen zu eröffnen.

Der warnende Ruf des Gefüges erklang. Laghanos zog seine Sinne aus der Ferne zurück, besann sich auf seinen Körper. Er spürte das Wirken einer unsichtbaren Kraft; Drafurs Hauch, der ihn durch die Welt der Goldéi trug.

Laghanos ließ sich zu einem zerklüfteten Felsen treiben, der sich aus dem pechschwarzen Schlamm erhob. Seine Füße fanden sicheren Halt auf dem Gestein. Er blickte an sich herab; sein Körper war umwirkt von fließendem Silber, ein funkelnder Panzer, den das Gefüge ihm verliehen hatte. Der Anblick war atemberaubend; voller Stolz streckte Laghanos seine Glieder aus.

»Wußte, daß du eines Tages zurückkehren würdest«, hörte er es raunen. »Habe dich erwartet, lange schon.«

Dicht vor ihm formte sich eine Gestalt aus dem Nichts, ein menschenähnlicher Körper aus Nebel, weiß und durchscheinend. Allein die Augen waren lichtlose Flecken.

»Aquazzan!« sagte Laghanos leise. Er hatte die Nähe des Rotgeschuppten längst gespürt; nun, da ihm der Goldéi in seiner natürlichen Gestalt erschien, schwand all seine Furcht.

Das Nebelwesen schwebte auf ihn zu. »Die Maske hat dich zu uns geführt. Hast Drafurs Geschenk angenommen. Ein langer Pfad, den du zurücklegen mußtest, voller Schmerzen und Trauer. Bist nun an seinem Ende angelangt.«

»Ich wollte ihn nicht gehen, doch er war mir vorherbestimmt. Ich mußte die Rolle übernehmen, die mir vom Heiligen Spektakel zugewiesen wurde.« Laghanos hob die Hände, betrachtete seine silbern glänzende Haut. »Ich werde mich nicht mehr gegen mein Schicksal auflehnen. Als ich an der Universität von Larambroge lebte, schöpfte ich selbst aus den Quellen der Magie. So wurde ich mitschuldig an dem Raub, den die Menschheit an euch beging. Nun will ich euch bei eurer Rache helfen.«

»Wir suchen keine Rache«, antwortete der Goldéi. »Wollen nur leben. Verloren ist unsere Welt, und eure steht unter dem Bann der Feuerschänderin. Ihn wollen wir brechen. Wir kamen nach Gharax, um die Quellen zu befreien. Wenn dies geschehen ist, können wir unsere wahre Gestalt annehmen; dann wird Frieden zwischen unseren Völkern herrschen.«

»Aber die Welt wird eine andere sein. Wenn die Sphäre sich wandelt, werden die Menschen nur mit Mühen überleben können.«

»Sie müssen sich fügen«, erwiderte Aquazzan, »und ihre Welt mit uns teilen. Die Magie soll nicht länger ihr Begleiter sein.«

Laghanos nickte. »Es ist nur gerecht. Ich habe kein Mitleid mit den Menschen. Mich verbindet nichts mehr mit ihnen. Die Maske hat mich verändert.«

»Drafur war es, der dich erschuf.« Der Goldéi strich behutsam über Laghanos' Arm, und kühler Nebel umspielte die silberne Haut. »Er kam zu uns, als der Raub begann und die Menschen die Quellen fesselten. Vor ihm war lange kein Wesen aus der Sphäre mehr zu uns gekommen; die Feuerschänderin hatte die Tore verschlossen. Drafur aber überwand ihren Bann. Wurde unser Freund, unser Befreier. Öffnete uns die Augen und machte uns Mut. Versprach uns, den Raub der Menschen zu beenden; litt unter ihm ebenso wie wir. Wir aber lehrten ihn, das Metall des Glanzes zu beherrschen, damit er SEHEN konnte.«

Laghanos spürte, wie sich die Maske auf seinem Gesicht zusammenzog. »Wer ist Drafur? Du hast versprochen, ihn mir zu zeigen!«

»Tat ich das nicht? Legte dir die Maske an, die Drafur für dich schmiedete; lehrte dich, die Quellen zu überwinden und die Sphäre zu betreten; befahl den Wächtern des Berges, dich zum Heiligen Spektakel zu bringen, damit du Drafurs Mantel anlegen kannst.« Aquazzan wies auf Laghanos' Körper. »Der Mantel... Drafur trug ihn, als er damals zu uns kam. Doch sein Fleisch war schwach, gezeichnet vom Fluch der Feuerschänderin. Sein Körper verfiel, und Drafur mußte verstummen. Doch er versprach, eines Tages zurückzukehren. Lange suchte er nach einem Kind, das stark genug war, den Mantel überzustreifen. Nun hat er es gefunden.«

Langsam fing Laghanos an zu begreifen. »Drafur... ich soll Drafur sein?«

»Sollst es werden«, wisperte Aquazzan. »Trägst seine Maske und seinen Mantel; wirst wie er die Sphäre durchschreiten.«

»Der Weltenschmied... er war es, der damals zu euch kam.« Laghanos erkannte den Zusammenhang mit den Legenden des Heiligen Spektakels. »Er benutzte das Gefüge, um eure Welt zu betreten!«

»Er trug den Mantel«, bestätigte das Nebelwesen. »Bist sein Erbe. Sein Nachfahre. Drafurs zweite Verkörperung.«

»Aber was bedeutet sein Name?« fragte Laghanos.

»Drafur... ein Wort eurer Welt. Die Feuerschänderin lehrte es uns. Es bedeutet: der Beherrscher der Sphäre.« Der Rotgeschuppte starrte den Jungen eindringlich an. »Der Mantel erhebt dich zu seinem Nachfolger. Du bist nun Drafur!«

Aquazzans Worte ließen Laghanos taumeln. »Ich bin Drafur«, murmelte er; spürte, wie der klangvolle Name Besitz von ihm ergriff. »Der Beherrscher der Sphäre...«

»Kannst die Quellen erreichen, die uns verschlossen sind, die Mauern niederreißen, die uns zurückhalten. Wirst an unserer Seite kämpfen und den Widerstand jener brechen, die gegen die Wandlung aufbegehren. Bist einer von uns – unser Bruder, unser Mitstreiter!«

Der Rotgeschuppte sprach die Wahrheit! Die Maske hatte Laghanos in ein Wesen der Sphäre verwandelt, und das Gefüge hatte diese Verwandlung vollendet. Er war nun ebenso wie die Goldéi an die Sphäre gebunden; und nun war er bereit, die letzten Fesseln seines Menschseins abzuschütteln. Der Krieg um die Sphäre, der Kampf gegen jene, die den Raub der magischen Ströme geduldet hatten – Laghanos mußte daran teilnehmen, er mußte Vergeltung üben für das Leid der Sphärenwesen, denen er sich nun zugehörig fühlte.

»Ich werde mit euch kämpfen! Das Gefüge hat mir die Macht verliehen, die Sphäre zu durchschreiten, und ein Gefolge, das ich in die Schlacht führen kann. Mit ihm will ich deinem Volk beistehen.«

Laghanos breitete die Arme aus, griff nach den unsichtbaren Fäden des Gefüges. Sein Ruf drang weit hinaus in die Sphäre und ließ das silberne Netz erzittern. Seine Macht nahm Form an... dort, DORT sah er sie: die Beschlagenen. Zweihundert Männer und Frauen, dem Auserkorenen ergeben. Sie hatten die metallenen Hände erhoben; die Sporne an ihren Fingern blitzten wie Messer.

»Ich will die Knechtschaft der Quellen beenden«, rief Laghanos. »Was muß ich tun, um Drafurs Willen zu erfüllen, um mich seines Mantels als würdig zu erweisen?«

Die Gestalt des Rotgeschuppten zerfaserte vor seinen Augen. »Folge mir! Viel Zeit ist verstrichen, seit du in der Sphäre weiltest. Mußt nun meinen Brüdern beistehen, die in Bedrängnis geraten sind; mußt dich den Menschen zeigen, damit sie sehen, wie sinnlos ihr Widerstand ist. Folge mir!«

Und Laghanos setzte einen Schritt durch die Sphäre. Sein Vertrauen in die neugewonnene Kraft bahnte ihm den Weg durch die magischen Ströme. Nichts hielt ihn mehr zurück.

Keine Schmerzen. Keine Furcht. Das Gefüge beschützte ihn, und die Beschlagenen folgten seiner Spur, die wie ein heller Strahl die Sphäre zerteilte.

Glühende Fußstapfen, mit roten Flammen in die Finsternis gebrannt; zielstrebig führten sie durch den endlosen Raum. Neben jedem Fußabdruck war ein blauschimmernder Punkt zu erkennen, der wie ein Brandmal in der Sphäre leuchtete.

Der Abdruck von Durta Slargins Wanderstab… hier ist er entlanggeschritten, vor vielen Jahrhunderten, und noch immer ist die Sphäre von seiner Wanderung gezeichnet.

Wie lange wandelte Nhordukael nun schon auf den Pfaden des Weltenwanderers? Er hatte beschlossen, Durta Slargins Wirken zu erforschen. Nhordukael wollte alles über ihn erfahren, wollte prüfen, ob Mondschlunds Erzählung der Wahrheit entsprach. So hatte er in der Sphäre nach den Spuren gesucht, die Durta Slargin während der Bezwingung der Quellen hinterlassen hatte.

Sternengängers Spur führte durch Welten, die vor langer Zeit durch den Raub der Magie zerstört worden waren: die verborgenen Meere der Wellenkinder, deren Gewässer zu ätzender Schlacke geworden waren; die Wälder der Raunenden, deren Bäume entlaubt waren, als ob eine Feuersbrunst in ihnen gewütet hätte. Nhordukael erblickte die verlassenen Höhen der Windgänger, in denen einst sanfte Luftströme die Wolken umworben hatten; nun durchwehte ein Pesthauch den düsteren Himmel und machte das Atmen zur Qual. Schließlich führten ihn Durta Slargins Fußstapfen in die Welt der Lichttänzer, wo einst vielfarbige Funken die ewige Nacht erhellt hatten; nichts war geblieben als formlose Schwärze, in der selbst Sternengängers Flammenspuren verblaßten. Kein Leben war in all diesen Welten zu finden; sie waren freudlose Stätten, Mahnmale des Niedergangs der Sphäre.

Mondschlund begleitete Nhordukael auf seiner Wanderung. Sein Gesang erwartete ihn an allen Orten, kündete von der Vernichtung, die Sternengänger in die Sphäre getragen hatte. Traurige Melodien drangen an Nhordukaels Ohr, und vor seinem inneren Auge erstanden die Welten für einen kurzen Moment wieder auf: wild und geheimnisvoll und von unvergleichlicher Schönheit. Mondschlund sang von den Wesen, die einst an diesen Orten gehaust hatten; so fremd sie Nhordukael auch erschienen, so schrecklich war doch das Wissen, daß sie im Lauf der Jahrhunderte verendet waren, während die Menschen ihre Lebenskraft aufgezehrt hatten.

»Hat er es gewußt?« fragte Nhordukael, als er seine Sinne aus den Abgründen der Sphäre zurückzog. »Hat Durta Slargin gewußt, daß er diese Wesen dem Tod überließ?«

Wehmut trübte Mondschlunds Gesang. »Er wollte es nicht wissen. Sternengänger hielt sich für den Beherrscher der Sphäre; nachdem er den Schwarzen Schlüssel gefunden hatte, glaubte er, die Sphäre nach seinem Willen formen zu können. Seit er die Folgen seines Tuns erkannt hat, will er sie eigenhändig rückgängig machen. Bis heute hält er an diesem Wahn fest. Er will die Sphäre ein zweites Mal nach seinen Vorstellungen gestalten, ohne daß er sich der Gefahren bewußt wäre. Für die Menschheit wird dies den Untergang bedeuten; und die Nebelkinder werden eines Tages begreifen, daß Sternengänger ihnen nicht zurückgeben kann, was er ihnen raubte.«

Nhordukael blickte auf die Flammenspur, die sich vor seinen Augen durch die Sphäre zog. »So viel Leid hat er geschaffen...welch hohen Preis mußten Menschen und Sphärenwesen für Sternengängers Größenwahn zahlen!« Er griff nach der Macht der Quelle, mit der er verbunden war. Der Brennende Berg sandte ihm seine Glut, und ein vernichtendes Feuer erhellte die Sphäre, wusch die Fußstapfen Durta Slargins mit dunkelroten Flammen fort. »Doch was ist mit dem zweiten Auserkorenen? Nirgendwo ließ sich ein Zeichen finden, das mich ihm näher brachte!«

»Ich kann dir nicht helfen«, seufzte Mondschlund. »Nur

du bist in der Lage, ihn aufzuspüren. Seine Gestalt ist verhüllt; doch ich spüre, wie seine Macht wächst.«

Nhordukael dachte nach. »Wenn Sternengänger ihn auf seine Seite gezogen hat, wird er den Goldéi in ihren Schlachten beistehen, um die letzten Quellen zu befreien.«

»Das ist ein kluger Gedanke«, lobte Mondschlund. »Doch wie können wir wissen, wann er aus der Sphäre heraustritt?«

Ich muß mich auf die Fähigkeiten besinnen, die mir das Auge der Glut verliehen hat. Das Feuer … es wird mir den Weg zeigen. Es wird wissen, wo der Auserkorene sich befindet.

Nhordukael ließ das Feuer rings um sich ersterben. Wieder sank die Sphäre in Finsternis. Dann aber flackerten unzählige Flammen auf; rote, gelbe, dunkelblaue, manche in unmittelbarer Nähe, andere in weiter Ferne, manche unscheinbar, andere gleißend hell.

»Überall auf Gharax wirkt die Macht des Feuers«, sagte Nhordukael. »An vielen Orten spendet es den Einsamen Wärme und Licht; dann wieder wird es zum brüllenden Untier, das ganze Städte verschlingt. Das Auge der Glut nährt all diese Flammen mit seiner Kraft.«

Er richtete seine Aufmerksamkeit auf ein Feuer, dessen Flackern ihm seltsam erschien. Funken stoben von ihm auf wie winzige Lanzen, schossen durch die Luft wie Lichtblitze und fielen als blutrote Glutfetzen herab. Nhordukael schwebte auf das Feuer zu, betrachtete es stirnrunzelnd.

»Ein Kampf«, sang Mondschlund voller Erstaunen. »Nun spüre auch ich es! Eine Schlacht tobt zwischen Menschen und Nebelkindern!«

Nhordukael versenkte sich in die Flammen, und seine Augen öffneten sich dem fernen Schlachtfeld, das er in den Funken gesehen hatte.

Brandpfeile flogen durch die Nacht, bohrten sich in den Lehm des gegenüberliegenden Flußufers. Schilfhalme gingen in Flammen auf, verbrannten mit prasselndem Laut. Rauchschwaden zogen über das Wasser. Leise glitten die Flöße der Bena-Sajif-Mönche durch den Strom; die grünen Klingen ihrer Säbel glommen im Licht des brennenden Schilfs. Am anderen Ufer war jedoch kein Feind zu sehen; die Goldéi mußten sich zweifellos in der Ruinenstadt versteckt halten.

Die Mönche sammelten sich am Ufer. Trompeten bliesen zum Angriff. Kampfschreie gellten durch die Nacht! Die Arphater stürmten den Wall, auf dem einst die Mauern Dalal'Sarmanchs gestanden hatten. Fackeln leuchteten in der Finsternis auf. Im verwehten Sand lagen die Trümmer der geisterhaften Stadt. Geröllhaufen; die Reste der stolzen Türme. Dort, vor den Bruchstücken einer uralten Mauer, ruhten drei unförmige Kisten im Wüstensand, gefertigt aus Eisen. Ihre goldenen Verzierungen blinkten im Fackelschein. Die Deckel waren seitlich fortgerutscht. Nebel stieg aus den Kisten hervor; als sich die Arphater mit gezückten Säbeln näherten, nahm er plötzlich Form an... goldglimmende Kreaturen lösten sich aus dem Nebel! Ihr gieriges Kreischen mischte sich mit den Schreien der Bena-Sajif. Eines der Wesen sprang empor, stürzte mit erhobenen Krallen auf die Angreifer zu. Noch im Flug erwischte es zwei Mönche; mit zerborstenen Schädeln gingen sie zu Boden, rollten durch den Sand wie fortgeworfene Puppen. Ein zweites Untier schien die Flucht anzutreten, raste zwischen den Trümmern hindurch, verfolgt von den Mönchen. Sand stob unter seinen Klauen auf. Plötzlich machte es kehrt, warf sich mit wütendem Geheul auf die Arphater. Zerfetzte mit gezielten Hieben ihre Hälse. Dann ging es zu Boden, wurde von den Säbeln der Bena-Sajif zerhackt. Doch dann drangen weitere Zischlaute über den Kampflatz, mischten sich mit den Schreien der zurückgebliebenen Bena-Sajif... Aus dem Schatten eines Sandwalls sprangen etwa zwanzig Goldéi hervor. Ihre Schwerter funkelten ebenso golden wie ihre Augen. Mit wenigen Sprüngen hatten sie die Mönche erreicht. Streckten sie nieder. Fackeln fielen in den Sand und erloschen.

Ein grausamer Kampf ... die Echsen blutrünstige Gegner, deren Schwerter und Klauen nur selten ihr Ziel verfehlten, die Arphater jedoch deutlich in der Überzahl. Zunächst lähmte sie die Furcht vor dem unbekannten Feind, doch als die ersten Goldéi fielen, kreisten sie die verbliebenen Echsen ein und trieben sie zu den Ruinen zurück. Triumphgeheul! Aus Dutzenden von Kehlen erschallte der Name des Todesgottes, »KUBETH! KUBETH!«, während die Arphater ihre Säbel zum Todesstoß hoben.

Dann aber hörten sie ein Summen. Es begann leise, schwoll jedoch rasch an und ließ die Kampfesrufe der Mönche ersterben. Sie fuhren herum; manch einer ließ entsetzt die Waffe fallen, um mit beiden Händen seine Ohren zu verschließen, sich vor dem entsetzlichen Laut zu schützen. Gleißendes Licht erstrahlte über den Ruinen von Dalal'Sarmanch. Eine Gestalt TRAT AUS DEM NICHTS, setzte einen Schritt aus der Finsternis und schwebte auf sie zu: eine geisterhafte Erscheinung, ihr Gesicht aus flüssigem Gold, die Haut silbern umwirkt, umfaßt von tausend und abertausend vibrierenden Drähten, deren Enden in der Nacht verschwanden; und eine Stimme ertönte, so laut und gewaltig, daß die Arphater schreiend zu Boden gingen.

«DRAFUR KEHRT ZURÜCK ... SEHT MEINE GESTALT ... UND ERKENNT EUREN FREVEL ... SEHT MEINE GESTALT ... UND SPÜRT MEINE MACHT«

Das Geisterwesen hob die Hände. Vollführte eine Geste, als ob es unsichtbaren Begleitern einen Befehl gäbe. Erneut zerriß die Wirklichkeit, und aus dem Nichts schälte sich eine Klaue ... dann eine zweite ... ein Dutzend weitere ... silberne Krallen! Überall glommen sie in der Finsternis auf, von Lichtreflexionen umspielt! Bald waren sie kaum mehr zu zählen; und sie schossen in rasender Geschwindigkeit auf die Mönche zu, bohrten sich in ihre bloßliegenden Hälse. Krallten sich in schreckensgezeichneten Gesichtern fest. Gruben ihre Sporne in zuckendes Fleisch. Rissen sich durch Haut und durch Sehnen, erstickten die Todesschreie des sterbenden Heeres. Blut tränkte den durstigen Wüstensand; und die geisterhafte Gestalt wandelte über das Schlachtfeld und betrachtete zufrieden das Werk ihrer unsichtbaren Kämpfer.

Als er das silberne Wesen in den Flammen erblickt hatte, war Nhordukael zunächst stumm geblieben. Er hatte den zweiten Auserkorenen sofort erkannt! Seine vollendete Gestalt vereinte die heiligen Metalle Gold und Silber; sie schufen ein Wesen, wie es nur die Sphäre hervorbringen konnte. Nhordukael verharrte in andächtigem Staunen; er sah das Unbegreifliche, und seine eigene Macht erschien ihm bedeutungslos.

Doch als das Morden begann, als sich die silbernen Klauen aus der Sphäre lösten und mit sinnloser Grausamkeit die arphatischen Mönche in Stücke rissen, erwachte er aus seiner Erstarrung; flehte den Auserkorenen an, innezuhalten, das blutige Schlachten zu beenden. Sinnlos... seine Stimme drang nicht durch den Schleier der Sphäre. Als Nhordukael schließlich versuchte, selbst durch die Flamme zu schreiten, sich dem fremden Wesen entgegenzustellen, gelang es ihm nicht, seinen Körper aus der Sphäre zu lösen. Etwas hielt ihn fest, hielt ihn zurück...

»Du kannst nichts tun«, sang Mondschlund voller Trauer. »Der Auserkorene ist Sternengängers Tücken erlegen. Er kämpft nun auf Seiten der Goldéi und hat jegliche Menschlichkeit eingebüßt!«

»Er wird sie alle umbringen!« Nhordukael starrte verzweifelt in die Flammen. »Wie kann ich ihn aufhalten? Wie kann ich zu ihm gelangen?«

»Den Weg durch die Sphäre konnte ich dir weisen; doch wie du aus ihr hervortrittst, mußt du selbst herausfinden. Ich habe meinen Körper vor langer Zeit aufgegeben; du aber hast deinen dem Auge der Glut anvertraut, und die Glut wird ihn wieder in die Welt zurückbringen. Es ist einfacher, als du denkst! Sternengänger beherrschte dieses Kunststück meisterhaft; allerdings benutzte er dazu den Schwarzen Schlüssel.«

»Nun, ich werde auch ohne diesen Schlüssel auskommen«, erwiderte Nhordukael trotzig. Er nahm seine ganze Kraft zusammen und rief das Auge der Glut um Hilfe an; versuchte, seinen Körper in fließendes Feuer zu verwandeln, um auf diese Weise aus der Sphäre hervortreten zu können. Doch zu spät, zu spät! Die Verbindung zum Schlachtfeld riß ab; die Flamme vor seinen Augen erlosch. Allein die Schreie der sterbenden Mönche drangen noch an sein Ohr.

»Dies also ist die Macht, die Durta Slargin dem zweiten Auserkorenen verliehen hat. Ich ahnte nicht, wie groß seine Kräfte sind. Und er führt ein Heer an…« Nhordukael versagte beinahe die Stimme. »Doch warum diese sinnlose Grausamkeit?«

»Er mordet wie die Nebelkinder«, sang Mondschlund. »Nicht Haß treibt ihn an, doch ebensowenig empfindet er für die Menschen noch Liebe und Achtung. Auch jene, die schuldlos am Verbrechen der Zauberer sind, werden seiner Rache nicht entkommen.«

»Ich muß ihn aufhalten!« Nhordukael betrachtete seine Hände, die in der Sphäre aufleuchteten; seine Haut wie aus Feuer, die Adern von Glut erfüllt. »Die Quelle wird mich zu ihm tragen!«

»Du darfst nicht aufgeben«, beschwor ihn Mondschlund. »Es war deine erste Begegnung mit Sternengängers Geschöpf. Bald wird der Auserkorene zurückkehren und den Goldéi neue Wege ebnen. Dann mußt du dich ihm entgegenstellen, um weitere Bluttaten zu verhindern.«

Nhordukael zwang sich zur Ruhe. »Du hast recht – es war nicht die letzte Begegnung. Beim nächsten Mal werde ich ihn aufhalten!« *Und vielleicht kann ich ihn doch von Durta Slargins Bann erlösen.*

Es war wie ein Rausch... Laghanos trieb dahin im Strom der Magie, wurde umhergewirbelt wie Laub im Herbststurm. Drafurs Hauch riß ihn mit sich, doch die Beschlagenen hielten ihn fest, trugen ihn sicher durch die Sphäre. Noch waren ihre Klauen benetzt vom Blut der Arphater; es glitzerte wie roter Tau auf den silbernen Spornen.

Welche Macht hatte ihm das Gefüge verliehen, welche Möglichkeiten eröffnet... oh, Laghanos wollte taumeln, wollte sogleich umkehren und erneut in die Schlacht ziehen! Die Sphäre schreckte ihn nicht mehr; nichts hielt ihn jetzt noch zurück. Er besaß Drafurs Macht und wollte ganz in ihr aufgehen.

»Hast dich als würdig erwiesen, Drafurs Mantel zu tragen!« Aquazzans Stimme hallte durch den lichtlosen Raum der Sphäre. »Bist einer von uns... wirst für uns kämpfen und die Menschen das Fürchten lehren!«

»Laß mich weiterziehen«, bat Laghanos, trunken von der Macht, die ihn durchflutete. Die Maske in seinem Gesicht glühte, und sein Leib schien sich ins Unendliche auszudehnen. »Ich will den Raub der Magie für immer beenden!«

»Kannst die Sphäre durchschreiten«, wisperte der Goldéi, »uns an all die Orte führen, die noch im verborgenen liegen. Herrschst nun über die Sphäre und wirst unser Wegführer sein.«

In der Finsternis glomm ein Lichtstrahl auf, kalt und grell. Er wanderte über Laghanos' Gesicht. Wild schlug die Maske aus, vom bleichen Glanz aufgeschreckt.

»Sieh jenes weiße Feuer! Es ruft nach uns!« Aquazzans Stimme klang beschwörend. »Unsere Schiffe suchen einen Weg durch die Sphäre; wollen das Meer im Süden erschließen, das noch unter dem Bann der Feuerschänderin steht. Haben dort einen Verbündeten, einen Menschen, den wir selbst auf die Insel schickten, damit er das Licht für uns entzündet. Müssen seinem Ruf nun folgen!«

Laghanos richtete seine Gedanken auf den Lichtstrahl, versuchte die Quelle aufzuspüren, die ihn aussandte. Er rief die Beschlagenen zu sich; rings um ihn blitzten ihre Klauen auf. Dann weiteten sich seine Sinne, und er erkannte den Weg, den das Licht durch die Sphäre nahm.

»Hilf uns!« hörte er Aquazzan raunen. »Führe unsere Schiffe durch die Finsternis. Stoße die Tore auf, die uns versperrt sind!«

Laghanos griff nach den Drähten des Gefüges. Mit einem Schrei löste er sich aus der Sphäre und tauchte ein in das Licht, das so hell um ihn erstrahlte, daß er die Augen schließen mußte.

KAPITEL 13

Schiffe

Eine Feuersbrunst wütete im Hafen von Galbar Arc. Pechschwarzer Rauch nährte die Sturmwolken, die sich über der Stadt zusammengezogen hatten. Regen stürzte vom Himmel; doch dieses Feuer vermochte er nicht zu löschen; zu gewaltig schlugen die Flammen aus den Schiffsleibern empor. Ein Mast zerbarst mit krachendem Laut, klatschte in das Hafenbecken, riß in glühenden Fetzen die Reste der Takelage mit sich. Gurgelnd verschwand er im Wasser.

Am oberen Ende der Steintreppe, die zur Stadt führte, hockte unter der Plane ihres Marktstandes die Käppnerin und blickte zum Hafen hinab. Das Bild, das sich ihren Augen bot, war entsetzlich. Brennende Schiffe trieben im Hafenbecken umher; auch die Holzstege zwischen den Speichergebäuden hatten Feuer gefangen. Gardisten trieben mit gezückten Schwertern die Schaulustigen zurück.

Tränen rannen über die feisten Wangen der Käppnerin. Schon wollte sie den Blick senken, als sie plötzlich eine Gestalt bemerkte, die durch den Regen auf sie zueilte; ein Mann, der den Mantel schützend um seinen Leib geschlungen hatte. Auf dem Kopf trug er eine dunkelblaue Arca, und an seinem Hals baumelte ein goldenes Amulett. Es war Aelarian Trurac, der Großmerkant.

»Seid gegrüßt, teure Freundin!« Aelarian rettete sich unter den Stand und streifte die Fischerhaube ab. »Ich befand mich außerhalb der Stadt und kehrte soeben zurück; wie es scheint, gerade rechtzeitig, um Zeuge dieses Feuersturms zu werden. Wie in aller Welt konnte das geschehen?«

Die Käppnerin blickte ihn voller Gram an. »Es begann im Morgengrauen, kurz nachdem ich meinen Stand aufgebaut hatte. Eine Gruppe Vermummter schlich im Hafen umher; ich dachte mir gleich, daß sie nichts Gutes im Schilde führten. Plötzlich brach Feuer aus; sechs der Kriegsschiffe gingen in Flammen auf. Jemand muß die Segel und Balken mit Öl getränkt haben, denn sie brannten lichterloh. Die Stadtgarde versuchte, die Karacken zu löschen, doch vergeblich. Dann eilten fürstlichen Truppen herbei; sie stürmten den Hafen, besetzten das Zunfthaus…«

Aufmerksam lauschte Aelarian dem Bericht der Käppnerin. »Perjan Lomis vermutet offenbar die Gelbkordeln hinter dem Anschlag. Nun, wer außer den Hafenleuten hätte die Karacken in Brand setzen sollen? Sie sind ihrem Fürsten in den Rücken gefallen!«

»Ich habe beobachtet, wie der Zunftmeister gestern abend die Stadt verließ«, schniefte die Käppnerin. »Nach Anbruch der Dunkelheit bestieg er ein Boot und ließ sich von einem dunkelhaarigen Mann aufs Meer rudern. Kurze Zeit später flüchteten auch die übrigen Zunftleute aus dem Hafen.«

Nachdenklich nagte Aelarian an seiner Unterlippe. »Sie müssen gewußt haben, daß der Fürst gegen sie vorgehen wollte, und sind ihm zuvorgekommen, indem sie seine Schiffe in Brand setzten. Vermutlich verstecken sie sich im Landesinneren und warten auf neue Anweisungen ihres Zunftmeisters.« Er runzelte die Stirn. »Sechs Karacken sind Opfer der Flammen geworden…doch was geschah mit den restlichen Schiffen des Fürsten?«

Die Käppnerin wischte sich den Rotz aus dem Gesicht. »Drei Karacken hatte das Feuer verschont. Fürst Perjan ließ sie sofort bemannen und stach mit ihnen in See, zusammen mit dem troublinischen Schiff, das Euch nach Morthyl brachte.«

Der Großmerkant schnalzte mit der Zunge. »Gelobt sei Euer scharfes Auge! Mein guter Freund Rumos hat sich also dem Rachefeldzug des Fürsten angeschlossen!«

»Der graubärtige Priester ging an Bord«, bestätigte die

Käppnerin, »in Begleitung seiner rothaarigen Leibwächterin.«

»Ich ahnte es! Wann liefen die Schiffe aus?«

»Vor zwei Stunden.« Die Käppnerin deutete mit zitternder Hand in die Ferne. »Der Leuchtturm... seht Ihr sein Licht? Seit gestern Nacht flackert es ununterbrochen, heller als je zuvor. Es ist ein schlechtes Zeichen!« Ihre Augen füllten sich wieder mit Tränen. »Mein armer Sohn... seine Truppe bestieg eine der Karacken. Dabei fassten die drei Schiffe nicht mehr als fünfhundert Mann! Wie sollen sie Fareghi erobern können?«

Aelarian schüttelte verständnislos den Kopf. »Auf der Insel erwartet sie eine Übermacht. Perjan Lomis muß den Verstand verloren haben, wenn er diese Schlacht gewinnen will.«

»Ich werde meinen Sohn nie wiedersehen«, greinte die Käppnerin. »Ich ahnte es... das weiße Licht wird uns alle ins Verderben führen! Der Turm ist gegen uns!«

Aelarian wollte der Frau einige tröstende Worte sagen, doch er brachte es nicht übers Herz, sie anzulügen. Ihr Sohn, das wußte er, war so gut wie verloren; ein sinnloses Opfer von Perjan Lomis' Wahn. Daß der Fürst selbst nach der Zerstörung seiner Karacken an der Eroberung Fareghis festhielt, war zweifellos auf den Einfluß Rumos Rokariacs zurückzuführen.

Betroffen setzte der Großmerkant seine Arca auf, murmelte einige Abschiedsworte und stahl sich vom Stand der Käppnerin fort. Sie aber barg ihr Gesicht in den Händen, und ein Schluchzen ließ ihren massigen Körper erbeben.

Aelarian eilte in eine Seitengasse. Dort warteten unter einem Torbogen vier Personen auf ihn. Sie hatten ihre Arcas tief in die Gesichter gezogen.

»Der Sturm auf Fareghi hat begonnen«, rief Aelarian ihnen entgegen. »Perjans Flotte hat vor zwei Stunden den Hafen verlassen!«

»Äch ne!« drang Parzers Stimme unter einer der Arcas hervor. Er lehnte lässig an der Mauer und blickte den Großmerkanten an. »Das Fürstlein will sich also tatsächlich mit dem Leuchtturm messen? Das wird ihm schlecht bekommen!«

»Die Wellen werden seine Schiffe beuteln, bis keine Planke mehr an der anderen hängt«, juxte der Netzknüpfer Ungeld, der neben Parzer stand. »Wer hätte gedacht, daß Perjan Lomis so früh aus dem Leben scheiden will?«

»Er hat sich von Rumos' Versprechungen blenden lassen«, erwiderte Aelarian. »Als ich gestern nacht das Flackern des Leuchtturms beobachtete, spürte ich gleich, daß auf dem Silbermeer etwas vor sich geht, und dachte mir, daß Rumos diesen Zeitpunkt nicht verstreichen lassen wird. Ich habe recht behalten! Nun liegt es an uns zu retten, was noch zu retten ist.«

»Ihr wollt Rumos zu Hilfe eilen?« Cornbrunn, der sich sichtbar unwohl mit seiner neuerworbenen Arca fühlte, blickte den Großmerkanten verblüfft an. »Ob er sich wohl die Mühe machen würde, Euch aus dem Wasser zu fischen, wenn Ihr in eine ähnliche Lage gerietet?«

Aelarian griff nach dem Mondamulett an seinem Hals. »Rumos ist zu bedeutend, als daß wir ihn ersaufen lassen können. Mondschlund will, daß er sicher nach Tyran gelangt. Er hat dort eine wichtige Aufgabe zu erfüllen.«

»Mondschlund…« Cornbrunn schüttelte seufzend den Kopf. »Wir kennen uns schon so lange, Aelarian, und doch habt Ihr mir erst vor wenigen Tagen gebeichtet, daß Ihr ein Diener des Herrn der Schatten seid. Kurz darauf eröffnet Ihr mir, in Rhagis einen Haufen Mitverschwörer aufgespürt zu haben, die Nachfahren der Erben Varyns. Nun wollt Ihr zu allem Überfluß Eurem Erzfeind Rumos den Weg nach Tyran ebnen. Welche Enthüllungen habe ich noch von Euch zu erwarten?«

Er erntete verächtliche Blicke von den Fischerleuten. Mäulchen, die einzige Frau in der Runde, versetzte Cornbrunn einen Stoß in die Rippen. »Was weißt du schon, du Mehlwurm! Glaubst du, dein Quallenhirn könnte all die Geheimnisse erfassen, die selbst wir kaum verstehen?«

Aelarian fiel ihr in den Arm. »Seid nicht zu streng mit meinem Freund. Ich habe ihn lange im Unklaren gelassen, warum ich Rumos auf seine Reise ins Silbermeer begleiten wollte.« Er strich Cornbrunn liebevoll über das Haar. »Eines Tages werde ich dir alles erklären. Doch jetzt bleibt keine Zeit dafür. Wir müssen Rumos zu Hilfe eilen.«

Parzer bleckte sein makelloses Gebiß. »Dann mal hurtig! Stolling wartet außerhalb der Stadt mit dem Boot auf uns. Wollen wir doch mal sehen, ob wir euren Freund rechtzeitig aus den Wellen klauben können.«

Das Silbermeer tobte. Regenschauer stoben über das Wasser hinweg wie wütende Insektenschwärme. Gegen wen richtete sich ihr Zorn? Wer hetzte die See auf, die noch bei Sonnenaufgang so friedlich gewesen war? Sturm um Sturm...das Leuchtfeuer von Fareghi kannte keine Gnade! Es trieb die Wellen zur Raserei; mit wilder Gewalt türmten sie sich, um alles zu verschlingen, was dem Eiland zu nahe kam.

Vier Schiffe kämpften sich durch die aufgewühlte See. Auf drei Segeln prangte der morthylische Krebs, auf dem vierten die troublinische Harfe. Dieses Schiff führte die anderen an; ein rotes Sturmlicht baumelte am höchsten Mast. Am Bug stand Rumos Rokariac. Er krallte sich an der Reling fest; sein graues Haar flatterte im Wind, die Augen waren blutunterlaufen. Soeben hatten die Schiffe die Inseln Tanis und Lorre umrundet. Fareghi war nun ganz nah, und Rumos' Erregung wuchs mit jedem Atemzug.

Ein Flüstern drang zwischen den Lippen des Priesters hervor. »O Rumos, mein Herr...spürst du sie nahen? Goldene Segel und goldene Schwerter...der Schleier fällt, und tosend steigt das Salz in alte Wunden...die Goldéi kommen herbei, geführt von einer Macht, die mich erzittern läßt...fast sehn ich mich nach jenem Felsengrund zurück, den du mir einst zum Kerker machtest...kehr um, mein Herr Rumos, wende dein Schiff, o Rumos, mein Herr!«

Der Priester bäumte sich auf; ein Schrei löste sich aus seiner Kehle, verlor sich im Sturm. »Schweig, Carputon! Du hast mir geholfen, das Geheimnis des Turms zu ergründen; doch nun mußt du verstummen, endlich VERSTUMMEN!«

Er verlor den Halt, drohte auf den wasserumspülten Bohlen auszugleiten, doch eine starke Hand packte seine Schulter. »Mit wem redet Ihr, Rumos?« Es war Ashnada; sie stand hinter ihm, ihr Gesicht war kalkweiß. »Waren es Eure inneren Stimmen, die Euch befahlen, in diesem Sturm aufs Meer zu fahren?«

»Davon verstehst du nichts, Weib!« Rumos stieß sie von sich, suchte die Gestalt des Kapitäns. Coron Narac stand am Steuerrad, starrte gebannt auf den Lichtstahl, der dicht vor dem Schiff auf den Wellenspitzen tanzte. An seinem Arm glänzte ein silberner Turmbinder.

»Zeigt keine Schwäche, Coron!« rief der Priester ihm zu. »Laßt Euch von dem Licht nicht narren! Bald haben wir Fareghi erreicht!«

Eine mächtige Welle rollte heran, krachte voller Wucht gegen den Schiffsleib. Das Schiff legte sich auf die Seite. Panische Schreie der Mannschaft! Kapitän Coron reckte blitzartig den Arm in die Höhe; oberhalb des Turmbinders hing seine Haut in Fetzen. Ein Ächzen ging durch den hölzernen Rumpf; dann richtete sich das Schiff wieder auf.

»Bleibt stark!« jubelte Rumos. »Laßt den Turm nicht aus den Augen!«

»Seht, Rumos!« Ashnada packte den Priester am Arm. »Die Karacken der Morthyler...«

Rumos starrte auf die Schiffe, die ihnen folgten. Das Meer warf sie umher wie Treibgut. Vor ihnen zerrissen plötzlich die Wellen, ein Abgrund tat sich mitten im Wasser auf. Formlose Schwärze... eine der Karacken trudelte auf den Schlund zu, stürzte mit dem Bug voran in die Tiefe. Sogleich schloß sich der Wellenriß wie ein hungriges Maul, verschlang das riesige Segelschiff.

»Ihr Narren!« brüllte Rumos. »Warnte ich Euch nicht vor der Macht des Leuchtturms? Befahl ich Euch nicht, Eure

Sinne allein auf ihn zu richten, Euch nicht von seinem Licht täuschen zu lassen?« Er preßte die Faust an die Stirn. »Du bist schuld, Carputon! Deinetwegen habe ich jene, die an mich glaubten, in den Untergang geführt! Deine Schwäche hat meinen Geist ausgezehrt, mich krank gemacht ... oh, du Elender ... dein Schatten bin ich und dein Joch ... wirst mich nicht los, bleibe für immer bei dir ... wirst mich kein zweites Mal aus deinem Herzen verbannen ...«

»Kommt zur Besinnung, Rumos!« Ashnadas Stimme überschlug sich vor Furcht. »Habt Ihr es nicht gesehen? Es war das Schiff des Fürsten, das in den Wellen versank! Der Leuchtturm hat Perjan Lomis in den Tod gerissen!«

Rumos' Augen flackerten auf. »Von mir aus soll er auf dem Meeresgrund verrecken! Ich brauche ihn nicht mehr! Noch sind mir zwei seiner Schiffe geblieben, zwei Schiffe voll kampfbereiter Krieger ...«

»Es sind kaum mehr als dreihundert Mann! Seht es endlich ein, Rumos – Ihr könnt Fareghi nicht einnehmen, selbst wenn der Sturm uns am Leben läßt!«

Rumos beachtete sie nicht; das Licht des Turms fesselte seine ganze Aufmerksamkeit. »Die Goldéi ... spürst du sie, o Herr? Sie dringen herbei, geführt von einer fremden Macht ... ein Kind, golden sein Antlitz und silbern sein Leib ... oh, laß mich fort, mein Herr Rumos, gib mich frei, bevor die Furcht all meine Sinne lähmt!«

Er starrte in die aufgepeitschte Flut. Dort! Der Leuchtturm, ein weißglühender Punkt in der Finsternis ...

»Der Auserkorene!« brüllte Rumos in den Sturm. »Ich spüre es! Er ist hier! ER IST HIER!«

Fareghi ... grau und zerrissen die Küste, umschirmt von Riffen, die wie Dolche die anstürmende See zerschnitten. Von weitem glich die Insel einer Wellenfront, die sich aus dem Meer erhoben hatte und zu Stein geworden war. Im Norden flohen zerklüftete Felswände zum Gipfel empor, auf dem der uralte Leuchtturm ruhte; der Südteil Fareghis aber war sandig und flach. Eine längliche Wasserstraße schnitt sich in die Küste – die Bucht von Varynna. Eisblau drang das Meer bis zum sandigen Ufer; den Legenden zufolge war in dieser Bucht vor zweitausend Jahren das Schiff des Seefahrers Varyn vor Anker gegangen. Er hatte Fareghi entdeckt und den Turm errichtet, der seither das Silbermeer bewachte.

Am Ufer hatte sich ein Heer versammelt. Lederhelme und Kettenhemden, blanke Schwerter und Schilde ... es waren Krieger aus dem Königreich Kathyga, die sich vor einigen Kalendern den Goldéi unterworfen hatten. Nun waren sie Verbündete der Echsen, folgten nicht mehr ihrem König, sondern Eldrom von Crusco, dem früheren Baron des Rochenlandes. Eldrom hatte sie mit Hilfe eines goldéischen Zaubers nach Fareghi geführt. Blind waren die Männer ihm gefolgt; denn er trug das ›Einende‹, das Reichsschwert Kathygas. Diese Waffe erhob ihn in ihren Augen zum Herrscher; und hier auf Fareghi, jener einsamen Insel inmitten des Silbermeeres, war ihre Treue noch gewachsen, ihre Bereitschaft, ihm zu folgen, ganz gleich, wohin er sie führen würde.

In der Bucht von Varynna war vom Sturm, der das Silbermeer aufpeitschte, nichts zu spüren. Kein Regentropfen fiel vom Himmel, und das Wasser war spiegelglatt, von der magischen Kraft des Leuchtturms besänftigt. Am Ufer brannte in einem Steinrund ein Feuer; daneben standen zwei Männer, ein Kahlkopf von gramgebeugter Gestalt und ein bärtiger Mann in einem edlen Wams. Sein graues Haar war gelockt; eine stolze Nase prägte sein Gesicht, und die Augen strahlten hell im Feuerschein. Seine Hände ruhten auf dem Griff eines mächtigen Schwertes, das vor ihm im Sand stak.

»Wußtet Ihr, daß man diesen Ort auch die Flammenbucht nennt, Zunftmeister?« fragte er mit seiner weichen Stimme. »Es heißt, Varyn der Seefahrer habe nach seiner Ankunft ein brennendes Floß mit Opfergaben in die Bucht gestoßen, um dem Meergott Candra für seine sichere Landung auf Fareghi zu danken. Der Legende nach war Candra jedoch nicht zufrieden mit den Gaben; er lenkte das Floß zum Schiff des Seefahrers, und dieses ging in Flammen auf. So zwang er Varyn, mehrere Jahre auf Fareghi zu verweilen. Erst mit dem Bau des Leuchtturms ließ sich der Meergott besänftigen.«

Der Kahlkopf rümpfte die Nase. »Ihr solltet nicht alle Geschichten über Varyn für bare Münze nehmen. Die meisten sind reiner Aberglauben; wer kann schon wissen, ob es diesen Seefahrer überhaupt wirklich gegeben hat?«

»Oh, ich bin überzeugt davon«, erwiderte der erste Sprecher. »Glücklicherweise blieb die Bibliothek des Leuchtturms erhalten, als mein Heer Fareghi besetzte, und ich entdeckte einige hochinteressante Schriften über Varyn. Er muß ein ausgesprochen mächtiger Zauberer gewesen sein, und die Bruderschaft, die nach seinem Tod den Leuchtturm hütete, war in der magischen Kunst ebenfalls sehr bewandert. Welch ein Jammer, daß die Gyraner sie vertrieben, als sie das Silbermeer eroberten! Varyns Erben hätten mir gute Dienste geleistet.« Eldrom von Crusco nahm eine Hand vom Schwertgriff, strich sich mit eitler Geste über den Bart. »Die Flammenbucht ... ein vortrefflicher Name! Er wird mich stets an das hübsche Feuerwerk erinnern, das Eure Männer im Hafen von Galbar Arc entzündeten. Leider gelang es Euch nicht, sämtliche Schiffe des Fürsten abzufackeln; nun wird sich der Leuchtturm den Resten der morthylischen Flotte annehmen.«

»Ich tat, was ich konnte«, schnarrte die Stimme des Zunftmeisters. »Glaubt nicht, daß mir der Verrat an meinem Fürsten leichtfiel.«

Eldrom von Crusco schürzte die Mundwinkel. »Ich kann mir denken, welch innere Kämpfe Ihr ausfechten mußtet – vor allem, nachdem ich Euch verriet, daß Perjan Lomis Eure Zunft zu zerschlagen beabsichtige. Nun ringt der Fürst dort draußen auf dem Silbermeer mit dem Sturm; wir aber können in aller Ruhe den Pakt besiegeln, den ich Euch damals im Zunfthaus in Aussicht stellte. Ihr habt all Eure Versprechungen eingehalten; dank Euch wurde ein Großteil von

Morthyls Flotte vernichtet, so daß Perjan Lomis keine Gefahr mehr für mich darstellt; und dank Euch gelangte ich in den Besitz von vier Turmbindern, mit denen ich die Schiffe unserer Herren herbeirufen kann!« Eldrom winkte einen dunkelhaarigen Mann zu sich, der in seiner Nähe gewartet hatte. Er hielt dem Baron ein Samtkissen entgegen, auf dem vier silberne Armreife lagen. »Bislang war das Licht des Turms zu schwach, um zu den Goldéi vorzudringen; die Turmbinder aber werden es bündeln und einige Schiffe in die Flammenbucht locken. Die Herren des kommenden Zeitalters werden vor unseren Augen aus der Sphäre hervortreten! Eine neue Zeit bricht an, Zunftmeister, und wir gehören zu den wenigen Menschen, die sie mitgestalten können. Bald wird Eure Zunft sämtliche Häfen von Gharax beherrschen, und ich werde König des Silbermeeres sein... sobald die Goldéi das Kaiserreich Sithar zerschlagen haben!«

Eldrom gab seinem Untergebenen ein Zeichen. Der dunkelhaarige Mann verneigte sich, nahm die vier Turmbinder vom Samtkissen und bestieg ein Boot, das an der Sandküste lag. Mit dem Ruder stieß er sich vom Ufer ab. Sein langes Haar wehte im Wind; die darin eingeflochtenen Silberperlen glänzten im Feuerschein. Als er das Boot in die Mitte der Bucht gerudert hatte, richtete er sich auf, nahm die vier Turmbinder und schleuderte sie ins Wasser. Sie versanken in der Tiefe der Bucht.

»Nun werden die Goldéi den Weg durch die Sphäre finden«, sagte Eldrom von Crusco, während er den Schwertgriff umklammerte. »Ohne meine Hilfe hätten sie sich dem Leuchtturm niemals nähern können; ich aber habe für die Goldéi Fareghi erobert und das Feuer entzündet. Sie werden es mir danken, gewiß...«

Eine Weile starrte er noch auf das Boot; dann wandte er sich den Kathygern zu, die das Schauspiel mitverfolgt hatten. Unter ihnen befand sich auch seine Ehefrau; Inja, eine zwanzigjährige Schönheit, die der Baron vor wenigen Jahren in Kathyga gefreit hatte. Sie trug ein perlenbesetztes Kleid; ihr braunes Haar war zu einem langen Zopf geflochten. Liebevoll sah Inja ihren Gemahl an, doch dieser schenkte ihr nur ein herablassendes Lächeln. Statt dessen wanderte sein Blick weiter und verharrte auf dem Gesicht einer Frau, die abseits der Truppe stand. Sie war wohl vierzig Jahre alt, hatte kurzes dunkles Haar und ein herbes, verschlossenes Gesicht. Zwei Krieger bewachten sie; zudem war sie an Händen und Füßen gefesselt. Ihr Name war Duane; sie war eine Aufständische aus dem Rochenland, die Eldrom gefangengenommen und nach Fareghi verschleppt hatte. Nur wenige seiner Gefolgsleute wußten, daß Duane einst die Geliebte des Barons gewesen war, die sich aus Rachsucht dem Aufstand der Rochenländer angeschlossen hatte.

Eldrom näherte sich seiner Gefangenen und musterte sie eingehend. »Ich sehe, du hast dich gut von dem Schwerthieb erholt, den ich dir in Surgissa zufügte. Ich hätte dich damals verrecken lassen können, doch es erschien mir reizvoller, dich nach Fareghi mitzunehmen. Hier kannst du Zeugin meines größten Triumphes werden.«

Sie wich seinem Blick aus, starrte nur auf die Hände des Barons. Diese waren mit einem weißen Ausschlag bedeckt. »Einen Triumph nennst du dies, Eldrom? Sieh deine Hände an! Die Magie des Leuchtturms hat dich entstellt.«

Er lächelte. »Du hast diese Hände einst sehr zu schätzen gewußt, Duane. Sie könnten dir noch immer große Freude bereiten … oder große Schmerzen, wenn es mir beliebt!« Er beugte sich vor, wisperte ihr mit sanfter Stimme ins Ohr: »Vielleicht werde ich dich eines Tages in deiner Zelle im Leuchtturm besuchen, der guten alten Zeiten willen. Du wirst dich doch dem König des Silbermeeres gewiß nicht verweigern, nicht wahr?«

Sie verzog keine Miene. »Du hast bereits alles in mir zerbrochen, Eldrom. Ich fürchte dich nicht mehr! Einen König nennst du dich, obwohl du nur ein Knecht der Echsen bist. Sie werden dich eines Tages in den Dreck zurückstoßen, aus dem hervorgekrochen bist.«

Er schüttelte tadelnd den Kopf. »Schätzt du meine Macht so gering, nur weil sie mir von den Goldéi verliehen wurde?

Sind denn die Könige von Gyr oder Arphat besser als ich, weil sie ihre Titel von vergessenen Göttern herleiten? Ich glaube an keine höhere Bestimmung! In diesen Zeiten herrscht allein derjenige, der die Macht an sich reißt. Niemand auf Gharax konnte die Goldéi aufhalten; es wäre töricht gewesen, sich nicht mit ihnen zu verbünden, denn sie sind unsere neuen Herren. Ich habe dies rechtzeitig erkannt.«

Das aufgeregte Raunen seiner Untergebenen lenkte Eldroms Blick wieder zur Bucht. Der Mann, der die Turmbinder dem Meer übergeben hatte, war mit seinem Boot zur Küste zurückgekehrt; noch kräuselte sich die Wasseroberfläche von den Ruderschlägen. An der Stelle, wo die Armbänder versunken waren, hatte sich das Wasser verfärbt; ein silberner Glanz drang aus der Tiefe des Meeres empor.

Eldrom schritt hastig zum Ufer, zückte das Schwert »Der Zauber wirkt!« rief er aufgeregt. »Die Goldéi haben das Feuer des Leuchtturms erspäht!«

Die Luft über der Bucht begann zu flirren. Eine Erscheinung bildete sich aus dem Nichts: eine menschenähnliche Gestalt. Silbern ihr Leib, das Gesicht von einer goldenen Maske verhüllt. Reglos schwebte die Gestalt über dem Wasser, starrte ans Ufer. Dann hob sie die Hände. Schloß ihre schrecklichen Augen. Ein dumpfer Ton schwoll an; ein Klagen, als sänge das Meer ein trauriges Lied. Und weißer Nebel stieg aus dem Wasser auf: der Atem der Sphäre, die sich über der Flammenbucht eröffnete. In den Schwaden aber waren die Umrisse mehrerer Schiffe zu erkennen, erst nur schemenhaft, dann in voller Klarheit. Goldener Bug und goldene Segel ... die Schiffe der Goldéi!

»O Rumos, mein Herr ... das Licht, das weiße Licht! Es brennt in mir, lähmt meinen schwachen Geist ... schon schwinden mir die Sinne, und mein Mut erstirbt ... siehst du die Schiffe nicht, die goldenen Segel, die der Sturm geboren hat?«

Rumos' Finger verkrallten sich in der Reling. Verzweifelt starrte er auf den Leuchtturm. Fareghi lag dicht vor ihm! Doch wieder wurde das troublinische Schiff vom Sturm umhergeschleudert. Hinter ihm schrie Coron Narac auf; er hatte den blutenden Arm emporgereckt, und zum ersten Mal war Furcht in seinem Gesicht zu erkennen. Der grelle Lichtstrahl strich über sie hinweg. Geblendet schloß Rumos die Augen. Als er sie wieder öffnete, hörte er hinter sich ein Krachen. Die Schiffe der Morthyler... der Sturm hatte sie aufeinandergeworfen! Wie ein Keil hatte sich der Bug der ersten Karacke in den Rumpf seines Schwesterschiffs gebohrt. Im Todestanz trudelten sie durch die Wellen; die Planken barsten, die Masten knickten wie morsche Zweige. Schon legten sich beide Schiffe auf die Seite, und das Meer riß sie in die Tiefe, während das bleiche Licht weiterzog, weiterzog...

»Rumos!« Wieder hörte der Priester Ashnadas Stimme. »Das Licht! Dort! Seht!«

Das Leuchtfeuer wanderte über die aufgewühlte See hinweg; und nun sah Rumos die goldenen Segel. Überall glommen sie in der Finsternis auf; Schiffe, aus dem Nichts erschienen, als wären sie vom Meeresgrund aufgestiegen...

Rumos stöhnte auf. »Die Goldéi... ich warnte dich, o Herr, ich warnte dich... doch du schlugst meine Mahnung in den Wind, nanntest sie töricht, Zeugnis meiner Schwäche!«

Er taumelte herum, blickte zu Coron Narac hinüber. Der Kapitän hatte seine Hand sinken lassen; auch er starrte auf die Schiffe der Goldéi. Fahl schimmerte der Turmbinder an seinem Arm.

»Nein, Coron!« kreischte der Priester. »Seht auf das Licht! Gebt... nicht... auf! Gebt... nicht...«

Eine gewaltige Welle brach über sie hinweg! Wassermassen schäumten über das Deck; Coron wurde von ihnen erfaßt und mitgerissen. Rumos schrie auf, klammerte sich an der Reling fest. Er sah, wie Ashnada versuchte, den Kapitän am Fuß zu erwischen, als das gurgelnde Wasser ihn über die Reling tragen wollte. Doch ihre Hand griff ins Leere. So stürzte Coron Narac hinab in die tobende Flut.

Im selben Augenblick kehrte das Licht des Leuchtturms zu ihrem Schiff zurück. In grellem Schein erstrahlten die Segel, wie in weißes Feuer getaucht. Und Rumos spürte den Zorn des Turms. Zu lange hatte er sich von Corons Armreif narren lassen; nun war das Spiel vorbei, und das verhaßte Schiff mußte endlich vernichtet werden, vernichtet...

Unmittelbar vor der Karracke teilten sich die Wellen. In der Tiefe glänzte der muschelbesetzte Rücken eines schwarzen Riffs. Er bohrte sich in den Schiffsleib. Ein häßliches K.n.i.rrrrr.schen... Balken splitterten, die Flut füllte gurgelnd den klaffenden Riss, der Rumpf barst entzwei, brach auseinander wie eine Glasschale, die der Schlag eines Hammers getroffen hatte; und Rumos und Ashnada wurden von Bord geschleudert, hinab in die tiefschwarze See.

Die Drähte zerrten so fest an seinem Körper, daß Laghanos kaum noch seine Glieder spürte. Fast glaubte er, das Gefüge hätte sie ihm abgetrennt, sie ersetzt durch sein silbernes Gestänge. Doch Drafurs Leib war stark; er widerstand selbst diesem wilden Sphärenstrom.

Das Licht... es war schmerzhaft für Laghanos gewesen, sich ihm zu nähern! Zunächst hatte es harmlos gewirkt, ein weißes Feuer, das die Sphäre erhellte. Doch als er ihm bis zu seiner Quelle gefolgt war, hatte er die wahre Macht des Lichts erkannt. Seine Magie war fremdartig, in keine geordneten Schichten unterteilt; ein wenig glich sie der ungestümen Macht des Gefüges. Das Licht folgte einem eigenen Willen.

Laghanos dachte an den Augenblick zurück, als ihn im Turm der Erhabenen Halle einer der Mondjünger angegriffen hatte. Aus dem Nichts hatte sich eine Hand geschält, umwirkt mit schwarzem Tuch, auf dem das Zeichen des Mondes geschimmert hatte... und die Maske Drafurs hatte erst im letzten Moment die Gefahr gewittert und ihre Sporne in die Hand des Mörders gebohrt, der schon den Dolch nach

Laghanos ausgestreckt hatte. Nun, da er in jenes grelle Licht starrte, spürte Laghanos eine ähnliche Kraft, ebenso tükkisch und rätselhaft. Er fragte sich, ob eine Verbindung zwischen dem Licht und den Jüngern des Mondes bestand. Ob sie ihm in die Sphäre gefolgt waren? Ob sie es ein zweites Mal wagen würden, ihn zu töten?

Er beschloß, sich nicht beirren zu lassen. *Führe unsere Schiffe durch die Finsternis. Stoße die Tore auf, die uns versperrt sind!* Dies waren Aquazzans Worte gewesen, und Laghanos wollte um jeden Preis seine Aufgabe erfüllen. Er blinzelte in das Licht, bündelte die Macht des Gefüges, kämpfte sich durch die magischen Ströme. Dort... vier gleißende Punkte inmitten des Lichtscheins; deutlich zu erkennen, wie Fackeln in finsterer Nacht! Er näherte sich ihnen, GRIFF nach ihrem Licht; und spürte, wie sein Körper aus der Sphäre drang. Undeutlich erkannte er die Gestade der Welt Gharax; zu seinen Füßen eisblaues Wasser und über ihm ein düsterer Himmel. Eine Bucht! An der Küste hatte sich ein Heer versammelt; die Männer trugen kathygische Rüstungen, starrten Laghanos voller Furcht an. Ihr Anführer, ein graubärtiger Mann mit einem gleißenden Schwert, hob die Hand, um Laghanos zu grüßen. Triumph war in seinen Augen zu lesen.

Laghanos hob die Hände, zerrte an den Drähten des Gefüges. Sein machtvoller Ruf hallte durch die Sphäre; und schon lösten sich die Schiffe der Goldéi aus dem Nichts, umwirbelt von Nebelschwaden. Laghanos wußte nicht, wie viele es waren, woher sie kamen und wo sie sich verborgen gehalten hatten; doch sie waren ihm gefolgt, in blindem Vertrauen. Allein in dieser Bucht waren vier Schiffe aufgetaucht; doch Laghanos spürte, daß auf den Weiten des Meeres unzählige weitere aus der Sphäre hervortraten. Der Bann des weißen Lichts war gebrochen! Lange hatte der Leuchtturm die Schiffe der Nebelkinder aus dem Silbermeer ferngehalten; doch nun drangen sie herbei, um den Süden von Gharax zu erobern und die letzten Quellen zu befreien.

Laghanos wollte einen Jubelschrei ausstoßen, doch die Sphäre erstickte seine Stimme. Statt dessen drang ein dumpfer Ton an sein Ohr; rollte heran, dunkel und gewaltig wie ein Donnerschlag, und zerriß über ihm mit ohrenbetäubendem Krachen.

Laghanos fuhr herum. Seine Sinne glitten zurück in die Sphäre. Er erblickte eine Gestalt...ein junger Mann! Rot glühte seine Haut, und er war umgeben von zuckenden Flammen. Aus seinen Augen sprühten Funken. Als er den Mund öffnete, um Laghanos etwas zurufen, verwandelten sich seine Worte erneut in ein Donnergrollen, das Laghanos nicht verstehen konnte.

Das Gefüge bäumte sich auf! Die silbernen Drähte zerrten an Laghanos, rissen ihn endgültig in die Sphäre zurück. Heftige Vibrationen erschütterten das silberne Netz. Das Gefüge hatte ANGST!...Angst vor dieser Glutgestalt, die nun die Hand gegen die vier Schiffe der Goldéi richtete. Flammen umspielten die Fingerspitzen; die Sphäre ballte sich zusammen, formte eine Garbe aus Feuer; und sie warf sich als glühende Welle aus dem Wasser auf, rollte auf die vier Schiffe zu. Gebannt sah Laghanos mit an, wie das Feuer aus der Sphäre in die Welt der Menschen übertrat. Ein Flammenteppich legte sich über die Bucht, rollte über das Wasser, trieb sterbende Fische und verbrannten Tang vor sich her. Dampf zischte empor, mischte sich mit dem Nebel, der die goldéischen Schiffe umgab. Die Bucht von Varynna verging in einem Feuer, das aus der Tiefe des Meeres drang, das neue Wellen rotkochender Glut mit sich trug.

Die Menschen am Ufer wichen entsetzt vom Wasser zurück; und ihr graubärtiger Anführer ließ erschüttert das Schwert fallen. Die goldenen Schiffe wurden in Glut getaucht, schmolzen dahin, als wären sie aus Zinn, und ihre Segel loderten wie riesige Fackeln.

Das Gefüge aber SCHRIE auf, zerrte Laghanos zurück in die Tiefen der Sphäre; riß ihn fort, fort von den Flammen, deren Gluthitze bereits seine Haut streifte; und bevor er begriff, was mit ihm geschah, entschwand die brennende Bucht seinen Sinnen, verblaßte das Licht des Turms, und völlige Dunkelheit umgab ihn.

»Aquazzan!« rief Laghanos erschrocken. »Wer war das? Wer war diese Flammengestalt?«

Um ihn nichts als Stille und Finsternis. Das Gefüge hielt ihn fest; die Drähte schnitten sich in sein Fleisch und fesselten ihn so stark, daß er sich kaum rühren konnte.

»Aquazzan!« rief Laghanos ein letztes Mal mit kläglicher Stimme. »Warum antwortest du nicht? Wo bist du? Warum hast du mich alleingelassen?«

Er begriff, daß der Rotgeschuppte ihn nicht hören konnte. Das Gefüge hatte Laghanos in Sicherheit gebracht, zurück an einen Ort, wo ihn weder die Goldéi noch das Flammenwesen aufspüren konnten: in die Kammern des Heiligen Spektakels.

Erfaßt von den Wellen, hin und her geworfen von der rasenden Flut. Höhnisch packte das Meer Ashnadas schlanken Leib, um ihn zu zerschmettern; doch immer wieder gelang es ihr, den Kopf über den Wellen zu halten. Gischtwolken jagten über sie hinweg; ihre Augen tränten, sie mußte husten, spuckte das salzige Wasser aus, das ihr in Mund und Nase gedrungen war. Verzweifelt ruderte sie mit den Armen; ihre Finger fanden plötzlich Halt, verkrallten sich im nassen Stoff einer Kutte. Rumos! Der Zauberer trieb an ihrer Seite, kämpfte wie sie mit den Wellen. Kurz trafen sich ihre Blicke, als das Licht des Leuchtturms über sie hinweghuschte. Ashnada erschrak vor dem Ausdruck seiner Augen; in ihnen war nicht der Überlebenswille eines Menschen zu erkennen, sondern nur nackte Todesangst, die Rumos wie einen ersaufenden Hund erscheinen ließ. Panisch klammerte er sich an ihr fest; seine Finger bohrten sich in ihre Schulter, legten sich um ihren Hals. Ashnada bekam keine Luft mehr. Entsetzt versuchte sie sich aus seinem Griff zu befreien, und schließlich konnte sie ihn von sich stoßen.

Als die nächste Welle über ihr zusammenschlug, verlor

Ashnada für einen Moment das Bewußtsein. Das Wasser zog sie hinab in die Tiefe; ihr Kopf drohte zu bersten, und fast wollte sie aufgeben, sich auf den Meeresgrund sinken lassen. Doch dann rief eine innere Stimme sie zur Vernunft. *Ich darf nicht sterben … nicht hier, im Silbermeer … Tarnac von Gyr … es ist noch nicht vollbracht!*

Sie nahm ihre letzten Kräfte zusammen, kämpfte gegen den Strudel an, der sie hinabzog. Empor, empor … um sie nichts als eisiges Wasser. Die letzte Atemluft entwich ihren Nasenlöchern. Über ihr Licht … endlich! Die Wasseroberfläche! Sie tauchte auf, rang nach Luft. Riß die Augen auf, erwartete schon den nächsten Angriff des Leuchtturms. Doch der Sturm hatte sich schlagartig gelegt; rings um Ashnada war das Wasser ruhig und klar, und das Heulen des Windes war verstummt.

Dann sah sie das Boot. Es glitt durch die Wellen auf sie zu; ein zerschlissenes Segel flatterte im Wind, obwohl keine Brise zu spüren war. Für einen Moment glaubte Ashnada, Cyrmor sei gekommen, um sie ein weiteres Mal zu retten, doch sie verwarf diesen unsinnigen Gedanken sogleich. Mehrere Gestalten waren an Bord zu erkennen; sie trugen blaue Fischerhauben. Am Bug stand ein Mann mit einem struppigen Kinnbart; an seinem Handgelenk schimmerte ein goldenes Armband. Er zwinkerte Ashnada zu.

»Mag unser süßes Fischlein nicht mehr schwimmen, hä? Hat es lange genug im Silbermeer herumgeplanscht?«

Mehrere Hände zerrten Ashnada ins Boot. Mit verquollenen Augen blickte sie zu der Besatzung auf – und entdeckte zu ihrem Erstaunen ein vertrautes Gesicht.

»Aelarian Trurac!« entfuhr es ihr. »Was … in aller Welt … macht Ihr hier?«

Der Troublinier zuckte mit den Schultern. »Wie es aussieht, rette ich gerade ein paar Schiffbrüchige vor dem Zorn des Leuchtturms.« Er deutete auf eine Gestalt, die unweit von Ashnada im Boot lag. Es war Rumos; seine rote Kutte klatschnaß und in Fetzen. Erschöpft krümmte er sich auf den Planken.

»Wir hofften, noch mehr Leute aus dem Wasser fischen zu können«, fuhr Aelarian fort. »Doch das Meer hat sie alle zu sich geholt – auch Kapitän Coron! Sein Turmbinder hat ihm kein Glück gebracht.«

Ashnada sank erschöpft in sich zusammen. Einer der Männer legte ihr eine Decke um die Schultern. Ihre Augen wanderten zu Rumos hinüber. Dieser hatte sich zitternd aufgesetzt. Mit blutunterlaufenen Augen starrte er den Großmerkanten an.

»Aelarian ... Ihr ... habt mich ... gerettet!« Es klang wie eine Anschuldigung.

»Wie könnte ich meinen alten Kameraden aus Haus Moorbruch ersaufen lassen?« erwiderte Aelarian mit mildem Spott. »Wir haben lange Zeit einen gemeinsamen Weg beschritten; und noch müssen wir ihn ein Stück zusammen weitergehen.« Er deutete auf das Leuchtfeuer, das in einiger Entfernung über die Wellen huschte. »Ich finde, der Leuchtturm hat uns lange genug auf Morthyl festgehalten. Nun hat er auch noch die Goldéi herbeigelockt; ringsum wimmelt es nur so von ihren Schiffen! Es ist höchste Zeit, unserem Freund Baron Eldrom einen Besuch auf Fareghi abzustatten. Denn sonst werden wir nie nach Tyran gelangen, um den Weltenwanderer aufzuhalten – oder was meint Ihr, Rumos?«

Der alte Priester öffnete den Mund, um zu antworten. Doch als er das goldene Amulett an Aelarians Hals bemerkte, erstarben die Worte auf seinen Lippen, und seine Augen glühten vor Haß.

KAPITEL 14

Ketten

Die Statue war nur eine Handspanne groß, gemeißelt aus schwarzem Sithalit, ihre Gesichtszüge grob und undeutlich. Sie stellte einen stämmigen Mann dar; er trug ein Kaufmannsgewand, und seine Hände umschlossen einen Griffel und eine Wachstafel, die Wahrzeichen der palidonischen Händler. Zu seinen Füßen lag ein Bär; er hatte sich zusammengerollt, reckte jedoch die Schnauze empor; in dem geöffneten Maul waren gefährliche Reißzähne zu erkennen.

Die Figur stand in der Wandnische eines abgelegenen Gangs im Westflügel des Kaiserpalastes. Dieser Gebäudeteil war stark heruntergekommen; fingerdick lag der Staub auf den Bodenplatten, von der Decke und den Säulen rieselte Putz, und in zerfetzten Spinnennetzen hing uralter Schmutz. Als der Silberne Kreis nach dem Fall von Thax in die Stadt Vara zurückgekehrt war, hatte die Zeit nicht ausgereicht, um sämtliche Teile der Palastanlage in einen bewohnbaren Zustand zu bringen. Vor allem der Westflügel zeugte von der langen Vernachlässigung, unter der das Bauwerk während der Abwesenheit des Thronrats gelitten hatte.

Schon seit dem frühen Morgen kniete Binhipar Nihirdi, der Fürst von Palidon, vor der Wandnische. Staub hatte seinen Mantel geweißt, die ledernen Beinkleider und selbst die Enden seines geflochtenen Barts, die bis zum Boden reichten. All dies schien der Fürst kaum zu bemerken; sein Blick blieb auf die Statue gerichtet, und seine Lippen bebten, als murmelte er ein Gebet.

Schritte hallten durch den Gang. Binhipar wandte sich nicht um. Er wußte, wer der Ankömmling war, der ihn vermutlich schon den ganzen Morgen im Palast gesucht hatte.

»Hier also finde ich Euch, Binhipar!« Die sonst so süßliche Stimme Scorutars verriet seine Gereiztheit. »Der halbe Palast befindet sich in Aufruhr, doch Ihr versteckt Euch in einem staubigen Gang und haltet Zwiegespräche mit einem Götzen!«

Ruckartig wandte Binhipar den Kopf. Scorutar Suant stand dicht hinter ihm; in seinen kastanienbraunen Locken hatten sich einige Spinnweben verfangen, und auf dem Kragen seines Seidengewands lagen Mörtelbrocken, die von der Decke herabgefallen waren.

»Hütet Eure Zunge, Scorutar!« stieß Binhipar zwischen den Zähnen hervor. »Es ist schandhaft genug, daß Euch nichts mit Eurem Ahnen verbindet; wenn Ihr jedoch Nihirdi den Standhaften schmäht, soll Euch mein ganzer Zorn treffen.«

Abschätzig blickte Fürst Scorutar auf die Sithalitfigur. »Mich schreckt weder Eure Drohung noch Euer lang vergessener Ahne. Laßt seine Gebeine im Berg von Carmand ruhen und widmet Euch lieber den diesseitigen Herausforderungen, von denen es mehr als genug gibt.«

Binhipars Augen verfinsterten sich. »Nihirdi ist nicht vergessen! Er kämpfte an der Seite der anderen neun Gründer für den Südbund und starb als Märtyrer im Bundeshaus zu Persys. Bis zum heutigen Tag hält er seine schützende Hand über das Kaiserreich!«

»Dann wird er uns hoffentlich auch vor den Goldéi bewahren«, gab Scorutar zurück. »Vor wenigen Stunden wurden vom Hafen aus Schiffe auf dem Meer gesichtet…Schiffe mit goldenen Segeln! Aus den umliegenden Küstendörfern erreichten uns ähnliche Meldungen. Ihr wißt, was das bedeutet, Binhipar!«

Binhipar starrte ihn ungläubig an. »Unmöglich! Wie sollen die Goldéi über Nacht das Silbermeer überquert haben?»

»Denkt nach, Binhipar! Der Leuchtturm von Fareghi…er

muß ihnen den Weg hierher geleuchtet haben!« Scorutars weißgeschminktes Gesicht zeigte Furcht. »Ihre Schiffe segeln dort draußen auf dem Meer, unmittelbar vor Vara! Unsere Karacken hingegen liegen bei Swaaing vor Anker; sie können uns nicht vor einem Angriff der Echsen verteidigen.«

»Ihr habt die Flotte nicht ohne Grund dort zurückgehalten«, knurrte Binhipar. »Nun wird sie Euer Fürstentum schützen – und der Rest Sithars ist dem Untergang geweiht!« Er erhob sich. »Wurde der Kaiser unterrichtet?«

»Uliman hat eine Sitzung des Thronrats einberufen«, berichtete Scorutar. »Er will den Goldéi verhören, den ihm die arphatische Königin zum Geschenk machte ... angeblich ein Scaduif, einer der drei Anführer der Echsenbrut. Die Arphater nahmen ihn in Praa gefangen und brachten ihn nach Vara mit.« Seine Stimme zitterte. »Wenn die Goldéi uns angreifen, ist Sithar verloren! Unser Heer ist nach Arphat gezogen, die restlichen Truppen lagern im Hochland, um einem Vordringen von Nhordukaels Weißstirnen zu begegnen. Dies ist unser Ende, Binhipar!«

»Nehmt Euch zusammen!« Binhipar klopfte sich wütend den Staub vom Kaufmannsgewand. »Solange das Verlies der Schriften die Stadt beschützt, können die Schiffe der Goldéi nicht an die Küste herankommen. Sie werden es gewiß auf andere Weise versuchen, aber dies müssen wir verhindern.« Er warf einen letzten Blick auf die Statue, umschloß die silberne Kette, die um seinen Hals baumelte und deren Plakette den palidonischen Bären zeigte. »Die Gründer werden es nicht zulassen, daß Vara in die Klauen der Echsen gerät! Doch wie wird Baniter Geneder mit dieser Nachricht umgehen? Er wird das Erscheinen der Goldéi für seine Zwecke nutzen wollen.«

Scorutar wirkte fassungslos. »Die Goldéi nähern sich unseren Küsten, und Ihr fürchtet Euch vor dem Intriganten Baniter? Wacht auf, Binhipar! Nicht Baniter Geneder ist es, der unser Reich zu vernichten droht!«

Binhipar senkte den Blick. »Ihr wißt nichts, Scorutar, und

wie solltet Ihr auch! Ihr lauscht nicht der Stimme Eures Ahnen.« Er ließ seine Fürstenkette los; mit einem Klirren entrollte sie sich, baumelte auf seiner Brust. »Der Luchs wird Sithar den Untergang bereiten; dies wisperte Nihirdi mir schon vor Jahren ins Ohr, und ich habe seine Worte niemals vergessen. Sorgt dafür, daß Baniter erst verspätet von dieser Thronratssitzung erfährt. Vielleicht können wir auf diese Weise im Silbernen Kreis einige Entscheidungen fällen, ohne uns mit Baniters scharfer Zunge herumquälen zu müssen.«

Er ließ den Fürsten von Swaaing stehen, ohne ihn eines Blickes zu würdigen. Seine Stiefel hallten laut durch den staubigen Gang. Scorutar blickte ihm mit zusammengekniffenen Augen nach; dann fiel sein Blick zurück auf die Statue.

»Dieser Aberglauben hat Binhipar vollkommen verblendet«, murmelte er voller Verachtung. »Wie kann man nur so tief sinken, seinen Ahnen anzubeten … und einen so häßlichen noch dazu!«

Er wandte sich ab, um Binhipar zu folgen.

Der Foliant, den Baniter aus dem Archiv der Stadt Vara entliehen hatte, war ein Quell der Legenden. Er erzählte die Geschichte des Silbernen Kreises, und Baniter konnte sich kaum mehr losreißen von den vergilbten Seiten, auf denen von der Gründung des Südbundes bis zur Regierungszeit Kaiser Akrins sämtliche wichtigen Ereignisse niedergeschrieben waren, die für die Fürsten Sithars von Bedeutung gewesen waren.

Baniter hatte sich mit dem Buch in seine neuen Gemächer im Ostflügel des Palastes zurückgezogen. Hier fühlte er sich ungestört, war weder den neugierigen Blicken der Fürsten noch den Nachstellungen des Baumeisters Sardresh ausgesetzt. Letzterer hatte ihn in den vergangenen Tagen mehrfach aufgesucht, ihn überschüttet mit seltsamen Andeutungen und Verheißungen, die sich allesamt auf die geheimnisvollen Verliese unter Vara bezogen. Noch immer schien er nicht gewillt, Baniter jene verborgene Stadt zu zeigen, die er in der Tiefe wähnte; und allmählich bezweifelte der Fürst, daß der ›Schwärmer‹ ihm mehr enthüllen konnte als die Welten seiner rauschhaften Phantasie. So hatte er sich wieder den Schriften des Archivs zugewandt, die sich mit dem Umsturzversuch seines Großvaters beschäftigten. Tatsächlich hatte Baniter einen weiteren Mosaikstein entdeckt, der ihn der Lösung jenes Rätsels, das Norgon Geneder umgab, näherzubringen schien. Unter den Schriftstücken befand sich eine flammende Rede von Binhipar Nihirdi; der palidonische Fürst hatte sich nach der ›Feier von Vara‹ für die sofortige Hinrichtung des Verräters Norgon ausgesprochen; ja, mehr noch: er hatte dem Kaiser geraten, die ganze Familie Geneder in die Verbannung zu schicken. Torsunt hatte jedoch Gnade walten lassen; die Teilung Ganatas erschien eine ausreichende Bestrafung für die Angehörigen des Verräters. Binhipar hatte sich zähneknirschend gefügt – und hatte zum Ausgleich eine zusätzliche Demütigung der Familie Geneder gefordert. Nach der Teilung des Fürstenturms in ein verkleinertes Ganata und ein neues Gebiet namens Varona war die silberne Fürstenkette, das alte Erbe der Geneder, dem varonischen Fürsten Hamalov Lomis übergeben worden. So hatte Gadon Geneder, Baniters Vater und Nachfolger Norgons, eine neue Kette schmieden müssen, an der er die Fürstenplakette mit dem ganatischen Luchs tragen konnte.

Binhipars damaliges Ränkespiel ließ Baniter aufmerken. Er wußte vom Haß des palidonischen Fürsten auf seine Familie – doch warum hatte er Torsunt dazu gedrängt, den Genedern die Fürstenkette abzunehmen? Voller Neugier hatte Baniter das Archiv nach den Legenden durchforstet, die sich um die silbernen Ketten rankten, und war schließlich in dem mächtigen Folianten, der nun vor ihm auf dem Tisch lag, fündig geworden.

Zehn dieser Ketten hatte es einst gegeben; geschmiedet vor über vierhundert Jahren, als die zehn Gründer den Südbund ins Leben gerufen hatten. Angeblich hatte ein berühmter Schmied und Tathril-Priester aus Vara sie erschaffen, der heilige Lysron, der damals über das Verlies der Schriften gebot. Er hatte die Ketten mit einem mächtigen Zauber versehen, um die ewige Verbundenheit der zehn Gründer zu erhalten. In den frühen Tagen des Südbundes, so wollte es die Legende, hatten die Gründer dank ihrer Ketten sämtliche Gedanken geteilt; sie hatten die Nähe ihrer Bundesbrüder gespürt, und wenn einer von ihnen in Gefahr geraten war, hatten die anderen ihm zur Hilfe eilen können. So hatte sich der Name ›Der Silberne Kreis‹ herausgebildet; denn nichts hatte jene zehn Männer mehr voneinander trennen können, und bis zu ihrem grausamen Tod waren sie miteinander vereint gewesen.

Davon kann heute keine Rede mehr sein, dachte Baniter. Mit dem Tod der Gründer waren die Ketten an die Erben weitergereicht worden; und schon damals hatte es erste Unstimmigkeiten zwischen den Gründerfamilien gegeben. Zwar waren diese Konflikte bis zum Südkrieg nie zum Ausbruch gekommen; doch nach dem Sieg über die Königreiche hatte sich schnell gezeigt, daß die Ketten allein nicht die Einheit des Silbernen Kreises erzwingen konnten. Bei der Gründung Sithars hatten die zehn Familien erbitterte Auseinandersetzungen um die Verteilung des Landes geführt; schließlich waren neun Fürstentümer gegründet und ein Kaisergeschlecht ernannt worden. Zunächst hatte die Familie Aldra die Krone Sithars getragen; doch dann war es unter der Kaiserin Tira Aldra zu der Erhebung der Bathaquar-Sekte gekommen. Tira Aldra hatte die Sekte viele Jahre begünstigt, bis diese eines Tages ihre Gönnerin beseitigt und die Macht in Sithar an sich gerissen hatte. Auch wenn der Aufstand der Bathaquar rasch gescheitert war, hatte die Familie Aldra für ihre Verstrickung in den Umsturz bitter bezahlt. Sie war auf die ferne Insel Tula verbannt worden, und so war eine der zehn silbernen Ketten verloren gegangen. *Niemand weiß, was aus den Aldra geworden ist... verschollen, vergessen, und ihre Fürstenkette für immer verschwunden. Kein Wunder, daß es dem Silbernen Kreis seitdem an Zusammenhalt mangelt.*

Neun Ketten gab es nun noch in Sithar, und nach der Teilung Ganatas hatte die Familie Geneder ihre verloren. Die Tatsache, daß Binhipar Nihirdi für diese Schmach verantwortlich war, stimmte Baniter nachdenklich. *Es muß eine Bedeutung haben! Binhipars Furcht vor meiner Familie ist zu groß, als daß er aus reiner Bosheit den Raub der Kette forderte.*

Er streifte die Kette ab, die er um den Hals trug, und betrachtete sie eingehend. *Mir war in all den Jahren nicht bewußt, daß dies nicht die wahre Fürstenkette der Geneder ist. Ausgerechnet Hamalov Lomis trägt das Erbe meiner Familie um seinen Hals! Oh, ich werde sie ihm schon bald herunterreißen … und die hochgeschätzte Dame Sinustre wird mir dabei zur Hand gehen.*

Er legte die Kette vor sich auf den Tisch. Plötzlich sehnte er sich danach, mit Jundala über diese neuen Erkenntnisse zu sprechen; doch zugleich hielt ihn ein seltsames Gefühl davon ab, seine Frau um Rat zu fragen. Seit Tagen verhielt sie sich ihm gegenüber äußerst merkwürdig, wich seinen Blicken aus, mied seine Berührungen. Er konnte nur vermuten, was in ihrem Kopf vor sich ging. *Die Angst vor dem ›Gespann‹, vor einem offenen Ausbruch dieses verdeckten Ringens um Ganata … glaubt Jundala tatsächlich, ich würde unsere Familie in Gefahr bringen, ohne mir meiner Sache sicher zu sein? Glaubt sie, ich würde mein Leben und das meiner drei Kätzchen aufs Spiel setzen, wenn ich nicht an meinen Sieg glaubte?*

Eine jähe Erinnerung stieg in ihm auf. Er entsann sich jener seltsamen, rauschhaften Nacht im Norfes-Tempel zu Praa. Damals hatte Baniter vom Zerfall des Silbernen Kreises geträumt; die Fürsten hatten tot vor ihm gelegen, mit bläulichen Gesichtern, und er selbst hatte über ihnen gestanden mit einem bluttriefenden Schwert in der Hand. Hatten die leblosen Körper der Fürsten die Zeichen seiner Klinge gezeigt? Er wußte es nicht mehr … doch er erinnerte sich an jene Gestalt, die zu ihm gesprochen hatte: ein dunkelhäutiger Mann mit einem Wanderstock, der auf dem Kopf eine Haube aus Leinenfetzen getragen hatte. Er hatte Baniter davor gewarnt, sich ihm in den Weg zu stellen, hatte sich dann plötzlich in einen

Goldéi verwandelt… und dann hatte Baniter einen Schlüssel in den Händen gehalten, einen schmelzenden Schlüssel, und kurz hatte in seinen Armen ein Kind geruht… schließlich das jähe Erwachen aus dem Traum, als er den schlanken Körper seiner Gespielin An'Chaki über sich gespürt hatte, die ihn im Dunkeln verführt hatte…

»Seid Ihr in Gedanken, Baniter Geneder?«

Er schreckte auf. Am Türrahmen stand Inthara von Arphat. Schwarz und glatt fielen die Haare um ihre Schultern; ihr Körper war gehüllt in ein schlichtes dunkles Kleid, das eng um ihre Hüften saß. Ihr olivfarbenes Gesicht wirkte blasser, als Baniter es in Erinnerung hatte.

»Wie seid Ihr hier hereingekommen?« entfuhr es ihm. »Haben Euch meine Leibwächter nicht zurückgehalten?«

»Ich habe sie gebeten, mich zu Euch zu lassen. Hätten sie mich etwa fortschicken sollen?« Der unschuldige Blick ihrer Augen schien wohlberechnet.

Baniter erhob sich, schritt langsam auf sie zu. »Ich kann es ihnen schwer verübeln, daß sie meine Befehle mißachtet haben. Kein Mann dieser Welt könnte Euch etwas abschlagen, Kaiserin.«

Ihre Mundwinkel zuckten. »Diesen Titel will ich nicht aus Eurem Mund hören, und fade Schmeicheleien ebensowenig.« Sie blickte ihn voller Ernst an. »Ihr habt sicherlich gehört, daß der Thronrat in Kürze zusammentritt, um über das Auftauchen der goldéischen Schiffe zu beraten.«

»Goldéische Schiffe?« Baniter starrte sie ungläubig an. »Was meint Ihr damit?»

»Oh, Ihr habt tatsächlich noch nichts davon gehört? Am Morgen wurden auf dem Silbermeer goldene Segel gesichtet. Noch halten sich die Echsen von Euren Küsten fern, doch wenn sie angreifen, wird Vara ebenso rasch fallen wie Harsas, die Stadt des Schwefels.«

Die Goldéi! Baniter konnte das in ihm aufsteigende Entsetzen nicht verbergen. *Wenn dies wahr ist, steht das Kaiserreich am Rand des Abgrunds!*

»So hat dieser Krieg nun auch Euer Land erreicht.« Intharas Stimme klang bedauernd. »Ich fällte eine weise Entscheidung, als ich ein größeres Gefolge bewaffneter Krieger nach Sithar mitnahm. Wenn die Echsen in Vara einfallen, werden wir Arphater uns zu verteidigen wissen. Doch noch ist Eure Stadt nicht verloren, Baniter! Der Silberne Dom … Ihr habt mir damals den freien Zutritt zum Verlies der Schriften zugesichert. Doch Euer Hoherpriester Bars Balicor, der den Dom nun in seiner Gewalt hat, wies meine Vertraute Sai'Kanee zum wiederholten Mal an der Pforte ab.«

»Ich werde Balicor im Silbernen Kreis zurechtweisen«, versprach Baniter. »Doch glaubt Ihr wirklich, die Kraft dieser Quelle gegen die Goldéi einsetzen zu können? Soweit ich gehört habe, hat selbst Bars Balicor das Verlies der Schriften bisher nicht betreten können, obwohl er es den Weißstirnen abrang.«

»Dieser Priester ist unfähig und dumm«, erwiderte Inthara. »Und wenn die Gerüchte stimmen, war nicht er es, der die Weißstirne aus dem Dom vertrieb. Es war Uliman! Er hat sie besiegt, indem er ihre Waffen durch Zauberei zerstörte. Überall in Vara erzählt man sich diese Geschichte!«

Uliman … ja, dieses Kind verfügt über unheimliche Kräfte. Ich spürte es, seit ich den Kaiser in Persys erblickte. Seine Kaufmannsausbildung in Troublinien hat seltsame Früchte getragen. Baniter beobachtete die Königin aufmerksam. »Euch scheint wenig zu entgehen, was in dieser Stadt geschieht!«

»Ich halte meine Augen offen«, gab Inthara zu, »und was ich sehe, bestätigt meine Befürchtungen. Euer Reich ist dem Untergang geweiht, schon von jenem Tag an, als sich die Verschwörer des Südbundes von Arphat lossagten und den lasterhaften Tathril-Glauben übernahmen. Die Goldéi sind nichts als Vollstrecker eines höheren Willens, denn die wahren Götter zürnen Eurem Land und wollen es vernichten.«

»Wenn Ihr so sehr vom Niedergang des Kaiserreiches überzeugt seid, frage ich mich, warum Ihr damals in Praa auf meinen Vorschlag eingegangen seid. Warum habt Ihr den Friedensschluß mit den Goldéi ausgeschlagen und Euch auf ein unsicheres Bündnis mit Sithar eingelassen?«

Sie tat einen Schritt auf ihn zu. »Es gab viele Gründe. Ich wollte mein Land nicht den Echsen ausliefern. Ich wollte Arphats Unabhängigkeit bewahren.« Sie hielt kurz inne. »Und ich wollte dich wiedersehen, Baniter.«

Er gab keine Antwort. Sie stand dicht vor ihm; und wieder drang der süße Geruch ihrer Haare in seine Nase, so wie damals im Zelt vor den Toren von Persys.

»Du sagst nichts? Du läßt es zu, daß ich diese Ungeheuerlichkeit ausspreche – und sagst nichts dazu?« Ihre Stimme war leise, fast ein Flüstern. »Bist du zu stolz, um dir einzugestehen, daß auch du mich seit jener Nacht in Praa begehrst?«

Er runzelte die Stirn. »Ich weiß nicht, wovon Ihr redet!«

»Nein? Oh, ich hielt dich für mutiger!« Sie sah ihm fest in die Augen. »In jener Nacht kam ich zu dir in den Norfes-Tempel, weckte dich aus dem Schlaf...«

»An'Chaki kam damals zu mir«, unterbrach Baniter sie, »jenes Mädchen, das Ihr mir zum Geschenk gemacht hattet.«

Inthara schüttelte den Kopf. »Du wußtest, daß ich es war. Seit ich dich im Aru'Amaneth gesehen hatte, wollte ich dich für mich haben; in jener Nacht legte ich mich zu dir und nahm mir, was mir zustand.« Sie griff nach Baniters Hand; er spürte ihre rauhen Finger. »Es war vorherbestimmt. Sai'Kanee hatte mir versprochen, daß eines Tages ein Mann nach Praa kommen werde, dessen Augen Smaragden gleichen, dem ich mich aus freiem Willen hingeben werde...und ich sah dich und wollte dich, und für dich nahm ich diese ganze Bürde auf mich – den Krieg gegen die Goldéi, das Bündnis mit Sithar, die lächerliche Eheschließung mit einem zwölfjährigen Knaben!«

Ihre Wangen waren gerötet, und im Glanz der dunklen Augen erkannte Baniter ihre Entschlossenheit. Ihre Schönheit verwirrte ihn, und er spürte die Gefahr, die ihre Begegnung in sich barg.

»Du bist die Kaiserin Sithars«, sagte er leise, »und ich ein Mitglied des Silbernen Kreises. Wenn die anderen Fürsten erfahren, daß du mich in meinen Gemächern aufsuchst, wird dies einen Sturm auslösen, den niemand von uns mehr aufhalten kann.«

»Ein stärkerer Sturm als jener, den die Goldéi mit sich bringen?« Sie schlang die Arme um Baniter. »Vara kann morgen schon in Trümmern liegen! Schick mich jetzt nicht fort, Baniter, nicht jetzt; ich muß dich noch einmal spüren!«

Als sie sich an ihn schmiegte und ihn küßte, als seine Finger über ihr Gesicht strichen und die feine Narbe ertasteten, die sich über ihre Wange zog, dachte er fortwährend an Jundala; er glaubte, die Blicke seiner Frau im Rücken zu spüren, als die Sonnenkönigin ihn zum Bett ziehen wollte. Doch es war niemand außer ihnen im Gemach; sie waren allein, und die Leidenschaft der jungen Arphaterin drohte Baniter schon mitzureißen. Es gelang ihm schließlich, sich aus ihrer Umarmung zu lösen.

»Es ... wäre ein Fehler«, sagte er stockend. »Laß uns vernünftig bleiben, Inthara!« Seine Worte klangen nicht überzeugend.

Sie erhob sich; ihre nußbraunen Augen verrieten Enttäuschung. »Vernunft ... ich hielt dich für kühner, Luchs von Ganata! Als du mit deiner Gesandtschaft nach Praa kamst, hast du deinen Ruf aufs Spiel gesetzt, deine Stellung, dein Leben! Jetzt weichst du vor einer Frau zurück, die du begehrst?« Sie schüttelte den Kopf. »Nun, dann wirst du zumindest rechtzeitig zur Versammlung des Thronrats kommen. Die Fürsten haben sich längst im Kaisersaal eingefunden. Du solltest dich beeilen, Baniter, sonst wird man glauben, du drückst dich vor deiner Verantwortung.«

Das ›Gespann‹ hat mich also wieder einmal übergangen, dachte Baniter. *Dahinter steckt ohne Zweifel Fürst Binhipar ... und ich kann mir schon denken, warum er mich von der Sitzung fernhalten will.* Er rückte seinen Mantel zurecht. »Wir sollten diese Begegnung vergessen, Inthara. Es war leichtsinnig von dir hierherzukommen, doch ich werde Stillschweigen darüber bewahren.«

»Wie großzügig!« sagte sie. »Du wirst bald erkennen, daß es ein Fehler war, mich zurückzuweisen. Wir sind füreinander bestimmt, Baniter! Dem Willen der Götter kann sich niemand entziehen.« Ihre Stimme glich der eines trotzigen Kindes. »Eines Tages wirst du zu mir kommen, das weiß ich. Ich werde auf dich warten.«

Er wich ihrem Blick aus. *Ich muß mich in acht nehmen! Wenn sich diese Frau ein Ziel gesetzt hat, gibt sie so schnell nicht auf. Und ich weiß nicht, ob ich ihrer Schönheit ein weiteres Mal widerstehen kann.*

Der Kaisersaal war der Mittelpunkt des Palastes. Er war von keinem Geringeren als Sardresh dem Schwärmer errichtet worden, dem Baumeister des großen Kaisers Akrin; denn dieser hatte die Prunkhalle im Westflügel des Palastes als zu unscheinbar empfunden, seiner Herrschaft nicht würdig. So hatte Akrin den Schwärmer beauftragt, eine neue Halle für die Sitzungen des Thronrats zu schaffen. Sardresh hatte einen riesigen Saal entworfen, der nicht zufällig dem Bundeshaus in Persys glich. Auch er war rund und marmorgetäfelt, auch in ihm ragten mächtige Säulen zu einer Kuppel empor; doch der Saal war lichter als sein Gegenstück in Persys, seine Fenster aus kristallklarem Glas. Die Gesichter der ermordeten Gründer, die auf den Scheiben des Bundeshauses ihren ewigen Tod starben, suchte man hier vergebens.

Der Silberne Kreis hatte sich um den Thron versammelt, der im Mittelpunkt des Saales stand. Hier saß Uliman Thayrin, das Gesicht voller Ernst, die Krone Sithars auf dem blonden Haupt. Die Fürsten waren nahezu vollzählig erschienen; selbst Stanthimor Imer, der Fürst von Aroc, hatte sich auf Drängen des jungen Kaisers nach Vara begeben, anstatt sich weiterhin in seinem Fürstentum im Ostmeer zu verstekken. Perjan Lomis hingegen, der Fürst von Morthyl, wurde von seinem Sohn Stun vertreten, einem jungen Mann mit schwammigen Gesichtszügen, der sichtlich stolz war, die silberne Fürstenkette tragen zu dürfen. Es fehlte nur ein einziger Fürst – Baniter Geneder.

»Sicherlich lümmelt er sich in der Halle der Bittersüßen Stunden herum und schmiedet mit dieser Hure Sinustre seine Ränke«, mutmaßte Hamalov Lomis, der Fürst von Varona. »Der Tonfall der Großbürger ist in den vergangenen Tagen immer anmaßender geworden. Die Dame Sinustre hetzt die Oberschicht gegen mich auf, sie fordert, daß ich meine Fürstenkette ablege. Hinter dieser Dreistigkeit kann sich nur Baniter Geneder verbergen!« Die Empörung stand Hamalov ins Gesicht geschrieben; immer wieder strich er sich erregt das schüttere Haar zurecht, das daraufhin nur noch mehr in Unordnung geriet.

»Fürst Baniter wird sicher nichts dagegen haben, wenn wir die Sitzung ohne ihn beginnen«, sagte Scorutar Suant mit süßlicher Stimme. »Die Lage ist zu ernst, als daß wir weitere Zeit verlieren können. Die Goldéi sind mit ihren Schiffen in das Silbermeer eingedrungen; nun heißt es rasche Entscheidungen fällen, um sie aufzuhalten.«

Der Hohepriester Bars Balicor meldete sich zu Wort. »Wir sind hier in Vara in Sicherheit. Das Verlies der Schriften schützt diese Stadt. Überzogene Furcht bringt uns nicht weiter; vielmehr gilt es, kühl und überlegt zu handeln.« Eitel blickte er um sich; seine neue Rolle als Mitglied des Thronrats schien dem Priester zu gefallen.

»Auf die Quelle allein können wir uns nicht verlassen«, sagte Fürst Scorutar, »zumal mir zu Ohren gekommen ist, daß es Euch noch immer nicht gelungen ist, die Türen zu den Katakomben des Doms zu öffnen.«

Bars Balicor verzog sein fleckiges Gesicht zu einer Grimasse. »Alplaudo Carxives hat das Verlies mit einigen tückischen Zaubern verschlossen, bevor ich ihn aus dem Dom vertrieb. Es ist nicht einfach, diesen Bann zu brechen, doch ich gebe mein Bestes.«

»Euer Bestes reicht in diesem Fall nicht aus!« Von den Flügeltüren erklang die Stimme Baniter Geneders. Er war soeben eingetreten, eilte nun mit großen Schritten auf die Fürsten zu. Sein Mantel war verrutscht, sein Gesicht gerötet; offenbar war er gerannt, um den Sitzungssaal zu erreichen.

Scorutar Suant wandte sich ihm mit gespielter Freude zu. »Baniter Geneder! Wir glaubten, diesmal ohne Euren scharfsinnigen Verstand auskommen zu müssen. Haben Euch wichtige Verpflichtungen aufgehalten?« Er lächelte hintersinnig.

»Gibt es wichtigere Verpflichtungen, als dem Kaiserreich zu dienen?« Baniter reihte sich unter die Fürsten ein. »Leider erfuhr ich zu spät von dieser Zusammenkunft; es scheint eine Weile zu dauern, bis Nachrichten den abgelegenen Ostflügel erreichen, in dem mich der Thronrat untergebracht hat.« Er wandte sich wieder Bars Balicor zu. »Doch zurück zum Verlies der Schriften. Es ist Euch bisher nicht gelungen, die Quelle zu beherrschen, Hoherpriester. Was treibt Ihr eigentlich den lieben langen Tag im Dom, wenn all Eure Versuche, das Verlies zu betreten, nicht fruchten?«

Bars Balicor starrte ihn mißmutig an. »Nhordukaels Anhänger haben den großartigen Tempel entweiht! Es wird einige Zeit verstreichen, bis die Spuren des Frevels beseitigt sind; solange wird uns das Verlies der Schriften verschlossen bleiben.«

»Ihr solltet Eure Unfähigkeit nicht den Weißstirnen anlasten – und Euch schleunigst nach einem neuen Feind umsehen! Der Anführer der Weißstirne hat um Waffenstillstand ersucht; das palidonische Hochland ist vorerst befriedet. Nhordukaels Gefolgsleute werden sich in den nächsten Kalendern still verhalten, wenn wir sie nicht reizen.«

»Ein Täuschungsmanöver«, murmelte einer der Fürsten; Vildor Thim, der Herrscher Palguras. Noch immer war sein Körper von den Spuren der Schlacht gezeichnet, in der die Weißstirne sein tausendköpfiges Heer aufgerieben hatten. »Sie werden uns in den Rücken fallen, uns erneut mit ihrem Feuer überziehen. Ihr dürft Nhordukael nicht trauen...«

»Wir sollten dankbar sein, daß er in den Waffenstillstand einwilligte«, meldete sich der junge Stun Lomis zu Wort. »Nun, da die Schiffe der Goldéi erschienen sind, muß das Kaiserreich fest zusammenstehen; dieser Bürgerkrieg muß ein Ende finden.«

Baniter blickte ihn wohlwollend an. »Die Weißstirne haben in fast allen Städten Sithars die Waffen niedergelegt; sie gehorchen den Befehlen ihres Anführers blind. Ja, wir sollten dankbar sein über diesen Friedensschluß; denn nun bedroht uns ein weitaus mächtigerer Gegner.«

»Der Leuchtturm hat die Goldéi herbeigelockt«, sagte Stun Lomis. »Mein Vater schrieb mir schon kurz nach der Besetzung Fareghis, daß er einen Zusammenhang zwischen dem Vordringen der Echsen und der Eroberung des Leuchtturms vermute. Eldrom von Crusco ist ein Verbündeter der Goldéi! Er hat ihre Schiffe in das Silbermeer geholt!«

»Sie werden unsere Küstendörfer verwüsten«, jammerte Hamalov Lomis, »unsere Städte niederreißen…«

»Noch können wir dieser Bedrohung begegnen«, unterbrach ihn Baniter. »Vara wird durch die Quelle des Doms geschützt, doch die Goldéi werden versuchen, die umliegende Küste zu besetzen. Zum Glück war Fürst Binhipar so vorausschauend, die Ritterschaft der Schwarzen und der Weißen Klippen aus Palidon nach Varona zu verlegen. Die Ritter wurden seit jeher für den Küstenschutz ausgebildet. Sie werden sicherstellen, daß die Schiffe der Goldéi nicht in einer verlassenen Bucht ankern.«

Binhipar musterte ihn mit seinen stechenden Augen. »Ich soll die Klippenritter aus Vara abziehen?« Er schien seine Wut nur schwer im Zaum halten zu können. »Wer soll diese Stadt dann noch vor einem möglichen Umsturz schützen?«

Baniter lächelte. »Ich wüßte nicht, von welcher Seite uns ein Umsturz droht.« *Außer von Seiten des ›Gespanns‹…* »Die Klippenritter sind unsere einzige Hoffnung. Es wäre töricht, sie nicht an die Küsten zu entsenden.« Er warf einen Blick auf Uliman. »Mein Kaiser, Euch obliegt die oberste Befehlsgewalt über die Ritterorden. Was erachtet Ihr als sinnvolle Lösung?«

Uliman Thayrin blickte Baniter an. »Deine Worte klingen vernünftig, Baniter Geneder. Die Klippenritter sollen zur Küste ziehen.« Er wandte sich Binhipar zu, der aufbegehren wollte. »Es ist mein Befehl. Das Reich muß beschützt werden. Die Goldéi sind sehr gefährlich, wie mir schon mein Lehrmeister Rumos einbleute.«

Binhipar wollte etwas erwidern, doch er überlegte es sich anders. Mit düsterer Miene brütete er vor sich hin, während Baniter innerlich triumphierte. *So sind die Küsten gesichert, und gleichzeitig endet die lästige Besatzung der Klippenritter in Vara, die sowohl mir als auch den Großbürgern ein Dorn im Auge war. Vielleicht hat das Auftauchen der goldéischen Schiffe auch sein Gutes!*

Der Kaiser wandte sich Scorutar Suant zu. »Ich will nun den Goldéi verhören, den mir meine Gemahlin zum Geschenk machte. Er kann uns sicher über die Schiffe berichten.«

Scorutar gab der Dienerschaft Anweisungen, die gefangene Kreatur herbeizuholen. Sie wurde von vier Anub-Ejan-Mönchen in den Saal geschleift; ein menschengroßes Wesen, die Haut von rötlichen Schuppen überzogen, der lange Schwanz und der Kopf reptilienhaft. Es war mit silbernen Ketten gefesselt, sein Leib durch zahlreiche Wunden entstellt. Die Tatzen der Echse waren verstümmelt, so daß sie kaum laufen konnte. Angewidert beobachteten die Fürsten, wie die Arphater sie an einer Säule festketteten.

Baniter hatte den Goldéi bereits einmal in Praa erblickt, im Norfes-Tempel; ein Scaduif namens Quazzusdon. Die Gefangenschaft bei den Arphatern hatte ihm nicht gutgetan. Sein Atem ging scharrend und flach, als läge er im Sterben, und seine Augen waren kaum geöffnet; aus schmalen Schlitzen starrte er die Fürsten an.

Uliman war von seinem Thron gestiegen. Er näherte sich dem Goldéi; einige Leibritter folgten ihm, stellten sich schützend zwischen den Kaiser und die Echse.

»Du heißt Quazzusdon«, sagte Uliman mit fester Stimme. »Du bist einer der Anführer deines Volks, nicht wahr?«

Der Goldéi hob den Kopf. »Anführer … ein Wort euer Welt!« Er zischte voller Verachtung. »Wer bist du, kleiner Junge? Sehe dein Gesicht … bist noch jung und hast doch schon aus den Quellen geraubt. Bist verloren, verloren … wirst sterben!«

Einer der kaiserlichen Leibritter stellte den Fuß auf die silberne Kette, mit der Quazzusdons Hals gefesselt war. Der Goldéi keuchte, bäumte sich auf. Sein Kopf schlug gegen die Säule.

»Du wirst vor mir sterben«, stellte Uliman fest. »Doch vorher sage uns, wie eure Schiffe in das Silbermeer gelangt sind.«

Der Goldéi öffnete sein Maul. Baniter sah mit Schaudern, daß die Arphater die Zähne der Echse abgefeilt hatten. »Das Licht rief uns zu sich! Hörten Drafurs Ruf in der Sphäre ... er führte uns an, brachte unsere Schiffe in das Meer, damit wir die Menschheit zu Fall bringen können.« Sein Echsenschwanz fuhr in die Höhe, legte sich zitternd um die Marmorsäule. »Sah in der Sphäre eure lächerlichen Kriegsschiffe. Verbrannten in einem Hafenbecken, entzündet von unseren menschlichen Dienern. Nur drei von ihnen entkamen auf das Meer. Drei Schiffe, drei Segel mit dem Zeichen des Krebses. Das Meer hat sie zu sich geholt. Zerschellt in den Wellen...«

Baniters Blick wanderte zu Stun Lomis hinüber, der leichenblaß die Worte des Scaduifs mit angehört hatte. *Die Schiffe seines Vaters! Wenn dies wahr sein sollte, ist Perjan Lomis womöglich tot und Morthyl längst in der Hand des Verräters Eldrom!*

Scorutar Suant starrte angewidert auf die Echse. »Wie viele Schiffe habt ihr häßlichen Geschöpfe ins Silbermeer gebracht? Sprich, wenn dir dein erbärmliches Leben noch etwas bedeutet!«

Quazzusdon versuchte sich aufzurichten. »... will leben, will leben wie alle meine Brüder. Eure Gier hat unsere Welt zerstört; nun müßt ihr uns eure überlassen. Ist nur gerecht ... werdet sterben, allesamt! Drafur wird den Tod in eure Stadt bringen!«

Baniter Geneder hatte genug gehört. »Diese Kreatur wird uns nicht weiterhelfen! Die Goldéi werden Vara angreifen; und da die Quelle sie von der Stadt fernhält, werden sie versuchen, durch die Sphäre zu uns zu gelangen. Auf diese

Weise haben sie bereits die arphatische Stadt Harsas zu Fall gebracht.« Er fuhr zu Bars Balicor herum. »Das Verlies der Schriften ist unsere einzige Verteidigung! Wenn die Tathrilya weiterhin unfähig ist, die Quelle zu beherrschen, solltet Ihr die Hilfe der Arphater annehmen. Die Kubeth-Priesterin Sai'Kanee verlangt Zutritt zum Dom. Ihr solltet ihn ihr endlich gewähren, schon allein um den Frieden mit den Arphatern zu wahren.«

Bars Balicor sah den Fürsten entrüstet an. »Eine Ungläubige soll den Silbernen Dom entweihen? Das kann nicht Euer Ernst sein, Fürst Baniter! Dieses Weib wird nur Tathrils Zorn wecken!«

»Auf Eure Befindlichkeiten können wir in dieser Lage keine Rücksicht nehmen«, gab Baniter zurück. »Wir haben der Kaiserin zugesagt, daß ihre Priesterin den Dom betreten kann. Vielleicht gelingt es Sai'Kanee, die Türen des Verlieses zu öffnen.«

Er blickte wieder zu dem Goldéi. Quazzusdon hatte die Augen geschlossen, schien ganz in sich vertieft; und Baniter fragte sich, ob er in die Sphäre eintauchte, um mit seinen fernen Brüdern zu sprechen. *Was mag er dort sehen? Was mag dort vor sich gehen?* Er wußte wenig über die unheimliche Welt der Sphäre; doch nun, da die Schiffe der Goldéi erschienen waren, wünschte er sich, mehr über sie zu erfahren.

Uliman Thayrin hatte sich unterdessen von dem Goldéi abgewandt. »Ich habe das Herz der Quelle gespürt«, sagte er leise. »Es sehnt sich nach Freiheit. Ich mußte die Quelle mit Gewalt zwingen, mir Kraft zu verleihen.« Er spürte die fragenden Blicke der Fürsten. »Es ist zu gefährlich, das Verlies der Schriften zu öffnen. Laßt die Türen besser verschlossen.«

Zum ersten Mal sah Baniter eine Spur von Angst in den Augen des Kindes. *Wer hat dir all dieses Wissen über die Magie beigebracht, Uliman? Wer hat dich in die Geheimnisse der Sphäre eingewiesen?*

Der Kaiser kehrte zu seinem Thron zurück. »Bringt den

Goldéi fort; ich will ihn nicht mehr sehen. Dann laßt uns darüber sprechen, wie wir diese Stadt verteidigen können, falls die Echsen uns angreifen.«

Als Baniter Geneder nach endlosen Debatten über die notwendigen Verteidigungsmaßnahmen in seine Gemächer zurückkehrte, fand er die Räume verdunkelt vor. Zwischen den geschlossenen Samtvorhängen drang nur durch einen winzigen Spalt Tageslicht in den Raum. Auf der Seidendecke des Bettes erkannte Baniter seine Frau. Jundala hatte die Haare gelöst; ihre blonden Locken hingen auf ihre Schultern herab. Ihrem Gesicht konnte er entnehmen, daß sie bereits längere Zeit auf ihn gewartet hatte.

Er näherte sich langsam dem Bett. Als er neben ihr Platz nahm, wandte sich Jundala ihm zu. »Ist es wahr, Baniter? Ist es wahr, was deine Leibritter erzählten?«

Er versuchte erst gar nicht, es zu leugnen. »Sie war hier. Ich hatte sie nicht hergebeten; sie kam aus eigenem Antrieb.« Er spielte nervös mit der silbernen Kette an seinem Hals. »Es läßt sich schwer erklären, Jundala... ich schätze, sie hatte schon seit langem den Plan gefaßt, mich zu verführen. Doch ich habe sie zurückgewiesen.«

»Du solltest ehrlich zu mir sein«, sagte Jundala leise. »Wir haben in diesen Dingen stets Vernunft bewahrt, nicht wahr? Ich habe dir deine zahlreichen Gespielinnen in Gehani nie nachgesehen.«

»Du hast selbst alle Freiheiten gehabt«, erinnerte er sie. »Dieser Bursche aus Bolmar, der dich seit Kindestagen verehrt – Talomar Indris heißt er, nicht wahr? Er besuchte dich oft in Gehani, ohne daß ich mit der Wimper zuckte. Und dieser junge Kaufmannssohn aus Thoka, den du eine Weile lang in unserer Burg empfingst...«

»Du brauchst nicht all meine Liebhaber aufzuzählen.« Ihre Stimme klang ermattet. Sie wies auf das Bett. »Hast du wenigstens den Anstand gehabt, von der Dienerschaft ein neues Laken aufziehen zu lassen, nachdem du dich mit ihr vergnügst hast?«

»Ich sagte dir doch, ich habe sie zurückgewiesen!« wiederholte Baniter gereizt. »Und wenn ich ihren Verführungskünsten nachgegeben hätte, so wäre es meine Sache! Wir haben uns schon vor Jahren geeinigt, uns gegenseitig keine Verbote aufzuerlegen.«

»Verbote? Diese Frau ist keine Dienerin, keine törichte Magd oder Kleinadelige, die du sonst so gerne beglückst! Inthara ist die Königin von Arphat. Die Kaiserin Sithars.« Sie schüttelte den Kopf. »Wie konntest du so dumm sein, Baniter! Weißt du nicht, in welche Gefahr du uns bringst? Wenn diese Liebschaft bekannt wird, ist dies dein Ende! Man wird dich als Verräter brandmarken wie deinen Großvater; und für Binhipar und Scorutar wäre es ein willkommener Anlaß, dich endgültig loszuwerden! Man wird dich verhaften, vielleicht sogar einkerkern, und was dann aus unseren Kindern wird, möchte ich mir nicht ausmalen.«

»Ich sage es dir ein letztes Mal – es ist nichts geschehen! Es war eine harmlose Begegnung.«

»Ebenso harmlos wie eure erste ›Begegnung‹?« Jundala lachte auf, als sie sein Erstaunen bemerkte. »Ja, Baniter – ich weiß, daß du bereits in Praa mit dieser Frau geschlafen hast! Wie konntest du das tun? Warum setzt du leichtsinnig all das aufs Spiel, was du erreichen wolltest?« Sie wandte wieder den Blick ab. »Hat sie dir erzählt, welche Folgen eure Liebesnacht in Praa hatte?»

Baniter glaubte seinen Ohren nicht zu trauen. »Folgen? Welche Folgen?»

»Du Narr hast in Praa ein Kind mit ihr gezeugt!« Sie schüttelte den Kopf, als glaubte sie den eigenen Worten nicht. »Was, meinst du, wird der Thronrat dazu sagen, wenn in einigen Wochen Intharas Zustand offensichtlich wird? Uliman kann mit seinen zwölf Jahren kaum der Erzeuger jenes Kindes sein, und jeder Trottel kann sich ausrechnen, daß Inthara schon vor der Eheschließung schwanger wurde.«

»Ich kann das nicht glauben«, entfuhr es Baniter. »Warum

hat sie mir nichts davon gesagt? Und woher weißt du davon, Jundala?«

»Das würdest du gern erfahren, nicht wahr?« Jundala erhob sich, schritt wütend im Raum auf und ab. »All die Jahre habe ich an deiner Seite ausgeharrt, Baniter; habe deine Kämpfe und Ränkespiele unterstützt und mehr als einmal schwere Schuld auf mich geladen, um die Familie Geneder zu neuer Größe zu führen. Als du nach Arphat gingst, füllte ich deine Stelle im Thronrat aus, und als du mir aus Praa schriebst, dieses harmlose Mädchen zu beseitigen, in das sich Akendor verliebt hatte...«

Er sprang auf. »Du sollst von dieser Sache nicht sprechen!«

»O nein? Ich soll nicht davon sprechen, daß wir gemeinsam einen Mord planten? Daß wir mitschuldig an Akendors Wahn waren, der zum Tod eines unschuldigen Kindes führte?« Ihre blauen Augen funkelten. »Aus Mord entsteht immer nur neuer Mord, Baniter! Du warst bereit, zur Erlangung deiner Ziele jeden Weg zu gehen, auch wenn deine Familie deshalb in Gefahr geriet! Nun willst du alles aufs Spiel setzen – für eine Liebelei mit dieser rehäugigen Hure!«

Er packte ihren Arm. »Ist es wirklich Sorge um unsere Familie, Jundala, oder bloße Eifersucht? Was hat sich verändert, seit ich aus Praa zurückgekehrt bin?« Er zog sie an sich, redete in beschwörendem Tonfall auf sie ein. »Wir haben stets zusammengehalten; und ich verspreche dir, daß auch Inthara uns nicht auseinanderbringen kann. Wenn es wahr ist, was du sagst, wenn sie tatsächlich ein Kind von mir in sich trägt, das in jener Nacht in Praa gezeugt wurde, dann verfolgte Inthara mit meiner Verführung ein höheres Ziel. Nach arphatischem Recht sind eheliche und uneheliche Kinder gleich; sie hatte von vorneherein beabsichtigt, ein Kind von mir zu bekommen!«

Jundala riß sich von ihm los. »Das alles geht mich nichts an! Ich verlange von dir nichts weiter, als diese Affäre zu beenden. Denn wenn du es nicht tust, wenn du weiter unsere Familie in Gefahr bringst, werde ich selbst dafür sorgen, daß dieses Schauspiel ein Ende nimmt.«

Er starrte sie verblüfft an. »Ist das eine Drohung?«

Sie kehrte ihm den Rücken zu. »Ja, Baniter. Das ist eine Drohung. Ich habe von dir in all den Jahren eine Menge gelernt. Du solltest meine Worte ernst nehmen; denn ich habe eigene Wege gefunden, um meinen Willen durchzusetzen!«

Er sah ihr nach, als sie das Gemach verließ, und seine Gedanken überschlugen sich. *Was meint sie damit? Was in aller Welt führt meine reizende Frau im Schilde?*

Nervös umfaßten seine Finger die Kette an seinem Hals, zerrten an ihr, als wollten sie die silbernen Glieder auseinanderreißen; und Ratlosigkeit war auf dem Gesicht des ganatischen Fürsten zu erkennen.

KAPITEL 15

Bilder

Als Cornbrunn ein kleiner Junge gewesen war, acht oder neun Jahre alt, war er einmal – und wirklich nur einmal! – auf einen hohen Baum geklettert. Er hatte damit bei einem Spielkameraden, der zwei Jahre älter gewesen war und zudem Cornbrunns geheimes Vorbild, Eindruck schinden wollen. Der Baum, eine Buche mit verworrenen Ästen, hatte auf der Weide nahe seines Elternhauses gestanden; die Baumkrone hatte selbst den Wachturm des Dorfes überragt. Todesmutig hatte der kleine Cornbrunn die Bezwingung des Ungetüms in Angriff genommen. Schon auf dem zweiten Ast hatte ihn ein entsetzlicher Schwindelanfall gepackt; alles um ihn herum hatte sich gedreht, der blaue Himmel, die Wiese, die Zweige, und wimmernd hatte er sich an dem Baumstamm festgeklammert, voller Furcht, die Kraft seiner Arme könnte schwinden und ihm den Absturz in den sicheren Tod bescheren. Sein Vater hatte ihn damals aus der mißlichen Lage befreit; die anschließende Tracht Prügel hatte er ebensowenig vergessen wie den Spott der Dorfjugend, die ihn noch wochenlang gehänselt hatte.

Diese Kindheitserinnerung kam Cornbrunn in den Sinn, als er vom Boot aus zur Felswand von Fareghi aufblickte. Wie eine riesige Mauer erhob sie sich aus dem Wasser; Cornbrunn schätzte ihre Höhe auf etwa achtzig Schritt – zerklüftetes Gestein, in dessen Spalten die Möwen nisteten, das untere Drittel überzogen mit einer Schicht aus Algen, Muscheln und Seetang.

»Ihr könnt nicht im Ernst von mir verlangen, diesen Felsen zu erklimmen, Großmerkant!« Cornbrunns Stimme klang belegt. »Ich bin zu jung, um in den Gewässern Fareghis als Fischfutter zu enden.«

»Hört sie euch an, die feige Sprotte!« erklang hinter ihm Mäulchens Stimme. »Wenn sogar Ungeld seinen fetten Hintern diesen Felsen emporschieben kann, wirst du es ja wohl auch schaffen!«

Ungeld, der Netzknüpfer, warf Mäulchen einen vernichtenden Blick zu. »Bist wohl neidisch, Mäulchen, weil dein Arsch so flach wie eine Flunder ist. Und nicht nur dein Arsch, wohlgemerkt! Das kommt davon, wenn man nicht gelegentlich mal feste Nahrung zu sich nimmt, du Schnapsdrossel.«

»Haltet den Rand, alle beide!« schalt der Wirt Stolling, der gemeinsam mit Parzer das Boot zur Felswand ruderte. »Dies hier muß die Stelle sein, die in den alten Schriften beschrieben wurde.« Er deutete auf drei Klippen, die vor ihnen aus dem schäumenden Wasser aufragten. »Die Hüter der Stufen! Sie zeigen an, wo sich der geheime Aufstieg zum Leuchtturm befindet. So steht es in den Aufzeichnungen unserer Vorfahren, die mein Vater übersetzt hat.«

»Äch ne, übersetzt von deinem Vater«, prustete Parzer. »Wußte gar nicht, daß der alte Stolling überhaupt lesen konnte.«

»Scherben auflesen vielleicht«, kicherte Ungeld. »Jähzornig war er ja, wenn man ihn mal um die Zeche prellte. Da flogen die Tonschälchen durch den Schankraum, daß es nur so eine Freude war.«

Stolling ließ sich nicht beirren. Er trug den goldenen Turmbinder am Handgelenk; eifrig tastete er die Felswand ab, bohrte die Finger in die Schicht aus Schlick und Seetang. Schließlich legte er einen schmalen Zinken frei, der aus dem Felsen hervorragte. Als Stolling ihn mit dem Ärmel seines Seidenhemdes sauberwischte, blitzte er golden auf.

Aelarian Trurac trat an seine Seite. »Auf diesem Weg also flohen Varyns Erben, als die Gyraner vor eintausend Jahren die Insel besetzten. Bist du sicher, daß die Stufen dieser ›Treppe‹ nach so langer Zeit noch unversehrt sind, Stolling?«

Der Gastwirt tippte gegen seinen Turmbinder. »Die Magie des Leuchtturms schützt diesen geheimen Weg und verhüllt ihn zugleich. So steht es in den Aufzeichnungen!«

Aelarian Trurac wandte sich den beiden Personen zu, die im hinteren Teil des Bootes saßen: Rumos Rokariac und seine Leibwächterin Ashnada. Beide waren während der Überfahrt nach Fareghi sehr wortkarg gewesen; die Ereignisse der letzten Tage saßen ihnen noch immer in den Knochen.

»Diese Stufen führen uns geradewegs zum Fuß des Leuchtturms, Rumos. Wenn wir Glück haben, läßt Eldrom den Eingang nicht allzu gut bewachen; sein Heer lagert noch immer an der Südküste Fareghis, sofern Parzers Nachforschungen stimmen.«

»Zweifelst du etwa daran, Rotbauch?« beschwerte sich Parzer. »Ich hab gestern nicht zum Spaß mit meinem Boot ein paar Ehrenrunden um Fareghi gedreht! Jeden Winkel der Insel habe ich ausgespäht, und ich sag dir: die faulen Kathyger tummeln sich allesamt in Nejip, dem kleinen Nest an der Bucht von Varynna. Dort glüht übrigens immer noch jenes Feuer, das wir vom Meer aus beobachtet haben. In der Bucht brodelt es, als hätte sich im Meeresgrund ein Vulkan aufgetan. Bestimmt waren es die Echsen, die diese Glut nach Fareghi brachten.«

Aelarian nickte nachdenklich. »Zwei Tage sind verstrichen, seit Perjan Lomis samt seiner Flotte unterging. Seitdem werden rund um Morthyl die Schiffe der Goldéi gesichtet; der Turm hat sie herbeigerufen. Inzwischen dürfte Eldrom sich wieder in Sicherheit wiegen; er wird nicht damit rechnen, daß jemand es wagt, von der Nordseite her die Felswand zu erklimmen und in den Leuchtturm einzudringen. Die Überraschung ist auf unserer Seite!«

Rumos Rokariac musterte ihn feindselig. »Ihr habt Euch dies alles fein ausgedacht, Aelarian. Doch falls Ihr Dankbarkeit von mir erwartet, hofft Ihr vergebens. Ich weiß nun, welcher Macht Ihr dient!« Er starrte auf das Amulett an Aelarians Hals. »Ihr habt Euch dem Blender verschrieben … dem Widersacher!«

»Gewiß, gewiß«, sagte Aelarian leutselig. »Doch im Augenblick eint uns ein gemeinsames Ziel, nicht wahr? Wir wollen beide nach Tyran gelangen, und dazu muß der Turm uns gnädig gestimmt sein. Also laßt uns den Zwist vergessen, bis wir Eldrom von Crusco das Handwerk gelegt haben.« Er hielt kurz inne, blickte zur Felswand. »Könnt Ihr Euch in Eurem Alter diesen Aufstieg überhaupt zumuten, Rumos? Oder wollt Ihr lieber im Boot auf uns warten?«

»Das würde Euch so passen!« schnaubte der Priester. »Ich werde mitkommen. Und wenn wir den Felsen erklommen haben, werde ich Eldrom von Crusco eigenhändig aus dem Leuchtturm jagen.«

Aelarian wandte sich lächelnd seinem Leibdiener zu. »Da hörst du es, Cornbrunn. Selbst unser graubärtiges Großväterchen kann ein wenig Kletterei nicht schrecken!«

Cornbrunn sah mit gemischten Gefühlen zum Felsen auf. »Ihr scheint eine diebische Freude daran zu haben, mich in den Wahnsinn zu treiben. Nun, ich war ein Tor, Euch nach Morthyl zu folgen; warum sollte ich also nicht auch diese Torheit begehen!«

Stolling klopfte ihm aufmunternd auf die Schulter. Dann hob er den Arm. Sein Turmbinder glomm auf, und ein warmer Glanz wanderte über die Felswand. Golden blinkten die Haken, die aus dem Gestein hervorragten. Mit eitler Geste schwang sich der Wirt aus dem Boot und landete mit beiden Stiefeln auf dem ersten Zinken.

»Auf, auf, ihr Landratten! Der Turm beschützt uns; er wird uns sicher emporleuchten!« Lachend warf er den Kopf zurück, so daß seine zottigen Haare umherflogen. »Nach über tausend Jahren kehren Varyns Erben auf die Insel Fareghi zurück.«

Eisiger Wind in ihrem kahlgeschorenen Nacken, und über ihr die Schreie der Möwen; sie umflatterten Ashnada, kreischten empört, als sie an ihren Nestern vorbeikletterte.

Ihre Hände krallten sich in den Felsritzen fest; unter den Stiefeln spürte sie den goldenen Haken. Er bot nur schlechten Halt; mehr als einmal war Ashnada auf einem der Zinken ausgeglitten, doch stets hatte eine geheimnisvolle Kraft sie festgehalten. Stolling hatte die Wahrheit gesprochen: Der Turm beschützte sie!

Ashnada wandte den Kopf, starrte in die Tiefe. Unter ihr, in weiter Entfernung, lag das Meer; das Spiel der Wellen war ruhig, beinahe zaghaft. Seit dem Untergang der morthylischen Flotte hatte kein Sturm mehr das Silbermeer aufgewühlt. Eldrom von Crusco wiegte sich in Sicherheit, wähnte all seine Feinde besiegt. Doch der Leuchtturm hatte Rumos und Ashnada verschont, und nun half er ihnen, die Felswand zu erklimmen.

Ihr Blick verlor sich in den Wellen, die dort unten ihr uraltes Spiel trieben. *Wenn ich jetzt spränge; wenn ich mich jetzt mit den Füßen vom Felsen abstieße und in die Tiefe spränge, würde der Turm mich zurückhalten?* Eine große Müdigkeit überkam sie; der Wunsch, alles hinter sich zu lassen; die Alpträume und den Selbstekel und die Furcht vor dem nächsten Spiegel, den Blick in ihre schwarzen, schuldigen Augen…

Ihre Hand verkrampfte sich um einen der goldenen Haken. *Nein! Vor drei Tagen hätte das Meer mich zu sich holen können; doch ich wollte leben! Ich darf nicht aufgeben!* Ihr Wunsch nach Rache war stärker als je zuvor; Rache an Tarnac von Gyr, jenem Mann, der sie zu seinem Werkzeug gemacht hatte, zu einer Mörderin…

Entschlossen kletterte Ashnada voran. Dort ragte der letzte Haken aus dem Gestein hervor; über ihm erstreckte sich der Felsrand. Parzer und Stolling hatten ihn längst erklommen; sie streckten Ashnada die Arme entgegen und zogen sie empor.

»Ein Kinderspiel, sagte ich es nicht?« Stollings Gesicht war schweißüberströmt. In den Augenhöhlen war seine Wimperntusche auf groteske Weise verschmiert. »Der Turm ist uns wohlgesonnen!«

Mäulchens Kopf hob sich über den Felsrand. »Wohlgesonnen? Dem Wirt einer miesen Kaschemme und einer Bande von Saufköpfen? Wenn der Turm sieht, was aus Varyns Erben geworden ist, wird er vor Kummer in sich zusammenfallen. Und jetzt hilf mir endlich hoch!«

Nach und nach gesellten sich die übrigen Männer zu ihnen: Ungeld, der keuchend und mit hochrotem Kopf die Höhe des Felsens verfluchte; Rumos Rokariac, der mißmutig Parzers Hilfe ausschlug, als dieser ihn emporziehen wollte; schließlich Aelarian Trurac und sein Leibdiener Cornbrunn, dessen Gesicht einem Laken glich.

Ashnada blickte sich unterdessen um. Sie befanden sich auf einem Felsvorsprung; vor ihnen warf sich ein letzter, wohl vier Schritt hoher Buckel auf.

»Ab hier heißt es still sein«, befahl Stolling mit gedämpfter Stimme. »Der Leuchtturm ist nun ganz nah!« Er fuhr an den Gürtel seiner Seemannshose, zückte einen schmalen Dolch. »Laßt uns hoffen, daß nicht allzuviel Blut fließen wird.«

Auch die anderen bewaffneten sich. Ashnada holte ein Messer hervor. Ihr Schwert war zusammen mit dem troublinischen Schiff untergegangen, lag nun auf dem Grund des Silbermeeres. In dem Fischerdorf Rhagis, wo sie die letzten zwei Tage verbracht hatte, war es ihr nicht gelungen, eine vernünftige Waffe aufzutreiben. Zwar hatte ein alter Krabbensammler namens Schnappes versucht, Ashnada einen schartigen Säbel anzudrehen – angeblich eine Klinge, die er selbst in jungen Jahren geführt hatte –, doch sie hatte das Angebot des schwatzhaften Mannes dankend abgelehnt.

Vorsichtig erklommen sie den Felsbuckel. Ein zaghafter Wind strich um ihre Köpfe. Ashnada fröstelte; ihre Hand schloß sich fest um den Messergriff. Vorsichtig spähte sie über den Hügel. Eine steinige, zum Süden hin abfallende Ebene; Geröll, trockene Gräser, dazwischen weißblühende Disteln. Ein staubiger Weg schlängelte sich den Hang empor bis zum Gipfel. Und dort erhob sich der Leuchtturm. Er war größer, als Ashnada ihn sich vorgestellt hatte: ein riesiges sechseckiges Bauwerk aus rotem Gestein. Die

Rillen zwischen den klobigen Steinen waren mit schwarzem Mörtel verfüllt; er glitzerte wie eine ölige Flüssigkeit, die aus den Ritzen hervorquoll. An der Spitze des Turms brannte das weiße Leuchtfeuer, so hell, das Ashnada den Blick abwenden mußte; doch kein Rauch stieg zum Himmel auf.

Zehn Stufen führten zum Eingang des Turms empor. Am Fuß dieser Treppe standen vier Wachposten, Kathyger in Lederrüstungen, mit Schwertern bewaffnet. Gelangweilt blickten sie nach Süden.

Ashnada sah sich nach ihren Begleitern um. Neben ihr hockte Ungeld; er hatte eine Schleuder aus seinem Turban hervorgezogen, tastete auf dem Boden nach passenden Steinen. Parzer, Mäulchen und Stolling warfen sich entschlossene Blicke zu; und auch Aelarian Trurac und Cornbrunn, beide mit Dolchen bewaffnet, wollten bereits vorausstürmen. Ashnada hielt sie zurück, legte den Zeigefinger auf die Lippen. Dann schlich sie langsam durch das Gras auf den Eingang des Leuchtturms zu. Die anderen folgten ihr. Der Wind kam aus einer günstigen Richtung, verwehte die Geräusche ihrer Schritte. So kamen sie dicht an die arglosen Männer heran. Plötzlich wandte einer von ihnen den Kopf, vielleicht aus Instinkt. Seine Augen weiteten sich; doch bevor er sein Schwert ziehen konnte, war Ashnada bei ihm, trat ihm den Stiefel in den Magen. Stöhnend brach er zu Boden, prallte mit dem Kopf gegen die Treppenstufe und verstummte. Ein zweiter Kathyger wurde von Ungelds Schleuder gefällt; lautlos sackte er in sich zusammen, als der Stein seine Schläfe traf. Die übrigen zwei Wachposten wichen zurück, Angst in ihren Gesichtern. Schon stürmten Parzer, Mäulchen und Stolling voran und stürzten sich auf sie. Parzer schnappte nach den Beinen des ersten, Stolling und Mäulchen nach den Armen des anderen. Nach kurzem Ringen waren beide Kathyger überwältigt.

Während die Fischer sie fesselten und knebelten, trat Aelarian Trurac an die Treppe und blickte zum Eingang empor. »Das war verblüffend einfach. Doch wir sollten achtgeben; gewiß verbergen sich noch weitere Schergen des Barons im Turm.«

»Es wird uns nichts anderes übrigbleiben, als selbst oben nachzusehen«, sagte Cornbrunn, der ihm gefolgt war. »Vielleicht haben wir Glück, und Eldrom hütet allein sein tückisches Feuerchen. Dann können wir ihn ohne größeres Aufsehen…«

Er hielt mitten im Satz inne. Aus dem Schatten des Türrahmens war eine Gestalt hervorgetreten; ein junger Mann in einem dunklen Mantel. Schmal und grimmig war sein Gesicht, das lange Haar schwarz, mit glitzernden Silberperlen geschmückt. Er stellte sich an die oberste Treppenstufe, blickte auf die Troublinier herab. Dann fielen seine Augen auf Ashnada.

Sie hatte ihn sofort erkannt. »Cyrmor!« Ihre Stimme bebte.

Cyrmors Blick war nicht zu deuten. Wie beiläufig fuhr seine Hand unter den Mantel; schon hatte er den Langdolch hervorgezogen, stieg rasch die die Stufen herab. Aelarian und Cornbrunn wichen vor ihm zurück, ebenso die Fischer aus Rhagis. Allein Ashnada verharrte, blickte auf den Silberschmuggler, der sich ihr näherte.

Hinter ihr erklang ein wütendes Schnauben; es war Rumos Rokariac. »Wer, bei Tathril, ist dieser Kerl? Und woher kennst du ihn?«

Ashnada steckte langsam ihr Messer fort. Dann bückte sie sich, griff nach dem Schwert eines der überwältigten Wachleute. »Das geht Euch nichts an, Rumos. Ich werde mich um ihn kümmern. Geht!«

Cyrmor blieb wenige Schritte vor Ashnada stehen. Seine Augen blieben auf sie gerichtet; ihre Begleiter schien er kaum wahrzunehmen. Noch immer sprach er kein Wort.

»Geht endlich!« rief Ashnada. »Laßt mich mit ihm allein!«

Aelarian warf Rumos einen vielsagenden Blick zu. »Ich denke, wir sollten den Rat Eurer Leibwächterin befolgen. Es wäre unhöflich, Eldrom im Turm noch länger warten zu lassen.«

Rumos trat von Ashnada zurück. Sie war nun ganz ruhig, ließ den Silberschmuggler nicht aus den Augen. Das Schwert lag bleiern in ihrer Hand; fest umschloß sie es, versuchte seine Eigenheiten zu erfühlen. Es war lebensgefährlich, mit einer Waffe zu kämpfen, deren Eigenschaften man nicht kannte. Ein schnell abgebremster Schlag verriet ihr, daß die Klinge etwas zur Seite zog und zudem recht kopflastig war. Außerdem war der Griff deutlich zu groß für ihre Hand. Doch immerhin war es ein Schwert, und sie hatte in Gyr gelernt, ein solches zu führen.

Aus den Augenwinkeln sah sie, wie sich die Fischer neben Aelarian und Cornbrunn an der Treppe sammelten. Schließlich huschte einer nach dem anderen zum Eingang empor und verschwand im Turm. Nur Rumos Rokariac wandte sich ein letztes Mal nach Ashnada um, schien etwas sagen zu wollen. Dann schüttelte er verärgert den Kopf, folgte Aelarian und den anderen.

Kalt strich der Wind um Ashnadas Schultern. Für einen kurzen Moment wünschte sie sich ihre langen Haare zurück; doch dann wurde ihr bewußt, wie sehr die Erinnerung an ihre im Wind wehenden, blonden Haare mit jener Zeit verknüpft war, die sie vergessen wollte: die Jahre auf Morthyl, als sie eine Igrydes gewesen war, eine ›Gnadenlose‹, die für den Tod so vieler Menschen verantwortlich war. Und der Gedanke, daß sie nun wieder töten mußte, daß sie diesen Mann töten mußte, der ihr zweimal das Leben gerettet hatte, zerriß Ashnada das Herz.

Die Stufen der Wendeltreppe glichen den Außenmauern des Leuchtturms; auch sie waren aus dunkelrotem Gestein. Durch schmale Fensterschlitze fiel Licht in den Treppengang ein. Aus der Ferne drang das Rauschen des Meeres an ihr Ohr.

»Woher mag Varyn diese roten Steine genommen haben, aus denen der Leuchtturm erbaut wurde?« fragte Cornbrunn, der an Aelarians Seite auf der untersten Treppenstufe stand. »Auf Fareghi kann er sie nicht gefunden haben.«

»Die Schriften besagen, daß Varyn den Turm durch seine Zauberkunst aus einer fernen Stadt nach Fareghi versetzte«, ließ Stolling verlauten, »aus einer längst untergegangenen Stadt namens Udan'Andor. Der Legende nach wurde der Turm dort von Sklaven erbaut, die sich vor ihren wahnsinnig gewordenen Herren schützen wollten. Denn diese, eine Gemeinschaft blinder Despoten, hatten den Plan gefaßt, ihre Sklaven zu verstümmeln und zu töten. Die Sklaven aber versteckten sich in dem heimlich errichteten Turm und vermauerten den Eingang, damit die Blinden sie nicht aufspüren konnten. Fortan beobachteten sie aus sicherer Höhe das Dahinsiechen ihrer einstigen Herrscher, und der Turm, der ihnen das Leben gerettet hatte, erhielt den Namen ›der Allsehende‹, da er ihnen selbst in die verwinkeltesten Gassen Udan'Andors Einblick gewährte.«

»So ein dämliches Garn hätte auch der alte Schnappes spinnen können«, meckerte Ungeld, während er sich an Stolling vorbeidrängte. »Varyn soll einen ganzen Turm nach Fareghi gezaubert haben? Da glaube ich eher, daß du deine albernen Seidenhemden aus den Schamhaaren deiner Frau webst!«

»Äch ne, was weißt du denn über die Schamhaare von Stollings Frau?« höhnte Parzer. »Hat sie dir etwa auch schon die Gunst erwiesen, Ungeld?«

Er zwinkerte Mäulchen zu, während Stolling erbost nach Luft schnappte. Um einer drohenden Rauferei zwischen den Fischern vorzubeugen, lenkte Aelarian Trurac rasch die Aufmerksamkeit auf sich. »Auch ich habe gehört, daß Varyn die Fähigkeit besaß, Bauwerke an andere Orte zu versetzen, ja, sogar ganze Städte auf geheimnisvolle Weise miteinander zu verknüpfen. In Vara, jener von ihm gegründeten Stadt in Sithar, soll er ein ähnliches Wunder vollbracht haben.«

»Blendwerk und Täuschung!« Die Stimme von Rumos Rokariac hallte durch den Treppenaufgang. Voller Verachtung blickte der Priester Aelarian Trurac an. »Varyn war ein

Diener Mondschlunds, des Verhüllers, und seine Zauberkunst nicht mehr als bösartiger Schwindel!«

»Obacht, alter Mann«, warnte ihn Mäulchen. »Wenn du unseren Vorfahren beleidigst, sorge ich dafür, daß du auf allen vieren diese Treppe hochkriechst!«

»Das führt uns zum Wesentlichen zurück«, sagte Aelarian voller Dankbarkeit. »Wir sollten keine Zeit mehr verlieren und den Turm endlich erklimmen.«

»Aber nicht, ohne sicherzugehen, daß uns oben kein Hinterhalt erwartet«, ergänzte Cornbrunn. Vorsichtig griff er in die Tasche und holte seinen Kieselfresser empor. Knauf gähnte ausgiebig, während sein Herr ihm einen zärtlichen Kuß auf die Schnauze gab und einige Worte zuwisperte.

»Kein dummer Gedanke, Cornbrunn!« Auch der Großmerkant holte nun seinen Kieselfresser hervor. »Ich wette mit dir, daß Grimm noch vor deinem stinkenden Viech zu uns zurückkehrt. Er ist ein hervorragender Späher und flink wie kein zweiter.«

Cornbrunn grinste. »Die Wette verliert Ihr, Großmerkant! Euer fauler Kieselfresser wird sich bald nach Eurer warmen Manteltasche zurücksehnen und schnarchend auf einer Treppenstufe zusammenrollen. Knauf hingegen ist von zäherer Natur; er wird seine Aufgabe erfüllen!«

Beide setzten ihre Kieselfresser zu Boden. Grimm und Knauf reckten die Schnauzen in die Luft, schnupperten, blickten zu ihren Herren auf. Dann flitzten sie die Treppe hinauf, verfolgt von den erstaunten Blicken der anderen.

»Nun auf!« rief Aelarian ungeduldig. »Die Kieselfresser werden uns warnen, falls oben Gefahr droht. Laßt uns dem König des Silbermeeres unsere Aufwartung machen.«

Waren es seine blauen Augen gewesen, die sie zuerst fasziniert hatten? Der Ring in seiner linken Augenbraue? Sein stürmisches, junges Gesicht? Nein... die Hände; es waren Cyrmors Hände gewesen, die sie damals vor dem Sturz in den

Abgrund gerettet hatten, so kräftig und schön. Wieder blickte sie auf seine wundervollen Hände; doch diese umschlossen nun einen Dolch, und die Klinge war für Ashnada bestimmt.

»Du bist also noch am Leben, Cydra.« Seine Stimme klang gefaßt. »Ich nahm an, du wärest gemeinsam mit dem Priester und Perjan Lomis im Silbermeer untergegangen; doch offenbar habe ich mich getäuscht. Nun seid ihr hier, um Eldrom von Crusco zu töten, nicht wahr?«

Ihre Augen blieben auf seinen Dolch gerichtet. »Wenn er Fareghi nicht freiwillig verläßt, wird er sterben. Doch was ist mit dir, Cyrmor? Warum läßt du dich von mir aufhalten, wo du doch eigentlich deinen Herrn im Leuchtturm verteidigen solltest?«

»Eldrom kann sich selbst verteidigen. Deine Kameraden sind jetzt schon so gut wie verloren, wenn sie sich ihm in den Weg stellen.« Er musterte sie abwartend. »Es überrascht dich sicherlich, mich hier auf Fareghi anzutreffen. Schließlich wußtest du nicht, daß ich Eldrom von Crusco diene.«

»Nein, es kam mir nie in den Sinn.« Ihr Blick kehrte zu seinem Gesicht zurück. »Du hast dich also mit dem König des Silbermeers verschworen. Warum?«

Er zuckte mit den Schultern. »Ich hatte Geldsorgen; hohe Schulden bei einigen Zunftleuten. Manch eine Gelbkordel wollte mir den Hals durchschneiden, weil sie sich von mir betrogen fühlte. Da kam mir zu Ohren, daß der neue Herrscher von Fareghi einen Bootsführer suchte; einen Mann mit einem Turmbinder, der heimlich Nahrung und Waffen nach Fareghi bringen sollte. Ich witterte die Gelegenheit, eine Menge Geld zu machen.«

»Du brachtest für Eldrom die Schmuggelwaren nach Fareghi?«

Cyrmor nickte. »Es war für ihn auf Dauer zu verlustreich, seine Leute ohne einen Bootsführer aufs Meer zu schicken. Die Kräfte des Leuchtfeuers lassen sich nur mit einem Turmbinder zähmen. So nahm mich Eldrom in seine Dienste. Ich war es auch, der ihn in jener Nacht nach Galbar Arc brachte, als ich dich aus dem Hafenbecken fischte.«

»Warum hast du mich damals gerettet?« fragte Ashnada.

»Als ich dich aus dem Fenster stürzen sah, wußte ich sofort, daß du das Gespräch zwischen Eldrom und dem Zunftmeister belauscht hattest. Ich wollte zu gerne wissen, wer dieser geheimnisvolle Eindringling war – und welch eine Überraschung! Ich hatte die Leibwächterin eines Priesters gerettet, der sich mit Fürst Perjan verbündet hatte und gemeinsam mit diesem die Eroberung Fareghis plante! Ein Glücksfall! Als ich Eldrom davon erzählte, befahl er mir, dich im Auge zu behalten. Und dies war nicht sonderlich schwer; ich mußte nur warten, bis du zu meiner Hütte zurückkehrtest. Ich wußte, du würdest mich wiedersehen wollen.« Er grinste voller Hochmut. »Aus deinem Mund erfuhr ich, daß Perjan Lomis die Zerschlagung der Hafenzunft plante, und so vermochte ich den König rechtzeitig zu warnen. Nur deshalb konnte die Zunft die Schiffe des Fürsten in Brand setzen und die Eroberung Fareghis verhindern.«

»Du hast mich also die ganze Zeit benutzt«, sagte sie, »mich ausgehorcht und belogen!«

»Nicht belogen, Cydra...ich habe dir nur einiges verschwiegen. Und nebenbei war es mir ein Vergnügen, dich auszuhorchen!« Er lächelte anzüglich. »Glaube mir – ich bedauerte es sehr, daß du meine Warnungen in den Wind schlugst und dem Priester nach Fareghi folgen wolltest. Denn ich wußte ja, daß Perjans Flotte untergehen würde. Den Leuchtturm kann niemand überlisten!«

Eine Welle des Zorns durchflutete sie. »O nein? Wie kommt es dann, daß ich hier vor dir stehe? Der Turm konnte weder mich noch den Priester töten; wir sind beide dem Sturm entronnen! Und jetzt sind wir nach Fareghi gekommen, um deinen König aus dem Turm zu jagen! Eldroms Stunden sind gezählt!«

»Ihr könnt ihm nichts anhaben«, sagte Cyrmor voller Überzeugung. »Er hat das Feuer des Turms mit seiner Kraft genährt; nun wird es ihn gegen jeden Gegner beschützen.«

»Ich würde mich an deiner Stelle nicht darauf verlassen.«

Sie hob ihr Schwert. »Nun, Cyrmor, du hast mich geschickt getäuscht; doch immerhin hast du mir zweimal das Leben gerettet. Deshalb will ich dir die Gelegenheit zur Flucht geben. Aber du mußt jetzt verschwinden, jetzt gleich; ich verspreche dir, dich nicht zu verfolgen.«

Er wies auf das Schwert in ihrer Hand. »Du drohst mir? Kannst du denn mit einer solchen Waffe überhaupt umgehen, Cydra?« Er ließ seinen Dolch durch die Luft zischen. »Ich habe mit meiner Klinge mehr Gurgeln durchschnitten, als du dir vorstellen kannst! Laß das Schwert fallen, dann will ich dich verschonen.«

»Du magst ein paar Zunftleute aus dem Hinterhalt erstochen haben, doch mit mir solltest du dich nicht messen.« Sie blickte den Silberschmuggler voller Kälte an. »Erkennst du mich noch immer nicht, Cyrmor? Begreifst du noch immer nicht, wer ich bin? Sieh mich an! Sieh in meine Augen!« Ihre Worte klangen wie ein Befehl.

Er umfaßte seinen Dolch fester. Seine Augen verrieten wachsende Unsicherheit, doch er schwieg.

Ashnadas Stimme klang verbittert. »Nein? Nun, wie solltest du auch! Du hast mich nicht einmal erkannt, als ich in deinen Armen lag, als du mich küßtest, mich auf dein Bett warfst. Du hast mich nicht wiedererkannt... aber jetzt sieh mich an, Cyrmor! Sieh in meine Augen! Meine Haare waren damals lang und blond, doch meine Augen waren ebenso schwarz wie heute!«

Er starrte sie an, stieß dann ein höhnisches Lachen aus. »Du lügst! Oh, du lügst, Cydra! Du kannst es nicht sein!« Der Dolch in seiner Hand zitterte.

»Sieh mich an, Cyrmor! Ich bin die Frau, die das Schiff deines Vaters in Brand setzte! Ich bin die Frau, die deine Eltern ermordete. Mein Name ist Ashnada... ich war die Anführerin der ›Gnadenlosen‹!« Die Worte peitschten aus ihrem Mund, und sie erschrak selbst vor dem Klang ihrer Stimme.

Cyrmors Lachen erstarb.« Die Mörderin meiner Eltern verbrannte damals auf dem Scheiterhaufen! Ich wollte es mir nicht eingestehen, doch nun weiß ich es; sie war es, sie war es tatsächlich! Sie wurde hingerichtet! Du willst mich nur mit deinen Lügen demütigen!«

»Sagtest du nicht selbst, daß damals die Falsche hingerichtet wurde? Daß du die wahre Mörderin erkennen würdest? Sieh mich an! Meine Augen verraten dir die Wahrheit.«

»Ich glaube dir kein Wort!« sagte Cyrmor mit gefährlicher Ruhe. »Doch für diese Heuchelei wirst du bezahlen.«

Er hob den Langdolch und begann sie zu umkreisen. Während er näher kam, suchten seine Augen nach einer Lücke in ihrer Abwehr. Ashnada wußte, wie gut er seine Waffe zu führen verstand; und so vermutete sie, daß er versuchen würde, ihre Klinge mit dem Dolch zu blockieren, um sie dann zu überlaufen. Auf einen kurzen Abstand war sie mit dem Schwert unweigerlich unterlegen. So nahm sie das Schwert seitlich an den Körper; sie wollte Cyrmor jede Möglichkeit nehmen, nach ihrer Schwerthand zu greifen oder ihre Waffe zu binden.

Er wirkte überrascht, da sie nicht versuchte, ihren Körper zu schützen, und so vergrößerte er den Abstand wieder. Doch seine Unschlüssigkeit war nur von kurzer Dauer; schon umkreiste er Ashnada erneut, diesmal mit mehr Respekt vor dem drohenden Schwert. Ashnada rechnete mit einer Finte; und tatsächlich sprang Cyrmor kurz darauf nach vorn, nur um sogleich wieder zurückzuweichen.

Mit unbewegter Miene hob Ashnada das Schwert. »Ich will dich nicht töten, Cyrmor. Es ist schon zuviel Blut von meinen Händen geflossen. Zweimal hast du mir das Leben gerettet, hast mich in deiner Hütte aufgenommen und mir so viel Nähe geschenkt. Für einen Augenblick war ich glücklich – bis deine Erzählung vom Tod deiner Eltern mir zeigte, daß ich meiner Vergangenheit nicht entkommen kann. Doch diese Frau, die ich einst war, will ich nicht länger sein. Ich will nicht wieder töten müssen!« Ihre Stimme wurde schärfer. »Ich könnte dich mit einem Hieb niederstrecken, doch ich will es nicht! Flieh endlich, Cyrmor!«

Sein Blick blieb stur. »Deine Lügen sind erbärmlich! Ich

soll die Mörderin meiner Eltern nicht wiedererkannt haben, als sie in meinen Armen lag? Ich soll es mit der Mörderin meiner Eltern getrieben haben? Du kannst mich nicht täuschen! Und jetzt schweig!«

Eine geraume Zeit standen sie sich gegenüber, abwartend, beinahe reglos. Seine Augen fesselten Ashnada wie am ersten Tag; tiefblau und unergründlich. Sie konnte keine Empfindung in ihnen lesen, wußte nicht, ob Haß oder Dummheit ihn dazu trieben, diesen aussichtslosen Kampf zu führen. Noch während sie darüber nachdachte, setzte er zum Sprung an. Etwas zu langsam. Hektisch sprang Ashnada drei Schritte zurück, riß ihr Schwert hoch über den Kopf. Cyrmor brach seinen Angriff ab. Ashnada atmete scharf aus. Die kurze Unaufmerksamkeit hatte sie beinahe das Leben gekostet; doch noch immer wollte sie ihn nicht töten, sich ihn nur vom Leib halten, vom Leib halten...

Cyrmor kam langsam näher, deutlich entschlossener als zuvor. Ashnada setzte einen Schritt mit erhobenem Schwert auf ihn zu. Sofort rettete sich Cyrmor aus der Reichweite ihrer Klinge; etwas zu weit, zu hastig; gleich darauf näherte er sich wieder mit ausgestrecktem Langdolch. Ashnada blieb stehen, in plötzlicher Furcht, auf dem unebenen Grund ins Straucheln zu geraten. Wieder machte er einen Schritt nach vorn. Nun wußte sie, daß er sie töten wollte. Keine Regung in seinen blauen Augen. Nur Grausamkeit. Ein weiterer Schritt. Er war nun ganz nahe, sprungbereit. Sie wich einen Schritt nach hinten zurück. Er setzte nach. Gleich! Gleich! Ashnada spürte einen Schweißtropfen, der von der Stirn langsam auf ihr rechtes Auge zurann. Sie atmete ein, versuchte sich zu sammeln. Spürte das Brennen in ihrem Auge. Blinzelte.

In diesem Moment sprang er.

Noch bevor er angriff, wußte sie, daß er sterben würde. Er war ihr so ähnlich im Augenblick seines Todes; die Grausamkeit in seinen Augen erinnerte Ashnada an ihre Lehrjahre in Nagyra, am Hof König Tarnacs; es war derselbe Blick, den sie von ihren Fechtmeistern kannte, die sie und die anderen Igrydes in der Kunst des Tötens unterwiesen hatten. Schwertschlag um Schwertschlag. Den Gegner vernichten. Auslöschen. Keine Gnade zeigen. Er oder ich, und wir alle für Tarnac, unseren Bruder, unseren Herrn und König! Die Worte hatten sich ihr ebenso eingeprägt wie jene grausamen Blicke, die Ashnada bald selbst in zahlreichen Spiegeln gesehen hatte; das Funkeln ihrer tiefschwarzen Augen… und nun sah sie es auch in dem Blick jenes Mannes, der ihr mehr Nähe gezeigt hatte als irgendein Mensch zuvor: und während sie ihn ansah, fühlte sie sich nach Nagyra zurückversetzt, fühlte sich wieder als eine Igrydes, eine ›Gnadenlose‹, deren Schwerthand den unbarmherzigen Willen ihres Königs verkörperte…

Cyrmor war nach vorn gesprungen, den Langdolch schützend vor sich gestreckt, und sie hatte einfach zugeschlagen; ein rascher, präziser Hieb. Das Schwert hatte die Spitze des Dolches beiseite gefegt und einen dunklen Kreis durch seinen Körper gezogen, die Brust geöffnet, den linken Unterarm abgetrennt.

Ohne ein Geräusch von sich zu geben, fiel Cyrmor mit dem Gesicht nach unten auf das Gestein. Sie hörte noch das Klirren seines Dolchs, der auf den Boden aufschlug; doch da hatte sie sich schon von ihm abgewandt. Ihre Augen leer, tot. Kein Schmerz. Keine Trauer. Um sie der Wind, der stärker als zuvor über ihre kurzen Haare strich; und der Himmel, der sich rasch verdüsterte, einen neuen Sturm ankündigte. Als sie die Luft einsog, füllte ein kräftiger Atem ihre Lungen. Der Hauch der ›Gnadenlosen‹. Lange hatte er in ihr geschlummert. Nun war er wiedererwacht.

Eldrom von Crusco hielt sich mit starren Fingern am Rand der Schale fest. In ihr loderte das Leuchtfeuer von Fareghi; es brannte, ohne sich zu verzehren, schuf weder Hitze noch Rauch. Das weiße Licht, das es aussandte, war im gesamten Silbermeer zu erkennen, und seit es die goldenen Schiffe aus der Sphäre herbeigelockt hatte, fürchteten die Bewohner der Inseln und Küsten den Leuchtturm mehr denn je.

Eine Fläche aus rotem Gestein bildete das Turmdach. In der Mitte ruhte auf einem Steinsockel die silberne Schale; über ihr nichts als der graue Himmel, ringsum das Silbermeer, die endlosen Wellenlandschaften. Vom Turm aus gesehen wirkten die Wogen belebt, folgten in ihrem Tanz dem Schein des Leuchtfeuers. Der Turm beherrschte das Wasser; er war der Mittelpunkt des riesigen Meeres. Und so ließ sich vom Turmdach aus die ganze See überblicken, all die fernen Gestade und Buchten; wer hier oben stand und auf das Wasser sah, dessen Wahrnehmung reichte weiter, als sein Auge es vermochte. Der wolkenverhangene Himmel, das aufgeworfene Meer waren Leinwände eines Schattentheaters, auf die der Turm seine Bilderfluten zauberte; rauschhafte Illusionen, rasch wechselnde Bilderfolgen, Licht und Schatten in rasender Bewegung. In den Fluten waren die Umrisse von Schiffen zu erkennen, die sich am anderen Ende des Ozeans ihren Weg durch die Wellen bahnten. Fischerboote zerschellten in weiter Ferne an messerscharfen Klippen; die verzweifelten Gesichter der Ertrinkenden huschten in starker Vergrößerung über den Himmel, so daß man das Weiß ihrer Augen erkennen konnte. Und überall auf den Wellen und Wolken glommen goldene Segel auf; die Schiffe der Goldéi, eine nicht zu überblickende Flotte, die sich den sitharischen Küsten näherte.

Eldrom von Crusco atmete schwer, während er die Erscheinungen betrachtete. Sein Lockenhaar war zerzaust, stand ab wie verfilzte Wolle. Seine Augen versuchten, den Bildern zu folgen, doch immer wieder lenkte eine neue Bewegung, ein neuer Lichtstrahl sie ab. Stöhnend faßte er sich an den Kopf; seine Hände, entstellt durch den weißlichen Ausschlag, umschlossen die pochende Stirn.

»Die Flammen … wie konnte dies geschehen? Wie konnten sie aus der Sphäre in die Bucht dringen und die Schiffe vernichten?« Seine Stimme klang gequält. »Die vier goldenen Schiffe, die ich rief … verbrannt in der Flammenbucht!

Und nun legt kein Schiff mehr in Varynna an! Ist dies der Dank dafür, daß ich den Goldéi das Silbermeer schenkte?« Er brüllte auf, riß die Hände herunter, hielt sie in das weiße Leuchtfeuer. Hell glomm das Licht auf. »Hilf mir! Hilf mir ein letztes Mal! Sage mir, wer jene silberne Gestalt war, die mit den Schiffen in der Bucht erschien! Sage mir, warum sie verschwand, als die Wellen zu Feuer wurden und die Schiffe der Goldéi verbrannten! Sprich zu mir, Leuchtturm!«

Die Bilder um ihn wandelten sich; nun zeigten die Wolken und Wellen Eldroms zerrissenes Gesicht; seine flackernden Augen, den schmerzverzerrten Mund, die wirren Locken. Wollte der Turm ihn verhöhnen? Ein Stöhnen entwich Eldroms Lippen; er riß die Hände aus dem Feuer. Weiße Glut hatte seine Finger erfaßt; unter der Haut leuchteten die Knöchel wie glühende Eisenstäbe.

Ein helles Fiepsen schreckte ihn auf. Sein Blick fiel zum Treppenaufgang, eine Öffnung im Boden der Turmebene. Auf der obersten Stufe saßen zwei Tiere, wieselartige Wesen mit seidigem Fell und spitzen Schnauzen. Ihre Knopfaugen schillerten.

»Wer hat euch Ratten in meinem Turm ausgesetzt?« fluchte Eldrom. »Bleibt mir vom Leib, bevor ich euch unter meinen Stiefeln zertrete!«

Als hätten sie seine Drohung verstanden, machten die Tierchen kehrt, sprangen die Stufen wieder abwärts. Mißtrauisch blickte Eldrom ihnen nach. Dann fuhr er wieder zum Leuchtfeuer herum.

»Du willst mir also keine Antwort geben? Und dies, obwohl ich dir alles opferte; meine Kraft, meinen inneren Frieden!« Er ballte die glimmenden Hände. »Nachts, wenn ich träume, sehe ich deine gräßlichen Bilder, und manchmal auch dann, wenn ich wache!« Er starrte zum Himmel hinauf, über den gespenstische Schatten huschten. »Wie lange soll ich auf dieser elenden Insel ausharren? Wie kann ich meine Männer von hier fortbringen, nun, da kein Schiff mehr in der Flammenbucht anlegen wird? Antworte mir!«

»Wenn Ihr Fareghi unbedingt verlassen wollt, werden wir

Euch gerne behilflich sein«, erklang hinter ihm eine fröhliche Stimme. »Denn dies wollten wir Euch ohnehin nahelegen, Baron.«

Eldrom starrte zum Treppenaufgang. Mehrere Menschen waren auf das Dach gestiegen; einige von ihnen trugen meerblaue Fischerhauben. Ihr Anführer, ein Mann mit verschmitzten Gesicht und rotem Bart, hatte das Wort an den Baron gerichtet; um seine Stiefel sprangen die zwei wieselartigen Tiere, die den Baron voller Wut anfauchten. »Ich bin Aelarian Trurac, Großmerkant aus Troublinien, und möchte Euch im Namen des Gildenrates für Euren weisen Entschluß danken, den Leuchtturm aufzugeben.«

»Den Leuchtturm aufgeben? Was redet Ihr da!« Eldroms Hände umklammerten den Rand der silbernen Schüssel. »Wer seid ihr seltsamen Gestalten?«

Ein Mann mit verzwirbelten Zöpfen und geschminkten Wimpern trat nach vorn. An seinem Handgelenk schimmerte ein goldener Armreif. »Wir sind Varyns Erben, du Hundsfott! Zweitausend Jahre hat unsere Bruderschaft mit angesehen, wie mit dem Leuchtturm Schindluder getrieben wurde, doch deine Herrschaft über Fareghi haut dem Faß den Boden raus!«

Eldrom starrte auf Stollings goldenen Turmbinder. »Wie konntet ihr auf diese Insel gelangen? Wie konntet ihr der Macht des Leuchtfeuers trotzen?«

»Der Turm hat Varyns Erben bis heute nicht vergessen«, triumphierte Stolling. »Mit seiner Hilfe sind wir nach Fareghi zurückgekehrt, und du würdest uns und dir selbst einen Gefallen tun, wenn du schleunigst das Weite suchst.«

Eldrom hatte sich wieder gefaßt. »So einfach ist dies nicht, meine werten Gäste! Ich habe hier auf Fareghi eine höhere Aufgabe zu erfüllen. Die Schiffe der Goldéi kamen auf meinen Ruf in das Silbermeer; mit ihrer Ankunft brach im Süden von Gharax ein neues Zeitalter an! Ich wurde auserwählt, die Menschheit in diesen stürmischen Zeiten anzuführen, und ihr werdet mich nicht daran hindern.« Das weiße Glühen seiner Hände wurde heller. »Und nun macht, daß ihr fortkommt! Der Leuchtturm ist meine Waffe; er wird euch verbrennen, wenn ich es ihm befehle!«

Grelles Licht brach zwischen seinen Fingerspitzen empor, warf dünne Strahlen in den verdunkelten Himmel. Mit ausgestreckter Hand wankte er auf die unwillkommenen Besucher zu. Noch immer zeigten die Wolken sein Bild. Er sah furchterregend aus; seine Augen glühten, die wirren Locken wehten im aufbrausenden Wind, der die Spitze des Turms erfaßt hatte.

»Obacht, Stolling!« warnte Ungeld den Gastwirt, der sich zu weit in Eldroms Richtung vorgewagt hatte. »Die wollene Napfschildlaus ist im Anmarsch!«

»Laß sie nur kommen«, knurrte Stolling. Er hatte den Arm erhoben; der Turmbinder glänzte auf. Schon wollte er sich auf Eldrom stürzen, doch eine knöchrige Hand hielt ihn zurück.

»Geh zur Seite, du Narr!« Es war Rumos Rokariac. Der alte Priester schob Stolling unwirsch beiseite. »Dein Armband mag über einige bemerkenswerte Kräfte verfügen, doch vor diesem Gegner kann er dich nicht bewahren. Eldrom hat sich der Ewigen Flamme verschrieben!« Mit finsterer Miene starrte er den Baron an und murmelte einige Worte, als spräche er zu sich selbst. »Ob er es selbst weiß, Carputon? Nein, er ahnt es nur, spürt es tief in seinem Innern. Der Turm hat ihm einen Teil seiner Seele entrissen…« Rumos hatte nun ebenfalls die Hand erhoben. Rötliche Flammen schlugen empor, leckten um seine dürren Finger. »Deswegen hast du den Turm so sehr gefürchtet, Carputon – weil sein Leuchtfeuer der Flamme gleicht, die dich aus meinem Herz trieb. Deswegen deine Angst und dein Zaudern; und nur deshalb konntest du das Licht des Turms verstehen, weil du die Macht der Flamme kennst!«

Ein neues Bild wanderte über den Himmel; die groben Umrisse einer Gestalt, wie mit pechschwarzer Farbe in die Wolken gemalt; der Kopf ein leeres Oval, die Glieder schmale Striche, die in ständiger Bewegung waren. Verzweifelt schlugen sie um sich, während die Umrisse der Gestalt in das Abbild von Eldroms Gesicht glitten, mit ihm verschmolzen.

Eldrom von Crusco starrte entsetzt zum Himmel. »Die Flamme... das Leuchtfeuer...« Seine Hand zitterte. Immer greller wurde das Licht, das zwischen seinen Fingern hervorschoß. »Was hast du mir angetan, Priester?«

Rumos lachte auf. »Du selbst hast dich der Flamme geopfert, Eldrom! Dein Wunsch, um jeden Preis zu herrschen, deine Gier nach Macht und höherer Bestimmung... oh, ich verstehe dich nur zu gut! Die Flamme hat dich zu sich gerufen, und du bist ihrem Ruf gefolgt. Der Turm nahm all das in sich auf, was dich schwächte, deine Zweifel und Ängste; und der Lohn war die Macht der Ewigen Flamme. Doch bist du bereit, denselben Preis zu bezahlen, den sie auch von mir forderte? Die dunklen Träume, Nacht für Nacht... die Stimmen, die Bilder! Die Kälte in unseren Herzen!« Seine Stimme wandelte sich zu einem Flüstern. »So schrecklich kalt ist mir... die Flamme zehrt mich aus, raubt all meine Wärme. Welch hoher Preis für die Unsterblichkeit!«

Eldrom von Crusco stieß einen Schrei aus, ließ die Hand sinken. Dann fiel er auf die Knie, ohne den Blick vom Himmel abzuwenden. »Du kennst es also auch, Priester... dieses schreckliche Gefühl!« Seine Stimme zitterte; über ihm in den Wolken verblaßten die Umrisse der schwarzen Gestalt. »Ich habe hier auf Fareghi etwas verloren, das ich früher als fremd empfand; doch seit es fort ist, spüre ich eine innere Leere, die mich in den Wahnsinn treibt. Ich wollte niemals schwach sein; und doch gab es in mir einen Hang zur Schwäche, den ich nie besiegen konnte. Ich verachtete mich dafür, kämpfte gegen ihn an... und dann verschwand er plötzlich, als ich nach Fareghi kam, als ich den Leuchtturm eroberte. Zurück blieben meine Machttrunkenheit, meine Willensstärke – und jene Kälte, von der du sprichst! Mir ist, als hätte mich der Turm verwandelt; und ich weiß nicht, ob ich noch ein Mensch bin, ein ganzer Mensch...« Tränen erstickten seine Stimme.

Der Priester schritt auf Eldrom zu, beugte sich zu ihm

herab. »Du hast deine Seele der Flamme geopfert, obwohl du kein Zauberer bist! Sie wird dir kein Glück bescheren, sondern Irrsinn; und eines Tages wird sie dich versengen, da du ihre Kraft nicht zu bändigen weißt.« Verachtung war in seiner Stimme zu erkennen. »Ich kann dir zeigen, was sie dir entrissen hat! Du sollst deine Erbärmlichkeit sehen, deine Unvollkommenheit!«

Er zog mit der linken Hand ein vergilbtes Knochenstück unter seiner Kutte hervor, hielt es fest umklammert. Seine Rechte aber legte er auf die Stirn des Barons, der vor ihm kniete. Eldrom stöhnte auf, als die rotglühenden Finger sein Haupt berührten; sein Blick blieb starr zum Himmel gerichtet. Der Gestank verbrannten Fleisches breitete sich auf dem Turm aus.

»Siehst du es jetzt?« höhnte Rumos. »Siehst du ein, daß es ein solcher Wurm wie du nicht verdient, über den Leuchtturm zu herrschen? Zieh deinen Geist aus ihm zurück, Eldrom! Gib den Turm frei!«

Ruckartig zog er die Hand zurück. Eldrom sackte lautlos in sich zusammen. Das weiße Leuchten zwischen seinen Fingern war verglüht; auf der Stirn des Barons aber hatte sich der Abdruck von Rumos' Hand eingebrannt. Die Bilder rings um den Turm verwehten; die Wolken löschten sie aus, die Wellen trugen sie fort. Ein letztes Aufflackern in der Ferne; dann war nichts mehr von den Erscheinungen zu sehen.

Aelarian Trurac hatte das Schauspiel aufmerksam verfolgt. Nun trat er an Rumos' Seite, betrachtete den reglosen Körper des Barons. »Was ist mit ihm geschehen? Haben Eure Worte ihn in einen Tiefschlaf sinken lassen?«

»Wer die Ewige Flamme in sich weckt, kann niemals mehr ruhen«, sagte Rumos verbittert. »Ich habe ihm gezeigt, was die Flamme aus seiner Schwäche formte; eine Kreatur, geschaffen aus seiner Unzulänglichkeit. Diese Fratze, die er im Himmel sah, wird er nie mehr vergessen. Nun ist seine Herrschsucht erloschen wie eine Kerze im Sturm. Eldrom von Crusco wird nie mehr nach Macht streben, sondern nur noch den Wunsch hegen, jenes Bild zu vergessen, das ich ihm zeigte!« Grimmig blickte er Aelarian Trurac an. »Meine Aufgabe ist erledigt! Der Leuchtturm von Fareghi ist befreit, und der Weg nach Tyran steht mir wieder offen.«

»Ich ziehe meinen Hut vor Euren dunklen Künsten«, spottete Aelarian und riß sich die blaue Haube vom Kopf, wohlweislich verschweigend, daß es sich nicht um einen Hut, sondern um eine Arca handelte. »Doch um nach Tyran zu gelangen, braucht Ihr erstens ein neues Schiff und zweitens einen Kapitän mit einem Turmbinder. Wie gut, daß Ihr mich an Eurer Seite wißt! Als Angehöriger der Großgilde werde ich die Mittel für das Schiff rasch auftreiben ... und was den Kapitän betrifft, so habe ich bereits jemanden in Aussicht.«

Er wies auf die Fischer aus Rhagis, die sich um die silberne Schale versammelt hatten. Stolling hatte den goldenen Turmbinder abgestreift und an Parzer weitergereicht; dieser hielt das Armband ehrfurchtsvoll über das Leuchtfeuer. Sogleich änderte es seine Farbe; es schimmerte veilchenblau wie die Zunge des alten Schnappes, wenn er eine abwegige Geschichte erzählte, leuchtete goldgelb wie das lauwarme Bier in Stollings Krügen, glänzte meerblau und glasig wie Mäulchens Augen nach dem Genuß mehrerer Rascher; ein Farbenspiel, das in den Städten Morthyls und vor allem in Rhagis für zahlreiche Jubelschreie sorgen würde.

»Varyns Erben sind nach Fareghi zurückgekehrt«, stellte Aelarian fest und strich sich zufrieden über den roten Bart. Ohne sich um Rumos' Blicke zu kümmern, schlenderte er zu seinem Leibdiener hinüber, der noch immer am Treppenaufgang stand. Cornbrunn hatte sich den Kieselfresser auf die Handfläche gesetzt und liebkoste Knauf, während er die Bilder betrachtete, die nun wieder über das Meer und den Himmel huschten; sie zeigten die fremdartigen Schiffe mit ihren goldenen Segeln. Sie hatten vor den Küsten kehrtgemacht, denen sie sich zuvor genähert hatten, wichen vor dem vielfarbigen Leuchtfeuer zurück.

»Die Echsen haben bemerkt, daß sich Fareghi nicht mehr in der Hand ihres Handlangers befindet«, stellte Cornbrunn fest, während er sich dem Großmerkanten zuwandte. »Werden sie ihre Pläne nun ändern?»

»Das kann ich mir nicht vorstellen. Eldrom hat die Goldéi in das Silbermeer gelockt, und daran kann unser Sieg nichts ändern. Doch der Turm wird ihre Schiffe nicht mehr beschützen; und die kaiserliche Flotte bei Swaaing kann nun zu einem Gegenschlag ausholen.« Aelarian legte die Hand um Cornbrunns Hüfte, zog ihn sanft zu sich heran. »Die Zukunft dieser Welt entscheidet sich fern von hier, auf der Insel Tyran; sie ist das eigentliche Ziel von Rumos Rokariacs Reise. Wie es aussieht, werden wir unser graubärtiges Großväterchen auch dorthin begleiten müssen.«

»Wir?« Cornbrunn grinste, »Glaubt Ihr allen Ernstes, ich werde weiterhin einem wahnsinnigen Priester und einem verrückten Mondjünger folgen?« Frech blitzten seine Augen auf. »Natürlich werde ich das! Ob Ihr nun ein Anhänger des Blenders seid oder nicht – ich werde Euch nach Tyran begleiten, Aelarian, und sei es auch nur, um nach unserer Rückkehr in Taruba von Euren Possen berichten zu können.«

KAPITEL 16

Ahnen

Baniter lag allein auf dem Bett seines Gemachs, den Blick auf die weiß getünchte Wand gerichtet. Sie erschien ihm wie ein unbeschriebener Pergamentbogen, und je länger er auf sie starrte, desto deutlicher sah er vor seinem inneren Auge Federstriche über die Unebenheiten des Mauerwerks hinweghuschen, sah geschwungene Buchstaben in schwarzer Tinte, die sich über die weiße Fläche zogen und seine Aufmerksamkeit fesselten.

Wieder hatte er die ganze Nacht im Archiv der Stadt zugebracht, hatte in fieberhafter Suche Schriftrollen und Folianten gesichtet, um neue Erkenntnisse über den Umsturzversuch seines Großvaters zu gewinnen. Längst schon war die Aufdeckung der Vorgänge um die ›Feier von Vara‹ für ihn zu einer fixen Idee geworden, die alle anderen Gedanken in den Hintergrund treten ließ. Und tatsächlich hatte Baniter im Archiv einen aufsehenerregenden Fund gemacht: ein Protokoll der Hinrichtung seines Großvaters. Fünf Tage nach der ›Feier von Vara‹ war Norgon Geneder in einen unscheinbaren Innenhof des Kaiserpalastes gezerrt und dort jenem Mann vorgeführt worden, den er vom Thron hatte stoßen wollen. Es waren nur wenige Worte gefallen; Kaiser Torsunt hatte dem Verräter das Urteil verkündet, und Norgon hatte es angenommen, hatte es sogar selbst auf der Schriftrolle unterzeichnet mit einem kühn geschwungenen, von Schnörkeln umgebenen Namenszug. Dann hatte der Kaiser ihn eigenhändig geköpft.

Lange hatte Baniter auf die Stelle des Schriftstücks gestarrt, an der Norgon Geneder sein eigenes Todesurteil unterzeichnet hatte. Die Buchstaben waren mit großer Sorgfalt geschrieben, waren mit feinen Verzierungen versehen; sehr ungewöhnlich, wenn man bedachte, daß ihr Schreiber auf das Richtschwert wartete. Doch Baniter kannte den Grund: Norgon hatte seinen Namenszug mit der Luchsschrift umwoben, jenen geheimen Zeichen aus Schnörkeln und Ornamenten, die sich um einen gewöhnlichen Text rankten. Allein die Angehörigen der Familie Geneder vermochten diese Schrift zu lesen; und so hatte Baniter auf der Schriftrolle die letzte Botschaft seines Großvaters entziffern können.

Der Schlüssel sprengt den Stein
der Tod ein Trug.

Die Nachricht war ebenso knapp wie geheimnisvoll. Was hatte Norgon seiner Familie mitteilen wollen? War es eine Warnung? Ein Versprechen? Baniter wußte es nicht. Doch die Worte ließen ihn nicht los, immer wieder murmelte er sie vor sich hin.

Nach der durchwachten Nacht im Archiv war Baniter kurz vor Sonnenaufgang in den Kaiserpalast zurückgekehrt und hatte sein Bett leer vorgefunden. Vier Tage waren seit dem Streit mit seiner Frau vergangen. Seitdem hatte Jundala nicht mehr neben ihm geschlafen. Sie mied Baniter, und alle Versuche, sie zu einem Gespräch zu bewegen, waren gescheitert. Jundala hatte nur ihre Forderung wiederholt, daß Baniter sein Verhältnis zu der arphatischen Königin abbrechen solle; und er hatte beteuert, daß es ein solches Verhältnis nicht gebe, nie gegeben habe, daß er in Praa von Inthara verführt worden sei, ohne zu bemerken, wer ihn in jener schicksalhaften Nacht im Norfes-Tempel überrascht hatte. Jundala hatte ihm nicht geglaubt, und Baniter konnte es ihr nicht verdenken. Je länger er darüber nachdachte, desto unglaubwürdiger erschien es ihm selbst; er fragte sich, ob er damals nicht zumindest geahnt hatte, daß Inthara zu ihm ins Bett gestiegen war und nicht An'Chaki. *Ich war voller Angst in jener Nacht, erwartete jeden Augenblick einen Dolch an meiner Kehle ... und diese Frau kam zu mir, legte sich auf mich, riß mich mit in ihrer Leidenschaft ...*

Hatte er damals tatsächlich ein Kind mit der Königin gezeugt? Baniter wollte es noch immer nicht glauben. Vielleicht trieb Inthara nur ein Spiel mit ihm, versuchte ihn mit dieser angeblichen Schwangerschaft von seiner Frau zu trennen. Er hatte Inthara zur Rede stellen wollen; doch die Anub-Ejan-Mönche hatten ihn nicht zu ihr durchgelassen. *Ich muß mit Inthara sprechen, so rasch wie möglich; muß erfahren, warum sie mir die Folgen unserer Liebesnacht verschwieg. Und ich muß Jundala zurückgewinnen! Ohne sie bin ich verloren!*

Baniter richtete sich auf. Es war noch früh am Morgen; die Sonne war eben erst aufgegangen. In wenigen Stunden würde erneut der Thronrat im Kaisersaal tagen, um über die neuesten Entwicklungen zu beraten. Die vergangenen Tage waren ereignisreich gewesen. Nach dem Auftauchen der goldéischen Schiffe waren die Klippenritter auf Befehl des Kaisers zur Küste gezogen, um diese gegen die Echsen zu verteidigen; doch der befürchtete Angriff war ausgeblieben. Statt dessen hatten die goldenen Schiffe plötzlich kehrtgemacht, waren wieder in den Tiefen des Silbermeeres verschwunden. Zugleich war die Kunde nach Vara gedrungen, daß der Leuchtturm von Fareghi wieder sein vertrautes Licht aussandte. *Der Leuchtturm wurde befreit und die Besetzung der Küste durch die Goldéi im letzten Augenblick abgewendet. Nun heißt es, die veränderte Lage zu nutzen, bevor das ›Gespann‹ aus seiner Lähmung erwacht!*

Baniter wußte, daß er nun keine Zeit verlieren durfte. Die Oberschicht von Vara war sehr erleichtert gewesen, als die Schiffe der Goldéi aus Varas Gewässern verschwunden waren; hinzu gesellte sich die Freude über den Abzug der Klippenritter, den Baniter erwirkt hatte. Nun hielt auch die Dame Sinustre ihr Wort, das sie Baniter in der Halle der Bittersüßen Stunden gegeben hatte. Gestern hatte ein Schreiben den Thronrat erreicht, in dem Varas Großbürger die endgültige Absetzung von Hamalov Lomis und die Wiedervereinigung von Ganata und Varona forderten; ansonsten, so die

Drohung, gedächten die Bürger die Zahlung der jüngsten Kriegssteuern umgehend einzustellen und ihre Söhne und Vertrauten, die im kaiserlichen Heer dienten, nach Vara zurückzurufen.

Die Stunde, auf die ich so lange gewartet habe, nähert sich! Heute tritt der Silberne Kreis zusammen; das ›Gespann‹ ist geschwächt, Binhipar ohne den Schutz seiner Klippenritter. Nun, da ich den Rückhalt der Bürgerschaft besitze, wird mir der Silberne Kreis den Fürstentitel des vereinigten Ganatas nicht länger verweigern können. Ich habe die Fürsten aus Thax gerettet, bevor die Stadt von Nhordukaels Weißstirnen eingeäschert wurde. Ich habe sie stets vor den Goldéi gewarnt, habe das Bündnis mit Arphat geschlossen. Nun müssen sie mir ihren Dank erweisen. Er griff nach der Silberkette an seinem Hals. *Und dann wird mir Hamalov Lomis das Erbe meiner Familie wiedergeben…*

Er streifte sich den schwarzen Mantel mit den eingewirkten Silberfäden über. Die traditionelle Kaufmannstracht des Südbundes würde seinen Anspruch auf den Fürstentitel unterstreichen. Während er die Knöpfe schloß, dachte er wieder an Jundala; er bedauerte es, daß sie den Augenblick seines größten Triumphes nicht miterleben würde.

Als er das Gemach verlassen wollte, schreckte er an der Tür zurück. Dort stand Sardresh von Narva; zerknittert sein Hemd, der Lederhut auf seinem Kopf ebenso verwittert wie das Gesicht. Die Lippen des Baumeisters glänzten grünlich, und seine Augen waren geweitet. Wie lange er schon an der Tür gestanden und Baniter beobachtet hatte, war schwer zu sagen.

»Ihr seid bereits angekleidet, Baniter. Sehr gut. Sehr passend.« Sardresh der Schwärmer kicherte, nahm den Hut vom Kopf und presste ihn gegen die Brust. »Zeit zu gehen, Fürst Baniter. Zeit, die Rätsel zu lösen.»

»Wie seid Ihr hier hereingekommen, verflucht?« polterte Baniter. Er konnte es nicht fassen, daß seine Leibritter den Baumeister nicht aufgehalten hatten, zumal er ihnen nach Intharas Überfall vor vier Tagen streng ins Gewissen geredet hatte.

»Der Palast. Ich kenne ihn besser als jeder andere. Oft habe ich ihn auf Kaiser Akrins Wunsch umgebaut. Neue Räume entworfen. Neue Gänge. Geheime Gänge!« Die Augen des Schwärmers blitzten auf. »Doch es bleibt keine Zeit, Euch alles zu erzählen. Wir müssen gehen!«

Baniter war nicht in Stimmung für solche Geheimniskrämerei. »Ich bin sehr beschäftigt, Sardresh! Wenn Ihr mir etwas zu zeigen habt, müßt Ihr Euch bis zum morgigen Tag gedulden. Heute tritt der Silberne Kreis zusammen...«

Sardresh machte einen Schritt auf ihn zu. »Ihr dürft nicht hingehen, Baniter! Es geht etwas vor sich. Ich spüre es. Eine Erneuerung steht uns bevor. Ein Umbau! Das Alte soll stürzen. Einer neuen Ordnung Raum gewähren!« Seine Stimme zitterte. »Und die Verliese! Sie warten auf Euch. Die Gänge werden geöffnet. Man will sie erkunden.« Er zerrte an Baniters Ärmel. »Ich werde Euch hinführen. Die Schriften! Ihr werdet sie lesen können, Fürst...«

Baniter machte sich von ihm los. »Ihr haltet mich unnötig auf, Sardresh. So erheiternd Eure Wahnvorstellungen auch sein mögen, ich habe keine Zeit dafür.«

Sardresh blickte ihn flehend an. »Geht nicht in den Kaisersaal. Nicht heute! Ich habe ihn belauscht. Den Jungen, das Kind. Er ist gefährlich. Ein Dämon!«

Welches Kind? fragte sich Baniter. *Meint er Uliman?* »Was habt Ihr belauscht, Sardresh? Heraus mit der Sprache!«

Sardresh fuhr sich mit der Zunge über die grüngefärbten Lippen. »Die Ahnen! Sie sprechen zu ihm. Doch er lauscht nicht ihren Worten. Er mißachtet ihr Flehen. Ihre Befehle. Er will Rache nehmen. Doch wofür, wofür? Wer hat dieses junge Fundament verdorben, das ein Kaiserreich tragen soll?«

Seine Worte waren wirr, sein Blick fahrig. Baniter gab es auf, den Gedankensprüngen des Schwärmers zu folgen. »Kommt morgen wieder, Sardresh, und wenn möglich, bevor Ihr einen Griff in Euer silbernes Döschen getan habt. Heute aber laßt mich in Frieden, denn dieser Tag ist zu bedeutend, als daß ich ihn mir durch Euren Irrsinn verderben lasse.«

Sardresh blickte ihn enttäuscht an. »Nun gut. Ich habe Euch gewarnt.« Er wandte sich um, humpelte zum Ausgang. »Ihr werdet es bereuen. Doch vielleicht werden Eure Ahnen Euch schützen. Wir werden es sehen…ja, wir werden es sehen.«

Baniter sah ihm kopfschüttelnd nach. *Dieser Wahnsinnige hat mir gerade noch gefehlt! Doch jetzt muß ich meine Gedanken auf die Thronratssitzung richten. In wenigen Stunden wird die Schmähung, die meine Familie erleiden mußte, endlich vergessen sein!*

Silbern der Boden, silbern die Säulen – auch das Innere des Doms zu Vara war von einer verschwenderischen Pracht, die jedem Besucher den Atem verschlug; eine riesige Halle mit Seitenschiffen, in denen zahlreiche silberne Statuen standen. Sie stellten Hohepriester vergangener Tage und Märtyrer aus der Zeit der Spaltung dar, blitzten im Licht der unzähligen Kandelaber. Und in der Mitte des Doms, unterhalb der freischwebenden Kuppel, ruhte auf einem Sockel der Kelch des heiligen Lysron, auch er aus reinem Silber. Lysron der Schmied hatte vor vierhundertfünfzig Jahren das Innere des Doms mit dem edlen Metall schmücken lassen, nachdem er sich als erster Priester seit Jahrhunderten in das Verlies von Vara hinabgewagt und lebendig zurückgekehrt war. Lysron hatte unendliche Schätze aus den verborgenen Gängen emporgebracht und so der Tathrilya großen Reichtum beschert. Aus dem Kelch aber hatte er der Legende zufolge stets einen Schluck Wein getrunken, bevor er in das unheimliche Verlies hinabgestiegen war.

Im hinteren Teil der Halle, nahe der halbrunden Apsis, führten zehn Stufen in die Tiefe. Sie endeten vor einer Tür. Im Gegensatz zu dem allgegenwärtigen Prunk wirkte sie beinahe schlicht; das Silber rund um den Knauf war schwärzlich angelaufen. Keine Verzierung schmückte die glatte Türfläche, und auch ein Schlüsselloch fehlte.

Seit der Vertreibung der Weißstirne hatte Bars Balicor viele Tage und Nächte vor der silbernen Tür zugebracht. Gemeinsam mit den troublinischen Priestern hatte er versucht, die Tür zu öffnen; doch auch die dunklen Künste der Bathaquar hatten die Bannzauber, mit denen Alplaudo Carxives das Verlies der Schriften versiegelt hatte, nicht brechen können. Balicors Plan, mit Hilfe dieser Quelle den Brennenden Berg zurückzuerobern, schien in weite Ferne gerückt. Zu allem Überfluß hatte der Thronrat verfügt, den Arphatern Zutritt zum Dom zu gewähren; eine Entscheidung, die Bars Balicor äußerst mißfiel.

Argwöhnisch starrte er auf die hagere, dunkelhaarige Frau, die neben ihm auf den untersten Stufen vor der Tür stand. Sai'Kanee, die Priesterin des arphatischen Todesgottes Kubeth, hatte ein goldbesticktes Gewand angelegt, ihr Gesicht war golden geschminkt. In ihren Händen ruhte ein schwarzes Tuch; ein länglicher Gegenstand war in den Stoff eingewickelt.

»Wir haben alles Erdenkliche versucht«, schnarrte Balicor. »Dieser elende Kurator hat seine Bannzauber mehrfach verschleiert. Gegen diese tückische Magie kommen wir nicht an!« Bedauerlicherweise war Alplaudo Carxives während der Erstürmung des Doms den Zauberkräften Ulimans zum Opfer gefallen. Balicor war sich sicher, daß der Kurator unter der Folter das Geheimnis seines Bannzaubers verraten hätte. Doch nun war es zu spät, seinen Tod zu betrauern.

Sai'Kanee gab keine Antwort. Sie war ganz in sich versunken. Ihre Hände umschlossen das dunkle Tuch.

»Ich bezweifle, daß Ihr größeren Erfolg haben werdet«, fuhr Balicor fort. »Das Verlies der Schriften ist ein heiliger Ort; eine Anhängerin der alten Götter wird niemals den Weg in diese Gänge finden.»

»Nicht die Götter werden mich in das Verlies führen«, antwortete Sai'Kanee. »Andere Mächte sind hier am Werk, Hoherpriester; Mächte, die halb vergessen sind und in den Tiefen der Sphäre schlummern. Sie warten auf den Tag, an dem sie zurückkehren können.« Vorsichtig schlug sie das

Tuch zur Seite und enthüllte den darin eingewickelten Gegenstand. Es war ein länglicher, schwarzer Stab, spröde wie Kohle. Balicor bemerkte, daß er aus drei Stücken zusammengesetzt war, verbunden durch einen dünnen goldenen Draht.

»Das Metall der Täuschung«, entfuhr es ihm. Er deutete auf ihr Gesicht und ihre Kutte. »Genügt es Euch nicht, daß Ihr diese Halle durch Euer schandhaftes Auftreten entweiht? Müßt Ihr auch noch verruchtes Gold in den Dom tragen?«

Sie würdigte ihn keines Blickes. »Tretet zurück, Priester! Ich werde die verborgenen Gänge öffnen; doch was dort unten auf uns wartet, weiß ich nicht zu sagen.«

Sie hob den drahtumwickelten Stab. »Der Stab des Durtha Slargo«, murmelte sie. Ihre Worte waren so leise, daß der Hohepriester sie nicht verstehen konnte. »Aus Harsas gerettet und nun nach Vara zurückgekehrt... es ist lange her, daß er sich an diesem Ort befand.«

Schon wollte sie den Stab auf die Tür richten, als eine helle Stimme sie zurückhielt. »Laßt diese Tür verschlossen!«

Sai'Kanee und Bars Balicor fuhren herum. Auf der oberen Stufe stand in Begleitung einiger Leibritter der junge Kaiser. Uliman Thayrin war verstört; er starrte auf die silberne Tür. »Ich habe in das Herz der Quelle geblickt. Es war ein Fehler, Kraft aus ihr zu schöpfen, als ich den Dom von den Weißstirnen befreite. Sie ist zornig; sie möchte Rache nehmen.« Er senkte den Blick. »Mein Lehrmeister hatte mich gewarnt. Er sagte, ich solle mich von der Magie fernhalten. Mein Geist sei zu ungestüm, und ich wüßte nicht genug über das Leben, um ein Zauberer zu sein.«

Bars Balicor runzelte die Stirn. »Das hat Rumos zu Euch gesagt?«

»Nicht Rumos«, erwiderte Uliman. »Mein erster Lehrmeister, Aelarian Trurac. Ich habe ihm damals nicht geglaubt. Nun weiß ich, daß er die Wahrheit sprach. Doch es ist zu spät; ich habe meinen Weg gewählt.« Er deutete auf die Tür. »Das Verlies muß verschlossen bleiben. Dort unten lauert etwas, das Vara vernichten wird. Wenn ihr es freilegt, wird diese Stadt fallen!«

»Der heilige Lysron hat diese Tür mehrmals durchschritten«, erinnerte ihn Bars Balicor, »und Vara steht noch immer. Ich verstehe Eure Ängste, mein Kaiser, aber denkt daran, daß wir die Kraft dieser Quelle unbedingt benötigen, um die Goldéi zu besiegen.«

Sai'Kanee hatte sich unterdessen wieder der Tür zugewandt. Ohne auf den Kaiser oder Bars Balicor zu achten, hob die Priesterin den Stab. »Den Herrn der Schatten kann niemand mehr aufhalten«, wisperte sie. »Mondschlund, stehe mir bei!«

Die Spitze ihres rissigen Stabs tippte gegen die Tür. Ein Geräusch erklang, beinahe so, als zerbräche ein Spiegel; und im selben Augenblick sprang die Tür auf, schlug gegen die Wand. Dahinter ein lichtloser Gang; kalte Luft strömte aus ihm hervor. Und ein Wimmern aus der Finsternis, das von keinem sterblichen Wesen stammen konnte.

Uliman trat einen Schritt von der Treppe zurück. »Das Verlies ist erwacht.« Er griff nach der silbernen Kette um seinen Hals. »Ich habe euch gewarnt. Nun ist es zu spät! Der Untergang naht.« Sein Blick wurde ernst. »Dann will auch ich nicht mehr warten! Rumos hat mich alles gelehrt, um die Herrschaft anzutreten; und jene, die mir im Weg stehen, sollen sterben.«

Mit diesen Worten wandte er sich um. Alles Kindliche war aus seinen Zügen gewichen; mit regloser Miene befahl er seinen Rittern, ihn zum Kaiserpalast zurückzubringen, ohne sich noch einmal nach dem Hohenpriester umzusehen.

Bars Balicor starrte in den düsteren Gang, der sich hinter der silbernen Tür in die Tiefe erstreckte. »Das Verlies der Schriften!« Ein Schauder lief ihm über den Rücken. »Die Quelle steht uns endlich offen.«

Er wandte sich Sai'Kanee zu. In dem Gesicht der Kubeth-Priesterin war keine Regung zu erkennen. »Dann laßt uns keine Zeit verlieren. Ihr fürchtet Euch doch nicht vor der Dunkelheit, Hoherpriester?«

Mit diesen Worten trat sie in den Gang. Der Stab in ihrer Hand leuchtete auf; ein silbriges Licht, das die steinernen Wände des Verlieses erhellte und ihr den Weg in die Katakomben des Doms zu Vara wies. Bars Balicor zögerte; er dachte an die baldige Thronratssitzung, vor allem aber an die vielen Schreckensgeschichten, die er über das Verlies gehört hatte. Doch schließlich überwand er seine Furcht und folgte der Kubeth-Priesterin in den Gang. Und kaum war auch er im Dunkel verschwunden, schlug die Tür des Verlieses zu, und Stille herrschte wieder im Silbernen Dom.

Das Schiff der Südsegler lag ruhig im Hafen von Vara. Kein Laut war an Deck zu hören, keine Menschenseele zu sehen. Selbst von dem Schiffsjungen, den Jundala Geneder bei ihrem ersten Besuch erspäht hatte, fehlte jede Spur.

Vorsichtig erklomm sie die Leiter, die aufs Deck führte. Oben angekommen, schlug sie die Kapuze ihres Mantels zurück. Sie blickte sich um; anscheinend war niemand an Bord.

Die Fürstin begab sich zur Mitte des Schiffes, schritt vorbei an den festgezurrten Wasserfässern. Die Bohlen unter ihren Füßen klapperten. Bald hatte sie die kleine Kajüte erreicht und klopfte behutsam gegen die Tür. Keine Antwort.

Forsch trat sie in den engen Raum. Auch hier war niemand zu sehen. Auf dem Tisch, an dem die Südsegler gesessen hatten, lag eine Pergamentrolle. Jundala erkannte sogleich ihre eigene Handschrift.

Plötzlich – hinter ihr – ein Geräusch! Sie fuhr herum; sah noch einen Schatten im Türrahmen, sah, wie die Tür zuklappte. Dunkelheit umgab die Fürstin; allein durch die Tücher, mit denen die Fenster verhangen waren, drang etwas Licht in den Raum.

»Südsegler!« rief sie erbost. »Wo seid Ihr?»

Kein Laut, keine Antwort. Jundala fröstelte.

»Wie ich sehe, habt Ihr meine Botschaft erhalten. Ich forderte Eure Hilfe; eine Gegenleistung für den Schmuck, den ich Euch brachte.« Sie konnte ihre Wut nicht verbergen. »Ich befahl Euch, letzte Nacht zwölf Südsegler in die Weststadt zu entsenden, zu jenem alten versickerten Kanal, der unweit des Stadtarchivs liegt. Zwei Stunden wartete ich in der Dunkelheit auf Euch, doch Ihr kamt nicht. Habt Ihr unseren Pakt etwa schon vergessen?«

Ein Seufzen erklang; es schien aus einer der Raumecken zu dringen. »Die Fürstin kehrt wieder mit Groll in der Stimme, doch zürnt sie den Südseglern ganz ohne Grund! Wir lasen die Botschaft, und zwölf unsrer Brüder fanden sich ein zur nächtlichen Stund‹.«

»Das ist nicht wahr! Ich habe am Ufer des Kanals auf Euch gewartet; kein Südsegler war dort zu sehen. Ihr habt mich heute nacht im Stich gelassen!«

»Wir müssen Euch warnen vor solcherlei Reden«, raunte ein zweiter unsichtbarer Redner, »die ehernen Südsegler halten ihr Wort. Wir kamen zum Ufer, bereit, Euch zu helfen, und fanden Euch nicht am vereinbarten Ort!«

Jundala glaubte ihren Ohren nicht zu trauen. »Wollt Ihr behaupten, ich wäre gestern nicht am Kanal gewesen?« Sie schüttelte den Kopf. »Ich muß mich sehr wundern. Haben wir nicht eine Abmachung geschlossen? Habt Ihr nicht den kostbaren Schmuck an Euch genommen, den ich Euch gab? Habt Ihr mir nicht versprochen, mir zur Seite zu stehen?«

»So war es ein Irrtum«, flüsterte die erste Stimme versöhnlich, »wir können verzeihen; nun wollt Ihr erneut unsren Beistand erflehen. Wir werden Euch diesmal gewiß nicht enttäuschen.« Und ein unsichtbarer Chor fiel ein: »Denn die Suche, die Suche muß weitergehen.«

Jundala nickte. »Nun gut. Zwar wäre es einfacher gewesen, Baniter im Archiv zu überwältigen; er war ganz allein in dem Turm, studierte nächtelang die Bücher und Schriftrollen. Doch noch ist es nicht zu spät. Die Thronratssitzung wird erst in ein paar Stunden beginnen; bis dahin kann ich ihn noch aus dem Palast locken. Doch es muß schnell gehen und darf auf keinen Fall Aufsehen erregen.« Sie hielt kurz inne. »Mein Mann darf nicht zu Schaden kommen, hört Ihr? Ihr sollt ihn entführen, ihn auf Euren Schiffen verstecken; doch es darf ihm kein Leid geschehen.«

Die Südsegler schwiegen für einen Augenblick. Dann flüsterte einer von ihnen eine Antwort. »So soll es geschehen, wir werden ihn greifen; kein Haar wird gekrümmt Eurem tapfren Gemahl. Doch was mag der Grund sein für dieses Verbrechen? Läßt Euch der Fürst keine andere Wahl?«

Ihre Stimme wurde leise. »Es ist die einzige Möglichkeit, ihn zu schützen. Wenn ihn Varas Bürger tatsächlich zum Fürsten ernennen, werden Scorutar und Binhipar ihre Masken fallen lassen. Sie werden nicht dulden, daß er Ganata und Varona unter seiner Herrschaft vereint. Nein, ich muß Baniter in Sicherheit bringen – gegen seinen Willen!«

Die Südsegler schwiegen.

»Nun, wie lautet Eure Antwort? Werdet Ihr mir helfen?«

Noch immer war kein Laut zu hören. Das Flüstern der Südsegler war verstummt. Ein seltsames Gefühl beschlich Jundala. Sie wandte sich zur Tür, rüttelte am Knauf. Der Eingang zur Kajüte war verschlossen.

»Südsegler!« schrie sie auf. »Wo seid Ihr? Redet mit mir!«

In der Tür öffnete sich ein kleines vergittertes Fenster, eine Luke. Sonnenstrahlen fielen durch die wohl handgroße Öffnung in die Kajüte. Jundala blinzelte. Dann erkannte sie ein Gesicht. Auf der anderen Seite der Tür stand eine Frau; ein feingezeichnetes, stolzes Gesicht mit nur wenigen Falten, die Nase kühn, die Lippen zartrot geschminkt. Ihre braunen Locken waren zu einer kunstvollen Frisur aufgesteckt.

»Laßt mich raus!« tobte Jundala. Wütend warf sie sich gegen die Tür. »Öffnet sofort diese Tür!«

»Regt Euch nicht auf, meine Fürstin«, sagte die fremde Frau mit dunkler Stimme. »Eine kleine Weile müßt Ihr noch die Gastfreundschaft der Südsegler in Anspruch nehmen; dann werde ich Euch mit zu mir nehmen. Es wird Euch gefallen in der Halle der Bittersüßen Stunden.«

»Wer seid Ihr? Und wie könnt Ihr es wagen, die Ehefrau eines Fürsten des Silbernen Kreises hier einzusperren?«

Die Frau lächelte. »Ich bin Sinustre Cascodi – und was Euch betrifft, so erleidet Ihr nur das Schicksal, das Ihr Eurem Gemahl zugedacht habt.« Diese Tatsache schien sie sehr zu belustigen. »Ich kann es leider nicht dulden, daß Ihr Baniter Geneder aus Vara entführt. Unserer Stadt stehen schlimme Zeiten bevor, und wir brauchen einen starken Fürsten, der uns beschützt. Heute wird der Thronrat Hamalov Lomis die Fürstenkette abstreifen, und es wird erneut ein Geneder über das vereinigte Fürstentum herrschen.«

Jundala rüttelte an der Tür. »Begreift Ihr denn nicht? Sie werden ihn umbringen, wenn er in der Stadt bleibt! Seine Gegner im Thronrat werden es nicht zulassen, daß Baniter soviel Macht in sich vereint!«

Sinustre Cascodi blickte sie tadelnd an. »Ich glaube, es ist weniger die Angst um Euren Mann, die Euch zu diesem heimtückischen Plan verleitet hat, sondern reine Eifersucht. Ihr könnt es nicht ertragen, daß die Kaiserin ein Auge auf Baniter geworfen hat, nicht wahr?«

Jundala hämmerte mit beiden Fäusten gegen die Tür. »Laßt mich heraus! Und wo sind die Südsegler? Warum haben sie mich verraten?«

»Wer sich mit den Südseglern einläßt, sollte wissen, daß sich jede Summe überbieten läßt«, sagte Sinustre spöttisch. »Euer Gebot war zu niedrig, Jundala Geneder!«

Jundala wich von der Tür zurück, Entsetzen in ihrem Gesicht. »Die Suche, die Suche muß weitergehen«, flüsterte sie wie von Sinnen. »Ich Närrin!«

Sie hörte das Lachen der Dame Sinustre. »Nun seid Ihr eine Weile mein Gast, Jundala. Seid unbesorgt; Eurem Gemahl wird nichts geschehen. Varas Bürger lassen ihren Fürsten nicht im Stich.«

Mit diesen Worten schloß sie die Luke. Nun war Jundala allein, gefangen in der Dunkelheit, und verzweifelt sank sie auf den Boden der Kajüte nieder.

Die Sonne stand hoch über dem Palast. Ihre Strahlen fielen durch die Fenster des Kaisersaals, tauchten den Thron in helles Licht. Die blonden Locken des Kaisers strahlten, und ebenso seine silberne Krone. Ruhig blickte er auf die Reihe der Fürsten, die vor ihm versammelt waren: Binhipar Nihirdi und Scorutar Suant, Vildor Thim und Stanthimor Imer, Hamalov Lomis und Arkon Fhonsa, Ascolar Suant und Baniter Geneder, und Stun Lomis, der Sohn des morthylischen Fürsten Perjan, der vermutlich im Kampf um Fareghi ums Leben gekommen war. Sie alle trugen die silbernen Ketten um den Hals, an denen die Plaketten ihrer Fürstentümer hingen. Der Silberne Kreis; vor vielen Jahrhunderten von den zehn Gründern im Bundessaal zu Persys geschlossen, der dieser prächtigen Halle so sehr glich...

»Ich werde mich dieser Unverschämtheit nicht beugen!« rief Hamalov Lomis zum wiederholten Mal. Sein Gesicht war blaß; die roten Flecken an seinem Hals verrieten seine Erregung. »Ich habe das Fürstentum Varona nach bestem Willen verwaltet, habe alles nur Mögliche getan, um den Reichtum dieser Stadt zu mehren. Es mögen mir einige Fehler unterlaufen sein, doch ich war ein guter Herrscher!« Seine Stimme klang dünn; fast schien es, als zweifelte Hamalov an den eigenen Worten.

»Ihr habt den Brief der Bürgerschaft gelesen«, sagte Scorutar Suant mit Bedauern in der Stimme. »Sie erwarten Eure Abdankung bis zum heutigen Abend.« Er seufzte und warf die kastanienbraunen Locken zurück. »Einen Streit mit der Oberschicht von Vara können wir uns in diesen Tagen nicht erlauben!«

Weise gesprochen, dachte Baniter. Zwar hatten sich die Schiffe der Goldéi zurückgezogen, und aus dem Norden drangen gute Nachrichten; das kaiserliche Heer war über den Nebelriß gezogen und würde in Kürze Arphats Streitmacht verstärken. Auch aus Kathyga gab es erfreuliche Neuigkeiten: Ein zusammengewürfeltes Heer aufständischer Rochenländer hatte unter Führung eines Mannes namens Cercinor die Echsen aus dem Arkwald vertrieben;

und dieser bereitete sich darauf vor, auch den Rest Kathygas zu befreien. Doch all dies konnte nicht darüber hinwegtäuschen, daß Sithar am Rande des Abgrunds geschwebt hatte. Die Schiffe der Goldéi hatten das Volk in große Unruhe versetzt, Angst und Schrecken in Vara verbreitet. In dieser Stunde war der Silberne Kreis auf die Unterstützung der Bürgerschaft angewiesen.

»Ich soll Varona aufgeben«, rief Hamalov entrüstet, »damit ein paar freche Krämer und Stadtgrafen dem Silbernen Kreis nicht die Treue aufkündigen! Oh, ich weiß, wer dahintersteckt.« Er ballte die Faust. »Sinustre Cascodi ... sie hat mich schon immer gehaßt – nur, weil ich ihr vor Jahren ein kleines Angebot machte, das sie mißverstand. Obgleich sie sich früher, als sie noch nicht Fürsprecherin der Bürgerschaft war, keineswegs so zierte! Sie ist es, die die Oberschicht gegen mich aufhetzt.« Er wies auf Baniter. »Und er soll das Fürstentum bekommen, nicht wahr? Der Enkel des Verräters!«

Baniter sah ihn mitleidsvoll an. »Ihr wißt selbst, daß meiner Familie das Fürstentum nur für eine gewisse Zeit entzogen wurde. Nach zehn Jahren, so sah Kaiser Torsunt es vor, sollte Varona wieder an die Geneder zurückgegeben werden. Diese Zeit ist lange verstrichen! Und da Ihr keinen Rückhalt mehr im Volk habt, ist es vernünftig, Varona und Ganata wieder zu vereinen und in meine Hände zu legen.«

Binhipar Nihirdi trat vor ihn. Sein Blick war haßerfüllt, und seine mächtige Gestalt überragte Baniter um einen halben Kopf. »Das letzte Wort hierüber ist noch nicht gesprochen! Hamalov Lomis muß auf Varona verzichten, zweifellos; doch Ihr werdet das Fürstentum nicht bekommen; nicht, solange ich hier stehe!«

Baniter erwiderte seinen Blick. »Das Recht ist auf meiner Seite, und die Forderungen der Bürgerschaft sind bekannt.« Seine Stimme wurde laut. »Ich habe mich lange genug um mein Erbe betrügen lassen! Habe ich nicht während der letzten Kalender gezeigt, daß ich nichts anderes als das Wohl des Kaiserreiches verfolge? Habe ich nicht den Silbernen

Kreis dazu gedrängt, rechtzeitig gegen die Goldéi ins Feld zu ziehen? Konnten sich die Fürsten nicht allein deshalb nach Persys retten, weil ich vor Nhordukael und seinen Zauberkünsten gewarnt habe?« Er wandte sich Uliman zu. »Es ist Eure Entscheidung, mein Kaiser! Nur Ihr könnt mir zu meinem Recht verhelfen. Ich weiß wohl, daß mein Großvater Norgon Geneder Euren Großvater Torsunt stürzen wollte, doch er hat seine Strafe erhalten.«

Die Blicke der Fürsten ruhten auf dem jungen Kaiser. Dieser hatte das Gespräch schweigend verfolgt. Als Baniter ihn ansprach, richtete er sich langsam auf dem Thron auf. »Ja, Baniter, er hat seine Strafe erhalten.« Ulimans Stimme klang verhalten. »Doch andere haben noch nicht für ihre Verbrechen bezahlt.« Er sah die Fürsten der Reihe nach an. »Meine Eltern wurden beide ermordet! Meine Mutter Syllana wurde von einer Hundemeute zerrissen, weil sie einfacher Herkunft war, und mein Vater Akendor kam im Kerker um. Zwei Morde, und keiner von ihnen wurde gesühnt!«

Baniter wich erschrocken vor dem Kaiser zurück. *Was spricht er da? Was hat dieser Junge vor?* Sardreshs Warnung kam ihm in den Sinn. *Er ist gefährlich. Ein Dämon!* Plötzlich bereute er es, dem verrückten Baumeister nicht aufmerksamer zugehört zu haben.

Auch die anderen Fürsten waren beunruhigt. Schließlich ergriff Scorutar das Wort. »Glaubt nicht diesen üblen Gerüchten, Uliman«, säuselte er. »Der Tod Eurer Mutter war ein tragischer Unfall, und Euer Vater richtete sich selbst zugrunde. Er hat…«

»Lüg mich nicht an!« Uliman war von seinem Thron aufgesprungen. Die Sonne ließ seine Locken aufleuchten. »Ihr habt ihn umgebracht, und meine Mutter ebenso! Einige von euch haben die Morde geplant, andere stillschweigend geduldet! Der Silberne Kreis ist eine Bande von Mördern!« Er griff nach der Kette an seinem Hals, umschloß die silberne Plakette. »Nun ist das Verlies der Schriften geöffnet, und die Stadt Vara wird sich wandeln. Die neue Zeit bricht an, von der Rumos mir erzählte. Ich will ihr entgegenschreiten, doch nicht an der Seite von Meuchelmördern!« Seine Worte waren zornerfüllt. »Die Bosheit hat euch Fürsten geeint. Nun soll auch der Tod euch vereinen. Der Silberne Kreis... seht her, wie ich ihn zerschlage!«

Er riß sich die Kette vom Hals. Im selben Moment ging ein Aufschrei durch den Kaisersaal. Die Fürsten griffen sich an die Kehlen; ihre Augen weiteten sich, und einer nach dem anderen brach zu Boden. Die Ketten, die silbernen Ketten... sie schnürten sich um ihre Hälse, schnitten sich in ihr Fleisch. Die Schreie verebbten, wurden zu einem Husten, einem qualvollen Keuchen der Erwürgten. Scorutar Suant krümmte sich auf dem Boden; seine weiße Schminke blieb auf den steinernen Bodenplatten haften, enthüllte sein faltiges Gesicht. Seine Augen waren auf den Kaiser gerichtet, um Gnade flehend; doch Uliman stand aufrecht vor dem Thron, die Hand unerbittlich um die Kette geschlungen. Er sah auf die Fürsten herab, die sich dort wanden; sah, wie das Blut zwischen ihren Lippen hervorlief, wie ihre Augen hervorquollen, und die Gesichter rot, schweißbedeckt, die zuckenden Arme, die um sich tretenden Beine...

Nur einer der Fürsten stand aufrecht vor dem Kaiser, starrte entsetzt auf die Sterbenden hinab. Es war Baniter Geneder. Auch er faßte sich an den Hals; doch seine Kette hatte sich nicht zusammengezogen, lag kalt auf seiner Haut.

Uliman sah den Fürsten nachdenklich an. »Der Zauber verschont dich, Baniter. Das ist seltsam. Vielleicht schützt er dich, weil du damals nicht in Thax warst, als die anderen Fürsten meinen Vater in den Kerker sperrten.«

»Was tut Ihr da, Uliman?« stieß Baniter hervor. »Wer hat Euch diesen grauenvollen Zauber gelehrt?«

»Mein Lehrmeister Rumos«, sagte Uliman nicht ohne Stolz. »Er hat mich gelehrt, die Sphäre zu beherrschen. Denn als Herr von Sithar muß ich auch Herr über die Quellen sein.«

Baniter spürte, wie eine Hand sich um seinen Fuß krallte. Es war Stun Lomis, der junge Sohn Fürst Perjans. Die Zunge hing ihm aus dem Mund, schwarz angelaufen. Seine Augen flackerten. Dann erlosch das Licht in ihnen.

»Haltet ein, Uliman!« schrie Baniter. »Laßt sie nicht so sterben! Nicht so...«

Er bemerkte, daß sich ihm einige Männer genähert hatten. Sie mußten soeben in den Kaisersaal eingedrungen sein; Tathril-Priester, ihre Haare feuerrot. Troublinier! Sie umkreisten Baniter.

Uliman wandte sich ab. »Du wurdest verschont, Baniter, auch wenn ich nicht weiß, warum. Ich werde es herausfinden. Bringt ihn fort!«

Die Priester warfen sich auf Baniter; er versuchte sich zu befreien, doch sie rangen ihn zu Boden. Entsetzt blickte er auf die Fürsten, die rund um ihn auf den Steinplatten lagen. Das Zucken ihrer Leiber hatte aufgehört.

»Der Silberne Kreis«, flüsterte Baniter. »Er hat sie alle ermordet!«

Dann erblickte er Binhipar Nihirdi. Der bärenstarke Mann hatte sich aufgesetzt, sein Gesicht dunkelrot, die Augen verdreht. Es war ihm gelungen, die Finger unter die Kette zu schieben, die ihm die Kehle zuschnürte.

»Ban...iter...«, würgte er hervor. »D..er.. Lu...chs...ihr...«

Er versuchte Luft zu holen. Streckte den Kopf zurück. Die Adern an seiner Stirn, seinem Hals waren geschwollen, drohten zu platzen. Binhipar bäumte sich auf. Ein Reißen! Die silberne Kette war zersprungen. Keuchend richtete sich der Fürst von Palidon auf, rang nach Luft. Zwei der Priester ließen von Baniter ab und stürzten sich auf Binhipar; doch dieser wich aus, brachte sie mit zwei Fausthieben zu Fall.

»Tötet ihn!« befahl Uliman mit kalter Stimme. »Holt die Wachen und tötet den Mörder meiner Eltern!«

Binhipar warf ihm einen Blick zu, einen kurzen Blick. Dann wankte er zum Ausgang des Kaisersaals. Ein Wachposten sprang auf ihn zu, das Schwert gezückt.

»Gebt acht, Binhipar!« schrie Baniter, der noch immer von den Priestern festgehalten wurde.

Mit einem Brüllen warf sich Binhipar dem Wachmann entgegen. Dieser war zu überrascht, einen Schwerthieb zu führen. Beide brachen zu Boden. Binhipar packte den Schädel des Mannes, hämmerte ihn gegen eine nahe Säule. Packte das Schwert. Keuchend blickte er sich nach Uliman um.

»Wo sind die Wachen?« schrie das Kind voller Wut. »Holt sie und tötet ihn!«

Binhipar wankte. Dann rannte er los. Er verschwand im Gang, der an den Kaisersaal grenzte. Seine Schritte entfernten sich, verhallten.

Flieh, Binhipar! schoß es Baniter durch den Kopf. *Flieh und sage allen, daß der Kaiser die Fürsten ermordet hat ... ermordet!*

Uliman sank auf den Thron zurück. »Er wird nicht weit kommen. Bringt mir seinen Kopf, wenn ihr ihn gestellt habt.« Das Kind nahm die silberne Krone von seinem Haupt. »Und jetzt sperrt Baniter Geneder fort. Mit ihm werde ich mich ein anderes Mal befassen.«

EPILOG

Ist jede Stadt, von Menschenhand errichtet, dem Untergang geweiht? Trägt jede Mauer, jeder Turm nicht längst die Spuren der Vernichtung, da sie aus dem Geröll vergangener Städte aufgeschichtet wurden? Liegt unter jeder Stadt nicht auch ihr Gegenstück, ein dunkler Ahne, der mit Groll der Stunde seiner Rückkehr harrt?

Mondschlunds Gesang stieg aus der Sphäre auf; verwobene Klänge, hell und strahlend. Er sang von alten Städten, die vor vielen Jahrtausenden auf Gharax entstanden waren und für kurze Zeit der Mittelpunkt der Welt gewesen waren, bis sie zerstört worden waren. Nhordukael lauschte den Melodien; er fragte sich, warum Mondschlund von diesen untergegangenen Städten sang, welche Botschaft er ihm auf dem Weg durch die Sphäre mitgeben wollte. Denn noch immer wandelte er auf Sternengängers Spuren. Die brennenden Fußstapfen, der Abdruck des Wanderstabs – sie glühten in der Finsternis, und er folgte ihnen beharrlich.

»Das Zeitalter der Wandlung ist gekommen«, sang Mondschlund, als Nhordukael auf seinem Weg innehielt. »Nun kehrt Vergessenes zurück ans Tageslicht; und die Vergangenheit fordert ihren Tribut. Viele der alten Städte liegen in Trümmern; doch auch von diesen geht eine unheilvolle Macht aus. Sternengänger wußte sie für sich zu nutzen. Bis heute nutzt er die alten Legenden, um die Menschen zu täuschen; und viele dieser Legenden schuf er selbst.«

»Ich bin gegen seine Lügen gefeit«, sagte Nhordukael.

»Doch der zweite Auserkorene ... als ich ihn in der Bucht erblickte und ihn vor Durta Slargin warnen wollte, verstand er meine Worte nicht.«

»Er ist in Sternengängers Netz gefangen. Du willst ihn befreien, doch das wird dir nicht gelingen. Sahst du nicht, daß er ein williger Knecht des Weltenwanderers geworden ist? Er führte die Schiffe der Nebelkinder in die Flammenbucht; das Licht des Leuchtturms, den mein treuer Schüler Varyn erbaute und der in die Hand des Feindes fiel, wies ihm den Weg durch die Sphäre. Doch als er dich sah, Nhordukael, floh er und verbarg sich in der Finsternis; er fürchtete dich und das Auge der Glut!«

»Aber er ist mächtiger als ich!« Nhordukael starrte auf die glühenden Fußstapfen, die vor ihm die Sphäre erhellten. »Durta Slargin hat ihn gelehrt, die Sphäre zu durchdringen, wie es mir nie gelingen wird. Wie soll ich ihn aufhalten, wenn ich ihn nicht einmal aufspüren kann?«

Mondschlunds Gesang wurde sanft, beruhigend. »Sei unbesorgt. Ich werde einen Weg finden, der dich ihm ebenbürtig macht. Sternengängers Geschöpf kann sich nicht in Sicherheit wiegen! Meine Jünger sind ihm ganz nah; in seinem Heer, das er durch die Sphäre führt, befindet sich eine meiner Getreuen, die ihm bei einer günstigen Gelegenheit in den Rücken fallen wird. Und eine weitere dringt in das Verlies der Schriften ein; auch sie wird dir zur Seite zu stehen, Nhordukael. Sternengänger kann nicht siegen ... er kann nicht siegen!«

Nhordukael lauschte, wie die Gesänge langsam verebbten. *Ich ging in die Sphäre, um Durta Slargin zu vernichten; nun folge ich Mondschlund und habe mich in den ewigen Zwist dieser Zauberer eingemischt. Ich darf Mondschlund nicht weiterhin so blind vertrauen! Und dieser Junge, der zweite Auserkorene ... es muß eine Möglichkeit geben, ihn Durta Slargins Fängen zu entreißen.*

Er rief das Auge der Glut an; sah, wie ringsum Feuer aus der Finsternis hervorbrach, und ließ sich von den Flammen treiben. Und jene alten Städte, von denen Mondschlund ihm berichtet hatte, erwachten unter ihm und beobachteten mit stiller Verwunderung, wie Nhordukael seine glühenden Pfade durch die Sphäre schlug.

DANKSAGUNG

Das Zeitalter der Vollendung ist gekommen! Nach unzähligen Stunden Schreibarbeit lege ich die Feder aus der Hand, und so bleibt mir zum Abschluß dieses zweiten Romans nur noch eines, nämlich den Menschen zu danken, die mich buchstäblich bis zur letzten Sekunde auf dem Weg durch die Welt Gharax begleitet haben:

Meiner Lektorin Angela Kuepper, die sich in die Musik meiner Sprache einfühlte und große Geduld mit mir hatte.

Johannes, der mit riesigem Einsatz und großer Sorgfalt Korrektur las, Verbesserungsvorschläge machte und mir bis zum Ende beistand.

Marco, der immer ein offenes Ohr für meine Gedanken hatte, mit dem ich unzählige Gespräche über die *Flammenbucht* führte und der mit kritischem Auge Korrektur las.

Sebastian, der ebenfalls Korrektur las und mir half, einige Beziehungsgeflechte zwischen den Figuren glaubwürdiger zu gestalten.

Hannes, der mich in die Geheimnisse des Schwertkampfes einwies und für mich die Choreographie einer Kampfszene entwarf.

Meiner Schwester Hjördis für ihre wunderschönen Karten, die auch dieses Buch wieder schmücken.

Asysa, die nicht nur unendliche Geduld mit mir hatte und mir Kraft gab, sondern auch die Figur Sinustre Cascodi einkleidete.

Thomas für seine Unterstützung beim Aufbau und der Betreuung der Homepage www.nebelriss.de.

Micha für die atmosphärische Musik, die mich bei allen Lesungen von *Nebelriss* begleitet hat.

Meiner Schwester Dagmar für ihre aufbauenden Worte.

Meiner Mutter für die jahrelange Unterstützung meiner literarischen Tätigkeit…

…und den vielen anderen Freunden und Verwandten, die mir Mut zusprachen, mir bei der Organisation von Lesungen halfen und mit denen ich jetzt, nachdem die *Flammenbucht* abgeschlossen ist, endlich wieder die Nächte durchfeiern kann!

Markolf Hoffmann
Berlin, im August 2004

SERIE PIPER

Markus Heitz

Schatten über Ulldart

Ulldart – Die Dunkle Zeit 1. 399 Seiten. Serie Piper

Kurz vor seinem Tod prophezeit ein Mönch, dass die Dunkle Zeit den Kontinent Ulldart erneut mit Leid und Zerstörung überrollen werde. Der verwöhnte Prinz Lodrik wird unterdessen in die Provinz gesandt, um die Stelle des neuen Statthalters einzunehmen. Noch ahnt Lodrik nicht, dass er das Schicksal seiner Welt entscheiden wird – denn die Dunkle Zeit droht zurückzukehren, und er wird der Retter oder Zerstörer Ulldarts sein …

Der Auftakt zum sensationellen Epos »Ulldart – Die Dunkle Zeit« – ausgezeichnet mit dem Deutschen Phantastik Preis

05/1755/03/L

Markus Heitz

Der Orden der Schwerter

Ulldart – Die Dunkle Zeit 2. 495 Seiten. Serie Piper

Lodrik wird neuer Herrscher des Reiches Tarpol. Doch seine Reformen rufen Neider, Intriganten und falsche Freunde auf den Plan. Bald weiß Lodrik nicht mehr, wem er trauen kann, und ist auf die Hilfe finsterer Gestalten angewiesen, um seine Macht zu verteidigen. Und über allem schwebt die verhängnisvolle Prophezeiung, dass die Dunkle Zeit wiederkehren und die Welt in Leid und Zerstörung versinken wird …

Die spektakuläre Fortsetzung der großen Fantasy-Saga »Ulldart – Die Dunkle Zeit«

05/1756/03/R